JOHANNA DORN

DIE KRONE DER MEERE

Autorin

Johanna Dorn ist das Pseudonym einer Autorin, die bereits viele erfolgreiche Romane veröffentlicht hat. Sie liebt es, bei Recherchen in Bibliotheken und auf Reisen tief in die historischen Hintergründe einzutauchen. Insbesondere die Niederlande und ihre wechselvolle Geschichte haben es ihr angetan. Die Autorin lebt mit ihrer Familie in der Nähe des Rheins mit Blick auf das malerische Siebengebirge.

JOHANNA DORN

DIE KRONE DER MEERE

HISTORISCHER ROMAN

blanvalet

MIX
Papier | Fördert gute Waldnutzung
FSC® C083411
FSC
www.fsc.org

Penguin Random House Verlagsgruppe FSC® N001967

1. Auflage 2025

Dieses Werk wurde vermittelt durch die Literarische Agentur Thomas Schlück GmbH, 30161 Hannover.
produktsicherheit@penguinrandomhouse.de
(Vorstehende Angaben sind zugleich Pflichtinformationen nach GPSR)

Redaktion: Regine Weisbrod
Umschlaggestaltung und -motiv: © www.buerosued.de, AKG-Images (De Agostini Picture Library)
Innengestaltung unter Verwendung der Bilder von: © Adobe Stock (Maria, SpicyTruffel)
BSt · Herstellung: DiMo
Satz: Vornehm Mediengestaltung GmbH, München
Druck und Bindung: CPI books GmbH, Leck
Printed in the EU
ISBN 978-3-7341-1217-1

www.blanvalet.de

»Eine schöne Stadt, Amsterdam.«

Thomas Mann

PERSONENVERZEICHNIS

Lübeck

Haus Schellbach
Enno, Kaufmann für Gewürze und Salz
Fenja, seine Ehefrau
Johan, gemeinsamer Sohn
Rieke, gemeinsame Tochter

Haus Drenkhan
Theodor (†), Kaufmann für Salz
Katharina (†), seine Ehefrau
Thilo, gemeinsamer Sohn

Haus von Genssler
Clara, Kauffrau für Gewürze und Salz, einzige Erbin des Hauses von Genssler

Agnes, Straßenkind
Gereon, Claras Diener
Henning von Westerboer, Kaufmann für Tuch und Seide
Curd Hinnerk, Kaufmann für Salz
Alva Hinnerk, Witwe von Curds Sohn
Wilhelm Tiedemann, Weinhändler
Albrecht, ein Hund

Amsterdam

Haus Valckenberg

Hendrik, Kaufmann für Seide

Annike, seine Ehefrau

Sophie, gemeinsame Tochter

Lisa, gemeinsame Tochter

Nela, gemeinsame Tochter

Arjen, Hendriks Sohn aus einer Beziehung mit
Fenja Schellbach

Haus van Klaaveren

Daan, Reeder

Marianna, seine einzige Tochter

Jan van der Hijden, Schiffsbauer

Jolanda van Aalkers, Tochter eines Antwerpener Händlers

Hamburg

Haus van Waalenburch

Cornelis, Kaufmann für Seide und Tuch

Alea, seine Ehefrau

Bernard, handelt mit seinem Bruder Cornelis zusammen

Emke, Kauffrau und Bernards Ehefrau

Peer, lebt auf der Straße, Anführer einer Bande von Kindern

Britt, Straßenkind

Bengt, Straßenkind

Hedda, Straßenkind

Geertje, arbeitet im Waisenhaus

TEIL 1

1593–1594

LÜBECK, MÄRZ 1593

»Ich will hier raus, es ist unheimlich.«

»Stell dich nich so an.« Dabei war Agnes keineswegs so mutig, wie sie gerade tat. Das Knacken im Gebälk, während der Wind an zugigen Fenstern rüttelte und durch Ritzen pfiff, die allumfassende Finsternis – all das war durchaus geeignet, selbst gewiefte Mädchen wie sie an böse Geister glauben zu lassen. »Komm jetzt weiter.« Sie hörte das metallene Scheppern eines Blecheimers, im selben Moment schrie ihre Begleiterin auf.

»Pass doch auf!«, fauchte Agnes leise. »Wenn uns jemand erwischt, ist's aus.«

»Hab's ja nicht extra gemacht.« Elise klang weinerlich. »Der Hanno hat gesagt, hier spukt's.«

»Dann geh halt.«

»Allein zurück? Das trau ich mich nicht.«

»Jetzt sei endlich still.« Agnes tastete sich langsam vor, hörte Elise schniefen, dann stolperte diese offenbar wieder über etwas, was ihr erneut einen Schrei entriss.

Agnes verdrehte die Augen.

»Mir is kalt«, klagte Elise.

Kalt war es in der Tat, wenngleich sie hier immerhin windgeschützt waren. Agnes hatte sich Stoffreste um die Hände gewickelt, trotzdem waren ihre Fingerkuppen nahezu taub. Noch viel schlimmer allerdings war der Hunger, der in ihr nagte, sich wie ein schuppiges Tier in ihrem Bauch bewegte, ihn wundrieb und zuweilen dazu führte, dass sie sich krümmen wollte vor Schmerzen. Der Winter war schon so lang, mittlerweile prügelte sich Agnes sogar um schmierige, verrottete Gemüsereste vom Straßenrand, die sie in sich hineinstopfte und hernach wieder erbrach. Deshalb hatte sie das hier so gründlich vorbereitet, und nun drohte Elise alles zu ruinieren.

Einen großen Teil ihrer zwölf Lebensjahre hatte Agnes auf der Straße verbracht, und sie schlug sich für gewöhnlich allein durch, weil sie – wofür Elise gerade wieder den Beweis antrat – sich nur auf sich selbst verlassen konnte. Aber um in dieses Haus zu gelangen, hatte sie Hilfe gebraucht, was eine verzwickte Situation darstellte, denn man wurde gar zu schnell übervorteilt. Das zumindest drohte ihr bei Elise nicht, da riskierte sie allenfalls, dass sie erwischt und im besten Fall wieder auf die Straße geworfen wurden. Im schlimmsten Fall … nein, sagte sich Agnes, daran wollte sie jetzt nicht denken, sonst verlor sie den mühsam zusammengeklaubten Mut. Sie würde man nicht erwischen. Elise vielleicht, aber Agnes nicht, sie war flink und fand immer ein Versteck, das mit bloßem Auge nicht gleich als solches erkennbar war.

Der Hunger hatte Agnes zu dieser Verzweiflungstat getrieben, die sie in einigermaßen sattem Zustand und somit bei klarem Verstand niemals gewagt hätte. Ihre Wahl war auf das Haus der Kaufmannsfamilie Drenkhan gefallen. Zwar war dieses gut gesichert und bot zur Straße hin keinerlei Möglichkeit, einzusteigen. Jedoch hatte Agnes herausgefunden, dass man durch das ehemalige und nun leer stehende Lagerhaus auf das Grundstück kam und überdies von der Straße aus nicht gesehen wurde. In mühsamer Arbeit hatte sie Brett um Brett am rückwärtigen Fenster gelockert, jeden Tag nur ein winziges Stück, damit es niemandem auffiel.

Alles hatte sie ausgekundschaftet, war sogar nachts hier eingestiegen, hatte sich zwischen alten Kisten – leider allesamt leer –, Fässern, Seilen und sonstigem nutzlosem Plunder einen Weg ertastet. Die Tür ließ sich von innen problemlos öffnen, und von dort gelangte man auf den Hof. Den zu überqueren, war schon schwieriger gewesen, und zweifellos wäre Agnes allein besser dran gewesen, aber das Fenster zur Vorratskammer lag hoch, und Elise sollte ihr eine Räuberleiter machen und dann draußen das Essen auffangen. Auch das war eine Sache, die für Elise sprach – niemals würde dieses junge Mädchen es wagen, sich allein damit aus dem Staub zu machen.

Immerhin schien Elises Furcht vor Geistern sich in dem Moment zu verflüchtigen, als sie die Tür zum Hof öffneten, und nun waren ihre Sinne geschärft, wie sie es bei einem Mädchen sein mussten, das sich auf der Straße durchschlug. Darauf hatte Agnes gehofft, und so atmete sie auf. In dieser Nacht war Neumond, auch darauf hatte Agnes geachtet.

Sie huschten hinüber zum Haus, und Elise half Agnes mit der Räuberleiter hoch zum Fenster. Dieses aufzuhebeln, war leicht, und es öffnete sich nahezu geräuschlos. Der Duft von Geräuchertem ließ Agnes beinahe schwindeln. Sie schob sich durch das Fenster und kam federnd auf dem Boden der großen Vorratskammer an. Oh Himmel, dachte sie, dieser Duft kann nicht von dieser Welt sein. Ihre Nasenflügel bebten, und sie griff nach einer Wurst, die vom Haken an der Decke hing, wollte sie erst hinauswerfen und hielt dann inne, konnte der

Versuchung nicht widerstehen, hineinzubeißen. Oh Himmel, dachte sie ein weiteres Mal, als ihr die Aromen die Tränen in die Augen trieben. Sie biss ein zweites Mal ab und noch ein drittes Mal, stopfte sich schließlich den Rest in den Mund.

Dann angelte sie nach und nach die Würste von der Decke und ging damit zum Fenster. Elise stand darunter, und Agnes warf die erste Wurst zu ihr hinunter, dann die nächste, ließ den Schinken folgen. Sie beglückwünschte sich innerlich zu ihrem Plan. Jetzt konnten sie in Ruhe so viel aus der Speisekammer nehmen, wie sie tragen konnten, ohne zu befürchten, jemand könnte sie von der Straße aus sehen. Bis der Diebstahl entdeckt wurde, waren sie längst verschwunden. Falls man bei der Fülle an Essen überhaupt bemerkte, dass etwas fehlte.

Agnes' auf der Straße geschärftes Gehör nahm die Veränderung wahr, noch ehe ihr Bewusstsein darauf reagieren konnte. Geräusche, die nicht sein durften. Sie hielt den Atem an, lauschte. Männerstimmen, offenbar in heftigem Streit. Agnes hielt inne, versuchte auszumachen, ob sich die Stimmen näherten, bereits auf dem Sprung, um, so schnell es ging, aus dem Fenster zu steigen. Niemand näherte sich, dennoch beeilte sich Agnes und warf gepökeltes Fleisch hinab. Was sie nicht selbst essen würden, würden sie in den Straßen verkaufen, denn Münzen ließen sich leichter verstecken als Essen.

»Wie lange brauchst du noch?«, fragte Elise, und Agnes zischte ihr zu, still zu sein.

Da, wieder die Männer, jetzt schrien sie einander an. Dazwischen war eine Frauenstimme zu hören, schrill, sich überschlagend. Und dann, so unvermittelt, dass Agnes nicht reagieren konnte, wurde die Tür zur Speisekammer aufgerissen, und ein Junge stand vor ihr, älter als sie und groß gewachsen. Er starrte sie an, der Atem ging ihm in kurzen Schluchzern, als erneut ein

Frauenschrei zu ihnen drang. Agnes starrte zurück, dachte in all dem Schreck, dass sie nie etwas Alberneres gesehen hatte als diesen Jungen in seinem weißen Rüschennachthemd.

»Thilo!«, kreischte die Frau, der nächste Schrei war unartikuliert und erstarb.

Agnes' Sinne reagierten, während der Junge wie erstarrt stand. Sie wollte herumfahren und zum Fenster, als der Junge vorstürzte, sie festhielt.

»Hilf mir«, stieß er hervor. »Hilf mir!«

Sie wollte sich aus seinem Klammergriff befreien, als sie schwere Schritte hörte, die sich näherten. Im nächsten Moment stand ein Mann in der Tür, edel und teuer gekleidet, ein langes Messer in der Hand. Er wirkte erstaunt, als er Agnes bemerkte, aber er reagierte schnell, sah von dem Jungen zu ihr und entschied im selben Augenblick, von wem ihm gerade die größere Gefahr drohte. Den Schwächling bekam er schon noch, das musste ihm klar sein, und so stürzte er sich auf das flinke Straßenmädchen. Endlich ließ der Junge sie los, und Agnes wich aus, achtete darauf, dass der Mann sie nicht in die Ecke drängen konnte. Einmal glaubte sie, er hätte sie bereits, als sie sich gerade noch rechtzeitig wegduckte und das Messer an ihr vorbei in einen Holzpfeiler fuhr und darin stecken blieb. Augenblicklich reagierte Agnes, rannte an dem Mann vorbei, bemerkte, dass der Tölpel, der ihr das eingebrockt hatte, dasselbe tat, und eilte durch die Küche auf den Korridor, kam in eine riesige Eingangshalle und stürzte auf die Haustür zu.

Die Tür war verschlossen. Der Mann hatte indes das Messer offenbar aus dem Pfeiler gezogen, denn seine Schritte näherten sich, und Agnes sah sich panisch um. »Wo ist der Schlüssel?«, schrie sie den Jungen an.

»Ich … Ich weiß nicht.« Er weinte beinahe, und Agnes

rannte einfach los, rannte durch die Halle, durch einen weiteren Korridor und kam in einen großen Saal, der zwar keinerlei Schutz bot, aber dafür hohe Fenster hatte.

Mit einer erstaunlichen Geistesgegenwart warf der Junge die schwere Tür zu und verriegelte sie, dann stürzte er mit ihr zu den Fenstern und half ihr mit fliegenden Fingern, die Riegel zu lösen. Frische, kalte Luft schlug ihnen entgegen, und Agnes schwang die Beine hinaus, setzte mit einem Sprung auf die Straße. Der Junge folgte ihr. Wieder rannte sie los, rannte, so schnell sie konnte, und dachte fortwährend an Elise. Hoffentlich war sie davongelaufen, als sie den Lärm gehört hatte.

Sie tauchte in das Dunkel einer Gasse ein und bemerkte, dass der Junge ihr gefolgt war, ein weißer, gut sichtbarer Fleck in seinem Nachthemd. Er schluchzte, zitterte – gewiss nicht nur vor Angst –, und Agnes war mit einem Mal so wütend auf ihn, dass sie auf ihn zustürzte und ihn mit einer Kraft ohrfeigte, die ihn fast zu Boden gehen ließ. Im nächsten Moment erbrach sie sich und hörte, wie der Junge einen Laut des Ekels ausstieß. Sie würgte, bis ihr Magen nichts mehr hergab, hörte das Trippeln von Ratten, die sich näherten. Rasch wandte sie sich ab, lauschte, konnte ihren Verfolger jedoch nicht hören und wagte sich aus der Deckung. Ihr Magen brannte, und sie wollte nur noch in ihren Unterschlupf und schlafen, aber sie musste zurück, musste wissen, ob Elise in Sicherheit war.

Vorsichtig huschte sie im Schatten der Häuser entlang und hoffte, dass dieser dumme Junge in seinem auffälligen weißen Nachthemd ihr nicht folgte wie ein Gespenst. Agnes' dunkle Gestalt verschmolz mit der Finsternis, und sie hielt immer wieder inne, lauschte, lief lautlos weiter. Sie näherte sich dem Haus wieder von hinten. Dieser Bereich lag im Dunkeln, und Agnes wollte gerade zum leer stehenden Lagerhaus schleichen, als sie eine Bewegung ausmachte und abrupt stehen blieb. War das der Mann? Sie wagte nicht zu atmen. Steinchen knirschten unter schweren Stiefeln, dann herrschte Stille, die von einem Schaben unterbrochen wurde. Schließlich entfernten sich die Schritte, und Agnes wartete noch für die Dauer mehrerer Atemzüge, bevor sie nach vorne schlich. Hinter sich hörte sie die zittrigen Atemzüge des Jungen, aber sie drehte sich nicht zu ihm um, sondern ging weiter.

Ein Müllsammler zog mit seinem Handkarren entlang und leuchtete mit dem milchig gelben Licht seiner Laterne die Straße ab, während er fortwährend vor sich hin murmelte. Und nun sah Agnes sie, abgelegt wie Abfall in der Straßenrinne. Jede Härte, die die Straße in Elises Gesicht geschmiedet hatte, war verschwunden, und zurück blieb nur das Kind, das sie gewesen war. Auf der Brust war ein glänzender dunkler Fleck, dort, wo ihr Herz einmal geschlagen hatte. Der Müllsammler ging weiter, ein totes Straßenkind interessierte niemanden. Der Junge trat zu ihr, fror erbärmlich, schluchzte wie ein kleines Kind, zitterte so sehr, dass ihm die Zähne aufeinanderschlugen. Sollte er doch hier erfrieren. Wieder fuhr Agnes herum, schlug ihm erneut ins Gesicht.

»Du verdammter Narr. Was hast du getan?« Sie presste sich die Hände vor die Augen, Hände, die immer noch nach geräucherter Wurst rochen, der verfluchten Wurst, mit der dieser Junge sich wahrscheinlich täglich vollstopfte und die Elise das Leben gekostet hatte, weil sie sich auch einmal hatte satt essen wollen.

Der Junge war zu Boden gesunken, bebte so heftig, dass er kaum sprechen konnte. »Es tttt…« Die Zähne schlugen ihm aufeinander, und auf einmal zerfiel der so heftig aufgeloderte Zorn in Agnes. Dieser Kerl würde entweder noch in dieser

Nacht erfrieren, oder aber die falschen Leute würden ihn finden, blond und hübsch, wie er zweifellos war. Auf Elise hatte sie nicht aufpassen können. Müde beugte sie sich zu ihm und umfasste seinen Arm mit festem Griff.

»Komm«, sagte sie.

Für einen Morgen im März war es lausig kalt, und Arjen wünschte sich zurück ins Bett, aber seine Mutter hatte auf den Lübecker Markt gewollt.

»Für dergleichen haben wir das Gesinde«, hatte sein Vater gemurrt.

»Ach, Enno«, war die sanfte Erwiderung seiner Mutter gewesen, »es macht mir doch so große Freude.«

»Dann nimm wenigstens den Jungen mit.«

Damit war stets Arjen gemeint, denn wenn sein Vater von dem jüngeren seiner beiden Söhne sprach, nannte er ihn beim Namen – Johan. Arjen hingegen blieb »der Junge«, selbst jetzt noch, da er sein zweites Lebensjahrzehnt bereits vollendet hatte und in Kürze einundzwanzig Jahre zählte.

Inmitten des Gedränges auf dem Lübecker Markt tastete er fortwährend nach seinem Beutel mit den Münzen, während seine Mutter gänzlich unbekümmert schien. Sie blieb immer wieder stehen, betrachtete die dargebotenen Waren, wechselte lächelnd einige Worte mit den Händlern und ging weiter. Vier kleine Kinder pressten sich an ihm vorbei, eines huschte gar zwischen seinen Beinen hindurch und brachte ihn fast zu Fall. Im nächsten Moment hörte er einen Mann wütend aufschreien.

»An meinem Brot hat sich das Gesindel vergriffen! Warum habt Ihr sie nicht festgehalten?«

Arjen zuckte die Schultern. »Vielleicht waren es auch nur die Ratten.«

»Diese Ratten kenn ich«, brummte eine Frau. »Laufen auf zwei Beinen und gehören allesamt in einen Sack gesteckt und ersäuft.«

Arjens Mutter, Fenja Schellbach, blieb an einem Stand stehen, betastete einen Schal aus feiner Seide und begutachtete einen Ballen von dicht gewebtem Leinen. Jemand drängelte sich an ihnen vorbei, und erneut tastete Arjen reflexhaft nach seinem Geldbeutel. Händler priesen aus Marktständen und Buden heraus ihre Waren an: Lederwaren, Stoffe, Siegburger Steinzeug, Butter für vier Pfennige, ein Malter Roggen für sechs Schillinge, Stockfisch aus Island, hölzerne Eimer, Schüsseln und Bütten. Der Markt war Jahr für Jahr gewachsen, war über den Bereich vor dem Rathaus hinübergeschwappt auf umliegende Plätze, sodass es mittlerweile ein ganzes Marktviertel gab, in dem alles zu bekommen war, was man sich nur wünschen konnte.

»Wir sind immer noch die Könige der Hanse«, pflegte sein Vater zu sagen. Das mochte stimmen, dachte Arjen, aber was bedeutete es schon, König inmitten zunehmender Bedeutungslosigkeit zu sein? Aber offen äußern durfte man dergleichen nicht, denn Enno Schellbachs Zorn war schnell entfacht, insbesondere auf Arjen, wenngleich dieser dem Alter für Backpfeifen oder den Rohrstock inzwischen entwachsen war. In einem Aufflackern von Rebellion kaufte er Stockfisch, denn der Verlust des isländischen Stockfischmonopols hatte im Grunde genommen den Anfang vom Ende der Hanse eingeläutet.

»Wofür brauchst du den Fisch?«, fragte seine Mutter.

»Ebba soll ihn heute zubereiten.«

Sie kamen zum Marktbereich der Schmiedewaren, wo sich

Fenja Schellbach besonders für die Gold- und Silberschmiede interessierte, und auch wenn es Arjen zu den Waffenschmieden zog, blieb er gehorsam an der Seite seiner Mutter und schirmte ihre zierliche Gestalt ab, indem er Rempler einsteckte, während er sie durchs Gedränge leitete.

»Sieh nur.« Seine Mutter hielt lächelnd eine feingliedrig gearbeitete Goldkette hoch. Sie wandte sich an den Händler. »Was kostet die?«

Arjen hörte nur mit halbem Ohr hin, während seine Mutter verhandelte, da er einen Bekannten erspäht hatte. Tobias Brunn saß hinter einem Stand mit Kupferwaren. Vor wenigen Jahren noch war er ein angesehener Kaufmann gewesen, sein Gesicht war von jener ledrigen Bräune, die nur Sonne und salziger Meereswind hervorbrachten, und zeugte von all seinen Reisen. Wie bei jedem Kaufmann reiste die Möglichkeit, alles zu verlieren, stets mit. Ein reicher Mann konnte es verschmerzen, eine Ladung im Sturm zu verlieren. Geschah das ein weiteres Mal, war das schon schwieriger. Nahm man dann auch noch einen Kredit auf, um ein drittes Mal aufs Ganze zu gehen, ging das entweder gut, und man war wieder im Spiel. Oder aber man musste seine letzte Habe veräußern, um nicht im Schuldturm zu landen. Tobias Brunn hatte sein Haus verkauft und alles an Hab und Gut, was seine Frau nicht noch eilig an sich gerafft hatte, ehe sie mit den Kindern zu ihren Eltern geflohen war. Nun saß er hier und verkaufte Waren für Henning von Westerboer, einen der reichsten Kaufleute der Stadt.

Trotz der Schicksalsschläge schien er nicht verbittert. Er hatte einmal zu Arjen gesagt: »Eine Reise zur See ist im Grunde genommen das Leben in Klein. Du kannst stets im Fahrtwind segeln und rasch dein Ziel erreichen. Hier und da ein paar kabbelige Wellen, doch die machen die Reise nur noch aufregender. Oder du dümpelst in einer Flaute auf spiegelglatter See und weißt nicht, wie es weitergeht. Ich bin nun in einen Sturm geraten, der mich nicht umgebracht, sondern nur schwer angeschlagen zurückgelassen hat. Schiff und Mannschaft habe ich verloren, doch mein Leben habe ich noch.«

Weil seine Mutter immer noch den Schmuck begutachtete, wandte sich Arjen an Tobias Brunn. »Wie ist es Euch in der letzten Zeit ergangen?«, fragte er freundlich. Der Mann hatte interessante Geschichten zu erzählen von seinen Reisen und all den Menschen, die er dort kennengelernt hatte. All dies nährte Arjens Hunger darauf, endlich selbst die Welt kennenzulernen.

Tobias Brunn paffte an seiner Pfeife und stieß eine Rauchwolke aus. »Das Schiff ist auf Kurs, auch wenn es mittlerweile immer öfter knarrt und schlingert.« Er grinste verschmitzt. »Aber für meinen alten Kameraden aus früheren Zeiten ist die Nacht nicht so erfreulich gewesen, erzählt man sich. Und auch auf Euch, mein junger Freund, kommt offenbar eine Schlechtwetterfront zu.«

Arjen sah den Mann verwundert an, und der deutete mit der Pfeife hinter ihn. Als Arjen sich umdrehte, sah er, dass sich Anton Matthies, ein Geschäftsfreund seines Vaters, den Weg zu ihm bahnte. Im Gegensatz zu diesem schien er Arjens Wissen als Kaufmann zu schätzen – war dieses doch dem seines um elf Monate jüngeren Bruders Johan weit überlegen, der dennoch weit höher in der Gunst des Vaters stand.

»Wie geht es dir, mein Junge?« Anton Matthies klopfte ihm väterlich auf die Schulter und nickte Tobias Brunn lediglich knapp zu. Wenn man alles verlor, verlor man offenbar auch die Menschen, die man früher für seine Freunde gehalten hatte. »Hab gestern noch mit deinem Vater gesprochen, als es um die nächste Handelsreise ging. Hat er es dir erzählt?«

Augenblicklich ging Arjen das Herz schneller. Endlich würde er auf Handelsreisen eingesetzt werden! »Nein, bisher noch nicht.«

»Er wollte mir heute eine Antwort geben.«

Für Arjen verhieß dies nichts Gutes, aber er schwieg und beschloss, seinen Vater später darauf anzusprechen. Er wurde abgelenkt, als seine Mutter ihn um Geld bat. Sie hatte die Kette ordentlich heruntergehandelt, und Arjen zählte Münzen in die Hand des Goldschmieds. Nun bemerkte auch Fenja Schellbach den Freund ihres Mannes, und sie neigte grüßend den Kopf.

»Mein Mann sprach erst gestern von Euch. Ihr werdet meinen Johan mit auf Reisen nehmen?«

Anton Matthies wirkte ein wenig überrumpelt, doch er schenkte ihr ein Lächeln und nickte. »Wenn das der Wunsch Eures Gatten ist, zu gern.«

»Es war vor allem Johans Wunsch, als er hörte, Ihr suchtet noch einen jungen Kaufmann, dem Ihr zeigen könnt, wie es auf einer Schiffsreise zugeht. Schon lange hofft er auf eine solche Gelegenheit.«

Arjen sah sie ungläubig an. Johans Wunsch? Sein Bruder hatte noch nie zur See gewollt, und seine Mutter wusste das. Es war der Wunsch seines Vaters, der aus ihr sprach, dem sie sich widerspruchslos beugte, obwohl sie wusste, wie gerne Arjen diese Reise angetreten hätte. Jetzt sah sie ihn an, lächelte beinahe entschuldigend. Das Herz ging ihm in harten Schlägen, schien ihm für den Moment gar den Atem zu nehmen. Arjen wollte sich nicht die Blöße geben und zeigen, wie sehr ihn dies traf, und so wandte er den Blick ab, beobachtete eine Gruppe junger Männer. Sie schäkerten mit einer Magd, die einen Korb im Arm trug und leicht die Hüften wiegte. Im Hintergrund näherte sich ein Kind und schob geschickt die Hand unter die

Umhänge der Männer. Kaum war es im Gedränge untergetaucht, verabschiedete sich auch die Magd, setzte ihren Weg gemessenen Schrittes fort, blieb an einem Stand stehen, sah rasch über die Schulter und verschwand ebenfalls im Gedränge. Auch in Arjen erwachte der Wunsch, einen Schritt rückwärts zu machen und einfach zu verschwinden. Und gar nicht mehr heimzukehren in dieses Haus, in dem er sich seit jeher wie ein Gast gefühlt hatte, den der Hausherr allenfalls duldete.

Ein Mädchen rannte in ihn hinein, und noch ehe er reagieren konnte, war sie verschwunden. Augenblicklich griff er nach seinem Geldbeutel, fand ihn aber noch an Ort und Stelle. Kurz darauf kam ein geradezu hünenhafter Mann mit der Statur eines Bullen aus derselben Richtung wie das Kind und ließ suchend den Blick umherirren. Vermutlich hatte dessen Geldbeutel nach dem Zusammenstoß den Besitzer gewechselt. Der Mann taxierte Arjen, sah dann an ihm vorbei. Da ihm dieser Kerl Unbehagen einflößte, blieb Arjen wachsam.

»Ach, hast du es gehört?« Seine Mutter hatte nach seinem Arm gegriffen und wirkte nun ganz erschrocken.

»Verzeiht, ich war abgelenkt. Wovon ist die Rede?«

Es war jedoch nicht seine Mutter, sondern Anton Matthies, der antwortete: »Theodor Drenkhan und seine Frau sind letzte Nacht gemeuchelt worden. Man vermutet, dass es sein nichtsnutziger Sohn war, denn der ist verschwunden.«

Leises Schluchzen weckte Agnes aus einem unruhigen Schlaf, in den sie erst gesunken war, als der Tag bereits sein erstes graues Licht vorausgeschickt hatte. Sie war mit dem Jungen in diese verlassene Kellernische gekrochen, die sie vor einigen

Tagen entdeckt hatte und seither bewohnte. Das Haus, zu dem sie gehörte, war nur noch ein Schutthaufen mit den Resten einer Esse. Das Kellerfenster war von außen nicht zu sehen, wenn man nicht zufällig darauf stieß oder wusste, dass es da war. In dem Unterschlupf war es zwar auch kalt, aber zumindest windgeschützt, und der Strohsack, auf dem sie schlief, half ein bisschen gegen die Bodenkälte. Zudem – das musste sie zugeben – war dieser Junge nicht vollkommen nutzlos, denn sie lagen eng aneinandergeschmiegt da und spendeten sich gegenseitig Wärme.

Es war mühsam gewesen, ihm noch bei Nacht Kleidung zusammenzustehlen, aber er konnte unmöglich weiter im Nachthemd durch die Stadt laufen. Am schwierigsten waren die Schuhe gewesen, bis sie vor dem Gesinderaum eines Hauses ein Paar Holzpantinen entdeckte. Thilo war sein Name, hatte er ihr gesagt. Thilo Drenkhan, als spielte sein Familienname noch eine Rolle, da er – nach eigenem Bekunden – keine weitere Verwandtschaft hatte. Womöglich hatte sie ihn jetzt länger am Hals, als ihr lieb war.

Agnes stieß ihn mit dem Ellbogen an, und das Schluchzen ging in ein Aufstöhnen über. »Weißt du, nich nur du hast 'ne echt üble Nacht gehabt.«

»Meine Eltern sind tot!«

»Ja und? Meine auch. Und du hattest länger etwas von deinen als ich von meinen. Immerhin kannst du dich an deine erinnern.« Sie richtete sich auf, und die Decke, die aus mehreren aufgerissenen Säcken bestand, fiel von ihnen ab. Bibbernd griff Thilo danach und zog sie wieder über sich.

»Ich habe Hunger«, sagte er stockend. »Gibt es hier irgendetwas zum Frühstück?«

»Aber natürlich«, antwortete sie freundlich und äffte seine

Art zu sprechen, nach. »Wie mag's der Herr denn angerichtet hab'n?«

Das konnte doch nicht wahr sein, dass er wieder anfing zu flennen. Gereizt stand Agnes auf und griff nach dem feinen Batistnachthemd, das Thilo nachts ausgezogen hatte. Dabei war er in ihrer Gegenwart so verschämt gewesen, wie Agnes es noch bei keinem Jungen erlebt hatte.

»Rühr dich nich fort«, wies sie ihn an. »Bin gleich wieder da.«

»Wo gehst du hin?«

Ohne ihm zu antworten, schob sie einige Bretter beiseite, kroch aus dem Kellerfenster und an dem Holzstoß vorbei, der dieses verbarg. Hier galt es, vorsichtig zu sein, damit sie sich nicht verletzte oder auf eine der Ratten trat, die sich hier gerne tummelten. Sie stand auf, barg das Nachthemd in ihrem Umhang und rannte los.

Ein Gewühl von Menschen, Lastenträgern und Karrenschiebern bevölkerte die frühmorgendlichen Straßen, über denen das nächtliche Dunkel langsam ausblich. Immer wieder musste Agnes einen Bogen um Häuser machen, vor denen abgeladene Waren und Baumaterial lagen, und mehrmals wäre sie auf den schmierigen Wegen fast ausgeglitten. Geschickt wich sie anderen Kindern aus, denn sie wollte sich nicht darauf verlassen müssen, dass den älteren und kräftigeren unter ihnen entging, was für einen Schatz sie da hütete. Und so rannte sie, ohne innezuhalten, durch die Straßen, mied finstere Gassen, wo sie schutzlos wäre und keine Möglichkeit zum Ausweichen fände. Jemand kippte seinen Nachttopf aus dem Fenster, und ein Mann, der offenbar nicht schnell genug hatte ausweichen können, fluchte unflätig. Selbst in der eisigen Kälte stank es zwischen den Häuserwänden wie in einem Abort.

Immerhin war Agnes das Glück an diesem Morgen gewogen, und sie gelangte ohne weitere Umstände an ihr Ziel. Das Haus des alten Barne Theves wirkte, als hätte man es im Nachhinein zwischen die umstehenden Gebäude gepresst. Es war schmal, spitzgiebelig und machte den Eindruck, als sei alles irgendwie verschoben, was allerdings nicht darüber hinwegtäuschen durfte, dass es bestens gesichert war.

Es kam nur selten vor, dass Agnes etwas besaß, das so wertvoll war, dass sie es ihm anbieten konnte, denn mit billigem Plunder durfte man ihm nicht kommen. Auf ihr Klopfen hin öffnete nicht er selbst, sondern ein bulliger Kerl, der keine Worte machte, sondern sie kurz taxierte und dann mit einer knappen Kopfbewegung in den düsteren Innenraum hineinwinkte.

Barne Theves saß auf einem Hocker an einem Tisch und sah sie aus leicht verengten Augen an. Jeder behauptete, seine Geschäfte hätten ihn zu einem wohlhabenden Mann gemacht, aber gekleidet war er wie ein armer Händler.

Agnes ging zu ihm und reichte ihm wortlos das Nachthemd.

»Feinster Batist, Mädchen. Wo hast du den her?«

»Hab das Nachthemd am Wegesrand gefunden.«

Der Alte ging zu einer Laterne, die flackerndes Licht verbreitete, hielt das Hemd hoch, besah es von allen Seiten, betastete den Stoff, begutachtete die Nähte und nannte schließlich den Preis, den er zu zahlen bereit war.

»Fünf Schillinge? Das ist doch mehr wert«, beharrte Agnes, und es folgten einige zähe Verhandlungsrunden, bei denen sie beide beteuerten, dass sie auf diese Weise nicht überleben konnten. Während Agnes schließlich ihre zehn Schillinge einsteckte und der Mann das Nachthemd faltete, fragte er: »Hast du schon von dem Jungen gehört, der seine Eltern ermordet haben soll?«

Agnes durchlief ein Zittern. »Ne. Was is denn passiert?«

»Dieser reiche Kaufmann, Theodor Drenkhan. Von dem musst du doch gehört haben.«

»Ich kenn keine reichen Kaufleute.«

»Der Sohn ist fort, die Eltern lagen erstochen auf dem Boden. War wohl als aufsässig und ungehorsam bekannt, der Knabe. Die Eltern hatten ihn nach Kiel geschickt zu einem Kaufmann, der ihn unter seine Fittiche nehmen sollte, damit aus ihm in der Ferne etwas Anständiges wird. War gerade seit ein paar Tagen wieder zu Hause.«

Aufsässig und ungehorsam? Dieser dauerflennende Tölpel? »Und jetzt suchen die ihn überall?«

»Na, einer wie der kann sich nicht lange verstecken. So ein reiches, verwöhntes Bürschchen. Halt die Augen offen, vielleicht gibt es eine Belohnung.«

Agnes bedankte sich und verließ mit wild klopfendem Herzen das Haus. Sie sah sich mit raschem Blick um und ging los. Es kam nicht selten vor, dass Menschen, die das Haus des Händlers verlassen hatten, verfolgt und überfallen wurden, wusste man doch, dass da nun etwas zu holen war. Agnes war ganz und gar gespannte Aufmerksamkeit, denn eine solche Summe hatte sie noch nie besessen. Davon konnte sie sich wochenlang so richtig satt essen. Für das Nachthemd bekam der Alte gewiss gut und gerne das Doppelte, aber so war das Geschäft eben.

Agnes passierte den Markt im Schutz der Menge. In einem Moment der Unachtsamkeit lief sie in einen Mann hinein, tastete instinktiv nach seinem Geldbeutel, der prall gefüllt war, aber sie wollte ihr Glück nicht herausfordern, und so zog sie die Hand zurück und hastete weiter. Das letzte Stück zu ihrem Unterschlupf galt es, besonders aufmerksam zu sein, und so nahm sie Umwege, huschte in Hauseingänge, um zu sehen, ob ihr jemand folgte, und wagte sich schließlich in die Gasse, wo ihr Kellerunterschlupf lag.

Thilo saß auf dem Strohsack, die Knie angezogen, die Arme darauf und das Gesicht darin verborgen. Er blickte auf, als sie auf dem Boden landete, und angesichts seiner verlorenen Miene mochte Agnes erst recht nicht glauben, dass dieser Junge jemals als aufsässig gegolten hatte.

»Wo ist der Abtritt?«, fragte er, und selbst in dem funzeligen Licht, das durch das Fenster hineinfiel, konnte sie sehen, dass er rot angelaufen war.

»Hock dich über den Eimer und leer ihn später aus.«

Jetzt sah sie zum ersten Mal Widerwillen in seinen Augen aufblitzen. Er hatte seine Eltern verloren, hatte sich von ihr anschreien und ohrfeigen lassen, aber bei der Aufforderung, in einen Eimer zu pissen, erwachte der Widerstand in ihm? Agnes würde diese reichen Kaufleute nie verstehen.

»Dann behalt's eben drin«, sagte sie und ließ sich auf ihrer Bettstatt nieder, um zu überlegen, wo sie ihren Schatz am besten versteckte, denn sie konnte unmöglich mit so viel Geld in der Tasche herumlaufen. Aus dem Augenwinkel bekam sie mit, wie der Junge in der finsteren Nische verschwand, und sie lächelte in sich hinein. Sie nahm die Münzen, wickelte jede einzelne in ein Stück Stoff und stopfte sie an verschiedenen Stellen in den Putz, drückte sie so tief hinein, dass sie sie gerade noch zu fassen bekam, und prägte sich die Stellen ein.

Als der Junge zurückkam, saß sie mit dem Rücken an die Wand gelehnt und sah ihn an.

»Ich muss nach Hause«, erklärte er nun. »Während du weg warst, habe ich nachgedacht. Ich muss den Mord an meinen Eltern melden und die Gerichtsbarkeit auf den Mann ansetzen.«

»Hmhm«, machte Agnes. »Also von allen dummen Ideen, die ich von dir erwartet hab, is das wirklich die dümmste. Deine Eltern wurden längst gefund'n, und nun ist man auf der Suche nach dir.«

»Umso besser! Ich …«

»Sie sagen, du hättest deine Eltern ermordet, und dann bist du geflohen.«

Thilo erstarrte. »Was redest du denn da?«, fuhr er sie an. »Ich … Wir haben den Täter doch gesehen!«

»Ja, und er hat uns gesehen. Du kannst dein Glück gerne herausfordern, aber ich für meinen Teil habe genug.« Den ganzen Morgen hatte Agnes den Gedanken an Elise und das schlechte Gewissen verdrängt, doch jetzt meldete es sich mit einem dumpfen Druck im Magen zurück. Gewiss hatte man sie bereits gefunden, aber ihr Tod würde in der Stadt nicht die Runde machen. Ein totes Straßenkind – das war nichts Außergewöhnliches. Andererseits war das Kind in der Nähe des Hauses ermordet worden. Womöglich lastete man auch das Thilo an, würde sich zusammenreimen, dass er von ihr gesehen worden wäre und sie erstochen hätte wie seine Eltern zuvor.

»Aber …«, nun klang Thilo wieder verzagt, »… aber du warst doch dabei, als er mit dem Messer hinter mir her war.«

»Und du denkst, mir würd jemand glauben? Das war'n richtig reicher Mann, der hat Freunde, gewiss auch irgend 'n Richter oder so. Und da komm ich und nenn ihn 'nen Meuchler? Zusammen mit dem Sohn des Hauses, der in der Stadt als Mörder gesucht wird? Haste den Mann eigentlich gekannt?«

Thilo zuckte die Schultern. »Ich war sechs Jahre in Kiel, bin erst vor zwei Tagen zurückgekehrt. Vielleicht ist er mir mal begegnet, als ich ein kleiner Junge war, aber erinnern kann ich mich nicht. Mein Vater hat nur gemeint, er bekomme später noch Besuch, ich vermute, er war auch ein Kaufmann.«

»Dann kannste erst recht nichts tun. Oder denkst du, die lassen jetzt alle reichen Herren vor dir Aufstellung nehm', auf dass du einen von denen beschuldigen kannst?«

Schweigend erwiderte er ihren Blick, und im nächsten Moment knurrte sein Magen vernehmlich. »Was deine Eltern anbelangt, können wir nichts tun. Aber wir können essen.« Agnes erlaubte sich ein verschmitztes Grinsen. »Ich hab Geld.« Sie kniete sich vor ihn, dann klaubte sie aus den Ecken feuchten Staub, Erde und Mörtel zusammen und rieb alles Thilo ins Gesicht. »Stillhalten«, herrschte sie ihn an, als er zurückzuckte. Sie fuhr ihm mit den Händen durch das dichte Haar, das weicher war, als sie es jemals bei einem anderen Menschen gefühlt hatte.

Kurz darauf war es schmierig und hing ihm ins Gesicht. Sie wischte den angetrockneten Dreck von seinen Wangen und begutachtete ihn. »Ja, das sollte gehen. Am besten sprichst du nicht, du klingst zu sehr nach *denen*. Spiel 'nen Narren, der dümmlich in die Gegend stiert. Fällt dir gewiss nich schwer.«

Wieder glomm etwas in seinen Augen auf, aber er schwieg, und Agnes wandte sich ab, um vor ihm aus dem Fenster zu klettern.

»Weißt du, Arjen, es ist doch nicht meine Schuld.« Das war Johans Bekenntnis seit frühester Kindheit. Wie oft hatte er auf Arjens Bett gesessen, wenn dieser als kleiner Junge weinend auf der Truhe hockte, Striemen auf Rücken und Gesäß, nachdem sich die Wut des Vaters wieder einmal auf ihm entladen hatte, während Johan allenfalls einen Tadel oder leichte Hiebe hatte einstecken müssen. Meist hatte Arjen versöhnlich darauf geantwortet, hatte ihm übers Haar gestrichen, ihm Absolution erteilt, dieses Mal jedoch nicht. Sein Blick war kalt und so unversöhnlich, wie Johan es nicht von seinem Bruder kannte. Aber es war, verdammt noch mal, wirklich nicht seine Schuld. Aber gleich, wie oft Johan die Worte vor Arjen und insgeheim sich selbst gegenüber aussprach – das schlechte Gewissen blieb.

Dass sein Vater ihn auf eine Schiffsreise schickte, war wahrlich nicht Johans Wunsch gewesen. Die Vorstellung, in finsterer Nacht auf See zu sein, um ihn herum nur Wasser und in der Tiefe Kreaturen, deren Namen er nicht einmal kannte, flößte ihm ein unaussprechliches Grauen ein. Der einzige Schutz vor den Gezeiten wäre eine hölzerne Schiffswand. Er kannte die Wucht, mit der Wellen bei einem Sturm am Hafen aufschlugen. Johan hätte seinen Vater gerne davon überzeugt, Arjen zu schicken, aber das traute er sich nicht, denn er fürchtete den Zorn seines Vaters, und so duckte er sich weg – wie immer. Wobei er wiederum auch nicht wollte, dass Arjen ging. Er liebte und brauchte seinen großen Bruder, ohne ihn fühlte er sich schutzlos der väterlichen Willkür ausgeliefert.

»Hör mit dem Geflenne auf!«, schimpfte nun sein Vater und wandte sich an Arjen. »Und du hör auf, immerfort meine Entscheidungen in Frage zu stellen.«

»Müssen wir diese Dinge bei Tisch besprechen?«, fragte seine Mutter. »Arjen, ich habe es dir doch auf dem Rückweg erklärt.«

Sie hatten sich gerade erst im Speisezimmer eingefunden, der Vater war im Kontor gewesen im Gespräch mit einigen Kaufmännern, und er hatte sich jede Unterbrechung verbeten. So hatte Arjen, dem Johan schon bei dessen Rückkehr den Zorn angesehen hatte, warten müssen, bis sich die Gelegenheit ergab, das Thema zur Sprache zu bringen. Und hier waren sie nun.

»Eure Erklärung habe ich durchaus vernommen«, sagte Arjen, die Hände um die Rückenlehne des Stuhls geklammert, sodass die Knöchel weiß hervortraten. »Aber ich bitte Euch: Johan soll um diese Reise gebeten haben, weil er sich das immer schon gewünscht habe, während ich dergleichen seltener äußerte? Und das soll ich glauben?«

»Glaub, was du willst!«, herrschte ihn ihr Vater an. »Doch jetzt setz dich endlich. Wir sind bei Tisch, und ich dulde nicht, dass du jegliche Manieren ablegst, als wärst du ein Hafenarbeiter.«

Ebba trug das Essen auf, doch Arjen blieb stehen. Es gab Fisch, was seltsam war, denn den gab es für gewöhnlich nur freitags. Auch ihr Vater wirkte irritiert, sagte jedoch nichts, sondern warf seiner Frau nur einen kurzen Blick zu. »Ich sagte, du sollst dich hinsetzen.«

Arjen zog ruckartig den Stuhl zurück, sodass er mit lautem Schaben über den Boden kratzte. Dann ließ er sich nieder und umklammerte das Messer, als wollte er es jemandem in die Brust rammen. »Ihr wusstet, wie gerne ich eine Reise antreten möchte«, sagte er erneut zu seinem Vater. »Und Ihr wisst, dass ich es verdient habe.«

»Verdient? Womit denn? Du tust deine Pflicht als Sohn.«

In Arjens Gesicht zuckte es, er sah Johan an, schien etwas sagen zu wollen und schwieg dann doch.

Johan beobachtete seinen Bruder, dessen beherrschter Zorn ihm unheilvoller erschien, als wenn er um sich geschlagen hätte. Manchmal fragte Johan sich, was hinter all der Vorsicht und Zurückhaltung seines Bruders verborgen lag. Er dachte daran, wie spät Arjen in der letzten Nacht nach Hause gekommen war.

Vielleicht hatte er eine Geliebte, das wäre nicht ungewöhnlich, denn wenngleich Arjen sich damit nicht brüstete, bekam Johan doch das eine oder andere mit. Dachte er jedoch daran, was Theodor Drenkhan letzte Nacht passiert war ... Ob Arjen dem Mörder auf der Straße begegnet war, ohne es zu wissen?

»Na, was ist?«, sagte da sein Vater, als hätte er seine Gedanken gelesen. »Denkst du darüber nach, dasselbe zu tun wie Thilo Drenkhan bei seinem Vater?«

Arjens Finger lösten sich von dem Messergriff. »Wisst Ihr, es gibt Momente, da verachte ich Euch.«

»Verschwinde augenblicklich von meinem Tisch!« Enno Schellbachs Arm war hochgeschnellt, und sein Finger deutete zur Tür. Speicheltropfen spritzten ihm von den Lippen, als er seine Worte wiederholte.

Aufreizend langsam stand Arjen auf. Er brauchte seine Worte nicht zu wiederholen, sie standen so deutlich in seinem Blick, dass Johan Angst hatte, ihr Vater könne – ungeachtet Arjens Alter – den Rohrstock holen und ihn verprügeln, bis ihm der Arm erlahmte. Schließlich verließ Arjen den Raum, und nun wandte sich Enno Schellbach schwer atmend an seine Frau. »Diese Aufsässigkeit kann er nicht von mir haben.«

Im Gesicht ihrer Mutter zuckte es, aber sie schwieg, wirkte vielmehr, als sei sie den Tränen nahe.

»Und du«, nun traf der unbarmherzige Blick Johan, »siehst drein wie ein geprügelter Hund, statt deinem Bruder zu erklären, dass dies dein Wunsch war und er sich mit seinen Vorwürfen zum Teufel scheren soll!«

Aber es war nicht mein Wunsch, lag es Johan auf der Zunge. Doch natürlich wagte er es auch jetzt nicht, es auszusprechen, sondern er zog die Schultern hoch, als könne sein Kopf dazwischen verschwinden.

»Ich bin wahrlich gestraft. Ebba, gib mir Essen auf.«

Die Magd, die schweigend dem Disput beigewohnt hatte, beeilte sich, dem Befehl Folge zu leisten.

»Wo warst du eigentlich letzte Nacht?«, wandte sich sein Vater an ihn. »Als ich nach Hause gekommen bin, war dein Zimmer ebenso leer wie das von Arjen.«

Johan spürte, wie ihm das Blut ins Gesicht stieg. »Ich war spazieren, weil ich nicht schlafen konnte.«

Sein Vater taxierte ihn, als vermutete – oder erhoffte – er sich eine tiefere Wahrheit hinter Johans Worten. Dann jedoch schüttelte er den Kopf und begann zu essen.

LÜBECK, APRIL 1593

Dem Aufbruch seines Bruders war ein weiterer heftiger Streit vorausgegangen, denn Arjen hatte beschlossen, nicht zu schweigen. Viele böse Worte waren zwischen ihm und seinem Vater gefallen, während Johan ganz bleich geworden war und seine Mutter weinte. »Weißt du, Arjen, es ist doch nicht meine Schuld«, hatte Johan beteuert. Dieses Mal keine Nachgiebigkeit, kein Vergeben, kein Abschied, als der kleine Bruder das Schiff bestieg.

»Du bist grausam zu ihm«, hatte seine Mutter ihm gesagt. »Es ist doch wirklich nicht seine Schuld.«

Nun standen sie alle am Hafen, und während Enno Schellbach sich jovial gestikulierend mit anderen Kaufmännern unterhielt, stand Johan nur da, kreideblass, während sein Gesicht zu dem Boot zuckte, das ihn zum Schiff bringen würde, und dann wieder zu Arjen, an dessen steinerner Miene er zerbrach. Seine Mutter hatte die Hand auf Johans Arm gelegt, wobei nicht zu erkennen war, ob sie ihn beruhigen wollte oder sich selbst.

Schließlich kam der Moment des Abschieds. Sein Vater klopfte Johan auf die Schulter. »Mach mir keine Schande.«

Seine Mutter umarmte ihn kurz und trat dann einen Schritt zurück, während Arjen ihm nur knapp zunickte. Johan schien etwas sagen zu wollen, brachte schließlich nur ein knappes »Gott sei mit dir« hervor und wandte sich abrupt ab.

Das Boot ruderte ihn mitsamt den anderen Kaufleuten zum Schiff, und Arjen beobachtete, wie er ungelenk über die Trittleiter die Reling hochkletterte.

»Gott steh uns bei«, murmelte sein Vater. »Dieser Narr wird sich noch umbringen, ehe er auf dem Schiff ist.«

»Enno, bitte«, kam es von seiner Mutter.

Arjen hatte schweigend zugesehen, wie die Männer das Schiff bestiegen, wie es die Segel hisste, den Anker lichtete. Eine unbeschreibliche Sehnsucht machte ihm die Brust eng, während das Schiff langsam Fahrt aufnahm. Als seine Eltern sich auf den Heimweg machen wollten, sagte er, er käme später nach, und hatte noch lange am Kai verharrt.

Nun stand er wieder allein am Hafen, betrachtete die dreimastigen Kraweelen, die vor langer Zeit die schweren einmastigen Koggen der Hanse abgelöst hatten, und konnte nicht verhehlen, wie sehr der Neid an ihm nagte. Von Kindheit an zog es ihn in die Welt, sehnte er sich danach, hinaus aufs Meer zu dürfen, dessen Ungewissheit ihn mit so viel Beharrlichkeit lockte. Wie oft schon hatte er hier gestanden und beobachtet, wie die Fracht der Schiffe mit Waren aus aller Herren Länder gelöscht wurde. Ein buntes Sprachgemisch beherrschte den Hafen, und Arjen wusste sie inzwischen zu unterscheiden, konnte Isländisch vom Niederländischen trennen, Flämisch von Schwedisch und Dänisch. Ohne die Sprachen verstehen zu können, erkannte er ihren Zungenschlag. Norwegisch verstand er sogar schon ein wenig, weil er sich hin und wieder mit einem der

Schonenfahrer unterhielt. Aber auch jene Sprachen, in denen er unterrichtet wurde, beherrschte er inzwischen fließend, weil er fortwährend sein Gehör schulte. Arjen war bereit, die Welt zu entdecken – wenn sich ihm nur die Möglichkeit dazu böte!

Mehr als zwei Wochen war Johan nun schon fort, und wer nicht wusste, wie es um Arjens Gefühle stand, konnte glauben, er stünde Tag für Tag da und wartete auf die sichere Heimkehr des kleinen Bruders. Sacht schaukelten die Schiffe auf dem Wasser, das leise plätschernd an die Kaimauern schwappte. Die große Zeit der Hanse hatte Arjen nicht mehr erlebt, aber sein Vater sprach fortwährend davon, als wäre nicht auch er erst nach Beginn ihres Niedergangs geboren worden. Geschichten über diesen mächtigen Bund gehörten zu den wenigen Momenten, in denen die Brüder einträchtig beisammensitzend an des Vaters Lippen gehangen hatten. Um Lüneburger Salz war es gegangen, weißes Gold, und wie dieses glitzerte und funkelte, um Schiffe, die die Meere durchpflügten, um Handelsmonopole und ein weitumspannendes Netz. In den Erzählungen seines Vaters hatte es stets so geklungen, als sei der Verlust von Privilegien und Monopolen nur ein kurzer Moment, eine Unterbrechung, die nicht an der Macht zu kratzen vermochte. Damals hatte Arjen ihm geglaubt, als erwachsener Mann jedoch wusste er, dass genau diese Haltung das war, an der die Hanse krankte.

Ihre führende Position im Schiffbau hatte die Hanse längst an die Holländer verloren, aber hatte sie daraus gelernt? Dieser Rückstand verhinderte die Teilhabe am Welthandel, der zunehmend an Bedeutung gewann, und so geriet sie auch im kaufmännischen Bereich zunehmend ins Hintertreffen. Ihre Entscheidungswege waren schwerfällig, nur ungern gewöhnte man sich an Neuerungen, wollte lieber am Althergebrachten festhalten, denn dieses hatte sich schließlich bewährt. So vermochte die Hanse der zunehmenden Festigung von Territorialstaaten und der Verlagerung der Handelswege nichts entgegenzusetzen, und längst hatten die Niederlande sie überholt. Aber das wollte niemand hören, viel lieber schwelgten sie in Geschichten vergangener Größe. Ja, Lübeck hatte seine starke Position innerhalb der Hanse behalten, aber im Grunde genommen bestand diese außerdem nur noch aus Hamburg und Bremen.

Wind trieb vereinzelt Regentropfen über den Hafen, und Arjen zog seinen Mantel enger um sich. Nach wie vor war der südlich des Holstentors gelegene Binnenhafen an der Obertrave eine der Hauptschlagadern der Stadt, denn von hier floss das Geld ein, von dem sie nach wie vor reichlich zehrte. Hier befanden sich die Speicherhäuser und Lagerräume Lübecks, war der Umschlagplatz für wichtige Handelsgüter. Weil der Flusshafen nur wenig Raum bot, ankerten die Schiffe vielfach direkt an den Kaimauern, sodass die Entladung vom Landeplatz an den Hafen erfolgen konnte. Die Waren der wenigen Schiffe, die mitten auf dem Fluss ankerten, wurden von Prähmen ans Ufer gefahren.

Mit dem Ärmel wischte Arjen sich den Regen aus dem Gesicht, blieb am Hafen stehen, bis Wind und Nässe ihm derart in den Gliedern saßen, dass er sich abwandte und das nächstgelegene Wirtshaus aufsuchte. Sein Vater hatte ihn mit Botengängen beauftragt, die hatte er erledigt. Weitere Verwendung bestand für ihn an diesem Tag offenbar nicht, und so konnte Arjen im Grunde tun, was ihm beliebte.

Früher einmal hatte er alles getan, um seinem Vater zu gefallen, hatte gelernt und war dank seines wachen Verstands und seines Wissensdursts schon bald in den meisten Belangen seinem jüngeren Bruder überlegen gewesen. Und doch hatte ihm sein Vater stets das Gefühl vermittelt, dass er die Dinge nicht ausreichend gut beherrschte. Löste er alle Rechenaufgaben richtig, so baute sein Vater Fallstricke hinein, und übersah Arjen diese, setzte es etwas mit dem Stock, denn sein Vater wollte keinen Tölpel zum Sohn. Längst hatte Arjen es aufgegeben, um die Gunst seines Vaters zu buhlen, in der Hoffnung, dass dieser schon merkte, was er an ihm hatte, wenn er sich ihm nicht mehr als liebender Sohn zuwandte. Enno Schellbach jedoch schien dies bis heute nicht einmal bemerkt zu haben.

Im Gastraum des Wirtshauses mischte sich der Geruch von Bier und rußigem Qualm in jenen nach Schweiß und feuchter Kleidung. Arjen suchte einen Platz in einer Nische und zog den Mantel aus, um ihn achtlos auf die Bank zu werfen.

»Na, so etwas, mein Herr.« Eine Frau in gelbem Gewand kam an seinen Tisch. »So ganz und gar betrübt?« Ailke war die Tochter des Gastwirts, und insgeheim schwärmten die jungen Burschen, die es hierherzog, von ihr.

Für Arjen hatte sie eine besondere Bedeutung, denn in ihren Armen hatte er seine Unschuld verloren, als er achtzehn gewesen war und sie zweiundzwanzig und frisch verwitwet. Es war das letzte Mal gewesen, dass sein Vater ihn geschlagen hatte, doch diese Schläge hatten es in sich gehabt, und anstatt in sein Zimmer war Arjen wie ein waidwundes Tier durch die Straßen gelaufen, ehe er hier gelandet war, zusammengesunken auf einem Stuhl und trotz seines Alters mit den Tränen kämpfend. Ailke hatte ihn in die Arme geschlossen, ihn geküsst und mit in ihre Kammer genommen, wo all der Kummer und Schmerz von einer Lust überspült worden war, von der Arjen bisher allenfalls geahnt hatte.

Es war das einzige Mal gewesen, dass seinem Vater ein Ausbruch leidgetan hatte, denn als Arjen in den frühen Morgenstunden heimgekehrt war, hatte er seine Mutter weinend in der Halle angetroffen, und auch sein Vater war auffallend blass gewesen. Fenja Schellbach sprang auf, wollte auf Arjen zulaufen, aber etwas im Blick seines Vaters hielt sie zurück. So war es stets, als scheute sie sich davor, ihm Liebesbeweise zukommen zu lassen, wenn ihr Gemahl neben ihr stand. Johan gegenüber kannte sie eine solche Zurückhaltung nicht. Dieser schien damals allerdings alles andere im Sinn gehabt zu haben als Liebesbeweise seiner Mutter, denn er hatte mit elendem Blick auf einem Stuhl gehockt und Arjen angesehen, als befürchtete er, dieser könnte nun erzählen, was ihm selbst die unbarmherzigste Tracht Prügel seines Lebens nicht hatte entlocken können – dass es nicht Arjen gewesen war, der in die Geldkatze des Vaters gegriffen hatte.

»Hast deiner Mutter ja einen gehörigen Schrecken eingejagt«, hatte sein Vater gebrummt. »Arbeite das Geld ab, dann soll es von mir aus damit gut sein.«

Als Arjen nun in Ailkes blaue Augen sah, war es, als hätte sich die Zeit zurückgedreht, und er wäre wieder der Junge, den die Knute des Vaters niederdrückte. Ailke schien sogar versucht, ihn auf dieselbe Weise zu trösten wie damals, aber Arjen war jetzt nicht danach, und so gab er lediglich eine Bestellung auf, denn der Hunger nagte in seinem Bauch und erinnerte ihn daran, dass er seit dem frühen Morgen nichts mehr gegessen hatte.

»Machst dich rar in letzter Zeit«, hörte er eine Männerstimme sagen und drehte sich um. Wilhelm Tiedemann, ein Freund seit Kinderzeiten, war an seinen Tisch getreten. »Darf ich mich zu dir setzen?«

Arjen deutete wortlos auf den freien Stuhl, und Wilhelm ließ sich ihm gegenüber nieder. »Ich habe gehört, auf den jungen Drenkhan ist eine stattliche Belohnung ausgesetzt.«

»Wenn der seine Eltern ermordet hat, wird er wohl nicht mehr in Lübeck sein.«

»Wo sollte so einer denn hin? Der hat doch das Leben auf der Straße nie kennengelernt.«

»Vielleicht war er es nicht, und er wurde entführt?«, mutmaßte Arjen.

»Ich habe gehört, dass er an dem Abend einen heftigen Streit mit seinem Vater gehabt hat. Der Kaufmann in Kiel, bei dem er in der Lehre war, hatte wohl genug von ihm, hat ihn heimgeschickt, weil er ungehorsam war. Soll angeblich mit einer jungen Magd erwischt worden sein, die kaum älter war als er, da ist seinem Lehrherrn die Galle übergelaufen, und er hat ihn umgehend heimgeschickt. Der alte Drenkhan war nicht sehr erfreut, wie du dir sicher vorstellen kannst. Hat ihn ordentlich ausgeschimpft, heißt es.«

»Wenn das ein Grund ist, seinen Vater zu ermorden, dann hätte meiner schon längst das Zeitliche gesegnet.«

Wilhelm tat das mit einer Handbewegung ab. »Die ganze Stadt spricht davon, und so manch einer kommt nun damit, dass er in dieser Nacht Seltsames gehört habe.«

»Das tun die Leute doch immer, wenn sie glauben, sich damit hervortun zu können. Umso mehr, wenn es eine Belohnung gibt.«

»Ein Nachbar glaubt, er hätte ein Kind schreien gehört. Das würde dazu passen, dass dieses tote Mädchen in der Nähe aufgefunden wurde – erstochen, so wie Drenkhan nebst Gemahlin.«

Ailke stellte einen Krug vor Arjen ab sowie einen Teller mit dampfendem Hammeleintopf. Sie wandte sich an Wilhelm und fragte diesen freundlich, was sie ihm Gutes tun könne.

»So manches, meine Liebe, aber für heute soll es nur dasselbe sein wie für meinen Freund.«

Sie lachte und ging davon. Seufzend sah Wilhelm ihr nach. »Sie ist hinreißend.«

»Hmhm.« Arjen hatte den Mund voll und spülte das Essen mit einem großen Schluck hinunter. »Du glaubst wirklich, dass ein vierzehnjähriger verwöhnter Bengel seine Eltern ermordet, weil er sich über diese ärgert, dann ein Straßenmädchen tötet – warum eigentlich? – und seither auf der Straße lebt?«

»Vielleicht hat sie ihn dabei erwischt, wie er mit dem Messer hat fliehen wollen. Und auf der Straße leben viele Kinder.«

»Ja, gewieft und flink. Stell dir da so einen Burschen vor, wie wir es in dem Alter waren. Keinen Tag überlebt der. Da steckt gewiss etwas anderes dahinter.«

»Warum sollte man ihn entführen? Bei den Eltern ist doch nichts mehr zu holen. Da hätte derjenige besser gewartet, bis der Junge geerbt hat, und ihn sich dann geschnappt. Nein, ich sage dir, er war's.«

Arjen trank einen großen Schluck und stellte den Krug wieder ab. Im Grunde genommen war es ihm gleich, was mit dem kleinen Drenkhan war, ihn plagten andere Sorgen.

»Für deinen Vater fügt sich das indes ganz gut, dass Theodor Drenkhan nicht mehr da ist, möchte ich meinen«, fuhr Wilhelm fort.

»Warum?«

»Dass der ihm ein wichtiges Geschäft praktisch vor der Nase weggeschnappt hat, musst du doch mitbekommen haben?«

»Das war Drenkhan?« Arjen wusste, dass sein Vater außer sich gewesen war vor Zorn, aber wer der Gegenspieler gewesen war, hatte er nicht erfahren. Sein Vater nutzte zwar gerne Arjens Fähigkeiten als Kaufmann, doch die wichtigen Dinge beriet er nur mit Johan. Wieder stieg die Wut in ihm auf, und er nahm einen weiteren Schluck, als könnte er diese damit hinunterspülen.

»Wie auch immer«, fuhr Wilhelm fort, »wir werden es schon noch erfahren. Wenn der Junge versucht, sich auf der Straße durchzuschlagen, wird man ihn über kurz oder lang in der Gosse finden. Wie du schon sagtest, keinen Tag überlebt der da draußen.«

Zum ersten Mal in seinem Leben erfuhr Thilo, was Hunger war, wenngleich dieses seltsame Mädchen mit dem mausbraunen Haar und den Augen in der Farbe eines graublauen Gewitterhimmels behauptete, sie sei das erste Mal in ihrem Leben so richtig satt. Der Hunger war wie ein gefräßiges Tier in seinem Bauch, das sich in ihm verbiss, seine Krallen an ihm schärfte. Längst hatte er jegliches Zeitgefühl verloren, wobei er anfangs noch die Tage gezählt hatte. Schließlich hatte er es aufgegeben, weil es nur noch darum ging, bis zum Abend irgendwie zu überleben. Nun saß er in diesem Loch, in dem es stank wie in einer Kloake, hörte das Fiepen und Scharren von Ratten, wickelte sich nachts in Sackleinen, das vermutlich voll war von Ungeziefer, denn es juckte ihn am ganzen Körper. In manchen Momenten wünschte Thilo gar, der Mann hätte ihn gleich mit ermordet.

»Ich hab noch nie ’nen so elenden Jammerlappen gesehen«, schimpfte Agnes, wenn er mal wieder, ganz in seinen Kummer verstrickt, in die Ecke kroch, die Knie anzog und das Gesicht in den Armen vergrub, während er vor Kälte zitterte.

Himmel, er ertrug sie kaum noch und wollte ihr am liebsten sagen, dass er ein so verstrubbeltes, verlottertes Mädchen auch noch nie gesehen hatte. Er hob den Kopf, sah sie an, wie sie dort saß und ihn verächtlich musterte. War er in der Zeit nach der Ermordung seiner Eltern wie gelähmt gewesen, so zehrte mittlerweile der Zorn an ihm, war erst ein Aufglimmen gewesen, das langsam flackerte, sich heiß durch ihn hindurchfraß und nun hell loderte. Aber da war auch noch ein Rest Vernunft, so ballten sich all die hässlichen Worte, die er diesem Mädchen entgegenschleudern wollte, in der Kehle, und sein Atemzug klang wie ein Aufschluchzen. Er brauchte sie, das war ihm klar, und so blieb er stumm.

»Fängste jetzt schon wieder an zu flennen?«

»Halt doch den Mund«, zischte er ihr zu, nun doch unfähig zu schweigen, und er schaffte es dabei sogar, seiner Stimme Festigkeit zu verleihen.

Das entlockte ihr ein Lächeln, als hätte sie Freude daran, wenn sie ihn wütend machte.

»Sie haben ’ne Belohnung auf dich ausgesetzt«, sagte sie nun. »Richtig viel Geld.«

Augenblicklich fiel der Zorn in ihm zusammen, schmeckte nach kalter Asche. »Was sagst du da?«, krächzte er, als kratzte Ruß in seiner Kehle.

»Wenn ich dich an die Büttel ausliefere, gibt’s ’nen Haufen Münzen für mich und für dich den Strick.« Sie hatte das Kinn in die Hand gestützt und musterte ihn nachdenklich.

Er schluckte, brauchte einen Augenblick, um Worte formen zu können. »Ich würde sagen, du wärst es gewesen. Wem würde man wohl glauben?«

Sie ging nicht wütend auf ihn los, ohrfeigte ihn nicht schon wieder – was er ihr auch unbedingt geraten haben wollte, denn er würde sich kein weiteres Mal von ihr schlagen lassen – und schimpfte ihn keinen tölpelhaften Verräter. Vielmehr lächelte sie, als würde ihr seine Antwort gefallen. »Und dann landet mein Kopf in der Schlinge, das ist gut möglich. Du hingegen bekommst das Haus mit der gut gefüllten Speisekammer und einem flackernden Feuer im Kamin, an dem du dich wärmen kannst. Zumindest so lange, bis der Mörder auftaucht und diesem schönen Leben ein Ende setzt.«

»Der könnte dich auch erwischen.«

»Mich?« Sie lachte. »Mich erwischt keiner, erst recht keiner von *denen*. Aber mach dir keine Sorgen, ich übergeb dich denen nich. Nich, weil ich denk, du wärst fähig, mich zu beschuldigen, denn du würdest allenfalls schreckstarr dastehen und vor Angst kein Wort rausbringen. Ich hab vielmehr Sorge, dass *er* ein mächtiger Mann is. Außerdem bin ich keine Verräterin, so lästig du mir auch bist.«

Die Erwähnung der heimischen Speisekammer hatte Thilo auf eine Idee gebracht. »Du warst doch schon einmal in unserem Haus. Kannst du da nicht noch einmal rein und Essen stehlen?«

»Was für'n dummer Einfall.«

»Niemand rechnet damit, dass ich dorthin zurückkomme.«

»Die rechnen damit, dass du das denkst. Dass einer wie du auf der Straße nich überleben kann, wissen die doch. Also steht vermutlich jemand im Haus und wartet drauf, dass du was Unüberlegtes tust.« Sie sog die Unterlippe ein. »Du hast mal gesagt, dass du lang nicht mehr hier warst. Erkennt dich überhaupt jemand?«

»Ich war acht, als mein Vater mich fortgeschickt hat.« Thilo zuckte die Schultern.

»Die, bei denen du warst, werden die dich nich vermissen?«

Bei der Erinnerung war ihm ein wenig unbehaglich zumute. »Ich war nicht auf Besuch hier. Der Kaufmann, bei dem ich lernen sollte, hat mich fortgeschickt.« Er war von Anfang an ein aufmüpfiges Kind gewesen, und die Hoffnung seines Lehrherrn, dies könnte sich ändern, wenn er erst älter war und entsprechend oft mit der Knute verdroschen wurde, hatte sich nicht bewahrheitet – Thilo blieb rebellisch und setzte sich gegen jede aufgezwungene Regel zur Wehr.

»Was hast du denn angestellt?«

Diese Erinnerung war aufregend und beschämend zugleich. »Ich habe mit der Magd, hm, herumgeschäkert.«

Sie fragte nicht weiter, äffte nur leise »herumgeschäkert« nach, und er beließ es dabei. Sein Lehrherr hatte ihn aus der Kammer geprügelt, und vermutlich hatte er die arme Gundis auf die Straße gesetzt. Am kommenden Tag saß Thilo in einem Fuhrwerk auf dem Weg zurück nach Lübeck. Der Zorn seines Vaters hatte sich in Worten unbändiger Wut entladen. Vor seiner Mutter hatte er sich geschämt, und diese Scham hatte seinen Widerstand angeheizt, sodass er seinem Vater viel Boshaftes zugeschrien hatte. Jetzt wünschte er, er hätte all das nicht gesagt, wünschte, er könnte bei seinen Eltern sein. Was würde er ihnen nicht alles versprechen! Einen vorbildlichen Sohn wollte er abgeben, lernen wollte er, ihnen keinen Kummer mehr bereiten. An seine Mutter zu denken, daran, wie sie ihn angesehen hatte, als er all die hässlichen Dinge zu seinem Vater sagte, löste einen Schmerz aus, der ihm die Brust eng machte. Dann wieder kamen andere Erinnerungen, Momente, in denen er noch klein gewesen war, ehe sein Vater ihn nach Kiel geschickt hatte. Hin und wieder hatte er ihn mitgenommen, wenn er geschäftliche Dinge erledigte, hatte ihm eine Süßigkeit gekauft und mit ihm gelacht. Wenn er die Augen schloss, konnte er das Klacken des Spinnrads hören, mit dem seine Mutter Wolle spann und dabei summte. Ein leises Schaben ließ ihn aufblicken, und die Erinnerungen zerstoben.

Als er eine Ratte bemerkte, die durch die Fensteröffnung

lugte, wich er zurück. Er hasste Ratten, hatte Geschichten gehört, wie sie kleinen Kindern nachts die Füße anfraßen, und davon, wie Bisswunden brandig wurden und man entweder starb oder Gliedmaßen verlor. Das beständige Fiepen, Rascheln und Kratzen ließ ihn nur schwer einschlafen. Wenn er dann endlich schlief, war es eine ohnmachtsähnliche Erschöpfung, aus der er ohne jede Erholung erwachte. Er wollte nach Hause, wollte in sein Bett, zu seinen Eltern. Alles würde er dafür tun. Alles!

»Was machen wir jetzt?«, fragte er.

»Nun, ich zumindest werde gleich gehen und uns etwas zu essen besorgen.«

»Das meinte ich nicht. Ich meinte …« Er wusste nicht, wie er es ausdrücken sollte, ohne dass sie sich wieder über ihn lustig machte, ihn verzärtelt und verweichlicht nannte. Aber er konnte es doch nicht ändern – allein die Vorstellung, dass er hier für den Rest seines Lebens hausen musste, war ihm so unerträglich, dass es ihm sogar verlockender schien, seinem Leben mit einem Sprung in die Trave ein Ende zu bereiten. Ein Tag in diesem Kellerloch erschien ihm schon entsetzlich lang, wobei das immer noch besser war als die Straße, die ihm eine Stadt zeigte, die er so nicht kannte und die ihn ängstigte. Unvorstellbar, das einen Monat zu ertragen. Und dann gar ein ganzes Leben? Dies hier war nicht Lübeck, es war das verzerrte Bild der Stadt, gemalt in düsteren Farben, die in allen Gassen das Unheil lauern ließen.

Agnes wartete die Erklärung, was er meinte, nicht ab, sondern erhob sich und schloss die beiden noch vorhandenen Knöpfe ihres Umhangs. »Ich geh jetzt los. Willst du mit? Obwohl – nein, besser nicht, ohne dich bin ich schneller.«

»Hör zu«, sagte Thilo, der in diesem Moment nichts weniger wollte, als mit ihr durch die Straßen zu laufen, und beseelt war von dem Verlangen, zurück in das Haus seiner Eltern zu dürfen. »Ich muss den Mörder überführen und den Tod meiner Eltern rächen.«

»Sicher, mein Herr, wenn's mehr nich ist.« Sie lachte.

»Ich verlange nicht, dass du dich dafür in Gefahr begibst …«

Wieder lachte sie, und das machte ihn so wütend, dass er am liebsten aufgesprungen und auf sie losgegangen wäre.

»Du sorgst nur dafür, dass ich auf der Straße überlebe. Dafür verspreche ich dir, dass ich dich mit mir nehme, wenn ich mein Geburtsrecht zurückbekomme.«

Zwar lachte Agnes nicht mehr, aber sie wirkte unübersehbar belustigt. »Du bist wirklich der seltsamste Kauz, der mir je untergekommen ist. Dir ist es ernst, oder? Kinder, die einen reichen Kaufmann als Mörder überführen?«

»Nun, unsere Kindheit ist ein vorübergehender Zustand, dem die Zeit Abhilfe verschaffen wird, nicht wahr?«

»Wie du daherredest.« Sie schüttelte nur den Kopf, wirkte, als hielte sie ihn für nicht ganz gescheit. »Natürlich. Überführen wir den Mörder und kehren in dein Haus ein, du als Hausherr und ich als deine Gemahlin.«

Gemahlin war nicht ganz das, was Thilo im Sinn gehabt hatte, eher eine Dienstmagd, die er gut versorgen wollte, bis sie alt und grau war, aber er schwieg.

»Schön, nachdem wir nun wissen, wohin der Weg uns führen wird, gehe ich etwas zu essen holen.« Agnes schwang sich hoch zum Fenster.

Bei der Vorstellung, dass er nun wieder allein zwischen den Ratten sitzen müsste, während er draußen Stimmen anderer Kinder hörte, überkam ihn diese mittlerweile vertraut gewordene lähmende Furcht, die ihn wie eine Welle überschwappte und alles Aufsässige von ihm spülte. »Immer wenn du fortgehst, habe ich Angst, dass du nicht wiederkommst.« Ihr das einzugestehen, kostete ihn einiges an Mut, und er befürchtete, sie würde sich wieder darüber mokieren.

Sie hatte dafür jedoch nur ein übermütiges Grinsen übrig. »Ich sagte doch – mich erwischt keiner!«

Es hatte aufgehört zu regnen, als Arjen das Wirtshaus verließ, wenngleich es immer noch diesig war und kein Sonnenstrahl seinen Weg durch das Grau des Himmels zu bahnen vermochte. Arjen war noch nicht danach, heimzukehren, und so spazierte er durch die Straßen mit ihren Giebelhäusern, die das reiche Bürgertum – vielfach Kaufleute – auszeichneten. Seine Stiefel gaben auf dem schmierigen Pflaster ein leises Schmatzen von sich, aber immerhin sorgte der Regen dafür, dass wenigstens ein Teil des Unrats in die Rinnen beidseitig und mittig der Straßen lief. Ein Hund mit struppig grauem Fell machte sich über einen Rattenkadaver her und knurrte Arjen an, als wollte dieser ihn ihm streitig machen.

Vielleicht, so überlegte Arjen, sollte er noch einmal mit seinem Vater sprechen. Nun, da Johan den väterlichen Wunsch erfüllt und eine Reise angetreten hatte, konnte Arjen das vielleicht bei nächstbietender Gelegenheit tun. Immerhin lag es doch im Interesse seines Vaters, wenn beide Söhne so viel Erfahrung wie möglich sammelten, um sich des Erbes als würdig zu erweisen.

Dass sich nun doch ein verirrter Sonnenstrahl aus der dichten Wolkendecke heraustastete und Lichtsprengsel auf den Platz vor seinem Elternhaus malte, erschien ihm – normalerweise sehr unromantischer Natur – als verheißungsvolles Vorzeichen. Er öffnete die Tür und trat in die große Halle. Hier empfingen sie bei Feierlichkeiten die Gäste, und so war dieser Bereich des Hauses überaus repräsentativ mit eisenbeschlagenen Truhen, edlen Leuchtern und Wandteppichen. Eine breite Treppe führte hinauf zu den Privatgemächern der Familie.

Seine Eltern befanden sich in der großen Wohnstube, in deren riesigem Kamin ein Feuer flackerte. Während sein Vater sich an einem Tisch im Alkoven niedergelassen hatte und sich offenkundig seiner Korrespondenz widmete, saß seine Mutter auf einem Hocker mit ihrem Spinnrad nahe dem Fenster. Bänke standen an den Wänden mit reich verzierten Kissen und Decken sowie eine große Truhe, die einst Fenja Schellbachs Aussteuer enthalten hatte. Arjens Schwester, die mittlerweile dreizehnjährige Rieke, besaß ebenfalls seit frühester Kindheit eine solche Truhe, die in ihrem Zimmer stand und fortwährend gefüllt wurde, um sie am Tag ihrer Eheschließung in ihr eigenes Haus zu tragen. Das war wohl auch der Moment, in dem Rieke den Inhalt ihrer Truhe vollumfänglich zu Gesicht bekam, denn ihr Vater hatte sie an ihrem achten Geburtstag in ein Frauenstift fernab der Stadt geschickt, damit ihre Tugend gewahrt blieb bis zu dem Moment, in dem sie das Haus ihres Ehemanns betrat. Er liebte sie sehr, aber sie war zu jung gewesen, um ihm richtig nahe zu sein, und hatte der Erziehung ihrer Mutter und ihrer Amme unterstanden, während Arjens Welt eine andere war.

»Bist spät dran«, brummte sein Vater bei seinem Eintreten.

»Ich habe Wilhelm Tiedemann getroffen.«

»Macht seinem Vater auch nichts als Kummer, dieser Bursche.« Enno Schellbach sah nicht auf, sondern beugte sich weiter über die Seiten, weil seine Augen mit zunehmendem

Alter schlechter wurden. Er zog die Lampe näher zu sich heran, sodass das Fett darin in Bewegung geriet und leise zischte.

Arjen ließ sich von der Magd einen Krug Braunschweiger Bier bringen und setzte sich auf die Bank. Der einzige Stuhl im Raum war seinem Vater vorbehalten. »Wilhelm hat erzählt, auf den jungen Drenkhan sei eine Belohnung ausgesetzt?«

»Ich hoffe, sie kriegen ihn«, antwortete seine Mutter anstelle seines Vaters. »Die Vorstellung, dass dieses halbe Kind seine eigenen Eltern meuchelt, kann einen um den Schlaf bringen.«

»Rede keinen Unsinn.« Enno Schellbach klang unwirsch. »Er wird mitnichten durch eines unserer Fenster steigen und dir etwas antun. Aber seiner habhaft werden sollten sie unbedingt, als Warnung für andere Söhne, dergleichen zu versuchen.« Sein Blick hob sich kurz, und er taxierte Arjen, ehe er sich wieder seiner Arbeit zuwandte, und kurz war nur das Kratzen der Feder auf dem Papier zu hören.

Arjen wusste, er sollte an sich halten, um keinen Streit vom Zaun zu brechen, aber es fiel ihm zunehmend schwerer, den Zorn zurückzuhalten, die galligen Worte, die sich in seiner Kehle ballten, hinunterzuschlucken. »Ich hörte, Theodor Drenkhans Tod komme Euch sehr gelegen.«

Die Spule unter Fenja Schellbachs Fingern drehte sich langsamer, und Arjen hörte, wie sie den Atem ausstieß.

»Es wird immer jemanden geben«, entgegnete sein Vater ungerührt, »der vom Tod eines anderen profitiert. So wie du vermutlich annimmst, eines Tages von meinem zu profitieren.«

Arjen schwieg, denn ganz unrecht hatte sein Vater nicht.

»Und womöglich denkst du dir«, fuhr Enno Schellbach fort, »je eher, desto besser.«

Auch das stimmte im Grunde genommen. »Ich kann Euch

versichern, dass ich nicht vorhabe, diesen Umstand selbst herbeizuführen.«

Sein Vater blickte auf und lächelte mit milder Verachtung. »Was du nicht sagst. Da kann ich mich ja wahrhaft beruhigt zurücklehnen, ja?«

Fenja Schellbach trat nun wieder schneller auf das Pedal, das Spinnrad knarzte und surrte, die Spule drehte sich, der Faden glitt rasch durch kundige Finger. Seine Mutter hatte den Blick gesenkt, als wäre sie versunken in ihre Tätigkeit, doch die Starre in den Schultern, die betont gerade Haltung konnten nicht darüber hinwegtäuschen, dass sie zuhörte und bereits einen neuen Streit fürchtete.

»Ich kann dir jedoch sagen«, fuhr Enno Schellbach fort, »dass auch mein früher Tod dir nur von geringem Nutzen wäre.«

»Was meint Ihr damit?«

»Mein Erbe geht an Johan, du wirst allenfalls an seiner Seite arbeiten, ihm zur Hand gehen, wofür du von seinen Gnaden hier leben darfst.«

Von einem Moment auf den anderen war es Arjen, als breche das Leben, all das, was er für sein Dasein gehalten hatte, unter ihm weg, ließ ihn ins Bodenlose fallen. Das konnte doch unmöglich sein. Zwar hatte für Arjen wahrhaftig kein Zweifel daran geherrscht, dass sein Vater den jüngeren Bruder bevorzugte, doch damit hatte er niemals gerechnet. All die Strenge, die ständige Unzufriedenheit – Arjen hatte stets geglaubt, sein Vater wolle ihn zurechtbiegen, ihn zu dem Mann formen, der es wert wäre, das Erbe anzutreten. Denn er war der älteste Sohn, und es gab keinen Grund, ihm sein Erbe vorzuenthalten, schließlich hatte Arjen sich keines Verbrechens schuldig gemacht.

»Das könnt Ihr unmöglich ernst meinen«, war alles, was er herausbrachte.

»Ich sage Ebba, sie solle die Vesper heute etwas früher vorbereiten«, kam es von seiner Mutter. »Wir alle können eine Stärkung gebrauchen.«

Arjen ignorierte sie.

»Eine der Mägde hat Schönrocken geholt«, fuhr Fenja Schellbach fort, als könnte die Erwähnung vom Lieblingsbrot ihres Ehemannes jegliche Streitlust im Keim ersticken, ja Gesagtes gar ungesagt machen. »Und dazu Käse und gut gewürztes Fleisch. Die Beeke hat heute erst guten Pfeffer vom Markt geholt und Safran.«

»Ob es mir ernst ist?«, fragte der Vater nun. »Hast du mich jemals Scherze treiben sehen? Kennst du mich nicht einmal dafür gut genug?«

»Ihr könnt mich nicht enterben!« Arjen stellte den Krug mit einem Knall neben sich auf der Bank ab. »Ich bin ein guter und fähiger Kaufmann, weitaus fähiger als Johan!«

»Johan lernt noch, und er wird sich als würdig erweisen.«

Dass sein Vater so ruhig antwortete, nicht den leisesten Anschein erweckte, dieses Gespräch bewegte ihn ebenso wie Arjen, machte diesen rasend vor Zorn. »Ich halte es mein Leben lang mit Euch aus! Ertrage, dass Ihr Eure Wut an mir abreagiert, tue alles, was Ihr verlangt. Und zum Dank enterbt Ihr mich?«

»Es steht dir frei zu gehen.«

»Enno.« Fenja Schellbach klang atemlos, und die Spule hörte auf, sich zu drehen.

»Warum um alles in der Welt raubt Ihr mir mein Geburtsrecht?«

»Dein Geburtsrecht?« Jetzt wurde sein Vater doch laut. »Welches sollte das wohl sein? Ich selbst entscheide, wer mein Erbe wird. Sei froh, dass ich dir hier ein Zuhause gebe!«

»Ein Zuhause nennt Ihr das?«

»Ja, ganz recht! Aber wie ich schon sagte – es steht dir frei zu gehen.« Sein Vater sprang auf und wies mit der Hand zur Tür. Jetzt bebte er, wirkte, als breche sich Bahn, was sich lange aufgestaut hatte.

»Vielleicht sollte ich genau das tun, um Euch endlich los zu sein.«

»Dann verschwinde! Geh zu deinem Vater, in welcher Gosse er deine Mutter auch immer bestiegen haben mag!«

»Enno!«, schrie Fenja Schellbach.

Die folgende Stille wog so schwer, dass sie Arjen in den Ohren summte. Im nächsten Moment verspürte er eine Ruhe, wie er sie noch nie empfunden hatte. Endlich fand dieses eine bedeutsame Teil seines Lebens, das sich nie hatte einfügen wollen, an seinen Platz – die Gefühle, die ihm sein Vater entgegenbrachte. So einfach war es also. Es war nicht allein der Umstand, dass Johan mit seinem dunklen Haar das Ebenbild seines Vaters war, sondern auch, dass Arjen mit dem weizenblonden Haar und den blauen Augen seiner Mutter stets noch das Erbe des Unbekannten in den Zügen trug, das niemand so recht hatte zuordnen können.

Alle möglichen Gründe hatte Arjen sich zurechtgelegt, warum sein Vater ihn nicht liebte, und nun war die Antwort so einfach – weil er schlicht und ergreifend nicht sein Vater war. Arjen blickte in das bleiche Gesicht Enno Schellbachs und in das seiner Mutter, auf deren Wangen rote Flecken getreten waren, die wie losgelöst von der Haut wirkten. Erst wollte er lachen, weil die Situation gar so bizarr war, im nächsten Moment seine Mutter schütteln, weil sie ihn seit frühester Kindheit diesem unbarmherzigen Zorn ausgesetzt hatte. Abrupt wandte er sich ab und ließ sie stehen, eilte in sein Zimmer, wo er die Tür hinter sich ins Schloss warf und zum Fenster trat, hinaussah auf das Treiben in den Straßen. Alles ging seinen alltäglichen Lauf, während Arjens Welt aus den Fugen war.

Zaudernd wurde die Tür geöffnet, und Arjen wusste, wer es war. Er drehte sich nicht um, obwohl er hörte, wie seine Mutter mit ihren leisen Schritten das Zimmer betrat.

»Arjen …«

»Wolltet Ihr es mir jemals erzählen?«

Sie kam näher, aber nicht nah genug, um ihn zu berühren. Zärtliche Gesten hatte sie auch in Abwesenheit seines Vaters – nein, seines Ziehvaters – nie gewagt, als befürchtete sie, jemand könne Enno Schellbach dies zutragen. Wovor hatte sie Sorge gehabt? Dass man liebevolle Gesten als Zuneigung zu Arjens Vater deuten konnte? Wieso hatte ein so strenger Mann, der mit Argusaugen über die Tugend seiner Tochter wachte, eine Frau geheiratet, von der er wusste, dass sie das Kind eines anderen trug?

»Meine Eltern hatten mit ihm eine Vereinbarung getroffen«, sagte seine Mutter, als hätte sie die Frage erahnt. »Natürlich war dein Vater nicht erfreut, aber die Vorteile der Eheschließung überwogen, und als meine Eltern die Mitgift entsprechend erhöhten, hat er mich geheiratet.«

»Und meinen Vater konntet Ihr nicht heiraten? Kam er in der Tat aus der Gosse?«

»Natürlich nicht.« Die Stimme seiner Mutter hatte an Schärfe gewonnen. »Wo denkst du hin? Er war ein angesehener Mann, aber die Umstände erlaubten es nicht, an eine Ehe auch nur zu denken. Überdies war er nur zu Besuch in Lübeck und war seinerseits einer Frau versprochen.«

»Warum habt Ihr es dann überhaupt getan?«

Schweigen. »Du bist mein Sohn, und gleich, was du denkst,

ich liebe dich. Doch darüber zu urteilen, wem ich mich vor meinem Ehemann hingegeben habe, steht dir nicht zu. Denkst du, ich kriege nicht mit, wie du nachts Frauen in dein Zimmer holst? Glaubst du, was du dir herausnehmen darfst, darfst du mir absprechen?«

Arjen wollte das nicht hören. »Ihr habt zugelassen, dass er mir all das antut.«

»Weil ich der Überzeugung war, dass seine Strenge das Beste aus dir herausholt. Und so war es, nicht wahr? Du bist strebsamer und weitaus fähiger als Johan.«

Anstelle einer Antwort stieß er ein verächtliches Schnauben aus.

»Denk nicht, dass es einfach für mich war«, sagte seine Mutter. »Aber ich wusste auch, dass es die einzige Möglichkeit gewesen ist, dich behütet aufwachsen zu lassen als Sohn des Hauses.«

»Wusstet Ihr, dass er mich enterbt?«

Es brauchte einen Moment, ehe seine Mutter antwortete. Sie schloss die Augen, dann sah sie ihn wieder an. »Das wusste ich vom Moment unserer Eheschließung. Er hat nie einen Zweifel daran gelassen, dass das Erbe ausschließlich an seine leiblichen Kinder gehen wird.«

Arjen fragte sich, wann er hatte erfahren sollen, dass er nicht Enno Schellbachs Sohn war. Wahrscheinlich hatte dieser geplant, ihm dies im Testament zu eröffnen. Es musste an ihm genagt haben, den Vater für dieses Kuckuckskind spielen zu müssen, dabei zuzusehen, dass dieses begabter war als sein eigener Sohn. Diesen kleinen Triumph hätte Enno Schellbach sich gewiss nicht entgehen lassen. »Wer ist mein Vater?«

Fenja Schellbach schwieg.

»Wer?« Es war das erste Mal in seinem Leben, dass er ihr gegenüber laut wurde.

»Sein Name ist Hendrik Valckenberg.« In ihrem Gesicht zuckte es, und sie wich seinem Blick aus. »Ein Kaufmann aus Amsterdam.«

Agnes hatte nicht vor, das Essen an diesem Tag durch Bezahlung zu erwerben, schließlich durfte sie nicht aus der Übung kommen. Sie mischte sich auf dem Markt unter die Leute, blieb mal an dem einen Stand stehen, dann an dem anderen, aber ihr schien das Glück nicht hold zu sein. Die Händler wachten sorgsam über ihre Waren, und das zerlumpte Straßenmädchen schien ihnen nicht den Eindruck zu machen, als wollte es für das Essen bezahlen. Am liebsten hätte Agnes allein aus Trotz eine Münze hervorgeholt und ihnen das Gegenteil bewiesen, aber sie unterließ es und schlenderte weiter.

»Pack dich!«, rief eine Frau und zeigte ein lückenhaftes Gebiss, als Agnes einen Moment zu lange an ihrem Stand stehen geblieben war und überlegt hatte, wie sie unbemerkt eine Wurst unter ihrem Umhang verschwinden lassen konnte.

Als Agnes nicht schnell genug reagierte, erhob die Frau die Hand mit einem kräftigen Stock, der gewiss schon mehr als ein Kind in die Flucht geschlagen hatte.

Agnes wich zurück, stolperte in einen Mann hinein, der sie grob beiseitestieß, noch ehe sie in einem Reflex nach seinem Geldbeutel hatte greifen können. Sie glitt auf zermatschtem Gemüse aus, fing sich und ging weiter. Der Duft nach gepökeltem Fleisch mischte sich in das strenge Aroma von Dung, den die Lasttiere fallen ließen.

»Haltet den Dieb!«, schrie jemand, und im nächsten Moment

rannte ein Junge in Agnes hinein, warf sie fast um und lief weiter, während ihn zwei Männer verfolgten.

Agnes fluchte und ging weiter, dann hielt sie inne und tastete nach der Münze, die sie sicherheitshalber eingesteckt hatte. Sie war verschwunden. Dieser verdammte Kerl hatte sie bestohlen, noch während er vor den Männern floh! Oder gehörten diese gar zu ihm? Agnes sah sich um, natürlich konnte sie ihn nicht mehr erspähen. Dabei war ihr klar, dass sie nichts tun konnte, selbst wenn sie ihn sah. Dass sie allein einem Jungen, der mindestens einen Kopf größer war als sie, und womöglich zwei Männern, nicht gewachsen war, wusste sie, sie war ja keine Närrin.

Wütend ging sie weiter, verwünschte ihre Unachtsamkeit. Dass sie darüber hinaus an diesem Tag nichts erbeutete, fachte ihren Ärger zusätzlich an, und nun konnte sie nicht einmal etwas zu essen kaufen. Sie würde also mit leeren Händen zurückmüssen, eine weitere Münze holen und diesem Tölpel eingestehen, dass sie an diesem Tag nicht nur kein Essen hatte stehlen können, sondern darüber hinaus selbst bestohlen worden war.

Sie dachte an seine hochtrabenden Worte und musste den Kopf schütteln. Einen Mörder überführen und dann in einem hochherrschaftlichen Haus leben, es war zum Lachen. Was für ein lächerlicher Tropf. Sie würde ihn dazu ausbilden, ihr bei ihren Streifzügen zu helfen, er war auf sie angewiesen und entsprechend dankbar. Bei ihm musste sie nicht befürchten, dass er sie zu übervorteilen versuchte.

Als sie den Markt verließ, bemerkte sie einen großen, bulligen Mann. Sie brauchte kurz, um ihn zuordnen zu können. Es war dieser Kerl aus Barne Theves Haus, der offenbar noch späte Besorgungen machte. Agnes ignorierte ihn und ging weiter, auf einmal furchtbar müde. Das gute Leben hatte sie träge gemacht, sie musste damit aufhören, musste das Geld für Notzeiten verwahren und lernen, wieder auf der Hut zu sein und sich blitzschnell zu nehmen, was sie wollte.

Unvermittelt umschlossen Arme ihren Körper von hinten, hoben ihn hoch, drückten ihn an eine harte Brust, und Agnes war so überrumpelt, dass sie einen Augenblick brauchte, um zu reagieren. Dann jedoch wand sie sich wie eine Straßenkatze, trat um sich, biss, fauchte, schrie. Der Griff des Mannes lockerte sich jedoch nicht, vielmehr schien er fester zu werden, je mehr sie dagegen ankämpfte. Einige Passanten blieben stehen, sahen sie an.

»Hat mir mein Geld geklaut, die kleine Ratte.« Rostig klang die Stimme des Mannes, knirschte, als sei sie nur selten in Gebrauch. Dann presste sich eine schwielige Hand auf Agnes' Mund, und nun kämpfte sie gegen das Ersticken an, während sich der Mann in Bewegung setzte, sie trug, als sei sie kaum schwerer als die Katze, als die sie sich gebärdete. Agnes bekam nur mühsam Luft, und schon bald tanzten flackernde Lichter vor ihren Augen, und ihre Bewegungen wurden zunehmend langsamer. Endlich nahm der Mann die Hand von ihrem Mund, und sie tat mehrere tiefe, hastige Atemzüge.

»Was willst du von mir?«, schrie sie, erhielt jedoch keine Antwort.

Die Straßen, durch die sie gingen, waren ihr vertraut, sie war erst vor kurzem selbst hindurchgelaufen. Vor einem schmalen, spitzgiebeligen Haus blieb der Mann stehen und betätigte den Türklopfer. Kurz darauf öffnete eine Frau, an der alles grau war, das Haar, das Gesicht, die seltsam entfärbten Lippen, die Kleider. Sie nickte nur, trat zurück und ließ sie ein, ehe sie die Tür hinter ihnen schloss.

Agnes wurde durch den schmalen Korridor in die Handelsstube getragen und dort endlich auf ihre Füße gestellt, wobei der Mann ihre Oberarme umfasst hielt, als wolle er verhindern, dass Agnes auf seinen Dienstherrn losging. Reglos stand sie in diesem düsteren Raum, sah den Staub im Licht der Lampe tanzen, die Regale mit den kuriosesten Waren, Bücherstapel auf dem Boden. In der Mitte thronte Barne Theves, hielt eine Pfeife in der Hand und musterte sie.

»So ein guter Batist«, sagte er schließlich. »Der liegt nicht so einfach am Straßenrand, die Ratten hätten sich darum geprügelt und ihn in Fetzen gerissen. Ein teures Stück aus reichem Haus, zweifellos getragen von einem Halbwüchsigen.« Er beugte sich vor, sah Agnes unverwandt in die Augen. »Und nun sag mir, wo der Junge ist.«

Agnes schwieg, und die Hände des Mannes schlossen sich fester um ihre Arme, was sie aufkeuchen ließ. Während sie den Blick durch den dämmrigen Raum schweifen ließ, überlegte sie fieberhaft, welcher Ausweg sich ihr bot. So tat sie zuerst das Nächstliegende und leugnete alles. »Weiß von keinem Jungen«, stieß sie trotzig hervor und machte den vergeblichen Versuch, die Arme aus dem Griff des Bullen zu befreien.

»Es ist ein kleines Monogramm eingestickt, das hast du nicht bemerkt, nicht wahr? Ich hatte dir Ulf hinterhergeschickt, der sollte dir zu dem Jungen folgen, aber du warst zu flink.«

Wieder sah Agnes ihn nur schweigend an.

»Ich kann auch weniger freundlich fragen«, sagte Barne Theves. »Ist deine Entscheidung, Mädchen.«

Fieberhaft überlegte Agnes, was sie nun tun sollte. Thilo verraten? Sie wusste nicht, was ihr eigenes Leben dann noch wert wäre, und zudem war sie keine Verräterin. Sie warf den Kopf zurück, sah Barne Theves an. »Ich weiß nichts von dem Jungen«, wiederholte sie.

»Ich lasse dir die Finger brechen, erst die der linken Hand, dann hast du noch die rechte, um deinem Geschäft nachzugehen.« Ein schmales Lächeln spielte um Barne Theves' Mund.

Der bullige Kerl ließ Agnes los, um sich im nächsten Moment ihre linke Hand zu greifen. Agnes schrie auf. »Der Junge war es doch gar nich!«

Barne Theves hob die Hand, und der Griff um Agnes' Finger lockerte sich ein wenig, jedoch nicht ausreichend, damit sie sich befreien konnte. »Wie meinst du das?«

»Ich war stehlen dort im Haus, zusammen mit Elise.«

»Elise?«

»Das Mädchen, das am nächsten Tag tot vor dem Haus lag. Sie hat er erwischt, mich nich.«

Barne Theves verengte die Augen. »Tischst du mir da nicht ein Märchen auf?«

Hektisch schüttelte Agnes den Kopf. »Wir war'n im Haus, wollten Essen stehlen.«

»Und da hast du gesehen, wer die Familie Drenkhan ermordet hat?«

»Ich hab den Mann gesehen, der es getan hat. War ein Kaufmann. Der Junge is weggelaufen.«

»Und hat dabei sein Nachthemd von sich geworfen?«

»Ich hab's ihm sicher nich ausgezogen!«, rief Agnes trotzig, und Barne Theves grinste.

»Wer war der Mann?«

»Weiß nich. War damit beschäftigt, mich nicht von ihm abstechen zu lassen.«

Barne Theves erhob sich und ging langsam zu ihr. »Du hast den Mann also gesehen. War es jemand von der Straße?«

Sie hatte bereits den Mund geöffnet, um zu bejahen, doch dann hielt sie inne. Die Lüge wäre zu leicht zu durchschauen.

Agnes wusste nicht einmal, ob überhaupt etwas gestohlen worden war. »Nein, das war'n reicher Mann.«

Barne Theves musterte sie, wirkte, als versuchte er, eine etwaige Lüge zu durchschauen. »Und du bist entkommen?«

Sie nickte.

»Und dann hast du das Nachthemd gefunden?«

»Lag in der Nähe eines Hauses auf der Straße. Und ich fand, es stand mir zu, immerhin bin ich fast abgestochen worden.«

»Würdest du den Mann erkennen?«

Agnes zögerte, nickte dann. »Aber ich will ihm nich mehr begegnen.«

»Das musst du nicht, du sollst ihn mir nur zeigen. Vielleicht lässt sich da gleich doppelt etwas holen. Besser wär's, ich hätte den Jungen auch noch. Wenn du etwas über ihn weißt, solltest du es mir sagen.«

Agnes schüttelte nur den Kopf.

»Also gut.« Barne Theves taxierte sie. »Du bleibst hier, und morgen zeigst du mir den Mann.«

»Nein!« Agnes war entsetzt. »Der wird mich töten.«

»Rede keinen Unsinn, der wird sich nicht auf offener Straße auf dich stürzen. Du sollst ihn mir zeigen, mehr nicht. Danach darfst du gehen.«

Sollte das bedeuten, sie musste bis zum kommenden Tag hierbleiben?

»Hast du schon etwas gegessen?«

Argwöhnisch erwiderte Agnes seinen Blick und schwieg.

»Du musst keine Angst haben, es liegt nicht in meinem Interesse, dich zu vergiften.« Barne Theves grinste. »Sieh es als gutes Vorzeichen unserer morgigen Zusammenarbeit.«

»Ich kann morgen früh wiederkommen«, schlug sie forscher vor, als ihr zumute war.

»Du bist über Nacht mein Gast. Ulf«, er wandte sich an den Hünen, »bring sie zu Meena, sie soll sie in einem Zimmer unterbringen.«

Ohne weitere Umstände ergriff der Bulle – Ulf – Agnes' Oberarm und zerrte sie aus dem Raum in den düsteren Eingangsbereich des Hauses. »Meena!«, rief er mit seiner eingerostet klingenden Stimme.

»Du zerquetschst mir den Arm«, schimpfte Agnes und keuchte auf, als sich sein Griff noch fester darum schloss.

Die graue Frau erschien und sah Agnes an, rümpfte leicht die Nase.

»Bring sie für heute Nacht unter«, sagte Ulf und stieß Agnes von sich.

Die sah zur Tür, überschlug rasch ihre Möglichkeiten.

»Ist verschlossen«, sagte die Frau mit erstaunlich heller Stimme. »Also los, komm. Keine Ahnung, wo ich so ein Lumpenbündel unterbringen soll.«

»Steck sie in den Müllkübel«, schlug Ulf vor.

Die alte Frau ignorierte ihn. »Komm, Mädchen.« Sie griff nicht nach Agnes' Arm, entweder weil sie die Berührung scheute oder weil sie davon überzeugt war, dass Agnes ihr ohnehin folgen würde.

Da ihr in der Tat nichts anderen übrig blieb, ging Agnes hinter ihr her eine schmale Stiege hoch und dann durch einen finsteren Flur. Ihr war unbehaglich zumute, und sie musste an Thilo denken. Was, wenn dieser Ulf sich durchfragte zu ihrem Versteck und ihn dort fand? Andererseits hatte Agnes niemandem erzählt, wo sie untergekommen war. Hätte eines der anderen Kinder etwas geahnt, hätten sie längst versucht, ihr diesen Platz streitig zu machen. Was würde Barne Theves mit ihr anstellen, wenn er merkte, dass sie ihn belogen hatte? Das

Herz schlug ihr heftig vor Angst, und sie wusste nicht, wie sie aus diesem Haus hinauskommen sollte. Vielleicht durch ein Fenster?

Die Frau stieß am Ende des Flurs eine Tür auf. »Rein mit dir.«

Mit einem flauen Gefühl im Bauch betrat Agnes das Zimmer. Hinter ihr fiel die Tür zu, und Agnes fuhr herum, hörte, wie sich der Schlüssel im Schloss drehte. Sie war eingeschlossen, und einen panischen Moment lang fühlte es sich an, als sei sie eingekerkert, käme nie wieder hinaus. Sie rüttelte an der Tür, als könnte das etwas ändern, und atmete hektisch. Dann drehte sie sich ruckartig um und lief zu dem winzigen Fenster, riss es auf und sah hinaus. Sie würde ihren Körper hindurchwinden können, aber es war zu hoch, und die Hauswand war glatt, ohne Vorsprünge. Vielleicht könnte sie sich irgendwie zur nächsten Fensteraussparung hangeln, aber die Gefahr, zu stürzen und sich etwas zu brechen, war zu groß. Überdies wusste sie nicht, ob der große schwarze Hund, der dort herumlief, sich nicht sofort auf sie stürzen würde.

Agnes schlug das Fenster zu. Sie war gefangen, und ihr wollte kein Ausweg aus dieser misslichen Lage einfallen. Langsam glitt sie an der Wand entlang zu Boden und blieb dort sitzen, während sie die Situation auslotete. Das hier war kein Kerkerraum, sondern offenbar einer, in dem Gäste untergebracht wurden, dafür sprachen das Bett, die schwere Truhe an der Wand neben der Tür sowie der Tisch mit dem Stuhl davor.

Als sich der Schlüssel im Schloss drehte, sprang Agnes auf, blieb auf der Hut. Es war jedoch nur die alte Frau, die eine Platte in den Raum schob. Darauf standen ein hölzerner Napf, dem ein verführerischer Duft entstieg, sowie zwei Scheiben Brot. Ohne ein weiteres Wort richtete die Frau sich auf und schloss die Tür. Agnes hörte, wie abgeschlossen wurde. Misstrauisch beäugte sie das Essen, und ihr Magen erinnerte sie mit einem vernehmlichen Knurren daran, dass sie seit dem Vortag nichts gegessen hatte. Langsam erhob sie sich, ging vor dem Essen in die Hocke und besah es. Ein Eintopf mit großen Stücken Fleisch, Rüben und Kartoffeln. Das Brot war noch warm, als käme es frisch aus dem Ofen. Daneben stand ein Becher mit Milch. Agnes spürte, wie sich der Speichel in ihrem Mund sammelte, und wenngleich ihr Stolz und Vorsicht gebieten wollten, das Essen nicht anzurühren, ging dies über ihre Kräfte. Warum sollte sich Barne Theves zudem die Mühe machen, sie zu vergiften? Sein Bulle hätte ihr einfach das Genick brechen können. Außerdem brauchte er offenkundig etwas von ihr, und sie musste bei Kräften sein, um ihm im richtigen Augenblick entwischen zu können. Agnes lehnte sich mit dem Rücken an die Tür und hob den Napf in ihren Schoß, tauchte den Löffel hinein und schob ihn sich in den Mund.

Aromen zergingen auf ihrer Zunge, und Agnes schob sich hastig den nächsten Löffel in den Mund, aß so schnell, dass sie kaum mit dem Kauen hinterherkam. Schließlich wischte sie mit dem Brot den Napf aus und stopfte es hinterher. Danach war sie so satt, dass sie eine ungewohnte Trägheit erfasste und sie sich erschrocken fragte, ob dem Essen doch etwas beigemischt worden war. Sie stand auf, streckte sich, als könnte sie dadurch die Müdigkeit abstreifen, und ging zum Fenster, sah den Hund im Hof liegen. Auch eine weitere Begutachtung der Lage brachte keine Möglichkeit für einen Ausbruch, sie konnte nichts anderes tun, als hier zu warten, bis Barne Theves sie aus dem Zimmer holte und sich ihr die Möglichkeit zur Flucht bot.

Abends brachte die Alte ihr noch einmal etwas zu essen, stellte ein Brett mit dunklem Brot und Käse sowie einen Becher

Milch neben der Tür ab. Kurz hatte Agnes mit dem Gedanken gespielt, die alte Frau beiseitezustoßen, die Treppe hinunterzulaufen und zu sehen, ob die Tür immer noch verschlossen war, aber das Risiko erschien ihr zu hoch. Im schlimmsten Fall würde man sie womöglich in ein Kellerloch sperren. Lieber gab sie jetzt vor, sich zu fügen. Ihre Gedanken wanderten zu Thilo, der hoffentlich keine Dummheiten machte. Vermutlich würde er wieder flennen, weil es nichts zu essen gab. Hoffentlich probierte er nicht selbst sein Glück. Wenigstens wäre sie den Tölpel dann los. Andererseits – was wäre, wenn man ihn schnappte und befragte? Wenn der Mann, der die Familie ermordet hatte, mächtig war und dann auch sie unbedingt bekommen wollte. Womöglich warteten sie bereits auf sie, wenn sie zurückkehrte.

Dass Thilo ihre Münzen zusammensuchte, hielt sie für abwegig, aber man konnte nie wissen. In dem Fall würde er sich künftig gut vor ihr in Acht nehmen müssen.

Agnes sah zu dem schmalen Bett an der Wand. Es war so lange her, seit sie das letzte Mal in einem geschlafen hatte. Im Waisenhaus war das gewesen, wo sie für kurze Zeit gelebt hatte, nachdem ihre Tante gestorben war. An diese Zeiten dachte sie nur ungern zurück. Ihre Tante war arm gewesen, eine Wäscherin und Witwe eines Gerbers, doch warmherzig und liebevoll. Im Waisenhaus hingegen wurde den Kindern mit Härte und Rohrstock Zucht beigebracht, und die Frauen dort waren kalt und streng gewesen. Agnes hatte es nicht lange dort ausgehalten und war fortgelaufen.

Gerade jedoch meldete sich ein dringlicheres Bedürfnis als Müdigkeit. Suchend sah sie sich um und entdeckte einen Nachttopf unter dem Bett. Sie nutzte ihn und stellte ihn in die Ecke. Dann ging sie zum Bett und legte sich versuchsweise darauf. So bequem hatte sie noch nie gelegen, und ebenso wie beim Essen beschloss sie, die Gelegenheit zu nehmen, wie sie kam. Sie musste ausgeruht sein, wenn sie am kommenden Tag flüchten wollte. In ihren Umhang gewickelt und den Kopf auf den angewinkelten Arm gelegt, schloss sie die Augen und war fast augenblicklich eingeschlafen.

Mit einem Ruck fuhr Agnes auf, blickte sich in dem Raum um, den das Zwielicht nur matt erhellte. Für einen panischen Moment war sie desorientiert, der Körper wie zur Flucht angespannt. Dann erinnerte sie sich und stieß den Atem mit einem langen Zug aus. Es war kalt und roch vom Nachttopf her nach Pisse. Agnes schwang die Beine aus dem Bett und stand auf, öffnete das Fenster, um die kalte Morgenluft in den Raum und den üblen Gestank hinauszulassen. Den Hund konnte sie nicht sehen, und Agnes lehnte sich vor, suchte ein weiteres Mal die Hauswand ab, wollte sehen, ob es Unebenheiten in den Ziegelsteinen gab, an denen sie Halt finden könnte. Aber es war aussichtslos. Und wenn sie doch sprang? Sie tat den Gedanken ab. Überleben konnte sie das vermutlich, aber selbst wenn sie sich nichts brach, reichte ein verstauchter Fuß, um nicht mehr richtig rennen zu können. Das jedoch wäre notwendig, wenn der Hund doch irgendwo wäre. Überdies wusste sie nicht, wie sie vom Hof kommen sollte. Sie konnte sich nicht vorstellen, dass das Tor bei Nacht unverschlossen geblieben war.

Als sie gerade gähnend den Nachttopf ein weiteres Mal nutzte, wurde die Tür geöffnet und ein Napf hineingeschoben. Warme Milchsuppe mit Hafergrütze. Das Brett vom Vorabend nahm die alte Frau mit und schloss die Tür wortlos wieder. Agnes hörte, wie sich der Schlüssel drehte, und seufzte. Dann nahm sie den Napf auf den Schoß und aß. Aus dem Haus war kein Laut zu hören, offenbar redete hier nie jemand. Einmal waren schwere Schritte zu vernehmen, ansonsten beherrschten die Geräusche der erwachten Stadt das Zimmer, Menschen, die lautstark miteinander stritten, Rufe, das Rattern eisenbeschlagener Räder auf dem Pflaster, Hundegebell und das laute Blöken von Schafen, die vermutlich auf den Markt getrieben wurden.

Als Agnes sich gerade fragte, wie lange sie noch in diesem Zimmer würde ausharren müssen, wurde die Tür aufgeschlossen, und die alte Frau nickte ihr knapp zu. »Komm!«

Sie ging vor ihr her, und kurz überlegte Agnes, ob sie sie die Treppe hinunterstoßen und ihr Glück an der Tür versuchen sollte. Notfalls konnte sie vielleicht durch ein Fenster flüchten. Doch als hätte sie ihre Gedanken gelesen, sagte die Frau: »Tu nichts Unüberlegtes.«

Im nächsten Augenblick bemerkte Agnes Ulf, der sie unten in Empfang nahm, indem er ihr Handgelenk mit eisernem Griff umfasste. Barne Theves kam ebenfalls hinzu, lächelte, als sei der Morgen eine erfreuliche Angelegenheit.

»Hast du gut geschlafen?«

Agnes schwieg.

»Es ergibt sich bestens, dass der Rat heute tagt, ansonsten hättest du meine Gastfreundschaft noch einige Tage länger genießen dürfen. Wir gehen zum Rathaus, und dort wirst du mir den Mann zeigen, der das Ehepaar Drenkhan ermordet hat.«

Ungläubig starrte Agnes ihn an, dann schüttelte sie wild den Kopf. »Der tötet mich, wenn er mich sieht.«

»Das tut er gewiss nicht vor all den Leuten. Überdies wirst du gut beschützt.« Er deutete mit dem Kinn auf den Hünen Ulf.

»Was krieg ich dafür, wenn ich ihn Euch zeige?«, versuchte Agnes sich an Geschäftstüchtigkeit.

Ein kleines, anerkennendes Lächeln zeigte sich auf Barne Theves' Lippen. »Die Bezahlung hast du bereits erhalten, möchte ich meinen. Du hast ein Bett bekommen und sicher besser gegessen als je zuvor. Falls du aber meinst, das sei nicht genug, lade ich dich gerne ein, die Tage bis zur nächsten Ratssitzung im Keller bei den Ratten zu verbringen.«

Agnes sah ihn böse an, schwieg jedoch. Mit einem zufriedenen Nicken wandte er sich an seinen Gehilfen, und dieser öffnete die Tür, zog Agnes mit sich hinaus. Sie sah sich um, doch niemand interessierte sich für das Mädchen, das von diesem großen Mann grob mitgezerrt wurde, einmal ausglitt und mit einem solchen Ruck auf den Beinen gehalten wurde, dass Agnes dachte, der Mann renkte ihr den Arm aus.

»Du tust mir weh!«, fauchte sie, erntete jedoch keine Reaktion.

Sie schoben sich durch die dicht gedrängte Menschenmenge auf dem Markt, und als Agnes den Versuch machte, sich wider alle Vernunft zu befreien, zerquetschte der Hüne ihr fast das Handgelenk. Aufstöhnend gab sie es auf, folgte ihm ohne weitere Gegenwehr. Vor dem Rathaus kamen sie zum Stehen, und Barne Theves trat neben sie.

»Sobald die Männer das Rathaus verlassen, sieh genau hin.«

»Lasst Ihr mich gehen, wenn ich Euch den Mann gezeigt habe?«

»Ja. Aber komm nicht auf die Idee, auf den falschen zu deuten. Beim nächsten Mal bin ich womöglich nicht mehr so freundlich zu dir.«

Das Rathaus war ein imposanter Backsteinbau, der an die Nord- und Ostseite des Marktes grenzte. Drei Türme zierten die Schildwand, und das Erdgeschoss des Langen Hauses war zum Markt hin offen, sodass auch dort Buden hineingebaut worden waren. Dort war Agnes noch nie gewesen, denn es bot keine Fluchtmöglichkeit. Kurz hatte sie befürchtet, Barne Theves wollte mit ihr dort hinein.

Agnes fror und wickelte mit der freien Hand den Mantel enger um sich. Ein Hund mit verfilztem Fell kam näher, so mager, dass man selbst durch die Zotteln die Knochen sehen konnte. Der Hüne trat nach ihm, doch das Tier wich mit einer Geschicklichkeit aus, die Agnes ihm nicht zugetraut hätte. Während sie von einem Bein aufs andere trat und sich ihre Hand im Griff des Hünen nahezu taub anfühlte, öffnete sich die Tür des Rathauses. Augenblicklich stand sie still und war auf der Hut. Sie sah die Männer an, die hinaustraten, edel gekleidet in reich verzierte Mäntel, die vorne geöffnet waren und den Blick freigaben auf gestopfte Wämser, deren dicke Polster über die Oberschenkel reichten, Beinkleider und eng anliegende Hosenstrümpfe. Um den Hals trugen sie jene albernen Radkrausen, bei denen sich Agnes stets fragte, ob man damit überhaupt auf die eigenen Füße blicken konnte.

Agnes betrachtete ein Gesicht nach dem anderen, konnte aber den Mann jener Nacht nicht entdecken und entspannte sich gerade lange genug, um sich auszumalen, was wäre, wenn sie Barne Theves sagen musste, der Meuchler sei nicht unter diesen Herren. Würde er ihr glauben? Oder würde er sie bis zur nächsten Ratssitzung in seinem Haus einsperren? Die Blicke einiger Herren trafen sie, der eine oder andere runzelte missbilligend die Stirn, wie sie zu dritt dastanden und zu ihnen hinüberblickten. Vermutlich befürchteten sie einen Raub, denn hin und wieder warfen die Männer noch einen Blick über die Schulter, als wollten sie sichergehen, nicht verfolgt zu werden.

Und dann sah Agnes ihn, bemerkte ihn vermutlich im selben Moment wie er sie. Er hielt inne, kaum merklich, aber doch lange genug, damit es auffiel. Ihre Blicke trafen sich, und während Agnes das Herz in heftigen Schlägen ging, weiteten sich die Augen des Mannes, verengten sich im nächsten Moment, und es wirkte, als setzte er zum Sprung an, würde sich auf sie stürzen wollen. Doch er blieb ruhig, musterte sie noch für einen Moment, dann wandte er sich ab und sprach mit dem Mann neben ihm.

»Der dort.« Agnes versagte die Stimme. »Mit dem pelzverbrämten Mantel und dem blauen Barett.«

Barne Theves sah den Mann sehr aufmerksam an, dann lächelte er schmal.

»Ich lüge nicht«, bekräftigte sie, da der Hüne keine Anstalten machte, ihren Arm loszulassen.

»Das weiß ich«, antwortete Barne Theves. »Er hat dich erkannt, nicht wahr?«

Agnes schwieg, nickte dann aber. Der Griff um ihren Arm lockerte sich, und mit einem Ruck befreite sie sich, fuhr herum und rannte los. Sie wusste nicht, ob der riesige Kerl ihr folgte, denn sie wollte nicht innehalten, um sich umzublicken. Rasch schob sie sich in die Menschenmassen, rempelte eine Frau an, atmete den Geruch von altem Schweiß in ranziger Wolle. Sie eilte weiter, drängte sich durch die Menschen, und nun wagte sie doch einen Blick zurück, konnte jedoch weder Ulf ausmachen noch den Kaufmann. Es schien in der Tat, als würde sie nicht verfolgt.

Dennoch lief sie Umwege über den Markt, zwängte sich zwischen Ständen hindurch, und als sie schließlich den Marktplatz verließ, rannte sie los, tauchte in kleine Gassen ein, bemerkte eine Gruppe halbwüchsiger Jungen, von denen keiner so aussah, als wollte sie ihm begegnen. Rasch bog sie in den schmalen Spalt zwischen zwei Häusern, in dem der Boden schmierig war von ausgeleerten Nachttöpfen und alten Gemüseresten. Eine Ratte lief quiekend davon, und es stank, als watete sie mitten durch einen Abort. Am Ende der Gasse atmete sie auf und bemerkte erst jetzt den räudigen grauen Hund, der ihr offenbar die ganze Zeit über nachgelaufen war. Er trottete nun ebenfalls aus der Gasse und sah sie erwartungsvoll an.

»Ksch!« Agnes versuchte, ihn zu verscheuchen. »Verschwinde!« Der Hund sah sie an, machte aber keine Anstalten, ihrer Forderung Folge zu leisten, und so gab sie es auf, drehte sich um und ging nun auf direktem Weg zu ihrem Unterschlupf. Der Hund war ihr gefolgt, senkte nun den Kopf und knurrte. Agnes bemerkte eine fette Ratte, die gerade unter dem verrotteten Holzstapel hervorgekommen war und über die Straße trippelte. Der Hund setzte ihr nach, die Ratte lief nun schneller, verschwand in einer Gasse. Kurz darauf war ihr schrilles Quieken zu hören. Kopfschüttelnd kletterte Agnes durchs Fenster. Immerhin war der Hund jetzt fort.

Thilo saß in einer Ecke, die Knie angezogen, und richtete sich auf, als sie auf dem Boden landete. Selbst in dem kränklich bleichen Licht, das durch das Fenster fiel, konnte sie erkennen, wie blass er war, die Augen glasig und dunkel umschattet. Er wirkte, als hätte er wieder geflennt, aber anstatt dass es Agnes ärgerte, berührte es sie, wie viel Angst er ohne sie ausgestanden haben musste.

»Wo warst du?« Seine kratzige Stimme bestätigte die Vermutung.

»Ich war in Schwierigkeiten.« Zu ihrem eigenen Schrecken bemerkte sie, wie unsicher ihre Stimme klang. Nun, da die Anspannung von ihr abfiel und sie sich in Sicherheit wähnte, war es, als verließen sie alle Kräfte. Der Blick des Kaufmanns kam ihr in Erinnerung, die Kälte und Gewissheit, dass ihr

Leben keinen Straßendreck mehr wert wäre, würde er ihrer habhaft werden. Agnes sank auf den Boden und schlang sich die Arme um den Oberkörper, fror und zitterte.

Thilo schwieg, die Augen angstvoll geweitet, und schließlich stand er auf, kam zu ihr und ließ sich neben ihr nieder. Zögerlich legte er einen Arm um sie. »Hat …« Er schien nach den richtigen Worten zu suchen. »Hat dir jemand wehgetan?«

Sie schüttelte den Kopf. »Ich habe …« Sie verstummte, als sich oben ein grauer Hundekopf mit blutverschmierter Schnauze durchs Fenster schob.

»Wer ist das denn?«, fragte Thilo, und Agnes, die sich für den Anfall von Schwäche schämte, antwortete gallig: »Den hab ich jetzt vermutlich genauso am Hals wie dich.«

Clara von Genssler stand vor dem Haus ihres Liebsten und fragte sich beim Blick auf die Fassade, wer dafür Sorge getragen hatte, die Fensterläden zu verschließen und die Tür fest zu verriegeln. Ihr war, als atmete das Haus Theodors Tod und als hinge auch hier draußen der Geruch nach Blut, klebrig und metallen, gemischt in den süßlichen Gestank der Verwesung. Clara wusste, dass all dies nur ein Hirngespinst war, etwas, das ihre überbordende Phantasie ihr vorgaukelte.

Seit sie von seinem Tod erfahren hatte, hatte sie das Haus gemieden, als sei es erst dann Wirklichkeit, wenn sie es mit eigenen Augen sah. Solange sie nicht hierherkam, konnte sie sich einreden, dass Theodor sich zu Hause versteckt hielt, dass all das eine Finte gewesen war, um seinen Feind in Sicherheit zu wiegen, auf dass dieser sich verriet. Aber wer dieses Haus sah, konnte keinen Zweifel daran haben, dass hier niemand mehr wohnte. Erste kleine Zeichen der Vernachlässigung zeigten sich bereits, gleich einem Körper, der zu verwesen begann, sobald sein Geist ihn verlassen hatte.

»Herrin?« Gereon, Claras Diener und untrennbarer Schatten seit Kindertagen, brachte sich in Erinnerung. »Was wollt Ihr nun tun?«

Kurz war es Clara, als schmeckte selbst der feuchtkalte Wind nach Moder und Verfall. »Steht fest, dass es der Sohn gewesen ist?«

»So erzählt man sich in allen Gassen.«

»Und hat ihn jemand gesehen?«

»Nein, bisher nicht.«

Clara nickte. Sie wusste nicht, was sie davon halten sollte. Theodor hatte ihr von Thilo erzählt, und es war wahrhaftig nichts allzu Gutes gewesen, was er von diesem verzogenen Tunichtgut zu berichten wusste. Aber konnte das sein? Ermordete dieser Vierzehnjährige, der nie die Härten des Lebens kennengelernt hatte, die eigenen Eltern und noch dazu ein Straßenmädchen, das ihm – da musste man sich nichts vormachen – bei weitem überlegen gewesen wäre? Um dann unerkannt in den Straßen Lübecks unterzutauchen?

»Ich muss diesen Jungen finden.«

»Wir tun bereits alles.«

»Dann tut noch mehr. Ich muss mit ihm sprechen. Wenn er es nicht war, wird er mir sagen können, wer es gewesen ist. Und wenn er es war, sorge ich dafür, dass er gerichtet wird.« Sie wandte sich von dem Haus ab und ging die Straße entlang in Richtung ihrer eigenen Behausung, blieb nach wenigen Schritten aber abrupt stehen. »Das Straßenmädchen«, sagte sie unvermittelt. »Finde heraus, wer sie war. Vielleicht erfahren wir dann mehr.«

»Ich kümmere mich darum.«

Clara setzte ihren Weg fort, und nun, da sie das Haus gesehen hatte und sich eingestehen musste, dass ihr Liebster tot war, wühlte der Schmerz in ihr, als wäre er ein wildes Tier, das man in ihrem Innern freigelassen hatte. Mit scharfen Krallen kratzte es an ihr, rieb sie wund, bis sie sich krümmen wollte. Theodor.

Sie erreichte das prachtvolle Giebelhaus der Familie von Genssler, von der außer ihr niemand mehr übrig war. Siebzehn Jahre war sie alt gewesen, als ihr Vater vor fünf Jahren bei einem Unfall verstorben war. Die Mutter hatte sie bereits bei der Geburt verloren. Nach dem Tod des Kaufmanns von Genssler hatte sich Theodor Drenkhan um sie gekümmert. Er war vierzehn Jahre älter als sie und ihrem Vater, der ihn stets gefördert hatte, eng verbunden gewesen. Clara hatte ein Maß an Bildung erhalten, wie es für eine Frau ungewöhnlich war, dennoch war sie nie in die Geschäfte ihres Vaters eingeführt worden, denn der Plan war stets gewesen, dass sie heiratete und ihr Ehemann dann den Platz des Familienoberhaupts einnahm, in dessen Hände man irgendwann die kaufmännischen Geschicke legte. Da dieser jedoch noch nicht gefunden war, stand Clara zwar mit einem großen Vermögen, aber ohne Verlobten da. Dies war ein Umstand, den heiratswillige Männer jeden Alters rasch zu beheben gedachten, doch Theodor hatte ihr davon abgeraten und versprochen, ihr zu helfen, in Gedenken an ihren Vater, den er sehr geschätzt hatte.

In den ersten beiden Jahren war es in der Tat nur um das Geschäftliche gegangen, denn er nahm sein Ehegelöbnis sehr ernst. Zudem war da das schlechte Gewissen ihrem Vater gegenüber, als könnte dieser sehen, wie sie miteinander umgingen. Darüber hinaus wollte Theodor nicht, dass es zu Gerede käme. Irgendwann jedoch hatten die kaufmännischen Gespräche nicht mehr gereicht, und Clara hatte ihn geküsst. Danach hatte sie ihn mit in ihr Zimmer genommen, wo sie zum ersten Mal miteinander geschlafen hatten. Er war ein wunderbarer Liebhaber gewesen, aufmerksam und voller Hingabe. Clara hatte ihn geliebt.

Wer auch immer ihm das angetan hatte, würde dafür bezahlen. Clara trat in die Stube und ließ sich auf einem Stuhl am Schreibtisch nieder. Als Theodor noch gelebt hatte, hatte er seine schützende Hand über sie gehalten. Da ihr Vater es versäumt hatte, sich um eine Vormundschaft für sie zu kümmern, und sie keine lebenden männlichen Verwandten mehr hatte, war sie unter die Vormundschaft der Handelskammer gestellt worden. Mit dem angesehenen Theodor Drenkhan an ihrer Seite, der sie bei Geschäften beriet, hatte man sie in der Welt des Handels ernst genommen. Jetzt war sie allein und wusste nicht so recht, wie es weitergehen sollte. Im Rat hatte sie als Frau nichts zu sagen, und eine Mitwirkung im Bereich der Bürgerschaft war undenkbar. Alleinstehende Frauen durften keine Geschäfte ohne Vormund abschließen. Wollte sie selbständig Abmachungen treffen, durfte sie dies allenfalls über Verkaufswerte von zweieinhalb Pfennigen. Aber gut, eins nach dem anderen. Erst einmal musste sie diesen Jungen finden.

LÜBECK, MAI 1593

Es hatte nicht nur Nachteile, dass dieses verlauste Tier jetzt bei ihnen lebte, stellte Agnes fest. Es war wie mit Thilo, der hatte ja durchaus auch seine Vorzüge, denn seit er an ihrer Seite schlief, fror sie nachts nicht mehr so heftig. Und der graue Hund sorgte immerhin dafür, dass nun weniger Ratten vor dem Fenster lauerten. Nachts kam er hereingekrochen und legte sich neben Thilo, der sich fortwährend beklagte, es jucke ihn am ganzen Körper und er stinke wie ein nasser Hund.

»Is ja nich so, als hättest du vorher viel besser gerochen«, gab Agnes zurück, was ihr einen wütenden Blick einbrachte.

Wochenlang hatte sie Angst gehabt, Barne Theves oder der Mörder von Thilos Eltern könnten ihr auflauern oder sie auf der Straße überfallen. Verwünscht sollte der Moment sein, als sie in das Haus der Familie Drenkhan eingestiegen war.

»Ich wünschte, ich hätte euer Haus nie betreten«, hatte sie ihrer Wut einmal Luft gemacht.

»Dann wäre ich nicht mehr am Leben.«

»Weil ich dich da nich gekannt hätte, wär's mir gleich.«

Daraufhin hatte Thilo verletzt geschwiegen, aber sie hatte

sich nicht darum gekümmert. Immerhin hatte sie seinetwegen nichts als Ärger am Hals.

»Möchtest du, dass ich gehe?«, hatte er gefragt.

»Stell keine Fragen, bei denen du ein Nein nicht überleben würdest«, war ihre lapidare Antwort darauf gewesen.

Hin und wieder nahm sie Thilo mit, wenn sie abseits ihrer sonstigen Routen unterwegs war, brachte ihn zum Hafen, saß mit ihm am Ufer der Wakenitz, wo die Schlachter ihrem Gewerbe nachgingen und gewiss nicht zu befürchten war, auf reiche Kaufleute zu stoßen. Am ersten richtig warmen Tag war seine Haut geradezu verbrannt gewesen, war rot und hatte sich geschält, und er hatte fortwährend gejammert. Mittlerweile hatte auch er jene Sonnenbräune, die nur das Leben auf der Straße in die Gesichter brannte. Sein Haar war länger geworden, hing in fettigen Strähnen auf die Schultern und in das schmutzige Gesicht, und Agnes hatte kaum noch Sorge, dass man in ihm den reichen Knaben mit dem goldblonden Haar wiedererkannte.

Nachdem Barne Theves sie in seinem Haus festgehalten hatte, hatte Agnes sich überlegt, einen neuen Unterschlupf zu suchen. Aber sie mochte den Keller nicht aufgeben, weil sie ahnte, dass sie einen so guten Platz so schnell nicht wieder fand. Und wenn jemand sie auf der Straße entdeckte und ihr folgte, wäre es ohnehin gleich, wo sie sich verkroch. Sie musste allerdings stets auf der Hut sein, durfte keine Unachtsamkeit zulassen. Wenn sie zum Stehlen auf den Markt ging, ging sie weiterhin allein. Mit Thilo an ihrer Seite konnte sie nicht schnell genug untertauchen, und sie gab nach wie vor acht, sich nicht zu oft in seiner Gesellschaft zu zeigen.

Es war zur Mittagszeit so sommerlich warm, dass die Ausdünstungen der Menschen sich mit dem Gestank des dampfenden Tierdungs mischten. Die Menschen waren reizbar, schwitzten und wurden unachtsam, sodass Agnes bei einem Rempler einige Münzen ergattern konnte. An einem Stand stahl sie ein Brot, das sie im Gehen zur Hälfte aß, den Blick aufmerksam auf die Menschen gerichtet. Sobald wie möglich verließ sie das Marktviertel. Kurz hatte sie überlegt, Thilo abzuholen, damit er auch etwas von dem schönen Tag hatte, beschloss dann aber, dass sie lieber allein sein wollte. Noch ehe sie an der Fleischhauerstraße angekommen war, die zur Wakenitz führte, roch sie das malzige Aroma der Brauereien, in das sich beim Näherkommen jener schwere metallene Blutgeruch mischte, der den Häusern der Fleischhauer im unteren Bereich der Straße entströmte. Einen Jungen, den Agnes gekannt hatte, hatte der Versuch, hier zu stehlen, den Arm gekostet. Einer der Fleischhauer hatte kurzen Prozess gemacht und gar nicht erst versucht, das Diebesgut zurückzubekommen, sondern dem Jungen, noch während er nach dem Schinken griff, den Arm abgeschlagen.

Sie trat durch das Kütertor hinaus, wo die Schlachthäuser als Pfahlbauten am Ufer der Wakenitz errichtet waren. Hier verwob sich der Geruch nach Blut mit dem Gestank nach fischigem Schlick, und Agnes, die einiges aushielt, krauste die Nase. Sie ließ sich am Wasser nieder und hielt das Gesicht in die Sonne. Dass jemand neben sie trat, spürte sie, noch ehe sie denjenigen sah, und rasch blickte sie auf, war auf dem Sprung. Aber es war nur Matthes, ein mageres Kind, das sie auf acht oder neun Jahre schätzte, was jedoch täuschen konnte, da er einfach sehr schmächtig war. Zwischendurch erledigte er Hilfsarbeiten für einen der Fleischer und bekam dafür eine Handvoll Schlachtabfälle oder einen Schlafplatz.

Jetzt ließ er sich neben ihr nieder, die Nase verrotzt – anders hatte sie ihn nie erlebt – und das Gesicht von einer kreidigen

Blässe. Auch das kannte sie nicht anders. Er war ein lieber kleiner Kerl, und Agnes hoffte, dass er wenigstens noch ein paar Jahre durchhielt. Alt würde er nicht werden, doch das wurden die wenigsten.

»Da is so'n Mann«, sagte er jetzt. »Der fragt nach Elise.«

Agnes versuchte, sich den Schreck nicht ansehen zu lassen. »Warum?«

»Weil se doch tot gefunden wurde.« Matthes fuhr sich mit dem Ärmel über die Nase.

»Was interessiert die Leute denn ein totes Bettelkind? Oder war's 'n Verwandter?«

»Ne, das war'n feiner Mann.«

In Agnes' Bauch ballte sich die Angst wie ein harter Knoten. Rasch ging sie durch, wer etwas von ihrem Einbruch mit Elise wissen konnte. Sie selbst hatte es niemandem erzählt, weil sie nicht wollte, dass sich jemand anschloss oder später wiederum sie überfiel und bestahl. Und Elise? Nein, das konnte sie sich nicht vorstellen. Hätte eines der anderen Kinder davon erfahren, hätte längst jemand den Schluss gezogen, dass Agnes etwas über den toten Kaufmann und seinen Sohn wissen musste. Nein, das konnte einfach niemand ahnen.

Wieder schniefte Mattes und krümmte sich leicht. Normalerweise gab Agnes nichts ab, hatte sie doch selbst meist kaum genug, und sie hatte erlebt, wie eines der Kinder jemandem aus Mitleid etwas zu essen gegeben hatte und in der Folge ausgeraubt worden war. Es wurde einem nicht gedankt, wenn man teilte. Doch mit Matthes war es etwas anderes, sie mochte ihn, und er tat ihr leid. Also zog sie das halbe Brot aus der Tasche und brach es in der Mitte durch – auch Matthes sollte nicht denken, sie hätte genug, um eine ganze Ration herzugeben – und reichte es ihm. Trotz der Sonnenwärme waren seine Finger eiskalt.

Agnes hätte gern mehr über diesen Mann gewusst, der nach Elise fragte, aber sie wagte es nicht, zu viel Interesse zu zeigen. Der Kleine war ein Einzelgänger, huschte durch die Gassen und hatte seine Ohren überall.

»Hast du das vom alten Theves gehört?«, fragte Matthes dann auch im nächsten Moment.

»Nein, was ist denn mit dem?«

»Heut Morgen haben se ihn gefunden. Sah so aus.« Matthes tat mit der Hand so, als würde ein Strick seinen Hals langziehen, ließ den Kopf zur Seite hängen, verdrehte die Augen und streckte die Zunge raus. »War alles voller Blut, irgendwer hat ihn aufgeschlitzt, ihm die Knie zertrümmert, die Finger gebrochen und am Ende aufgehängt.«

Es brauchte mehrere Versuche, ehe Agnes ein Wort herausbekam. »Wer?«

»Hat seinen Namen nich dazugeschrieb'n.«

Agnes wurde schlecht, und sie musste lange, konzentrierte Atemzüge machen, damit ihr das Brot nicht hochkam. »Ich muss los«, sagte sie mit scheinbarer Beiläufigkeit. Sie stand auf und verließ das Ufer, griff dabei reflexartig nach den Münzen in ihrer Tasche und stellte fest, dass von den dreien nur noch zwei da waren. Hatte sie eine verloren? Abrupt drehte sie sich um, aber Matthes war verschwunden. Dieser Lump!

Sie ärgerte sich nicht lange, die Sorge war größer. Barne Theves war gefoltert und getötet worden, und Agnes ahnte durchaus, was passiert sein mochte. Er hatte den Täter mit seinem Wissen erpresst, und der hatte sich das nicht bieten lassen. Dass er den Alten gefoltert hatte, ließ für Agnes nur den Schluss zu, dass er nach ihr gefragt hatte. Er hatte sie zusammen gesehen, war erpresst worden, und nun war er auf der Suche nach ihr. Barne Theves hatte nicht wissen können, wo ihr Unterschlupf war, aber vermutlich hatte der Mann ihm nicht geglaubt. Agnes schlug das Herz so heftig, dass es ihr in den Ohren dröhnte, während sie durch die Straßen lief und sich ständig angstvoll umblickte.

War er es, der nach Elise fragte? Aber warum erst jetzt? Er hatte sie die ganzen Wochen in Ruhe gelassen, sodass Agnes schon gehofft hatte, er sähe in ihr vielleicht doch keine Gefahr, denn wer würde ihr schon glauben? Nach Thilo wurde gesucht, jedoch nicht nach ihr. Nun allerdings hatte er sie mit Barne Theves gesehen und glaubte vielleicht, sie machte ihr Wissen zu Geld. Mittlerweile rannte sie, machte einen Umweg, damit sie den Markt nicht durchqueren musste, denn dies erschien ihr jetzt unnötig riskant.

Der Hund lag vor dem verrottenden Holzstapel und hob den Kopf, als sie sich näherte. Dann erhob er sich, kratzte sich mit dem Hinterbein hinter dem Ohr und schüttelte sich. Agnes ging an ihm vorbei und ließ sich durch das Fenster in die Nische gleiten, wobei sie unachtsam war und sich die Hand am bröckligen Stein aufschabte.

»Wo warst du denn so lange?«, fragte Thilo.

Wortlos warf sie ihm den Rest des Brotes zu.

»Ist das alles?«

»Wenn's dem Herrn nicht passt, darf er gern selbst sein Glück versuchen«, schnappte sie.

Thilo antwortete nicht, sondern stopfte sich das Brot in den Mund, und Agnes ließ sich auf dem Boden nieder. Sie wusste nicht, was sie jetzt tun sollte. Ihr Revier ändern? Sich einer der Banden anschließen? Aber das wollte sie aus gutem Grund nicht, denn die Älteren waren verschlagen, knöpften einem das meiste von dem ab, was man stahl oder erbettelte, und sobald einer von ihnen erfuhr, dass Agnes von einem reichen Kaufmann gesucht wurde, wäre das ohnehin ihr Ende. Daher konnte Agnes auch nicht einfach woanders auf Diebestour gehen, denn die Kinder kannten nur wenig Gnade, wenn man in ihrem Revier wilderte.

Der Hund schob sich durch die Öffnung in den Keller, kratzte sich wieder und ließ sich an Thilos Seite nieder, verklebte Zotteln an der Schnauze.

»Wenn er bei uns bleibt, braucht er einen Namen«, sagte Thilo.

Agnes zuckte die Schultern. »Hund.«

»Das ist doch kein Name. Ich nenne dich ja auch nicht Mensch.«

Wieder zuckte sie nur die Schultern.

»Albrecht. Wie Albrecht von Eyb.«

Verständnislos sah sie ihn an.

»Er hat Boccaccio übersetzt. Von ihm ist die Novelle *Guiscardus und Sigismunda*.«

»Nie gehört.«

»Ne, woher auch.« Jetzt klang er herablassend, der gebildete Sohn aus gutem Haus, arrogant und von sich eingenommen, als wäre sein Wissen auf der Straße irgendwas wert. Ein kleiner Triumph, weil er ihr ansonsten fortwährend unterlegen war, seit er mit ihr zusammenlebte. Agnes gönnte es ihm und schwieg. Überhaupt hatte sie ganz andere Sorgen derzeit. Kurz überlegte sie, ihm alles zu erzählen, aber dann unterließ sie es. Das Letzte, was sie brauchte, war ein kopfloser Narr, der vor Angst etwas Dummes tat.

»So ’n selten dämlicher Name für einen Hund«, sagte sie nur.

Es war irritierend, dass Enno Schellbach nun, da Arjen die Wahrheit kannte, freundlicher war denn je. Als erleichterte es ihn, dass die Wahrheit endlich ausgesprochen worden war und er nicht mehr in die Rolle gedrängt wurde, Vater eines Kuckuckskindes zu sein. In den ersten Tagen hatte Arjen nicht gewusst, wie er mit dieser neuen Situation umgehen sollte, hatte all seine Pflichten schleifen lassen und die Abende in Hafenkneipen verbracht, wo er den Matrosen lauschte, den Schiffsjungen, den Bootsmännern und gelegentlich auch den Kapitänen. Bis in die späten Morgenstunden war er draußen gewesen und hatte dann bis in die Nachmittagsstunden geschlafen, ehe er das Haus wieder verlassen hatte. Und nun wusste er, was zu tun war.

Infolgedessen war der erste Zorn auf seine Mutter und seinen Stiefvater abgeklungen, und er war ruhiger geworden, hatte wieder in seinem Bett genächtigt und war schließlich in die große Stube getreten, wo Enno Schellbach an seinem Schreibtisch saß und mit leisem Kratzen die Schreibfeder über ein Dokument führte. Als er Arjen bemerkt hatte, war sein Blick misstrauisch zu ihm geglitten, offenbar in Erwartung eines Disputs. Arjen jedoch hatte wortlos sein Tageswerk aufgenommen, wie er es stets tat, hatte Zahlenkolonnen zusammengerechnet und Aufträge von seinem nach wie vor argwöhnisch wirkenden Stiefvater entgegengenommen, der ihn zu einigen Botengängen schickte.

Seither kamen sie gut miteinander aus, und seinem Stiefvater schien es sogar Respekt abzunötigen, dass Arjen keine lautstarke Szene machte und sein Geburtsrecht einforderte. Dass dieser nun wusste, wo sein Platz war, und jenen zu akzeptieren schien, war für Enno Schellbach offenbar eine Haltung, die er anerkennen konnte. Und so gingen sie zum Tagesgeschäft über, denn Arjen – und das konnte der Alte nicht leugnen – war im Alltag eine große Hilfe geworden. Ob er es sich nun wohl insgeheim eingestand, dass Arjen der begabtere der Brüder war? Arjen seinerseits nutzte das entgegengebrachte Vertrauen, um hin und wieder eine Münze aus der Geldkatze seines Vaters zu entwenden und in seinem Zimmer unter einer Bodendiele zu verwahren, die er gelöst hatte.

Das Vermögen der Familie Schellbach lag im Salzhandel begründet. Später war der Gewürzhandel hinzugekommen, bei dem vor allem Pfeffer einen immensen Gewinn einbrachte. Von Kindesbeinen an hatte Arjen den würzigen Duft im Kontor geliebt, wo das kostbare Gut in Säcken lagerte, und als er an diesem Tag eintrat, um dem Secretarius seines Stiefvaters ein Schreiben zu überbringen, überkam ihn jäh die Erinnerung daran, wie er hier als kleiner Bub gesessen und den Männern bei der Arbeit zugeschaut hatte, wie er Fragen gestellt und das Wissen um Zahlen und Handel in sich aufgesogen hatte wie ein Schwamm. Wenn es Enno Schellbach gar zu viel wurde, hatte er ihn mit einer Backpfeife zum Schweigen gebracht und gesagt, er halte die Männer von der Arbeit ab. Nun stand Arjen hier, inmitten des Reichtums seines Stiefvaters, zu dem er selbst seit Jahren beitrug, indem er sich vollkommen in dessen Dienst gestellt hatte, in dem Bestreben, ein vorbildlicher Sohn zu sein.

Als der Secretarius sich zurückzog, um seinerseits einige Unterlagen zu holen, ging Arjen zu einem der Säcke, öffnete ihn und atmete das scharfe Aroma von Pfeffer ein. Rasch zog er einen Beutel aus der Tasche hervor und füllte ihn mit dem so unscheinbar aussehenden und doch teuren Gut, schnürte ihn zu und steckte ihn ein. Kurz darauf nahm er das Schreiben des Secretarius entgegen und bedankte sich. Nach dem Botengang übergab er seinem Vater das Schriftstück, ging in sein Zimmer und verwahrte den Pfeffer sorgsam unter der Bodendiele, wo sich bereits ein Säckchen Salz befand sowie eines mit kostbarem Safran. Da der Pfeffer einen starken Geruch ausströmte, wickelte er ihn in Jute und hoffte, dass es damit für diesen Tag genügte.

Er war so weit, hatte sich vorbereitet, einen Monat lang Geld gesammelt, indem er sich nahezu täglich am Vorrat seines Vaters bedient hatte. Ein schlechtes Gewissen hatte er deshalb nicht, denn immerhin hatte er all die Jahre Prügel eingesteckt, hatte sich krummgelegt, damit sein Vater mit ihm zufrieden war, hatte für ihn gelernt und gearbeitet, ohne auch nur ein anerkennendes Wort zu erhalten. Dieser Lohn stand ihm zu, und wenn sein Vater ihm diesen nicht freiwillig gab, dann nahm er ihn sich eben.

An diesem Abend blieb er nicht zu Hause, sondern verriegelte die Tür zu seinem Zimmer, steckte den Schlüssel ein und ging ins Schankhaus, wo Ailke mit vollen Krügen und Tablett zwischen den Tischen entlangging, geschickt den Versuchen auswich, sie vertraulich um die Hüfte zu fassen. Ein Mann wagte es, ihr aufs Gesäß zu schlagen, woraufhin sie ihm das Bier über den Kopf goss, zum johlenden Vergnügen seiner Kumpane.

Arjen sah sie an, lächelte und ließ sich an einem Tisch nieder. Sie fragte keck nach seinen Wünschen, und sein Blick war offenbar ausreichend, um sie wissen zu lassen, dass es an diesem Tag ein gänzlich anders gearteter Hunger war, der ihn hergetrieben hatte. Sie brachte ihm einen Krug Bier und sagte, sie habe noch eine Stunde zu arbeiten. Im Grunde genommen hätte Arjen auch direkt zum Hafen gehen können, aber er wollte sich von Ailke verabschieden, wenn schon von sonst niemandem.

Als sie eine Stunde später zu ihm trat, stand er auf und folgte ihr aus dem Schankraum die Treppe hoch in ihre Kammer. Sie hatte kaum die Tür verriegelt, als er sie an sich zog und küsste. Hastig entkleideten sie sich, und Arjen spürte ihre vom warmen Schankraum verschwitzte Haut, atmete in ihrem Haar den Geruch des qualmenden Herdfeuers, schmeckte Wein in ihrem Mund. Das Verlangen nach ihr war überwältigend, verzehrend, und sie stachelte es fortwährend an, entzog sich geschickt, um sich im nächsten Moment an ihn zu schmiegen. Sie reizte ihn mit den Händen, den Lippen und öffnete schließlich die Beine, ließ zu, dass er in sie drang. Stoßweise kam der Atem aus ihrem Mund, derweil ihm das Blut in den Ohren rauschte und es ihm gleich war, ob man sie bis in den Schankraum hörte.

Als sich die Gier in einer Welle der Lust entlud und er sich von Ailke löste, war ihm, als sei all die Bitterkeit der letzten Wochen aus ihm hinausgeschwemmt. Die Wut auf seine Mutter und seinen Stiefvater, all der Zorn, der in ihm gelodert und den er in den letzten Wochen unter so viel Anstrengung unterdrückt hatte. Ailke lag auf dem Rücken, und ihre Brust hob und senkte sich, während ihr Atem immer noch ging, als wäre sie gerannt. Sie hatte die Augen geschlossen, lächelte jedoch. »Du verlässt Lübeck?«

Erschrocken sah er sie an, befürchtete, jemand sei ihm auf die Schliche gekommen. »Wie kommst du darauf?«

»Du hast mich seit langer Zeit nicht mehr gefragt, ob ich mit dir das Bett teile. Und jetzt kommst du abends und liebst, als hättest du nie wieder die Gelegenheit dazu. Was könnte da wohl der Grund sein?«

»Ich hoffe doch sehr, dass dies nicht die letzte Liebesnacht meines Lebens ist.«

Sie lachte. »Das hoffe ich für dich auch. Aber zweifellos ist sie es mit mir, nicht wahr?« Nun öffnete sie die Augen, drehte sich zu ihm auf die Seite.

»Ich nehme ein Schiff in den frühen Morgenstunden, die Passage habe ich gestern bezahlt.«

»Ist es gar zu unerträglich mit deinem Vater?«

Arjen lagen die Worte bereits auf der Zunge. *Er ist nicht mein Vater.* Dann jedoch schwieg er, um seiner Mutter willen, deren Ruf er unangetastet lassen wollte. Denn spräche sich herum, dass sie dieses Kuckuckskind in die Ehe gebracht hatte, würde man sie als liederlich bezeichnen, ungeachtet dessen, dass sein Vater um die Herkunft seines vermeintlichen Sohnes gewusst hatte. Also sagte er nur: »Ja.« Erneut zog er sie an sich, küsste sie, und schließlich liebten sie sich ein weiteres Mal, ehe Arjen sich erhob und ankleidete. Er beugte sich noch einmal über sie, küsste sie, dann verließ er die Kammer.

Für die Reise hatte er das Nötigste in ein Bündel geschnürt und daheim in seinem Schrank versteckt. Er hätte seine Habe gleich mitbringen können, aber dann wäre sie unbewacht, während er im Bett lag, träge vor genossener Lust. Und so gern er Ailke mochte, er traute niemandem, nicht einmal ihr.

Das Haus lag in nächtlicher Stille da, als Arjen eintrat. Er blieb stehen, lauschte in die Stille und schloss für einen Moment die Augen, wollte der Vergangenheit nachspüren, ob es etwas gab, das sich mitzunehmen lohnte. Eine Erinnerung, ein Gefühl der Wärme. Aber da war nichts. Seine Kindheit war von Kälte und Distanz geprägt gewesen, Wärme hatte ihm allenfalls sein Kindermädchen entgegengebracht, ansonsten hatte es wenig offen bekundete Liebe gegeben. Als er die Lider wieder öffnete, pochte dennoch ein leises Bedauern tief in seiner Brust, Traurigkeit über all die Hoffnungen, die er gehegt hatte und die nie erfüllt worden waren. Er wollte bereits den Weg in sein Zimmer einschlagen, als er zögerte und sich dann abwandte, um stattdessen in das Kontor zu gehen, wo er die Geldkatze öffnete, hineingriff und sich so viel Geld nahm, wie in seinen ledernen Geldbeutel passte. Sollte Enno Schellbach doch toben, wie er wollte. Dafür, dass dieser Mann ihm das Leben zur Hölle gemacht hatte, war das das Mindeste, was er ihm, Arjen, schuldete.

Und doch fühlte sie sich seltsam an, diese Rebellion, und kurz rang der angepasste, vorsichtige Arjen mit jenem, der sich einfach nahm, was er wollte. Die Aufsässigkeit gewann. Arjen verschloss die Geldkatze, erhob sich und ging in sein Zimmer. Leise nahm er sein Bündel aus dem Schrank und hob dann die Bodendiele an, wo er das Wichtigste aufbewahrte, das er für seine Reise benötigte – Geld und die Gewürze, die sich zu Geld machen ließen. Er befestigte die wertvollen Güter an seinem Körper, knotete sie an seinem Gürtel fest, sodass ein Beutelschneider nicht ohne weiteres an sie gelangen konnte. Ein Übergewand verbarg die Beutel, und Arjen setzte sein Barett auf, nahm das Bündel und verließ leise das Zimmer. Das Stadttor wäre um diese Uhrzeit noch geschlossen, aber er würde davor warten, bis es bei Sonnenaufgang geöffnet würde.

Er war gerade bei der Treppe angelangt, als er Schritte hörte, das leise Knarren von Dielen. Noch ehe er sie sah, wusste er, dass es seine Mutter war. Sie war die Einzige, die stets wahrnahm, wenn er kam oder ging, gleich, wie leise er war. Es war, als spürte sie seine Anwesenheit. Seine, Johans und Riekes.

»Arjen?« Ihre Stimme schwebte kaum hörbar über dem Korridor, körperlos in der Dunkelheit. »Wo willst du hin?«

Kurz zögerte Arjen, dann wandte er sich entschlossen zur Treppe um. »Lebt wohl.«

Agnes wusste nicht, warum sie mit einem Mal ahnte, dass sie nicht mehr allein waren. Ein Geräusch, das nicht hierher passte? Ein Schaben, das anders war als jenes, das der Hund machte, wenn er durch das Kellerfenster glitt? Sie öffnete die Augen, spürte Thilo neben sich ruhig atmen, sein warmer Körper entspannt und in den Tiefen des Schlafs gefangen. Blinzelnd wandte sie den Kopf, hörte Thilo seufzen und etwas murmeln. Ein Lichtschimmer, wie von einer Laterne.

Der Mann reagierte fast augenblicklich, legte sich den Finger an die Lippen. Agnes schnappte nach Luft, presste die Finger um Thilos Arm. Schlaftrunken richtete Thilo sich auf, und der Mann griff über ihn hinweg nach Agnes, riss sie hoch und umfasste ihren Nacken, während sein zweiter Arm ihren Körper so fest hielt, dass es wehtat. Agnes trat nach ihm, und er verstärkte den Griff um ihren Nacken.

»Halt still!«, herrschte er sie an.

Thilo hatte sich abrupt aufgerichtet, starrte sie mit schreckgeweiteten Augen an.

Am Fenster erschien ein zweiter Mann. »Komm raus, Junge, dann passiert ihr nichts.«

Agnes trat erneut zu, wand sich, und der Mann veränderte seinen Griff, verlagerte ihre Position in seinen Armen blitzschnell und verdrehte ihr das Handgelenk, dass sie vor Schmerz aufschrie. »Noch einmal, und ich breche dir den Arm. Los, Junge, tu, was man dir sagt.«

Thilo bewegte sich nicht.

»Hast du nicht gehört, was ich gesagt habe? Ich breche ihr den Arm.«

»Und wenn ich rausgehe, tötet Ihr sie, und ich bin auch so gut wie tot«, antwortete Thilo. »Wenn Ihr mich wollt, holt mich.«

Dass es unmöglich war, einen sich wehrenden und um sich tretenden Jungen durch das kleine Fenster zu befördern, war ihnen vermutlich beiden klar, und so verstärkte der Mann seinen Griff noch ein winziges bisschen, sodass Agnes aufschluchzte. Sie schalt sich eine Närrin, weil sie nicht schneller reagiert hatte. Aber wohin hätte sie hier flüchten sollen? Die Nische bot keine Möglichkeit, zu entkommen, und draußen stand ein zweiter Mann.

»Geh raus, oder ich breche ihr einen Knochen nach dem anderen.«

Agnes verharrte bewegungslos, da jede Regung einen stechenden Schmerz bis in die Schulter jagte. In der Stille war nur Thilos Atem zu hören, und beiden wurde offenbar im selben Moment klar, dass es keinen Ausweg gab. Zumindest nicht, solange sie hier unten in der Falle saßen. Sie sah sich um, konnte in der Dunkelheit, in die das fahle Licht durch das Fensterloch fiel, keinen Fluchtweg ausmachen.

»Verdammt noch mal, hier ist alles voller Ratten.« Ein Scharren war zu hören, dann fiel eine Ratte mit einem dumpfen Aufschlag auf den Kellerboden und rannte quiekend herum. Der Mann, der Agnes hielt, trat nach ihr und herrschte Thilo an, sich endlich zu bewegen. Von draußen war ein Kratzen zu vernehmen, ein lautes Keuchen, und schließlich schob sich Thilos Gestalt vor das Fensterloch. Im nächsten Moment ertönte ein Schmerzensschrei.

»Scheißtöle«, schrie der Mann und verschwand vom Fenster. Das Knurren eines Hundes, der sich in etwas verbissen hatte, war zu hören, dann ein erneuter Schrei, gellend und lang anhaltend.

Thilo reagierte mit einer Schnelligkeit, die Agnes ihm niemals zugetraut hätte. Er warf die Decke auf die Ratte, griff sie und warf sie nach dem Kopf des Mannes, der Agnes hielt. Der ließ sie los, um die Ratte abzuwehren, und Agnes entwand sich ihm blitzschnell, stürzte zum Fenster und zog sich hoch. Draußen lag der Mann auf dem Rücken, in dessen Oberarm sich der Hund verbissen hatte. Er zerrte daran, als wollte er ein Stück herausreißen.

Agnes sah sich nach Thilo um, der es zwar zum Fenster geschafft hatte, aber dessen Beine von dem Eindringling festgehalten wurden. Thilo strampelte, trat nach dem Mann, wurde zurückgezogen, und Agnes griff unter seine Schultern, zog, während er weiter um sich trat und offenbar einen Treffer landete, denn es folgte ein lauter Schrei. Im nächsten Moment war Thilo draußen, und sie rannten los.

»Albrecht«, keuchte Thilo, doch Agnes umfasste seine Hand und riss ihn mit sich. Wenn sich einer von ihnen verteidigen konnte, dann der Hund.

Sie rannten durch verwinkelte Gassen, bis sie im Gerberviertel an der Wakenitzmauer waren. Erst jetzt blieben sie stehen, und Thilo hielt sich die Seite, während sein Atem in kleinen Schluchzern ging. Agnes sah sich um, bemerkte, dass der Hund ihnen gefolgt war. Woher hatte das Tier gewusst, dass dieser Mann ihnen Böses wollte? Witterten Hunde dergleichen? Er kam zu ihnen, und sie sank in die Knie, schlang die Arme um den Hals des Tieres und drückte das Gesicht in das verfilzte Fell. Er ließ sie gewähren, während sie am ganzen Körper zitterte.

»Was …« Thilo keuchte immer noch. »Was machen wir jetzt?«

»Wir suchen uns einen neuen Unterschlupf.«

»Und wenn sie uns auch dort finden?«

Agnes erhob sich und ging weiter. Der Gestank nach faulenden Häuten und saurer Gerbstoffbrühe war überwältigend, und sie hörte Thilo ächzen. Agnes hoffte, dass die Männer hierher nicht folgten, denn abgesehen von dem nahezu unerträglichen Gestank grassierte unter den Gerbern der Milzbrand. Das am Ostrand der Stadt angesiedelte Gewerbe benötigte viel Wasser, das von der Wakenitz aus in das Viertel transportiert wurde und in übelriechenden Abwässern wieder abfloss. Da es selbst für Agnes, die einiges ertrug, ausgeschlossen war, hier auf Dauer ein Lager aufzuschlagen, gingen sie weiter Richtung Norden in das angrenzende Viertel, wo die Weber angesiedelt waren. Darauf folgten Straßen mit Grapengießern, Schmieden und Kupferhauern. Ein Mädchen, ein Junge und ein Hund – so schwer würde es nicht sein, sie zu finden, solang sie offen durch die Straßen streunten.

Als Agnes den Kopf wandte, glaubte sie im ersten Moment, ihre Sinne täuschten sie. So viel Pech konnte ein Mensch doch gar nicht an einem Tag haben. Im nächsten Augenblick hatte auch der bullige Kerl an der Esse sie erkannt, ließ den Blasebalg los und kam auf sie zu. Thilo, der den Mann nicht kannte, reagierte nicht schnell genug, als Agnes sich herumwarf, um wegzulaufen.

Aber da hatte Ulf sie schon an der Schulter gepackt.

»Na so etwas.«

Thilo hängte sich an seinen Arm, wollte Agnes befreien, doch der Mann schüttelte ihn mit einer beiläufigen Handbewegung ab, als wäre er eine Fliege. »Hast den Jungen doch bei dir?«, sagte er mit Blick auf Thilo. »Oder is das 'n anderer?«

Agnes kämpfte schweigend gegen seinen Griff an.

»Ich lass dich los, aber lauf nicht weg. Ich würd vermutlich 'ne schöne Belohnung kriegen für den Jungen, doch ich ahne ja, dass er's nicht gewesen ist.«

Als sich sein Griff lockerte, trat Agnes einen Schritt zurück, achtsam und auf der Hut.

»Die haben den alten Barne getötet«, sagte Ulf. »Und ich war nicht da, um es zu verhindern. Hab meine kranke Mutter besucht, als sie kamen. Der Alte war wie ein Vater für mich. Als ich heimkam, hing er in der Stube am Deckenbalken, und Meena lag mit gebrochenem Genick in der Küche. Bin weg, als wär der Teufel hinter mir her. Ich hab ihm gesagt, was er tut, is riskant. Jetzt verschwinde, Mädchen. Wenn die euch finden, töten sie euch.« Damit drehte er sich um und ging zur Esse zurück.

Agnes sah Thilo an, und gemeinsam gingen sie weiter, gingen, bis sie am Burgkloster am nördlichen Ende der Stadt angekommen waren. Vom Marstall, der zwischen Burgkloster und Burgtor lag, wehte der Geruch von Pferdedung zu ihnen.

»Ist hier nicht auch das Gefängnis?«, fragte Thilo angstvoll.

Agnes nickte. »Vielleicht suchen sie uns gerade hier nicht.« Ein Wiehern war zu hören, kurz darauf das Hämmern aus der Schmiede. Hier, in der Nähe der Reitendiener, die für die Ordnung in der Stadt sorgten, würde man sie vielleicht in der Tat nicht vermuten, sondern eher in den Gassen der Stadt. Womöglich waren sogar schon andere Kinder auf sie angesetzt worden. Ein Mädchen, ein blonder Junge und ein Hund.

Agnes sah Thilo an. »Wir verlassen die Stadt durch das Burgtor, kurz bevor es abends geschlossen wird. Vorher gehe ich zurück in unseren Unterschlupf und hole die Münzen, die werden wir brauchen.«

»Bist du verrückt geworden? Hast du mir nicht gesagt, wir dürften nicht in unser Haus zurück, weil man dort auf uns lauern würde?«

Agnes seufzte ungeduldig. »Das war dein Zuhause, und du warst ein verängstigtes, verwöhntes Kind, das kein'n Hunger kannte. Was wär naheliegender, als in das Haus zurückzukehren und auf Hilfe zu hoffen? Aber warum sollt ich in das Loch zurück? Da ist doch nichts zu holen. Die suchen uns, und gewiss wird keiner dort hocken und denken, ich sei so dumm, mich wieder dort zu verkriechen.«

»Dumm, ganz recht.«

»Hast du 'ne bessere Idee?«

»Ja, wir gehen und stehlen uns zusammen, was wir brauchen.«

»Oh ja, *wir* stehlen«, höhnte Agnes. »Es bleibt dabei, du bleibst mit dem Hund hier, ich geh und hol die Münzen. Dann verlassen wir die Stadt. Wenn morgen die ersten Fuhrwerke unterwegs sind, lassen wir uns mitnehmen. Egal, wohin, nur weg von hier.«

Thilo war nicht einverstanden, das sah sie ihm an. Aber das war sein Problem, nicht ihres.

»Lassen sich von zwei Kindern übertölpeln! Wäre ich doch nur selbst gegangen.«

Clara sah Gereon an, der vor ihrem Schreibtisch stand und ihr Bericht erstattete.

»Der eine hat ein entzündetes Auge, wo ihn eine Rattenklaue erwischt hat, und eine gebrochene Nase, der andere einen übel zugerichteten Arm und eine Bisswunde am Bein, die aussieht, als würde sie brandig werden.«

»Sagtest du nicht, das sei nur ein kleines Mädchen?« Clara konnte eine milde Belustigung nicht verbergen.

»Offenbar war ein Junge bei ihr, blond und gut gewachsen. Außerdem haben die beiden wohl einen Hund.«

Der Junge war womöglich Theodors Sohn, und somit zeigte sich, dass die Spur nicht verkehrt gewesen war. »Und jetzt sind sie unauffindbar?«

»Wir finden sie, das haben wir vorher ja auch.«

»Doch jetzt sind sie gewarnt.«

Die Magd trat ein und stellte einen Krug Bier vor Gereon ab. Der nickte ihr zu und trank dankbar. »Ich bedaure, dass ich Euch keine besseren Nachrichten bringe.«

Clara winkte ab. Es ließ sich nicht ändern, und auch wenn es nun schwieriger war, so würde sie die beiden doch bekommen, über kurz oder lang.

»Üble Geschichte, das mit dem alten Theves«, wechselte Gereon das Thema, ließ sich auf einem Schemel nieder und lehnte sich mit dem Rücken an die Wand. Das dunkle Haar fiel ihm in die Stirn und verlieh ihm ein verwegenes Aussehen. »Er war ein Halunke und übler Geselle, aber so ein Ende hat er nicht verdient.«

»Weiß man nach wie vor nichts?«

»Der eine oder andere stellt sich die Frage, wie es sein kann, dass schon wieder ein Mann in seinem Zuhause dahingemetzelt wurde, ohne dass jemand etwas gemerkt hat. Hat er seinen Mörder eingelassen, wie Theodor Drenkhan möglicherweise?«

Aufmerksam sah Clara ihn an. »Die Gerichtsbarkeit denkt, es sei derselbe Täter?«

Gereon nahm einen großzügigen Schluck und fuhr sich mit

der Hand über den Mund. »Der alte Theves wurde weitaus grausamer ermordet als Drenkhan, aber bei dem einen wie dem anderen wurde nichts gestohlen. Und zu stehlen gab es nun wahrlich genug.«

»Hol Erkundigungen ein!«, verlangte Clara. »Ich will wissen, was auf den Straßen geredet und gemunkelt wird.«

»Wenn es derselbe Mann war, dann kann es nicht der Sohn gewesen sein. Wie sollte er das bewerkstelligen? Und warum?«

»Ein gut genährter, kräftiger Junge kann ohne weiteres einen alten Mann überwältigen. Wer weiß, warum er es getan hat? Vielleicht wusste der Alte etwas? Und wenn er es nicht war – wieso denkst du, es war ein Mann?«

»Eine Frau mordet nicht auf diese Weise.«

Um Claras Mundwinkel zuckte es. »Wenn man sie ausreichend wütend macht, vielleicht schon.«

Jetzt grinste Gereon. »Dann verhüte Gott, dass ich Euch je verärgere.« Er trank aus, stellte den Krug ab, damit die Magd ihn forträumte, und erhob sich. »Ich höre mich um, und ich suche den Jungen. Wenn ich ihn habe, wissen wir mehr.«

Clara nickte ihm zu und widmete sich wieder dem Schreiben der Kammer. Dass sie nun ohne Theodors schützende Hand war, zog schnellere Folgen nach sich, als sie befürchtet hatte. Man verlangte von ihr, sich unter die Obhut eines Geschlechtsvormunds zu begeben, vorzugsweise durch eine Ehe. Andernfalls habe sie sich weiterhin den Anweisungen der Kammer zu fügen und keine Handelstätigkeit abzuschließen, die nicht durch einen Mann legitimiert wurde.

Sie hatte sogar schon überlegt, sich einen alten Mann zu suchen, der nicht mehr von ihr wollte, als dass sie ihm hin und wieder das Bett wärmte. Wenn sie diesen überlebte, wäre sie eine Witwe und somit bessergestellt. Allerdings konnte sie nicht sicher sein, ob sich nicht auch ein solcher Mann als Tyrann entpuppen würde, der seine verbliebene Lebenszeit ausnutzte, um ihr die ihre zu erschweren. Ihre gesamte Habe ginge in seinen Besitz über, was nur vorübergehend wäre, vorausgesetzt, sie beerbte ihn. Aber was, wenn es einen Sohn gab, von dem er ihr nichts erzählte, oder andere Verwandte, die ihr das Erbe streitig machten, möglicherweise sogar von ihm im Testament bedacht wurden, während sie leer ausging. Clara hatte beschlossen, dass ihr, die durchaus bereit war, Risiken einzugehen, dieses zu groß war.

Das Schlimme an den Männern war, dass man nicht wusste, woran man bei ihnen sein würde. Der anständigste Kerl mochte sich als Schuft herausstellen, sobald man ihm vollständig ausgeliefert war. Theodor hätte sie ausreichend vertraut, um ihn zu heiraten, aber vielleicht sagte sie sich das auch nur, weil er gebunden und eine Ehe somit unmöglich gewesen war. Dabei hatte sie ihn geliebt, liebte ihn immer noch. Er fehlte ihr so sehr, dass es sie körperlich schmerzte. Und ihr fehlte sein Schutz.

Ob sie um des Schutzes willen einen Liebhaber nehmen sollte, der über Macht verfügte? Nein, dachte sie, das konnte nicht die Lösung sein. Oder doch? Sie musste überlegen, welcher der einflussreichen Männer ihrem Vater gewogen gewesen war, und versuchen, diesen dazu zu bewegen, ihr beizustehen. Möglicherweise konnte sie ihre Geschäfte dann allein weiterführen. Sie war als Frau nicht rechtsfähig und konnte somit auch keine Bürgerrechte erwerben, daher war es unumgänglich, dass ihr ein Mann zumindest für alle offensichtlich zur Seite stand, während sie die Fäden zog. Sie lehnte sich in ihrem Stuhl zurück und schloss die Augen. Eine bessere Lösung wollte ihr jedoch nicht einfallen.

AMSTERDAM, JULI 1593

Der Wind wehte Arjen das Haar aus dem Gesicht und schmeckte salzig auf den Lippen. Es war seine erste Schiffsreise, und es fühlte sich an wie der Beginn einer intensiven und heftigen Liebe. Anfangs hatte ihm der Wellengang eine leichte Übelkeit beschert, und einmal hatte er sich übergeben, aber danach war er das geworden, was der Kapitän »seefest« nannte. Außer Arjen waren vier Kaufmänner an Bord, einer aus Kiel, der in Lübeck Zwischenstation gemacht hatte, ein kleiner Händler aus Lübeck, der Arjens Familie glücklicherweise nicht kannte, und zwei aus Amsterdam. Der Lübecker Kaufmann war am ersten Tag mit kreidigem Gesicht unter Deck verschwunden und kam nur zwischendurch hoch, um sich zu beklagen, dass sein Tod offenbar nahe sei. Daraufhin übergab er sich über die Reling und ging mit einer grünstichigen Blässe wieder hinab.

Das Schiff mit seinem hohen Vorder- und Hinterkastell war Teil der Ostseeflotte, hatte Getreide geladen und gehörte einer Amsterdamer Reederei, der Kapitän und seine Schiffsoffiziere beherrschten jedoch Deutsch. Führende Schriftsprache war im Norden Mitteleuropas und dem Ostseeraum Neddersassisch,

Plattdeutsch, es war die Sprache des Handels, der Diplomatie und des Rechts. Das beherrschte Arjen natürlich, wobei er nicht wusste, ob man dies außerhalb des Gebiets östlich der IJssel verstand. Zwar sprach er überdies fließend Spanisch, aber nachdem sich Amsterdam mit Mühe von den spanischen Habsburgern losgesagt hatte, war er sich nicht sicher, ob man sich mit dieser Sprache unter den Amsterdamern Freunde machte. Seit fünfundzwanzig Jahren herrschte Krieg zwischen den Niederlanden und Spanien, in dem Spanien einerseits versuchte, die losgesagten Provinzen wieder zu unterwerfen, während andererseits die unter spanischer Macht stehenden versuchten, sich zu befreien. Beide waren bisher erfolglos geblieben. Angesichts dessen verzichtete man wohl besser darauf, sich auf Spanisch durchzufragen. Portugiesisch beherrschte er ebenfalls, aber da Portugal unter spanischer Krone stand, war damit wohl ebenso kein Staat zu machen. Zur Not würde er es mit Französisch oder Englisch versuchen.

Das Schiff war über die Trave in die Ostsee gefahren, die Küste Dänemarks entlang, hatte die Spitze bei Skagen umrundet und über die Nordsee Kurs auf die Niederlande genommen.

Arjen stand an der Reling und hielt das Gesicht in den Wind. Die Gischt schäumte vor dem Bug auf, als das Schiff eine Schneise ins Wasser riss, die sich Backbord wieder schloss. Feine Tröpfchen benetzten ihm das Gesicht, und die Sonne glitzerte auf den Wellen, die der Wind kräuselte, als schreibe er Verse ins Wasser – Verheißungen einer glänzenden Zukunft. Für einen Moment schloss Arjen die Augen, dann sah er wieder an der Reling hinab, spürte die Nässe in den Wimpern, als die Gischtspritzer sich wie Sprühnebel auf sein Gesicht legten. Ein Gefühl unbändiger Freude und Freiheit durchzuckte ihn, ließ sein Herz schneller schlagen. Es war wie ein Vorgeschmack auf jenes Leben, das er sich immer gewünscht hatte.

Dass der Hafen von Amsterdam schwierig zu erreichen war, hatte ihm der Kapitän bereits im Vorfeld mitgeteilt. Wie schwer es tatsächlich war, das Schiff hinzumanövrieren, merkte Arjen erst jetzt, da sie sich durch die Meerenge Marsdiep schoben, die zwischen der Nordspitze Hollands, Den Helder und der Insel Texel gelegen war. Von hier aus ging es in eine schmale Fahrrinne, die Zuidersee, von der Arjen bereits gehört hatte, sie sei äußerst tückisch.

»Hier muss man sich behutsam vortasten«, hatte der Kapitän morgens erklärt, ohne zu erläutern, was passierte, wenn man das nicht tat. »Mein Schiff hat keinen starken Tiefgang, daher können wir den Hafen von IJ trotz der Untiefe Pampus anfahren. Andernfalls müssten wir vor Texel entladen.«

Das Schiff fuhr die Amstel entlang, die die Stadt in zwei Hälften teilte, und ging schließlich am IJ vor Anker. In einer sanft geschwungenen Bucht verlief der Hafen, vor dem große Schiffe sacht an Anlegestellen schaukelten, daneben kleinere und dazwischen auf Pfählen Plattformen mit Holzgebäuden. Arjen sah mit wild klopfendem Herzen die Stadt Amsterdam an, die sich vor ihm erhob. Während an Bord Geschäftigkeit ausbrach, ging er hinab in die Kajüte, die er sich für sechs Nächte mit dem Kaufmann aus Kiel geteilt hatte, was wenig erquicklich war, da ständig der Geruch von Erbrochenem in der Luft gelegen hatte. Rasch holte er seine Habseligkeiten, überprüfte ein weiteres Mal, dass seine Wertsachen sicher unter dem Obergewand am Gürtel festgebunden waren, stieg über den Niedergang aufs Hauptdeck hinauf und wartete, bis er an der Reihe war, über das Fallreep in das Beiboot zu steigen, das ihn an Land bringen würde.

Der Kieler Kaufmann hatte sich ebenfalls an die Reling geschleppt, ging schwankend, als wäre er betrunken. Am Fallreep wäre er fast abgestürzt, und es brauchte zwei Matrosen, um ihn sicher ins Boot zu bringen. Arjen folgte ihm, weitaus sicherer, obwohl es gar nicht so einfach war, auf der schwankenden Treppe das Gleichgewicht zu halten, während das Bündel, das er sich umgebunden hatte, hin und her schaukelte. Auf dem Boot hätte er dann doch fast das Gleichgewicht verloren, als der Kieler Kaufmann sich übergab und Arjen anrempelte, um sich über die Bootswand zu beugen. Schließlich ruderten die Matrosen los, und schon bald waren sie am Kai angelangt.

Am Hafen herrschte ein vielstimmiges Gewirr von Worten, die er nicht verstand und die sich mit dem Hämmern und Sägen in den Werften mischten. Es roch nach Teer und fischigem Schlick. Kanäle führten von der Amstel weg, über die zierliche Zugbrücken führten. Kräne standen im Hafen, höher als die Schiffsmasten.

Arjen bog den Kopf zurück, atemlos mit einer diffusen Angst, die sich in die Abenteuerlust mischte. Gepäckträger warteten an der Ankunftsstelle, Kaufleute beobachteten das Entladen ihrer Waren. Aus der Ferne war das Glockenspiel eines Kirchturms zu hören.

Arjen war nicht nur zum ersten Mal fort aus Lübeck, er war auch zum ersten Mal auf sich allein gestellt, und das in einem Land, dessen Sprache er nicht verstand. Er hatte mit so vielen Menschen gesprochen, hatte über Amsterdam gelesen und sich gewappnet gefühlt. Und doch konnte er nichts gegen diese Unsicherheit tun, die ihn auf einmal überkam, das Gefühl, ohne jeden Halt, ohne Familie und Freunde zu sein. Für einen kurzen Augenblick jagte ihm das sogar Angst ein. Arjen sah sich um und schlug schließlich auf gut Glück einen Weg ein, der rege frequentiert wurde und in die Stadt hineinführte. Umgeben war Amsterdam von einer Mauer aus Backstein auf einem Sockel aus Naturstein, an deren Innenseiten Bögen zu sehen waren, deren Zweck vermutlich die Verteidigung der Stadt war, in denen sich jedoch nun Ziegen und Schweine tummelten. Er ließ sich weitertreiben und gelangte auf einen Platz, den er angesichts seines Geruchs als Fischmarkt ausmachte. Auch in dieser reichen Stadt war die Armut allgegenwärtig und zeigte sich in Form von Bettlern, Straßenkindern und Aussätzigen, die am Rande des Geschehens saßen und mit einer Rassel klapperten.

Ein Gasthaus konnte Arjen nicht entdecken. Zunächst hatte er überlegt, sich direkt zu seinem Vater durchzufragen, aber das wirkte möglicherweise seltsam, wenn er dort direkt mit Sack und Pack stand, und so hatte er beschlossen, erst einmal woanders unterzukommen. Zudem war ja nicht gesagt, dass sein Vater sich über sein Kommen freute oder ihm gar glaubte. Im Grunde könnte da ja jeder kommen. Wie es allerdings weitergehen würde, wenn sein Vater ihn nicht wollte, darüber hatte Arjen noch nicht nachgedacht. Vorerst hatte er finanzielle Mittel, und an seinen kaufmännischen Fähigkeiten bestand kein Zweifel. Damit konnte er es gewiss zu etwas bringen in dieser Stadt, in der sich alles ums Geld drehte.

Arjen ging an einem der Kanäle entlang, dem in der Wärme des frühen Tages ein pestilenzartiger Gestank entstieg. So weit wie möglich hielt sich Arjen vom Wasser entfernt, einer faulig-trüben Brühe, in der undefinierbarer Unrat trieb. Keinesfalls wollte er riskieren, durch einen Rempler hineinzufallen, denn er konnte sich kaum vorstellen, dass man es überlebte, einen Schwall dieses Wassers zu schlucken. Geradezu prachtvoll waren jedoch die Giebelhäuser, die Spalier entlang der

Kanäle standen, und Arjen hielt immer wieder inne, wenn er ein besonders schönes erspähte. Häuser aus rotem Backstein, schwarze Häuser mit weißen Stuckverzierungen, Häuser mit Erkern und Butzenfenstern, gusseiserne Treppengeländer, fein ziseliert und geradezu filigran wirkend.

Gasthuis stand auf einem Schild, das über der Tür eines schmalen Hauses hing, das hätte Arjen auch zu übersetzen gewusst, wäre es dem deutschen *Gasthûs* nicht so ähnlich. Vielleicht war es ja doch nicht so schwierig, sich verständlich zu machen. Er zog die schwere Holztür auf und trat in einen verrauchten Schankraum, in dem ein schwerer, malziger Geruch lag. Nach kurzem Zögern ging Arjen zum Wirt, der hinter der Theke stand, an die sich zu dieser frühen Stunde nur zwei alte Männer verirrt hatten.

Arjen fragte, ob es ein freies Zimmer gebe.

»Häh?«, machte der Mann. *»Wat will je?«*

Einer der Männer an der Theke sah Arjen aus erstaunlich wachen Augen an und fragte ihn, woher er komme. Erleichtert darüber, dass ihn wenigstens einer verstand, antwortete Arjen.

»De jonge man komt uit Lübeck«, sagte der Alte zu dem Gastwirt, und das verstand sogar Arjen.

Der Gastwirt hingegen wirkte nun nicht mehr verwirrt, sondern argwöhnisch. »Aus Lübeck, hm? Was wollt Ihr?«, fragte er in sächsischem Zungenschlag.

»Ein Zimmer.«

»Für wie viele Nächte?«

»Erst einmal nur für eine. Ich bin auf der Suche nach meinem Vater, und von ihm hängt es ab, wie lange ich bleibe.«

Der Gastwirt taxierte ihn. »Habt Eurem alten Herrn Schande gemacht, oder warum will er nichts von Euch wissen?«

»Er kennt mich noch nicht.«

»Was Ihr nicht sagt.«

»Möglicherweise habt Ihr schon von ihm gehört, er ist Kaufmann. Hendrik Valckenberg.«

Ungläubig starrte der Gastwirt ihn an. »Ihr seid Hendrik Valckenbergs Sohn? Na, das wird den Pfennigfuchser aber freuen, den hat's bisher nur mit Töchtern geschlagen.«

»Bekomme ich ein Zimmer für die Nacht?«

»Gezahlt wird im Voraus.«

Ausnahmsweise, so betonte der Mann, akzeptiere er das Lübecker Geld, damit Arjen kurz nach seiner Ankunft nicht noch zum Geldwechsler musste. Da Arjen annahm, dass dem Gastwirt herzlich egal war, wie viele Wege er noch zu laufen hatte, vermutete er hinter dem großzügigen Angebot eher, dass der Preis um einiges gepfefferter war, als er Arjen glauben machen wollte. Die Blicke, die die beiden alten Männer tauschten – das angedeutete Grinsen des einen, die hochgezogenen Brauen des anderen –, bestätigten dies.

Der Gastwirt rief etwas nach hinten, und eine dralle blonde Frau erschien, vermutlich seine Tochter oder seine deutlich jüngere Ehefrau. Sie führte ihn eine schmale, steile Stiege hoch und öffnete die Tür zu einem Zimmer. Das war leidlich sauber, roch nach schalem Bier und Pfeifenqualm, aber immerhin schien das Bett im Alkoven frisch bezogen zu sein. Arjen stellte sein Bündel ab und ging zum Waschgeschirr, das er leer vorfand. Er hob die Karaffe. »Wasser?«

Die Frau zuckte die Schultern, wandte sich ab und knallte die Tür hinter sich zu. Seufzend stellte Arjen die Karaffe zurück und entkleidete sich. Zu seinem Vater wollte er nicht in einem Hemd, das er seit drei Tagen am Leib trug. Rasiert hatte er sich morgens notdürftig auf dem Schiff, was man nun bei besserem Licht im Spiegel auch sah. Aber sei's drum, das war nun nicht zu ändern. Immerhin sah er jetzt in frischer Kleidung einigermaßen passabel aus. Er band den Gürtel um die Mitte, sorgte dafür, dass seine Wertsachen sicher daran befestigt waren, und legte das Übergewand aus grünem Samt an. Kurz überlegte er, ob er Salz und Pfefferbeutel hierließ, entschied sich dann aber dagegen, da er dem Wirt nicht traute. Und so band er die beiden Beutel an die andere Seite seines Gürtels und trat wieder in die Wirtsstube.

»Könnt Ihr mir sagen, wo ich Hendrik Valckenberg finde?«, fragte Arjen.

»Sicher«, antwortete der Gastwirt. »Er wird in seinem Haus sein.«

Ganz langsam zählte Arjen innerlich von zehn rückwärts. »Und wo finde ich das?«, fragte er freundlich.

»In der Warmoesstraat, wo die ganzen Geldsäcke hausen.«

»Könnt Ihr mir den Weg beschreiben?«

»Ja, klar kann ich das.«

Arjen wartete. »Und?«

»Meine Isa wird Euch hinführen. Das kostet aber.«

Wenn das so weiterging, wurde Arjen sein gesamtes Geld an diesen Mann los. »Nein, nicht nötig, vielen Dank. Ich frage mich durch.«

Der Mann zuckte die Schultern, und Arjen verließ das Gasthaus.

Sich durchzufragen, war einfacher als erwartet. Durch die engen Handelskontakte zwischen der Hanse und den Niederlanden gab es etliche Leute, die die deutsche Sprache beherrschten. Auch Französisch konnte der eine oder andere – war es doch die Sprache der gebildeten Oberschicht –, und so fand Arjen recht schnell die gewünschte Straße. Die Warmoesstraat war beeindruckend mit ihren Giebelhäusern voller Schnörkel und Verzierungen. Sonnenstrahlen tanzten auf dem Pflaster, und es war ein geschäftiges Treiben auf der Straße. Frauen spazierten in jenen Gewändern spanischer Mode, die einem auch in Lübeck begegnete, mit schmalen Taillen und üppigen Röcken, während der Kopf auf einer weißen Halskrause thronte. Lieferanten zogen Handkarren holpernd übers Straßenpflaster, Fußgänger wichen fluchend aus, ein Mann stieß einen verärgerten Schrei aus, weil er in eine übelriechende Pfütze getreten war und die Strümpfe nun bis zu den Knien mit braunen Sprengseln bespritzt waren.

Hendrik Valckenberg lebte in einem spitzgiebeligen Haus aus rotem Backstein in der Breite von vier Fenstern in weißen Rahmen mit weißen Fensterläden. Eine geschwungene Treppe mit zwei Aufgängen führte zu einem stuckverzierten weißen Türbogen mit einer schweren, eisenbeschlagenen Holztür. Ein bronzenes Schild wies auf *Fijnste Zijde* hin. Arjen umfasste das kunstvoll ziselierte gusseiserne Geländer und trat zögernd auf die erste Treppenstufe, straffte sich dann und lief die restlichen Stufen hoch. Ohne sich Zeit zu geben, zaudernd innezuhalten, griff er nach dem Türklopfer und schlug damit kräftig gegen die Tür.

Er musste nicht lange warten, da stand ein junger Mann vor ihm, dunkel gekleidet mit dem devoten Auftreten eines Angestellten. »*Goedendag meneer. Wat wens je?*«

Arjen stellte sich vor und fügte hinzu, er wünsche, mit Hendrik Valckenberg zu sprechen. Glücklicherweise verstand ihn der Mann und wechselte direkt in das Deutsch der Hanse.

»Wenn es um Geschäftliches geht, ist dies der falsche Eingang. Zum Kontor geht es die Treppe hinunter und durch den Kelleraufgang.«

»Es ist eine private Angelegenheit.«

Der Mann krauste kaum merklich die Stirn. »Ich bin sein persönlicher Secretarius. Worum geht es?«

»Es wäre ihm gewiss nicht recht, wenn ich es Euch erzählte, noch bevor er es weiß.«

Offenbar witterte der Mann eine rufschädigende Enthüllung, denn seine Miene kühlte sich ab, und er wirkte, als wollte er Arjen die Tür vor der Nase zuschlagen.

»Bitte nicht«, sagte Arjen und trat einen Schritt vor, legte die Hand ans Türblatt. »Sagt ihm, ich bin Kaufmann und komme aus Lübeck.«

Der Mann sah an Arjen vorbei auf die Straße, schien zu befürchten, dass sie die Aufmerksamkeit der Passanten auf sich zogen, und nickte schließlich. Er trat zurück und ließ ihn ein. »Nehmt Platz.« Er deutete auf eine Bank im Eingangsbereich. »Ich sehe nach, ob mein Herr Euch empfängt. Wen darf ich melden?«

»Arjen Schellbach.«

Der Mann nickte und wandte sich ab, um die Treppe hinaufzugehen.

Arjen ließ sich auf der Bank nieder und sah sich um. Der Boden war mit kleinen Steinchen als Mosaik gefliest, und an der Wand ihm gegenüber hing das Gemälde eines prachtvollen Dreimasters, dessen Künstler sich mit schnellem Pinselstrich darunter verewigt hatte. Groß war der Empfangsbereich nicht, und er wurde sichtlich nur als Durchgang genutzt. Gegenüber der Eingangstür war eine weitere Tür, die in einen Bereich führte, der für Arjen nicht einsehbar war. Rechts von Arjen führte eine Treppe nach oben, nicht ganz so schmal und steil wie in dem Gasthaus. Eine weitere reichte aus dem Keller in die Halle, und vermutlich gelangte man durch die Tür in das

Kontor des Kaufmanns. Ein Seidenhändler, wenn Arjen richtig übersetzt hatte. Seine Mutter hatte erzählt, er handele mit Tuch.

Der Secretarius kehrte zurück und neigte leicht den Kopf. »*Meneer* Valckenberg empfängt Euch.« Er deutete auf die Treppe und ging voran, führte Arjen durch einen Korridor und öffnete die Tür zu einem großen Speisezimmer, in dem der Hausherr im Kreis seiner Familie beim Essen saß. Die Frau musterte ihn ungnädig, als sei er eine sehr unwillkommene Störung, während die drei jungen Mädchen eher neugierig wirkten.

»Warum behelligt mich ein Lübecker Kaufmann zur Mittagszeit?«, fragte Hendrik Valckenberg, ohne Anstalten zu machen, sich zu erheben oder Arjen gar einen Platz anzubieten.

Das war nicht ganz der Empfang, den Arjen erwartet hatte. »Es ist eine persönliche Angelegenheit«, sagte er.

Hendrik Valckenbergs Mienenspiel ließ keinen Zweifel daran, wie gut er diesen Ausdruck überlegener Herablassung beherrschte. »Ich wüsste nicht, welche persönlichen Angelegenheiten mich aus Lübeck aufsuchen sollten.«

Nun gut, dachte Arjen, dann eben mit weniger Zurückhaltung. »Sagt Euch der Name Fenja Gunrikson etwas? Eine junge Kaufmannstochter, die Ihr im Jahre des Herrn 1571 kennengelernt habt? Neun Monate vor meiner Geburt?«

Der Kopf der Ehefrau fuhr zu Hendrik Valckenberg herum, während von den Mädchen offenbar nur die beiden ältesten verstanden, was Arjen gesagt hatte, und erst ihn, dann ihren Vater anstarrten, ehe sie tiefrot wurden.

»*Wat zegt hij, vader?*«, fragte die Jüngste, die Arjen auf acht oder neun Jahre schätzte.

Ruckartig erhob sich Hendrik Valckenberg, kam um den

Tisch herum und bedeutete Arjen mit einem knappen Nicken, ihm zu folgen. Mit raschen Schritten verließ er das Speisezimmer und ging Arjen voran durch den Korridor zu einem Raum am Ende des Ganges. Er stieß die Tür auf, deutete mit dem Kinn hinein, wartete, bis Arjen eingetreten war, und schloss die Tür hinter ihnen.

»Warum seid Ihr hier?«, fragte er ohne Umschweife.

Arjen wusste nicht, was er erwartet hatte, dachte aber in diesem Moment, dass er die Sache wohl falsch angegangen war. Seinen Vater zu verärgern, war nun wahrlich nicht seine Absicht gewesen, aber er hatte auch nicht damit gerechnet, mitten in eine familiäre Szene zu platzen. Aber gut, jetzt war es nicht mehr zu ändern. »Ich bin auf der Suche nach Euch. Der Mann, den ich als Vater kannte, hat mir offenbart, dass ich nicht sein Sohn bin. Daraufhin habe ich meine Mutter zur Rede gestellt, und sie nannte mir Euren Namen.«

Hendrik Valckenberg musterte ihn schweigend, verengte die Augen kaum merklich und wandte sich schließlich ab, als sei das Ergebnis nicht zu Arjens Gunsten ausgefallen. Er ging zu einem Tisch, auf dem eine Karaffe mit goldbrauner Flüssigkeit stand, goss ein wenig davon in einen Zinnbecher und trank, ohne Arjen etwas anzubieten. »Fenja«, sagte er gedehnt. »Ich habe lange nicht mehr an sie gedacht, aber ja, sie ist mir noch gut in Erinnerung, die Tochter eines deutschen Kaufmanns, mit dem mein Vater zu tun hatte. Ihr seid – lasst mich nachrechnen – einundzwanzig Jahre alt, ja? Wenn Euer Vater es Euch jetzt offenbart hat, dann hat er um den Zustand Eurer Mutter gewusst, als er sie ehelichte? Hat Euch als seinen Sohn angenommen? Hat Euch zum Kaufmann ausgebildet? Und so dankt Ihr es ihm? Und Eure Mutter stellt Ihr zur Rede? Mit dem Hochmut des Selbstgerechten?«

Arjen spürte, wie sein Gesicht heiß wurde, wobei er nicht wusste, ob vor Wut oder Verlegenheit. »Mein Vater … Stiefvater hat mich stets spüren lassen, dass ich ihm weniger bedeute als sein leiblicher Sohn.«

»Zutiefst menschlich.« Hendrik Valckenberg trank einen weiteren Schluck.

»Was mich und meinen Bruder angeht, so war ich stets der Begabtere von uns und …«

»Nun gesellt sich zu undankbar und selbstgerecht auch noch Arroganz. Eine reizvolle Mischung, fürwahr. Und was erwartet Ihr nun von mir? Erhofft Ihr Euch hier bessere Möglichkeiten? Mehr Geld? Ich weiß nicht einmal, ob Ihr wirklich mein Sohn seid, wobei ich gestehe, es ist durchaus im Rahmen des Möglichen. Eure Mutter und ich kannten uns damals sehr, hm, intensiv. Natürlich wusste ich, dass sie empfangen hatte, und meine Eltern zahlten seinerzeit viel Geld, mit dem ihre Mitgift aufgestockt werden sollte, um diesen – verzeiht mir die Ausdrucksweise – Makel zu kaschieren. Aber an eine Ehe zwischen uns war aus verschiedenen Gründen nicht zu denken, und ich gestehe, dass ich keinerlei Absicht dazu gehabt habe. Auch an das Kind habe ich keinen weiteren Gedanken verschwendet. Wenn ich Euch nun so ansehe, kann ich eine gewisse Ähnlichkeit mit mir selbst in jungen Jahren durchaus nicht verhehlen – was das rein Äußerliche angeht zumindest.«

»Mein Stiefvater hasst mich seit dem Tag meiner Geburt.«

»Und doch hat er Euch aufgezogen und ausgebildet.«

»Er war übermäßig streng.«

Das war Hendrik Valckenberg nicht einmal eine Antwort wert, er zuckte lediglich die Schultern.

»Er wird alles meinem Bruder vererben.«

»Seinem leiblichen Sohn.« Hendrik Valckenberg schenkte

sich erneut etwas zu trinken ein. »Und nun seid Ihr hier, weil Ihr Euch ein Erbe erhofft?«

»Natürlich nicht!«

»Spreek je Nederlands?«

Arjen sah ihn an.

»Ihr habt also nicht einmal die Sprache des Landes gelernt, in dem Ihr zu leben beabsichtigt? Bei dem Mann, den Ihr als Euren Vater kennenlernen wollt?«

»Ich … Als mein Entschluss feststand, wollte ich nur noch fort von zu Hause.«

»Undankbar, selbstgerecht, arrogant und gedankenlos«, setzte Hendrik Valckenberg die Liste von Arjens Mängeln fort.

»Ich spreche Spanisch«, verteidigte sich Arjen, um nicht dazustehen wie jemand, der außer der eigenen Sprache keine beherrschte.

Hendrik Valckenberg hob kaum merklich die Brauen. »Ich befürchte, damit hat es Euch in den falschen Teil der Niederlande verschlagen.«

»Ich spreche Französisch und Portugiesisch, ich beherrsche somit die Weltsprachen. Außerdem kann ich Englisch und leidlich gut Norwegisch.«

»Allerdings kein Niederländisch.«

»Das lerne ich schon noch!«

»Ihr werdet laut, was ich als Zeichen mangelnden Respektes werten könnte. Seid Ihr respektlos, junger Kaufmann aus Lübeck?«

Wut durchzuckte Arjen. Offenbar konnte er es nur falsch machen. Er hob das Kinn. »Nein, Meneer, das bin ich keineswegs.«

Ein feines Lächeln umspielte Hendrik Valckenbergs Lippen. »Aber ich sehe, Ihr lernt schnell. Nun gut, letzten Endes kommt es allein darauf an, nicht wahr? Dies ist Amsterdam, die Stadt des Geldes, und hier wird nur der etwas, der begierig ist zu lernen. Montag kommt Ihr zu mir ins Kontor, und dann entscheide ich, was ich mit Euch mache. Bis dahin gebe ich Euch Zeit, die grundlegenden Formen der Höflichkeit auf Niederländisch zu beherrschen.«

Damit hatte Arjen angesichts des Empfangs nicht mehr gerechnet. »Ich … ich danke Euch.«

»Dankt mir nicht zu früh. Und nun gehabt Euch wohl, indes ich meiner Ehegattin einiges zu erklären habe.«

Im Korridor wies Hendrik Valckenberg seinen Secretarius an, Arjen hinauszugeleiten.

»Um sechs Uhr«, sagte er zum Abschied. »Lasst es Euch nicht einfallen, Euch zu verspäten, denn in dem Fall braucht Ihr gar nicht mehr zu kommen.«

Kurz darauf stand Arjen wieder auf der Straße. Fünf Tage blieben ihm, um sich grundlegende Kenntnisse des Niederländischen anzueignen – denn er würde es nicht auf die Höflichkeitsformen beschränken –, und er würde sofort damit anfangen.

Als er im Gasthaus ankam, fragte er den Wirt, ob dieser jemanden kenne, der ihm Niederländisch beibringen könne.

»Mein Neffe Geert«, sagte der Wirt und deutete auf einen jungen Mann, der mit gelangweilter Miene den Ausschank bediente. »Bezahlt wird im Voraus.«

HAMBURG, SEPTEMBER 1593

»Drenkhan«, äffte Agnes. »Was für'n Dummkopf du bist!« Sie hatte ihn prompt wieder ohrfeigen wollen, aber dieses Mal war Thilo schneller und fing ihre Hand auf, ehe sie ihm auf die Wange klatschte. »Wenn dich jemand nach deinem Namen fragt, dann sagst du 'nen falschen oder hältst den Mund.«

»Das ist eben einfach passiert. Seit jeher ist das meine erste Antwort darauf, wie ich heiße.«

»Sag dir fortan immer wieder auf, dass du Thorben der Trottel heißt, dann fällt dir nächstes Mal wenigstens das Richtige ein«, ätzte sie.

Sie waren in Hamburgs Gassen auf eine Horde Straßenkinder gestoßen. Das älteste der Kinder, ein hochgewachsener Junge nahe am Mannesalter, hatte ihnen sehr deutlich gemacht, dass dies sein Revier sei. »Wer seid ihr?«, hatte er wissen wollen. Und Thilo, der Narr, hatte Drenkhan geantwortet, noch ehe Agnes zu Wort gekommen war.

»Dreckhahn?«, hatte der Junge gefragt und breit gegrinst. »Riechst tatsächlich ziemlich streng.«

Vermutlich war es Albrecht zu verdanken, dass sie sich nicht auf sie gestürzt und sie aus ihrem Revier geprügelt hatten.

Der große graue Hund wirkte respekteinflößend, schon allein durch sein verwildertes Aussehen. Agnes hatte schnell gelernt, dass man sich besser nicht dabei erwischen ließ, in den Revieren anderer zu betteln oder zu stehlen. Das Problem war nur, dass sie in dieser fremden Stadt nicht wusste, wohin sie durften und wohin nicht.

In den ersten Nächten nach ihrer Ankunft hatten sie in einer Häusernische geschlafen und waren eines Nachts mit heftigen Fußtritten geweckt und vertrieben worden. Albrecht hatte zwar einen der Angreifer gebissen, woraufhin ein Schmerzensschrei durch die Finsternis gehallt war, aber das nützte nichts, sie mussten sich trotzdem etwas Neues suchen. Einmal hatte eine Gruppe von Kindern sie überfallen, als Albrecht gerade auf der Jagd war, und sie hatten Thilo heftig verprügelt und Agnes festgehalten, hatten ihr alle Münzen abgenommen. Den Sommer hindurch hatten sie sich irgendwie durchgeschlagen, hatten öfter gehungert als gegessen, hatten mehr als einmal Schläge kassiert, wenn sie jemandem in die Quere kamen.

Jetzt kam der Herbst, und allein überlebten sie hier in dieser fremden Stadt nicht lange. Agnes zweifelte nicht daran, dass dieser Junge schon bald kurzen Prozess mit ihnen machen würde, wenn der Hund nicht in der Nähe war. »Wie is'n dein Name?«, hatte sie ihn gefragt.

Der Junge hatte sie nur angesehen, ehe er schließlich mit »Peer« antwortete und hinzufügte: »Zahlt mir Tribut, dann dürft ihr bleiben. Mein Revier ist St. Katharinen.«

Während sie nun mit Thilo durch die Straßen ging, überschlug sie die Möglichkeiten. Es hatte Gründe, dass sie in Lübeck allein geblieben war. Die älteren Kinder forderten, und wenn man dem nicht nachkam, hagelte es Prügel, manchmal auch Schlimmeres. Sie hatte Mädchen und Jungen gesehen, die mit Messern und Brandeisen gezeichnet worden waren, oft auch von ehemaligen Straßenkindern, die eine Horde Kinder zum Stehlen und Betteln um sich scharten.

Sie und Thilo hatten nicht einmal einen richtigen Schlafplatz, quetschten sich in Nischen, wo sich Albrecht an sie schmiegte und sie einander Wärme spendeten. Im Sommer ging das, denn so richtig kalt war ihnen nie, wenn es nicht gerade regnete und der Wind danach auffrischte.

Agnes mochte diese Stadt nicht, sie vermisste Lübeck und verwünschte wieder einmal die Idee, in das Haus Drenkhan einzubrechen. Hätte sie das nicht getan, wäre alles wie bisher, und Elise würde noch leben. Thilo nicht mehr, aber da sie ihn ja nicht gekannt hätte, hätte ihr nichts gefehlt. Warum schickte sie ihn nicht einfach fort? Ohne ihn wäre alles einfacher. Sie hätte ihn einfach auf der Straße zurücklassen sollen. Er nützte ihr kein bisschen, war nur ein Esser, den sie durchbringen musste. Aber sie gestand sich ein, dass sie es nicht übers Herz brachte, denn irgendwie mochte sie ihn inzwischen – Gott allein wusste, warum.

»Was machen wir jetzt?«, fragte Thilo und legte Albrecht im Gehen die Hand auf den Rücken, kraulte das verfilzte Fell.

»Viel können wir nich machen. Also tun wir, was er will, und zahlen Tribut.«

Thilo hielt inne. »Du hast doch gesagt …«

»Bald kommt der Winter«, herrschte sie ihn an. »Da will ich nich erfrier'n oder verhungern. Wird schon nich so schlimm werd'n. Und wenn doch, geh'n wir im Frühjahr wieder.« Bis dahin würde Agnes die Stadt besser kennen und wissen, wo sie unterkommen konnten und wie sie an Essen kam. Aber jetzt musste sie zusehen, dass sie irgendwie überlebten.

»Was willst du ihm geben?«

Sie zuckte die Schultern, wusste es selbst nicht. Mit einem Kanten Brot durfte sie ihm vermutlich nicht kommen. Langsam gingen sie in Richtung Markt, auf dem sich Bettler und Vaganten tummelten, Taschendiebe und Straßenkinder lauerten und jeder fortwährend auf der Hut zu sein schien. Mit Thilo und dem Hund war sie nun deutlich auffälliger, und Agnes konnte unmöglich zwischen den Marktbesuchern hindurchwieseln und ihr Glück versuchen.

»Du und der Hund müsst euch am Rand halten«, sagte sie. »Sonst ziehen wir wieder unverrichteter Dinge davon.«

Thilo nickte nur und trollte sich mit Albrecht, schob sich durch die Menschenmenge und war bald darauf nicht mehr zu sehen. Langsam ging Agnes weiter, glitt zwischen Marktstände und beobachtete die Leute. Es kam nur noch selten vor, dass Beutel mit Geld offen am Gürtel befestigt getragen wurden, meist waren sie unter der Oberbekleidung verborgen, da musste man überaus geschickt sein, um ihn schnell und unbemerkt mit einem Messer abzuschneiden. Agnes kannte jemanden, der es als Beutelschneider versucht hatte und das mit einer Hand hatte bezahlen müssen, weil ihn der Büttel erwischt hatte.

Während Agnes lauerte, bemerkte sie ein Schimmern auf dem Boden, nur einen Schritt entfernt. Erst glaubte sie, sich geirrt zu haben, aber als sie genauer hinsah, war sie sicher: Unbeachtet inmitten fauliger Gemüsereste und platt getretenem Eselsdung lag eine Münze, auf die gerade jetzt jemand trat und hastig weitereilte. Sie stürzte darauf zu, hob sie auf und barg sie in der Hand. Hatte jemand sie bemerkt? Danach sah es nicht aus, aber niemand konnte sagen, ob dort nicht Kinder oder Straßendiebe lauerten und beobachtet hatten, wie sie sich auf die Beute stürzte. Hatte sie gar jemand ausgelegt, um Diebe in eine Falle zu locken? Argwöhnisch blickte Agnes sich um, aber niemand schien sie zu beachten. Sie konnte es kaum glauben. Konnte man so viel Glück haben?

Die Hand zur Faust geschlossen und unter ihrem Obergewand verborgen schob sie sich durch die Menschen, sah sich immer wieder um, befürchtete einen Stoß in den Rücken, damit ihr die Münze aus der Hand fiel, oder aber einen Rempler, bei dem man sie ihr abnahm. Als sie endlich am Rand des Marktplatzes angelangt war, atmete sie auf, ließ die Hand jedoch weiterhin verborgen und suchte nach Thilo und dem Hund. Es dauerte nicht lange, bis sie sie fand. Sie saßen an eine Hauswand gelehnt, Thilo mit geschlossenen Augen, Albrecht mit dem Kopf auf seinem Schoß.

»He!« Sie stieß ihn mit der Fußspitze an, und er fuhr mit einem Ruck auf. Das hatte er bereits gelernt auf der Straße, diese Wachsamkeit, die ihm früher gänzlich gefehlt hatte. »Ich hab was gefunden.« Sie ließ sich dicht neben ihm nieder und öffnete im Schutz von Albrechts Körper die Hand. Dort schimmerte die Münze. Wie viel es war, wusste sie nicht, da sie sich mit der Hamburger Währung nicht auskannte, aber das spielte jetzt keine Rolle.

»Wir können etwas zu essen kaufen«, sagte Thilo.

»Sei nicht so dumm«, herrschte sie ihn an. »Das geben wir Peer.«

»Aber ich habe Hunger.«

»Ich auch. Und damit das nich so bleibt, geh ich jetzt zu ihm.«

»Du kannst etwas zu essen kaufen und ihm einen Teil abgeben.«

»Nein.« Agnes schloss die Faust wieder. »Ist klüger, sie ihm zu geben.« Dabei war die Verlockung, etwas zu essen, überaus groß. Allein der Gedanke daran, dass sie es könnte, ließ den

Hungerschmerz fast unerträglich werden, und kurz krümmte sie sich, schloss die Augen und atmete mehrmals ein und aus. Dann schüttelte sie resolut den Kopf. Wenn sie gleich mit wenig ankam, würde sie vor ihm stehen wie eine Bettlerin, die seine Gnade ersuchte. Gab sie ihm jedoch eine ganze Münze, so war sie es, um die es sich zu buhlen lohnte.

»Denk noch einmal darüber nach«, bat Thilo. »Bitte, Agnes.«

»Nein.« Sie stand auf. »Und jetzt komm.«

Was er vor sich hin murmelte, verstand sie nicht, aber es scherte sie nicht, wenn er nun wütend war. Sie hielt die Faust mit der Münze verborgen, während ihre andere Hand auf Albrechts Rücken lag. Durch das struppige Fell hindurch spürte sie seine Wärme, die spitzen Knochen, wenngleich er besser genährt war als sie. Er war ein Überlebenskünstler und schaffte es, sich aus Abfällen und Ratten ausreichend zu ernähren. Als der Hunger im letzten Winter am schlimmsten gewesen war, hatte auch Agnes versucht, eine Ratte zu fangen, aber die Biester waren zu schnell, und sie hätte wohl auch dann keine erwischt, wäre sie nicht so geschwächt gewesen. Albrecht war geschickt genug.

»Weißt du überhaupt, wo er ist?«, fragte Thilo verzagt.

»Das krieg ich schon raus.«

Die Sonne warf lange Schatten, als Agnes vor einer Ruine stand, deren rußgeschwärzte Mauern verrieten, warum das einstmalige Haus nicht mehr stand. Der untere Bereich war noch teilweise erhalten, während oben auf dem Dach, das einmal das Innere des Hauses gewesen war, Kinder saßen und über die bröckeligen Mauerreste nach unten blickten. Manchmal hatte man Glück, und der Besitzer ließ die Überreste verfallen. Allerdings war es vermutlich nicht so, dass die Kinder umsonst darin hausten, sondern dass sie dafür zahlen mussten. Jeder nur mögliche Raum wurde vermietet, weshalb Agnes damals so glücklich über ihr Kellerloch gewesen war, dessen Existenz offenbar vergessen worden war. Wie sehr sie es vermisste!

»Du wartest hier draußen«, wies sie Thilo an. »Zusammen mit dem Hund.«

»Und wenn er dir was antut?«

»Wird er nich«, antwortete Agnes mit mehr Sicherheit in der Stimme, als sie empfand. Peer, der sie um zwei Köpfe überragte, würde sie nicht viel entgegenzusetzen haben. Aber warum sollte er das tun? Außer der Münze war bei ihr nichts zu holen, und schließlich sammelte er Kinder um sich, die für ihn stahlen. Und die brauchte er dringend, wollte er weiterhin in seiner Ruine herrschen.

Zwei Jungen lungerten vor dem halbverfallenen Eingang herum und beobachteten sie lauernd, ließen sie jedoch anstandslos eintreten. Agnes blieb einen Moment lang stehen, blinzelte, damit ihre Augen sich an das dämmrige Innere gewöhnten.

Peer saß auf einer Kiste und beobachtete die Szenerie, die sich vor ihm abspielte. Ein Mädchen hielt einen Lederriemen in der Hand, den es mit einem lauten Klatschen auf den bloßen Rücken eines Jungen niedersausen ließ. Mit jedem Schlag keuchte der Junge auf, was in einem Wimmern abebbte.

»Für jeden Schrei setzt es was extra«, sagte Peer. »Vergiss das nicht.« Er blickte auf, als er Agnes bemerkte. »Ah, was denn? Hast du es dir überlegt?«

Agnes kam auf ihn zu und hielt ihm die Münze hin.

Mit einem Grinsen nahm er sie entgegen. »Kluges Mädchen. Hast mich also gefunden?«

»War nich schwer«, antwortete sie schulterzuckend. »Is ja dein Revier.«

Wieder war das Klatschen zu hören, und obwohl Agnes hart im Nehmen war, konnte sie das nicht gut ertragen. »Wofür is das?«, fragte sie und nickte zu dem Jungen hin. »Verdrischst du einen für Widerworte?«

Das Grinsen wurde breiter. »Dafür hagelt es allenfalls Backpfeifen. Nein, ich denke, Bengt erklärt unserer Neuen hier besser selbst, wofür er gerade Prügel kassiert.« Peer hob eine Hand, und das Mädchen ließ den Riemen sinken. Sie war etwas älter als Agnes, hatte rotes Haar und war sehr blass. Der Junge, Bengt, richtete sich auf, rang sichtlich um Fassung. Agnes schätzte ihn auf dasselbe Alter wie das Mädchen.

Der Junge brauchte mehrere Anläufe, um zu antworten. »Hab der Malin das Essen geklaut.«

»Dieses Mal kommst du noch so davon. Beim nächsten Mal bin ich nicht mehr so nachsichtig.« Peer machte eine Handbewegung, mit der er ihn davonscheuchte, während er gleichzeitig Agnes einlud, näher zu kommen.

»Ich kenne deinen Namen immer noch nicht.«

»Agnes.« Im Gegensatz zu Thilos barg ihr Name keine Gefahr.

»Agnes.« Peer betrachtete sie. »Bist schon ein mageres Vögelchen. Ungeschickt beim Stehlen?«

»Zu oft in den falschen Revieren.« Dass sie ausgeraubt worden war, war nichts, was man jemandem wie Peer auf die Nase band. »Sieht man hier nich gern.«

»Nein. Aber jetzt bist du ja hier. Hast den Dreckhahn auch dabei?«

»Ja, wartet draußen. Der spricht aber nich viel.« Sie tippte sich leicht an die Stirn. Lieber war ihr, Peer hielt Thilo für nicht ganz gescheit, ehe er auf die Idee kam, ihn zum Stehlen hinauszuschicken. »Is mein Bruder. Hab versprochen, auf ihn aufzupassen.«

»Verstehe.«

Agnes sah sich um. Sie hatte als Kind zählen gelernt, ehe sie auch ihre Tante verloren hatte und im Alter von sechs Jahren auf sich allein gestellt war. Da es nicht viel gab, woran sie sich festhalten konnte aus der früheren Zeit, versuchte sie, das Zählen nicht zu verlernen. Sie hatte vieles vergessen, wusste nicht einmal mehr, wie ihre Tante aussah, aber nicht das Zählen. Und so wusste sie, dass sich in dieser Ruine dreiundzwanzig Kinder aufhielten, das jüngste so schmächtig, dass sie das Alter nicht zu schätzen vermochte. Der Älteste war vermutlich Peer, was erklärte, warum er hier den Ton angab.

»Dein Bruder«, riss Peer sie aus den Gedanken, »was wird aus dem?«

Sie wandte den Kopf und sah ihn an. »Er bleibt bei mir.«

»Kann er stehlen?«

Sie zögerte.

»Soll ich ihn betteln schicken? Vielleicht brechen wir ihm ein Bein, hacken ihm 'nen Fuß ab oder die Nase. Oder wir blenden ihn. Was denkst du? Ein Auge lass ich ihm.«

Agnes fuhr auf. »Nein, wenn du das tust …«

»Ja?« Er lächelte entspannt. »Was dann?«

»Dann geh ich wieder.«

Lässig wies er mit einer Hand zum Ausgang. »Nur zu. Aber lass dich nicht beim Wildern erwischen.«

Agnes biss sich auf die Unterlippe. Dann würde sie eben genug für sie beide stehlen und Thilo etwas abgeben. Er musste es ohnehin lernen, wenn er nicht fortwährend ein Klotz an ihrem Bein sein wollte. Sein närrisches Vorhaben, den Mörder seiner Eltern zu finden, hatte er ja hoffentlich aufgegeben. »Er wird für dich stehlen«, sagte sie schließlich.

»Warum is er jetzt nicht bei dir und wartet draußen?«

»Weil ich allein schneller wieder weg bin, wenn du mir nich gefällst.«

Verblüfft sah er sie an, dann lachte er schallend. »Also, dann hol ihn.«

Agnes wandte sich ab, ging unter den Blicken der Übrigen hinaus. Sie hatte gehofft, dass sie wenigstens etwas zu essen bekam, wenn sie diesem Kerl schon die Münze gab. Seit zwei Tagen hatte sie nicht mehr gehabt als das, was sie an Abfällen auf dem Markt hatte auflesen können, und der Hunger war ein dumpfer Schmerz im Bauch, der ihr jede Kraft zu nehmen schien. Thilo war er vermutlich noch stärker anzusehen als ihr. Hohlwangig war er geworden, die Knie und Ellbogen wirkten wie kantige Knubbel an den dünnen Armen und Beinen. Wenn sie sich an ihn schmiegte, spürte sie mittlerweile jeden Knochen, das Haar hing ihm in verfilzten Strähnen auf die Schultern, und seine Augen lagen in dunklen Höhlen. Dennoch war er gewiss der schönste Junge, der ihr je begegnet war, und sie bemerkte an den Blicken der Leute, dass es nicht nur ihr so ging.

Jetzt saß er mit Albrecht in der Häusernische, die sie ihm zugewiesen hatte, und kraulte dem Tier gedankenverloren den Nacken. Er blickte auf, als er sie bemerkte, und erhob sich. »Und?«

»Wir können bleiben. Und du solltest schnellstens das Stehlen lernen.« Sie bemerkte an der Bewegung seines Halses, dass er schluckte.

»Ist gut.« Seiner Stimme war anzuhören, dass ihm der Mut – das bisschen zumindest, das er besaß – sank. Das Leben auf der Straße machte ihm immer noch Angst, und auch wenn er nicht widersprochen hatte, wusste sie, dass er sich vor den anderen Kindern fürchtete. Der Tag, an dem sie ihn zu mehreren verdroschen hatten, während sie Agnes bestahlen, würde ihm vermutlich in Erinnerung bleiben.

»Dann komm jetzt.« Sie ging voran in die Ruine zurück, wo Peer sich gerade mit einem Jungen unterhielt, ihm schließlich auf die Schulter klopfte und sich dann zu ihnen umwandte. Er kam näher, sah sie an, ließ den Blick von Thilos Kopf bis zu seinen Füßen gleiten und wieder zurück.

»Dein Name?«, fragte er erneut.

Agnes lag bereits eine Antwort auf der Zunge, als Thilo ihr zuvorkam. Er wirkte, als sei ihm speiübel »Bleib bei Dreckhahn, hab mich dran gewöhnt.«

Sie starrte ihn an und musste ihm nun widerwillig Respekt zollen. Peer grinste.

»Na schön, Hähnchen. Bist ihr Bruder, ja?«

Thilo nickte nur.

»Und nicht ganz gescheit, hab ich gehört?«

In Thilos Augen blitzte Zorn auf, das entging Agnes nicht, aber er fuhr nicht zu ihr herum, sondern blieb beherrscht und schwieg.

»Die Hälfte von dem, was ihr stehlt, bekomm ich. Dafür dürft ihr hier schlafen.«

»Dein Vater war wohl ein gewiefter Kaufmann, was?«, hörte Agnes zu ihrem Entsetzen Thilo sagen.

Peer lachte. »Über meinen Vater gäbe es einiges zu erzählen.« Dann machte er eine ausladende Handbewegung. »Sucht euch 'ne Nische. Euren Hund versorgen wir aber nicht.«

»Der versorgt sich selbst«, antwortete Thilo.

Im Innern der Ruine roch es säuerlich nach altem Schweiß, ungewaschenen Körpern, Pisse und Exkrementen, und Thilo, der geglaubt hatte, mittlerweile das Schlimmste gewöhnt zu sein, atmete so flach wie möglich. Es war ein lauer Herbsttag, was es noch unerträglicher machte, da die Luft hier zu stehen schien. Agnes nahm das offenbar gar nicht wahr, aber vielleicht roch sie es auch einfach nicht mehr. Thilo, dem durch den ständigen Hunger fortwährend übel war, spürte, wie sich ihm der Magen hob. Mit einem leisen Schnalzen machte er Albrecht auf sich aufmerksam und verließ die Ruine wieder, ohne sich weiter in dem düsteren Innern umzuschauen. Dass die Wände zwischen den ehemaligen Räumen eingebrochen waren, hatte er bemerkt, und dass ein zerschlissener Vorhang vor einer Nische hing, wo die Wände noch in bröckligen Resten standen.

Vor der Ruine ließ Thilo sich auf den Boden sinken und lehnte den Kopf zurück, fühlte sich schwächer und kraftloser denn je. Er kratzte sich die roten Flohbisse auf den Armen, spürte, wie es überall kribbelte und juckte. Sein Haar hing ihm verfilzt auf die Schultern, zweifellos komplett verlaust, ebenso wie die Kleidung, die er trug. Er wollte sich alles vom Leib reißen, in einen Zuber steigen und sich schrubben, bis seine Haut rot war. Und er wollte das Haar ins Wasser tauchen, bis alles an Getier abgesoffen war, damit es nur endlich zu jucken aufhörte.

Die Male, die sein Körper mit Wasser in Berührung gekommen war, seit er auf der Straße lebte, konnte er an einer Hand abzählen. In der größten Sommerhitze waren er und Agnes an die Elbe gegangen und hatten dort in ihrer Kleidung gebadet, um sich abzukühlen. Das hatte kurzzeitige Linderung gebracht, aber so leicht ließen sich die Biester, die auf ihm herumkrabbelten und bis aufs Blut bissen, nicht entfernen. Der Gedanke daran, wie sie sich an ihm festkrallten, ließ ihn sich schütteln vor Abscheu.

»Ach, hier bist du.« Agnes ließ sich neben ihm nieder. Dann öffnete sie die Hand. Darauf glänzte eine kleine Münze. »Hat mir Peer gegeb'n. Sagte, beim ersten Mal kostet's mehr als die Hälfte, aber auch hiervon kann ich uns was kaufen.«

Thilo wollte aufstehen, doch sie hielt ihn fest. »Ich geh allein. Bin ohne euch schneller.« Damit war sie aufgestanden und lief davon mit einer wieseligen Schnelligkeit, die ihn immer wieder in Erstaunen versetzte. Er sah ihr nach, lehnte wieder den Kopf an die Mauer und schloss die Augen. Neben sich spürte er Albrechts beruhigende Nähe.

Er schreckte auf, als er einen Stoß in die Seite bekam, und war im ersten Moment ohne jede Orientierung. Neben ihm stand ein Junge mit einem bulligen Gesicht, das sich seltsam ausnahm im Vergleich zu dem mageren Körper. »Was liegste hier rum, hm?«, fragte er und trat ihm erneut in die Rippen. »Ist unser Revier.«

»Der is neu«, hörte er eine Mädchenstimme sagen. »Und nich ganz gescheit. Lass ihn.«

»Ja, schaut auch wie ein Dummkopf drein«, antwortete der Junge und trat ein drittes Mal zu. Albrecht erhob sich zu seiner stattlichen Größe, und als würde er dem Jungen erst jetzt auffallen, wich dieser zurück. »Halt das Vieh bloß fest, sonst stech ich es im Schlaf ab.«

Das brachte Bewegung in Thilo, und er rappelte sich so schnell auf, dass ihm schwarz vor Augen wurde und er sich an der Hauswand abstützen musste. Mit der anderen Hand tastete er nach Albrecht und hoffte, dass dieser ruhig neben ihm stehen blieb. Als er die Augen wieder öffnete, drehte sich nicht mehr alles, und er sah, wie der Junge ihn verächtlich musterte, ehe er die Ruine betrat.

Agnes kam kurz darauf zurück. »Warum stehst du da und starrst vor dich hin wie ein Tölpel?«

Er schüttelte nur den Kopf und sank wieder zu Boden. Sie ließ sich neben ihm nieder und zeigte, welche Schätze sie unter ihrem Gewand barg – einen halben Laib Brot und eine kleine Salami. »Hier«, sie reichte sie ihm. »Du darfst zuerst.«

AMSTERDAM, OKTOBER 1593

Hendrik Valckenbergs Geschäftsräume bargen einen wahren Schatz feurig schimmernder Seidenstoffe in allen Farben. In hohen Regalen lagerten die Ballen, wurden an langen Tischen zugeschnitten und zu horrenden Preisen verkauft. Arjen konnte sich auch Monate später kaum sattsehen an der Pracht, die sich ihm bot, Seide, die kühl und glatt unter den Händen war.

Zunächst hatte Hendrik Valckenberg ihn seinem Secretarius zur Seite gestellt, und offenbar war Arjen anstellig genug, um ihn nicht gleich wieder fortzuschicken. »Ihr könnt gut mit Zahlen umgehen. Das freut mich, einen Dummkopf kann ich nämlich nicht gebrauchen.«

Wenn Arjen geglaubt hatte, dass ihm sein Vater umgehend einen Platz in seinem Haus anbieten würde, so war er jedoch bald eines Besseren belehrt worden.

»Was zahlt Ihr für das Zimmer im Gasthaus?«, hatte Hendrik Valckenberg wissen wollen.

Arjen hatte ihm den Preis genannt, woraufhin sein Vater gegrinst und den Kopf geschüttelt hatte. Wenn Arjen auch nur den geringsten Zweifel daran gehabt hätte, übervorteilt zu werden, so war dieser damit ausgeräumt worden.

»Meine Ehefrau ist nach wie vor nicht gut auf Euch zu sprechen«, erklärte Hendrik Valckenberg, als er an diesem Tag in das Kontor trat. »Aber da ich beschlossen habe, Euch – dich – als meinen Sohn anzuerkennen, wird ihr nichts anderes übrig bleiben.«

Eine unbändige Freude durchströmte Arjen. »Ich kann Euch nicht sagen, wie sehr mich das freut.« Mittlerweile war sein Niederländisch durchaus annehmbar.

»Ich habe Erkundigungen über dich eingeholt, nach Fenjas Verbleib seinerzeit, danach, wie du aufgewachsen bist.«

»Wie das?«

»Da gibt es Mittel und Wege, wenn man Geld genug hat. Ich möchte schließlich keinen Lügner und Hochstapler in meinem Haus. Meine Ehefrau befürchtet, du machtest unseren Töchtern das Erbe streitig.«

»Das würde ich niemals tun!«

Nun sah Hendrik Valckenberg ihn scharf an. »Tatsächlich? Bist du ein Narr oder nur höflich?«

Darauf wusste Arjen nichts zu antworten.

»Meine Töchter werden heiraten, und ich habe nicht vor, einem angehcirateten Mann – mag er noch so anständig sein – mein erarbeitetes Vermögen zu vermachen. Zu meinem Kummer konnte mir meine Ehefrau keinen Sohn schenken, und seit der Geburt unserer kleinen Nela versagt ihr der Körper diesen Dienst, und sie empfängt nicht mehr. Ich hatte durchaus überlegt, mit einer Geliebten weitere Kinder zu zeugen. Aber noch ist von einem Dasein als mein Erbe keine Rede, also mach dir keine falschen Hoffnungen. Ich werde dich heute Abend beim Essen meiner Frau und deinen Schwestern vorstellen. Deine familiären Aufgaben werden vor allem darin bestehen, sie auf Veranstaltungen zu begleiten, nach denen mir nicht der

Sinn steht, aber die Begleitung eines männlichen Angehörigen unabkömmlich ist.«

»Ich bin Euch sehr dankbar.«

»Das will ich hoffen.« Hendrik Valckenberg ließ ihn stehen und ging zu seinem Secretarius, mit dem er kurz darauf in eine Unterhaltung vertieft war.

Arjen widmete sich wieder den Rechnungsbüchern, die aufgeschlagen vor ihm lagen. Das Arbeitszimmer lag hinter dem Verkaufsraum und war zweckmäßig eingerichtet mit einem wuchtigen Schreibtisch, hinter dem ein Lehnstuhl stand, der unbequem genug war, damit man nicht auf die Idee kommen konnte, hier nur allein um des Verweilens zu sitzen. In den Regalen standen Folianten und Rechnungsbücher, und ein gekachelter Ofen in der Ecke würde im Winter Wärme spenden, wobei Arjen nicht darauf wetten mochte, dass dieser Raum je behaglich warm sein würde. Vermutlich wurde gerade ausreichend geheizt, damit man keine Frostbeulen an Händen und Füßen bekam, während man arbeitete.

Mittags bekam er eine Stunde frei, um etwas zu essen, und meist nutzte Arjen die Zeit, um danach noch ein wenig spazieren zu gehen. Mittlerweile kannte er sich hier einigermaßen gut aus – im näheren Umfeld zumindest. Die Grachten, wie man die Kanäle hierzulande nannte, bezeichnete er innerlich als das Gedärm dieser Stadt. Es war unfassbar, was für ein Gestank von ihnen aufstieg. Angesichts dessen, was sich täglich in ihnen entlud, durfte das jedoch auch nicht allzu sehr verwundern.

Markt- und Schlachtabfälle landeten darin, Pferdekot, der auf den Straßen liegen blieb, wurde hineingeschaufelt, Häuser entleerten ihren Unrat über Rinnsteine hinein, denselben Weg nahm der Inhalt ihrer Latrinen. Unter den gewölbten Brücken, die an Katzenbuckel erinnerten, lagen öffentliche Aborte, die ebenfalls direkt in die Grachten entleert wurden. Überdies waren die Grachten Verkehrswege und erfüllten somit den rein praktischen Zweck, die Stadt überall mit Waren versorgen zu können, ohne dafür die oftmals überfüllten Straßen zu nehmen.

Im Stadtzentrum gab es einen Friedhof, auf dem es jedoch nicht mit der Ruhe zuging, die Arjen von seiner Heimatstadt kannte, sondern dort spielten Kinder, Frauen hängten Wäsche über die Grabsteine, und sogar Markthändler hatte Arjen gesehen, die zwischen den Gräbern ihre Stände aufbauten. Er wusste nicht recht, was er davon halten sollte. Es kam ihm falsch vor, die Totenruhe zu stören, andererseits störte es die Toten womöglich gar nicht, dass um sie herum das Leben weiterging und sie in gewisser Weise Teil davon waren. An diesem Tag sah er sogar, wie jemand sein Vieh auf den Friedhof führte und es grasen ließ.

Am ersten Sonntag hatte Arjen einen Gottesdienst besuchen wollen und von seinem Vater wissen wollen, wo die Familie hinging. »Dass du Lutheraner bist«, hatte sein Vater – diese Bezeichnung fühlte sich noch sehr ungewohnt für diesen Fremden an – ihm erklärt, »ist ein Umstand, den du besser schnellstmöglich vergisst.«

Das wiederum war für Arjen nicht einfach zu erfüllen, denn er kam sich nun vor wie ein Ketzer, und das konnte er nur schwer mit seinem Gewissen vereinbaren. Noch härter wäre es für ihn gewesen, wenn die Familie Valckenberg Katholiken gewesen wären, doch es waren nur die Spanischen Niederlande katholisch geblieben. Während die Amsterdamer die katholischen Klöster durchaus duldeten und auch akzeptierten, dass auf ihrem Stadtgebiet Mennoniten und Lutheraner ihre Gebetshäuser hatten, so war doch klar, dass Arjen – wollte er Teil der Familie Valckenberg sein – sich nicht einfallen lassen durfte, etwas anderes zu praktizieren als den Protestantismus nach Calvin. Arjen musste sich fortwährend sagen, dass sie trotz allem der Glaube an Gott einte und nur die Ausübung des Glaubens eine andere war.

Kurz vor Ende seiner Mittagspause kehrte Arjen zurück. Der Secretarius, Markus van Huisen, wirkte ihm gegenüber nach wie vor reserviert, war aber stets höflich, und hin und wieder ließ er sich sogar zu einer kurzen Plauderei hinreißen. So wusste Arjen mittlerweile, dass der Mann verlobt war und in Kürze zu heiraten gedachte.

Abends, nachdem der Verkaufsraum geschlossen wurde, sollte Arjen in den privaten Trakt des Hauses kommen und dort der Familie seines Vaters seine Aufwartung machen. Während er nachmittags zu beschäftigt gewesen war, um sich damit zu befassen, war er nun doch recht aufgeregt. Er würde anstelle eines Stiefvaters nun eine Stiefmutter haben, und er hätte drei Schwestern.

Als er nun von Markus van Huisen über die Treppe hinaufgeführt wurde in den prachtvoll eingerichteten Wohnbereich des Hauses, versuchte er, seine Nervosität mit Selbstsicherheit zu überspielen. Die größte Hürde war sein Vater gewesen – was konnte jetzt noch passieren? Selbst wenn Hendrik Valckenbergs Ehefrau ihn hasste, so konnte sie doch nichts dagegen tun, dass er hier war. Allerdings wollte Arjen nicht, dass seine Halbschwestern ihm mit einer ebensolchen Abneigung entgegentraten, er wollte in diesem Haus willkommen sein.

Die Holzdielen knarrten leise unter seinen Schritten, und schließlich gelangten sie an eine Tür, an die der Secretarius höflich klopfte, ehe er sie öffnete und Arjen den Weg in eine großzügige Wohnstube wies, in der als Erstes der von zwei weißen

Marmorsäulen flankierte Kamin mit dem wuchtigen gedrechselten Holzsims den Blick einfing. Ein Gemälde hing darüber, eine Frau in einem üppigen grünen Kleid, die kokett einen Blick über die Schulter warf. Der Raum war überaus prachtvoll, und Arjen, der selbst aus einem wohlhabenden Haushalt kam, konnte sich nur in stummem Staunen umblicken.

Hendrik Valckenberg stand an der rechten Wand, unmittelbar neben einem mit Blattsilber verzierten Wandpaneel, die Hände hinter dem Rücken verschränkt, ein Ausdruck milder Belustigung auf den Lippen, während die Frau an seiner Seite – zweifellos jene auf dem Gemälde – verkniffen dreinblickte und die drei jungen Mädchen ihn neugierig ansahen. Die Älteste war weizenblond wie Arjen und ihr Vater, die Mittlere hatte goldbraunes Haar, und die Kleine war so dunkelhaarig wie ihre Mutter.

»Pünktlich auf die Minute«, begrüßte ihn Hendrik Valckenberg auf Niederländisch. »Ich darf dir meine Familie vorstellen. Meine Ehefrau Annike.«

Arjen neigte höflich den Kopf und versicherte, es sei ihm ein Vergnügen, was die Frau mit einem knappen Nicken beantwortete.

»Und meine Töchter, Sophie, Lisa und dieser reizende kleine Wildfang Nela.« Er lächelte das Kind in väterlicher Zuneigung an. Unwillkürlich dachte Arjen an Enno Schellbach, diesen kalten, distanzierten Vater, der ihn nie mit echter Wärme angelächelt hatte. Selbst Johan, dem er offenkundig mehr Zuneigung entgegengebracht hatte, war nie ein solches Lächeln zuteilgeworden. Nur Rieke gegenüber war er weicher gewesen, nachgiebiger. Rasch schob Arjen die Erinnerung beiseite, wollte nicht wirken, als sei er abwesend und in Gedanken versunken. Er ahnte, dass Hendrik Valckenberg das als unhöflich betrachten würde.

In den drei Monaten, die er hier war, hatte er schon recht gut Niederländisch gelernt, und er konnte bereits leidlich gut Gespräche führen. Der Neffe des Wucher-Gastwirts mochte ein stetig gelangweilter Taugenichts sein, als Lehrer für seine eigene Muttersprache kannte er jedoch keine Nachsicht, und wäre Arjen ein kleiner Bub, hätte es gewiss des Öfteren einen Hieb mit dem Rohrstock gesetzt, wenn sich die Sprache gar zu sperrig gebärdete und Arjen nicht die richtigen Worte fand.

»Wohnt Ihr jetzt bei uns?«, fragte Nela.

»Für diese Förmlichkeit besteht kein Anlass«, erklärte ihr Vater. »Immerhin ist er dein Halbbruder. Und nein, so weit sind wir noch nicht.«

Ein kleines Lächeln zuckte über Annikes Mund, ehe er wieder zu einer harten Linie wurde. Offenbar verbuchte sie die Verzögerung von Arjens offizieller Aufnahme in dieses Haus als Punkt zu ihren Gunsten.

Arjen sah sich in dem Raum um, bewunderte den reich verzierten Kabinettschrank aus dunkelbraunem Holz mit elfenbeinernen Intarsien. Eine Truhe mit Reliefdekor und Brandmalerei stand an der linksseitigen Wand. Ein prachtvoller Lüster, verziert mit Bergkristall, hing von der Decke, Kerzenleuchter aus Messing zierten den Kaminsims sowie die Truhe, sodass der Raum in weiches Licht getaucht war. Blickfang war ein großes Gemälde, das einen von Menschen bevölkerten Hafen zeigte, über dem sich die Masten eines Schiffes geradezu königlich erhoben.

Es klopfte, und dann wurde die Tür geöffnet. Eine Dienstbotin in schlichtem braunem Kleid und weißer Haube betrat das Zimmer. »Das Essen ist angerichtet, *dames en heren*.«

Hendrik Valckenberg wies zur Tür. »Dann darf ich zu Tisch bitten«, sagte er an Arjen gewandt.

Da die Höflichkeit gebot, seinem Vater und dessen Ehefrau den Vortritt zu lassen, blieb er stehen, und so trat Sophie vor. »Komm«, sagte sie und hakte sich formlos bei ihm ein. Ein wenig irritiert ließ er sich von ihr aus dem Raum führen, und der Rest der Familie folgte ihnen.

»Geh vernünftig«, hörte er Lisa sagen.

»Tue ich doch«, antwortete Nelas helle Kinderstimme.

»Tust du nicht, du hampelst herum.«

»Nicht streiten!«, befahl ihre Mutter.

Das Speisezimmer hatte Arjen bereits kurz gesehen, ein Raum, den ein Tisch aus dunklem Holz beherrschte, daran standen acht Stühle mit hohen, geraden Rückenlehnen; die am Kopf- und Fußende des Tisches verfügten zudem über geschwungene Armlehnen. Höflich begleitete Arjen Sophie zu ihrem Platz und rückte ihr den Stuhl zurecht.

»Nimm dort Platz!«, wies sein Vater ihn an und deutete auf einen Stuhl Sophie gegenüber.

Arjen dankte ihm und setzte sich. Das Dienstmädchen erschien. Schweigend legte es am Spieß gebratenes Fleisch von der Silberplatte in der Tischmitte auf den Teller des Hausherrn, gab Gemüse dazu, Erbsenbrei und kross gebackenes helles Brot mit goldbrauner Kruste. Als Nächstes bediente sie Hendrik Valckenbergs Ehefrau Annike, dann kam sie zu Arjen, dem als Gast offenbar das Privileg zukam, nach den Herrschaften an der Reihe zu sein. Nachdem alle versorgt waren, sprach die Hausherrin das Tischgebet, und sie durften mit dem Essen beginnen.

Die Speisen waren hervorragend, seit seiner Abreise hatte Arjen nicht mehr so gut gegessen. Er machte ein Kompliment in Richtung der Hausherrin, aber diese antwortete kühl: »Das Lob gebührt meiner Köchin.«

Leicht würde das nicht werden, begriff Arjen, und Hendrik Valckenberg machte keine Anstalten, ihm behilflich zu sein. Während Annike Valckenberg ihn ignorierte, begann er jedoch immerhin mit zwanglosem Geplauder und bat Arjen, seinen Töchtern etwas über Lübeck zu erzählen. Dem kam er nur zu gern nach, und so entspann sich bald ein angeregtes Gespräch. Vor allem die Kleine konnte einem schier Löcher in den Bauch fragen und war von einer aufgeweckten kindlichen Neugierde, die Enno Schellbach – dessen war Arjen sich gewiss – Rieke in Gegenwart eines praktisch Fremden niemals hätte durchgehen lassen. Allerdings hätte Rieke gar nicht erst mit am Tisch sitzen dürfen.

Die Magd erschien und schenkte Bier in die Krüge nach.

»Hamburger Bier«, erklärte Hendrik Valckenberg. »Amsterdam hat vor bald dreihundert Jahren das Recht erhalten, Zoll auf Hamburger Bier zu erheben, und seither muss das gesamte Bier aus Deutschland Zoll an die Amsterdamer entrichten. Jedes Schiff, das Bier in die Niederlande transportiert, muss Amsterdam anlaufen.«

Was für ein Vermögen die Stadt allein durch die Zolleinnahmen erwarb, vermochte Arjen sich kaum vorzustellen.

»Hamburg«, fuhr sein Vater fort, »galt seinerzeit nicht nur als das Brauhaus der Hanse, sondern hatte – wie du zweifellos weißt – eine große Bedeutung für den Ostseehandel.«

Arjen nickte. Der Nordseehafen war Umschlagplatz für Waren aus dem Osten und Westen Europas gewesen, überaus wichtig in Zeiten, als die Hanse ihre ganze Macht entfaltet hatte.

»Auf diese Weise«, erklärte sein Vater, »kamen die Amsterdamer in Kontakt mit anderen Hansekaufleuten. Und so eroberten wir Schritt für Schritt den Ostseehandel.« Er lächelte breit und hob den Krug, als wollte er auf die Geschicklichkeit der Niederländer anstoßen. Arjen hob den Krug ebenfalls und neigte den Kopf, was Hendrik Valckenberg offenbar gefiel.

»Grollst du deinen Leuten?«

»Es sind nicht mehr meine Leute.«

Daraufhin sah sein Vater ihn aufmerksam an, und fast schon befürchtete Arjen, er werde ihn vor seiner Ehefrau und den Töchtern zurechtweisen, aber er schwieg und setzte den Krug an die Lippen. Arjen widmete sich wieder seinem Essen und bemerkte, dass ihn die Töchter des Hauses – seine Schwestern – neugierig ansahen. Er hatte das Gefühl, etwas sagen zu müssen, wollte aber auch nicht einfach drauflosplappern oder neugierige Fragen stellen.

»Du bekommst morgen frei«, sagte Hendrik Valckenberg unvermittelt.

Verwundert sah Arjen ihn an. »Gibt es dafür einen Grund?«

»Natürlich gibt es den. Ich tue nie etwas ohne Grund. Du wirst deine Schwestern auf einem Spaziergang durch die Stadt begleiten.«

Arjen bemerkte, wie Annike Valckenberg sich auf die Unterlippe biss und ihre Wangen sich röteten. Er fragte sich, ob sein Vater diesen Spaziergang vorgeschlagen hatte, um sie zu reizen, aber warum hätte er das tun sollen? »Es wird mir ein Vergnügen sein«, erwiderte er.

»Es ist bedauerlich, dass Ihr … du unser Bruder bist«, sagte Sophie. »Du bist so ein hübscher Kerl.«

»Sophie!«, tadelte Lisa. »Das gehört sich nicht!«

»Das täte es nur dann nicht, wenn er ein Fremder wäre, was er nun leider nicht ist. Also nicht so richtig jedenfalls.«

Sophie hatte ihre Hand in seine Armbeuge geschoben, während Lisa an seiner anderen Seite ging und Nela vor ihnen herspazierte, ausgelassen immer wieder vorauslief und von ihren Schwestern ermahnt werden musste, nicht gar so forsch zu sein.

»Selbst wenn er nicht unser Bruder wäre, könntest du ihn nicht heiraten«, erklärte Lisa. »Du weißt doch, dass Vater schon jemanden …«

»Ach, diesen langweiligen Tropf!«, fiel Sophie ihr ins Wort. »Mutter wird das nicht zulassen.«

»Mutter hat in dieser Sache nichts zu sagen.«

»Wie ist deine Mutter eigentlich?«, fragte Sophie. »Liebt sie unseren Vater?«

Mit dieser Frage hatte Arjen nicht gerechnet. »Sie ist eine sehr freundliche und warmherzige Frau«, sagte er, wenngleich er dies – angesichts seiner Kindheit – nicht gänzlich so empfand. »Sie hat euren Vater vielleicht einmal geliebt, aber danach liebte sie ihren Ehemann«, fügte er diplomatisch hinzu.

»Gewiss war sie traurig, als Vater fortgegangen ist«, sagte Lisa.

Darauf wusste Arjen keine Antwort zu geben, und so schwieg er. Ohnehin fragte er sich, was Sinn und Zweck dieses Spaziergangs sein sollte. Dass man sie zusammen sah und klar wurde, dass Arjen Teil der Kinder Hendrik Valckenbergs war? Oder sollten sie einander einfach besser kennenlernen, ohne den intensiven Blicken der Mutter ausgesetzt zu sein? Allerdings hatte Arjen früh begriffen, dass man Entscheidungen Hendrik Valckenbergs besser nicht hinterfragte.

»Dich wird er auch bald verheiraten«, sagte Sophie. »Warte nur ab.«

Daraufhin schwieg Lisa, und es war nur eine kleine Falte zwischen ihren Brauen zu sehen. Offenbar war das Thema Ehe keines, das seine Schwestern als allzu erquicklich empfanden. Das konnte er sogar verstehen, denn auch Rieke würde dieses Schicksal blühen, und sie würde ihren Zukünftigen vermutlich erst kennenlernen, wenn das Verlöbnis beschlossen war. An solchen Entscheidungen hing so vieles. Auch für Arjen wäre das irgendwann ein Thema, daran hatte früher kein Zweifel bestanden, und er bestand auch jetzt nicht. Die Ehe seiner Eltern in Lübeck war von der Dominanz seines Stiefvaters geprägt gewesen, und für Rieke würde er zweifellos einen Mann seines Schlages auswählen. Eine solche Ehe wollte Arjen nicht führen, und er hoffte, dass ihm bei der Wahl seiner Ehefrau ein gewisses Mitspracherecht eingeräumt werden würde.

»Vater erzählte, du seiest Lutheraner gewesen?«, wechselte Sophie das Thema.

Gewesen. So recht konnte sich Arjen damit noch nicht abfinden, aber er widersprach nicht. »Ganz recht, ich wurde im Glauben der reformierten Kirchen erzogen.«

»Amsterdam war früher einmal katholisch«, erklärte Lisa. »In der Oude Kerk wurden katholische Gottesdienste abgehalten, aber nachdem sich Amsterdam erfolgreich von den Spaniern befreit hatte, wurde die Kirche leergeräumt und das silberne Standbild des heiligen Nikolaus in Münzen eingeschmolzen. Früher einmal war der heilige Nikolaus der Schutzpatron der Stadt, und die Oude Kerk war ihm gewidmet. Mutter hat erzählt, damals zogen die Kinder am Nikolaustag mit Nikolausfähnchen durch die Stadt.«

»Und die Matrosen sind ebenfalls durchs Viertel der Oude Kerk gezogen, weil der heilige Nikolaus der Schutzpatron der Seeleute und verheirateten Frauen war, und sie sangen dabei schlüpfrige Lieder«, wusste Sophie zu erzählen.

»Woher willst du so etwas denn wissen?«, fragte Lisa.

»Das hat mir Julenes Bruder erzählt.«

»Wenn Vater wüsste, dass du von ihm solche Dinge erfährst, dürftest du Julene nie wieder besuchen.«

»Wer sollte es ihm denn sagen?«

Im selben Moment flogen die Blicke der Schwester zu Arjen, misstrauisch, als ginge ihnen jetzt erst auf, welchem Zweck der Spaziergang möglicherweise diente.

»Meine Lippen sind versiegelt«, versprach er.

Das Versprechen war nicht mehr ganz so leicht einzuhalten, als er zwei Stunden später Hendrik Valckenberg gegenüberstand. »Und was hatten meine Töchter so zu erzählen?«, fragte sein Vater, während sie zusammen in seinem Arbeitszimmer saßen und Hamburger Bier tranken.

»Sie haben mir ein wenig über die Stadt erzählt.«

»Verstehe. Haben sie auch erwähnt, dass Sophie sich demnächst verloben wird?«

»Durchaus, ja.«

»Sie ist mit meinen Plänen nicht einverstanden, das ist mir bewusst, wenngleich sie nie wagen würde zu widersprechen.«

Arjen schwieg und setzte den Krug an die Lippen.

»Es ehrt dich, dass du nichts dazu sagst, obwohl ich dir ansehe, dass sie auch dir gegenüber nicht gerade wohlwollend über meine Pläne gesprochen hat. Aber sie wird sich fügen.« Hendrik Valckenberg nahm Pfeife und Tabakbeutel zur Hand. »Um auf etwas anderes zu kommen. Mir ist nicht entgangen, wie du meine Dienstmagd Alba angesehen hast. Wenn du eine Frau brauchst, kann ich dir ein Haus nennen, wo man sich um deine Bedürfnisse kümmert, aber von meinen Mägden lässt du die Finger. Ich gebe sehr viel auf das Ansehen meines Hauses, und dazu gehört, dass ich Mägde beschäftige, die nicht befürchten müssen, mit dickem Bauch auf der Straße zu enden.

Solltest du sie dennoch anrühren, wirst du sämtliche Konsequenzen zu tragen haben, die daraus erwachsen.«

Arjen fühlte sich ertappt. »Ich verstehe.«

»Dann ist es ja gut.«

Kurz zögerte Arjen, doch dann fragte er: »Welchem Zweck diente der Spaziergang heute?«

Hendrik Valckenberg zündete seine Pfeife an und paffte ein paarmal, ehe er antwortete. »Ich möchte wissen, ob ich dir vertrauen kann und ob meine Töchter es können. Mir sind gesellschaftliche Pflichten überaus lästig, aber ich komme nicht umhin, sie zu erfüllen. Ich gehe nicht gerne auf Feiern, bei denen getanzt wird und die jungen Leute umeinander herumbalzen. Dennoch ist mir natürlich bewusst, wie wichtig diese Feierlichkeiten sind, sodass ich sie meinen Töchtern nicht verwehren kann. Allein oder nur in Begleitung ihrer Mutter hinzugehen, kommt jedoch aus Gründen des Anstands nicht in Frage. Also wirst du sie künftig begleiten.«

Tanzabende. Das klang ja gar nicht einmal so schlecht. Arjen lehnte sich zurück und nahm einen weiteren Schluck aus seinem Krug. Endlich war er da, wohin er gehörte.

LÜBECK, OKTOBER 1593

»Ihr habt keinen Zutritt.« Enno Schellbach trat Clara in den Weg. »Der Rat tagt heute.«

»Deshalb bin ich hier. Und nun seid so gut und lasst mich vorbei.«

»Was gibt es denn?« Henning von Westerboer war hinzugekommen und ebenfalls im Begriff, das Rathaus zu betreten.

»Jungfer Clara von Genssler möchte Zutritt zum Rat der Kaufleute«, erklärte Enno Schellbach.

Henning von Westerboer sah Clara erstaunt an. »Ach was?«

»Ich muss meine Geschäfte weiterführen, und auch ich bin Mitglied der Kaufmannsgilde.«

»Euer Vater war Mitglied«, widersprach Enno Schellbach. »Und danach hat Theodor Drenkhan sich Eurer angenommen und Eure Interessen vertreten. Ihr habt als Frau nicht einmal Bürgerrechte, und somit könnt Ihr bei politischen Entscheidungen nicht mitreden. Eure Anwesenheit hier ist demnach niemandem von Nutzen.«

»Vielleicht mag die Jungfer sich ja einen Beschützer von der Art Theodor Drenkhans nehmen«, mischte sich Curd Hinnerk ein, der sich ebenfalls vor dem Rathaus eingefunden und den

Disput mitbekommen hatte. Er schickte ein Lächeln hinterher, ließ den Blick an Clara entlanggleiten. »Ich bin mir sicher, es fände sich rasch jemand, der Euch in langen Nächten dazu berät, wie Ihr Euch als Frau angemessen zu verhalten habt, und Euch hier gleichsam vertritt.«

Gereon, der sich schweigend im Hintergrund gehalten hatte, trat einen Schritt vor.

»Haltet Euren Hund zurück«, sagte Enno Schellbach. »Niemand wird Euch anrühren, Ihr steht unter unserem Schutz. Und nun seht zu, dass Ihr heimkommt, als Frau habt Ihr andere Aufgaben als das Mitmischen in der Welt der Männer.«

Henning von Westerboer sah Clara an, und kurz glaubte sie, er werde für sie stimmen, aber er nickte nur und trat ins Rathaus. Ihr blieb nichts anderes übrig, als unverrichteter Dinge und in dem Gefühl tiefer Demütigung wieder zurück nach Hause zu gehen. Sie dachte an Theodor, der ihr so sehr fehlte, dass es körperlich schmerzte. Wie sicher sie an seiner Seite gewesen war, wurde ihr allerdings erst jetzt bewusst, ebenso, dass es so wie mit ihm nie wieder werden würde.

Und wenn es keine andere Lösung gab, als sich einen Liebhaber zu nehmen, einen Mann, der ihr ermöglichte, durch ihn am Geschäftsleben teilzunehmen, aber gleichzeitig keine Verfügungsgewalt über ihr Eigentum hatte? Ein unverheirateter Mann würde sich überdies wohl nicht damit zufriedengeben, denn er würde sie mitsamt ihrem Vermögen haben wollen. Oder sie nahm sich einen verheirateten Liebhaber, aber der würde ihr möglicherweise nicht helfen, sondern sich nehmen, was er wollte und sie – wenn sie Forderungen stellte – der öffentlichen Verachtung preisgeben.

Zu Hause setzte sie sich in die Stube, sah das Spinnrad am Fenster stehen und dachte an die langen Winterabende, wenn sie dort unter dem Blick ihrer Kindsmagd gesessen und gesponnen hatte. Lesen und schreiben zu können, gehörte praktisch zur Mitgift einer Kaufmannstochter, die ihrem Gemahl eine hilfreiche Gefährtin sein sollte. Aber auch die weiblichen Tugenden hatte sie erlernt, und so konnte sie Wolle zu feinen Fäden spinnen, nähen, weben und stricken. Damit verfügte sie über mehr Fähigkeiten als jeder Mann, den sie kannte. Sie wusste nicht nur Geld zu verdienen, sie konnte sich selbst Kleidung fertigen und warme Decken. Sie wusste sogar, wie man Brot backte und Fleisch am Spieß garte, denn auch das hatte sie lernen müssen, konnte man doch nie wissen, ob den Gemahl das kaufmännische Glück verließ. Sie wusste einen Haushalt zu führen und konnte für sich allein sorgen. Ein Kaufmann wie Enno Schellbach wusste nur mit Zahlen zu arbeiten, und gäbe es keine Frau in seinem Haushalt, müsste er seinen Hunger damit stillen, sich an seinen Folianten die Zähne auszubeißen. Und doch fühlte er sich ihr überlegen, durfte sie vor allen Leuten wie ein kleines Mädchen, das bei den Erwachsenen am Tisch sitzen wollte, nach Hause schicken.

Sie sah ihre Geschäftsbücher durch und wusste, dass ihr Vermögen ihr unter den Händen wegsickern würde, wenn sie nicht bald gegensteuerte. Das Haus von Genssler handelte mit teuren Gewürzen und Salz. Noch war sie so reich, dass sie Forderungen stellen konnte, und diesen Moment durfte sie nicht verstreichen lassen.

Bis in den Nachmittag hinein dauerten ihre Überlegungen, dann traf sie einen Entschluss. Sie schrieb einen Brief und trug ihrer Magd auf, diesen ins Haus von Westerboer zu tragen, wo sie ihn ausschließlich Henning von Westerboer persönlich überreichen durfte. Danach wartete sie und hoffte, dass sie keinen Fehler gemacht hatte. Sie setzte sich ans Fenster und betätigte das Spinnrad. Ihre Hände zu beschäftigen, half ihr stets dabei, sich zu beruhigen und ihre Gedanken zu sortieren. Wenn ihr Plan nicht aufging, war noch nichts verloren, sie musste sich dann eben etwas Neues ausdenken.

Das fahle Sonnenlicht warf lange Schatten, die sich langsam verdichteten, aus den Ecken aufeinander zukrochen, sodass Clara kaum mehr den Faden ausmachen konnte, den sie zwischen den Fingern drehte. Sie sah auf, ließ den Blick aus dem Fenster gleiten, wo der Himmel den Tag ausblutete und sich zu einem bleiernen Grau entfärbte. Die Magd war noch nicht zurück, und Clara begann, sich Sorgen zu machen. Gerade wollte sie aufstehen und Gereon losschicken, als ihr einfiel, dass dieser ebenfalls nicht da war.

In diesem Moment hörte sie das schwere Hallen des Türklopfers. Sie stand auf, strich ihr Kleid glatt und zündete eine Kerze an, damit diese den Raum erhellte, dann ließ sie sich wieder am Spinnrad nieder. Die Stimme ihrer Magd war zu hören. Kurz darauf erschien die Frau mit vor Kälte geröteten Wangen.

»Verzeiht mir, Herrin, ich musste auf den gnädigen Herrn von Westerboer warten.«

»Und? Hat er eine Antwort übermittelt?«

»Er sagte«, hörte sie nun eine Männerstimme aus der Halle, »er überbringe Euch diese persönlich.«

»Ach, hat er das? Nun gut, du darfst gehen. Richte dem Herrn aus, ich lasse bitten, und sag allen, ich möchte nicht gestört werden.«

Henning von Westerboer schien einen Schwall herbstlicher Kälte mit in den Raum zu bringen. »Eure Nachricht hat mich überrascht, ich hatte nicht erwartet, dass Ihr vor den Ratsmitgliedern so schnell klein beigebt.«

»Das tue ich nicht«, antwortete sie und erhob sich vom Spinnrad. »Nehmt doch Platz.«

»Ich bin überdies erstaunt, Euch bei einer ganz und gar weiblichen Tätigkeit zu sehen.«

»Ihr würdet Euch wundern.« Clara deutete auf einen hohen Stuhl, nahm einen Krug und schenkte ihm Bier ein. Er lächelte, während er sie beobachtete.

»Ihr sagtet, Ihr möchtet mit mir über geschäftliche Dinge sprechen.«

»Ganz recht.«

»Ich habe mit dem Gewürzhandel nichts zu tun, wie Ihr wisst.«

»Dafür brauche ich Eure Hilfe nicht, das kann ich selbst.«

Er hob die Brauen, und das Lächeln vertiefte sich. Schweigend wartete er darauf, dass sie fortfuhr.

»Ich möchte im Rat vertreten sein.«

»Ihr wisst recht gut, dass das nicht möglich ist, da kann auch ich nichts bewerkstelligen.«

Unwirsch winkte sie ab. »Dessen bin ich mir bewusst. Ich möchte, dass Ihr meine Interessen vertretet, wie Theodor Drenkhan es zuvor getan hat.«

»Ach was?« Er hob die Brauen. »Soweit ich weiß, war Theodor Drenkhan Eurem Vater verpflichtet. Das bin ich nicht, möchte ich meinen.«

»Ich biete Euch etwas im Gegenzug an.«

Er lehnte sich zurück, wartete.

»Ich habe ein großes Vermögen, und die Geschäfte laufen immer noch gut. Wenn Ihr mir helft, das Unternehmen zu führen – und dafür müsst Ihr nicht mehr tun, als mir Euren männlichen Beistand zu versichern und mich zu vertreten, denn alles andere kann ich selbst –, so werde ich Euch an all meinen Einkünften zu einem Drittel teilhaben lassen.«

Henning von Westerboer sah sie lange an. »Ihr wisst, dass ich selbst vermögend bin? Dass ich mehr Gold habe, als ich in einem Leben ausgeben könnte?«

»Gold ist flüchtig, da braucht es nur eine falsche Entscheidung.«

»Ich bin überzeugt davon, dass meine Entscheidungen auch künftig die richtigen sein werden.«

»Ich kenne keinen Kaufmann, der nicht Angst davor hat, seinen Reichtum zu verlieren.«

»Nun, mich kennt Ihr nicht, wie es aussieht. Ihr könntet heiraten, Bewerber gibt es genug.«

»Und dann geht alles in den Besitz meines Ehemanns über.«

»Wenn Ihr Glück habt, überlebt Ihr ihn.«

»Und wenn er Glück hat, überlebe ich nicht einmal die Geburt meines ersten Kindes.«

»Und selbst wenn nicht, wird es derer vermutlich viele geben, sodass es Euch jederzeit dahinraffen kann. Ja, ich verstehe Eure Bedenken.« Er ließ seinen Blick lange auf ihr ruhen. »Ihr wart nicht ausschließlich Theodor Drenkhans Schützling, sondern auch seine Geliebte, nicht wahr?«

Clara schwieg.

»Versteht mich nicht falsch, er hat nie ein Flüstern über Euch verloren, aber wenn ein Mann so häufig im Haus einer jungen Frau ein und aus geht, wenn er dieses erst spät in der Nacht verlässt, dann kommt die eine oder andere Frage auf.«

»Ich war nie mit ihm allein.«

»Oh, das ganz sicher nicht, Ihr habt Eure Köchin im Haus, Eure Magd, den Knecht und nicht zu vergessen Euren getreuen Wachhund. Jeder von ihnen würde sich für Eure Tugendhaftigkeit verbürgen, nehme ich an. Und nach wie vor seid Ihr eine begehrenswerte Partie, Euer Ruf ist tadellos. Wenn ich den Wunsch hätte, zu heiraten, so würde ich durchaus darum bitten, Euch den Hof machen zu dürfen.«

»Ihr wollt nicht heiraten? Obwohl es Euch so viele Möglichkeiten eröffnet?«

»Derzeit ist die Vorstellung wenig reizvoll.«

»Ihr braucht einen Erben.«

»Das hat mein Vater auch stets gesagt. Ich wiederum frage mich, wozu?«

»Damit Euer Vermögen nach Eurem Ableben in der Familie bleibt.«

»Wenn ich unter der Erde liege – was sollte mich das kümmern?«

»Aber das möchte doch jeder Mann.«

»Mir bedeutet es nichts. Das heißt jedoch nicht, dass ich den exquisiten Versuchungen gegenüber abgeneigt bin.«

Clara hatte sich ihm gegenüber auf einem Stuhl niedergelassen und sah ihn fragend an.

»Ich helfe Euch, aber nicht für ein Vermögen, das meines zwar mehrt, aber ohnehin zu viel ist, um es in vollem Umfang je ausgeben zu können. Das ist, als würde man einem übersättigten Mann die übervolle Tafel mit weiteren Leckereien auftürmen.«

Clara musste nicht fragen, was er stattdessen wollte, da sie die Antwort bereits ahnte. Aber wollte sie das? Henning von Westerboer war ein schöner Mann mit kastanienfarbenem welligem Haar, blauen Augen und einem durchaus einnehmenden Wesen – es wäre keine gar zu große Überwindung. Sie sah zu ihrem Schreibtisch, den Folianten, dachte an all das, was sie verlieren würde, wenn sie weiterhin daran gehindert würde, die Geschäfte der Familie zu leiten.

»Ein vaterloses Kind«, sagte sie schließlich, »würde mich ruinieren.«

»Das will ich gern glauben. Und ich kann Euch nicht versprechen, dass Ihr keines empfangen werdet, wenngleich ich Euch verspreche aufzupassen. Was hättet Ihr getan, hätte Euch Drenkhan geschwängert?«

»Ich wäre aufs Land geschickt worden, und das Kind hätte er als das seiner Ehefrau ausgegeben.«

»Ich verspreche Euch dasselbe, wenngleich ich es aus Ermangelung einer Ehefrau als das meiner, hm, sagen wir, Magd ausgebe. Oder einer unbekannten Geliebten.«

»Dann hättet Ihr Euren Erben.«

Er grinste. »Wir bringen alle Opfer, nicht wahr? Ich weiß nicht, ob ich ein tauglicher Vater wäre, ich bin zu unbekümmert und zu sehr darauf bedacht, mein Leben für den Moment zu genießen.«

Sie stand auf, ging zu ihm, sodass er zu ihr aufsehen musste. »Seht Ihr, und das ist der Unterschied zwischen uns. Ich muss in meinem eigenen Interesse an die Zukunft denken.«

Er blickte sie an, machte keine Anstalten, sie zu berühren, aber es war unübersehbar, wie sehr ihn allein die Vorstellung erregte. Sie beugte sich vor, hielt inne, als ihre Lippen eine Handbreit von seinen entfernt waren. Jetzt erst berührte er sie, legte die Hände um ihre Taille, tastete nach der Verschnürung ihres Kleides und hielt dann inne, schob sie sacht von sich und erhob sich.

Verwundert sah Clara ihn an. »Verlangt es Euch nicht danach?«

Er zog die gerüschten Aufschläge seiner Ärmel zurecht. »Oh doch, es verlangt mich sogar außerordentlich. Aber wenn ich käufliche Liebe möchte, bekomme ich sie für ein paar Münzen in jedem Freudenhaus. Dafür muss ich mich weder mit der Kaufmannsgilde herumschlagen, noch laufe ich Gefahr, ein unehelich gezeugtes Kind am Hals zu haben.«

Clara stieß langsam den Atem aus, versuchte, sich nicht anmerken zu lassen, dass seine Zurückweisung sie erleichterte und zugleich demütigte. »Also werdet Ihr mir nicht helfen?«

»Das habe ich nicht gesagt. Ich habe nur Eure Art der Bezahlung abgelehnt.«

Während sie ihn aufmerksam ansah, lehnte Clara sich mit der Hüfte an ihren Schreibtisch. »Und was möchtet Ihr dann?«

Er ging durch den Raum, blieb vor einem Bild stehen, das das Meer in wildem Seegang zeigte. Auf den Wellen tanzte ein Schiff unter der Flagge der Hanse, und es war nicht ersichtlich, ob es den Wellen trotzte oder ob diese es verschlingen würden. Henning von Westerboer wandte sich ab und ließ seinen Blick für einen Moment schweigend auf ihr ruhen. »Die ganze Angelegenheit«, sagte er schließlich, »ist mir dienlicher, wenn Ihr mir etwas schuldig seid.«

»Und was soll ich für Euch tun?«

»Darauf komme ich beizeiten zurück.«

»Ich werde niemanden für Euch töten.«

Er sah sie erstaunt an, dann lachte er schallend. »Gott bewahre! Wenn ich jemanden tot sehen wollte, würde ich ihn selbst töten oder jemanden dafür bezahlen, der danach nie wieder gesehen wird.«

»So einer, wie Theodor Drenkhan ermordet hat?«, fragte Clara und beobachtete, wie er darauf reagierte.

»Das denkt Ihr? Dass ein bezahlter Mörder ihn getötet hat? Nach allem, was ich gehört habe, wurde auf ihn und seine Frau mehrmals eingestochen, bis sie tot waren. Ein Mörder, der so tötet, wäre sein Geld nicht wert, denkt Ihr nicht? Er wäre bei Nacht gekommen, hätte sich lautlos angeschlichen, und morgens hätte die arme Witwe vermutlich mit ihren Schreien die ganze Nachbarschaft geweckt.«

»Denkt Ihr, es war sein Sohn?«

»Der kleine Thilo? Der seine Lehrstelle verloren hatte, weil er faul und ungehorsam war und mit der Magd geschäkert hat? Warum sollte er das tun? Ich vermute, er ist ebenfalls tot. Vielleicht ist er dem Mörder entkommen und hat auf der Straße sein Ende gefunden.«

Clara dachte an die beiden Kinder, die Gereon ausfindig gemacht hatte, und schwieg. Aber es war nicht gesagt, dass es sich bei dem Jungen wirklich um Thilo handelte. Vielleicht war er in der Tat tot und würde nie gefunden werden.

Sie goss Wein in einen Becher, trank daraus und reichte ihn ihm. Mit einem Lächeln hob er ihn an die Lippen, sah sie darüber hinweg an. Nachdem er getrunken und ihn abgesetzt hatte, fragte sie: »Damit wäre es abgemacht?«

»Ich bin ganz der Eure.«

Clara suchte nach Spott in seinen Zügen, fand jedoch nichts. »Denkt Ihr, jemand hat Theodor im Streit getötet?«

»Davon ist auszugehen, und es muss ein heftiger, von Zorn beseelter Streit gewesen sein, glaubt man den Leuten, die den Leichnam gesehen haben.«

Bei der Vorstellung hob sich Clara der Magen, aber sie ließ sich nichts anmerken. »Wer kann so wütend auf ihn gewesen sein?«

»Ihr stellt die falsche Frage. Vielmehr solltet Ihr überlegen, was der Gegenstand des erbitterten Disputs gewesen ist. Und wer einen Vorteil aus Theodors Tod zieht.«

»Wem sollte sein Tod denn nützen?«

Ein sardonisches Lächeln umschattete seine Mundwinkel. »Den meisten von uns.«

Im Alter von zehn Jahren war Gereon Clara von Genssler das erste Mal begegnet. Das vierjährige Mädchen war seinem Kindermädchen davongelaufen und irrte weinend im Hafenviertel herum, wo es bereits die Aufmerksamkeit von Matrosen und Straßengelicht auf sich zog. Allein das pelzverbrämte Mäntelchen würde genug Münzen einbringen, um Essen für ein Jahr zu sichern. Vermutlich konnte eine ganze Familie davon zehren. Auch Gereons erster Gedanke war gewesen, der Kleinen, wenn schon nicht das Mäntelchen, so doch die Pelzkappe abzunehmen. Warum er es dann doch nicht tat, hätte er selbst nicht zu sagen gewusst. Vielleicht weil dieses kleine Mädchen etwas Anrührendes hatte, wie es da schluchzend herumlief, die runden Wangen tränennass, eine Hand ganz rot vor Kälte, weil es den Handschuh offenbar verloren hatte.

Gereon war zu ihr gegangen, hatte sich vor sie gekniet, dann hatte er ihr die Hand gereicht, und als spürte das Mädchen, dass es um nichts weniger als sein Überleben ging, legte es vertrauensvoll die eiskalte Hand hinein und schluckte die Tränen hinunter.

»Wie heißt du?«, fragte er.

»Clara von Genssler.« Das Mädchen zitterte so, dass er sich vorbeugen musste, um es zu verstehen.

Mit der Kleinen an der Hand ging er in die Stadt, ein seltsamer Anblick – das Straßenkind und das Mädchen aus reichem Haus. Misstrauische Blicke trafen sie hier und da, aber den meisten schien es gleich, denn auch Kinder aus reichem Haus konnten unvermittelt alles verlieren. Gereon fragte sich durch und stand schließlich vor einem Giebelhaus, das so imposant war, dass er sich kaum getraute, den Türklopfer zu betätigen.

Ein Mann öffnete ihm, elegant gekleidet und mit ungnädiger Miene, die zu einem Ausdruck der Erleichterung zerfloss, als er das kleine Mädchen sah. »Gott, dem Herr, sei es gedankt!« Er drehte sich um. »Sie ist wieder da.«

»Seid Ihr der Kaufmann von Genssler?«, fragte Gereon.

Der Mann drehte sich zu ihm um, nun wieder mit einem Ausdruck gelinder Verachtung. »Wo denkst du hin, du frecher Lümmel. Sieht der Kaufmann von Genssler für dich wie ein einfacher Diener aus? Los, scher dich weg.« Er nahm das kleine Mädchen an die Hand und zog es ins Haus.

»Hannes, warte.« Die Stimme des Mannes, der sich nun näherte, klang gänzlich anders als die des Dieners – gebieterisch und befehlsgewohnt. Er war von imposanter Statur, und das kleine Mädchen machte sich von der Hand des Dieners los, um auf ihn zuzulaufen. Er fing sie auf und hob sie mit einem Lachen in die Arme. »Da bist du ja, du kleine Abenteurerin. Hast uns alle in Angst und Schrecken versetzt.«

»Clara!« Eine Frau kam in die Halle geeilt, hielt inne, als gezieme es sich nicht, sich dem Hausherrn gar zu vertraulich zu nähern. Dann wandte sie sich um, eilte auf Gereon zu, und ehe dieser es sich versah, klatschte ihre Hand auf sein Gesicht. »Dieser Kerl hat sie entführt.«

Im ersten Moment war Gereon starr vor Schreck, und er machte gar nicht erst den sinnlosen Versuch, sich zu erklären, sondern fuhr herum, um zu fliehen. Aber da hatte ihn auch schon der Diener am Arm gepackt, ein Griff so hart wie ein Schraubstock. »Hiergeblieben, Bursche.«

Nun näherte sich der Hausherr, und nachdem der Diener Gereon trotz erbitterter Gegenwehr ins Haus gezerrt hatte, schloss jener die Tür. Gereon wusste, er saß in der Falle, und im schlimmsten aller Fälle endete er auf dem Schafott, denn er ahnte, was für eine Strafe jemandem wie ihm blühte. Die

Frau presste das Kind an sich, während der imposante Mann Gereon ansah.

»Erkläre dich!«

Zitternd vor Angst erzählte Gereon – der sich stets für mutig und findig gehalten hatte –, wie er auf das Kind aufmerksam geworden war. Immer wieder versagte ihm die Stimme, während sein Blick durch die Halle irrte auf der Suche nach einer Fluchtmöglichkeit.

»Er lügt doch!«, schrie die Frau. »Er hat sich vorher die ganze Zeit in der Nähe aufgehalten.«

Der Kaufmann sah die Frau an. »Davon hast du bislang nichts gesagt. Du behauptest also, dieser Junge hat meine Clara entführt. Warum hat er sie dann zurückgebracht?«

»Um Geld zu bekommen«, antwortete die Frau erregt.

»Ich könnte ihn hier und jetzt umbringen, und jeder hätte Verständnis, wenn ich sagte, er hätte mein Kind entführt und bedroht. Gewiss haben ihn viele Menschen mit ihr auf der Straße gesehen.«

Gereon wurde schlecht vor Angst. »Aber Herr, ich …«

»Schweig!« Der Mann sah die Frau weiterhin an. »Wie, frage ich dich, kann er sie entführt haben, wenn du deine Aufgabe erfüllt hättest, auf das Kind aufzupassen? Wenn du nicht mit anderen Menschen herumgeschäkert und sie aus den Augen gelassen hättest?«

»Ein Moment der Unachtsamkeit ist ausreichend, um …«

»Ein Moment der Unachtsamkeit ist unentschuldbar, wenn ich dir mein einziges Kind anvertraue.«

Die Frau war blass geworden, machte einen Versuch, zu antworten, aber aus ihrem auf- und zuschnappenden Mund kam kein Wort. Sie hielt das Kind an sich gepresst, als könnte sie das retten.

»Du«, der Kaufmann wandte sich an Gereon, »hast mir meine Tochter zurückgebracht. Mein Haus steht dir offen.«

Der Junge verstand nicht, wie das gemeint war, und starrte den Mann nur an.

»Hannes, bring ihn in die Küche, dort soll man ihm zu essen geben. Wie heißt du?«

»Gereon, Herr.«

»Nun, Gereon, du bist für diesen Tag mein Gast. Wenn du in Lohn und Brot stehen möchtest, komm morgen früh zu mir. Ich brauche einen neuen Laufburschen, und da kommt mir einer, der die Straßen kennt, gerade recht.« Der Mann sah die Frau an. »Und du verlass mein Haus noch in diesem Moment. Den ausstehenden Lohn bekommst du ausgezahlt, aber du wirst keinen Tag länger unter diesem Dach wohnen.«

Gereon wurde Laufbursche und später persönlicher Diener des Kaufmanns. Überdies galt er stets auch als Beschützer der schönen Tochter, wenn diese mit ihrer Zofe das Haus verließ und er sie begleitete. Dabei hielt er Abstand, wie es sich gehörte, und war doch unübersehbar, sodass kein zwielichtiges Gesindel es wagen durfte, sich ihr zu nähern. Als nach dem Tod ihres Vaters all die Männer in ihr Haus kamen, sie zu umwerben, stand er an der Tür und achtete darauf, dass das Werben in einer Art vonstattenging, bei der die Männer ihre Hände bei sich behielten. Als Theodor Drenkhan sie erstmals in ihr Schlafgemach begleitet hatte, war Gereon in der Nähe gewesen, um einzuschreiten, sollten aus dem Zimmer andere Schreie zu hören sein als jene, die der Lust geschuldet waren.

Er war ihr vollkommen ergeben, und manchmal fragte er sich, ob er insgeheim sogar ein wenig verliebt in sie war, wenngleich er es niemals wagen würde, sie anzurühren. Es war auch gleich, ob er sie liebte oder nicht – und auf eine Art tat er das gewiss –, solange er in ihrem Haus lebte, würde er stets ihr Diener bleiben und sie seine Herrin. Etwas anderes war ganz und gar ausgeschlossen.

Hin und wieder ging Gereon in das Viertel, in dem er als Sohn eines Schmieds zur Welt gekommen war. Seine Mutter war kurz nach seiner Geburt am Kindbettfieber verstorben, und die Schmiede ging nach dem Tod seines Vaters an dessen Bruder, der Gereon im Alter von sieben Jahren auf die Straße setzte. Als er den Jungen Jahre später in der Kleidung eines Hausdieners wiedersah, hatte er versucht, sich mit ihm gut zu stellen, aber Gereon hatte nichts mehr von ihm wissen wollen. Nicht einmal ein Stück Brot oder einen warmen Platz nahe der Feuerstelle hatte er in den drei Wintern auf der Straße bekommen. Aber diese harte Schule war letzten Endes für etwas gut gewesen, denn Gereon kannte jeden Winkel der Stadt und konnte sich gewiss sein, dass er die beiden Straßenkinder längst gefunden hätte, wären sie noch in Lübeck.

An diesem Tag hielt er sich nicht damit auf, Bekannte zu grüßen, sondern eilte aus dem Stadttor hinaus ans Ufer der Wakenitz. Der Wind trug bereits den Atem des nahenden Winters, aber weder er noch Irma spürten die Kälte, während sie im Gras lagen und sich liebten. Sie hatte die Röcke hochgerafft, während ihr Oberteil aufgeschnürt war, sodass er ihre Brüste liebkosen konnte, während er sich in ihr bewegte. Sie keuchte, presste die Arme um seinen Nacken, und ihr Körper zuckte in Schaudern. Im nächsten Moment zog er sich zurück und ergoss sich in das Gras, das plattgedrückt war von ihren Leibern.

Irma war die Tochter eines Leinenwebers aus dem Nordosten der Stadt, und sie kannten sich seit ihrer Kindheit. Das erste Mal miteinander geschlafen hatten sie, als er siebzehn und sie sechzehn gewesen war. Sie war unverheiratet geblieben, da für sie als jüngste von sechs Schwestern schlicht und ergreifend keine Mitgift mehr vorhanden war. Überdies war ihre Hilfe im elterlichen Betrieb unentbehrlich.

Immer noch schwer atmend, schloss Irma ihr Kleid und strich den Rock glatt. »Du warst selten hier in der letzten Zeit.«

Gereon lag auf dem Rücken, die Hände hinter dem Kopf verschränkt, und sah hoch in den Himmel. »Es war viel zu tun.«

»Du suchst nach zwei Kindern, habe ich gehört.«

»Von wem?«

»Martha.«

Das ehemalige Straßenkind lebte mittlerweile in einem Haus, in dem körperliche Liebe zu erwerben war. Hin und wieder kehrte Gereon dort ein, kaufte einige Stunden mit ihr, kam in den Genuss ihres Körpers und allerlei Informationen über die Männer, die im Haus ein und aus gingen.

»Martha erzählt, worüber ich mit ihr spreche?«

»Martha erzählt so einiges.« Irmas Lächeln war spöttisch und hintergründig. »Und ich bin mir sicher, es gibt keine Details über dich, die ich nicht kenne.«

»Körperlich mag das so sein.«

»Sei ihr nicht böse, sie hat mir erzählt, ein Mann hätte sie fast erwürgt, als sie sagte, sie habe im Zusammenhang mit dem Tod des Kaufmanns von zwei Kindern gehört. Da hat sie Angst bekommen.«

Ungläubig sah Gereon sie an. »Was hat sie getan? Ist sie toll? Ich habe ihr gesagt, sie solle dergleichen Themen unterlassen, das ist gefährlich. Der alte Theves war ausgefuchst, und sogar er hat die Gefahr unterschätzt.«

»Na ja, hätte der Kerl sie töten wollen, wäre es ihm ein

Leichtes gewesen. Er hat sie gut bezahlt und gesagt, die Leidenschaft hätte ihn überkommen. Künftig solle sie jedoch tun, wofür sie bezahlt werde, und sich nicht in Dinge einmischen, die sie nichts angingen.«

Gereon erhob sich und brachte seine Kleider in Ordnung. Er würde mit Martha sprechen müssen, ehe sie sich in ernsthafte Gefahr begab. Falls es dafür nicht schon zu spät war.

HAMBURG, JANUAR 1594

Die ganze Zeit über hatte Agnes für sie beide gestohlen und Thilo stets seinen Anteil abgegeben, sodass es vor Peer den Eindruck machen musste, auch Thilo wäre ein geschickter Dieb. Allerdings war Peer kein Tölpel, und nur weil er seinen Anteil nahm und nicht weiter fragte, hieß das nicht, dass er ihnen glaubte.

An diesem Morgen war er offenbar der Meinung, das Spiel habe nun lange genug gedauert. »Thilo, du ziehst heute mit Britt los.«

Agnes sah Peer mit verengten Augen an. »Warum?«

»Muss ich dir nich erklär'n. Ihr tut, was ich sage.«

Britt sah Thilo an und zuckte die Schultern. Ihr Alter konnte er schwer einschätzen, sie war etwas größer als Agnes, drahtig mit hartem Blick und einem schmalen Mund. Ihr Haar hatte sie abgeschnitten, sodass es ihr in strähnigen Fransen bis über die Ohren hing. Thilos Herzschlag beschleunigte sich bei der Vorstellung, in ihrer Gegenwart zu versagen. Albrecht, der vor der Ruine auf einem Fleckchen Sonnenlicht döste, hob den Kopf, als Thilo mit Britt hinaustrat, und legte ihn wieder auf die Pfoten, als habe er sich nur kurz vergewissern wollen, dass alles seine Ordnung hatte.

Mittlerweile fand Thilo sich in Hamburg zurecht, wusste, welche Straßen man besser mied und wo sich das Stehlen lohnte – vorausgesetzt, man verstand sich darauf. St. Katharinen, Peers Revier, war das Kirchspiel der Seeleute, Kapitäne und Schiffseigner. Er wusste, dass es drei weitere Kirchspiele gab – St. Petri, wo die wohlhabenden Ratsträger lebten, St. Nicolai mit seinen aufstrebenden Kaufleuten und Handwerkern sowie St. Jacobi, wo die Gerbereien lagen und die Armut am größten war. Thilo mochte die Stadt nicht besonders, ihm fehlte Lübeck, und er wünschte, er könnte dorthin zurück.

»Träum nich rum«, herrschte Britt ihn an und stieß ihm den spitzen Ellbogen in die Rippen.

Thilo beobachtete die Menschen, die ihrem Tagewerk nachgingen, sah Bettler am Straßenrand sitzen, Arm- oder Beinstümpfe in schmutzige Fetzen gehüllt, manche mit milchigem Blick, andere mit Gesichtern, als hätte sich der Wurmfraß hineingegraben. Vom Fluss trug der Wind den Geruch nach Fisch und Schlick herbei – eine Spur von Vertrautheit, die Thilo an Lübeck erinnerte. Britt sah sich wachsam um, während sie sich langsam zwischen den arbeitenden Menschen bewegten. Fischstände waren aufgebaut worden, und allmählich fanden sich auch die Käufer aus wohlhabenden Häusern ein, Mägde, die losgeschickt worden waren, Dienstboten und hin und wieder Kaufleute, die es zum Hafen trieb.

Britts wacher Blick huschte zwischen den Menschen umher, und Thilo bemerkte einen Fischer, der mit seinem Gehilfen zwei Fässer von einem Handwagen wuchtete. Langsam ging er weiter, wurde zweimal angerempelt und angeschnauzt. Die Menschen waren auf der Hut. Es war noch nicht lange her, da hatte Thilo zu dieser begüterten Schicht gezählt, war durch die Straßen flaniert und hatte für die Armen – die Bettler, die

Straßenkinder – nur einen Blick milder Verachtung übriggehabt. In die Viertel der einfachen Arbeiter war er nie gegangen, hatte sich keine Gedanken darüber gemacht, wie all die Dinge, die er so leichtfertig genutzt hatte, gefertigt wurden, hatte sich nicht interessiert für das entbehrungsreiche Leben anderer. Ein heftiger Rempler, der ihn fast stürzen ließ, riss ihn aus seinen Gedanken, und er sah sich um, konnte Britt jedoch nicht mehr erblicken. Thilo beschleunigte seine Schritte, aber sie blieb verschwunden.

Das beunruhigte ihn im ersten Moment, denn Peer hatte ausdrücklich gesagt, sie sollten zu zweit losgehen, und Thilo hatte längst begriffen, dass man besser tat, was er sagte. Andererseits war er ein wenig erleichtert, denn er mochte Britt nicht und befürchtete, dass sie ihn in irgendeiner Weise übervorteilen würde. Er würde Peer sagen, sie hätten sich im Gedränge verloren. Wichtig war allerdings, dass er selbst irgendetwas vorweisen konnte.

Seine Versuche, zu stehlen, blieben bis in die Mittagszeit hinein erfolglos, und Thilo war ganz schwach vor Hunger. Mehrmals hatte er versucht, etwas von den Ständen zu stehlen, aber er war so ungeschickt, dass er verjagt wurde, noch ehe er die Hand ausstrecken konnte. Einer griff gar nach ihm und schrie nach dem Büttel. Glücklicherweise war es Thilo gelungen, ihm auszuweichen und in der Menschenmenge unterzutauchen.

Was tat Peer eigentlich mit dem, was er von dem Diebesgut abzweigte? Sich satt essen? Der Mann, dem die Ruine gehörte, ließ sie – nach allem, was Thilo gehört hatte – dort leben, um ein gottgefälliges Werk zu tun. Ähnlich jenen, die Armen in ihren Kellern und Verschlägen Unterkunft gewährten. Allerdings hatte Agnes gesagt, sie habe munkeln gehört, dass Peer durchaus dafür zu zahlen hatte. Dennoch blieb vermutlich genug übrig, um nicht zu hungern. An Peers Seite war häufig eines der gleichaltrigen Mädchen. Sie wohnte mit ihm hinter dem Vorhang, wo er als Einziger ein richtiges Bettenlager hatte. Unvermittelt dachte Thilo an jenen Vorfall, der sein endgültiges Ende im Haus des Kieler Kaufmanns markiert hatte. Diesen Augenblick, als er sich zu der Dienstmagd ins Bett gelegt hatte. Im Grunde genommen war nicht mehr passiert, als dass sie einige scheue Küsse getauscht hatten, während seine Hände in fiebriger, tastender Neugierde ihren Körper durch das Nachthemd hindurch erforscht hatten. Auch jetzt noch erinnerte er sich an das Ziehen in seinen Lenden, eine Erregung, die jäh in sich zusammenfiel, als die Tür aufflog und sein Lehrherr ihn am Nacken packte und schüttelte wie eine Ratte.

Thilo ging hinunter zum Hafen und ließ sich an der Kaimauer nieder, betrachtete die Schiffe, deren Masten sich in den Himmel reckten. Das hatte er schon in Kiel geliebt und dabei von fernen Ländern geträumt. Wenn er die Augen schloss und nur die Geräusche hörte – das Hämmern aus der Werft, das Geschrei der Möwen, das Plätschern, mit dem das Wasser gegen die Mauern schwappte, Stimmengewirr, das Poltern von Rädern über das Pflaster –, konnte er einen Moment lang glauben, er sei wieder in Kiel und nichts habe sich geändert.

Jemand trat ihm leicht in den Rücken. »Hey, Bursche. Willst du was verdienen?«

Thilo öffnete die Augen und hob den Kopf, sah den Mann an, der auf ihn hinabblickte. »Meint Ihr mich?«

»Wen sonst? Mein Gehilfe ist gestürzt und hat sich den Arm gebrochen, der andere ist nicht erschienen. Jemand muss beim Ausladen der Säcke helfen, und so schnell kriege ich niemanden. Wirst auch entlohnt.«

Rasch rappelte Thilo sich auf, schwankte kurz, weil ihm

schwarz vor Augen wurde. Der Mann wirkte einen Moment unschlüssig, ob Thilo ausreichend Kraft hatte, aber offenbar wusste er so schnell keinen anderen Ausweg, und so gingen sie zu einem Wagen, der mit Säcken und Fässern beladen war. Thilo wusste, dass für die Be- und Entladung der Schiffe die Schiffsmannschaft zuständig war, und offenbar war der Mann nun auf dem Weg zu seinem Kontor. Er nahm einen Griff des Wagens, Thilo den zweiten, und sie gingen los. Es war eine arge Schinderei, doch wenn er dafür am Ende eine Entlohnung bekam, wäre er Peer gegenüber fein raus und konnte am nächsten Tag vielleicht wieder mit Agnes losziehen. Immer wieder stockte es allerdings, weil ihm für eine solch schwere Arbeit die Schwielen an den Händen fehlten.

»Jetzt mach schon, trödel nicht so herum«, schimpfte der Händler.

Sie zogen den Wagen durch schmale Gassen, während der Mann sich immer wieder umblickte und Thilo zur Eile antrieb. Schließlich blieben sie vor einem Haus stehen, das in einer engen Gasse lag und nichts von einem Kontor hatte. So wie auch der Mann beim näheren Hinsehen nun gar nicht mehr wirkte wie ein wohlhabender Händler. Zwar war er auf den ersten Blick gut gekleidet, aber der Samt war stellenweise verschlissen, der Stoff fadenscheinig, die Farben ausgewaschen.

»Ist es hier?«, fragte Thilo, dem die Schultern schmerzten, während ihm trotz der herbstlichen Kühle der Schweiß über die Schläfen rann.

»Ja, und nun scher dich fort.«

Irritiert sah Thilo ihn an. »Aber Ihr sagtet …«

»Bist nicht von hier, ja?« Der Mann grinste höhnisch. »Verschwinde, habe ich gesagt, oder ich rufe meine Leute, und die prügeln dich windelweich. Wenn du ein Wort zu irgendjemandem sagst, finde ich dich und schneide dir im Schlaf die Kehle durch. Und jetzt sieh zu, dass du fortkommst.«

Kurz zögerte Thilo, dann wandte er sich ab und lief davon. Es dauerte, ehe er den Weg zum Hafen fand, wo er hoffte, Britt zu sehen. Die Sonne warf bereits lange Schatten, und er hatte noch nicht einmal einen Kanten Brot erbeutet.

Als er am Hafen ankam, herrschte immer noch reges Leben, und er ging langsam am Kai entlang.

»Da! Da ist der Kerl!«, schrie eine Männerstimme, und Thilo merkte erst, dass er gemeint war, als jemand ihn am Arm packte.

»Das ist er. Er hat die Waren fortgeschafft, zusammen mit einem anderen«, rief der Schiffsjunge – kaum älter als er selbst – aufgeregt.

Ein Mann in einem Wams aus dunkelblauem Samt mit dem Auftreten der reichen Kaufleute kam rasch näher, gefolgt von mehreren Männern.

»Eine ganze Fuhre stehlen«, rief jemand, »und dann noch dreist hier herumlungern.«

Thilo riss sich los und wich zurück. Er öffnete den Mund, wusste aber im nächsten Moment, dass nichts, was er sagte, ihn retten konnte. Und so fuhr er herum und rannte los, drängte sich durch die Menschen, während hinter ihm jemand schrie: »Haltet ihn auf!«

Ohne sich umzuschauen, lief er, lief durch Straßen und Gassen, hörte das Getrommel der Schritte auf dem Pflaster, lief, während ihm der Atem pfiff und er Seitenstiche hatte. Aber er nahm all seine Kraft zusammen, bog ab, und endlich kam die Ruine in Sicht. Keuchend stürzte er in den Innenraum, wo Peer aufblickte und ihn fragend ansah. Dann waren die Männer zu hören, die schrien, sie wüssten nun, wo das Diebesgut sei.

Peer wurde ganz blass. »Was hast du getan?« Er stand vom Boden auf und ging hinaus. Mehrere Kinder folgten ihm, während Thilo sich in einer Nische verkroch und hoffte, dass die Männer nicht hier hereinkamen und ihn vor den Richter zerrten.

Er hörte Peer reden, ohne zu verstehen, was er sagte. Schließlich kam Agnes herein, ließ den Blick durch den Raum schweifen und entdeckte ihn schließlich. »Was ist denn passiert?«

Thilo erklärte es ihr mit zitternder Stimme, und Agnes starrte ihn ungläubig an.

»Ich … Der Mann hat gesagt, er bräuchte Hilfe und würde mich entlohnen«, versuchte Thilo, sich zu rechtfertigen.

»Du bist wahrlich der größte Tölpel, der mir je begegnet ist.« Agnes war außer sich. »Draußen is der Teufel los. Die woll'n ihre Waren zurück. Sie sag'n, sie kennen den Kerl, dem diese Behausung hier gehört, und sie würd'n es sich von ihm holen.«

Thilo war schlecht vor Angst. »Und jetzt?«

Ehe Agnes antworten konnte, kam Peer herein. »Hey, Dreckhahn«, rief er mit einer Stimme, die Thilo einen Schauer über den Rücken jagte. »Komm.«

Mit zitternden Beinen, die kurz unter ihm wegknickten, ging Thilo zu ihm, und Peer griff ihm ins Haar, zerrte ihn hinter sich her und versetzte ihm dann einen Stoß, sodass er vor den Männern auf die Knie fiel.

»Ich hab ihnen gesagt, dass du zu dumm bist, auch nur ein Stück Brot zu klauen. Nun erzähl, was du getan hast.«

Seine Stimme brach immer wieder vor Angst, während Thilo erzählte, wie ihn der Mann um Hilfe gebeten hatte.

»Wo hast du die Sachen hingebracht?«

»In … in eine Gasse.«

»Verdammt noch mal!« Der Kaufmann trat Thilo in die Rippen. »Was soll mir das nützen?«, brüllte er. »Ich will meine Waren, oder ihr alle kommt vor den Richter.«

»Was bringt es Euch, eine Horde Kinder vor einen Richter zu zerren?«, mischte sich einer der Männer ein, die dem Kaufmann gefolgt waren. »Junge, kannst du beschreiben, wohin ihr gegangen seid?«

Thilo schloss die Augen, dachte an die Drohung. Aber sterben würde er wohl auf jeden Fall, wen scherte es da, durch wen. Er versuchte, sich an den Weg zu erinnern. Stockend beschrieb er die Straßen und Gassen und schließlich das Haus, das sich im Grunde genommen nicht von den anderen unterschieden hatte. »Die Tür hatte eiserne Beschläge«, fügte er hinzu.

»Wenn Ihr Eure Waren nicht zurückbekommt«, sagte Peer, »nehmt einfach ihn und lasst es ihn abarbeiten.«

»Das Einzige, wozu der taugt, wozu ihr alle taugt, ist der Galgen«, antwortete der Kaufmann. »Ich will meine Waren, und zwar augenblicklich!«

In jenem Moment kam Britt zurück, sah die Ansammlung auf der Straße, die nun auch die Aufmerksamkeit der Bewohner auf sich gezogen hatte. Menschen lehnten aus Fenstern und offenen Türen, blieben auf der Straße stehen – arme Menschen wie sie selbst.

»Kinder an den Galgen hängen«, sagte ein Bewohner mit fieberrotem Gesicht und spuckte auf den Boden. »Wer sagt denn, dass es diese Fuhre gegeben hat?«

»Sieht dieser Hänfling aus, als könnte er eine ganze Fuhre stehlen?«, rief ein anderer.

Murrende Stimmen waren zu hören, Schmähungen gegen den Kaufmann, der in seinem prachtvollen Staat hierherkam und jenen drohte, die nicht einmal einen Kanten Brot besaßen. Offenbar merkten die Männer die bedrohlichen Untertöne und die langsam kippende Stimmung, die nun sie in Bedrängnis brachte. Der Kaufmann wirkte, als wolle er etwas sagen, aber sein Begleiter legte ihm die Hand auf den Arm, sah ihn an und schüttelte kaum merklich den Kopf.

Er wandte sich an Peer. »Schick den Jungen morgen an den Hafen, dann wollen wir noch einmal Gnade vor Recht ergehen lassen.« Damit wandten sie sich ab und gingen.

Am ganzen Körper zitternd, stand Thilo auf. Mit einem knappen Kopfnicken bedeutete Peer ihm, in die Ruine zu gehen. Die Kinder folgten ihnen hinein, und während Thilo in der Mitte stehen blieb, bildeten die anderen einen Kreis um ihn. Peer übernahm die Bestrafung selbst, trat mit dem Lederriemen vor Thilo, das Gesicht dunkel umwölkt vor Zorn. »Streck die Hände aus. Für jeden Schrei setzt es was extra.«

Da Thilo wusste, dass es aus dieser Situation keinen Ausweg gab, biss er die Zähne zusammen und kam dem Befehl nach. »Wird schon nich so schlimm werd'n«, flüsterte Agnes ihm noch zu, aber sie war gewiss noch nie mit einem Riemen verdroschen worden, den jemand wie Peer führte. Es kostete Thilo alle Selbstbeherrschung, nicht aufzuschreien, als der erste Schlag seine Handflächen traf. Er zuckte zurück, senkte die Arme, was Peer nur mit dem Heben der Brauen beantwortete, und so streckte Thilo die Hände erneut aus.

»So'n Jammerlappen«, rief jemand, obwohl Thilo keinen Laut von sich gegeben hatte.

Wut wallte in ihm auf, mischte sich mit der Demütigung, die mit den Schlägen einherging. Er biss die Zähne zusammen, spürte, wie sich seine Kiefermuskeln spannten, und sah Peer unverwandt in die Augen, während er bei jedem Schlag nur noch leicht zusammenzuckte. Mit aller Willensanstrengung riss er sich zusammen, konnte jedoch nicht verhindern, dass sich eine Träne aus dem Augenwinkel löste und die Wange hinabrann.

»Hände umdrehen«, befahl Peer, und Thilo, dessen Handflächen wie Feuer brannten, wollte verzweifelt widersprechen, wollte sich auf ihn stürzen und ihm mit dem Riemen die Seele aus dem Leib prügeln, aber er schwieg, tat wie geheißen. Fünfmal klatschte der Riemen auf seine Handrücken, und als Thilo gerade dachte, dass er keinen weiteren Schlag aushielt und dass Peer mitsamt seinen Drohungen zum Teufel gehen sollte, stürzte sich Agnes auf den älteren Jungen und hielt seinen Arm fest.

»Er kann nie wieder stehlen, wenn du ihm die Hände brichst.«

Peer sah sie an, dann schüttelte er sie mit einer Armbewegung ab, als wäre sie ein lästiger kleiner Vogel. »Es wäre der letzte Schlag gewesen, aber das entscheide ich, nicht du. Nun bekommt er noch fünf weitere.« Er sah Thilo an. »Hände ausstrecken.«

»Dann schlag mich«, sagte Agnes. »Is ja jetzt meine Schuld.«

»Nein!« Thilo würde sich nicht hinter dem zierlichen Mädchen verstecken, das er um mehr als Haupteslänge überragte. Er schob sie zur Seite, grub die Zähne in die Unterlippe und kam Peers Befehl nach. Der Schmerz war kaum noch aushaltbar, als der Riemen wieder auf seine Hände niederging. Endlich senkte der hochgewachsene Junge den Arm. Agnes stand neben ihm, die Fäuste geballt, die Augen glasig vor Zorn.

»Das wirst du dir wohl merken für die Zukunft, hm?«

Thilo nickte nur, weil er seiner Stimme nicht traute.

»Dann verschwinde jetzt.«

Rasch wandte Thilo sich ab. Keinesfalls wollte er sich die Blöße geben, hier schluchzend in Tränen auszubrechen, und so atmete er ruhig und konzentriert, während er sich beeilte, nach draußen zu gelangen. Er verkroch sich in eine Nische hinter der Ruine, wo es nach Exkrementen stank und zwei Ratten ihn wachsam ansahen. Ohne sie weiter zu beachten, ließ er sich auf den Boden sinken, zog die Knie an, legte die Arme darauf und barg das Gesicht darin. Seine Hände brannten wie Feuer, als könnten sie nie wieder aufhören zu schmerzen.

Warum war er nicht anstellig gewesen bei seinem Lehrherrn in Kiel? Dort wäre er in Sicherheit gewesen, ohne um sein Leben zu fürchten. Vielleicht hätte er dortbleiben dürfen, auch wenn sein Vater kein Lehrgeld mehr bezahlte. Thilo hätte ja geerbt und Mittel zur Verfügung gehabt. Später wäre er dann in sein Haus zurückgekehrt als Erbe und Kaufmann. Warum nur war er ein solcher Narr gewesen? Warum war er kein besserer Sohn gewesen? Die Erinnerung an seine Mutter flackerte auf in jener letzten Nacht, ihr betrübter Blick angesichts seiner hässlichen Worte. Wie sie dagestanden hatte, in der Geborgenheit seines Zuhauses. Er presste sich die Handballen gegen die Stirn, während Tränen zwischen seinen geschlossenen Lidern hervorquollen und sein Atem in abgehackten Schluchzern ging.

TEIL 2

1597–1598

AMSTERDAM, FEBRUAR 1597

Es hatte keine Zeit in Marianna van Klaaverens Leben gegeben, in der sie nicht gewünscht hatte, selbst auf Seefahrt gehen zu dürfen. Obwohl ihr Vater Daan van Klaaveren ein Freigeist war – und einer der bedeutendsten Reeder der Stadt –, der ihr vieles gestattete, so war das doch vollkommen ausgeschlossen. Und so blieb Marianna nichts anderes übrig, als am Hafen zu stehen und den Schiffen zuzusehen, die aufbrachen, um all die Reisen zu unternehmen, die ihr verwehrt blieben. Als Cornelis de Houtman vor zwei Jahren nach Bantam aufgebrochen war, hatte sie voller Neid dagestanden, die Schiffe betrachtet und sich vorgestellt, wie es wäre, wenn sie auf dieser bedeutsamen Reise an seiner Seite hätte mitfahren dürfen. Oder auf dem Schiff von Jan Huygen van Linschoten, dessen Bücher Marianna verschlungen hatte.

Sie hatte von ihrem Vater seinen Reisebericht über die Fahrt nach Portugiesisch-Indien geschenkt bekommen – *Itinerario: Voyage ofte schipvaert van Jan Huygen van Linschoten naer Oost ofte Portugaels Indien.* Sie hatte van Linschoten sogar vor einigen Monaten einmal getroffen, als sie mit ihrem Vater in Haarlem auf einer Feier bei Freunden gewesen war. Er war ein schöner Mann, sie hatte sich augenblicklich in ihn verliebt, und wenn sie seine Reiseberichte las, stellte sie sich seine Stimme dabei vor. Wie wunderbar wäre es, einen Mann zu heiraten, der ihre Leidenschaft ganz und gar teilte. Da er jedoch keine Notiz von ihr genommen hatte, war es zu keiner weiteren Begegnung gekommen.

Nun stand sie hier und stellte sich vor, wie sie in den Hafen einfuhr, diesen Wald von Masten erblickte und die Kräne emporragen sah, mit deren Hilfe die Ladung der Handelsschiffe gelöscht wurde, die vor der Palisade im IJ ankerten. Reederkanzleien befanden sich dazwischen, erbaut auf Pfählen, die aus dem Wasser ragten, ebenso wie Wachhäuschen und eine größere Plattform mit Holzkränen. Marianna beobachtete die kleineren Segelschiffe, die Ruderboote, sah Menschen geschäftig umhereilen – Matrosen auf Landgang, Hafenarbeiter, reiche Händler, schmucke Schiffsoffiziere. An der Hafenfront befanden sich die Kapitänswohnungen, und auf den Landungsbrücken wurden Waren feilgeboten. Hier standen die Händler und priesen Milch, Eier, Fleisch und zahlreiche andere Waren an, die aus dem ländlichen Nordholland auf Ruderbooten über die IJ gebracht wurden. Bis in den belebten Damrak hinein fuhren die kleineren Schiffe, um hier ihre Ladung zu löschen. Im letzten Jahr erst war das neue Hafengebiet im Osten fertiggestellt worden.

»Juffrouw van Klaaveren!«

Marianna tat so, als hätte sie die Stimme ihrer Anstandsdame nicht gehört, und atmete in stummem Überdruss langsam aus, während sie zwei junge Männer beobachtete, die in das Gebäude bei der Nieuwe Brug gingen, vermutlich um Hafengebühr zu bezahlen oder die Zettel mit den Ankunfts- und Abfahrtszeiten der Schiffe zu studieren.

Ein Matrose stieg mit seinem geschulterten Seesack aus einem Ruderboot und zwinkerte ihr frech zu.

»Jonge dame!« Die Stimme war nun unmittelbar hinter ihr und duldete kein weiteres Ignorieren.

»Ach, Henni.« Marianna tat überrascht. »Wo kommst du so plötzlich her?«

»Wie oft habe ich Euch gesagt, eine Dame hat allein am Hafen nichts verloren?«

»Wo sollte die Alleinerbin eines Reeders denn sonst etwas verloren haben, wenn nicht hier?«

»Wenn das Euer Platz wäre, was solltet Ihr hier wohl tun? Schiffe bauen? Den Männern in den Werften den Hammer reichen? Oder die Nägel? Ihr lenktet vermutlich alle derart ab, dass sie sich mit dem Hammer die Finger zertrümmern und die Nägel in die Hände jagen.«

Marianna sah ein weiteres Mal zu den Schiffen, hörte das Glucksen, mit dem das Wasser an den bemoosten Pfählen leckte, das leise Plätschern, wenn es an die Schiffswände schwappte. Ein kleines Boot schaukelte an einem morschen Seil am Anlegesteg, auf dem drei Männer einen heftigen Disput austrugen. Es war eine Welt, die Marianna von Kindesbeinen an vertraut war und der sie dennoch nicht angehören durfte, weil die ihre eine andere war. Seufzend wandte sie sich ab und verließ mit Henni den Hafen.

Am Abend stand eine Feier im Haus eines Kaufmanns an, mit dem ihr Vater hin und wieder zu tun hatte. Insgeheim befürchtete Marianna mittlerweile bei jeder gesellschaftlichen Zusammenkunft, es könne darum gehen, ihr einen Gemahl zu präsentieren. Sie war sechzehn Jahre alt, und viel Zeit würde man ihr vermutlich nicht mehr lassen. Insgeheim hoffte sie auf einen Kapitän oder einen Schiffsoffizier. Oder einen Entdecker wie van Linschoten. Aber natürlich ahnte sie, dass dies ein vergeblicher Wunsch war, ihr Vater würde dergleichen niemals zulassen. Sein einziges Kind musste einen Mann heiraten, der später die Reederei van Klaaveren weiterführen würde – darüber war Marianna nie im Unklaren gelassen worden.

Sie begleitete ihre Anstandsdame, fing den Blick eines Mannes auf, der einen mit Säcken beladenen Karren holpernd über das bucklige Pflaster schob. Das backsteinrote Giebelhaus des Reeders van Klaaveren lag in der Recht Bloomssloot, deren Wasserlauf von Brücken überspannt wurde. Die Fenster glänzten in frisch geweißten Rahmen im Licht der vormittäglichen Sonne, und gerade wurde die Tür zum tiefer gelegenen Dienstboteneingang geöffnet, und die Küchenmagd erschien mit einem Korb am Arm. Sie trug ein keckes Lächeln zur Schau, als ein Botenjunge vorbeilief, und wurde dafür prompt von Henni gescholten.

»Liederliches Ding!«

Die Magd senkte den Blick und eilte weiter, während Henni leise vor sich hin schimpfte. »Nun ab mit Euch in die Stube, *jonge dame*«, sagte sie schließlich zu Marianna. »Das Garn spinnt sich nicht von allein, Euer letzter Faden war unregelmäßig und voller Knötchen. Wie wollt Ihr jemals einen Haushalt führen, wenn Euch selbst das Spinnen so schwer von der Hand geht?«

Marianna seufzte leise, trat in die Eingangshalle, in der es kaum weniger kalt war als draußen. Rasch durchquerte sie diese, legte den Mantel erst in der warmen Stube ab und nahm die Haube vom Kopf. In dem hohen Kamin prasselte das Feuer und verbreitete behagliche Wärme. Das Spinnrad stand am Fenster, getaucht in das blasse Licht der Vormittagssonne. Seufzend ließ Marianna sich auf dem Schemel nieder, die Hände untätig im Schoß ruhend. Gleich würde Henni kommen und sie tadeln. Doch erst einmal stand deren Abstecher in der Küche an, zweifelsohne, um der Köchin die lasterhafte Pflichtvergessenheit der Magd zu offenbaren. Marianna wandte den Blick zum Fenster und beobachtete die Passanten, die ihrem Tageswerk folgend am Haus vorbeigingen, aber auch Paare, die in vertrauter Haltung einander zugeneigt vorbeiflanierten, Kindermädchen mit ihren Schützlingen und ein junges Pärchen, das gemessenen Schrittes einherging, ihre Hand an seinem Arm, als sei das ganze Arrangement von jemandem zusammengestellt, der keinen Blick für ein harmonisches Ganzes hatte.

Als sie Hennis Schritte hörte, nahm sie den Faden zwischen die Finger und trat auf das Trittbrett, sodass das Rad sich zu drehen begann. Es war eine Abfolge hölzernen Klackens und eines leisen Quietschens, die in ihrer Eintönigkeit etwas einschläfernd Beruhigendes hatte, während sich zwischen Mariannas Finger der Faden spann und sich um die Spindel wickelte. Henni trat ein, nickte zufrieden, da Marianna nicht mehr untätig war, und ließ sich auf der Bank nieder, einen Stickrahmen in der Hand, auf den sie eifrig mit der Nadel einstach.

Marianna spürte das feine Knötchen, spann aber unverdrossen weiter, versuchte, einen gleichmäßigen Faden hinzubekommen. Aus der Halle war die tiefe Stimme ihres Vaters zu hören. Normalerweise war er um diese Zeit in der Reederei, und unvermittelt unterbrach sie ihr Tun und neigte lauschend den Kopf. Natürlich bemerkte Henni, dass das sachte Surren und Quietschen abrupt aufgehört hatte.

»Jedes Laster beginnt mit Müßiggang«, sagte sie.

»Welchem Laster sollte ich wohl anheimfallen, wenn ich nicht schnell genug den Faden spinne?«, antwortete Marianna.

Hennis Wangen färbten sich rot, und sie öffnete den Mund – zweifellos, um die Unverschämtheit entschieden zu rügen –, aber Marianna erhob sich und lief durch den Raum zur Tür, öffnete diese und verließ die Stube. »Juffrouw van Klaaveren!«

»Vater.«

Daan van Klaaveren, der im Gespräch mit einem ihr fremden Mann war, wandte sich ihr zu, und in seinen Augen schimmerte ein warmes Lächeln, das er niemandem schenkte außer ihr. »Mein Wildfang«, begrüßte er sie. »Meneer van der Hijden, meine Tochter Marianna.«

Der Fremde an seiner Seite sah sie nun ebenfalls an, die Augen in dem asketisch schmalen Gesicht prüfend verengt. Schließlich nickte er kaum merklich, als sei die Musterung zu ihren Gunsten ausgefallen, und sein Mund verzog sich zu einem kaum sichtbaren Lächeln. »Es ist mir eine Ehre, Juffrouw.«

Marianna grüßte artig zurück. »Ihr seid früh zurück, Vater.«

»Meneer van der Hijden und ich haben einiges Geschäftliches zu besprechen.«

»Und was hat Euch aufgebracht?«

»Juffrouw van Klaaveren!« Henni wollte offenbar zu all dem Ungemach, das Marianna ihrem Vater nach ihrem Dafürhalten bereitete, nicht mehr schweigen. »Was habe ich Euch über gar zu große Neugierde junger Damen beigebracht? Soll Euer Vater gar denken, ich billigte ein solches Benehmen?«

Daan van Klaaveren lachte und strich sich mit einer Hand über den Vollbart – eine Geste, die er immer machte, wenn ihn etwas belustigte. »Meine liebe Henni, niemals würde ich dergleichen denken.« Sein Blick kehrte zurück zu Marianna. »Einer meiner Männer hat einen Sack Pfeffer fallen lassen, und ein Vermögen ist über die Straßen und in die IJ gerollt.«

»Und was habt Ihr mit dem Mann gemacht?«

»Ich bin mir noch nicht sicher. Natürlich kann ich es nicht ungesühnt lassen, denn wenn sich erst herumspräche, dass ich meinen Mitarbeitern dergleichen durchgehen ließe, wäre ich alsbald meinen guten Ruf los.«

»Lasst den Kerl so lange für Euch ohne Lohn arbeiten, bis er den Wert des Pfeffers ersetzt hat«, entgegnete Henni, deren Rat, sich aus der profanen Welt der Männer herauszuhalten, offenbar nur galt, wenn sie keine Meinung kundzutun hatte.

»Aber das kann sein Lebtag dauern«, widersprach Marianna.

»Seht Ihr«, sagte Daan van Klaaveren an den Fremden gewandt, »ich sagte Euch ja, meine Tochter ist ein kluger Kopf.« Er wandte sich Marianna zu. »Und natürlich hast du vollkommen recht. Ich werde ihm nur den Lohn für einen halben Monat auszahlen.«

»Was ist denn das für eine Strafe, angesichts eines solchen enormen Verlusts?«, wagte Henni einen Widerspruch.

»Für einen Mann wie ihn kann das bedeuten, dass er entscheiden muss, wer von seiner Familie zuerst verhungert«, antwortete der Fremde.

Marianna starrte ihn erschrocken an.

»Ganz so arg wird es nicht werden«, beruhigte ihr Vater sie.

»Aber er wird hungern?«

»Darüber müsst Ihr Euch den hübschen Kopf nicht zerbrechen«, sprach Henni ein Machtwort.

Der Fremde sah Marianna an, als wolle er ausloten, ob sie fügsam oder aufsässig sei.

»Meneer van der Hijden und ich haben Geschäftliches zu besprechen«, enthob ihr Vater sie der Notwendigkeit, zu antworten.

»Es war mir ein Vergnügen.« Der Fremde neigte den Kopf, dann begleitete er ihren Vater in dessen Arbeitszimmer.

»Da habt Ihr ja einen ganz reizenden Eindruck hinterlassen«, sagte Henni vergrätzt.

»Was sollte mich die Meinung dieses Mannes interessieren?«

»Die Meinung eines jeden unverheirateten Mannes im Umkreis Eures Vaters sollte von Interesse für Euch sein.«

Arjen wusste, dass die Ehefrau seines Vaters ihn nach wie vor nicht mochte. Es als Hass zu bezeichnen, wäre wohl übertrieben, aber viel fehlte vermutlich nicht. Als er noch in der Herberge gewohnt hatte, hatte er ihr noch gut aus dem Weg gehen können. Er kam zur Arbeit, wurde hin und wieder zum Essen eingeladen, und damit erschöpfte es sich. Nach und nach gab sein Vater ihm jedoch mehr Raum im Leben der Familie, und nach mehreren Wochen schließlich erlaubte er Arjen, ein Zimmer im Haus Valckenberg zu beziehen. Damit war er nun Teil des Familienlebens und eine beständige Erinnerung an Annike Valckenbergs Versagen, ihrem Ehemann einen Erben zu schenken.

Mit seinen Schwestern kam er gut aus, wobei er Sophie nur selten sah, seit sie vor drei Jahren im Alter von neunzehn geheiratet hatte. Dass die Ehe nicht besonders gut lief, entging ihm jedoch nicht, denn glücklich wirkte seine Schwester nicht. Die Zuwendung ihres Gatten zeigte sich allein in dem bereits zum dritten Mal anschwellenden Bauch, ansonsten war er ein kalter, abweisender Mann, dem nicht einmal seine beiden kleinen Söhne ein Lächeln abringen konnten. Arjen hatte vor ihrer Hochzeit einmal gewagt, seinen Vater zu fragen, ob es denn für Sophie keinen geeigneteren Ehemann gäbe, aber den Fehler, eine so weitreichende Entscheidung von Hendrik Valckenberg anzuzweifeln, wagte er kein weiteres Mal.

»Hältst du mich für einen Narren?«, hatte sein Vater mit

einer Freundlichkeit gefragt, die Arjen augenblicklich auf der Hut hatte sein lassen. »Denkst du, ich treffe eine Wahl mit solcher Tragweite nicht erst nach gründlicher Überlegung? Wenn ich der Meinung wäre, dass irgendein Nachteil an diesem Mann den Vorteil der Eheschließung in Frage stellte – glaubst du, dann hätte ich das nicht berücksichtigt?«

Arjen hatte darauf nichts zu antworten gewusst. Eine Woche später war er dazu abgestellt worden, bei der Löschung der nächsten Schiffsladung Seide mit anzupacken – was wortwörtlich zu sehen gewesen war. Hatte Arjen zunächst geglaubt, er solle diese lediglich kontrollieren, so sah er sich kurz darauf die schweren Ballen vom Schiff schleppen und auf schwergängigen Karren an den Grachten entlang über das Kopfsteinpflaster schieben. Seine Stiefmutter, die offenbar annahm, er sei in Ungnade gefallen, frohlockte sichtlich, als er abends mit schmerzenden Schultern und Blasen an den Händen heimkam und nur noch ins Bett wollte. Das jedoch untersagte Hendrik Valckenberg strikt.

»Du wirst ordentlich gekleidet bei Tisch erscheinen, wie sich das für den Sohn des Hauses gehört.«

Ihm zu widersprechen, hatte Arjen nicht gewagt, und so saß er beim Abendessen am Tisch und musste sich an der Konversation beteiligen, während ihm fast die Augen zufielen. Gleichzeitig nagte fortwährend der Gedanke an ihm, dass ihn am kommenden Tag dieselbe Schinderei erwartete. Als er sich endlich zurückziehen durfte, fiel er in einen tiefen und traumlosen Schlaf, aus dem er frühmorgens wie gerädert erwachte. Jede Bewegung tat weh, und als er sich zum Frühstück schleppte, lächelte seine Stiefmutter ihn äußerst zufrieden an. In den Mundwinkeln seines Vaters spielte ebenfalls ein feines Lächeln, während seine Schwestern plauderten, als sei alles wie immer –

was für sie wohl zweifellos so war. Seine Pflichten als großer Bruder hatte er weiterhin zu erfüllen, gleich, wie sehr er am Tag zu schuften hatte.

Nach dem Frühstück bedeutete Hendrik Valckenberg ihm zu bleiben, während die Familie den Raum verließ. Er hatte Arjen schweigend angesehen, wieder mit diesem undeutbaren Lächeln. »Annike hat meine Entscheidung, dich hier als Sohn aufzunehmen, angezweifelt. Sie meinte, ich sei mir der Tragweite wohl nicht bewusst. Wenn du schon unter meinem Dach wohntest, dann sollte ich dich wenigstens hart rannehmen, dann würde sich schon zeigen, was du wert seiest. Da ich viel darauf gebe, meine Entscheidungen nie übereilt zu treffen, habe ich ihren Einwand abgetan und dich in der Art aufgenommen, wie es mir für richtig erschien. Denkst du, ich habe mich geirrt und war übereilt in der Entscheidung?«

Arjen hatte tief Luft geholt und den Atem in einem langen Seufzer ausgestoßen, ehe er antwortete: »Nein, ich denke, das habt Ihr nicht.«

Sein Vater hatte ihm auf die schmerzende Schulter geklopft, und Arjen war zusammengezuckt. »Das wirst du dir wohl merken für die Zukunft, hm?«

Arjen hatte es sich gemerkt und sich fortan gefügt. Sophie, die er recht liebgewonnen hatte, so unglücklich zu sehen, bekümmerte ihn durchaus, aber er konnte ihr nicht helfen – nach außen hin zumindest. Die Sache auf sich beruhen zu lassen, weil die Konsequenzen etwas unbequem für ihn gewesen waren, behagte ihm allerdings ebenfalls nicht. Er war der Sohn des Hauses, und damit war er nicht nur seinem Vater, sondern auch seinen Schwestern verpflichtet. Er hatte also damit begonnen, die Schritte des Angetrauten seiner Schwester zu beobachten, indem er einem Straßenkind Geld dafür zahlte, ihm zu folgen. Während er selbst dies keine drei Schritte unauffällig hätte tun können, verschmolzen die Kinder der Straße mit den Schatten. Bisher hatte es jedoch nichts zutage gebracht, wenngleich Arjen sich sicher war, dass jeder etwas zu verbergen hatte.

Angesichts des Schicksals ihrer Schwester hatte Lisa die Befürchtung gehegt, ihr drohe ein ähnliches Ungemach, aber ihr Zukünftiger war alles in allem eine durchaus einnehmende Erscheinung, verfügte über Wortwitz und schien kein übler Kerl. An diesem Abend waren sie bei seiner Familie eingeladen. Zu der Feier würden nicht nur Kaufleute, sondern auch die wichtigen Reeder erscheinen.

»Es ist wirklich in höchstem Maße langweilig, dass ich fortwährend zu Hause bleiben muss«, sagte seine jüngste Schwester Nela, die sich mit ihren nunmehr dreizehn Jahren sehr erwachsen fühlte und nicht einsehen wollte, nach wie vor von abendlichen Feiern ausgeschlossen zu werden.

»Ich durfte auch erst mit sechzehn auf meinen ersten Tanzabend«, antwortete Lisa, die gerade das zwanzigste Lebensjahr vollendet hatte.

Sie waren in der großen Wohnstube, wohin Arjen sich nach der Arbeit zurückgezogen hatte. Lisa saß mit einer Stickarbeit auf einem Stuhl am Fenster, weil sie die feinen Stiche nur bei gutem Licht richtig setzen konnte. Nela hatte für diese Dinge keinen Sinn. Zwar wurde sie beständig ermahnt, aber sie fügte sich nicht und war mit noch so viel Strenge nicht dazu zu bewegen, sich Handarbeiten zu widmen.

»Arjen muss auch nicht sticken können«, hatte sie einmal patzig geantwortet, als ihre Mutter ihr vorgehalten hatte, wie hoch der Nutzen von Handarbeiten sei.

»Nun«, hatte Arjen eingewandt, »ich arbeite auch den ganzen Tag, dafür benötigt es andere Fähigkeiten.«

Ihr Vater hatte die Brauen gehoben und den Disput interessiert beobachtet.

»Mit Seide handeln, aber keinen Faden führen können«, war Nelas Antwort gewesen. »Rechnen und Handeln kann ich auch, wenn Ihr mich lasst. Arjen dürfte gewiss nähen, wenn ihm der Sinn danach stünde. Aber auch er sieht den Nutzen dieser Tätigkeit nicht.«

»Er weiß«, widersprach die Mutter, »dass er eines Tages eine Ehefrau haben wird, die dies für ihn tut.«

»Wenn es eine wie ich wird«, antwortete Nela, »wird er frierend und mit löchriger Kleidung durch die Gegend laufen müssen.«

Hendrik Valckenberg hatte gelacht, während Arjen nicht gut widersprechen konnte. Unter dem Blick der Kleinen konnte er unmöglich sagen, dass dies ein Nutzen war, auf den man durchaus verzichten konnte – wie würde dann deren Mutter dastehen. Also war er aufgestanden, hatte sich neben seine Schwester gesetzt und die Stiefmutter darum gebeten, es auch ihm zu zeigen. Es war das erste Mal, dass er seinem Vater Anerkennung abgerungen hatte, und die Schwestern liebten ihn innig seit jenem Tag. Da der Hass seiner Stiefmutter beständig schwelte, war es im Grunde genommen gleich, ob er ihn kurzzeitig stärker anfachte oder nicht. Sie konnte nun nicht anders, als auch ihn in dieser gänzlich unmännlich anmutenden Tätigkeit zu unterweisen.

»Zumindest kannst du dir dann selbst ein Wams nähen und Beinkleider, wenn dein Vater dich endlich dorthin zurückschickt, wo du hergekommen bist«, hatte sie sich nicht verkneifen können anzumerken.

Zu seinem Erstaunen hatte Arjen festgestellt, dass diese Art der Beschäftigung etwas sehr Beruhigendes hatte, und müsste er nicht um seinen Ruf fürchten, würde er vermutlich allabendlich mit einem Stickrahmen in den Händen dasitzen. So jedoch beschränkte sich sein Wissen darauf, wie man Löcher stopfte, Hosen flickte und Säume nähte.

Abends verließen sie das Haus zu viert, ließen eine maulende Nela zurück, die noch an der Haustür ihr Elend beklagte, bis ihr Vater ein Machtwort sprach und ihr höchst unerfreuliche Konsequenzen androhte, wenn sie weiterhin eine in der Öffentlichkeit zu vernehmende Szene machte. Was sollten denn die Leute denken, wenn eine Tochter des Hauses greinend in der Tür stand? Immerhin galt es jetzt bereits, die Fühler nach einer möglichen Partie auszustrecken, und man war durchaus gewillt, den jungen Damen gewisse Freiheiten einzuräumen, jedoch hatte alles seine Grenzen.

Es waren nur wenige Schritte durch die Warmoesstraat zu dem Haus des Kaufmanns. Inzwischen waren Arjen die Straßen hier so vertraut wie der niederländische Zungenschlag und der allgegenwärtige Gestank aus den Grachten. Drei Jahre zuvor hatte Hendrik Valckenberg ihn zum ersten Mal mit auf eine Zusammenkunft von Kaufleuten genommen, die in einem Weinhaus in der Warmoesstraat stattfand. Unter den Kaufleuten war der Deutsche Jan Poppen aus Holstein gewesen. Er hatte als Knecht eines Kaufmanns angefangen und es mittlerweile zu einem Vermögen gebracht. Und da hatte Arjen begriffen, warum sein Vater ihn mitgenommen hatte. Hendrik Valckenberg ließ keine Gelegenheit aus, ihm Demut und Strebsamkeit nahezubringen, die Arjen seiner Meinung nach zu jenem Zeitpunkt noch hatte vermissen lassen.

Am Tisch hatte seinerzeit auch der Mann gesessen, der die Kapitulationsurkunde bei der Einnahme Antwerpens durch die Spanier unterzeichnet hatte, Dirck van Os. Zudem waren etliche gebürtige Amsterdamer zugegen. Gemeinsam hatten die Kaufleute an diesem Tag die Gründung einer Handelsgesellschaft beschlossen, der sie den Namen *Compagnie van Verre* gegeben hatten, Kompanie der Ferne. Sie wollten die ersten Niederländer sein, die eine Expedition zu den Gewürzinseln in Ostindien ausrüsteten. Arjen war angesichts dieser Möglichkeit geradezu außer sich geraten vor Begeisterung, hatte aber versucht, sich das nicht anmerken zu lassen, und auch nicht gesagt, wie gerne er auf einem dieser Schiffe dabei wäre. Zwar schätzte sein Vater ein gewisses Draufgängertum, aber in diesem Fall, das war Arjen längst klar geworden, war seine Rolle nur die des Zuhörers. Zu wichtig waren diese Männer und zu bedeutsam, um sich Arjens Wünsche und Träumereien anzuhören.

Bislang war der Gewürzhandel fest in der Hand der Portugiesen gewesen. Brisant daran war, dass Portugal ebenfalls von dem spanischen König regiert wurde, und nun planten die Niederländer einen Vorstoß in genau diese Richtung. Die Seewege waren ein sorgsam gehütetes Geheimnis Portugals, das sogar falsche Karten in Umlauf brachte. Mittlerweile waren sie jedoch ausspioniert worden von Jan Huygen van Linschoten, dessen Reisebericht über die portugiesische Navigation im Orient Arjen erst vor kurzem gelesen hatte.

Sie trafen am Haus des Kaufmanns Gijsbert van Aalkers ein, der sie im Eingangsbereich seines hohen, schmalen Giebelhauses willkommen hieß, er war bei jenem Treffen ebenfalls im Weinhaus zugegen gewesen. Er klopfte Arjen auf die Schulter, während seine Ehefrau Lieke van Aalkers ihn mit einem warmen Lächeln willkommen hieß. Die Familie hatte fünf Kinder, vier Söhne, von denen zwei bereits erwachsen waren, und eine Tochter, Jolanda, die er auf etwas jünger schätzte als seine Schwester Lisa. Die beiden waren gut miteinander bekannt und begrüßten einander herzlich. Arjen war ihr hin und wieder begegnet, und sie wirkte in seiner Gegenwart immer ein wenig befangen. Auch jetzt röteten sich ihre Wangen, als er sie begrüßte, und sie senkte den Blick.

Die Gäste wurden in die Stube im ersten Stock geführt. Durch das Öffnen der beiden Flügeltüren zum angrenzenden Speisezimmer war sie vergrößert worden. Zudem gab es das Herrenzimmer und ein Boudoir, in das sich die Damen zurückziehen konnten.

Während Lisa und ihre Mutter von mehreren Frauen in Beschlag genommen wurden, stellte Hendrik Valckenberg ihn einem Mann vor, der in Begleitung eines jungen Mädchens auf sie zukam. »Du kennst Daan van Klaaveren? Die letzte Verschiffung meiner Waren lief über seine Reederei.«

»Gewiss doch.« Arjen begrüßte den Mann, der mit seiner tiefen, warmen Stimme und Lachfältchen um die hellen Augen einen einnehmenden Eindruck machte. Das dunkle Haar war von grauen Strähnen durchsetzt und lichtete sich an den Schläfen. Das dunkelhaarige junge Mädchen an seiner Seite stellte er als seine Tochter Marianna vor. Ein neugieriger Blick aus blauen Augen traf Arjen, und er lächelte sie freundlich an.

»Wann, denkt Ihr, wird Cornelis de Houtman zurückkehren?«, fragte Hendrik Valckenberg. De Houtman war als Kommandant der niederländischen Ostindien-Flotte im April 1595 in See gestochen. Zwei der Schiffe stammten von der Reederei van Klaaveren, und vermutlich wartete die gesamte Kaufmannschaft von Amsterdam voller Spannung auf die Rückkehr der Flotte.

»Oh, ich habe ihn so glühend beneidet«, ließ sich Marianna van Klaaveren vernehmen, und Arjen sah sie erstaunt an, denn es war ungewöhnlich, dass sich eine junge Frau in die

Unterhaltungen der Männer einmischte – noch dazu, wenn es Geschäftsfreunde des Vaters waren.

Was Hendrik Valckenberg bei seinen eigenen Töchtern vermutlich unmissverständlich missbilligt hätte, entlockte ihm nun ein nachsichtiges Lächeln.

»Wäre meine Marianna ein Junge geworden«, fühlte sich Daan van Klaaveren offenbar bemüßigt zu erklären, »so wäre sie gewiss zur See gefahren.«

»Das ist auch nicht zwangsläufig gegeben, wenn man als Junge zur Welt kommt«, antwortete Arjen. »Ich träume seit frühester Kindheit davon.«

»Auf manche Träume lohnt es sich, zu warten«, antwortete Hendrik Valckenberg. »Das erhöht den Wert ihrer Erfüllung.«

Bedeutete das, dieser Wunsch würde ihm womöglich eines Tages gewährt? Arjen blickte seinen Vater an, konnte in dessen Gesicht jedoch nicht lesen, wie nahe er an der Erfüllung seines Traums war. Marianna van Klaaveren hingegen schien ihre eigene Deutung in die Worte zu legen, denn ein verträumtes Lächeln spielte um ihre Lippen.

HAMBURG, MÄRZ 1597

Thilos Handgriffe waren mittlerweile von routinierter Sicherheit. Mit einem scharfen Messer schlitzte er den Fisch der Länge nach auf, griff hinein und holte die glitschigen Eingeweide hinaus. Längst ekelte er sich nicht mehr vor dem Fischblut und davor, wie sich die Innereien anfühlten. Mit schlafwandlerischer Sicherheit nahm er die Fische aus, schnitt danach ihre Köpfe ab und warf sie einen nach dem anderen in ein Fass zu seiner Rechten.

Was ihm vor vier Jahren die schlimmsten Prügel seines Lebens und beinahe den Strick eingebracht hatte, war im Nachhinein vermutlich das Beste gewesen, was ihm seit jener unseligen Nacht in Lübeck passiert war. Der Kaufmann, dessen Waren er abarbeiten sollte, hatte ihn erwartet, von oben bis unten gemustert und gesagt, so verlaust und verdreckt könne er ihn nicht in die Nähe seines Kontors lassen. Daraufhin hatten ihn seine Gehilfen gepackt, und Thilo, der geglaubt hatte, nun solle es ihm an den Kragen, hatte sich verbissen gewehrt. Als man ihm die Kleidung vom Leib schnitt und ihn in einen Zuber mit kaltem Wasser stieß, war er sich gewiss gewesen, man wolle ihn ertränken.

Erst als einer der Männer ihm eine Backpfeife verpasste und ihn anherrschte, sich zu beruhigen, wurde ihm klar, dass er gerade das bekam, was er sich seit Monaten ersehnte – ein Bad. Selbst wenn niemand sich die Mühe gemacht hatte, das Wasser zu erwärmen, und ihm trotz der sommerlichen Wärme, die sich zwischen den Hauswänden staute, die Zähne aufeinanderschlugen, so war es doch eine Wohltat, als ihm die juckende, von Flöhen und Läusen zerbissene Haut geschrubbt wurde. Danach griff einer der Männer sein Haar und schor es ihm ab wie einem Schaf. Es hatte gebrannt, als seine stoppelige Kopfhaut danach mit scharfer Seife bearbeitet wurde, aber obwohl es ihm die Tränen in die Augen getrieben hatte, war Thilo im Nachhinein froh, endlich das beißende, krabbelnde Getier los zu sein.

Die Kleidung, die er danach bekam, war alt und abgetragen, aber aus festem Stoff und geflickt. Sie war ihm etwas zu groß und schlackerte an seinem dünnen Körper, aber er hätte vor dem Kaufmann vor Dankbarkeit zu Boden sinken können. Dieser hatte ihn angeschaut, knapp genickt und ihn angewiesen, ins Lager zu gehen, wo Waren für die Verschiffung vorbereitet wurden. Es waren Wochen elender Plackerei gewesen, und oftmals war ihm schwarz vor Augen geworden vor Hunger, denn da er nicht entlohnt wurde und auch nicht selbst auf Beutezug gehen konnte – wenngleich dieser sich vermutlich als wenig erfolgversprechend erweisen würde –, hatte er manchmal den ganzen Tag nichts gegessen. Agnes teilte alles, was sie erbeutete, mit ihm, aber es war zu wenig für die harte körperliche Arbeit, die er leistete, und eines Tages war er einfach umgekippt.

Einer der Arbeiter hatte ihm Wasser ins Gesicht gekippt, was ihn wieder zu Bewusstsein gebracht hatte, aber nach wie vor war ihm schwarz vor Augen gewesen, und seine Beine hatten ihn nicht tragen wollen. Ab dem Tag bekam er mittags Milchsuppe mit Hafer und ein Stück dunkles Brot mit Käse. Dafür wurde die Zeit, die er für den Kaufmann zu arbeiten hatte, verlängert, denn schließlich galt es, auch das Essen abzuarbeiten. Da er damit im Grunde genommen keinen üblen Schnitt machte, nahm Thilo es ohne Widerspruch hin, denn eine regelmäßige Mahlzeit hatte er lange nicht gehabt. Als sich die Zeit bei dem Kaufmann dem Ende zuneigte, wollte Thilo ihn darum ersuchen, gegen Lohn arbeiten zu dürfen, aber er wurde umgehend vor die Tür gesetzt mit den Worten, er solle sich nie wieder blicken lassen. Einer der Arbeiter jedoch sagte ihm, sein Schwager brauche einen Gehilfen am Fischstand, nachdem sein älterer Sohn an Halsbräune verstorben sei.

Seither arbeitete Thilo an der Seite des jüngeren Sohnes – von allen Fisch-Fiete genannt – am Hafen. Im Sommer konnte man es einigermaßen gut aushalten, ab Herbst wurde es unangenehm, und im Winter schmerzten die Hände vor Kälte so sehr, dass ihm manchmal war, als würde jedes Gefühl darin absterben. Aber er hatte Kleidung, Schuhe, und er hungerte nicht mehr ganz so arg. Peer hatte von Beginn an seinen Anteil verlangt und die Dreistigkeit besessen, auf der Hälfte zu bestehen. Thilo hatte ihn auf ein Viertel heruntergehandelt und gesagt, andernfalls nächtige er in einem Unterstand am Hafen, dann bekäme Peer eben gar nichts mehr. Daraufhin waren sie handelseinig geworden, und Peer nötigte seine Haltung wohl sogar ein wenig Respekt ab.

Agnes stahl weiterhin, musste nun nur noch sich selbst versorgen. Sie war immer noch zierlich, hatte aber trotz ihrer Magerkeit Ansätze fraulicher Rundungen bekommen, was nicht nur Thilo hin und wieder in Verwirrung stürzte, wenn sie sich so selbstverständlich wie seit jeher die Kleidung abstreifte, um eine ihrer seltenen Wäschen zu tätigen oder am Ufer der Elbe zu baden. Obgleich Thilo sich bemühte, sie mit brüderlich-freundschaftlichem Blick zu betrachten, konnte er nicht verhindern, dass er körperlich darauf reagierte, wenn er sie unbekleidet sah. Sie hatte die Hülle der Kindheit abgestreift und trug die aufkeimende Fraulichkeit wie ein Gewand, das ihr noch fremd war. So schien sie die Reaktionen der Männer nicht zu bemerken – oder aber sie waren ihr gleich.

Während Thilo in die kalten, glatten Fischleiber griff, fröstelte er. Jedoch konnte man sich auch ans Frieren gewöhnen, und es war beileibe nicht so schlimm wie zu Beginn. Als er mit der Arbeit fertig war, setzte gerade die Dämmerung ein, und er verließ den Fischmarkt, um an den Hafen zu gehen. Dort setzte er sich an den Kai und aß das Stück Brot, das er sich stets für die Zeit nach der Arbeit aufhob. Dabei betrachtete er die Schiffe, lauschte auf das Hämmern aus den Werften und schmeckte die salzige Luft, durchtränkt von dem Geruch nach Schlick und Teer. Ein Beiboot wurde von einem Segelschiff zu Wasser gelassen, und in stetem Ruderschlag der Männer kam es langsam näher. Brackiges Wasser schwappte gluckernd an die Kaimauer, leckte an den von schleimigem Moos überzogenen Steinen. Thilo hatte es nie hinaus aufs Meer gezogen, aber beim Anblick der Schiffe, die sacht im Hafenbecken schaukelten, ergriff ihn eine fast schon verzehrende Sehnsucht. So recht konnte er nicht benennen, was er ersehnte, vielleicht wollte er zurück nach Lübeck, vielleicht fremde Gefilde erkunden – und möglicherweise wollte er einfach fort aus dieser Stadt, in der er nicht heimisch wurde.

»Ich dachte mir, dass ich dich hier finde.«

Thilo blickte auf und sah Britt an, die sich nun neben ihm

niederließ. Aus ihm unerfindlichen Gründen schien sie einen Narren an ihm gefressen zu haben, suchte seit Monaten seine Nähe und kam ihn hin und wieder besuchen, wenn er arbeitete und sie auf Diebeszug war. Agnes war das immer wieder einen zynischen Kommentar wert, es war kein Geheimnis, dass die beiden sich nicht mochten. Fragte man Agnes, so war Britt schuld an dem Malheur, das seinerzeit zu den schlimmsten Prügeln seines Lebens geführt hatte. Ihr, Agnes, wäre das gewiss nicht passiert. Dass Thilo Britt nicht böse war, verstand sie nicht, denn immerhin hatte diese ihn im Stich gelassen, obwohl Peer ihnen aufgetragen hatte zusammenzubleiben. Britt hatte deshalb durchaus ihr Fett wegbekommen, nur eben nicht so gnadenlos wie Thilo. Und Thilo wusste, dass er dieses Lehrgeld hatte zahlen müssen, um endlich auf die Beine zu kommen, sich aus dieser Abhängigkeit von Agnes zu lösen und ihr nicht fortwährend die Verantwortung für sein Wohlergehen aufzuhalsen.

Britt stützte die Hände hinten ab und lehnte sich leicht darauf. Sie war nicht mehr viel kleiner als Thilo, was ihr durchaus Vorteile verschaffte, denn zuschlagen konnte sie so gut wie jeder Junge. Thilo vermutete mittlerweile, dass sie mindestens gleichaltrig, wenn nicht sogar älter war als er. Sie selbst wusste es nicht, wusste nicht einmal, wer ihre Eltern waren. Wie und wo sie aufgewachsen war, darüber sprach sie nur selten.

»Träumst du von der Seefahrt?«, fragte sie ihn nun, während ihr Blick auf den Schiffen ruhte.

»Von der Seefahrt direkt nicht, aber ich wäre gerne ein richtiger Kaufmann.«

Ein spöttischer Blick streifte ihn. »Sei froh, wenn du's zum Fischer bringst.«

Thilo schwieg. Natürlich war der Gedanke abwegig, das

wusste er selbst, einer wie er im Kreis der reichsten Männer der Stadt … Aber unmöglich war es nicht. Er schulte fortwährend seinen Verstand, indem er Zahlenrätsel im Kopf erstellte, die er löste, während er seiner eintönigen Arbeit nachging. Es war ja nicht so, dass er in seiner Zeit in Kiel nichts gelernt hatte, er war nur zu träge und faul gewesen. Nun rief er sich die Zeit ins Gedächtnis zurück, forschte in seinen Erinnerungen nach dem Gelernten und wiederholte es im Stillen.

Dämmerung senkte sich über den Hafen, Schatten verdichteten sich, und das Wasser spiegelte das zerfasernde Rot des Himmels mit seinen goldenen Schlieren. Thilo konnte sich nicht daran erinnern, dass er in Kiel je einen Sonnenuntergang wahrgenommen hatte. Den ersten hatte er in Lübeck mit Agnes beobachtet, Momente des Innehaltens, in dem sich der Blick an dem einzig Schönen festsog, was das Leben zu bieten hatte. Unvermittelt sprang Britt auf. So war sie immer, von einem Moment auf den anderen in Bewegung. Anfangs hatte ihre abrupte Art Thilo irritiert, aber längst hatte er sich daran gewöhnt.

»Komm«, sagte sie, und er erhob sich ebenfalls.

Sie gingen durch die dunkler werdenden Straßen und Gassen, die ihm mittlerweile vertraut geworden waren, wenngleich er sich nach wie vor nicht selbst. Einer fühlte, aber das würde er möglicherweise nie wieder irgendwo, solange die Umstände um den Tod seiner Eltern nicht geklärt waren und dieses beständige Gefühl, auf der Flucht zu sein, ein Ende hatte. Einmal hatte er das Agnes gegenüber erwähnt, und die hatte ihn nur gefragt, ob er toll sei.

»Hier geht's uns doch gut. Und niemand is uns gefolgt.«

So gesehen hatte sie natürlich recht. Allerdings plante Thilo bereits, die Ruine und Peer zu verlassen. Er würde nicht für die nächsten Jahre Fische ausnehmen, seine Pläne waren größer. Mochte sich Britt darüber lustig machen, aber er würde ein Kaufmann werden, irgendwie würde er es schaffen. Und dann würde er ein eigenes Zimmer bezahlen können, in das er mit Agnes und Albrecht einzog.

Während sie gingen, spürte er, wie Britts Hand seine berührte. Er zog die Hand nicht weg, und schließlich schlossen sich ihre Finger um die seinen, ein fester, drahtiger Griff. Sie blieb stehen, was ihn ebenfalls zum Innehalten zwang, dann beugte sie sich vor, gab ihm einen schnellen, spitzen Kuss auf die Lippen. Überrascht wich Thilo einen Schritt zur Seite, was sie offenbar als Zurückweisung verstand, denn der Griff um seine Hand löste sich. Rasch erfasste er ihren Arm, hielt ihn fest, während sich die Konturen ihres Körpers langsam in zunehmender Finsternis auflösten.

»Lass!«, sagte sie und entzog ihm ihren Arm. »Is schon gut.« Damit wandte sie sich ab und lief davon.

Albrecht hob den Kopf, als Agnes sich der Ruine näherte, in der sie länger wohnte als je irgendwo zuvor. Der Hund stand auf und trottete ihr im schwindenden Licht des Tages entgegen, das Fell um das Maul herum in klebrig roten Zotteln. Vermutlich hatte er wieder Ratten erlegt – ein Umstand, der dafür sorgte, dass Peer ihn mittlerweile sehr schätzte. Zudem verschaffte ihnen der große graue Hund vor dem Eingang Respekt.

Agnes kraulte ihm den Kopf und ging in seiner Begleitung in die Ruine, die nur notdürftig von einer flackernden Funzel in einer Laterne erleuchtet wurde, deren Licht sich auf dem feuchten Boden und in den Pfützen spiegelte. Sie zog ihren

Umhang enger um sich, zitterte aber dennoch vor Kälte. Sämtliche Versuche, ein wärmeres Kleidungsstück zu stehlen, waren fehlgeschlagen, und so war sie umso dankbarer für Albrecht, an dessen warme Zotteligkeit sie sich schmiegen konnte. Er war verlässlicher als Thilo, der immer dann zurückkam, wenn ihm danach war. Manchmal tauchte er erst auf, wenn Agnes schlief, oftmals in Begleitung von Britt. Immerhin gesellte er sich weiterhin Nacht für Nacht zu Agnes, wenngleich er selbst in größter Kälte nicht mehr die Arme um sie schlang, sondern sich mit dem Rücken zu ihr legte. Agnes war es gleich, solange sie Wärme aus seinem Körper schöpfen konnte.

Peer war mittlerweile ein junger Mann, und der eine oder andere war durchaus darauf versessen, seinen Platz einzunehmen, aber bisher behauptete er sich, und die Kinder gehorchten ihm. Einige hatten das Erwachsenenalter erreicht und die Gruppe verlassen, etliche waren in den letzten Wintern gestorben. Derzeit wütete eine Krankheit in den engen, feuchten Gassen der Stadt, die mit Fieber und schlimmen Leibschmerzen begann und dann kleine Beulen am ganzen Körper hervorrief, die eitrig aufplatzten. Nur wenige überlebten, und die, die es taten, waren von tiefen Narben gezeichnet. Peer war dazu übergegangen, jeden, der nur Anzeichen für diese Krankheit zeigte, sofort zu verbannen, denn der Pesthauch sorgte wohl dafür, dass jeder im Umkreis des Erkrankten ebenfalls befallen wurde. Agnes mutmaßte, es sei in der Tat die Pest, andere sprachen von Pocken. Was auch immer es war, es war angsteinflößend und scheußlich anzusehen, und sie machte um jeden, der tot oder sterbend in den Gassen lag, einen großen Bogen.

Erst als Agnes in ihrer Nische an einem Kanten Brot kaute, fiel ihr auf, dass es ruhiger war als sonst. Mit verengten Augen spähte sie in das dämmrige Dunkel und sah, dass der zerschlissene Vorhang vor Peers Schlafplatz offen stand. Dahinter bot sich ihrem Blick nur ein finsteres Loch, und Agnes erhob sich, durchquerte den Raum, sah sich um, konnte Peer, der stets wie ein König über sein Volk herrschte, nicht entdecken. Sein erhöhter Platz auf der Kiste war ebenfalls leer. Mehrere Kinder blickten auf, schienen ihr mit Blicken zu folgen. Sie alle waren jünger als sie und nach ihr gekommen, sodass sie Agnes einen gewissen Respekt entgegenbrachten.

»Wo is Peer?«, fragte sie. »Und die anderen?«

Keine Antwort. Agnes pfiff leise, und Albrecht erhob sich, kam zu ihr getrottet, und sie legte ihm die Hand auf den Rücken, spürte das Spiel der Muskeln unter dem struppigen Fell. Zusammen mit dem Hund verließ sie die Ruine und stand dann etwas unschlüssig auf der Straße. Als sie aus dem Augenwinkel eine Bewegung vernahm, fuhr sie herum, konnte die sich nähernde Person nur schemenhaft wahrnehmen.

»Warum stehste hier denn so rum?«, hörte sie Britts Stimme.

Unwillkürlich hielt Agnes Ausschau nach Thilo, aber Britt war allein. »Wollte schauen, wo Peer ist. Is kaum einer da, nur die Kleinen.«

»Ach was?« Britt war ebenfalls stehen geblieben und sah zum Eingang der Ruine. Es gab nicht viele Regelmäßigkeiten in Agnes' Leben, aber dass Peer abends dasaß, seinen Anteil kassierte und sein Volk um sich scharte, war eine davon.

»Ob sie ihn erwischt haben?«, fragte Agnes.

»Peer? Wobei sollte man den denn erwischen?«

Das stimmte natürlich, Peer ging nicht selbst auf Diebestour. Agnes sah, wie eines der älteren Mädchen, gefolgt von drei weiteren, auf die Ruine zukam. Sie warfen ihr und Britt einen schrägen Blick zu und huschten ins Innere. Stirnrunzelnd blickte Agnes ihnen nach. Als sie erneut Schritte hörte, wandte sie sich ab, dachte im ersten Moment, es könnte Peer sein, aber dann schälte sich Thilos Silhouette aus der Dunkelheit. Er war hochgewachsen, und das Leben, das er nun führte, bekam ihm. Von dem geduckten, ängstlichen und weinerlichen Jungen war nichts mehr übrig, er war ein Mann, wenngleich Agnes sich nach wie vor für ihn verantwortlich fühlte. Er war zu vertrauensvoll, das zeigte allein der Umstand, dass er sich mit Britt angefreundet hatte. Agnes betrachtete die Menschen mit Argwohn, und sie konnte Thilo nur raten, es ebenso zu halten. Wohin es führte, wenn er nicht auf sie hörte, hatte sich ja gezeigt, als er die Prügel von Peer bezogen hatte. Auch drei Winter später trug sie ihm das noch nach.

»Auf wen wartet ihr?«, fragte Thilo, den der Umstand, sie hier in vermeintlichem Einvernehmen mit Britt zu sehen, sichtlich verwunderte. Albrecht lief zu ihm und stieß ihn mit der Schnauze an. Thilo beugte sich vor und streichelte den Kopf des Tieres.

»Peer is nich da«, antwortete Agnes.

Daraufhin zuckte Thilo die Schultern. »Was kümmert dich das?«

»Sie kennt die Gesetze der Straße«, entgegnete Britt. »Du ja wohl nich. Sonst wüsstest du, dass es gefährlich ist, wenn der Anführer verschwindet.«

»Er ist nicht verschwunden, sondern lediglich gerade nicht da.« Obwohl sie ihn nur silhouettenhaft sah, bemerkte Agnes, dass er erneut die Schultern zuckte.

Sie pfiff leise, und Albrecht wandte sich von Thilo ab, um zu ihr zu trotten. »Ich gehe und schaue nach, was los is. Irgendwo müssen doch die anderen sein, und die drei, die grad zurück sind, wirkten so verschlagen. Da is was Seltsames im Gange, das spür ich.«

»Selbst wenn, ist das nicht unser Problem.«

»Deins nicht, du bist ja fein raus«, entgegnete Agnes gereizt. »Aber ich leb hier.«

»Ich auch«, erinnerte Thilo sie, doch sie tat den Einwand ab. Er war kein Kind der Straße, war es nie geworden und würde es auch nie sein. Er war der Gehilfe eines Fischhändlers, und irgendwann würde er mehr sein als das, und vielleicht verlor sie ihn dann gänzlich. Für sie war es überlebenswichtig, dass zumindest hier, in ihrer Welt, alles in einer gewissen Ordnung blieb.

Sie ging mit Albrecht an ihrer Seite in Richtung der Gasse, aus der die drei Halbwüchsigen gekommen waren. Schritte folgten ihr, und sie musste sich nicht umdrehen, um zu wissen, dass es Thilo war.

»Falls ihm wirklich etwas zugestoßen ist, könnte es gefährlich werden«, sagte er prompt.

»Musst ja nicht mitkommen.«

»Ich lasse dich doch nicht allein gehen.«

Agnes warf ihm einen knappen Blick über die Schulter zu, antwortete jedoch nicht. Wenn es ihm gefiel, den männlichen Beschützer zu spielen, so wollte sie ihm den Spaß nicht verderben. Unbeirrt ging sie weiter, trat immer wieder in weichen Unrat, wäre einmal fast auf etwas Glitschigem ausgeglitten, dem ein süßlich-fauliger Geruch entstieg. Menschen drängten in der Dunkelheit an ihr vorbei. Ein Mann versetzte ihr im Vorbeigehen einen Stoß, damit sie ihm aus dem Weg ging. Im nächsten Moment fiel matte Helligkeit aus einem Fenster, und unmittelbar ergoss sich der Inhalt eines Nachttopfes genau dorthin, wo Agnes zuvor gelaufen war und wo sich nun der Mann befand. Laut und lasterhaft fluchend, hob er die Faust in Richtung des Fensters, dessen Läden nur achtlos zugeschlagen wurden und den schwachen Lichtschimmer schluckten. Thilo beeilte sich, an Agnes' Seite zu kommen, und ein bisschen boshaft dachte sie, dass er sich gewiss vor dem Zorn des Mannes in Sicherheit bringen wollte.

»Warum ist es dir so wichtig?«, wollte Thilo wissen. »Wenn er fort ist, wen schert's?«

»Dich sicher nich, du hast dein eigenes Leben. Aber ich muss weiterhin dortbleiben, muss meinen Anteil abliefern an jemanden, der vielleicht schlimmer is als Peer.«

»Du kannst gehen. Es gibt genug andere, denen du dich anschließen kannst. Oder du sorgst wieder für dich allein, so wie früher.«

»Das haben wir aufgegeben, weil wir immer wieder anderen ins Gehege gekommen sind«, rief Agnes ihm in Erinnerung.

»Da waren wir Kinder, jetzt bist du fast schon erwachsen.«

»Ich bin ja auch lieber allein«, gestand Agnes, »aber es ist hier schwerer als in Lübeck, überall kommt man jemandem in die Quere, und die sind nich zimperlich. In Lübeck hab ich mich ausgekannt, hier nich, weil ich hier immer unter Peers Fittichen war.«

»Meinst du wirklich, jemand anders ist schlimmer als er?«

Agnes hob die Schultern.

Sie wusste nicht einmal, wo sie nach ihm suchen sollte. Einmal hörte sie das Knurren eines Hundes, dem Albrecht ebenso antwortete. Kurz befürchtete Agnes, er könne fortlaufen und sich dem Kampf stellen, aber er blieb an ihrer Seite. Eine Ratte wich ihnen fiepend aus, und Agnes spürte, wie Albrecht erzitterte. »Pscht, mein Freund!«

»Ich hab nichts gesagt«, antwortete Thilo.

Agnes verdrehte die Augen und verzichtete darauf, den Irrtum richtigzustellen. Es war schwer, jemanden zu finden, wenn man die Hand vor Augen nicht sehen konnte, und irgendwann musste sie sich eingestehen, dass es aussichtslos war, wenn sie nicht einmal wusste, wo sie suchen sollte.

»Wenn er fort ist«, sagte Thilo, »dann ist er eben fort. Ich bin bei dir, Agnes, du musst dir keine Sorgen machen.«

»Was willst du denn tun? Mich in deinen Fischfässern schlafen lassen?«

»Wenn ich Peer nicht weiterhin bezahlen muss, kann ich für uns beide sorgen.«

»Ich lass mich nich von jemandem versorgen«, schnappte Agnes.

»Du kannst weiterhin stehlen, wenn du möchtest, und ...«

»Wie großzügig.«

»Aber ich bezahle ein Zimmer für uns. Sicher finden wir etwas Kleines, das wir uns vielleicht nur mit wenigen weiteren Leuten teilen müssen.«

Agnes wusste nicht, ob sie die Vorstellung schön oder beängstigend finden sollte, und so schwieg sie. Ihr juckte der Nacken von diesen verdammten Flöhen. Kaum kratzte sie sich, juckte es überall, und sie spürte geradezu, wie es krabbelte. Als sie sich wieder der Ruine näherten, spürte sie, dass sich etwas verändert hatte. Sie betraten das Innere, wo sich nun alle bis auf Peer eingefunden hatten. Nach wie vor brannte das Talglicht, stand nun jedoch mittig, wo Bengt auf der Kiste saß, die sonst Peers Platz war. Er blickte auf, grinste Agnes entgegen. Britt hielt sich im Hintergrund, die Arme vor der Brust verschränkt, die Stirn gekraust.

»Da seid ihr ja.« Bengt sah Agnes an. »Hier habe ich jetzt das Sagen, aber für euch verändert sich nichts. Ihr gebt weiterhin die Hälfte bei mir ab. Wobei«, sein Blick wanderte zu Thilo, »für dich heißt das jetzt auch die Hälfte. Bin nicht so nachgiebig wie Peer.«

Agnes' Blick flog zu Thilo, dessen Gesicht keine Regung preisgab.

»Ganz sicher nicht«, antwortete dieser.

»Dann verschwinde.«

»Ich suche mir morgen eine neue Bleibe.«

Bengt sprang auf. »Nein, nicht morgen. Geh!« Er wies mit der Hand auf das Türloch. »Für dich«, er wandte sich an Agnes, »hätt ich eine neue Schlafstatt.« Jetzt grinste er wieder und wies mit dem Kopf zu dem Bereich hinter dem Vorhang, wo Peer gewohnt hatte.

Agnes starrte ihn ungläubig an. »Da schlaf ich lieber bei den Ratten.«

»Liegst Nacht für Nacht zwischen dem nach Fisch stinkenden Dreckhahn und der verlausten Töle. Da wären die Ratten nicht einmal eine Verschlechterung«, entgegnete Bengt. Einige der älteren Kinder lachten.

Agnes sah Thilo an. »Also gut, dann gehen wir eben.«

»Musst nicht gehen«, antwortete Bengt. »Leistest ja deinen Beitrag. Schlaf halt weiter bei der Töle. Gehen muss nur der da.« Er wies auf Thilo.

Der zuckte die Schultern und wandte sich ab. Agnes zögerte, dann machte sie Anstalten, ihm zu folgen.

»Wenn du mit ihm gehst«, sagte Bengt, »brauchst du nicht mehr wiederzukommen.«

Thilo sah Agnes an und schüttelte den Kopf. »Bleib. Ich komme schon unter.«

»Ich lass dich nich allein.«

Wieder schüttelte er den Kopf, und Agnes wollte vehement widersprechen, wollte diesem Narren klarmachen, dass er ohne sie mitten in der Nacht auf der Straße verloren war. Seit sie ihn kannte, war er noch nie nachts allein gewesen. Was, wenn er sich in das falsche Gebiet verirrte, wo er jemandem in die Quere kam, der nicht lange fackelte und ihn abstach?

»Ich gehe zum Fischhändler und schlafe im Stand«, sagte er, als ahnte er ihre Gedanken.

Agnes rang mit sich. Sie wusste, es war Irrsinn, den Platz, den sie hier hatte, aufzugeben. Aber ihre Zukunft war immer schon ungewiss gewesen, und nun wusste sie wieder, warum sie sich nie an andere Menschen hatte binden wollen. Sie biss sich auf die Lippen, zögerte, während Bengts Blick auf ihr ruhte. Sie pfiff leise, und Albrecht blickte auf.

»Nimm den Hund mit«, sagte sie zu Thilo, und sie merkte, dass die Vorstellung, ohne das Tier zu schlafen, weitaus schlimmer war als ohne Thilo. Die warme Zotteligkeit hatte etwas Beruhigendes, und sie würde ihn vermissen.

Thilo nickte und legte die Hand auf den Kopf des Hundes. Dann wandte er sich ab und verließ mit Albrecht die Ruine.

Vom Boden stieg klamme Kälte auf, und der Wind ließ Thilo frösteln. Ihm war beileibe nicht so zuversichtlich zumute, wie er Agnes glauben hatte machen wollen. Die Aussicht auf eine Nacht allein auf der Straße jagte ihm mehr Angst ein, als er angesichts all dessen, was er bereits durchgemacht hatte, erwartet hätte. Es war auch keineswegs so, dass er sich einfach in den Fischstand legen konnte. Fisch-Fiete hatte ihm von Beginn an gesagt: »Lass dir nicht einfallen, meinen alten Herrn um ein Nachtlager zu bitten. Bin froh, die Kammer nach Thores Tod für mich zu haben.«

Es war nicht nur die Sorge, auf der Straße ungeschützt zu schlafen, ihm war zudem elend kalt. Wenn er nicht gemeuchelt wurde, dann erfror er womöglich. Thilo schalt sich innerlich. Er war erwachsen, ein Mann. Und nun brach er beinahe in Tränen aus, weil ihm eine Nacht bevorstand, wie sie Mädchen wie Agnes von klein auf immer wieder durchzustehen hatten. Wenigstens hatte er Albrecht bei sich, was ein überaus tröstlicher Gedanke war, wenngleich die Angst auch in Gesellschaft des Hundes nicht geringer wurde. Wer ihm Böses wollte, würde vor dem Tier nicht Halt machen, wenn dieses schlief und schutzlos war. Die Vorstellung, seinen treuen Gefährten auf die Weise zu verlieren, war so schlimm, dass er dem Hund den Kopf streichelte, als müsse er sich vergewissern, dass er nach wie vor bei ihm war.

Und wenn er zurückkehrte und Bengt die Hälfte bot? Aber was ihm blieb, reichte auch so schon kaum. Überdies mochte er Bengt nicht, hatte ihn nie gemocht. Dass dieser Peer etwas angetan hatte, dessen war Thilo sich gewiss. Zwar mochte er Peer auch nicht, aber bei ihm wusste man zumindest, woran man war. So recht verstand Thilo nicht, warum sich die Älteren auf Bengts Seite geschlagen hatten. Was mochte er ihnen dafür versprochen haben? Dass er niemanden verdreschen ließ, der die Regeln brach? Da würde für einige schon bald ein böses Erwachen kommen. Entweder merkte Bengt, dass er so nicht weiterkam, oder aber es tat jeder, was er wollte. Da konnte man ungestraft den Kleinen das Essen stehlen und sich an den Schwächeren vergreifen. Kurz flackerte Sorge um Agnes in ihm auf, aber dann sagte er sich, dass man sich vermutlich eher um denjenigen sorgen müsste, der ihr zu nahe kam. Wenn sich jemand wehren konnte, dann Agnes. Sogar im Schlaf waren ihre Sinne geschärft, das hatte er mehr als einmal bemerkt, wenn sie Gefahr witterte, während er noch schlief wie ein Stein.

Der Fischmarkt lag südlich der St.-Petri-Kirche am Reichenstraßenfleet, wo auch das Heringshaus und das Salzhaus gelegen waren. Ging man das Fleet entlang, kam man auf der einen Seite zum Nikolaifleet, aber dort wollte Thilo nicht hin, sondern in die andere Richtung zum Brauerstraßenfleet am Meßberg. Es war so kalt, dass ihm im Wind die Augen tränten. Zitternd ging er weiter, hoffte, dort eine Stelle zu finden, die windgeschützt war und versteckt, sodass er nicht um sein Leben fürchten musste. Der abgelegene Platz wurde genutzt, um Abfälle abzuladen. Mistplatz nannten manche ihn deshalb auch. Am Ostrand stand das Winsertor, das nachts durch einen Baumstamm gesichert wurde. Hier war es nachts still, und bis auf die Wachhabenden verschlug es vermutlich keine Menschenseele hierher.

Thilo hörte ein Scharren, vermutlich von den allgegenwärtigen Ratten. Auch Albrecht hatte es offenbar vernommen, denn Thilo spürte, wie dessen Wachsamkeit zunahm. Die Muskeln unter dem Fell spannten sich, die Bewegungen wurden langsamer. Thilo wollte weiter, näher zum Tor und fort von den Abfällen, die das Getier anzogen, vor dem es ihn nach wie vor ekelte. In Albrechts Gesellschaft musste er wenigstens nicht befürchten, dass sich die Ratten näherten, während er schlief. Vermutlich war das der wahre Grund, warum Agnes ihm den Hund mitgegeben hatte. Sie wusste nur zu gut um seine Ängste und ahnte gewiss, dass er sie nicht ablegen konnte.

Das Scharren wurde lauter, dann folgte ein leises Stöhnen. Albrecht war aufmerksam, aber weder schlug er an, noch knurrte er, und schließlich ging er sogar einen Schritt vor. »Bleib!«, sagte Thilo, wohl wissend, dass es den Hund nicht interessierte. Albrecht stand ihm zwar treu zur Seite, aber wenn er Jagdbeute witterte, war er sich selbst der Nächste. Dies jedoch war eindeutig ein Mensch, und so mitleiderregend er auch stöhnte, so war auch Thilo sich in diesem Moment selbst der Nächste, denn er würde den Teufel tun und sich einem Fremden in dieser Finsternis nähern.

Die Finsternis war nahezu undurchdringlich, nicht einmal notdürftig erhellt vom Mondlicht, das durch die Wolken suppte. »Albrecht«, rief Thilo leise, aber der Hund scherte sich nicht darum und lief auf das Scharren zu.

Zwischen zusammengebissenen Zähnen bedachte Thilo seinen Gefährten mit einigen wenig schmeichelhaften Bezeichnungen, dann nahm er allen Mut zusammen und folgte ihm. Beinahe rechnete er damit, dass der Fremde nun ein Messer zückte, wartete auf das Aufjaulen des Hundes, aber wieder war nur ein Stöhnen zu hören, dann ein Aufjapsen, eine matte Stimme, deren Worte er nicht verstehen konnte.

»Ich wollt's nich glauben«, vernahm er nun einen gar zu bekannten Zungenschlag.

»Peer?« Deshalb also war der Hund so vertrauensvoll gewesen, hatte sich neugierig genähert, nachdem seine feine Nase den metallenen Blutgeruch gewittert haben musste, den Thilo erst jetzt wahrnahm.

»Bind mich los.« Peer konnte kaum die Worte artikulieren. »Lange halt ich mir die Biester nicht mehr vom Leib.«

Ratten, natürlich. Angelockt von diesem warmen, atmenden Körper und dem schweren Aroma frischen Blutes. Thilo schüttelte es bei der Vorstellung, wie die Tiere dort lauerten und ihr Festmahl belagerten, darauf wartend, dass der Verletzte zu schwach wurde, um sich zu wehren. Mit fahrigen, vor Kälte steifen Fingern tastete er nach Peer, spürte glitschige Nässe auf dessen Körper, drehte ihn herum, was dem anderen ein Stöhnen entrang. Schließlich fand er das Seil, das fest verknotet war. Sosehr er sich bemühte, er schaffte es nicht, die Knoten zu lösen, weder um die auf den Rücken gebundenen Handgelenke noch um die Beine. Ratlos wischte sich Thilo mit dem Ärmel das Haar aus dem Gesicht. Sollte er zum Tor laufen und die Wachhabenden um Hilfe bitten? Aber das traute er sich nicht. Seit er auf der Straße lebte, machte er um derlei Menschen einen großen Bogen. Er konnte Peer aber auch nicht den hungrigen Ratten überlassen, und so richtete er sich auf, fasste den jungen Mann unter den Achseln und schleifte ihn fort. Peers Aufschrei ging in ein Stöhnen über.

»Ich bin ja schon so vorsichtig wie möglich.« Thilo fragte sich, warum er seinen Ton überhaupt so entschuldigend klingen ließ, immerhin war die ganze Sache ja nicht seine Schuld. So wie Peer sich ihm gegenüber stets aufgeführt hatte, konnte er von Glück sagen, dass er ihm überhaupt half. Es war ja nun nicht so, als hätte Thilo die Prügel seinerzeit schon vergessen.

Keuchend schleifte er Peer weiter in Richtung Tor. Der junge Mann stöhnte zwischen zusammengebissenen Zähnen, gab ansonsten aber keinen Laut von sich. Schließlich ließ Thilo ihn zu Boden sinken und lehnte schwer atmend an der Mauer. Prüfend warf er einen Blick zum Tor, wo niemand zu sehen war. Eine Funzel erhellte den Bereich der Wachhabenden, doch das Licht reichte nicht bis hierher, und es war nicht anzunehmen, dass jemand sie bemerkte. Selbst wenn, wäre es denen vermutlich gleich, solange sich niemand am Tor zu schaffen machte.

Der Schweiß auf seinem Körper kühlte ab, und Thilo begann zu zittern. Er kniete sich hin und machte sich daran, den Knoten der Fesseln zu lösen. Fluchend fummelte er an den Knoten herum, riss sich dabei einen Fingernagel halb ab und verwünschte den Moment, in dem Albrecht Peer erkannt hatte.

»Verdammt noch mal! Warum lasse ich dich nicht einfach hier liegen? Morgen wird dich schon jemand finden.«

»Bis dahin haben mich die Ratten gefressen.«

»Die, die sich von den reichhaltigen Abfällen hierher verirren, vertreibt Albrecht schon.«

»Bist mir immer noch böse wegen damals, hm?«

»Ich bin dir nicht böse, ich mag dich einfach nicht.«

»Ich hab immer nur getan, was nötig war.«

»Mich zu verdreschen, war nicht nötig. Ich habe auch so verstanden, was ich falsch gemacht habe. Immerhin bin ich fast aufgeknüpft worden.«

»Trägst mir das eine Mal Dresche ja ziemlich lange nach. Hätt ich dir das durchgehen lassen, würd jeder denken, er kann machen, was er will.«

»Denkt ja offenbar auch so jeder, wie wir gerade sehen.« Wieder zerrte Thilo an den Knoten. »Ich mache das nicht deinetwegen, sondern für Agnes, damit du es weißt. Sie hat gemerkt, dass etwas nicht stimmt, und dich gesucht.«

»Ach was?« Klang da gar ein Anflug von Entzücken in der gepeinigten Stimme? Thilo griff das Seil und kniff dabei kräftig in Peers Unterarm.

»Ah, verflucht. Pass doch auf!«

»Ich lasse dich wirklich hier liegen«, drohte Thilo erneut.

»Tust du nicht. Du hast gesagt, du tust das für Agnes. Bist hinter ihr her, ja?«

»Sie ist meine Schwester.«

»Und ich bin deine Mutter.«

Thilo zerrte an den Fesseln, und endlich lockerte sich der Knoten ein wenig. »Warum hast du eigentlich nicht gerufen, als du uns gehört hast?«

»Weil ich dachte, es wären vielleicht Bengts Freunde, um mir den Rest zu geben.«

»Dann hättest du lieber gar kein Geräusch von dir gegeben.«

»Möchte dich sehen, wenn die Ratten an dir nagen wollen.« Peer schwieg eine Weile, während sich Thilo weiter an den Fesseln zu schaffen machte. »Alle älteren Kinder haben mit Bengt gemeinsame Sache gemacht.«

»Britt nicht«, entgegnete Thilo. »Sie war bei Agnes und mir.«

Endlich lockerten sich die Fesseln, und er konnte sie Peer über die Hände streifen. Schließlich machte sich Thilo an die Fußfesseln, diese ließen sich leichter lösen.

»Ich steh in deiner Schuld«, sagte Peer. »Das vergess ich dir nicht.«

Thilo zuckte die Schultern, wenngleich er wusste, dass Peer das nicht sehen konnte. Er fror und setzte sich dicht an Albrecht, der den Kopf in seinen Schoß legte. »Sieh lieber zu, dass die Wunden nicht brandig werden«, sagte er. Von Peer kam keine Antwort, nur dessen stoßweise gehender Atem war zu hören. Irgendwann musste Thilo eingeschlafen sein, denn als er erwachte, schickte die Sonne bereits die ersten Strahlen durch die Wolkendecke. Durch die unbequeme Haltung – sitzend an die Mauer gelehnt – schmerzte ihm der Nacken, und er fühlte sich wie gerädert. Er brauchte einen Moment, bis er sich erinnerte, wo er sich befand. Einen weiteren brauchte er, um zu bemerken, dass Peer nicht mehr da war.

LÜBECK, MAI 1597

Während sich für seinen Vater die Welt in Zahlen gliederte und dieser in allem eine in rechnerischer Klarheit zu erfassende Logik sah, war die Mathematik für Johan ein Quell immerwährender Verzweiflung. Er saß vor langen Zahlenkolonnen, die sich in keine Ordnung fügen wollten und bei jeder Rechnung ein anderes Ergebnis zeigten. Und längst gab es keinen Arjen mehr, der das Versäumnis abfing, keinen, der unbemerkt die Fehler korrigierte und trotz seiner Begabung stets hinter Johan zurückstand – aus Gründen, die dieser nie verstanden hatte.

Nahezu vier Jahre war sein Bruder nun fort, und die letzten Worte, die sie gewechselt hatten, waren ein Abschied voller Groll gewesen. Groll, den Johan – davon war er überzeugt – nicht verdiente. Es war nicht seine Schuld, dass sein Vater ihn mehr liebte als Arjen. Und es war nicht seine Schuld, dass er auf die Reise geschickt worden war und nicht sein älterer Bruder. Johan liebte Arjen, und es hatte ihn schwer getroffen, heimzukehren und zu erfahren, dass dieser bei Nacht fortgegangen war, ohne ein Wort über seinen Verbleib zu verraten. Vielleicht hätten sie damit rechnen müssen. Arjen, der verkannte Kaufmann, der begabtere der Brüder, der doch um jedes Wort der

Anerkennung hatte kämpfen müssen – wie hatte Johan nur glauben können, sein willensstarker Bruder würde sich auf Dauer damit zufriedengeben? Diese Reise war vermutlich der Auslöser gewesen. Seine Eltern erzählten nichts, sagten ihm nicht, was Arjens Verschwinden vorausgegangen war. Einmal hatte Johan vorsichtig gemutmaßt, seinem Bruder könne doch auch etwas zugestoßen sein. Vielleicht war er nachts zwielichtigem Gesindel über den Weg gelaufen. Doch sein Vater hatte das mit einer brüsken Bewegung abgetan. »Bestohlen hat dieser Hundsfott mich! Hat sich an meiner Geldkatze bedient. Hätte ich es früher bemerkt, hätte ich ihm mit Wonne jeden einzelnen Finger seiner diebischen Hände gebrochen.«

Johan erhob sich vom Tisch, rieb sich die vom langen Lesen brennenden Augen und trat ans Fenster. In Fetzen hing spinnwebfeiner Morgennebel in den Straßen, lichtete sich dort, wo die zögerlichen Sonnenstrahlen ihn berührten – wie ein zartes Gewebe, das langsam verglomm. Für Johan hatte der Morgen stets seinen eigenen Zauber, und er hatte hin und wieder poetische Anwandlungen niedergeschrieben. Dabei hatte er die großen Dichter im Sinn, Männer, die sogar sein Vater voller Bewunderung las. Enno Schellbach jedoch hatte nur den Kopf geschüttelt und gesagt: »Kaum bin ich Arjen los, wird aus meinem Sohn ein weibischer Phrasendrescher.«

»War nicht auch Arjen Euer Sohn?«, hatte Johan daraufhin gefragt, aber keine Antwort mehr erhalten. Er verstand es nicht. Seine Mutter war über jeden Zweifel erhaben, und sein Vater, dieser stolze Mann, hätte einen Fehltritt ihrerseits niemals erlaubt. Und dennoch … Aber es war klar, Johan würde keine Antwort bekommen, und so musste er sich damit abfinden, dass die Last der Verantwortung nun allein auf seinen Schultern lastete und dass es keinen Arjen mehr gab, der sich schützend vor ihn stellte, sein Mittelmaß vergessen ließ, weil der väterliche Zorn sich allein gegen ihn, den Älteren, richtete, sodass für den Jüngeren nurmehr die Nachsicht blieb.

Die Tür wurde geöffnet, und seine Schwester Rieke trat ein. Vor wenigen Tagen erst war sie von ihrem Vater zurückgeholt worden, zählte nun siebzehn Jahre und würde in Kürze heiraten. Neun Jahre hatte sie in einem Frauenstift gelebt und stand nun der Welt in stillem Staunen gegenüber. Mit Verwunderung stellte Johan fest, dass in seinem Vater doch etwas Weiches, Zärtliches steckte, das sich offenbarte, wenn er seine Tochter ansah. Schon bald würde er sie wieder aus dem Haus geben, dann würde sie die Frau eines Kaufmanns, den er in aller Sorgfalt ausgesucht hatte – gesegnet mit Tugenden, die Arjen überreich besessen hatte. Offenbar fiel es Enno Schellbach leichter, diese bei einem Mann zu schätzen, den er selbst sich als Sohn auserkoren hatte.

Rieke stellte sich zu Johan ans Fenster und blickte hinaus. »Hast du die ganze Nacht hier gesessen?«, fragte sie mit sanfter Stimme.

»Nein, nur schon sehr früh.«

»Ich hatte vergessen, wie laut es in der Stadt ist.«

»Du wirst dich daran gewöhnen.«

»Das muss ich wohl.« Riekes Blick verlor sich in den Straßen, die sich langsam aus dem fasrigen Dunst schälten.

Johan schwieg, wusste nicht, was er noch sagen sollte. Er war ungeübt im Umgang mit jungen Frauen, das schloss seine Schwester mit ein. Auch das war seinem Vater ein Ärgernis. Nicht dass er Arjens Treiben gutgeheißen hätte – nein, das beileibe nicht –, aber immerhin hatte dieser sich als Mann gebärdet. Johan indes ließ dergleichen vermissen, es verunsicherte ihn zutiefst, und wo Arjen eine Eroberung tätigte, wich Johan scheu zurück. Enno Schellbach hatte ihn sogar mit einigen Freunden durch die Stadt geschickt, wo sie ein Freudenhaus aufgesucht hatten. Dort war Johan das erste Mal mit einer Frau zusammen gewesen, und der Gedanke an diese Nacht trieb ihm noch immer die Schamesröte ins Gesicht. Glücklicherweise erfuhr sein Vater nichts von seinem Unvermögen. Es war nicht so, dass Johan den Frauen gegenüber gänzlich abgeneigt war, aber er entbrannte auch nicht in sehnsuchtsvoller Leidenschaft.

»Geh«, sagte er abrupt, denn die Anwesenheit seiner Schwester brachte ihm sein Versagen beständig in Erinnerung.

Kurz zuckte es in ihrem Gesicht, und er bedauerte seinen harschen Befehl. Aber sie war zu Gehorsam erzogen, und so wandte sie sich ab und verließ die Stube so leise, wie sie gekommen war. Johan richtete den Blick wieder aus dem Fenster, sah eine vertraute Gestalt die Straße entlanggehen. Clara von Genssler war eine der schönsten Frauen, die er kannte. Er hegte keinerlei romantische Gefühle für sie, aber er bewunderte, wie sie seinem Vater fortwährend die Stirn bot. Zwar war sie nach wie vor im Rat nicht persönlich vertreten – die Kaufleute hätten das niemals zugelassen –, aber Henning von Westerboer erhob die Stimme für sie.

»Die macht für ihn die Beine breit«, war die Meinung Enno Schellbachs dazu.

Johans Blick folgte der jungen Frau. Und selbst wenn, dachte er. Was war daran verwerflicher, als seinem Sohn eine Gespielin für eine Nacht zu kaufen? Clara von Genssler sicherte ihr Überleben, verschacherte sich und ihre Klugheit nicht für den Preis einer Ehefessel. Er konnte nicht anders, als sie um ihre Unabhängigkeit zu beneiden. So eingeschränkt ihr Leben als Frau war, so wusste sie doch, es in die richtigen Bahnen zu lenken, ließ jemand anderen sich mit dem Rat herumschlagen und war so frei, wie man es nur sein konnte. Und wenn sie sich dafür hin und wieder Henning von Westerboer hingab, dann tat sie das gewiss aus sorgsamer Erwägung heraus, denn würde sie ihn heiraten, verlöre sie alles an ihn und müsste ihm gleichsam das Bett wärmen.

»Früher«, hatte Johan seinem Vater gegenüber eingewandt, »hat Theodor Drenkhan ihr geholfen.«

»Und der ist nun tot«, war Enno Schellbachs Entgegnung gewesen, und dabei hatte er vielsagend die Brauen gehoben.

»Das glaubt ihr doch nicht ernsthaft? Wie soll sie den Mann und seine Frau überwältigt haben?«

»Sie nicht, aber ihr Bluthund.«

»Warum hätte sie das tun sollen?«

»Wer weiß das schon? Vielleicht hat er gedroht, sie fallen zu lassen, sich wieder seiner Rolle als Ehemann zu besinnen.«

»Und wo ist der Sohn?«

Sein Vater hatte nur die Schultern gezuckt. »Den haben vielleicht die Ratten geholt.«

Johan setzte sich wieder an den Tisch, widmete sich erneut den Rechnungsbüchern. Dieses Mal schien die Summe zu stimmen, denn auch beim zweiten Nachrechnen kam dasselbe Ergebnis heraus. Ihn schmerzte der Kopf, und die Zahlen verschwammen vor seinen Augen. All die Orte, von denen sie die Waren bezogen – Johan wollte über sie lesen, die Menschen studieren, anstatt Dinge von ihnen zu beziehen und diese in simple Zahlen aufzuschlüsseln. Er schob das Rechnungsbuch beiseite und zog einen Bogen des wertvollen Papiers hervor. Sein Vater verachtete jede Verschwendung, und so galt es, vorsichtig zu sein. Obschon Johan wusste, dass sich niemand unbemerkt der Tür nähern konnte, blickte er auf, lauschte in die Stille und tauchte schließlich den Federkiel in das Tintenfässchen. Kratzend glitt die Schreibfeder über das Blatt, er ließ seinen Gedanken ihren Lauf – erregend in dieser Heimlichkeit, als gälte es, eine Eroberung zu machen. Das Herz ging ihm in harten, schnellen Schlägen, als er Wort um Wort formte, während sein Blick immer wieder zur Tür glitt, kurz verharrte, derweil die Tinte trocknete. Dann schrieb er weiter, entfernte sich von den trockenen Zahlen, als würde er ein ausgedörrtes Ufer verlassen, dem Strom seiner Gedanken folgend, Worte und Zeilen wie Wellengekräusel.

Mit einem harten Klacken wurde die Türklinke betätigt, und Johan schreckte auf, schaffte es kaum, Sand über die Tinte zu streuen, als sein Vater den Raum betrat. Schwer schluckend zog Johan das Rechnungsbuch zu sich und blickte seinem Vater entgegen.

»Was treibst du hier den ganzen Vormittag? Bist du immer noch nicht fertig?«

»Gerade eben, Vater.« Johan barg die zitternden Hände unter dem Tisch in seinem Schoß und stieß langsam den Atem aus.

»Dann ist es ja gut, ich habe Botengänge für dich.« Enno Schellbach trat an den Schreibtisch und reichte Johan zwei versiegelte Episteln. »Lass dir die Antworten gleich mitgeben.«

Wenn er nun aufstand und sein Vater das Rechnungsbuch zuschlug, würde er sehen, womit Johan sich die Zeit vertrieben hatte. »Ich gehe sofort, Vater. Lasst mich das hier noch kurz beenden.«

»Du sagtest eben, du wärest fertig.«

»Ich möchte es noch einmal überprüfen.«

»Das mache ich ohnehin, oder denkst du, ich lasse Rechnungen von dir ungeprüft stehen? Du hast hier lange genug deine Zeit vertrödelt. Und nun steh auf und sieh zu, dass du fortkommst.«

Der Tonfall seines Vaters ihm gegenüber hatte sich geändert, seit Arjen fort war, als ginge mit dem Verschwinden seines Bruders das der väterlichen Nachsicht einher. Johan zögerte, wusste jedoch, er hatte keine Wahl, und erhob sich.

Clara war auf dem Weg zu einer der wenigen Frauen, die sie als Freundin bezeichnete – Alva Hinnerk, die Witwe von Curd Hinnerks Jüngstem. Sie war kinderlos geblieben und als Witwe berechtigt, die Geschäfte ihres verstorbenen Ehemanns weiterzuführen. Aus Gründen, die niemand so recht verstand, hatte Curd, der Clara offenkundig verachtete, einen Narren an seiner Schwiegertochter gefressen und sorgte dafür, dass ihr keine Steine in den Weg gelegt wurden. Vielleicht weil er seinen Jüngsten so geliebt hatte und ihn dessen Tod so schmerzte. Früher hatte Clara mit Alva wenig zu tun gehabt, aber seit sie auf der Beerdigung ins Gespräch gekommen waren, hatte sich aus den gelegentlichen Begegnungen und Plaudereien allmählich eine Freundschaft entwickelt.

Auf dem Weg zu Alva kam Clara am früheren Drenkhan-Haus vorbei. Theodors Sohn Thilo wäre Alleinerbe des Vermögens seines Vaters gewesen. Da dieser aber aller Wahrscheinlichkeit nach tot war oder – und das war die vorherrschende Meinung – als Mörder auf der Flucht, schien es erst, als falle das Vermögen der Stadtkasse zu. Theodors einziger Bruder war Reeder gewesen und hatte in seiner Werft einen tödlichen Unfall erlitten. Dessen Kinder waren in jungen Jahren verstorben, und weitere Verwandtschaft gab es nicht. Seine Ehefrau war das einzige von sieben Kindern gewesen, das das Erwachsenenalter erreicht hatte. Auch das war etwas gewesen, das ihn und Clara verbunden hatte. Theodor hatte sich immer mehrere Kinder gewünscht, aber seine Frau hatte nach Thilo nicht mehr empfangen.

»Es ist mir wohl einfach nicht bestimmt, eine große Familie zu haben«, hatte er zu Clara gesagt, als sie nachts eng umschlungen in ihrem Bett gelegen hatten.

Schließlich war ein Mann aufgetaucht, um so viele Ecken familiär mit Theodor verbunden, dass man schwerlich noch von Blutsverwandtschaft sprechen konnte. Doch war nach Prüfung der vorgelegten Urkunden der Verwandtschaftsgrad offenbar ausreichend, um ihm das Erbe zuzusprechen. Hernach lief dieser Mann, ein einfacher Kürschner, von dem zuvor nie jemand gehört hatte, in Samt und Pelze gekleidet herum und ließ jeden wissen, wie schlecht man ihn zeitlebens behandelt habe.

»Theodor saß doch auf seinem Geld, hatte für mich nicht einmal zu Christi Auferstehung eine Münze übrig. Und nun seht ihn an und seht mich an!«

Das machte ihn durchaus verdächtig, und Enno Schellbach regte an, man solle doch einmal nachschauen, ob nicht Dinge in seinem Besitz auf den Verbleib des Jungen hindeuteten. Auch Clara war aufmerksam geworden, aber Gereon hatte ihr schon nach zwei Tagen gesagt, dass der Mann viel zu dumm und einfältig war, um auf diesem Weg an das Vermögen zu gelangen.

»Der hätte ihn abgestochen und dann erst einmal an sich gerafft, was er kriegen konnte, aus Sorge, dass er mit dieser Erbschaftssache nicht durchkommt. Das ist keiner, der seine Zeit abwartet.«

Zu dem Entschluss kam offenbar auch die Gerichtsbarkeit. Der Mord blieb nach wie vor ungesühnt – ebenso der an Barne

Theves. Gereon hatte diskret nachgeforscht, ob etwas in seinem Besitz auf einen Zusammenhang mit der Familie Drenkhan hinwies, aber darauf deutete nichts hin. Nun konnte es natürlich sein, dass der Mörder es an sich genommen hatte. Letzten Endes hatte Clara nichts, keinen Hinweis, und die Kinder waren nicht mehr auffindbar gewesen. Währenddessen lief der Mann, der Theodor beerbt hatte, wie ein Gockel durch die Straßen und warf mit dem Geld nur so um sich. Huren gingen in seinem Haus ein und aus, es wurde gefeiert, geprasst, und der Mann hatte vermutlich in seinem ganzen Leben nicht so viele Freunde gehabt.

Einmal war Clara vor dem Haus stehen geblieben, hatte sich das Treiben angeschaut und die ersten Zeichen des Verfalls. Der Mann hatte sie bemerkt, und sie war rasch weitergegangen. Am folgenden Tag hatte er sie aufgesucht, hatte gesagt, er habe von dem damaligen Arrangement gehört und wolle ihr dasselbe anbieten. Wutentbrannt hatte sie ihn fortgeschickt, und sie wusste bis heute nicht, ob er deswegen gegangen war oder weil Gereon ihn mit einem Blick taxierte, der nichts Gutes erahnen ließ. Der Mann hatte noch im Gehen Beschimpfungen ausgespuckt. Danach hatte Gereon ebenfalls das Haus verlassen. Was er mit dem Mann gemacht hatte, erfuhr Clara nicht, jedoch wechselte dieser seither jedes Mal rasch die Straßenseite, sobald er ihr zufällig begegnete.

Theodors Geschäfte übernahm Curd Hinnerk und kaufte dem Mann alles ab. Wieder jemand, der aus Theodors Tod Gewinn schlug, wobei Curd Hinnerk diese Entwicklung unmöglich hätte voraussehen können. Enno Schellbach hatte ebenfalls Interesse gezeigt, aber Curd Hinnerk hatte mehr geboten und den Zuschlag bekommen. Was den zu so unverhofftem Reichtum gekommenen Kürschner anging, kam es, wie es kommen musste. Das Geld wurde immer weniger, und neues floss nicht nach. Irgendwann machte der Mann Schulden, und schließlich verschwand er einfach. Das Haus fiel an die Gläubiger, und inzwischen wohnte wieder eine Kaufmannsfamilie darin.

Clara ging rasch weiter, wich einem Mann aus, der einen mit Holz beladenen Karren schob, und musste aufpassen, dass sie auf dem säuerlich stinkenden Straßenbelag nicht ausglitt. Obwohl ihre Schuhe extrahohe Sohlen hatten, damit der Saum nicht das Pflaster berührte, hob sie ihr Kleid leicht an, gerade hoch genug, um noch dem Anstand zu entsprechen. Zwei Männer kamen ihr entgegen, vertieft in ein angeregtes Gespräch. Einen von ihnen kannte sie, ein angesehener Kaufmann und früherer Freund ihres Vaters. Sein Gesprächspartner war ihr fremd. Der Bekannte bemerkte sie, neigte den Kopf, grüßte sie freundlich, was sie ebenso erwiderte. Kurz glitt der Blick des Mannes an ihr vorbei, wie es stets geschah, wenn man ihr auf der Straße begegnete. Gereon folgte ihr mit zwei Schritten Abstand, aufmerksam und auf der Hut. Eine Frau verließ niemals allein das Haus, wollte sie nicht, dass ihr Ruf ernsthaften Schaden nahm.

Bei Alvas Haus betätigte sie den Türklopfer, und kurz darauf öffnete ihr die Magd und ließ sie ein. Gereon wurde wie stets in die Küche gebeten, wo er einen Krug Bier und Brot bekam, während Clara in die Stube geführt wurde, wo Alva sich lächelnd von ihrem Schreibtisch erhob.

»Wie schön, dich zu sehen.« Sie wies Clara einen Platz auf einem mit Kissen ausgepolsterten Stuhl mit hoher Lehne an der rückwärtigen Wand. Auf dem zweiten ließ sie selbst sich nieder und bat die Magd, Wein zu bringen. »Du ahnst nicht, mit welchem Ärger ich mich herumschlagen muss.« Alva nahm eine kandierte Rosine aus dem Schälchen, das auf dem kleinen Tisch zwischen ihnen stand. »Die Reederei, mit der ich das Getreide nach Portugal transportieren wollte, hat mir mitgeteilt, dass es keinen Platz für meine Ladung gibt, obwohl ich feste Zusagen hatte und entsprechend geplant habe.«

Alva handelte mit polnischem Getreide, das über Danzig nach Lübeck geliefert wurde und von hier aus weiter nach Westeuropa. Aus Portugal wiederum bezog sie Salz. Mit Salz handelte neben Gewürzen auch Clara, die ähnliche Handelswege nutzte. »Curd hat gesagt, er wird sich kümmern.«

Das zu hören, bereitete Clara durchaus Sorge, denn bisher hatte sie darauf vertraut, es reichte aus, Henning von Westerboer an ihrer Seite zu wissen. Eine Frau versuchte man zu übervorteilen, bei einem mächtigen Kaufmann waren die Leute vorsichtiger. Aber wenn selbst Curds Name da nicht half, sollte Clara sich nicht allzu sehr darauf verlassen.

»Was wirst du nun tun?«

Alva wollte antworten, als die Magd mit einem Tablett zurückkehrte, auf dem ein Krug mit zwei Bechern stand. Diesen stellte sie behutsam auf dem Tisch ab, fragte, ob es noch weitere Wünsche gäbe, und ging wieder. Nachdem Alva Clara einen gefüllten Becher gereicht hatte, sagte sie: »Wir suchen eine andere Reederei. Das Getreide muss recht bald verschifft werden, ich habe Zusagen einzuhalten, und die Lagerbedingungen sind für einen längeren Aufenthalt nicht gut geeignet.«

Nachdenklich nippte Clara an ihrem Becher. Ihr Blick fiel auf die Landkarte, die an der Wand hinter dem Schreibtisch hing und die Handelswege der Hanse zeigte. Hier war Lübeck noch in alter Macht und Größe zu sehen, und unvermittelt fragte Clara sich, ob Alva wohl selbst daran glaubte oder ob sie die Karte nur Curd zuliebe hängen ließ. Theodor hatte den

Niedergang der Hanse als unaufhaltsam beschrieben und längst seine Fühler anderweitig ausgestreckt. Bei den Kaufleuten war diese Ansicht nicht wohlgelitten gewesen, daher war Theodor vorsichtig mit dem gewesen, was er sagte und tat.

Clara hatte sich oft gefragt, ob ihm die falschen Handelsbeziehungen zum Verhängnis geworden waren. Sie zweifelte keinen Moment daran, dass er integer gewesen war – aber womöglich hatte er sich in der Wahl seiner Geschäftspartner geirrt? Hatte Fehler begangen und somit die falschen Leute gegen sich aufgebracht? Die Welt des Handels war eine, die fortwährenden Wandel mit sich brachte, denn die Angst vor Verlusten ganzer Schiffsladungen war ein immerwährender Begleiter. Hatte er in dem Wunsch, sein Vermögen zu mehren und zu sichern, verhängnisvolle Entscheidungen getroffen? Er hatte ihr gegenüber keinen Hehl aus seiner Zuneigung den Niederländern gegenüber gemacht und sah dort die Zukunft des Seehandels. Wer es schaffte, dort Fuß zu fassen – so seine feste Überzeugung –, der würde es zu immensem Reichtum bringen.

Hin und wieder hatte sie geargwöhnt, dass er vorhatte, Lübeck zu verlassen. Einem Mann wie ihm musste eine aufstrebende Handelsnation um so vieles erstrebenswerter erscheinen als eine absteigende, die sich noch am alten Glanz festklammerte. Möglicherweise war er dabei an Menschen geraten, die ihm Böses wollten. Wenn der Grund für seinen Tod darin begründet lag, würde sie es vielleicht nie herausfinden, denn wen sollte sie danach fragen? Ob sie Henning von Westerboer darauf ansetzen sollte? Nein, dachte sie im nächsten Moment. Letztlich traute sie ihm nicht ausreichend, und ohnehin stand sie schon in seiner Schuld.

Aus Alvas Blick las sie, dass das Schweigen bereits zu lange dauerte, und so fragte sie: »Warum hilft Wernher dir eigentlich nicht?« Alvas Cousin war Admiral und nicht ohne Einfluss.

»Er sagte, er könne nichts für mich tun. Wahrscheinlich will er nicht, weil es ihm nicht so recht passt, dass ich unverheiratet bleibe. Zwar insistiert er nicht, aber ich würde ihm durchaus zutrauen, dass er für diesen ganzen Ärger, den ich gerade habe, die Fäden gezogen hat. Aber nun gut«, Alva sah zu ihrem Schreibtisch mit dem aufgeschlagenen Rechnungsbuch, »Curd wird es richten, auch er ist nicht ohne Einfluss. Und die Kaufleute sind wichtiger als die Admiralität.«

Clara nickte, war mit den Gedanken jedoch wieder bei Theodor und den Niederländern. Und wenn es nun wirklich so war? Wenn er sie hatte verlassen wollen, um in den Niederlanden sein Glück als Kaufmann zu versuchen? In Delft oder Amsterdam. Oder aber hatte er mit ihr fortgehen wollen? Irgendwohin, wo niemand sie kannte. Aber hätte er das seiner Frau angetan und seinem Sohn? Thilo war eine einzige Enttäuschung für ihn gewesen, in dessen Geschicke er sein Geschäft nicht habe geben wollen. Allerdings war seine Frau klug gewesen – möglicherweise hätte sie die Geschäfte leiten können und den Sohn an ihrer Seite gehabt, wenn auch nur, um den Schein zu wahren.

»Hast du eigentlich Einblick in Theodor Drenkhans frühere Geschäftsabläufe?«, fragte sie unvermittelt.

Alva krauste die Stirn. »Nein, was das angeht, lässt Curd sich nicht reinreden und gewährt mir auch keinen Zugang. Aber warum spielt das noch eine Rolle, nach so langer Zeit?«

Clara zuckte gespielt beiläufig die Schultern. »Ach, die alte Sache lässt mich nicht los. Du weißt ja, dass er ein enger Freund meines Vaters war. Und die Vorstellung, dass sein Tod ungesühnt bleibt …« Sie ließ den Satz unvollendet.

»Du denkst, es hätte etwas mit seinen Geschäften zu tun? Aber es war doch sein Sohn.«

»Ich weiß nicht, was ich denken soll. Wo ist sein Sohn dann?«

»Auf der Straße oder tot. Wir werden es wohl nicht erfahren. Und wenn du glaubst, es sei wegen Theodor Drenkhans Geschäften, dann müsste es ja einer der Kaufleute gewesen sein, womöglich jemand, den wir kennen.« Alvas Augen wurden groß. »Du denkst doch nicht, dass Curd …«

»Natürlich nicht!«, fiel Clara ihr rasch ins Wort. »Aber möglicherweise hatte er Beziehungen zu Kaufleuten von außerhalb, und vielleicht hat einer von denen es getan.«

»Ah, so meinst du das.« Alva sog mit nachdenklicher Miene die Unterlippe ein. »Ja, da könnte was dran sein. Soll ich mal vorsichtig nachfragen?«

Clara zögerte, aber schließlich nickte sie.

Als Johan die große Stube betrat, in der sein Vater immer noch vor dem Rechnungsbuch saß, atmete er auf, denn ihn empfing kein Zornessturm, keine Verachtung angesichts seiner Zeilen. Sein Vater hob den Blick von den Büchern, taxierte ihn, und Johan war sich gewiss, dass ihm wieder Fehler unterlaufen waren. Er atmete langsam aus und wartete darauf, dass sein Vater ihm seine Unzulänglichkeiten vorhielt.

»Hast du alles erledigt, wie ich es dir aufgetragen habe?«, fragte Enno Schellbach.

»Ja, Vater.« Johan wollte sich auf dem Stuhl mit der hohen Rückenlehne vor dem Schreibtisch niederlassen, aber sein Vater hieß ihn mit einer knappen Handbewegung, stehen zu bleiben.

»Komm her, ich will dir etwas zeigen.«

Johan trat näher, und im nächsten Moment schwang der Arm seines Vaters vor, und ehe Johan reagieren konnte, traf ihn die lange, dünne Rute auf der Wange, und ein scharfer, spitzer Schmerz folgte. Erschrocken wich Johan zurück, keuchend, eine Hand auf der Wange. Der nächste Schlag traf den Handrücken, der darauffolgende den Oberarm, die Schulter, und als Johan sich abwandte, hieb ihm sein Vater die Rute auf den Rücken, wieder und wieder, folgte ihm, als er versuchte, sich außer Reichweite zu bringen.

»Du bist eine Schande!« Enno Schellbach ließ endlich den Arm sinken. »Ich habe dich mit Nachsicht behandelt, und so rächt es sich nun. Arjen mag einiges gewesen sein, aber wenigstens war er ein richtiger Mann.« Zorn vibrierte in seiner ruhigen Stimme. Enno Schellbach klappte das Rechnungsbuch zu, griff nach einem dicht beschrifteten Bogen Papier. *»Von feinem Rot seine Wangen, der Atem trägt das Versprechen des Sommers, feinperlend …«* Enno Schellbach hielt inne, das Gesicht verzogen vor Abscheu. »Wer ist der Kerl, über den du so schreibst?«

Johan bebte am ganzen Körper, weniger, weil die Schläge geschmerzt hatten, sondern weil ihm der Schreck in den Gliedern saß. Er hatte nur selten Prügel bezogen, das letzte Mal, als er noch im Knabenalter gewesen war. Er wollte antworten, wollte seinem Vater erklären, dass es der Frühling war, den er besang, das sanfte Rot des Morgens, der Wind, der den Sommer erahnen ließ, der Tau auf den Blättern. Aber ihm war, als sei seine Zunge nicht imstande, die Worte zu formen, seinem Vater zu erklären, dass ihn die Welt mit einer Sehnsucht erfüllte auf eine Art, wie es keine Frau und auch kein Mann vermochte. Er verspürte kein leidenschaftliches Verlangen nach geschlechtlicher Vereinigung, weder nach jener, die man ihm mit Frauen hatte aufzwingen wollen, noch nach der mit einem Mann.

»Geh!«, sagte sein Vater, dem das Schweigen offenbar Bestätigung seiner Vermutungen war. »Ich will dich nicht mehr sehen.«

Johan verließ den Raum, strich sich mit fahrigen Händen das Haar zurück und stieß auf Rieke, die ihm vom Fuß der Treppe entgegensah. Ob sie etwas gehört hatte? Und selbst wenn, so würde sie es nicht verstehen. Ihre Welt war von einer ätherisch anmutenden Schlichtheit, in der es nur die Dinge gab, die die Nonnen ihr beigebracht hatten. Er wusste, dass sie nichts dafür konnte, aber es machte ihn wütend, wenn er sich vorstellte, dass sein Vater von ihm erwartete, sich eines Tages mit einem blutleeren Geschöpf zu vermählen, das ihm aus der Obhut der Nonnen überlassen und ins Bett gelegt würde. Im nächsten Moment schwand seine Wut, und die junge Frau, zu der seine Schwester geworden und die ihm so fremd war, tat ihm leid. So nichtsahnend würde sie den Ehebund eingehen, hatte nicht einmal geküsst und würde ihrem Gemahl mit ihrem Körper zu Diensten sein müssen.

Hastig eilte er an ihr vorbei die Treppe hoch, lief in seine Kammer und schloss die Tür hinter sich. Er wankte auf zittrigen Beinen zum Bett und ließ sich darauf sinken, rieb sich mit beiden Händen übers Gesicht, unschlüssig, was er nun tun sollte. Wieder dachte er an Arjen. Wenn sein Bruder nicht gegangen wäre, würde Johans Leben anders verlaufen. Er wäre nicht so deutlich im Blick seines Vaters, seine Unzulänglichkeit verborgen hinter Arjens verkannter Brillanz.

Schlimmer als die Schläge war die Erniedrigung dahinter. Johan war verdroschen worden wie ein unartiger Knabe – das war so demütigend, dass ihm die Hitze in die Wangen kroch. Ob Rieke auf ihrem Lauschposten an der Treppe etwas davon mitbekommen hatte? Gegen sie war nie die Hand erhoben worden. Vielleicht hatte es von den Nonnen mal etwas mit dem Rohrstock auf die Finger gegeben, aber sie würde wohl mitnichten in die Verlegenheit kommen, von ihrem Vater durch den Raum geprügelt zu werden wie ein räudiger Hund. Ja, das war es, dachte Johan. Als Knabe war ihm die Kehrseite verdroschen worden, oder es hatte Hiebe auf die Handflächen gegeben, aber mit einem Stock durch die Stube hatte sein Vater nicht einmal Arjen gejagt. Johan ging das Herz in harten Schlägen, als er sich den Moment zurück in Erinnerung rief. Wie er dastand, die Hände zum Schutz erhoben, während sein Vater auf ihn einprügelte. Was für eine erbärmliche Figur er gemacht haben musste. Hatte er gar gewimmert?

Er musste hier raus, musste auf die Straße, in das Leben eintauchen und sich in der Menschenmenge auflösen, zu einem Niemand werden. Johan war bereits auf dem Weg zur Tür, als er innehielt. Auf diesem Weg würde er möglicherweise dem Vater begegnen. Auch Rieke wollte er nicht sehen. Der Mutter, die gewiss ins Bild gesetzt worden war und ihn mit diesem Blick mütterlichen Mitleids mustern würde, wollte er ebenfalls nicht in die Arme laufen. Johan ging zum Fenster und sah hinaus. Der Blick ging in den Garten, der um diese Stunde verwaist dalag. Nicht mehr lange, und die Familie würde sich zum Essen einfinden. Dass man ihn dazubitten würde, war nicht anzunehmen, und so wartete Johan. Schließlich öffnete er die Tür einen Spaltbreit und lauschte. Dann trat er hinaus, ging über den Korridor. Er würde das Haus über die Diele verlassen, wo um diese Zeit nicht mehr gearbeitet wurde, da auch das Personal sich zum abendlichen Essen einfand.

Die Diele war breit und erstreckte sich über zwei Stockwerke. Linker Hand befand sich eine Kammer mit Schreibtisch, Stuhl und Bücherregalen – hier wurden die Warenein-

und -ausgänge verzeichnet. Oft hatte Arjen hier gesessen und sich um die Buchhaltung gekümmert, zusammen mit dem Secretarius. Männer arbeiteten hier tagsüber, hievten Kisten herein und hinaus, rollten Fässer über den gefliesten Boden. Oben verlief um das Erdgeschoss herum eine Galerie, über die man zum Kontor sowie zu Kammern für das Personal gelangte. Hier wohnten die Männer, die für seinen Vater arbeiteten, während die Magd und die Köchin ihre Kammern neben der Küche hatten.

Johan öffnete die rückwärtige Tür des Hauses und trat in den Hof. Ein Durchgang rechter Hand führte in den Garten, der vom Wohnbereich des Hauses direkt erreicht werden konnte. Rasch warf er einen Blick dorthin, erwartete fast, Rieke zu sehen, die manchmal dastand, in die Stille lauschte, als suchte sie ein Stück Vertrautheit. Aber niemand war da, alle saßen vermutlich beim Essen. Johan wandte sich ab, zog das schwere Tor auf und trat auf die Straße.

AMSTERDAM, MAI 1597

»Das kann nicht Euer Ernst sein!«

Hendrik Valckenberg hob die Brauen. »Wie war das?«

Nun galt es, die Worte sorgsam abzuwägen, das wusste Arjen bereits. Ausflüchte oder würdeloses Herumlavieren würde sein Vater nicht dulden. »Verzeiht mir. Ich war nur so … überrascht.« Erschrocken wäre das richtige Wort gewesen. Fassungslos. Überrumpelt. Aber all das gestand man in Gegenwart eines Hendrik Valckenberg lieber nicht, wollte man nicht dastehen wie ein naiver Trottel.

»Überrascht?« Die Art, wie sein Vater das Wort betonte, machte klar, dass Arjen dennoch das Falsche gesagt hatte. »Und ich dachte, es sei klar, dass ich dir nicht mehr allzu viel Zeit lasse.«

»Natürlich war mir das klar, aber ich hatte nicht damit gerechnet, vor vollendete Tatsachen gestellt zu werden.«

Hendrik Valckenberg seufzte in einer Art, als habe er gewisse Hoffnungen gehegt und stünde nun vor den Trümmern derselben. Was in diesem Fall bedeutete, Arjen hatte sich letzten Endes doch als Tölpel entpuppt. »Was hat dich annehmen lassen, ich würde in deinem Fall anders vorgehen als bei deinen

Schwestern? Und wenn du mir nun sagst, es sei, weil du ein Mann bist, werde ich dir – ungeachtet deines Alters – mit dem Rohrstock Verstand und Demut einprügeln.«

Keinen Moment zweifelte Arjen daran, dass sein Vater diese Drohung wahrmachen würde. Sosehr angesichts dessen der Widerstand in ihm erwachte – Arjen wusste, wann es klüger war, nachzugeben. Prügel hatte er sein Lebtag wahrlich genug bezogen. »Verzeiht mir«, sagte er erneut.

Jolanda van Aalkers war eine reizende junge Frau, blond mit frischen rosigen Wangen und blauen Augen. Es war nicht so, dass Arjen sie nicht mochte, aber sie war nun wahrlich nicht diejenige, die er sich als Ehefrau auserkoren hätte.

»Gewiss hätte sie – wäre sie gefragt worden – nicht gerade dich ausgesucht«, sagte Hendrik Valckenberg, als habe er die Fähigkeit, Arjens Gedanken zu lesen. »Du kannst also von Glück sagen, dass man sie vor vollendete Tatsachen gestellt hat, genau wie dich.«

Arjen schwieg.

»Du wirst dich fügen, ebenso wie sie es tut. Abends wird uns die Familie besuchen, und ich erwarte, dass du dich von deiner besten Seite zeigst.«

»Gewiss, Vater.«

»Im Gegensatz zu deinen Schwestern stehst du in der Pflicht, dem Haus einen Erben zu schenken. Ich erwarte, dass du dich dieser Aufgabe annimmst und deine Ehefrau zufriedenstellst. Erwische ich dich dabei, dass du dich in Hurenhäusern vergnügst, während deine Ehefrau ein tristes Dasein führt, werde ich dich zugunsten deines Sohnes enterben. Treuhänderin über das Vermögen wird deine Frau, und du gehst leer aus. Dann liegt es in ihrem Ermessen, dich durchzufüttern oder auf die Straße zu setzen.«

»Mir war nicht bewusst, dass ich Euch als verheirateter Mann darüber Rechenschaft abzulegen habe, in wessen Betten ich verkehre.« Dieser Tonfall war ein Fehler, aber Arjen war es leid.

Seinem Vater war dieses kurze Aufbegehren jedoch nur ein knappes Schulterzucken wert. »Mir ist es gleich, mit wem du es treibst, solange du diskret bist. Ich selbst war kein Kind von Traurigkeit, aber damit war es vorbei, als ich geheiratet habe. Ich nehme die Ehe sehr ernst, und mir wäre lieb, wenn du es ebenfalls tätest. Tust du es nicht, ist das deine Sache, solange du deine Frau – und damit mein Haus – nicht öffentlich demütigst.«

»Ich verstehe.«

»Das will ich hoffen.« Hendrik Valckenberg stopfte seine Pfeife, während Arjen zum Fenster ging, das vom Salon aus auf die belebte Straße führte.

»Wird es eine längere Verlobungszeit geben?«, fragte er schließlich.

Das Ratschen eines Zündspans war zu hören, und kurz darauf erfüllte der Geruch nach verglimmendem Tabak den Raum. »Das halten Gijsbert van Aalkers und ich für unnötig.«

Im Grunde genommen kam es darauf nun auch nicht mehr an. Wenn er heiraten musste, war es gleich, ob es direkt passierte oder erst in einem halben Jahr. Ein Entkommen gab es nicht, und der Aufschub wäre ohne jeden Wert. Er wollte so gerne reisen, aber damit brauchte er seinem Vater vermutlich nicht zu kommen.

»Im Grunde genommen wäre deine Haltung ziemlich bigott«, sagte sein Vater, »wenn du dich deiner Ehefrau gegenüber nicht tadellos verhieltest. Immerhin ist es genau das, was du dem Mann deiner Schwester vorwirfst. Und der hurt sich nicht durch fremde Betten.«

»Ihr wisst, dass es nicht das ist, was ich ihm vorwerfe.«

»Gewiss, du hältst ihn für einen geistlosen Langweiler, der kalt und distanziert ist. Da frage ich dich, wie man dich sehen wird, wenn du deiner Frau so gleichgültig gegenüberstehst, wie du es gerade durchklingen lässt.«

Arjen stellte sich ein Leben mit Jolanda van Aalkers vor. Natürlich hatte sein Vater recht, keine Frau hatte es verdient, sie spüren zu lassen, dass man die Ehe mit ihr nur widerwillig einging. »Ich werde tun, was Ihr wünscht.«

»Das will ich doch hoffen.«

Arjen verließ das Kontor und ging in die Diele, wo Markus van Huisen gerade Seidenstoffe vorführte. Die Frau, die er bediente, kannte Arjen bereits. Sie war Schneiderin und kam stets mit ihren beiden Gehilfen, um kostbare Seide für die Kleider ihrer reichen Kundinnen zu erstehen. Sie blickte auf, als sie Arjen bemerkte, und zwinkerte ihm verstohlen, aber unverhohlen keck zu. Arjen lächelte und dachte an seine bevorstehende Heirat. In ihm erwachte der Drang, vorher so viel wie möglich vom Leben zu genießen – vor allem die Liebe. Natürlich konnte er weiterhin mit Frauen zusammen sein, wie es ihm beliebte, aber Arjen lag an seinem Ruf unter den Kaufleuten, und er wusste, dass er ohne die Anerkennung durch seinen Vater dort keinen guten Stand hatte. Zudem war die Bigotterie seiner Haltung in der Tat nicht von der Hand zu weisen, wenn er sich seiner Ehefrau gegenüber schändlich verhielt. Er würde sich also fügen und bis dahin jedes Vergnügen auskosten, das sich ihm bot.

Als sich die Schneiderin mit einer ihrer Gehilfinnen unterhielt, sprach sie Deutsch, und die junge Frau antwortete im Kieler Zungenschlag. Unwillkürlich verspürte Arjen einen Anflug von Wehmut, so wie das stets der Fall war, wenn ihm heimische Vertrautheit begegnete. Er bereute keinen Moment, Lübeck verlassen zu haben, aber er konnte nicht verhehlen, dass er die Stadt vermisste. Daran änderte auch nicht, dass er sich gänzlich in das Amsterdamer Leben eingefügt hatte und dieses durchaus genoss.

Die Stadt war lebendig, das Leben pulsierte, und die Freiheit, die hier herrschte, wäre in Lübeck undenkbar gewesen. Allein der Umstand, dass Frauen allein auf die Straße durften, dass jeder seine Religion ausleben durfte – wenngleich nicht öffentlich, sondern nur geduldet –, sowie die kulturelle Vielfalt durch die Einwanderung aus allen Teilen Europas, all das faszinierte ihn stets aufs Neue. Die Mode unterschied sich nicht wesentlich von der, die er aus seiner Heimat kannte. Auch hier folgte man der spanischen Mode, die für Männer schwarzes Wams, ebensolche Pluderhosen, Strümpfe und die weiße spanische Krause vorsah. Sein Niederländisch war von seiner Muttersprache gefärbt, aber in einer Stadt, in der es viele Einwanderer zu etwas brachten, war das nicht ungewöhnlich. Er sprach fließend, und das war die Hauptsache.

Er ging ins Kontor, um sich der Buchhaltung zu widmen, wofür er viel Konzentration aufbringen musste, denn immer wieder kehrten seine Gedanken zurück zur geplanten Eheschließung. Unwillkürlich trat ihm das Bild einer spanischen Garrotte vor Augen, die sich zunehmend enger um seinen Hals schloss. Er wollte aufstehen, das Haus verlassen und einen ausgedehnten Spaziergang machen, um einen freien Kopf zu bekommen, aber daran war nicht zu denken. Dergleichen Disziplinlosigkeit verbat sich Hendrik Valckenberg strikt. Botengänge wären eine willkommene Gelegenheit gewesen, aber an diesem Tag standen offenbar keine an.

Arjen arbeitete den Vormittag durch und bat seinen Vater,

dem mittäglichen Essen fernbleiben zu dürfen, um spazieren zu gehen. Es wurde ihm gewährt, und so verließ er das Haus und trat auf die Straße. Von der Warmoesstraat aus ging er bis zum belebten Damrak. Die Stadt schien regelrecht aus den Nähten zu platzen, und als er die Stadtmauer erreicht hatte, sah er die Baracken, die in die Bögen des Mauerwerks gebaut waren und ganze Familien beherbergten. Die Häuser der Stadt wurden zum Teil höher, indem man das Dach anhob und sie aufstockte, soweit das Fundament es aushielt. Hier bewährte sich, dass in Amsterdam ebenso wie in Lübeck die Vorschrift galt, mit Stein zu bauen anstelle von Holz, da bei einem Brand das Feuer schneller auf ein Holzhaus übergriff und die Schäden verheerend gewesen wären.

Der Wohnraum war so knapp, dass sämtliche Grünflächen zugebaut wurden, sodass nur noch die Gärten der Reichen übrig blieben. Dabei war das Stadtgebiet bereits vergrößert worden, hatte sein Vater Arjen erzählt. Aber die Bevölkerung Amsterdams wuchs sprunghaft, und Arjen konnte das verstehen, denn die Stadt war für jeden, der es zu etwas bringen wollte, überaus reizvoll. Überdies waren nach dem Fall Antwerpens an die Spanier viele Menschen aus den südlichen Provinzen immigriert, was wiederum deren kaufmännisches Kapital in die Stadt brachte.

Er spazierte weiter in Richtung Hafen, wo sich auf dem *Plaetse*, dem davor liegenden Marktplatz, stets Menschen einfanden, die den davonsegelnden Schiffen hinterherwinkten. Bereits jetzt hörte Arjen das Pfeifen des Seewinds, in das sich das Hämmern und Sägen aus den Werften mischte. Eine unbeschreibliche Sehnsucht ergriff ihn und machte ihm die Brust eng.

»Oh, Henni, ich bitte dich«, hörte er eine Frauenstimme

rufen. »Lasst mir wenigstens den Blick auf die Schiffe, wenn ich schon selbst keines betreten darf.«

»Aber Euer Vater sagt …«

»Er wird nichts erfahren, wenn du ihm nichts erzählst«, fiel die junge Stimme der älteren ins Wort, und Arjen wandte sich um, erkannte die Tochter des Reeders, dem er vor einigen Wochen auf einer abendlichen Gesellschaft vorgestellt worden war. Das Mädchen trug ein dunkles Kleid, die schmale Mitte betont durch den ausladenden Rock. Ihr Kopf thronte auf der breiten Radkrause, die ihr eine aufrechte und stolze Haltung verlieh. Nun bemerkte sie ihn ebenfalls, und kurz runzelte sich ihre Stirn, als überlege sie, woher sie ihn kannte, dann glitt ein Lächeln über ihre Lippen.

»Meneer Valckenberg, seid gegrüßt.«

Nun war es ein Gebot der Höflichkeit, sich ihr zu nähern und den Gruß zu erwidern, wenngleich ihm die Begleitung der jungen Frau einen argwöhnischen Blick aus verengten Augen zuwarf, als befürchtete sie ein ungebührliches Interesse. Gerne hätte Arjen sie diesbezüglich beruhigt, denn das Mädchen interessierte ihn nicht im Geringsten. Nicht nur war sie ihm zu jung, er war überdies kein Narr, der sich mit den unbescholtenen Töchtern angesehener Männer einließ.

»Juffrouw van Klaaveren«, er neigte den Kopf, »es ist mir eine Freude.«

»Ganz meinerseits, Meneer.« Ihr Lächeln bekam etwas Keckes, und Arjen erwiderte es freundlich. »Zieht es Euch auch an den Hafen, um Euren Träumen nach fernen Ländern nachzuhängen?«

»Hin und wieder tut es das, aber heute wollte ich nur spazieren gehen.«

»Ich würde alles dafür geben, mit den Männern auf See zu

gehen«, erwiderte Marianna van Klaaveren. »Ich würde sogar mein langes Haar abschneiden und in Hosen steigen.«

»Juffrouw van Klaaveren! Was sind das für ungehörige Reden, die Ihr da schwingt!«, ließ sich die Begleiterin vernehmen.

»Ach, Henni.« Marianna van Klaaveren verdrehte die Augen. »Dass mein Haar lang ist, wird Meneer Valckenberg ohnehin, wenn nicht wissen, dann doch erahnen. Und Hosen sind auf See um so vieles praktischer. Sie wehen nicht hoch und entblößen …«

»Ihr vergesst Euch!« Die ältere Dame – Henni – blickte Arjen an, als sei dies ihm anzulasten. »Ihr bringt den Herrn in Verlegenheit«, sagte sie schließlich.

»Ach, ich finde, er wirkt nicht verlegen, sondern amüsiert«, entgegnete die junge Frau ungerührt.

In der Tat zuckte es um Arjens Mundwinkel, aber er gab sich Mühe, der Angelegenheit mit angemessenem Ernst zu begegnen.

»Was soll denn über Euch getratscht werden«, ereiferte sich Henni erneut, »wenn sich herumspricht, was für Reden Ihr schwingt?«

»Wer sollte das denn erzählen außer dir?«

Der Umstand, dass Arjen unter den Männern derart pikante Details weitertragen könne, kam ihr offenbar nicht in den Sinn. Ihrer Begleiterin jedoch schon, und diese taxierte Arjen mit verengten Augen.

»Ich befürchte, der Wind hat Eure Worte geschluckt, Juffrouw«, sagte er. »Was sagtet Ihr noch?«

»Sie sagte, dass sie gerne zur See möchte«, erwiderte Henni, »jedoch weiß, was sich gehört und wo ihr Platz ist.«

Er lächelte die junge Frau an. »Bitte entschuldigt mich«, sagte er und neigte den Kopf, »aber mein Vater erwartet mich zurück.«

Marianna van Klaaveren nickte nur, wofür ihre Begleiterin sie umgehend zurechtwies. »Der Herr ist nicht Euer Dienstbote. Verabschiedet Euch, wie eine Dame sich von ihresgleichen verabschiedet.«

Verabschiedet Euch, wie Ihr wollt, dachte Arjen, nur verabschiedet Euch endlich. Marianna van Klaaveren sah ihn an, als habe er sie auf irgendeine Weise enttäuscht, murmelte einen Gruß, den er nicht verstand und für den sie umgehend erneut getadelt wurde. Er wartete jedoch nicht darauf, dass sie sich würdevoller verabschiedete, sondern wandte sich um und machte sich auf den Weg nach Hause.

Offenbar hatte Jolanda van Aalkers auch erst an diesem Tag von ihrem geplanten Eheglück erfahren, denn anstelle des sonst so sonnigen Lächelns lag nun ein angespannter Zug um ihre Lippen, und die Wangen waren nicht rosig, sondern gerötet – ob vor Verlegenheit oder gar vor Zorn, vermochte Arjen nicht zu unterscheiden. Bei Tisch aß sie artig und gab wohlformulierte Antworten, wenn sie angesprochen wurde, aber weder sprach sie von sich aus, noch war ihr helles Lachen zu vernehmen, wenn jemand einen Scherz machte. Arjen fragte sich, ob das außer ihm jemandem auffiel. Lisa vermutlich, die mit Jolanda eine lose Freundschaft verband, aber ansonsten schien sich niemand daran zu stören. Vielleicht begrüßte man es sogar, dass diese junge Frau, die gerade dem Mädchenalter entwuchs, sich in so wohlerzogenes Schweigen hüllte.

Arjen lächelte sie hin und wieder aufmunternd an. Dass er dieser Eheschließung auch nicht gerade mit Begeisterung begegnete, musste er ihr ja nicht vor den Augen aller zu verstehen geben. Jolanda van Aalkers gab mit keiner Regung preis, dass sie die Geste bemerkte. Sobald sich ihre Blicke begegneten, senkte sie rasch die Lider und widmete sich, weiterhin stoisch schweigend, ihrem Essen.

Die Familie van Aalkers kam aus Antwerpen und war nach dem Fall der Stadt an die Spanier nach Amsterdam übergesiedelt. Die Antwerpener hatten nicht nur die Zuckerindustrie und das Diamantengewerbe in Amsterdam eingeführt, sondern auch die Seidenindustrie. Hendrik Valckenberg hatte die Zeichen der Zeit erkannt und genutzt, war von dem Handel mit Tuch und Damast auf Seide umgestiegen, hatte rasch die richtigen Kontakte geknüpft und sein Vermögen gemehrt. Arjen konnte verstehen, dass mit dieser Ehe aus Sicht beider Männer zusammenkam, was zusammengehörte. Jolanda war das einzige Kind und Alleinerbin des Seidenhandels der van Aalkers, Arjen der einzige Sohn und Haupterbe.

»Warum zeigst du Jolanda nicht den Garten?«, schlug Hendrik Valckenberg vor, und Gijsbert van Aalkers gab mit einem Nicken seine Erlaubnis, während Jolandas Mutter Arjen mit einem forschenden Blick musterte. Zweifelte sie an seinem Anstand? Gehorsam erhob Arjen sich, und auch Jolanda folgte der Aufforderung schweigend. Höflich bot Arjen der jungen Frau seinen Arm.

»Danke, Meneer, aber ich konnte bereits mit einem Jahr allein laufen.«

»Jolanda!« Ihre Mutter klang entsetzt. »Was ist das für ein Benehmen?«

»Auf ein Wort, Jolanda.« Gijsbert van Aalkers erhob sich, winkte seine Tochter zu sich und verließ mit ihr den Raum. Kurz darauf kamen sie zurück, Jolanda mit glasigen Augen und einer roten Wange. Arjen war das zutiefst unangenehm. Die junge Frau sah Arjen nicht an, nahm jedoch seinen Arm und begleitete ihn aus dem Salon. Ebenso wie ihm musste ihr klar sein, wie unausweichlich ihr Schicksal war, wenn man sie geradezu aufforderte, allein Zeit miteinander zu verbringen. Die Amsterdamer Mädchen und Frauen mochten freier in ihrem Benehmen sein als die Lübecker, aber gewisse Anstandsregeln galten auch hier.

Jolanda schwieg weiterhin, während er sie durch den Korridor führte. Sie gingen die Treppe hinunter und durch den langen Gang zur Hintertür, die direkt in den prächtigen Garten führte. Marmor gleißte in der Sonne, in einem mittig angelegten Brunnen floss Wasser aus Blütenkelchen, Rosen rankten an Spalieren, winzige weiße Blüten wirkten wie Schaumkronen entlang der Backsteinmauern, die den Garten umgaben. Arjen verstand nichts von Blumen, sie interessierten ihn schlicht nicht, und er hätte ein Schiff in wogender Gischt jedem blühenden Garten vorgezogen. Aber er wusste, wie gerne Sophie sich hier aufhielt, und offenbar ging es Jolanda ähnlich, denn sie wirkte nun entspannter, der Zug um den Mund wurde weicher, die Lippen öffneten sich kaum merklich.

»Ihr mögt Gärten?«, stellte er das Offensichtliche fest.

Augenblicklich schlossen sich die Lippen, wurden zu einer harten Linie. Wie anstrengend diese Abwehr doch war, dachte Arjen. Als hätte er diese Ehe gewollt. Er war ja nun wahrlich der Falsche, den es hier zu bestrafen galt. »Habt Ihr einen hübschen Garten?«, machte er einen erneuten Versuch.

»Ihr wart doch bei uns und dürftet ihn gesehen haben.«

Arjen senkte den Arm, sodass sie die Hand zurückziehen konnte. Es gab keinen Grund, hier draußen den Schein zu wahren, der Salon ging zur Straße hinaus. »Es tut mir leid, dass Euer Vater so ungehalten Euch gegenüber war. Hätte ich gewusst, was Euch blüht, hätte ich Euch meinen Arm nicht geboten.«

Das erstaunte sie offenbar, wie der Blick mit den leicht geweiteten Augen verriet, aber sie antwortete nicht, umschlang nur den Oberkörper mit den Armen, als friere sie in der Frühjahrswärme. Ihr Schweigen war ermüdend, doch Arjen wusste nicht, was er daran ändern sollte. Er würde hier nicht den Hofnarren für sie spielen, der fortwährend versuchte, sie zu unterhalten. Wenn sie nicht mit ihm reden wollte, sollte sie es lassen. Er konnte es nicht ändern, war ebenso in der Entscheidung ihrer beider Eltern gefangen wie sie.

»Wofür habt Ihr eine Vorliebe«, machte er dennoch einen erneuten Versuch.

»Interessiert Euch das wirklich?«

»Hätte ich sonst gefragt?«

»Möglicherweise seid Ihr nur höflich.«

»Nun, das ist mehr, als ich von Euch erwarten kann, nicht wahr?«

Sie hob die Brauen und wirkte nun sogar ein klein wenig belustigt, wenngleich sich dieser Eindruck sofort wieder in ernster Strenge verlor. »Ich lese nicht besonders gerne«, sagte sie schließlich. »Mathematik ist mir ein Gräuel. Nicht die besten Voraussetzungen für die Gemahlin eines Kaufmanns, möchte ich meinen.«

Arjen zuckte die Schultern. »Ich kann mir Schlimmeres vorstellen. Aber meine Frage war ja nicht, was Ihr nicht mögt, nicht wahr?«

»Nun, ich liebe die Malerei. Darin kann ich mich stundenlang verlieren. Ich könnte von morgens bis abends nichts anderes tun als Menschen beobachten und malen.«

»An Möglichkeiten soll es nicht scheitern.«

Jetzt lachte sie hell auf. »Denkt Ihr das wirklich, ja? Oder wollt Ihr mich nur milde stimmen.«

»Warum sollte ich das tun? Ihr könnt Eurem Schicksal ja ohnehin nicht entgehen, gleich, wie Ihr gestimmt seid.«

»Ebenso wenig wie Ihr. Aber Ihr habt dabei wenigstens noch Euer Vergnügen und müsst auf nichts verzichten. Aus der Situation heraus kann man leicht Versprechungen machen. Ihr werdet von mir dieselben Pflichten erwarten, die jeder Mann von seiner Ehefrau verlangt. Und selbst wenn Ihr nicht darauf besteht, so wird es Euer Vater tun.«

»Wir haben für jeden Handschlag Bedienstete. Und den Haushalt führt die Frau meines Vaters.«

Tiefrote Flecken traten auf ihre Wangen, und ihre Augen verengten sich. »Ach, Himmel, stellt Euch doch nicht so dumm. Ihr wisst genau, dass es nicht das ist, was von mir verlangt wird, sondern der Fortbestand des Namens. Warum wohl seid Ihr überhaupt hier, in dieser Position? Weil die Frau Eures Vaters – wohlgemerkt nicht Eure Mutter – trotz drei Mädchen diese Pflicht nicht hat erfüllen können. Kräftezehrende Schwangerschaften und Geburten, und am Ende wird ihr das Kind einer anderen vor die Nase gesetzt, wichtiger und wertvoller für den Bestand der Familie, als die drei prachtvollen Mädchen es sind. Und genau das werdet Ihr auch tun, wenn ich Euch nicht gebe, was Ihr erwartet.«

Dass sie so frei über dergleichen Dinge sprach, brachte Arjen in Verlegenheit. Das kannte er aus Lübeck nicht, da wäre es keiner Kaufmannstochter eingefallen, dergleichen zu äußern, erst recht nicht vor ihrem künftigen Gemahl. Er räusperte sich. »Nun, ich habe keinen Sohn, den ich Euch vor die Nase setzen würde.« Zumindest wusste er von keinem. Hoffentlich wurde er nicht eines Tages noch überrascht. »Und ob Ihr Kinder bekommt oder nicht, ist mir gleich.«

Sie lächelte spöttisch. »Ach was?«

Arjen war es ernst damit. Ihn interessierten mögliche Nachkommen nicht, erst recht nicht, ob es Mädchen oder Jungen waren. »Das Gerede der Leute ist mir gleich. Und auf Söhne gebe ich nichts.«

»Euch als Mann kann das ja auch gleichgültig sein. Aber man wird es mir anlasten. Eure Stiefmutter wird mir das Leben zur Hölle machen, und Euer Vater wird Wege suchen, Euch anderweitig zu einem Stammhalter zu verhelfen.«

Arjen seufzte und wollte das leidige Thema beenden. »Wenn ich Euch heirate, steht Ihr unter meinem Schutz.«

Das war ihr nur ein kurzes Zucken der Mundwinkel wert.

»Widmet Euch der Malerei oder wonach Euch sonst der Sinn steht. Mir ist es gleich. Ich kann aus der Verpflichtung ebenso wenig ausbrechen wie Ihr. Mehr als das kann ich Euch nicht anbieten. Solltet Ihr keine Kinder wollen, wird sich gewiss auch dafür ein Weg finden.«

»Und in dem Fall würdet Ihr Euch vermutlich eine Geliebte nehmen?«

»Hätte ich das Leben eines Mönchs für mich erwählt, wäre mein Weg ein anderer gewesen.«

Damit brachte er sie zum Lachen. »Eine Nonne möchte ich nicht sein, aber ich dachte mir schon oft, dass das Leben einer Witwe seinen Reiz hat. Die Pflichten wären erfüllt, und das restliche Leben führte ich in Freiheit.«

Er neigte den Kopf, musterte sie aufmerksam. »Seid Ihr womöglich eine Gefahr für mich?«

Ein kleines Lächeln nistete in ihren Mundwinkeln. »Wird Euer Leben nicht auf einen Schlag ungleich aufregender?«

»Sieht der junge Valckenberg nicht aus wie Jan Huygen van Linschoten?« Marianna ließ den Faden durch die Finger gleiten, während sie das Spinnrad mit leisem Klacken zum Laufen brachte.

»Er sieht aus wie ein Mann, der seine Zeit mit anderen Dingen verbringen muss, als den Schwärmereien eines ihm fremden Mädchens zuzuhören.«

»Ach, Henni.« Seufzend gab Marianna es auf. Sie sah zum Fenster, lauschte auf die Geräusche der Straße, die Fuhrwerke, die über das Pflaster rollten, die Stimmen der Menschen, das Gegreine kleiner Kinder. Wie sehr das Sehnen an ihr zehrte, dieser unbändige Wunsch, einfach hinauszugehen, sich in der Menschenmenge treiben zu lassen, auf den Markt zu gehen, zum Hafen – all das zu tun, wonach ihr der Sinn stand.

Sie sah zu Henni, die in der Trägheit des Nachmittags langsam wegdämmerte. Bald würde Marianna sich unbemerkt davonschleichen können. Ihre Anstandsdame hatte einen recht tiefen Schlaf, wenngleich diese stets behauptete, das leiseste Geräusch schreckte sie auf. Aber sobald der erste Schnarcher ertönte, wusste Marianna, dass sie gefahrlos aufstehen konnte. Selbst das Quietschen des Hockers, wenn sie sich darauf bewegte, und das Knarren der Holzdielen weckten sie nicht auf.

Kurz darauf huschte Marianna durch die Stube und trat hinaus auf den Korridor. Sie raffte ihr Kleid und lief die Treppe hinunter. Ihr Vater war in der Reederei und würde wohl erst abends zurückkehren. Als sie im Begriff war, zur Haustür zu laufen, hörte sie ein Murmeln, dann ein gedämpftes Stöhnen und hielt inne. Sie drehte sich um, aber hier war niemand. Die Geräusche kamen aus dem Empfangszimmer ihres Vaters im Erdgeschoss, dessen Tür nur angelehnt war. Diesen Raum zu betreten, war eigentlich verboten, das Personal durfte nur zum Reinigen hinein. Ansonsten hatte die Tür verschlossen zu bleiben. Marianna näherte sich leise dem Raum, hörte das atemlose Auflachen eines Mannes, in das sich das Stöhnen einer Frau mischte.

Als sie vorsichtig in den Raum lugte, sah sie das Dienstmädchen und ihren Hausdiener. Sie stand an die Wand gelehnt, das Kleid hochgerafft, während ihr Körper auf seinen Händen ruhte und ihre bloßen Beine um seine Hüften geschlungen waren. Seine Hosen waren runtergelassen, sodass sie um seine bestrumpften Beine auf dem Boden lagen, was Marianna die Schamesröte ins Gesicht trieb, während sein Körper sich heftig bewegte und immer wieder gegen den der Frau klatschte. Hastig zog Marianna sich zurück und zog in einem Impuls die Tür ins Schloss. Augenblicklich erstarben die Geräusche, und die Stimme der Frau klang nun erschrocken.

»Da ist jemand.«

»Das war der Wind«, stieß der Mann hervor.

»Nein, da …« Ihre Stimme erstarb, und Marianna rannte durch die Halle, riss die Haustür auf und trat auf die Treppe, die hinunter zur Straße führte. Eilig, als könnte sie damit dieses verstörende Bild verdrängen, ging sie in Richtung Hafen. Das Licht der nachmittäglichen Sonne glitzerte auf dem braunen Wasser der Gracht. War es das, was Henni meinte, wenn sie Frauen als »liederlich« bezeichnete? Marianna schlug das Herz so heftig, dass es ihr in der Brust schmerzte und das Blut in den Ohren rauschte. Sie wollte sich das nicht mehr vorstellen, musste aber immerzu daran denken. Und je vehementer sie den Gedanken von sich schob, umso hartnäckiger kehrte er zurück, die beiden aneinandergepressten Körper, das Stöhnen. Taten das alle Männer und Frauen miteinander, oder nur die liederlichen? Und was bedeutete dieses Ziehen in ihrem Unterleib bei dem Gedanken an die Szenerie?

Wann immer eine ihrer Cousinen oder Bekannten heirateten, taten sie so geheimnisvoll, kicherten oder verdrehten die Augen. Ihr Gedanke wanderte zu Jan Huygen van Linschoten, ihrem Wunsch, er würde ihr begegnen und sie wahrnehmen. In ihrer Vorstellung zeigte er ihr die Welt, legte den Arm um sie, und der Gedanke, wie er sie auf die Lippen küsste, kam ihr bereits so verwegen vor, dass sie stets einen heißen Kopf dabei bekam. Würde sie dergleichen mit ihm tun? Das leise lustvolle Pochen zwischen ihren Beinen trieb ihr die Schamesröte ins Gesicht, und sie schüttelte den Gedanken rasch ab.

Am Hafen angelangt, kühlte der Wind ihre Wangen, und der Geruch nach Teer, Fisch und Schlick weckte nun ein Sehnen in ihr, das nur zu stillen wäre, wenn sie endlich eines jener prachtvollen Schiffe besteigen dürfte. Kaum auszuhalten war es, dieses Verlangen danach, durch die Meere zu fahren, den Wind zu spüren, der gewiss anders schmeckte als der hier am Hafen. Sie wollte ferne Länder sehen, einen neuen Himmel, andere Sterne. Marianna beobachtete Boote, die Ladungen löschten, Matrosen, die schwere Säcke an Land hievten, Kaufleute, die elegant gekleidet beieinanderstanden mit all dem Selbstbewusstsein, das damit einherging, reich zu sein und ein Mann, dem die Welt offenstand.

Marianna war nicht die einzige Frau ihres Standes, die es neugierig an den Hafen zog, auch die eine oder andere Frau war hier in Begleitung ihres Mannes, Bruders oder ihrer Freundinnen und Verwandten. In dem Gedränge am Hafen fiel es nicht gar so sehr auf, dass sie allein war. Die Leute waren neugierig, welche Kostbarkeiten die einlaufenden Schiffe mit sich führten, während es Marianna gleich war und sie nur Augen für die Schiffe hatte und die Beiboote, die zwischen den Karavellen und den Kaimauern hin und her fuhren.

Als Reedertochter kannte sie den Aufbau der Schiffe, wusste, wo der Kapitän untergebracht war, wo die mitreisenden Kaufleute und Forscher ihr Quartier hatten, wo die Matrosen, die Schiffsjungen, die Offiziere. Was das anging, bot ihr ein Schiff – zumindest in der Theorie – nur noch wenig Geheimnisse. Aber sie wollte wissen, wie das Holz roch, die Wanten knarrten, wie es sich anhörte, wenn man im Innern des Schiffs war und das Wasser von außen dagegenschwappte, und welches Gefühl es war, wenn der Boden unter den Füßen dem Wellengang folgte.

Langsam lichtete sich die Menge, und Marianna stellte fest, dass die Schatten länger geworden waren. Seltsam, dass Henni noch nicht auf die Suche gegangen war. Normalerweise wusste sie recht zielgenau, wo sie ihren Schützling zu finden hatte. Für einen Moment war Marianna sogar besorgt. War ihr etwas zugestoßen? Hatte ein Fuhrwerk sie überfahren, während sie – zweifellos aufgebracht – durch die Straßen eilte? Eine Henni, die so achtlos war, vermochte sich Marianna jedoch nicht vorzustellen. Und wenn sie gar nicht wieder aufgewacht war? Marianna hatte von Menschen gehört, die mit zurückgelegtem Kopf schlafend an ihrer Zunge erstickt waren. Das wäre gewiss tragisch, aber in dem Fall musste sie wenigstens keine Schuldgefühle haben.

Das köstliche Gefühl neugewonnener Freiheit auskostend, ging Marianna am Hafen entlang, der im goldenen Licht der Spätsonne dalag. Schräge Sonnenstrahlen tanzten funkelnd auf den Wellen, und die Rufe, das Hämmern, das Rumpeln von Schubkarrenrädern wurden untermalt vom Plätschern des Wassers gegen die Mauern und Stege. Unwillkürlich fragte Marianna sich, was passierte, würde sie sich auf einem der Schiffe verstecken. Auf hoher See würde man sie wohl mitnichten einfach über Bord gehen lassen. Oder doch? Ihr fiel die Geschichte ein, die sie einmal über portugiesische Frauen gehört hatte, die dergleichen getan hatten. Man hatte sie bei nächster Gelegenheit an Land gebracht und für ihre Vermessenheit und ihr ungebührliches Verhalten ausgepeitscht. Aber die Portugiesen waren auch strenger als die Niederländer, war es nicht so?

Nun, da Henni sie nicht suchte, kam es Marianna geradezu verschwenderisch vor, die Freiheit mit so leichter Hand abzugeben und wieder nach Hause zu gehen. Und doch wäre es vernünftiger, denn man würde es gewiss zu ihren Gunsten auslegen, die Situation nicht ausgereizt zu haben. Langsam schlenderte Marianna den Damrak entlang, über den Dam und bog schließlich in die Singel ab, in der Absicht, dem ehemaligen Festungsgraben zu folgen, der in die Binnen-Amstel mündete. Von dort aus wollte sie schließlich – der Vernunft folgend – den Weg nach Hause einschlagen. Das Wasser des Kanals spiegelte den rötlichen Schimmer des Himmels, mit dem der Tag ausblutete.

Dass ihr zwei Männer folgten, wurde Marianna erst bewusst, als diese so dicht hinter ihr waren, dass es nicht anders als aufdringlich zu nennen war. Sie trat zur Seite, wollte sie vorbeilassen, aber sie blieben hinter ihr. Nun beschleunigte sie ihre Schritte und hörte, wie auch die Männer dies taten. Marianna hielt sich nicht für übermäßig ängstlich, aber nun wurde es ihr doch unheimlich.

Unwillkürlich schob sich einer der Männer näher an sie heran. »Wohin des Wegs so allein, meine Hübsche?«

Marianna beschleunigte ihre Schritte. Suchend sah sie sich um, ob ihr nicht jemand zu Hilfe kam, aber die Menschen waren dabei, ihr Tagewerk zu beenden, und außer dem einen oder anderen Blick erhaschte sie keine Reaktion. Eine Frau ihres Standes hatte hier in beginnender Dunkelheit nichts zu suchen, das war unmissverständlich. Vermutlich dachte man gar, es geschehe ihr recht, die Konsequenzen ihres leichtfertigen Handelns zu tragen. Was auch immer der Grund sein mochte, Marianna war auf sich allein gestellt. Die beiden Männer lachten und hielten mühelos mit ihr Schritt. Vermutlich hätten sie sie ohne Probleme eingeholt, aber sie schienen ihren Spaß daran zu haben, ihr zu folgen, während sie so schnell ging, wie es ihr ausladendes Kleid gerade noch erlaubte. Schließlich raffte sie ihr Kleid und wurde noch schneller, und sie hörte, wie die Männer lachten, während sie mithielten.

Als sie zu rennen begann, blieben sie hinter ihr, und vielleicht erweckte sie nun Aufmerksamkeit, aber sie hielt nicht lange genug inne, um sich davon zu überzeugen, ob ihr jemand zu Hilfe eilen wollte. Sie stolperte, und in ihrer Seite setzten Stiche ein, machten das Atmen mit jedem Zug schmerzhafter. Vor ihr tauchte die Amstel auf, und Marianna bog rechts ab und rannte in einen Mann, der strauchelte und sie an den Oberarmen packte, womit er verhinderte, dass sie beide stürzten. Sie blickte panisch auf, erkannte Hendrik Valckenberg, der erst sie ansah, dann an ihr vorbeiblickte. Sie wandte sich um und bemerkte, dass die beiden Männer ihr Tempo verlangsamt hatten, grinsten und langsam an ihnen vorbeispazierten. Sie waren gut gekleidet, wie Marianna jetzt feststellte. Sie selbst fühlte sich verschwitzt und war vollkommen außer Atem.

»Guten Abend, der Herr«, sagte einer von ihnen.

»Wurdet Ihr belästigt?«, fragte Hendrik Valckenberg an Marianna gewandt.

Diese nickte nur, weil ihr der Atem noch zu schnell ging zum Sprechen.

»Wir sind nur spazieren gegangen, als die junge Dame auf einmal losgerannt ist. Wir dachten, etwas stimme nicht, und sind ihr gefolgt, wollten Hilfe anbieten. Aber sie ist gelaufen, als wäre der Teufel hinter ihr her«, sagte einer der Männer.

»Es ist ja nun auch keine Stunde, zu der eine junge Dame allein auf den Straßen unterwegs sein sollte. Das könnte zu falschen Annahmen führen, welchem Zweck dieser Ausflug dienen könnte. Manch einer könnte denken, sie sei auf der Suche nach Bekanntschaften.«

Hendrik Valckenberg taxierte die Männer. »Nun, da die Dame fortgerannt ist, dürfte letztere Annahme wohl hinfällig sein. Euch zumindest wollte sie nicht kennenlernen.« Er verengte die Augen, als wollte er sich die Gesichter der Männer einprägen. Dann winkte er sie davon, beiläufig, als seien sie keiner weiteren Aufmerksamkeit wert. Marianna strich sich eine Haarsträhne aus der verschwitzten Stirn, und Hendrik Valckenberg reichte ihr ein Taschentuch.

»Es geht mich nichts an, wo Ihr wart«, sagte er, als die Männer fort waren. »Aber ich denke, Ihr habt Eure Lektion gelernt, nicht wahr?«

»Ich war doch nur spazieren.«

»Da gibt es gewiss Zeiten, die passender sind.«

»Sie haben gemerkt, dass ich Angst hatte, und sind mir die ganze Zeit über gefolgt.«

»Sie haben sich einen Spaß daraus gemacht, Euch zu erschrecken. Wären sie meine Söhne, wüsste ich, was ich mit ihnen tue. So jedoch kann ich nur Euch warnen, auf Euch achtzugeben.«

Sie nickte und tupfte sich mit dem Taschentuch das Gesicht ab. »Werdet Ihr meinem Vater von dem Vorfall erzählen?«

Hendrik Valckenberg lächelte. »Nein. Aber Ihr werdet es tun.«

HAMBURG, JULI 1597

Agnes hatte Bengt nie gemocht, aber mittlerweile hasste sie ihn regelrecht. Er thronte wie ein König in der Ruine, nahm ihnen mehr ab als Peer zuvor und strafte rigoros auch bei nichtigen Anlässen. So wie es ihm gerade passte. Immerhin ließ er Agnes in Ruhe, was vermutlich auch daran lag, dass diese ihm aus dem Weg ging, schweigend ihren Anteil ablieferte und nur zum Schlafen in die Ruine kam, die sie morgens in aller Frühe wieder verließ. Erst vor zwei Tagen hatte Bengt mehrere Kinder hinausgeworfen, die von plötzlichem Fieber befallen waren. Die Pocken wüteten mit fortschreitender Heftigkeit in der Stadt, und es gab keinen Tag, an dem man keine Bettler sah, deren Gesichter von weißen Pusteln übersät waren. Dass Bengt Angst hatte und versuchte, die Seuche fernzuhalten, konnte Agnes ihm nicht einmal verdenken. Sie selbst war ebenfalls nicht erpicht darauf, und Peer hatte kaum anders gehandelt. Wann immer es ihr möglich war, durchstreifte sie die Straßen und suchte ihn.

»Warum liegt dir so viel an diesem Kerl?«, fragte Thilo, als sie abends am Hafen saßen und die Beine von der Kaimauer baumeln ließen.

»Weil es ohne ihn schlimmer is.«

»Immerhin weißt du, dass er lebt. Und offensichtlich möchte er nicht zurück, sonst wäre er ja nicht über Nacht verschwunden.«

Agnes war wütend geworden, als sie erfahren hatte, dass Thilo ihn gefunden und dann wieder verloren hatte. Aber andererseits – was hätte er tun sollen? Ihn wieder in Fesseln legen? Und es stimmte ja, Peer schien nicht zurückzuwollen. Schlug sich vielleicht allein durch. Oder hatte sich irgendeiner Diebesbande angeschlossen. Es war sinnlos, weiter darauf zu warten, dass er Bengt in die Schranken wies, so war es eben, sie musste sich damit abfinden.

»Du kannst Albrecht mitnehmen«, sagte Thilo. »Ich darf ab heute Nacht im Verschlag beim Fischerhaus schlafen.«

»Hast endlich gefragt, ja?«

Er nickte, und sie war erleichtert, dass ihr die Sorge nun genommen war. Dass er Nacht für Nacht allein auf den Straßen nächtigte, hatte ihr stetig die Angst bereitet, sie könne ihn eines Tages tot in einer Gasse finden. Immer wieder hatte er gesagt, sie müsse nicht auf ihn aufpassen, aber Agnes wusste es besser. Er hatte immer noch keine Ahnung von den Gesetzen der Straße und geriet immer wieder in Schwierigkeiten. Es war zwar nie wieder so schlimm wie das eine Mal, als man ihn fast aufgeknüpft hätte, aber er schaffte es doch immer wieder, sich Probleme einzuhandeln. Einmal war er morgens mit heftigen Fußtritten geweckt worden, weil er im Hauseingang eines reichen Mannes genächtigt hatte. Wie man das nicht hatte erkennen können, war Agnes ein Rätsel. Vielleicht war es ihm in seiner Müdigkeit auch gleich gewesen, und er war nur froh, irgendwo liegen zu können, wo er einigermaßen geschützt gewesen war vor dem Regen. Er hatte froh sein können, dass ihn ein Dienstbote entdeckt hatte und nicht der hohe Herr selbst.

»Hättest du viel früher machen sollen«, sagte sie. »Hättest auch den Händler fragen können.«

»Fisch-Fiete hat gesagt …«

»Wen interessiert, was der sagt?« Agnes warf einen Stein ins Wasser und beobachtete, wie die Kreise sich vergrößerten und dann auflösten. »Hast ja gesehen, dass nichts passiert ist. Wenn du immer auf mich hören würdest, hättest du ein leichteres Leben.« Sie bemerkte, dass es um seine Mundwinkel zuckte, aber er widersprach nicht. Der Wind fuhr durch sein blondes Haar, das ihm offen auf die Schultern fiel, verfilzt und immer ein wenig ranzig vom Fischfett und dem Schlafen in den Gassen. Aber sein Gesicht war so schön, dass, wie Agnes immer wieder bemerkte, auch hochgeborene Frauen innehielten, um ihn anzusehen.

Agnes erhob sich und streckte den Rücken durch. Das schwindende Licht löste die Konturen des Hafens auf, und das Wasser wirkte ganz dunkel und spiegelblank. Für Agnes hatte es eine grausige Faszination, sich vorzustellen, wie man hineinfiel und in den Tiefen versank. Thilo hatte einmal angeboten, ihr schwimmen beizubringen, aber Agnes hatte unwirsch geantwortet, sie sähe keinen Sinn darin. Dass sie in Wahrheit schlicht und ergreifend Angst hatte bei der Vorstellung, die Füße nicht mehr auf dem sicheren Grund zu haben, würde sie ihm gegenüber niemals zugeben.

Albrecht kam angetrottet, und Agnes ging zu ihm, streichelte das struppige Fell. Mit einem leisen Pfiff bedeutete sie ihm, sie zu begleiten. Albrecht sah zu Thilo, aber als dieser keine Anstalten machte, darauf zu reagieren, schloss er sich Agnes an. Sie legte die Hand auf seinen Rücken, spürte das

Spiel seiner Muskeln, wenn er lief. Mit ihm zusammen kehrte sie zurück zur Ruine, wo Bengt in der Mitte thronte und die Kinder um ihn herumstanden. Alle drehten sich zu ihr um, als sie eintrat. Agnes sah sich Blicken ausgesetzt, die teils feindselig, teils triumphierend waren. Allen gemein war eine gespannte Erwartung, und Agnes ging augenblicklich in Abwehrhaltung.

»Was schaut ihr denn so dumm?«, herrschte sie die Runde an und war im Begriff, zu ihrem Lager zu gehen, als eines der Mädchen aufsprang und sich ihr in den Weg stellte.

Es war Hedda, Bengts derzeitige Favoritin, die mit ihm das Lager teilte und in Agnes von Anfang an eine Gegnerin gesehen hatte, was zutiefst lachhaft war, denn an nichts war Agnes weniger interessiert. Sie empfand ihn als geradezu abstoßend und würde niemals auch nur in die Nähe seiner Lagerstatt kommen.

»Geh mir aus dem Weg«, sagte sie und wollte sich an ihr vorbeidrängen, als Hedda sie an den Armen packte und festhielt. Leise, aber unüberhörbar grollte Albrechts Knurren durch den Raum.

»Hast die Töle wieder dabei?«, fragte Bengt. »Kann die nich endlich wer abstechen?«

»Ich mach das«, rief einer der Neuen, dessen Namen Agnes sich nicht gemerkt hatte, der aber beständig bemüht war, in Bengts Gunst zu steigen.

»Nein!«, rief sie scharf, doch der Junge ignorierte sie und näherte sich dem Hund mit einem gezückten Messer.

Agnes wollte sich schützend vor Albrecht stellen, aber Heddas Griffe um ihre Oberarme waren wie Eisenklammern, und überdies war sie deutlich größer. »Lass mich los!«, schrie sie und rang mit dem Mädchen. Als der Junge einen weiteren Schritt machte, sprang der Hund nach vorne und verbiss sich in Heddas Bein. Diese schrie auf und ließ Agnes los. Der Junge stürzte mit dem Messer nach vorne auf den Hund zu und Agnes sich ihrerseits auf den Jungen. Sie warf ihn zu Boden, spürte einen scharfen Schmerz, grub die Zähne in seinen Oberarm, woraufhin er wütend aufschrie.

»Stich das Vieh ab«, kreischte Hedda, doch Albrecht ließ bereits von ihr ab, lief zu dem Jungen, und im nächsten Moment schlossen sich seine kräftigen Kiefer um dessen Knöchel.

Jemand lief nach vorne, und Albrecht jaulte auf. Agnes fuhr hoch, sah, wie ein Junge nach ihm stach, und warf sich dazwischen. Wieder ein scharfer Schmerz.

»Lauf weg!«, schrie sie den Hund an, aber das treue Tier dachte gar nicht daran.

»Schluss jetzt!«, brüllte Bengt. »Ich sagte: Es reicht!«

»Halt sie fest, ich stech sie ab«, rief Hedda, und der Junge krallte die Hände um Agnes' Arme, drehte sie ihr auf den Rücken. Hedda hob das Messer.

»Runter damit, oder ich steche euch beide ab«, schrie Bengt.

Hedda hielt inne, und Albrecht kam jaulend auf die Beine, lief schwankend, und Agnes sah, dass er blutete. Sie wollte sich befreien, doch der Griff um ihre Arme war zu fest, und es fühlte sich an, als würden ihr die Schultern auskugeln.

»Und jetzt bringt diese Töle um«, befahl Bengt.

»Wenn er das tut, steche ich ihn im Schlaf ab«, schrie Agnes. »Ihn und jeden anderen hier.«

Albrecht knickte mit den Vorderläufen ein, und Agnes trat so heftig nach hinten, dass sie ein Knacken hörte. Der Junge ließ sie mit einem Schrei los, und sie lief zu dem Hund, schlang ihm die Arme um den Hals.

»Wenn du ihn töten willst, musst du erst mich töten.«

»Darf ich?«, fragte der Junge an Bengt gewandt.

Der grinste. »Es wird interessant. Was bietest du mir denn für das Leben des Hundes an? Teilst du mein Lager?«

»Bengt!«, rief Hedda.

Er ignorierte sie.

Agnes starrte ihn an. »Hast du keine Angst, ich kastrier dich im Schlaf?«

Die Umstehenden brachen in Gelächter aus, aber so leicht ließ Bengt sich nicht provozieren. »Willst du *danach* vielleicht gar nich mehr.«

Britt erschien in der Tür und erfasste die Situation mit einem Blick. Sie sah Agnes an, entdeckte den blutenden Hund und stieß einen Pfiff aus. Agnes ließ Albrecht los, und dieser erhob sich zitternd und wankte zur Tür. Hedda, die das Messer hielt, starrte Bengt an und machte keine Anstalten, einzugreifen, während der Junge mit dem anderen Messer nicht an Agnes vorbeikam. Als Agnes das nächste Mal zur Tür sah, war Britt mit dem Hund verschwunden. Sie atmete auf und sank zu Boden. Niemand schickte sich an, den beiden zu folgen, dafür sahen nun alle wieder sie an.

»Was glotzt ihr so dumm?«, wiederholte sie.

»Du«, Bengt zeigte auf sie, »hast mich bestohlen.«

»Red nich so dämlich daher.«

Bengt hielt eine Kette hoch, die ursprünglich Peer gehört hatte. Der hatte sie einem Kaufmann abgenommen – das zumindest hatte er prahlerisch erzählt. »Die lag versteckt in einer Wandritze in deinem Lager.«

Agnes lachte. »Wenn ich so blöd wär, hätt ich nich bis jetzt überlebt.«

»Wir haben jedes Lager durchsucht und sie am Ende bei dir gefunden.«

Agnes sah Hedda an, die zu ihrer alten Selbstsicherheit zurückgefunden hatte und den Blick grinsend erwiderte. »Wolltest sie wohl verkaufen.«

»Hast sie vermutlich selbst dort hingelegt.« Agnes erhob sich und wollte zu ihrem Lager. Erst jetzt bemerkte sie, dass sie verletzt worden war, einen Schnitt hatte sie am Arm, einen zweiten an der Hüfte. Es schmerzte und blutete heftig.

»Du weißt, wie so ein Vergehen bestraft wird.«

Ehe Agnes reagieren konnte, stürzten sich zwei Jungen auf sie und hielten sie fest. Sie wehrte sich verbissen, konnte aber nicht verhindern, dass sie ihr die Arme zusammenbanden und sie bäuchlings über eine Kiste in der Mitte des Raumes legten. Einer riss an ihrem Gewand und zerrte es ihr über die Schultern, bis ihr Rücken freilag. Jemand setzte sich auf ihre Beine, sodass sie sich nicht mehr bewegen konnte. »Ihr sollt mich loslassen!«, schrie sie. »Lasst mich los!«

»Zwanzig Hiebe. Und für jeden Schrei einen extra.«

Es surrte, dann klatschte der dünne Stock mit einem spitzen Schmerz auf ihren Rücken. Agnes schrie auf.

»Einundzwanzig«, sagte Bengt.

Beim nächsten biss sie die Zähne zusammen, beim darauffolgenden hegte sie Mordgedanken. Sie presste die Lider zusammen, konnte aber nicht verhindern, dass ihr irgendwann Tränen dazwischen hervorquollen.

»Die flennt!«, rief jemand, ein Junge lachte. Agnes würde es ihnen heimzahlen. Jedem Einzelnen von ihnen.

»Was ist passiert?« Thilo lief Britt entgegen, die einen sichtlich geschwächten Albrecht an der Seite hatte.

»Irgendein Aufruhr. Jemand ist mit einem Messer auf den Hund losgegangen.«

»Und Agnes?«

»Die wirkte, als könnte sie sich zur Wehr setzen. Als ich gekommen bin, war sie dabei, den Hund zu verteidigen. Ich weiß nicht, was da passiert ist.«

Thilo kniete sich vor Albrecht und nahm seine Verletzung in Augenschein. Der Hund jaulte leise auf. »Sch, mein Freund«, murmelte er. Er hatte keine Ahnung, was man in so einem Fall tat. »Ich wasche das Blut ab, dann sehe ich es besser.«

Sie gingen zum Brunnen, und Britt riss ein Stück von ihrem fadenscheinigen Gewand und reichte es ihm. Albrecht legte sich hin, und seine Brust hob und senkte sich, während Thilo versuchte, die Flanke so zu reinigen, dass er sehen konnte, wie tief der Schnitt ging. Das war nicht einfach angesichts des struppigen Fells. Britt war neben ihm in die Knie gegangen und streichelte zögernd den Kopf des Hundes. Sie hatte Respekt vor ihm, so wie jeder, und Thilo fragte sich, was passiert sein mochte, dass jemand den Versuch gewagt hatte, ihn abzustechen.

Aber die Frage konnte er sich nach kurzer Überlegung selbst beantworten. Unter Peer hätte das niemand gewagt, denn dieser erkannte den Nutzen des Hundes. Bengt jedoch hatte immer schon Angst vor ihm gehabt und daher offenbar die Gelegenheit genutzt. Aber hätten sie dann nicht gewartet, bis Agnes schlief? Und was war überhaupt mit Agnes?

»Ich muss zu ihr«, sagte er, aber dann besann er sich. Agnes hasste es, wenn ihr jemand zu Hilfe eilte. Und sie würde ihn schelten, weil er sich um sie und nicht um Albrecht kümmerte, dem es augenscheinlich sehr schlecht ging.

»Weiß nicht, ob du was machen kannst«, sagte Britt nun.

»Der Bengt lässt dann sein Rudel auf dich los. Der Agnes hilft's nich. Die passt auf sich selbst auf.«

Mittlerweile war die Wunde einigermaßen sichtbar geworden, aber Thilo konnte nicht erkennen, wie tief und schwerwiegend sie war. Immerhin gerann das Blut langsam an den Rändern. Aber wenn die Wunde brandig wurde, konnte er nichts tun. Thilo stand auf, und auch Albrecht kam zitternd auf die Beine und trottete mit ihm und Britt zu dem Fischerhäuschen. Das Innere bestand aus einem großen Raum, der mit Vorhängen unterteilt war. Ein Bereich gehörte dem Fischer, einem Vetter des Fischhändlers, für den Thilo arbeitete, und seiner Ehefrau, der andere seinem Sohn. Im Verschlag daneben – ein baufälliges Konstrukt aus zusammengenagelten Holzlatten – lagerte der Fischer seine Netze und Werkzeuge. Der Verschlag ließ sich nicht verschließen, zu oft schon war das morsche Holz aufgebrochen worden. Dass Thilo dort nun nächtigte, bot dem Fischer den Vorteil, dass er seine Gerätschaften nicht mehr in der Enge seiner Wohnstube lagern musste.

»Hast wieder das Riesenvieh dabei?«, fragte der Fischer freundlich, als Thilo mit Albrecht zum Fischerhäuschen zurückkehrte. Er saß mit einer Pfeife im Mundwinkel auf dem Boden davor, während seine Frau die Netze flickte.

»Kann der Albrecht bei mir bleiben?«, fragte Thilo.

Der Fischer verengte die Augen, sodass sie in dem Geflecht an Fältchen fast verschwanden. »Dachte, dass das klar is. Wer soll denn auf mein Zeug aufpassen? Vor dir hat doch keiner Angst.«

Thilo legte Albrecht die Hand auf den Kopf. »Danke«, sagte er nur und ging mit dem Tier zum Verschlag.

»Is der krank, oder was?«

»Jemand hat versucht, ihn zu erstechen.«

Der Fischer spuckte aus. »Lump. Ich hoff, der Hund hat ihn so gebissen, dass ihm die Glieder brandig abfallen.« Dann hob er den Kopf und sah zu seiner Frau. »Jördis! Bring mal die Salbe.« Er wandte sich wieder an Thilo. »Meine Frau hat eine Salbe aus Fischöl gerührt, kannst was haben für das Tier.«

»Ich danke Euch.«

Thilo ging mit Albrecht zum Verschlag, und Britt folgte ihm.

»Das Mädchen schläft hier aber nich. Is keine Herberge.«

»Ich hab mein eigenes Lager«, antwortete Britt – etwas zu patzig nach Thilos Dafürhalten.

»Dann is ja gut.« Der Mann paffte wieder an seiner Pfeife, und seine Frau erschien kurz darauf mit einem Holzdöschen, dem ein intensiver Gestank nach Fischtran entströmte. Thilo war in dieser Hinsicht bereits einiges gewohnt und wusste, dass auch er nach Fisch stank, doch das war selbst für ihn zu viel. Er dankte der Frau und ging in den Verschlag, wo er im schwachen Licht, das von der Tür her hereinfiel, die Salbe auftrug. In den Geruch nach Moder, altem Fisch und Schlick mischte sich nun jener der Salbe und nach Hund. Britt saß am Eingang und sah ihm zu, wie er Albrecht versorgte.

»Bist du in Schwierigkeiten«, fragte Thilo, »weil du ihn fortgebracht hast?«

Britt zuckte die Schultern. »Der kann mir gar nichts.« Schließlich stand sie auf. »Ich geh dann mal.«

Als Thilo zur Tür blickte und antworten wollte, war sie bereits fort.

Dieser Verschlag war ein Glücksgriff, und Thilo hoffte, dass er bleiben konnte. Längst ärgerte er sich, dass er nicht früher danach gefragt hatte, aber er hatte Fisch-Fietes Drohungen im Ohr gehabt, was ihm alles an Ungemach drohe, wenn sein Vater sie gemeinsam unterbrachte. Thilo hätte sich manchen Ärger ersparen können. Er war kein Kind der Straße und würde es niemals werden, gleich, wie sehr er es versuchte. Und er wollte es, verdammt noch mal, auch nicht. Was sein Vater wohl gesagt hätte, sähe er, wie sein verwöhnter Sohn in Wandnischen gekauert schlief, bewacht von einem Straßenhund? Vielleicht hätte er herzlich gelacht.

Es gab die Möglichkeit, in Zimmern unterzukommen, die wohlhabende Menschen den Armen zur Verfügung stellten, aber davor war Thilo zurückgeschreckt. Lieber nächtigte er auf der Straße als dicht an dicht mit allerlei Menschen, von denen er nicht wusste, wie viel lichtscheues Gesindel darunter war. Er hatte auch überlegt, ein Bett zu mieten, aber solange es warm genug war und er einigermaßen geschützt war vor Regen, wollte Thilo diese Ausgabe vermeiden und sparte. Immerhin musste er jetzt nicht mehr ein Viertel abliefern, sondern konnte alles behalten.

Einen Teil zahlte er dem Fischhändler, Sven Hunke, dafür wurde er mit verköstigt. Den Rest versteckte er. Dafür hatte er in mühsamer Arbeit eine Latte am Holzhaus des Händlers gelockert und das Geld dahinter versteckt. Er musste nur aufpassen, dass Fiete ihn nicht dabei beobachtete. Im Gegensatz zu Thilo wurde der nicht für die Arbeit bezahlt, weil es seine Pflicht und Schuldigkeit war, wie sein Vater immer wieder betonte. Er würde vermutlich keinen Moment zögern, Thilo um seine Ersparnisse zu bringen. Kurz hatte er überlegt, die Münzen im Verschlag zu verstecken, aber den durchsuchte Fiete gewiss. Dass Thilo einen so öffentlichen Platz als Versteck wählte, würde er wohl kaum vermuten. Hoffentlich erlebte er da keine böse Überraschung. Fiete haderte mit seinem Leben und würde jede Gelegenheit nutzen, um zu Geld zu kommen und fortzugehen.

»Hat mich nie jemand gefragt, ob ich so'n scheiß Fischhändler werd'n will«, hatte er einmal zu Thilo gesagt.

Der Verschlag war winzig, lag voll mit Netzen und allerlei Kram. Thilo schmiegte sich dicht an Albrecht, spürte, wie dessen Flanke sich hob und senkte. »Stirb mir bloß nicht weg, mein Freund«, sagte er. »Wenn ich das zulasse, wird Agnes mich umgehend hinterherschicken.«

Thilo erwachte aus einem Traum, in dem er wieder im Haus seines Vaters gewesen war und einem Streit lauschte. Er saß oben auf der Treppe und hörte, wie der Mann lautstark schimpfte, hörte die Schreie seines Vaters, dann die seiner Mutter, spitz und schrill. »Thilo! Thilo!«

Es brauchte einen Moment, ehe ihm klar wurde, dass die Stimme nicht in seinem Traum war, sondern unmittelbar neben ihm. Er fuhr auf, aber zwei kräftige Hände drückten gegen seine Schultern. »Ich bin es, Britt.«

Das Herz schlug ihm so heftig, dass es ihm in der Kehle schmerzte. »Grundgütiger, ich bin fast zu Tode erschrocken.«

Sie presste ihre Lippen auf seine, und er war zu verblüfft – und auch irritiert –, um zu reagieren. Ihre Zungenspitze schob sich zwischen seine Lippen, und ihre Hände glitten unter sein Gewand, streichelten seine Haut, fuhren über seinen Bauch, nestelten am Bund seiner Beinkleider. Er reagierte unmittelbar und wurde hart, wollte sich leicht von ihr wegdrehen, wie er es immer tat, wenn er auf Agnes' Nähe reagierte und sich dafür schämte. Aber das ließ Britt nicht zu und drängte sich enger an ihn. Dann hielt sie inne, abwartend, und zögernd streckte Thilo die Hand aus, ertastete ihr Gesicht mit den scharf vorstehenden Wangenknochen. Er berührte ihren Hals, streichelte ihre Schulter, schob das grobe Gewand leicht zurück. Britt richtete sich auf, und er spürte, wie sie sich bewegte, dann beugte sie sich wieder über ihn, und jetzt fühlte er nur noch ihre Haut. Er war so erregt, dass es ihm den Atem in raschen Stößen über die Lippen trieb. Als sie behutsam an den Verschnürungen seiner Kleidung zupfte, kam er ihr zu Hilfe, zerrte daran, löste ungeduldig Knoten und hörte das leise Ratschen, als Stoff einriss. Er spürte ihre Hände um seine Hüften, und als sie sich rittlings auf ihn setzte und ihn in sich aufnahm, konnte er keinen klaren Gedanken mehr fassen, hörte das Blut dröhnend in den Ohren rauschen, während sie sich auf ihm bewegte. Der Rausch steigerte sich in schwindelerregender Schnelligkeit und entlud sich so heftig, dass Thilo kurz glaubte, ihm würden die Sinne schwinden.

Britt bewegte sich hastiger, stöhnte leise, dann glitt sie von ihm hinunter, umfasste sein Gesicht, küsste ihn. Schließlich stand sie auf, und Thilo hörte das Rascheln von Kleidung. Mit einem Klacken öffnete sich die Tür, und kühle Luft strömte in den Verschlag. Danach fiel sie wieder ins Schloss, und Thilo lag allein in völliger Finsternis. Neben ihm atmete Albrecht mit leisem Schnaufen in die Stille hinein.

»Siehst käsig aus«, sagte Agnes, als sie morgens zu ihm an den Fischstand kam, wo Thilo Fässer mit gepökeltem Fisch für den heutigen Markttag ablud.

»Du siehst selbst nicht gerade aus wie das blühende Leben«, antwortete er. Tatsächlich wirkte Agnes elend. Sie war immer schon hohlwangig gewesen, aber jetzt waren ihre Augen so dunkel umschattet, dass sie wirkten, als lägen sie tief in den Höhlen. Und ihre Stimme hatte nichts von ihrer üblichen Festigkeit, war vielmehr müde und brüchig. Besorgt musterte er sie. War sie womöglich krank? Am Vortag hatte sie noch ganz gesund gewirkt.

Sie fiel neben Albrecht auf die Knie und umarmte den Kopf des Hundes. »Warum ruht er nich beim Fischerhaus aus?«

»Er hat sich nicht davon abhalten lassen, mitzukommen.«

Agnes nickte. »Is vielleicht besser so. Ihn nich allein lassen, wenn er sich nicht wehren kann.«

Thilo hielt mit der Arbeit inne. »Ist wirklich alles gut, Agnes?«

Sie blickte auf, und jetzt erkannte er in ihrem Blick die Agnes, die ihm vertraut war. »Klar. Oder denkst du, mir kann einer was?«

»Natürlich nicht.«

»Die Britt hat es abbekommen.«

»Was meinst du?« Thilo hielt in seiner Arbeit inne und sah sie an. »Ist ihr etwas passiert?«

»Bengt war wütend, weil sie sich eingemischt hat. Da hat er sie verdroschen, als sie zurück war. Is aufgesprungen und hat ihr mit der Faust ein paar gelangt.«

Thilo wurde ganz kalt. »Und jetzt?«

»Nichts jetzt. Sie is wieder auf den Straßen unterwegs.« Agnes zuckte die Schultern.

»Scheint dir ja recht egal, wenn man bedenkt, dass sie Albrecht gerettet hat.« In ihrem Gesicht zuckte es, und sie senkte den Blick wieder auf den Hund. »Die kann auf sich selbst aufpassen.«

Langsam erhob sie sich und wollte gehen, aber Thilo hielt sie am Arm fest. »Möchtest du etwas essen? Ich kann …«

»Ich brauch keine Almosen.« Wütend riss sie sich los, und Thilo glaubte, es in ihren Augen schimmern zu sehen, aber sie wandte sich bereits ab, noch ehe er so richtig wusste, ob er sich geirrt hatte. Dann sah sie ihn noch einmal an. »Ich muss wissen, wo Peer is.«

Thilo stöhnte auf. »Immer noch? Er ist fort, verschwunden, vielleicht – nein, wahrscheinlich – für immer. Wenn er gefunden werden wollte, wäre er nicht bei Nacht fortgegangen, ohne ein Wort zu seinem Verbleib.«

»Vielleicht is er auch schon lange tot, und du hast dir die Geschichte ausgedacht, um mich zu beruhigen.«

»Rede keinen Unsinn.«

»Heda!«, rief der Händler Sven Hunke, der in just diesem Moment auftauchte. »Arbeiten, Bursche. Sag deiner Schwester, sie soll entweder anpacken oder sich verziehen.«

Agnes entschied sich für Letzteres und war im nächsten Moment im Gewirr der Stände verschwunden. Mit ihr Thilos Beutel, in dem er Brot und Käse verwahrt hatte. Er lächelte und fuhr mit der Arbeit fort. Dann musste er an Britt denken, und sein Lächeln erstarb. Er wusste nicht recht, wie er ihr begegnen sollte. Er hatte mit Frauen noch keine Erfahrungen gemacht – sah man von dem Dienstmädchen ab, mit dem er in Kiel kokettiert hatte. Gehört hatte er von Freunden, die damit geprahlt hatten, wie sie Huren beschliefen, leichte Mädchen und Dienstmädchen. Er war neugierig darauf gewesen und nur zu bestrebt, es ihnen gleichzutun und Erfahrungen zu sammeln.

Das hier jedoch war etwas anderes. Britt war kein leichtes Mädchen, sie war wie er und Agnes. Sie hatte mit ihm schlafen wollen, und er hatte sich nur zu gern darauf eingelassen. Aber was hieß das? Galt das auch unter Straßenkindern etwas? Oder war es nur ein Moment sinnlicher Freude, die man am kommenden Morgen vergaß? Wäre er ein Schuft, wenn er beim nächsten Mal, wenn er sie sah, so tat, als sei alles wie immer?

»Träum nicht«, befahl Sven Hunke ihm. »Was is heut los mit dir?«

Thilo beeilte sich, den getrockneten und gepökelten Fisch an Stangen zu hängen, und war gerade rechtzeitig fertig, als Fiete erschien und der Markttag begann. Weil Fiete immer eher schlecht als recht seine Aufgaben erfüllte, blieb das meiste an Thilo hängen. Ihm machte das nichts aus, und Sven Hunke hatte längst bemerkt, dass Thilo mit Zahlen umgehen konnte und nicht zu befürchten stand, er könne übervorteilt werden. Fiete beschränkte sich darauf, ein wachsames Auge auf den Fisch zu haben, Katzen zu verjagen und dann und wann einen Stein nach einem zu vorwitzigen Straßenhund zu werfen.

Ein Kaufmann – Thilo hatte seinen Namen vergessen und wusste nur, dass er Niederländer war – näherte sich. »Wie immer in aller Frühe als Erster am Stand?«, fragte er freundlich in stark gebrochenem Hamburger Zungenschlag.

»Wohl dem, der früh sein Tagewerk aufnimmt.«

»Meinen Burschen hat's dahingerafft. Und nun stehe ich da und muss mich um das Verschiffen meiner nächsten Ladung kümmern. Da wollte ich fragen, ob Ihr mir einen Eurer Jungen für heute ausleihen könnt. Am besten einen, der auch flink im Kopf ist.«

»Na, da nehmt Ihr den Fiete lieber nicht.«

Thilo hielt inne, bemerkte, wie Fiete seinem Vater einen bösen Blick zuwarf.

»Nimm den Blonden, der hat's im Kopf. Der andere leider nur in den Armen.«

Fietes Kiefer mahlten sichtlich, und Thilo wünschte nicht zum ersten Mal, Sven Hunke würde nicht so verächtlich von seinem Sohn sprechen, das brachte diesen nur weiter gegen Thilo auf.

»Dann geh, Junge«, sagte der Fischhändler. »Lass es dir nur gut entlohnen von dem Pfennigfuchser.«

»Soll nicht zu seinem Nachteil sein.« Der Niederländer nickte Thilo zu. »Dann los, es wartet eine Menge Arbeit auf uns.«

Albrecht erhob sich mühsam, doch Sven Hunke sagte: »Lass die Töle ruhig hier. Hält mir das Gesindel vom Stand fern.«

Dass Albrecht in seinem Zustand überhaupt jemanden fernhielt, bezweifelte Thilo, aber da der Hund so matt war, war es ihm recht, dass er hier liegen konnte. Thilo bedeutete ihm zu bleiben. Dann wischte er sich die fischigen Hände an einem Stück Jute ab, was vergebens war. Dem Niederländer war diese Geste offenbar nicht entgangen, aber er sagte nichts. Als sie jedoch am Hafen ankamen, wo die Handelskontore lagen, deutete der Niederländer mit dem Kinn in Richtung Brunnen. »Wasch dich, ehe du in die Nähe meiner Waren kommst.« Er taxierte ihn. »Ich geb dir Kleidung von meinem Burschen. Du kannst nicht in mein Kontor, wenn du riechst wie etwas, das die Katze vom Hafen anschleppt.«

Thilo ging zum Brunnen und wusch sich, so gut es ging. Dann folgte er dem Niederländer zum Kontor.

»Warte hier«, sagte dieser und trat allein ein. Kurz darauf kam er zurück und reichte Thilo Kleidung. »Zieh das an, ist von meinem Burschen.«

Thilo ging um die Ecke und zog sich rasch um. Die Beinkleider waren zu kurz, die Ärmel ebenfalls, aber die Sachen waren sauber, und allein das war ihm gänzlich fremd geworden. Hoffentlich gab er sie dem Kaufmann nicht voller Flöhe zurück. Er wickelte seine eigenen Kleidungsstücke zu einem Bündel, das er mit sich nahm. Der Kaufmann jedoch untersagte ihm, es in das Kontor zu bringen.

»Lass es draußen liegen. Wenn einer diese stinkenden Lumpen klaut, behältst du das, was du trägst. Ich ziehe es dir dann einfach vom Lohn ab.«

Großartig, dachte Thilo. Er hatte bereits gehört, dass die Niederländer überaus gewiefte Kaufleute waren, aber das überstieg alles, was er in Kiel und im Umfeld seines Vaters kennengelernt hatte.

»Wie heißt du, Junge?«

»Thilo.«

»Und weiter?«

Thilo zuckte die Schultern.

»Einer von den Jungen, der seinen Vater nicht kennt?«

Er zögerte. Sie war tot, es tat ihr nicht mehr weh, und doch konnte er seine Mutter nicht so schmähen. »Er war ein Kaufmann, und jetzt ist er tot. Meine Mutter auch.« Sollte der Niederländer da hineindeuten, was er wollte.

»Hamburger Kaufleute?«

»Meine Mutter war eine einfache Frau«, begann er. »Meinen Vater habe ich jahrelang nicht gesehen, nur einmal, kurz vor seinem Tod. Er war kein Hamburger. Ich habe in Kiel gelebt.« Nichts davon war gelogen. Thilo vermied es, zu viele Lügen anzuhäufen, da vergaß man irgendwann, wem man welche Geschichte erzählt hatte, und verzettelte sich in dem Lügengeflecht.

Der Mann nickte und wirkte nun verständnisvoll. »Leider sind viele Männer sehr nachlässig damit, wo sie ihren Samen verteilen. Du hättest es besser haben können.«

Oh ja, dachte Thilo, wenn du wüsstest. Schweigend nickte er.

»Mein Name ist Pieter van Creits. Ich bin aus Antwerpen.«

Eine Erinnerung an jene verhängnisvolle Nacht im Haus seines Vaters flackerte auf. *Der Niederländer … Das wagt Ihr nicht!* Kurz schloss Thilo die Augen, öffnete sie wieder, als könne er die Erinnerungen wie Sand aus den Augen blinzeln.

»Junge? Ist dir nicht gut?«

»Doch, es ist nichts.«

Der Mann betrachtete ihn aufmerksam. »Hattest du schon etwas zu essen?«

»Nein, also doch, schon. Ein Stück Brot hatte ich, und dann …« Den Rest hatte Agnes.

Der Kaufmann drückte ihm eine Münze in die Hand. »Geh und hol dir eine heiße Pastete von dem Stand da vorne.«

Vermutlich würde er ihm auch das vom Lohn abziehen, dachte Thilo.

»Das Essen zahle ich dir«, fuhr Pieter van Creits fort, als hätte er seine Gedanken gelesen. »Aber denk nicht, dass ich ein weichherziger Trottel bin, ich handle aus reinem Eigennutz, ich möchte nicht, dass du mir zusammenbrichst und ich alles allein machen muss.«

»Verstehe.« Thilo erwarb eine fleischgefüllte Pastete, und als er hineinbiss und ihm die würzige Füllung auf der Zunge zerging, kamen ihm die Tränen. So etwas hatte er seit Jahren nicht gegessen. Das Beste, was er bekam, war die fade Fischsuppe, die ihm der Händler vorsetzte, und ab und zu ein Stück Käse. Vielleicht sollte er sein Geld hin und wieder für eine solche Köstlichkeit ausgeben, aber Thilo hatte Größeres vor.

»Satt?«, fragte Pieter van Creits, als er zu ihm zurückkehrte und ihm das restliche Geld gab, das der Kaufmann so sorgsam zählte, als sei Thilo keinen Fußbreit über den Weg zu trauen.

»Ja. Habt vielen Dank.«

»Dank mir, wenn du den arbeitsreichen Tag überstanden hast. Kannst du rechnen?«

»Ja. Ebenso wie lesen und schreiben.«

Der Mann hob die Brauen. »Na, was du nicht sagst. Dann fangen wir mal an. Ich handle mit Triep, Saye und Caffa. Weißt du, was das ist?«

Thilo schüttelte den Kopf.

»Saye ist Tuch aus langhaariger, nicht gewalkter Wolle, das leichter ist als die schweren Wolltücher, die hierzulande hergestellt werden. Triep ist ein samtartiger Stoff, der halb aus Seide und halb aus Leinengarn besteht. Caffa, nun, Caffa ist ein Stoff, der ähnlich ist wie Samt und bei dem Seide mit Wolle verwebt wird. Eure Hamburger Geistlichkeit möchte die Caffamacher am liebsten aus der Stadt jagen, denn sie sind fast allesamt Mennoniten.« Der Mann lachte. »Aber sie bringen Geld, viel Geld, und daher sind den Geistlichen die Hände gebunden. Du siehst, Junge, was wahrhaft die Stadt regiert. In der Herstellung von Saye, Triep und Caffa sind wir Niederländer unschlagbar und absolut konkurrenzlos.«

Die Niederländer und ihr Tuchhandel … Thilo dachte an seinen Vater, dachte an jene Nacht. Vielleicht lag ja hier die Lösung für alles.

AMSTERDAM, OKTOBER 1597

Sein Vater hielt Wort und diktierte Arjen keine lange Verlobungszeit auf. Im Grunde genommen war ihm das nur recht, denn wenn schon kein Weg an dieser Ehe vorbeiführte, konnte es auch einfach und schnell über die Bühne gehen. Getraut wurden sie in der Kirche, sprachen ihre Worte, mit denen sie einander lebenslange Treue schworen, ehe Arjen Jolanda den Ehering auf den Finger schob und ihre kühlen Lippen küsste. Danach ging es zur Feier in das Haus Valckenberg.

Sein Schwiegervater gab sich jovial, die Schwiegermutter redete und lachte etwas zu laut, als hätte sie dem Alkohol stärker zugesprochen, als es angemessen war. Jolanda war eine hübsche Braut, das musste Arjen einräumen. Und sie war pragmatisch. Dass sie diese Ehe nicht gewollt hatte, daraus hatte sie Arjen gegenüber während ihrer kurzen Verlobungszeit nie ein Geheimnis gemacht. Aber nun saß sie hier, unterhielt sich mit ihren Freundinnen, lächelte, sprach den Speisen zu und schien auch ihm gegenüber einigermaßen aufgeräumt.

Als es auf Mitternacht zuging, gab ihm sein Vater zu verstehen, dass es Zeit für ihn sei, sich mit seiner Braut zurückzuziehen. Obwohl klar gewesen war, dass der Moment kommen würde, war es Arjen unbehaglich, seine Frau – es fühlte sich ungewohnt an, sie so zu nennen – von ihren Freundinnen wegzulotsen und ihr zu verstehen zu geben, dass nun der Moment ehelichen Beisammenseins gekommen war. Es war das erste Mal an diesem Tag, dass die Maske duldsamer Freundlichkeit von Jolandas Miene abfiel und sie einen Anflug von Angst erkennen ließ. Auch das noch, dachte Arjen.

»Komm«, sagte er und bemühte sich um ein freundliches Lächeln. »Ich kann gut darauf verzichten, dass uns zotige Witze folgen. Und ich nehme an, du auch. Geh die Treppe hoch in das zweite Obergeschoss und warte dort. Ich komme gleich nach.«

Das tat sie, und in der Tat schien niemand etwas zu bemerken. Niemand außer Hendrik Valckenberg.

»Du willst die Leute um das Vergnügen bringen, euch zu verabschieden?«

»Ganz recht. Ich mochte diesen Brauch schon nicht, als ich selbst Gast bei Hochzeiten war.«

Sein Vater sah ihn kurz prüfend an und zuckte dann die Schultern. »Mir soll es recht sein, es ist deine Hochzeit. Wenn du dich davonstehlen willst, nur zu.«

Arjen verließ die große Stube und eilte die Treppe hinauf, sah Jolanda im Korridor stehen und warten. »Komm.« Er deutete in die Richtung, in der ihr Zimmer – vormals sein alleiniges – lag. Er ließ ihr den Vortritt und verriegelte die Tür hinter sich. Jolanda sah sich um, ging zum Fenster, dessen Läden verschlossen waren. Dann zuckte ihr Blick zum Bett, und Arjen bemerkte am Heben ihrer Brust, dass sie den Atem anhielt und ihn langsam wieder ausstieß.

»Also gut«, sagte sie schließlich, »bringen wir es hinter uns.«

Das war jetzt nicht ganz so, wie er es sich vorgestellt hatte.

Er ging durch den Raum zu dem Kabinettschrank, öffnete ihn und entnahm ihm eine Karaffe mit Wein. Dann schenkte er ein Glas ein und reichte es ihr. Zögernd griff sie danach und musterte ihn nachdenklich.

»Denkt Ihr, es sei besser, wenn ich benommen bin?«

»Nein, ich denke, Ihr solltet es genießen.«

Sie schenkte ihm ein sprödes Lächeln. »Genießen? Dass Ihr über meinen Körper verfügen dürft, während unten alle zweifellos darüber spekulieren, wie es hier gerade zugeht und wie Ihr Euch meine Jungfräulichkeit nehmt?«

»Ich nehme mir nichts.«

Mit leicht schief gelegtem Kopf sah sie ihn an. »Also wenn ich mich verweigerte, würdet Ihr das durchgehen lassen?«

Er stieß ein Seufzen aus und schenkte sich nun ebenfalls ein Glas ein. »Ja, gewiss doch. Ich werde Euch nicht auf das Bett werfen und vergewaltigen.«

»Kein Mensch würde von einer Vergewaltigung sprechen, wenn ein Mann sich seiner Ehefrau bedient.«

»Und doch wäre es eine, nicht wahr? Und ich bediene mich gewiss nicht an Euch – was für ein Ausdruck. Wenn Ihr es nicht freiwillig tut, dann lasst es.«

»Ihr sucht Euch dann anderweitig Euer Vergnügen.«

»Wie ich schon sagte, ich habe nicht vor, wie ein Mönch zu leben.«

Wieder dieses Lächeln, dieses Mal etwas offener. »Ich … Nun, ich bin durchaus neugierig und nicht gänzlich abgeneigt. Allerdings nicht, wenn alle darauf warten, dass wir es tun.«

»Und wenn wir es nicht tun, werden sie doch denken, wir hätten es.«

»Das ist mir gleich, weil ich es besser weiß.«

Wieder seufzte Arjen. »Also gut, verschieben wir es.«

»Wenn es Euch nichts ausmacht.«

Das tat es durchaus, denn es war nun einmal Brauch, die Ehe zu vollziehen. Andererseits – wer wusste schon davon? Sie waren ja offiziell verheiratet, und was in diesem Raum geschah, bekam niemand mit. »Soll ich Euch trotzdem aus dem Kleid helfen?«

Jetzt zögerte sie, und wieder flackerte eine diffuse Angst in ihrem Gesicht auf.

»Ich bin durchaus imstande, Euch zu entkleiden, ohne daraus einen Überfall zu machen.«

Nach kurzem Zaudern nickte sie und begann, ihr Obergewand aufzuschnüren. In der Stille des Zimmers war zu hören, wie sie die Schnüre durch die Ösen zog, das leise Rascheln des Stoffes. Arjen fand trotz allem, dass es etwas Sinnliches hatte, wie sie sich entkleidete, und er trat zu ihr, half ihr mit dem Kleid. Sie ließ ihn gewähren, doch er bemerkte, wie ihr die Röte vom Hals her in die Wangen stieg. Als ihr Unterkleid folgte, vertiefte sich das Rot, und sie hielt den Blick gesenkt.

Arjen spürte, wie sein Verlangen nach ihr erwachte, als sie nackt vor ihm stand, und er hoffte, sie bemerkte es nicht. Vermutlich würde es sie ängstigen, und möglicherweise würde sie sogar an seiner Zurückhaltung zweifeln. Er ging zu dem Stuhl mit der hohen hölzernen Lehne, über der ein weißes Nachthemd aus Batist hing. Als er es ihr reichte, zog sie es rasch an und ließ es über ihren Körper gleiten. Dann schlüpfte sie ins Bett und zog die Decke über sich. Arjen entkleidete sich ebenfalls, blies die Kerzen aus, die in der Halterung an der Wand neben dem Bett angebracht waren, und legte sich hin.

Mit geschlossenen Augen lag er da, wollte einschlafen, während gedämpfte Stimmen und Musik der Feiernden zu ihm drangen. Er glaubte bereits, Jolanda wäre eingeschlafen, da hörte er Schluchzer, die klangen, als würden sie in einem Kissen erstickt. Sie bemühte sich offenbar sehr, dass er nichts mitbekam, und Arjen widerstand dem Impuls, tröstend die Hand nach ihr auszustrecken. Ihm gegenüber hatte sie sich abgeklärt gegeben, und wenn sie wüsste, dass er hörte, wie sie in der Stille ihres Bettes weinte, würde sie sich vermutlich bloßgestellt fühlen. Er wollte diese Ehe auch nicht, aber er hatte sich gefügt. Für ihn änderte sich im Grunde genommen auch nicht viel, er blieb in seinem Zuhause, ging seinen Aufgaben nach wie bisher und schlief nachts lediglich nicht mehr allein.

Für sie jedoch war es etwas komplett anderes, sie musste ihr Elternhaus verlassen, lebte nun hier in diesem ihr fremden Haushalt zwischen Menschen, die sie allenfalls oberflächlich kannte. Sie lag im Bett mit einem Mann, den sie bisher nicht einmal geküsst hatte, und sie wusste, dass es nur eine Frage der Zeit war, bis sie sich ihm auch körperlich hingeben würde, weil sie ihn nicht dauerhaft hinhalten konnte. Arjen würde nichts von ihr erzwingen – wenn sie nicht wollte, gab es andere Möglichkeiten, auf seine Kosten zu kommen, aber das wusste sie, und vermutlich wollte sie es nicht. Überdies würde ihr nicht erspart bleiben, Kinder zu gebären, und Arjen konnte sich gut vorstellen, dass ihr diese Aussicht Angst einjagte. Er wusste, dass viele Frauen im Kindbett starben, zudem hatte er oft die Schmerzensschreie gebärender Frauen bis auf die Straße gehört.

Endlich verebbte das leise Weinen, die Atemzüge wurden langsam ruhiger. Arjen hörte, wie die Feier immer ausgelassener wurde. Er lag mit geschlossenen Augen da, vernahm Jolandas Atem, der nun gleichmäßig geworden war. Offensichtlich schlief sie. Schließlich glitt er selbst in den Schlaf.

Als Arjen die Augen aufschlug, fiel Licht durch die Lamellen der Fensterrahmen. Für die Dauer eines Lidschlags schien alles wie immer, ehe es ihm einfiel. Er war verheiratet – offiziell zumindest. Er drehte sich um, sah die schlafende Jolanda, sah die Brüste, die sich unter dem durchscheinenden Nachthemd abzeichneten. Die dunklen Spitzen auf den weichen Rundungen, die sich sacht hoben und senkten. Zwischen ihren Schlüsselbeinen war eine kleine Kuhle, in der Arjen ein leichtes Pulsieren bemerkte. Ihr Haar hatte sie aufgesteckt belassen, und es hatte sich zum Teil gelöst, sodass einzelne Strähnen ihr Gesicht umrahmten. Sie war wirklich sehr hübsch, dachte er. Neunzehn Jahre alt war sie, ein Alter, in dem Arjen an alles gedacht hatte, aber nicht daran, zu heiraten.

Weil er nicht wollte, dass sie die Augen aufschlug und ihn dabei erwischte, wie er sie anstarrte, erhob er sich und ging zum Waschtisch. Der Boden war kühl unter seinen Füßen, und das blasse Licht malte kleine Sprengsel auf die Dielen. Arjen schüttete Wasser aus der Karaffe in die Schüssel und wusch sich das Gesicht, reinigte die Zähne mit einem Holzstäbchen, das sein Vater bei einem syrischen Händler gekauft hatte und das nach dem Schälen der Rinde borstig wie eine Bürste wurde. Dazu sonderte es einen Saft ab, dem eine reinigende Wirkung zugeschrieben wurde. Als er sich das Gesicht abgetrocknet hatte, bemerkte er eine Bewegung im Bett.

Er drehte sich um, lächelte Jolanda an, die sich aufrichtete und das Haar aus dem Gesicht strich. »Guten Morgen«, sagte er, ging zum Fenster, öffnete es und schüttete das gebrauchte Wasser nach draußen. Dann leerte er die Karaffe in die Schüssel und trat zurück, bedeutete ihr, dass er ihr den Waschtisch überließ. Sie stand auf, zupfte Nadeln aus ihrem Haar, löste Spangen, sodass ihr die blonde Fülle über die Schultern fiel.

»Soll ich Eure Zofe kommen lassen?«

Sie nickte nur.

»Ich ...« Er zögerte, wusste nicht, ob es ungehörig war, am Morgen nach der Hochzeit ohne die Ehefrau beim Frühstück zu erscheinen. Aber dann entschied er, dass ihm das gleich war. »Möchtet Ihr allein sein, während Ihr Euch wascht und anzieht?«

»Ja, bitte.« Sie wirkte nicht ganz so selbstsicher wie am Abend zuvor, vermutlich weil es schwer war, diese Fassade fortwährend aufrechtzuerhalten.

Er öffnete seine Kleidertruhe und zog sich an. Schwarz gekleidet mit weißem Koller, weißen Strümpfen unter den gefütterten knielangen Pluderhosen und einer weißen Halskrause, ging er zur Tür und nahm ein Glöckchen, das neben der Tür auf einem Tischchen stand. Kurz darauf erschien der Hausdiener, und Arjen schickte ihn nach der Zofe der jungen Mevrouw van Aalkers. Auch dies war etwas, woran Arjen sich gewöhnen musste – es gab keinen gemeinsamen Familiennamen, seine Frau behielt den ihren. Das Mädchen kam kurz darauf, sah erst Arjen neugierig an, dann zuckte ihr Blick zum Bett, und sie errötete. Arjen überließ sie ihren Spekulationen und verließ das Zimmer. Im Korridor war es kalt, und er beeilte sich, in das Speisezimmer in der ersten Etage zu kommen.

Auf dem Tisch standen Käse, ein Brett mit kross gebackenem Brot, ein Krug Wein, Butter und Schinken. Offenbar hatte die Familie bereits gefrühstückt, und man hatte ihm den Platz überlassen, um mit seiner Ehefrau in trauter Zweisamkeit zu essen. Arjen schenkte sich Wein ein und wartete auf Jolanda, um ihr die Verlegenheit zu ersparen, allein am Tisch zu sitzen.

Er trat mit dem Glas ans Fenster und sah hinaus auf die belebte Straße. Es war still im Haus, als wären alle ausgegangen, was zu dieser frühen Stunde ungewöhnlich wäre. Vermutlich saß seine Stiefmutter mit seinen Schwestern in der großen Wohnstube. Als es ihm langweilig wurde, hier zu sitzen und auf Jolanda zu warten, verließ er das Speisezimmer und sah zur Treppe, aber sie war noch nicht zu sehen. Am Ende des Korridors befand sich das Arbeitszimmer seines Vaters, in dem er ihm bei ihrer ersten Begegnung Rede und Antwort hatte stehen müssen. Stimmen drangen hinaus, offenbar hatte sein Vater Besuch.

»Wir sind führend im Ostseehandel geworden. Unsere Art, zu handeln und zu wirtschaften, hat uns einen enormen Vorteil eingebracht gegenüber den alten Hansestädten.«

Das verdankten sie, wie Arjen wusste, den kleineren und wendigeren Schiffen, die im Vergleich zu früher deutlich weniger Besatzung erforderten. Er trat näher und vernahm nun die Stimme seines Vaters. »Mittlerweile hat die niederländische Handelsflotte das Volumen der transportierten Waren gegenüber der Hanse mehr als verdoppelt. Der Ostseehandel hat die Provinz Holland und Amsterdam zu einer neuen Blüte geführt, und wir sollten alles daransetzen, dass es weitergeht, dass mehr Geld fließt und wir zu noch mehr Reichtum gelangen. Die Zeiten waren nie günstiger als jetzt.«

»Nun, die Belagerung durch die Spanier …«, hörte Arjen eine dritte Stimme sagen.

»Die spielen keine Rolle«, ging sein Vater dazwischen. »Die belagern die Niederlande schon so lange, und inzwischen haben wir uns erfolgreich zur Wehr gesetzt. Sie mögen einen Teil weiterhin besetzt halten – und das ist hoffentlich nur eine Frage der Zeit –, aber an unseren Handelsbestrebungen konnte das bisher nichts ändern.«

Arjen überlegte, ob er sich zu den Männern gesellen sollte,

entschied sich jedoch dagegen. Er wusste nicht, wann Jolanda hinunterkommen würde, aber er wollte nicht, dass sie allein im Speisezimmer saß. Als er sich gerade abwenden wollte, hörte er Schritte auf der Treppe, und kurz darauf trat Jolanda in seinen Blick. Sie trug ein schwarzes steifes Miederleibchen mit einer tief angesetzten Taille, Manschetten an den Ärmeln und einem großen runden Kragen. Die schmalen Ärmel waren direkt an den Schultern wattiert und wirkten breiter. Der dunkelgrüne Rock war goldbestickt, und die Unterröcke raschelten beim Gehen. Arjen lächelte anerkennend, und die Anspannung wich von ihrem Gesicht, und sie erwiderte das Lächeln.

»Ihr steht im Korridor und wartet auf mich?« Sie schien ihren halbspöttischen Ton wiedergefunden zu haben, der, wie Arjen mittlerweile vermutete, ihr Rüstzeug war.

Anstelle einer Antwort machte er eine galante kleine Verbeugung und reichte ihr den Arm. »Ich weiß, Ihr könnt seit Eurer Kindheit allein gehen, aber ich hoffe, Ihr gebt mir keinen Korb.«

»Wenn Ihr so höflich bittet.«

»So formell?«, hörte Arjen die Stimme seines Vaters und drehte sich um. »Ich dachte erst, ich hätte mich geirrt und dass ihr unmöglich schon so früh wach sein könnt.«

»Ach«, antwortete Jolanda, »ich schlafe nie lange. Und leider musste sich Euer Sohn meinen Wünschen fügen, wenngleich er gewiss liegen geblieben wäre.«

Hendrik Valckenberg schien entzückt, und Arjen freute sich, dass sie offenbar den richtigen Ton seinem Vater gegenüber angeschlagen hatte. Obwohl es nicht der Wahrheit entsprach, schwieg er, lächelte sogar, was sein Vater anerkennend zur Kenntnis nahm. Diese Ehe, dessen war sich Hendrik Valckenberg offenkundig gewiss, war die richtige Entscheidung gewesen, und wenn Arjen zeigte, dass er dies zu würdigen wusste, war das ihrem Verhältnis zueinander gewiss zuträglich.

»Ah, das junge Brautpaar«, kam es nun aus dem Raum, und Arjen erkannte Daan van Klaaveren, den Reeder, mit dem sein Vater hin und wieder zu tun hatte. »Ich hoffe, die bedeutsame erste Nacht im fremden Haushalt hat Euch schöne Träume beschert«, sagte er freundlich zu Jolanda.

»Ich erinnere mich nicht mehr an meine Träume.«

»Na, das will ich doch hoffen, dass Ihr Euch erinnert oder neue schafft«, entgegnete Daan van Klaaveren, was Jolanda wieder ein Lächeln entlockte.

»Vermutlich kam das Kind nicht ausreichend lange zum Schlafen, um sich an dergleichen zu erinnern«, sagte ein ihm unbekannter Mann, der nun das Arbeitszimmer verließ. »In meiner Hochzeitsnacht habe ich meiner Frau keinen Moment der Ruhe gegönnt.«

Arjen bemerkte, dass Jolanda den Blick senkte und Röte in ihre Wangen stieg. »Ihr bringt meine Ehefrau in Verlegenheit«, entgegnete er ohne einen Anflug von Freundlichkeit. »Wenn Ihr uns entschuldigen wollt, Vater«, er neigte den Kopf, »wir haben noch nichts gegessen.«

»Wir waren auch gerade auf dem Weg in den Speisesaal«, entgegnete Hendrik Valckenberg. »Aber natürlich wollen wir euch nicht mit langweiligen Gesprächen über Schiffe und Handel langweilen.«

»Oh, bitte«, sagte Jolanda, »leistet uns Gesellschaft. Ich weiß nicht viel über Handel zu sagen, aber ich höre gerne zu.«

Wieder hatte sie das Richtige gesagt, und wieder erntete sie ein Lächeln von seinem Vater. »Nun, meine Herren, Ihr habt es gehört.« Er deutete mit der Hand zum Speisezimmer.

Arjen ging mit Jolanda, deren Hand immer noch auf seinem Arm lag, voran, die Männer folgten. Höflich rückte er ihr einen Stuhl zurecht und ließ sich dann ebenfalls am Tisch nieder. Sein Vater läutete mit der Glocke im Korridor, und kurz darauf erschien das Hausmädchen, um Krüge mit Bier aufzutragen. Außerdem sollte sie Oliven bringen, Trauben und mehr Brot und Käse.

»Meneer van Klaaveren hat uns seine neue Fleute gezeigt, die demnächst vom Stapel laufen wird«, erzählte Hendrik Valckenberg, als er sich am Tisch niederließ.

Diese neue Art von Frachtschiff verfügte über eine einfache Segelkonstruktion und kam mit noch weniger Besatzung aus, was die Fahrten insgesamt günstiger machte.

»Was ist der Vorteil dieses Schiffes im Gegensatz zu den bisherigen?«, fragte Jolanda.

»Als Frau muss Euch das nicht kümmern«, sagte der Fremde. »Stellt Fragen zu Dingen, die Euch etwas angehen.«

»Ihr habt meiner Ehefrau nicht den Mund zu verbieten«, entgegnete Arjen.

»Und Ihr habt Gäste Eures Vaters nicht so unhöflich anzugehen«, ranzte der Fremde ihn an, ehe er sich an Hendrik Valckenberg wandte. »Ist das der Ton, der nun in Eurem Haus herrscht?«

Hendrik Valckenberg lehnte sich zurück, die Arme auf die seitlichen Lehnen gestützt, die Fingerspitzen aneinandergelegt. »Meneer Breekhuist, ich empfinde es als unhöflich, wenn ein Gast meiner Schwiegertochter in *meinem* Haus über den Mund fährt. Ich möchte wahrhaftig nicht hoffen, dass dies nun der Ton ist, der hier herrscht. Vielleicht möchte Meneer van Klaaveren die Frage beantworten?«

Der Fremde schwieg – offenkundig verstimmt.

»Eine Fleute benötigt weniger Baukosten. Aber ihr größter Trick liegt woanders. Ihr Oberdeck ist sehr schmal, was von Bedeutung ist, da die Dänen den Sundzoll durch den Öresund nach der Größe des Decks berechnen. Meine Tochter hat mich seinerzeit auch gefragt, wo denn der Vorteil läge, wenn man dadurch womöglich weniger Waren transportieren könnte. Da könne man ja gleich ein kleineres Schiff wählen, sagte sie. Aber unterhalb des Decks wird die Fleute wesentlich breiter. Wir haben also ein kleines Deck, das uns Steuern spart, aber einen großen Frachtraum.« Er lächelte, und kleine Fältchen wurden um die Augen sichtbar.

»Bis vor einigen Jahren«, fuhr Hendrik Valckenberg an Jolanda gewandt fort, »waren wir hier in Holland und Zeeland noch nicht an dem einträglichsten Handel beteiligt, weil uns das Kapital fehlte. Aber erst der Handel mit Luxusgütern bringt wahrhaftigen Reichtum.«

»Dass es nun anders ist, verdanken wir in gewisser Weise den Spaniern.« Der Fremde schien gute Miene zum bösen Spiel machen zu wollen und hatte seine joviale Stimmung wiedergefunden.

Das Dienstmädchen trat ein und stellte eine schwer beladene silberne Platte auf dem Tisch ab. Nachdem sie sich vergewissert hatte, dass sonst nichts mehr gewünscht wurde, ging sie wieder. Die Männer griffen nach den Krügen, während Jolanda Wein aus einem Kelch trank.

»Die Spanier«, fuhr der Fremde fort und hob den Krug, als wollte er einen Trinkspruch auf Jolanda aussprechen, »haben dafür gesorgt, dass Männer wie Euer Vater nach Amsterdam kamen – Kaufleute aus Antwerpen.«

»Damit hat sich erfüllt, was uns Wilhelm von Oranien vor siebzehn Jahren prophezeit hat«, nahm Daan van Klaaveren den Satz auf. »Damals hat er gesagt, Amsterdam würde erblühen und alle anderen Städte übertreffen.«

Arjen stellte fest, dass Jolanda nun auch dem Essen zusprach. Sie schien sich zu entspannen, wirkte wieder wie die junge Frau, die er kennengelernt hatte. Vielleicht war ihre Selbstsicherheit ja doch keine mühsam aufgeklebte Fassade, sondern ihr Selbst, in das sie sich kleidete und das sie nur abstreifte, wenn sie Angst hatte und sich allein fühlte. Die Aufmerksamkeit der Männer schien ihr zu gefallen – ohne jede Koketterie. Offenbar war sie klug und mochte es, wenn dies bemerkt und anerkannt wurde.

Dass die Niederlande sich seit nunmehr nahezu dreißig Jahren in einem Krieg mit Spanien befanden, konnte man im blühenden Amsterdam durchaus hin und wieder vergessen. Aber die Unabhängigkeit war ein fragiles Gut und musste wieder und wieder verteidigt werden. Im letzten Monat war Moritz von Oranien mit über tausend Kavalleristen und mehreren tausend Mann Fußvolk von Den Haag aufgebrochen. Es galt, die niederländische Stellung am Niederrhein im Münsterland zu stärken, nachdem die Spanier in diesem Gebiet mittlerweile zahlreiche Städte besetzten und von dort aus militärische Operationen starteten. Aus diesem Grund war es schon vor einigen Jahren notwendig gewesen, eine militärische Festung im Herzogtum Kleve zu errichten, am Zusammenfluss von Waal und Rhein. In Rheinberg hatten die Spanier bereits kapituliert, in Moers brauchte es eine zehntägige Belagerung, bis die Spanier abzogen – und das, obwohl sie die Stellungen vorab verstärkt hatten.

»Wird Groenlo fallen?«, fragte Arjen. »Es hieß, ein spanisches Entsatzheer wurde ausgeschickt.«

»Die Stadt ist stark befestigt«, antwortete Daan van Klaaveren. »Vor zwei Jahren musste bereits eine Belagerung abgebrochen werden.«

»Mein Vater«, entgegnete Jolanda, »sagte, das sei eine taktisch kluge Entscheidung gewesen. Sonst hätte alles in einer blutigen Schlacht geendet.«

»Da hat er nicht unrecht. Ich habe gehört, die Stadt wird nun fortwährend mit Artilleriegeschossen angegriffen«, sagte Meneer Breekhuist. »Die Möglichkeiten scheinen sich für Moritz zum Besseren gewendet zu haben. Und man baut bereits Galerien, um die Gräben zu überwinden.«

»Sie beschießen die Stadt mit glühenden Kugeln.« Hendrik Valckenberg schenkte erneut Bier und Wein ein. »Die Schäden, die solche Geschosse anrichten, sind verheerend. Die Spanier werden die Stadt nicht mehr lange halten können.«

Sie alle hoben ihre Krüge, Jolanda ihr Glas, und Arjen, der an brennende Häuser dachte und an all die Menschen darin, folgte zögernd. *»Je maintiendrai«*, sagte Hendrik Valckenberg. Es war der Wappenspruch des Prinzen von Oranien. *Ich werde mich behaupten.*

»Ich weiß beim besten Willen nicht, was sich Euer Vater dabei denkt, Euch weiterhin umhergehen zu lassen, wie es Euch beliebt. Vor allem nach dieser Ungeheuerlichkeit, die Ihr ihm gebeichtet habt.«

Es waren stets dieselben Worte, mit denen Henni sie tadelte, seit Marianna von den beiden Kerlen verfolgt worden war. Sie hatte es ihrem Vater erzählt, weil sie keine andere Wahl gehabt hatte. Sonst hätte er es von Hendrik Valckenberg erfahren, der durch alles Bitten nicht davon abzubringen gewesen war, dass

Daan van Klaaveren von dem Vorfall erfahren müsse. Als Marianna es ihm am Abend schließlich erzählt hatte, war dieser ganz ruhig geblieben, hatte sie prüfend gemustert und gefragt, ob sie die Herren erkannt habe. Auf ihr Verneinen hin hatte er wissen wollen, ob sie sie wiedererkennen würde, wenn sie ihr auf einer Feier begegneten. Das hatte sie zögernd bejaht. Eine Strafe hatte sie nicht bekommen, und auch keinen Hausarrest.

»Meneer van Klaaveren«, hatte Henni gesagt, die – zufällig! – in dem Moment vorbeigekommen war und nicht anders gekonnt hatte, als es zu hören. »Wir leben in unruhigen Zeiten. Sollte Juffrouw van Klaaveren nicht besser ihre Zeit beschützt im Haus verbringen? Anstatt auf den Straßen eine Versuchung für junge Herren zu sein?«

»Nun, es steht den *jungen Herren* frei, zu Hause zu bleiben, wenn sie sich gar zu versucht fühlen«, hatte Daan van Klaaveren entgegnet.

»Die Straßen sind unsicher.«

»Weil dergleichen Männer sie dazu machen. Wenn die Anständigen nun alle zu Hause bleiben – wer bestimmt dann den Ton?«

»Das werden ohnehin nicht die Frauen sein, warum sollten sie also ohne Not hinausgehen? Ich sage nicht, dass die Juffrouw keine Freundinnen mehr besuchen darf, aber soll sie wirklich ohne Sinn und Zweck draußen herumlaufen? Soll sie nicht lernen, wo ihr Platz ist?«

»Es hat dann einen Sinn und Zweck, wenn es ihr Wunsch ist. Und nun möchte ich kein weiteres Wort mehr hören. Ich schätze, was du für meine Tochter tust, Henni. Aber ich bin nicht bereit, dergleichen Dispute mit dir zu führen. Offenbar muss nicht nur meine Tochter daran erinnert werden, wo ihr Platz ist.«

Henni war daraufhin rot angelaufen und hatte sich entschuldigt. Sie nahm Marianna die Sache sehr übel und hatte in den nächsten Tagen nurmehr sehr frostig mit ihr gesprochen. Marianna, die ihre ehemalige Amme durchaus mochte, hatte das bedauert und war froh gewesen, als Henni zu ihrer normalen bärbeißigen Freundlichkeit zurückgefunden hatte.

An diesem Vormittag hatte Marianna das Haus verlassen und war spazieren gegangen. Allerdings hatte Henni es bemerkt und sich beeilt, ihr zu folgen. Jetzt ging sie über die belebte Warmoesstraat, entlang an den Häusern, die mit der Rückseite zur Amstel standen. Hier wohnte der junge Kaufmann, der aussah wie van Linschoten, nur ohne den Bart. Er hatte am Vortag geheiratet, sie war mit ihrem Vater auf seiner Hochzeit gewesen, aber er hatte sie nicht einmal bemerkt. Es war ja auch geradezu töricht, etwas anderes anzunehmen. Ein Bräutigam hatte nur Augen für seine Braut, so gehörte sich das, auch wenn es Marianna wider alle Vernunft enttäuschte.

Frei herumlaufende Gänse schnatterten, eine schnappte nach Mariannas Kleid, und sie ging eilig weiter, dann schoben sich bereits andere Menschen zwischen sie und die Tiere. Zwischen den Häusern roch es nach Torf. Sie kam an der Oude Kerk vorbei zum Grimburgwal und von dort aus in die Kalverstraat, wo der Viehmarkt abgehalten wurde. Henni wedelte mit der Hand vor der Nase, als könnte dies den strengen, scharfen Geruch vertreiben, der in der Luft hing. »Grundgütiger«, schimpfte sie. »Ist das ein Ort, wo sich die Tochter eines angesehenen Mannes aufhalten sollte?«

Auf dem Dam, wo sich der Markt für Milch, Käse und Butter befand, blieb sie vor einigen Ständen stehen. Henni verscheuchte Fliegen und beschwerte sich, dass es nach Mist und vergorener Milch stank. Einmal wäre sie auf dem schlammigen

Boden fast ausgeglitten, fing sich aber noch, indem sie sich an einem Stand festhielt und beinahe drei Käselaibe zu Boden gerissen hätte. »Oh, Herr steh uns bei!«, schrie sie erschrocken.

»Na, na«, rief ein grobschlächtiger Mann, der rasch einen Schritt nach vorne tat und sie mit einer Hand stützte und mit der anderen den Käse an Ort und Stelle hielt.

Henni befreite sich mit einem Ruck und ordnete ihre Röcke, wobei sie das Kinn würdevoll hob. Marianna bedankte sich an ihrer Stelle.

»Das war sehr unhöflich«, sagte sie im Weitergehen.

»Der Halunke hat es doch nur auf meinen Geldbeutel abgesehen.«

»Ach, Henni.« Marianna seufzte.

»Ihr habt keine Ahnung von der Welt, von den Menschen und den Männern insbesondere. Sehen die einen Vorteil, nehmen sie ihn sich, auch wenn er aus dem Zufall des Augenblicks geboren ist und anderen zum Schaden gereicht.«

Sie gelangten an den Damrak, wo Arzneien, Obst und Gemüse verkauft wurden. Am Hafen wurden auf den Schleusen Fische angeboten, und die Rufe der Händler gingen unter im Schlagen der Hämmer auf Ambosse, wenn die Nägel in Holz getrieben wurden, im lauten Stimmengewirr, in geschrienen Befehlen, im Kreischen kleiner Kinder, die Fangen spielten und von ihren Kindsmägden und Müttern kaum gebändigt werden konnten.

Nun schlug Marianna den Weg zur Werft ein, wo das Schiff ihres Vaters demnächst vom Stapel laufen sollte. Bald wäre es so weit, und sie wollte es endlich mit eigenen Augen sehen, hatte sie doch bereits so viel davon gehört. Ihr Vater war bei Meneer Valckenberg, sagte, er habe Geschäftliches zu besprechen, und während Henni schimpfend hinter ihr herging, ihr klarzumachen versuchte, dass eine junge Dame nichts – und das könne sie nicht deutlich genug sagen! –, wahrlich nichts auf einer Werft verloren hatte.

»Euer Vater hat gesagt …«

»… dass ich nicht zu Hause herumsitzen muss, wenn mir nicht der Sinn danach steht«, warf ihr Marianna über die Schulter zu.

»Er meinte damit Spaziergänge, wie es sich geziemt für eine Dame Eures Standes.«

»Mein Vater kennt mich recht gut, und ich kann dir versichern, er weiß sehr wohl, dass ich nicht mit gezierten Trippelschritten kurze Wege laufe.«

In der Werft roch es nach heißem Teer und Holz, ein Geruch, den Marianna in tiefen Zügen einsog. Großer Gott, dachte sie, dieses Schiff. Die Männer, die für ihren Vater arbeiteten, bemerkten sie und neigten höflich den Kopf. Es war jedoch nicht sein Vorarbeiter, der auf sie zukam, sondern jener Mann, mit dem sie ihn hin und wieder gesehen hatte – Jan van der Hijden. Er war wie alle Herren seines Standes in elegantes Schwarz gekleidet, trug eine weiße Halskrause und einen schwarzen, steifen Filzhut. Er verzichtete auf jede Art von Schmuck, trug keine langen Ketten, keine gestickten Verzierungen, was zu seinem asketisch anmutenden Aussehen passte.

»Juffrouw van Klaaveren«, sagte er mit ruhiger Stimme, die Hände hinter dem Rücken verschränkt. »Was für eine unerwartete Freude, Euch zu sehen. Euer Vater sagte nichts von einem Besuch.«

»Weil er nichts davon weiß«, antwortete Henni an Mariannas Stelle. »Wir wollen den hohen Herrn auch nicht länger stören und gehen jetzt nach Hause.«

Marianna ignorierte sie und sah zu dem Schiff. »Ist sie das? Die Fleute?«

Ein Lächeln zuckte über Jan van der Hijdens Mund. »In der Tat.«

»Wie wird sie heißen?«

»Wisst Ihr nicht, dass es Unglück bringt, den Namen schon vor der Schiffstaufe zu verraten?«

Natürlich wusste sie das, sie war die Tochter eines Reeders, und Marianna biss sich auf die Unterlippe vor Ärger über ihren Fehler. Wieder flog ihr Blick zu dem Schiff. Wie wunderschön es war.

»Möchtest Ihr es sehen?«, fragte Meneer van der Hijden.

»Geht das denn?«

»Ich wüsste nicht, wer Euch davon abhalten sollte. Es ist das Schiff Eures Vaters. Oder befürchtet Ihr Ärger?«

Marianna schüttelte den Kopf, und er lächelte wieder sein schmales Lächeln, ehe er ihr die Hand entgegenstreckte. Henni kam Marianna zuvor und grabschte danach. »Mit Verlaub, Meneer, helft zuerst mir auf das Schiff, und ich werde Juffrouw van Klaaveren hinaufhelfen.«

»Oh, Henni.« Marianna sah die Strickleiter, die vom Schiff hinabhing. »Das willst du auf dich nehmen?«

»Von wollen kann keine Rede sein. Aber ich werde gewiss nicht zulassen, dass Euer Ruf Schaden nimmt, wenn Ihr mit diesem Herrn, an dessen Anstand ich selbstverständlich keinen Moment zweifle, allein auf diesem Schiff seid.«

»Nun gut.« Jan van der Hijden half Henni auf die Leiter und schob von hinten, als diese wie ein Käfer daran hing und nur mühsam baumelnd Tritt um Tritt hochstieg. Oben standen Arbeiter, die sich hinabbeugten, um ihr über die Reling zu helfen. Sie stieß einen Laut des Erschreckens aus, ehe sie nach vorne kippte und Marianna nur noch die aufwirbelnden Röcke sah.

»Henni? Geht es dir gut?«

»Allmächtiger, steh mir bei!« Hennis rotes Gesicht tauchte über der Reling auf. »Ich weiß nicht, ob Ihr hier wirklich hochsolltet. Ich selbst weiß nicht, wie ich wieder *runter*komme.«

»Ich komme jetzt hoch.« Marianna ergriff das feste Seil, stellte den Fuß auf die unterste Schlaufe der Strickleiter und kletterte langsam hinauf. Sie schaukelte hin und her, aber als Hennis starke Hände sie oben packten, war es einfach, die letzten Schritte zu tun und über die Reling zu klettern.

Jan van der Hijden folgte ihr, deutlich behänder und schneller. Kunststück, dachte Marianna. In Hosen bekäme sie das ebenso hin. Sie sah sich auf dem Deck um, auf dem einige Arbeiter innehielten und sie ansahen. Erst als Meneer van der Hijden neben ihr stand, senkten sie die Lider und widmeten sich ihrer Arbeit.

»Wir stehen auf dem Hauptdeck, wie Ihr unschwer erkennen könnt. Das Schiff ist fertig betakelt. Die Masten sind hoch, nicht wahr? Bedenkt ihr Verhältnis zum Rest des Schiffes. Noch seht Ihr sie nicht, wenn sie die Segel gebläht haben, aber Ihr könnt es Euch gewiss denken. Es trägt zwei Rahsegel auf den beiden Vormasten, auf dem Achtermast neben dem Rahnoch ein Lateinersegel und auf dem Bugspriet eine Blinde.«

Marianna legte den Kopf in den Nacken, sah hoch zu gerafften Segeln, zu dem scheinbaren Gewirr an Seilen, dem eine Ordnung zugrunde lag, die sie von hier aus nicht erkennen konnte. Ihre Hand lag auf dem glatten Holz der glänzend polierten Reling, und sie strich zart darüber.

»An diesem Schiff dient nichts dem Militär oder der Repräsentation, es ist ein Handelsschiff in seiner reinsten Form«, fuhr Jan van der Hijden fort. »Die Rahen sind kürzer als die der Galeone. Und das Schiff hat kein Kanonendeck, es kann also nicht als Freibeuterschiff genutzt werden.« Er deutete in Richtung Heck. »Kommt, ich zeige Euch den Heckaufbau. Wie Ihr feststellen könnt, ist er weniger wuchtig als die Kastelle auf den Karavellen. Möchtet Ihr unter Deck?«

»Nein, das will sie gewiss nicht«, antwortete Henni entschieden. »Denn sie weiß, dass ich unmöglich die schmalen Stiegen hinunterkomme und sie niemals mit Euch allein hinuntergehen kann.«

Folgsam neigte Jan van der Hijden den Kopf. »Keinesfalls möchte ich Eurem Ruf schaden.«

Marianna war enttäuscht, aber sie sah es ein. Sie selbst wollte ja auch nicht mit diesem Mann, den sie kaum kannte, allein im dunklen Schiffsbauch sein. Aber zu gerne hätte sie gesehen, wie dieses Schiff, das von außen so bauchig war und mit seinem schmalen Deck und den hohen Masten gleichzeitig so schlank und elegant wirkte, von innen aussah. Sie fand es faszinierend, diese eigenwillig wirkende Bauweise mit dem Rundgatt und einem Deck, das durch die nach innen gekrümmten Spanten um so vieles schmaler war als der Schiffsbauch. Sie würde ihren Vater darum bitten, es ihr von innen zu zeigen. Hin und wieder tat er das, aber meist war er – wie Henni – der Meinung, eine Frau hätte dort nicht unbedingt etwas zu suchen. Ob er Jan van der Hijden nun tadeln würde? Marianna beschloss, dass ihr das gleich war. Der Meneer wusste schließlich, worauf er sich eingelassen hatte, und er wirkte nicht besorgt.

»Ich steige zuerst hinunter und nehme Juffrouw van Klaaveren in Empfang.«

»Gut, dann helfe ich ihr von hier aus auf die Leiter«, bot Jan van der Hijden an.

Dass auch diese Möglichkeit Henni nicht gefiel, war unübersehbar, aber daran konnte Marianna nun nichts ändern.

»Ich schaffe das schon allein«, sagte sie, um ihre Gesellschafterin zu beruhigen.

Hennis Abstieg verlief ebenso wie ihr Aufstieg, und während die Leiter hin und her pendelte, Henni immer wieder erschrocken aufschrie, ihre Röcke sich um ihre Füße verhedderten, ging es doch stetig voran, bis die ältere Frau schließlich sicher auf dem Boden stand. Marianna folgte ihr, und danach kam Jan van der Hijden.

Er blieb vor Marianna stehen und deutete eine Verbeugung an. »Es war mir eine Ehre, Juffrouw.«

»Habt Dank für Eure Freundlichkeit.«

»Ja, habt Dank. Und nun gehabt Euch wohl.«

Marianna gab Hennis Drängen nach und verließ die Werft. »Ach«, sagte sie, »war das nicht wunderschön?«

»Ich hoffe, Euer Vater wird nicht ungehalten sein.«

Marianna zuckte die Schultern. »Er hat kein Verbot ausgesprochen.«

»Aber er hat es auch nicht erlaubt. Und ich sagte Euch bereits, dass Ihr achtsam damit sein sollt, wie Ihr den jungen Herren begegnet.«

»Du meinst Meneer van der Hijden? Was sollte mich seine Meinung scheren?«

Henni schwieg, und gemeinsam verließen sie den Hafen.

HAMBURG, JANUAR 1598

»Is dir der Fischhändler nich mehr gut genug?«, fragte Agnes, als sie mit Thilo am Kai saß und auf das brackige Wasser sah. Albrecht lag hinter ihnen und döste im kalten Licht der Sonne. Über ihnen schrien Möwen, und hin und wieder stieß eine von ihnen ins Wasser und flog wieder auf. Agnes mochte die Vögel nicht, fand, dass sie wie die Ratten in den Straßen waren.

»Ich wollte nie für den Rest meines Lebens in Fischfässern wühlen und gepökelten Fisch auf Stangen hängen. Die Niederländer sind so reich, so mächtig.«

»Hab immer nur schlechte Erfahrungen gemacht mit Männern, die reich und mächtig sind.« Agnes griff nach hinten und streichelte Albrechts Kopf. Sie war so froh, dass der Hund sich von dem Messerstich vollständig erholt hatte. Längere Zeit hatte er gehinkt, als schmerzte ihn die Seite. Aber inzwischen lief er normal und fing auch dann und wann wieder eine Ratte.

Es war so frostig kalt, dass Agnes das Gefühl hatte, sie würde auf dem Boden festfrieren, wenn sie nicht bald aufstand, und so erhob sie sich.

»Du kannst mit mir kommen«, bot Thilo an. »Der Fischer

erlaubt mir, mich am Feuer zu wärmen, wenn ich heimkomme.«

Die Vorstellung war verlockend, aber Agnes schüttelte den Kopf.

»Du musst doch nicht mehr zu ihm zurück. Schlaf bei mir, zusammen mit Albrecht.«

»Da möcht ich deinen Fischer sehen, wenn du da mit mir ankommst.«

Thilo zuckte die Schultern. »Er denkt, du bist meine Schwester.«

»Und was is mit Britt? Besucht die dich dann nachts noch?«

Die Frage schien ihm unbehaglich, und er zuckte wieder die Schultern. Agnes wusste, dass Britt in manchen Nächten bei ihm lag, hatte es eher zufällig erfahren, weil sie morgens zu ihm wollte und in der Dunkelheit des frühen Morgens, noch ehe der Fischer rausfuhr, gesehen hatte, wie Britt ihn verließ. Erst war sie wütend gewesen, doch dann hatte sie ein Gefühl erfasst, das ihr bislang fremd gewesen war, ein Ziehen und Unbehagen, als hätte jemand etwas genommen, das ihr gehörte. Natürlich war das Unsinn, Thilo konnte liegen, bei wem er wollte, und Britt war da gewiss besser als jemand wie Hedda. Dennoch hatte sie ihn zur Rede gestellt und ihm, als er es zugab, eine Ohrfeige gegeben, war fortgelaufen und hatte sich später dafür geschämt. Als sie ihn abends besucht hatte, hatte sie sich nicht entschuldigt, aber eine mit Fleisch gefüllte Pastete mitgebracht, die sie für ihn gestohlen hatte. Fast wäre sie dabei erwischt worden.

Thilo zitterte leicht, er schien die Kälte noch weniger gut zu vertragen als sie. Das Verzärtelte konnte er offenbar auch nach all den Jahren nicht ablegen. »Hör zu, Agnes, es ist mir ernst. Du musst nicht bei ihm bleiben.«

Wieder schüttelte sie den Kopf. »Ich schaff das schon.« Sie hatte ihre Gründe, aber von denen wusste Thilo nichts, sie hatte ihm nicht erzählt, was an jenem Abend vorgefallen war. Er hätte sich womöglich zu irgendeiner Torheit hinreißen lassen und wäre dabei schwer verletzt oder gar getötet worden.

Sie musste daran denken, wie sie geschlagen worden war, die Demütigung, vollkommen ausgeliefert zu sein. Bengts Blick, als sie sich aufgerichtet hatte, mit all dem Stolz, den sie hatte aufbringen können. Sie hatte ihn angesehen, während er auf ihren bloßen Oberkörper gestiert hatte, während sich ihr Gewand um die Hüften ballte. Sollte er doch starren, ihr war es gleich. Sie hatte sich wieder angezogen, sich das Gesicht abgewischt, die Nässe aus den Augen.

Ihr Rücken hatte gebrannt wie Feuer, und Agnes war sich gewiss gewesen, dass der eine oder andere Striemen aufgeplatzt war und blutete. Am kommenden Morgen hatte sie Krusten ertastet, die im Laufe des Tages immer wieder aufgerissen waren, wenn sie sich bewegte oder bückte. Das schränkte ihre Bewegungen ein, und ihre Diebeszüge waren seither weniger erfolgreich als sonst. Dafür fing sie sich abends eine Ohrfeige von Hedda ein, die Agnes widerspruchslos ertrug. Aber sie reihte sie auf wie auf eine Kette, die sie um den Hals trug, bis ihr Moment kommen würde.

Agnes kraulte Albrecht, dann lief sie davon. Die Dämmerung senkte sich bereits über die Stadt, und im Schutz der Dunkelheit war das Stehlen leichter. Morgens beim Kirchgang hatte sie nichts als ein paar Damentaschentücher aus Damast zu stehlen. Die Leute waren so fromm und ehrbar in der Kirche, während sie Predigten lauschten, die sie ermahnten, an die Ärmsten der Armen zu denken. Kaum waren sie draußen, traten sie Menschen wie Agnes mit dem Stiefel beiseite. Ein

Mann war einem kleinen bettelnden Jungen mit Absicht auf die Hand getreten und hatte gelacht, als das Kind in Tränen ausgebrochen war. Die Frau in seiner Begleitung hatte daraufhin verstohlen eine Münze fallen lassen, die sich jemand anderes geschnappt hatte, noch ehe das Kind danach hatte greifen können. Mittlerweile hatte der Kleine die Münze, denn der Dieb war so von sich selbst eingenommen gewesen, dass er in Agnes offenbar keine Gefahr gesehen hatte. Kurz hatte sie überlegt, die Beute zu behalten, sie dann aber abgegeben.

Sie hatte Hunger, das Brot, das sie morgens gestohlen hatte, war zu wenig gewesen. Wenn es ihr gelang, Geld zu stehlen, könnte sie etwas kaufen. Thilo hatte ihr angeboten, dass sie von seiner Suppe etwas haben könne, aber das hatte sie abgelehnt. Sollte er das fade Zeug selbst essen, in dem mehr Wasser als Fisch war. Sie konnte für sich selbst sorgen. An diesem Abend jedoch wollte ihr nichts gelingen. Peer war Beutelschneider gewesen, und darin hatte er einige Geschicklichkeit besessen – damit hatte er zumindest geprahlt. Aber vielleicht war das auch nur Aufschneiderei. Agnes hätte es gern gekonnt, so schnell und geschickt mit einem kleinen Messer einen ganzen Geldbeutel von der Kleidung schneiden, noch bevor derjenige merkte, wie ihm geschah. Man musste gut darin sein, sonst war es zu gefährlich, denn das war etwas anderes, als im Vorbeilaufen in eine Tasche zu fassen.

An besonderen Tagen gab es Armenspeisungen, aber da war es stets schwierig, an etwas zu essen zu kommen, weil sich die Stärkeren stets zu behaupten wussten. Nicht grundlos starben die Schwächsten spätestens im Winter, wenn zu dem Hunger die Kälte kam. Die Bande um Bengt war seit Dezember kleiner geworden, einige Kinder hatten morgens tot auf ihren Lagern gelegen, andere waren einfach verschwunden. Bald würden neue dazukommen, ausgesetzt, verstoßen, in ein Elend geboren, aus dem nur der Tod führte.

Agnes teilte Thilos närrische Vorstellung nicht, es könne ein anderes Leben für ihn – und somit auch für sie – geben. Es galt, von Tag zu Tag zu überleben, bis es irgendwann nicht mehr ging. Dann würde Agnes ebenso tot auf ihrem Lager liegen wie alle anderen. Thilo hielt vielleicht noch ein bisschen länger durch bei seinem Fischhändler. Aber satt wurde auch er nicht, war dünn und würde, wenn nicht durch Hunger oder Kälte, so durch Krankheit irgendwann dahingerafft. Da konnte er sich noch so oft sagen, dass er etwas anderes verdient hatte – das hatten sie alle.

Als sie sich schließlich erschöpft und hungrig auf den Weg zurück machte, war sie niedergeschlagener, als sie sich eingestehen wollte. Immerhin konnte sie Bengt die Damasttüchlein geben, sollte er sie verkaufen. Vermutlich würde Hedda wieder auf sie losgehen, weil sie kein Essen dabeihatte, keine Münzen, nichts, was sich ohne Umstände nutzen ließ. Es kostete sie zunehmend mehr Mühe, all das mit erhobenem Kopf zu ertragen, als kümmerte es sie nicht. Wann immer Thilo sagte, dass er Heimweh nach Lübeck hatte, schalt sie ihn einen dämlichen Jammerlappen, der froh sein sollte, dass sie es lebend hinausgeschafft hatten. Aber insgeheim ging es ihr ähnlich. In Lübeck war sie allein gewesen, es war ihre Stadt, in der sie jeden Winkel gekannt hatte. Jetzt saß sie in der Falle. Würde sie fortlaufen, würde jemand aus Bengts Bande sie irgendwann finden und womöglich umbringen. Oder eine der anderen Banden kam ihm zuvor, stellte sie vor die Wahl, für sie zu stehlen oder die Konsequenzen zu tragen. Allein konnte sich nur durchschlagen, wer von Anfang an unabhängig gewesen war, die Stadt kannte, die Straßen, die Schlupfwinkel.

Es war stockduster, als sie in die Gasse einbog, in der sich ihr Schlupfwinkel befand. Agnes hielt sich stets in den Schatten, die Dunkelheit machte ihr keine Angst, und an manchen Tagen begrüßte sie die Nacht wie einen Freund, jemand, der sie einhüllte und unsichtbar machte. Sie war schon beinahe an der Ruine angelangt, als jemand nach ihr griff, sie nach hinten riss und ihr die Hand vor den Mund drückte. Agnes schrie auf, trat nach hinten, versuchte, ihre Zähne in den Handballen zu graben.

»Psst, jetzt halt doch still«, zischte eine Stimme in ihr Ohr. »Agnes, ich bin es doch.«

Sie hielt inne, und als sich der Griff vorsichtig lockerte, trat sie so heftig zu, dass ihr Angreifer aufstöhnte, die Hand von ihrem Mund gerade genug löste, dass sie hineinbeißen konnte. Der Mann stöhnte auf. »Verdammt noch mal, Agnes.«

Sie drehte sich um, konnte in der Finsternis nicht einmal die Silhouette erspähen. »Peer?«

»Ja, ich bin es. Ich glaube, du hast mir die Hand blutig gebissen. Wenn sie brandig wird und mir abfällt, schneide ich dir deine ab.«

»Hättest mich ja nicht aus dem Hinterhalt angreifen müssen.«

»Ich wollte dich nicht ansprechen, weil ich dachte, du erschrickst und machst auf mich aufmerksam.«

»Is dir ja echt gut gelungen.« Agnes lauschte aufmerksam, konnte aber nichts hören. »Was machst du hier?«

»Auf dich warten. Ich will, dass du hierbleibst, bei mir. Bengt zahle ich seinen Verrat heim, und ich will nicht, dass du dort hineingerätst.«

»Was ist mit Britt?«

»Die hab ich nich gesehen.«

Agnes sah in Richtung der Ruine. »Was hast du vor?«

»Bengt hat versucht, mich umzubringen. Was denkst du wohl?«

»Wirst du ihn töten?«

»Er und diese Bande Abtrünniger haben mich liegen lassen, damit mich die Ratten bei lebendigem Leib fressen.«

Agnes wurde zunehmend unwohl zumute. »Was hast du vor?«

»Der Kerl, dem die Ruine gehört und die Häuser dort drum herum, der, nun ja, er ist mein Vater.«

Ungläubig starrte Agnes in seine Richtung. »Das soll ich glauben? Warum lebst du wie'n Hund auf der Straße, wenn du so einen Vater hast?«

»Er ist genauso ein Halunke wie das Gesindel, mit dem wir uns herumtreiben. Verdient sein Geld, indem er die Ärmsten der Armen ausnimmt. Hat eine Frau und Kinder, die herumstolzieren, als wär'n sie was Besseres. Mich wollt er nich haben. Aber geholfen hat er mir doch, hat dafür gesorgt, dass ich einen Unterschlupf hab, wenn ich imstande bin, ihn zu bezahlen. Und als ich jetzt fast gestorben wär, konnt ich zu ihm. Er hat mich in einem Zimmer untergebracht, hat einen Arzt kommen lassen und seiner Frau gesagt, ich wäre ein armer Lump, der Sohn eines Freundes. Haben wollt er mich nich, aber sterben sollt ich auch nich. Kaum dass ich wieder auf den Beinen war, hat er mich mit einem Tritt hinausbefördert. Schlafen durfte ich in einem Verschlag, essen musste ich mir verdienen, indem ich Leute verprügel, die ihn nich bezahlen können.«

»Und jetzt willst du Bengt verprügeln?«

»Warte es ab. Hast du bemerkt, dass Bengt mehr abtreten muss als ich? Mein Vater schröpft ihn.«

Das erklärte einiges.

»Und jetzt is der Moment gekommen.« In Peers Stimme schwang ein Lächeln mit.

Agnes stellte fest, dass ihr Rachehunger geringer war als die Angst, die sie auf einmal empfand, dieses Gefühl einer dumpfen Vorahnung. Das zusammen mit ihrem Hunger und ihrer Erschöpfung ließ sie an der Wand zu Boden sinken. Sie zog die Knie an und umschloss sie mit den Händen, legte die Wange darauf.

»Agnes?«

»Hmhm«, machte sie und hörte, wie Peer sich hinhockte.

»Bist du krank?«

»Nein, müde. Und hungrig.«

»Kriegst nachher was zu essen«, versprach er ihr. »Wenn wir hier fertig sind.«

Sie musste eingenickt sein, denn sie schreckte auf, als jemand ihren Arm packte und sie laute Schreie hörte. »Komm«, sagte Peer.

Er zog sie mit sich zu der Ruine, aus der flackerndes Licht fiel. Schreie waren zu hören, das Kreischen eines Mädchens brach gurgelnd ab. Agnes befreite sich aus seinem Griff und rannte los, hörte, wie er ihr folgte. An der Ruine blieb sie stehen, blickte hinein, sah Männer, die die Kinder und die Halbwüchsigen zusammengetrieben hatten. Auf dem Boden lagen die verrenkten Körper zweier Jungen, die Augen blicklos zur Decke gerichtet, während sich unter ihnen Blutlachen ausbreiteten. Agnes erkannte Bengts engste Gefährten, die stets um ihn gewesen waren. Eines der kleineren Kinder versuchte vorbeizulaufen, aber der Mann war schneller, schnappte es und drückte ihm die Kehle zu, als Agnes vorstürzte, dem Mann in den Arm fiel und »Nein!« schrie. Sie drehte sich zu Peer um.

»Die Kleinen haben doch gar nichts getan.«

Peer trat ein, und alle drehten sich zu ihm um. Er lächelte kalt, und Agnes erschauerte. »Schon gut«, sagte er. »Lass ihn gehen. Lasst die Kleinen laufen. Ich sage euch, wer dabei war.« Er trat näher, sah sie der Reihe nach an, nickte, wann immer es den Richtigen traf. Hedda weinte, und Agnes hielt Ausschau nach Britt. Schließlich war Peer fertig, und er wandte sich an die fünf Männer, grobschlächtige Kerle.

»Den da«, er deutete auf Bengt, »hebt bis zum Schluss auf. Mit den anderen macht, was ihr wollt.«

Agnes dachte an ihre Rachegelüste, dachte daran, wie sie eigenhändig jeden von ihnen hatte ermorden wollen. Und konnte jetzt nichts anderes tun, als dazustehen und voller Entsetzen zuzuschauen, was die entfesselten Männer den Mädchen und Jungen antaten. Sie wich zurück, bis sie die Wand im Rücken hatte, keuchend, während ihr das Blut in den Ohren rauschte. Peer stand da, die Arme vor der Brust verschränkt, das Gesicht unbewegt. Jemand packte Agnes an der Schulter, und sie fuhr herum, starrte in Britts Gesicht.

»Komm«, sagte diese, umfasste Agnes' Handgelenk und zog sie mit sich.

Sie liefen durch die Dunkelheit, und obwohl Agnes wusste, dass Peer ihr nichts antun würde, hatte sie Angst, die Männer könnten ihnen in ihrem Blutrausch folgen. Selbst als sie Stiche in der Seite verspürte, hielt sie nicht inne, und schließlich kamen sie am Hafen an. Agnes' Atem ging in kleinen Schluchzern, und sie beugte sich vor, hielt sich die Seite, rang nach Luft. Sie hörte Britt schnaufen, und es dauerte, bis sie beide wieder ausreichend zu Atem gekommen waren, um ihren Weg zu den Fischerhäusern fortzusetzen.

»Hier ist es«, wisperte Britt überflüssigerweise, denn Agnes wusste sehr wohl, wo Thilo hauste.

Schweigend öffneten sie die Tür des Verschlags, und Agnes atmete den vertrauten Geruch nach Hund und altem Fisch.

»Britt?«, hörte sie Thilos Stimme und ignorierte den Stich, den es ihr versetzte. Sie zitterte, sank zu Boden, kroch zu ihm, schlang die Arme um seinen Körper. Dann presste sie das Gesicht an seine Brust und zitterte heftig, während ihr Tränen zwischen den fest geschlossenen Lidern hervorquollen.

Thilo hatte kaum geschlafen, und mittlerweile bereute er es beinahe, Peer gerettet zu haben. Stockend hatte Agnes ihm alles erzählt, dann war sie eingeschlafen, eng an ihn geschmiegt. Britt war irgendwann gegangen, und als er morgens wach geworden war, hatte er bemerkt, dass auch Agnes fort war. Er richtete sich auf und rieb sich die Augen. Es war noch dunkel, aber der Fischer hatte von draußen gegen den Verschlag geklopft, wie immer, wenn er aufbrach und Thilo damit das Zeichen gab, dass auch für ihn die Nacht beendet war.

Den ganzen Markttag lang hielt er Ausschau nach Agnes, aber sie blieb fern. Auch Britt ließ sich nicht blicken. Seit sie das erste Mal bei ihm gelegen hatte, kam sie nachts immer wieder zu ihm und besuchte ihn hin und wieder auch tagsüber am Stand, argwöhnisch geduldet von Sven Hunke, der ihr nicht über den Weg traute. Thilo wusste noch nicht so recht, wohin das letzten Endes führen würde. Er lebte zwar lange auf der Straße, aber nicht so lange, dass er alles vergessen hatte, wozu er erzogen worden war. Einmal hatte er Britt vorsichtig gefragt, ob sie erwarte, dass er sie nun heiratete, und sie hatte so gelacht, dass sie Schluckauf bekommen hatte und die Krusten in ihrem von Bengt zerschlagenen Gesicht aufgeplatzt waren.

Was aus Bengt wohl geworden war? Um ihn war es nicht schade, dachte Thilo, auch wenn Peer gewiss grausam gewesen war. Aber ihn lebendig von Ratten fressen zu lassen, war ebenfalls unaussprechlich gewesen. Allein die Vorstellung war so schlimm, dass Thilos Verstand sich weigerte, es sich auszumalen. Die Ratten waren in all der Zeit auf der Straße das Schlimmste für ihn, daran hatte sich nichts geändert.

»Du träumst schon wieder.« Sven Hunke gab ihm einen leichten Klaps gegen den Kopf.

»Verzeihung«, sagte Thilo, während Fisch-Fiete schadenfroh grinste.

Irgendwie brachte er den Markttag rum, bekam etwas zu essen, als die Frau des Händlers die Suppe brachte, und war in der beginnenden Dämmerung sich selbst überlassen, was er nutzte, um an den Hafen zu gehen. Seit er für den Niederländer einen Tag hatte arbeiten dürfen, ging er hin, wieder und wieder, in der Hoffnung, dass jemand seine Dienste benötigte. Einen Tag lang war er seinem Ziel, wieder in die Kaufmannschaft aufzusteigen, einen winzigen Schritt näher gewesen, und er hatte nicht vor, es dabei zu belassen. Er war geschickt gewesen, der Niederländer hatte ihn gelobt – wenngleich mit sparsamen Worten, als seien auch diese ein Wert, mit dem nicht zu verschwenderisch umzugehen war.

»Ah, Bursche«, sagte Pieter van Creits. »Du gibst nicht auf, ja?«

Thilo bemerkte, dass der Mann die Nasenflügel leicht zusammenkniff, als er sich näherte. »Ich möchte nicht mein Leben lang Fische verkaufen.«

»Es ist ein ehrbarer Beruf.«

»Aber ich kann mehr.«

Der Niederländer lächelte breit. »Wer denkt nicht, er sei zu Höherem berufen?«

»Ich durfte mehrere Jahre im Haus eines Kaufmanns lernen.«

»Du erwähntest es bereits. Warum hast du sein Haus verlassen? Hast du ausgelernt?«

Die Lüge lag Thilo bereits auf der Zunge, aber er entschied sich dagegen. »Ich habe mit seiner Dienstmagd, hm, kokettiert.«

Der Händler lachte. »Nun ja, wir waren alle mal jung, nicht wahr? Also gut, ich habe etwas für dich. Ein Seidenhändler sucht einen neuen Burschen, weil ihm seiner vor zwei Tagen an der Halsbräune gestorben ist. Aber ich sag dir gleich – so wie du aussiehst und riechst, brauchst du nicht bei ihm vorzusprechen.«

»Wann kann ich ihn denn sehen?«

»Er ist später am Abend in der Gastwirtschaft am Rathaus. Aber dich lässt man so nicht rein, das kann ich dir jetzt bereits sagen. Wenn du es aber hinbekommst, dich einigermaßen vorzeigbar zu präsentieren, lege ich ein gutes Wort für dich ein.«

»Wie soll ich das so schnell bewerkstelligen?«

Der Niederländer zuckte die Schultern. »Junge, wenn du nicht einmal weißt, wie du ein Bad bekommen kannst und neue Kleidung – wie willst du dann im großen Welthandel mitmischen?« Damit ließ er Thilo stehen und ging zu seinem Kontor.

Thilo machte sich langsam auf den Weg zum Fischerhaus, sah sich um, dann holte er einen Teil der Münzen aus seinem Versteck und band sie an seinem Körper fest, damit sie ihm nicht gestohlen wurden. Den Fischer konnte er kaum um ein Bad bitten, da konnte er sich auch direkt in die Elbe begeben und käme nach Schlick stinkend wieder raus. Zuerst einmal brauchte er jedoch Kleidung. Die war einfacher zu beschaffen als ein Bad, und so widmete er sich zunächst diesem Vorhaben.

Bei einem Straßenhändler erwarb er Beinkleider, Strümpfe,

ein Wams und ein Kamisol. Die Sachen waren getragen, aber sauber und passten einigermaßen. Dazu erstand er Schuhe, die etwas zu groß waren, aber er konnte darin problemlos gehen. Jetzt blieb zu hoffen, dass die Sache auch funktionierte, denn für einen Fischhändler taugte die Kleidung nicht. Nun war die Frage, woher er ein Bad bekommen sollte. Mit der Kleidung unter dem Arm ging er durch die Straßen, bis er in einer der Gassen Frauen sah, die käufliche Liebe anboten. Einige waren verzweifelt genug, sich sogar ihm anzubieten, obwohl er seinen Geruch selbst kaum ertragen konnte. Aber das brachte ihn auf eine Idee.

Er ging weiter zu einem Freudenhaus, vor dem zwei Frauen standen, die ihn musterten, und während eine die Nase krauste, fragte die andere, was sie für ihn tun könne.

»Ich möchte ein Bad nehmen.«

Die Frau lachte und zeigte dabei drei Zahnlücken. »Dann komm.« Sie ging ihm voran in das Haus, das düster war, kaum erhellt von Kandelabern, die an den Wänden angebracht waren. Der Teppich auf den schmutzigen Dielen war zerschlissen, und Thilo hörte Gelächter, das Stöhnen von Männern und Frauen hinter verschlossenen Türen. Dies war eines der besseren Häuser, und Thilo hoffte, dass sein Geld gut investiert war.

»Wenn ich das Wasser heiß machen soll, kostet's extra.« Die Frau erkannte offenbar, dass aus der Not des Augenblicks Gewinn zu schlagen war. Es dauerte einen Moment, ehe sie sich handelseinig wurden, dann wies sie ihn in eine Kammer, die ein Bett mit einem Baldachin enthielt, der schon bessere Tage gesehen hatte. Außerdem eine Wanne und einen Hocker. Darauf durfte er sich setzen, während sie Wasser anschleppte. Sein Angebot, ihr zu helfen, lehnte sie ab, vermutlich weil sie Sorge hatte, er könne daraufhin den Preis drücken.

Schließlich war es so weit, und er konnte in das lauwarme Wasser steigen. Seine Kleidung häufte die Frau mit spitzen Fingern in einer Ecke an.

»Das Zeug is voller Flöhe«, sagte sie.

»Steck es in den Ofen«, antwortete er.

»Kostet extra.«

Er lachte. »Du bist eine gewiefte Geschäftsfrau.«

Sie stopfte die Kleidung in den Ofen, und kurz darauf roch der Raum etwas rußig und fischig, was ihr nichts auszumachen schien. Sie streifte ihre Kleidung ab.

»Möchtest du, dass ich zu dir in die Wanne komme, oder wie hättest du's gern?«

Jetzt erst begriff Thilo, dass sie offenbar die Annahme hegte, er sei auf mehr aus als nur ein Bad. Sein Gesicht wurde ganz heiß vor Verlegenheit. »Ich … also ich möchte wirklich nur baden.«

Wieder lachte sie, dann setzte sie sich neben die Wanne, nahm die Seife und bearbeitete ihn damit. »Ich glaube, dass nicht alle Teile deines Körpers die Auffassung teilen, dass du *nur* das Bad willst.«

Thilos Wangen brannten, und er senkte den Blick, während ihre Hände fortfuhren, seinen Körper einzuseifen. »Auch die Haare bitte«, sagte er, um sie davon abzulenken, was sie gerade im Begriff war zu tun, wenngleich die Vorstellung, sie gewähren zu lassen, zu verlockend war. Aber er war zu einem bestimmten Zweck hier.

Die Frau bearbeitete seine Haare mit der Seife und später mit einem Kamm. Es ziepte so sehr, dass Thilo die Tränen in die Augen traten. Irgendwann nahm die Frau ein Messer zur Hand, und als er erschrocken auffuhr, lachte sie wieder ihr spöttisches Lachen. »Ich will nur die Haare abschneiden. Da is kein Durchkommen.«

Sie ergriff die Haarsträhnen und säbelte sie auf Schulterlänge ab. Das Wasser war mittlerweile kalt, als Thilo sich erhob. Sie reichte ihm ein Handtuch, half ihm, sich abzutrocknen, streichelte seinen Körper dabei, ging schließlich vor ihm auf die Knie, liebkoste seinen Bauch, seine Oberschenkel, und schließlich umschloss sie ihn. Er hielt sich am Bettpfosten abgestützt, während das Verlangen sich in einem fast schwindelerregenden Höhepunkt entlud. Bei dem Gedanken an Britt überkam ihn ein erbärmlich schlechtes Gewissen, aber es war zu verlockend gewesen, als dass er hätte Einhalt gebieten können.

Die Frau stand auf und reichte ihm die Kleidung, als wäre nichts. Sie half ihm, sich anzuziehen, schnürte sein Wams, als wäre er ein Kleinkind, und reichte ihm schließlich einen Spiegel, der ihm sein Bild leicht verzerrt wiedergab. »Bist ja doch ein ansehnlicher Bursche. Und riechst nicht mehr wie ein verdorbener Fisch.«

»Ich danke dir.«

Sie hielt die Hand auf.

»Ich habe dich bereits bezahlt.«

Daraufhin hob sie die Brauen, und ihm war klar, dass sie ihm diesen kurzen Moment der Selbstvergessenheit ebenfalls in Rechnung stellte. »Wenn du jedem deiner Freier erst nachher das Geld abknöpfst, kann das böse enden«, sagte er, als er ihr die Münze gab.

»Wenn meine Freier solche Kerle wären wie du, hätt ich das beste Geschäft meines Lebens gemacht.« Sie grinste. »Komm bald wieder.«

»Wie heißt du eigentlich?«

»Margareth.«

»Hübscher Name.«

»Vergisst man nich so leicht.« Sie zwinkerte ihm zu, und er verabschiedete sich von ihr.

Er ging zu seinem Lieblingsplatz am Hafen, um dort zu warten, bis es an der Zeit war, aufzubrechen. Dort saß Agnes mit Albrecht bereits am Kai, und sie starrte ihn an, ungläubig und ein wenig erschrocken. »Was is mit dir passiert?«

»Ich habe mir Kleidung gekauft und ein Bad. Jetzt gehe ich und treffe mich mit den Niederländern.«

»Dafür hast du Geld?«

»Ich habe ein bisschen was gespart.«

»Und das gibste aus, um wie'n Geck auszusehen und ein Bad zu kaufen, obwohl's das im Fluss umsonst gibt?«

Thilo schüttelte den Kopf. »Ich … Agnes, es hängt so viel davon ab. Ich glaube, jetzt wird alles besser.«

Sie presste die Lippen zusammen, dann umarmte sie ihn innig, was er erstaunt über sich ergehen ließ. »Bist'n Träumer.« Abrupt ließ sie ihn los und lief davon. Er sah ihr nach und zuckte die Schultern. Albrecht schien unentschlossen, bei wem er bleiben sollte, trottete dann jedoch in die Richtung, in die Agnes verschwunden war.

Mit wild klopfendem Herzen machte sich Thilo auf den Weg zum Gasthaus. Es würde sich alles ändern, dessen war er sich gewiss. Es war kalt, und er fror, obwohl das Wams wärmer war als das, was er sonst trug. Am Gasthaus angekommen, hielt er inne, atmete durch und schloss für einen Moment die Augen. Dann tastete er nach seinem Geld, fand zwei Schilling. Waren es vorhin nicht vier gewesen? Wieder suchte er seine Kleidung ab, aber die Münzen waren fort. Verdammt noch mal, Agnes!

»Da bist du ja wieder.« Peer saß im flackernden Licht einer Laterne auf seinem Platz inmitten der Ruine – eine umgedrehte Kiste mit einem Kissen darauf. Die Kinder standen da, die Gesichter klein, spitz und voller Hass, während das Licht bizarre Schatten über sie tanzen ließ.

»Ich bin gleich wieder fort«, sagte sie. »Wollte nur nicht einfach wegbleiben.«

Er wirkte erstaunt. »Dabei hast du mich gesucht, habe ich mir sagen lassen.«

»Weil ich dachte, dann wird alles wieder besser.«

»Das wird es auch.«

Sie zuckte die Schultern.

»Er wollte mich umbringen, mich langsam sterben lassen, während die Ratten mich fressen.«

»Und du hast alle töten lassen.«

»Tot ist nur, wer seinerseits versucht hat zu töten. Die anderen sind fort.«

»Und Hedda?«

Jetzt war es an Peer, die Schultern zu zucken. »Als die mit ihr fertig waren, hat sie sich heiser geschrien und ist heulend davongelaufen.«

Trotz ihrer Rachegedanken verspürte Agnes keinerlei Genugtuung. Sie hatte sie bestrafen wollen, hatte oft gedacht, sie wollte sie eigenhändig umbringen. Aber was sie gesehen hatte, war selbst für sie zu viel gewesen.

Der Kerl, der Albrecht mit dem Messer hatte umbringen wollen, hatte es vermutlich nicht besser verdient, als so übel zugerichtet zu werden, wie es in der Nacht geschehen war. Aber nun streunte er herum, womöglich selbst auf Rache aus, und Agnes hoffte, er tauchte nicht eines Tages unvermittelt hinter ihr auf.

»Wo kommst du unter?«, fragte Peer. »Bist du auch zu jemand anderem übergelaufen?«

»Ich bleib bei Thilo.« Den Entschluss hatte Agnes in der letzten Nacht getroffen, als sie sich zum ersten Mal nach sehr langer Zeit nachts vollkommen sicher gefühlt hatte. So wie in ihrem Unterschlupf in Lübeck, als nicht so viele andere um sie herum waren und sie sogar im Schlaf auf der Hut hatte sein müssen.

Peer deutete mit der Hand zum Ausgang. »Na dann, geh.«

Sie drehte sich um und verließ die Ruine ohne ein weiteres Wort.

»Du hättest an meiner Seite bleiben können«, rief er ihr nach, aber sie antwortete nicht.

Als sie in die mondlichterhellte Finsternis zurückging, spürte sie in einer Gasse nahe der Ruine, wie sich eine Hand in ihr Gewand krallte, und sie riss sich los, wich zurück. Als sie in die Dunkelheit spähte, schälten sich die Konturen eines am Boden liegenden jungen Mannes heraus. Agnes erkannte Bengt, dessen einer Arm nur noch ein Stumpf zu sein schien, um den ein blutgetränkter Lappen gewickelt war. Um den Kopf trug er einen weiteren Lappen, der ein Auge bedeckte, ebenfalls mit Flecken übersät.

»Triumphierst du, Agnes?«, fragte er mit einer Stimme, die wie geborsten klang.

Sie schwieg.

»Er hat mir ein Auge, ein Bein und eine Hand gelassen, damit ich noch was zu verlieren hab.« Bengt spuckte aus, verfehlte sie knapp. »Was hast du noch zu verlieren, Agnes?«

Rasch wandte sie sich ab und rannte davon. Sie verlangsamte ihren Schritt erst, als sie fast am Fischerhaus angelangt war. Albrecht lag vor dem Verschlag, und sie fiel auf die Knie und umschlang seinen Hals, presste das Gesicht in das raue Fell. Die Kälte, die vom frostigen Schlamm, in dem sie kniete, aufstieg, ließ sie frösteln, aber sie blieb sitzen, schöpfte Wärme aus dem Körper des Hundes.

Irgendwann – sie war vollkommen durchgefroren – hörte sie Schritte und sah die Silhouette eines Mannes, der auf sie zukam. Sie erkannte Thilo an seiner Statur und stand auf mit Gliedern, die sich vor Kälte ganz steif anfühlten. Vor Erschöpfung konnte sie sich kaum auf den Beinen halten. Offenbar hatte auch Thilo sie erspäht, denn er hielt inne, und im Licht des Mondes konnte sie erkennen, dass er lächelte. Dann legte er den Kopf zurück, lachte und breitete die Arme aus, als wollte er den Himmel willkommen heißen.

TEIL 3

1600–1602

LÜBECK,
JULI 1600

Johan war kein Spieler, er hatte wenig Freude daran, aber er tat es dennoch, weil es ihm einen geheimen Triumph über seinen Vater ermöglichte. Immer wieder entwendete er kleine Beträge – so wenig, dass es kaum auffiel, aber in der Summe doch für Verwirrung bei seinem Vater sorgte. Wenn er es beim Spiel verlor, war es ihm gleich. Gewann er wider Erwarten, konnte sich der erstbeste Bettler auf seinem Weg über eine großzügige Gabe freuen. Manchmal ließ er den vollen Beutel auch so am Gürtel hängen, dass ein Straßenkind ihn entwenden konnte und sich dabei vermutlich freute über den gutgläubigen Trottel, der ihm über den Weg gelaufen war. Allerdings gewann Johan selten, denn dafür musste ihm jemand gegenübersitzen, der noch schlechter spielte als er selbst.

Sein Vater begegnete ihm mit milder Verachtung, die er nach außen hin zwar nicht zeigte, für Johan aber in jedem Blick sichtbar war, in dem leichten Herabziehen der Mundwinkel, wenn sein Vater ihn ansah. Enno Schellbach hatte sich umgehend darangemacht, eine Ehefrau für den missratenen Sohn zu finden, offenbar in der Hoffnung, dass diese die fehlgeleiteten Triebe in die richtige Richtung lenkte. So war passiert, was Johan die ganze Zeit gefürchtet hatte – er hatte eines jener im Frauenstift von der Welt abgeschirmten Geschöpfe heiraten müssen, das ihm mit furchtsamem Ernst begegnete.

Die Hochzeitsnacht war demütigend für sie beide gewesen, denn Johan verlangte es nicht nach ihr, und ihre Angst hatte jede auch nur im Ansatz aufkeimende Erregung erlahmen lassen. Wie sollte er mit einer Frau schlafen, die Angst vor ihm hatte, ohne sich wie ein Vergewaltiger zu fühlen? Ausgerechnet er, der Zärtlichkeit und Hingabe in poetischen Worten besang und nicht einmal eine Blume pflücken mochte, weil es ihm widerstrebte, die Schönheit zu zerstören. Ihm war es nicht wichtig, die Ehe in der ersten Nacht zu vollziehen, und weil sie beide das Gefühl gehabt hatten, zu versagen, kamen sie überein, es niemandem zu erzählen. Sie glaubte, sie wäre nicht imstande, Begehren auszulösen, er wiederum war sich gewiss gewesen, dass er nicht mit einer Frau schlafen könnte. Im Grunde genommen wäre das Leben, das Johan seither an der Seite seiner Frau Aaltje führte, sogar als recht harmonisch zu bezeichnen gewesen. Sie wechselten freundliche Worte miteinander und ließen einander ansonsten in Ruhe.

Als die ersten abschätzigen Blicke jedoch auf ihrem Bauch lagen und Johan wahrnahm, wie über sie gesprochen wurde, wenn man sich ungehört glaubte, wurde ihm klar, dass dies kein Zustand war, den er ihr auf Dauer aufbürden durfte. Sein Vater machte ihn dafür verantwortlich, dass seine Frau nicht schwanger wurde, aber das war Johan gleich. Es stimmte ja, wenn auch nicht auf die Weise, die sein Vater ihm unterstellte. In den Augen aller anderen allerdings war Aaltje diejenige, die offenbar nicht fähig war, ihrem Mann ein Kind zu gebären. Natürlich entgingen auch ihr die Anspielungen nicht, die abfälligen Worte, und es war nicht zu übersehen, wie sehr es sie niederdrückte. Also versuchten sie es erneut, versuchten es beharrlich, bis der Akt endlich glückte. Für sie war es schmerzhaft gewesen, für ihn von jener Art der Befriedigung, die man empfand, wenn es einen in der Nase kribbelte und man nieste – eine schnelle, rasch abflauende Erleichterung.

Aaltje wurde glücklicherweise schwanger, und Johan hoffte zutiefst, das Kind würde ein Junge werden. Das würde sie der Pflicht entheben, für weitere Nachkommenschaft zu sorgen. Doch sie kam mit einem Mädchen nieder, und als Johan dieses winzige Geschöpf in ihren Armen sah, dem er zum Leben verholfen hatte, verspürte er einen Schmerz wie niemals zuvor. Er dachte an das Dasein, das ihr bevorstand, still und zurückhaltend, mit acht Jahren getrennt von der Familie, so wie ihre Mutter und Rieke, nur um dann weltfremd zurückgeholt und einem Mann ins Bett gelegt zu werden, der ihr die Pflicht der Nachkommenschaft aufzwang.

Johan hatte sich abgewandt, hatte Aaltje gesagt, sie dürfe sich einen Namen für das Kind überlegen. Dass Männer nicht erfreut waren, wenn das erste Kind kein Junge war, war nicht ungewöhnlich, und so dachte sich niemand etwas dabei, wenn er das Kind mied. Sollten sie denken, was sie wollten. Johan war ein Stammhalter nicht wichtig, er hätte nur gerne ein Kind in die Welt gesetzt, das es leichter haben würde im Leben. Wann immer er dieses kleine Mädchen sah, wollte es ihm das Herz brechen. Seine Mutter war vernarrt in das Kind und sagte ihm, er solle nicht betrübt sein, er werde den ersehnten Sohn schon noch bekommen. Sein Vater hingegen schien geradezu erleichtert, mit dem Kind einen Beweis für Johans Manneskraft bekommen zu haben. Dass es ein Mädchen war, war zwar bedauerlich, aber Aaltje war jung und konnte weitere Kinder bekommen.

Aaltje hatte die Kleine Helene getauft, und sie hing mit inniger Liebe an ihr. Er wusste, dass seine augenscheinliche Ablehnung sie betrübte, aber er konnte ihr nicht erklären, was ihn umtrieb. Da niemand von ihm erwartete, sich seiner Tochter mit großer Aufmerksamkeit zu widmen, kam es auch niemandem seltsam vor, dass er sich nicht um sie kümmerte. Hin und wieder trat er an ihre Wiege, sah sie an, wie sie mit ihren blauen Augen staunend in die Welt blickte, und es zog ihm die Brust zusammen. Mittlerweile war sie etwas mehr als ein Jahr alt und versuchte sich an wackligen Schritten.

An diesem Abend gaben sie eine Feier, zu der viele Kaufleute eingeladen waren. Und mochte das Haus Schellbach Clara von Genssler auch nicht wohlgesinnt sein, so war es doch unmöglich, sie von feierlichen Zusammenkünften auszuschließen – zu bedeutsam war das Haus von Genssler in der kaufmännischen Gesellschaft Lübecks. Johan mochte sie, und er freute sich stets, sie zu sehen. Vor allem weil es seinem Vater so offenkundig zuwider war, wie sie sich fortwährend behauptete. Anstatt zu heiraten, führte sie nach wie vor eigenhändig die Geschäfte, und niemand konnte ihr das streitig machen, solange Henning von Westerboer seine schützende Hand über sie hielt.

»Wärmt ihm doch das Bett, die kleine Hure«, hatte Enno Schellbach morgens noch gesagt. »Und wir müssen sie weiterhin unter uns dulden. Aber noch gibt es Männer, die sie heiraten würden, sie sollte die Gelegenheit ergreifen.«

Johan dachte, während er die Gäste beobachtete, dass sie schön dumm wäre, das zu tun. Aaltje war mit der Kleinen auf dem Arm zugegen und ließ sie auf den Boden, wo sie sie an der Hand hielt und immer wieder hinstellte, zum Entzücken der Ehefrauen der Kaufleute. Einmal krabbelte Helene zu ihm, und er trat einen Schritt zurück und wandte sich ab. Er ließ es wie zufällig aussehen, nahm einen Krug zur Hand und ging zu der weit offenen Tür, die in den Garten hinter dem Haus führte. Die Rabatten waren sorgsam angelegt und zeigten sich in wild blühender Pracht. Gepflasterte Wege führten hindurch, beschattet von Ahorn und Ulmen. In der Mitte des Gartens stand ein marmorner Brunnen. Die Nymphe in seiner Mitte hielt einen Kelch, aus dem Wasser floss, dem das Licht der Dämmerung einen roten Schimmer verlieh.

Johan bemerkte Clara von Genssler, die sich hierher zurückgezogen hatte und in die Betrachtung des Gartens versunken schien. Er hatte bislang nur selten ein Wort mit ihr gewechselt, denn die Gelegenheit ergab sich nie. Im Rat war sie nicht zugegen, und gesellschaftlich hatten sie kaum miteinander zu tun. Doch er bewunderte sie, und er wollte so gerne, dass sie das wusste. Im Umgang mit Frauen war er linkisch und wenig geschickt, ganz anders als die Männer in seinem Umfeld, die Frauen offenbar spielend erobern konnten. Doch Johan wollte sie ja nicht erobern, er wollte einen Austausch, wollte, dass sein Geist angeregt wurde. Unvermittelt dachte er an Arjen, dem die Frauen ebenfalls sehr zugeneigt gewesen waren. Arjen … Seine Mutter sprach selten von ihm, aber wenn, dann voller Sehnsucht und Schmerz, als sei er unwiederbringlich verloren. Johan vermisste ihn ebenfalls, wenngleich nicht mehr mit jener Intensität wie noch vor wenigen Jahren. Hin und wieder ertappte er sich bei dem Gedanken, wie ein Wiedersehen wohl vonstattengehen würde. Wäre Arjen der große Geschäftsmann und Johan der geprügelte Bruder, der sich stets wegduckte, um möglichst wenig gesehen zu werden?

Offenbar spürte Clara von Genssler, dass sich jemand näherte, denn sie drehte sich zu ihm um und sah ihn fragend an.

»Ich hoffe, ich störe nicht«, sagte er.

Sie zuckte die Schultern. »Es ist Euer Haus und Euer Garten.«

Johan bemerkte eine Bewegung zu seiner Linken und sah, dass die junge Frau mitnichten allein war. Ihr Bluthund, ihr untrennbarer Schatten, war ebenfalls hier. Vermutlich tat sie gut daran, denn nicht wenige hofften auf eine öffentliche Verfehlung, auf einen tiefen Fall, auf die Möglichkeit, sie dahin zu bringen, sich und ihr Vermögen in die Hände eines der Männer zu geben. »Ich …« Er schluckte. »Ich …«

Sie sah ihn an, die Brauen leicht gehoben. »Ihr …«, half sie ihm aus, und Johan dachte, sie wolle sich über ihn lustig machen. Er spürte, wie ihm das Blut in die Wangen stieg. »Ihr«, wiederholte sie, »behandelt Eure Tochter mit bemerkenswerter Kälte.«

Das brachte ihn aus dem Konzept. »Wie bitte?«

»Oh, Ihr versteht recht gut, möchte ich meinen. Ich weiß, dass sich jeder Mann einen Sohn wünscht, mein eigener Vater war da wohl keine Ausnahme. Der Wunsch allein ist nicht verwerflich in einer Gesellschaft wie der unsrigen.«

»Dann versteht Ihr es?«

»Keineswegs. Das Mädchen wird es nicht leicht haben, und es hat nicht einmal einen Vater, der ihm ein Halt ist und der es schützt. Das wiederum konnte ich von meinem durchaus behaupten.«

»Dennoch ist Euer Dasein ein täglicher Kampf.«

Ärger blitzte in ihren Augen auf. »Das ist mitnichten die Schuld meines Vaters, sondern die von Männern wie Euch.«

Jetzt wurde auch Johan wütend. »Männer wie mir? Ich habe in meinem ganzen Leben keiner Frau das Dasein erschwert.«

»Oh, und Ihr glaubt, aus Eurer Tochter wird nicht eines Tages eine Frau?«

»Ich bin es nicht, der ihr das Leben schwermacht. Es ist die Gesellschaft.«

»Die von Männern gelenkt wird. Und auch Ihr seid einer davon.«

Bei der Vorstellung, er könne auch nur irgendwen lenken im Kreis dieser mächtigen Männer, musste Johan lachen.

»Das belustigt Euch? Nun, mir ist das Lachen schon lange vergangen.«

»Ihr denkt wirklich, ich hätte etwas zu sagen?«

»Ihr seid ein Narr, wenn Ihr denkt, es wäre anders. Eure Frau ist von Euch abhängig und von Eurem Wohlwollen. Und erst recht ist es Eure Tochter, die schon von klein auf begreifen wird, wie ungewollt sie ist.«

»Mein Vater hat das Sagen in der Familie. Er ist es, der …«

»Ach«, antwortete sie unwirsch, »wälzt die Verantwortung nicht von Euch. Es ist Euer Kind, und Ihr seid verantwortlich. Doch Euch ist ohnehin nicht an ihr gelegen, das ist offensichtlich. Ich hatte Eure Stille und Zurückhaltung immer für die eines Denkers gehalten. Offenbar ist es jedoch die eines rückgratlosen Mannes, der sogar sein eigenes Kind dem Willen anderer opfert.«

Johan hatte noch keine Frau so mit einem Mann sprechen hören, und er war eher überrascht als verärgert. Unwillkürlich trat er einen Schritt auf sie zu, als sich die hochgewachsene Gestalt ihres Schattens ebenfalls bewegte. Er hielt inne und hob die Hände, um seine Friedfertigkeit zu beweisen. »Ich opfere sie nicht. Ich habe nur solche Angst, die Liebe zu ihr zuzulassen.«

Im sanften Schimmer der Laternen, die sich in das Licht des ausblutenden Tages mischten, bemerkte er die Verwunderung in ihren Augen. »Wenn mein Vater so gedacht hätte«, antwortete sie schließlich, »wäre ich nicht die, die ich heute bin. Hätte Theodor Drenkhan so gedacht, hätte ich schon vor Jahren alles verloren. Man hätte mich mit irgendeinem Tölpel verheiratet, und ich wäre mitnichten imstande gewesen, das Leben zu führen, das ich nun führe. Theodor Drenkhan hatte einen Sohn, und dieser war eine Enttäuschung für ihn. In mir jedoch hat er eine gelehrige Schülerin gefunden, die sein kaufmännisches Wissen so gierig aufgesogen hat wie die Lehren in Mathematik, Latein und Geographie, die mein Vater mir hat angedeihen lassen. Es liegt in Eurer Hand, wie Euer Kind aufwächst.«

»Mein Vater …«

Mit einer unwirschen Geste unterbrach sie ihn, und zwischen ihren Augen bildete sich eine steile Falte. »Es ist Euer Kind, nicht das Eures Vaters. Wenn Ihr bestimmt, wie es diesem Kind ergeht, was denkt Ihr, kann Euer Vater tun? Das Recht der Stadt Lübeck wäre auf Eurer Seite, Ihr allein entscheidet. Und wenn Ihr Euch nicht um Eurer selbst willen gegen seine Macht auflehnt, dann tut es für Euer Kind. Seht Euch Euer kleines Mädchen an und überlegt Euch, dass es niemanden sonst hat, der es beschützen kann.«

Johan schwieg, sah an ihr vorbei zu dem stetig fließenden Wasser, das leise plätschernd aus dem Kelch in das Brunnenbecken rann. In der Luft lag der schwere Duft des sommerlichen Gartens, überlagerte den allgegenwärtigen Gestank der Straßen. Etwas regte sich ihn ihm, Angst vor einer Konfrontation mit seinem Vater ebenso wie ein ihm vollkommen fremdes Gefühl väterlicher Macht, die jedem Mann gegeben wurde, sobald ein von ihm gezeugtes Kind das Licht der Welt erblickte. Es lag in seiner Hand, was mit dem Kind geschah, und alle, selbst sein Vater, würden sich dem zu beugen haben. So hatte er es noch nie betrachtet, hatte nie auch nur gewagt, sich vorzustellen, aus dem übermächtigen Schatten herauszutreten. »Aber sie wird es dennoch schwer haben. Ich allein kann die Gesellschaft nicht ändern.«

»Wenn jeder denkt, er allein könne nichts bewirken, wird sich nie etwas ändern. Außerdem seid Ihr nicht allein. Mit mir seid Ihr schon zu zweit. Und es gibt mehr Männer wie Euch, meinen Vater, Theodor Drenkhan.«

Es war schwer, sich vorzustellen, seinem Vater die Stirn zu bieten, aber Johan war es schon lange leid. Sein Vater würde älter, und wenn er schon nicht verhindern konnte, dass er Einfluss auf seines, Johans, Leben nahm, so konnte er doch versuchen, seine Macht über die nachstrebende Generation zu brechen.

Ehrerbietig neigte er den Kopf. »Habt Dank.« Damit wandte er sich ab und ging zurück zum Haus.

Clara lächelte in sich hinein. Als sie sich auch wieder Richtung Haus wandte, bemerkte sie, wie jemand langsam durch den Garten kam, in dem sie sich mit Gereon allein gewähnt hatte. Sie verengte die Augen und erkannte Henning von Westerboer.

»Habt Ihr mich belauscht?«, fragte sie.

»Ich konnte nicht umhin.« Er grinste. »Ein beeindruckender Vortrag. Und ich könnte nun ein wenig verletzt sein, weil Ihr mich nicht in der Reihe der anständigen Männer aufgeführt habt. Immerhin halte ich seit Jahren meine schützende Hand über Euch.«

»Das tut Ihr, weil Ihr Euch davon einen Vorteil versprecht. Überdies bin ich nicht Eure Tochter oder Euer Mündel, Ihr habt keinen Beschützerinstinkt, was mich angeht. Im Grunde genommen würdet Ihr gerne die Art von Beziehung mit mir pflegen, die uns von der Kaufmannschaft unterstellt wird. Wäret Ihr Vater einer Tochter, so könnte ich schwer einschätzen, wie duldsam Ihr wäret.«

Er wirkte belustigt. »Wir werden wohl nicht in die Verlegenheit kommen, meine Vaterqualitäten herauszufinden.«

»Ihr seid recht umtriebig. Möglicherweise seid Ihr ja schon Vater und ahnt es nicht.«

»Ich bin nicht so umtriebig, dass ich den Überblick verloren hätte.«

Clara hielt eine Hand in den Brunnen, spürte die erfrischende Kälte des Wassers. Es war ein heißer Tag, und die abendliche Kühle tat gut. Sie hob die Hand und strich sich über den Hals, genoss es, wie ein leichter Wind über die feuchte Haut fuhr. Als sie den Blick wieder auf Henning von Westerboer richtete, bemerkte sie, wie er sie ansah. Dass er mit ihr ins Bett wollte, war schon lange offensichtlich, und Clara, die seit nunmehr beinahe sieben Jahren mit keinem Mann mehr geschlafen hatte, ersehnte sich diese Art von Nähe durchaus. Nicht zum ersten Mal dachte sie darüber nach, ihn zum Liebhaber zu nehmen. Sie hatte ihn über die Jahre schätzen gelernt, wenngleich sie ahnte, dass seine Hilfe in erster Linie Kalkül war und er eines Tages die Gegenleistung einfordern würde. Aber seine Art reizte sie, sein pragmatischer und auf seinen Vorteil bedachter Umgang mit der Gesellschaft und sein gleichzeitig zynischer Blick auf diese. Er war ein intelligenter Mann, und wenn es etwas gab, was auf Clara geradezu aphrodisierend wirkte, dann war es Verstand.

»Befürchtet Ihr immer noch, ich könnte annehmen, meine Schuld sei abgegolten, wenn ich mit Euch das Bett teile?«

Er lachte. »Von einem Mal? Mitnichten.«

Clara dachte an ihr Gespräch mit Johan. Was sie gesagt hatte, schien auf fruchtbaren Boden gefallen zu sein, und die Macht, die sie damit über ihn erlangte, war erregend. Dass sie Henning von Westerboer nie ganz durchschaute, war es ebenfalls. Sie atmete langsam aus. Und doch wäre es ein Wagnis, mit ihm zu schlafen, denn es war besser im Umgang mit einem Mann wie ihm, wenn sie eine gewisse Unnahbarkeit umgab. Schliefe sie mit ihm, entzauberte es womöglich die Vorstellung, die er sich davon machte.

»Ich glaube, als Geschäftspartner nützen wir einander mehr«, antwortete sie daher und machte sich erneut daran, den Garten zu verlassen, als sie sich noch einmal umdrehte und Henning von Westerboer ansah. Trotz der schwach erhellten Dunkelheit konnte sie sehen, dass er lächelte. Danach verließ sie den Garten, gefolgt von Gereon.

»Werdet Ihr auch vermehrt auf den Iberienhandel setzen?«, fragte sie Curd Hinnerk, als sie mit einem mit Wein gefüllten Kelch zu ihm trat. Seine Schwiegertochter Alva war ebenfalls hier, und so legte er Clara gegenüber Höflichkeit an den Tag.

»Nein«, antwortete er, anstatt den Versuch zu machen, sie in die Schranken zu weisen, wie sie es sonst von ihm kannte. »Ich sehe darin keine Zukunft, im Gegensatz zu Henning von Westerboer. Wollt Ihr Euch ihm anschließen, was Eure kaufmännische Tätigkeit angeht? Davon kann ich nur abraten.«

Sie führte den Kelch an die Lippen und sah ihn an. Nachdem sich die sieben vereinigten Provinzen Niederlande von Spanien gelöst hatten, hatte der spanische König sein Land dem deutschen Handel geöffnet. »Warum denn? Der Handel blüht, und es sind viele hansische Kaufleute, die sich daran beteiligen.«

»Die Risiken sind nun wahrhaftig größer geworden. Die ohnehin schon gefahrvolle Überfahrt ist noch riskanter, außer den uns feindlich gesinnten Engländern droht auch der Seeraub durch Barbaresken aus den nordafrikanischen Ländern. Alles in allem setze ich daher lieber auf die bisher bewährten Handelskontakte und würde eher die Hanse wieder groß machen, als dass wir die Fühler in zu viele Richtungen strecken.«

Es war genau die Einstellung, die Theodor stets so ärgerlich empfunden hatte. Die Portugiesen entdeckten neue Seerouten, umfuhren unter Einsatz ihres Lebens das Kap der Stürme – oder Kap der Guten Hoffnung, wie es mittlerweile genannt wurde –, und die Niederländer … nun, die waren wahrhaftig auf dem Weg zur stärksten Handelsmacht. Clara fragte sich, wie man davor weiterhin die Augen verschließen konnte. Mittlerweile wurden Fisch, Getreide, Holz, Kupfer, Flachs und Hanf sowie Salpeter von Hanseschiffen an die iberischen Häfen geliefert. Portugal war spanisches Protektorat, was bedeutete, dass auch Waren aus portugiesischen Kolonien bezogen werden konnten. Die Hanseschiffe kehrten von Fahrten an die iberischen Häfen mit Zucker, Südfrüchten, Gewürzen, Kolonialwaren, Farbhölzern und Salz zurück. Aber über die vertrauten Häfen hinaus kamen sie nicht.

»Theodor Drenkhan war ein großer Befürworter von Handelsverbindungen, die weiter reichen als bisher. Er hatte vor, sich auch dem Iberienhandel zu widmen.«

»Das mag sein, er hatte so manche Ideen, die ich als zu riskant angesehen habe.«

»Ihr habt seine Geschäfte seinerzeit übernommen.«

Er verengte kaum merklich die Augen. »Die, die ich für sinnvoll erachtet habe. Was mir nicht rentabel erschien, habe ich nicht weiterverfolgt. Die Engländer haben seinerzeit ohne jeden Anlass nahezu sechzig Schiffe vor Lissabon gekapert.«

»Das ist elf Jahre her und war der Politik geschuldet.«

»Vor zwei Jahren haben die Engländer uns alle Handelsprivilegien genommen und die Hansekaufleute des Landes verwiesen. Außerdem stehen sie hinter den Niederländern.«

»Weil England und Spanien sich im Krieg befinden. Das alles spricht jedoch nicht gegen den Iberienhandel. Ganz im Gegenteil, die Hanse verdankt gerade diesem Konflikt ihren Aufschwung der letzten Jahre.« Was nach Claras Dafürhalten nur ein letztes kurzes Aufbäumen war, aber das sagte sie nicht. Sie bemerkte, wie Wilhelm Tiedemann und Enno Schellbach aufmerksam wurden und sich zu ihnen umwandten. »Er hat sich vermutlich etwas bei den Dingen gedacht, und er hatte ein Gespür für Geschäfte.«

»Das habe ich auch.« Curd Hinnerk wirkte vergrätzt. »Da er uns nichts mehr darüber erzählen kann, habe ich keine Veranlassung gesehen, mögliche Risiken einzugehen.«

»Vielleicht lag der Grund für seinen Tod ja in Kontakten, die anderen missliebig waren.«

»Wir werden es nicht erfahren, und sieben Jahre später sollte man die Sache endlich ruhen lassen«, sagte Wilhelm Tiedemann. »Der Täter war vermutlich sein Sohn, der seither spurlos verschwunden ist.«

»War ein missratener Bengel, der Sprössling«, fügte Enno Schellbach hinzu. »Nicht ohne Grund hat Theodor ihn fortgeschickt. Und kaum ist er zurück, liegen die Eltern erstochen in der Stube, und er ist verschwunden. Was schert Ihr Euch eigentlich noch darum? Er war ein Freund Eures Vaters und hat sich um Euch, hm, gekümmert. Doch was ändert es, in der Vergangenheit zu stochern? Ihn bringt nichts zurück.«

»Man bekommt den Eindruck«, sagte Henning von Westerboer, »dass sein Ableben vielen Kaufleuten gar nicht so unrecht ist.«

»Wie könnt Ihr es wagen?«, fuhr Curd Hinnerk auf.

»Er hat mit seinen Ansichten viele verärgert, hatte Ideen, die auf keinen fruchtbaren Boden fielen, und wollte einen Weg gehen, der sich offener für den Welthandel zeigte. Überdies hielt er die Hanse für überkommen«, zählte Henning von Westerboer auf.

»Dass er eine fragwürdige Sicht auf die Dinge hatte, bedeutet nicht, dass wir seinen Tod wollten«, widersprach Curd Hinnerk. »Wir alle waren erschüttert. Er war ein guter Mann, das hat er nicht verdient.«

»Ihr solltet die Sache ruhen lassen.« Wilhelm Tiedemann hob seinen Krug an die Lippen und nahm einen großen Schluck. »Was bringt es, hier wieder Staub aufzuwirbeln?«

»Aber man kann es doch nicht ungesühnt lassen!«, beharrte Clara wider besseres Wissen.

»Es wird gesühnt, sobald sein Sohn der Gerichtsbarkeit übergeben wird.« Enno Schellbach machte eine knappe Handbewegung, als wolle er seine Worte unterstreichen. »Und lasst das Thema ruhen. Es könnte sonst noch der Eindruck entstehen, Ihr verdächtigt jemanden von uns, Wissen über den Hergang zu verheimlichen. Denn was sonst könnte der Grund dafür sein, dass Ihr so beharrlich darauf besteht, einen erneuten Disput zu führen um Theodor Drenkhans Tod?«

Clara biss sich auf die Unterlippe. »Und falls es nicht sein Sohn war? Sind wir dann nicht alle in Gefahr, wenn wir etwas tun, was von dem Mörder als unliebsam aufgefasst wird?«

»Ihr seid gewiss nicht in Gefahr«, sagte Curd Hinnerk. »Als Frau stoßt Ihr täglich an Eure Grenzen, und bisher hat niemand versucht, Euch zu ermorden.«

Die Männer lachten, und Clara schluckte ihren Ärger hinunter. »Niemand hat seine Handelstätigkeiten genauer in den Blick genommen. Vielleicht liegt dort …«

»So schweigt doch endlich!«, rief Enno Schellbach. »Wollt Ihr nun wahrhaftig ehrbare Männer verdächtigen, weil sie mit ihm Handel getrieben haben?«

»Es könnte uns den Weg weisen.«

»Uns?«, höhnte Curd Hinnerk. »Was habt Ihr mit dergleichen zu schaffen? Seid Ihr Teil der Gerichtsbarkeit? Sieben Jahre! Und Ihr kommt immer wieder damit. Lasst es endlich ruhen.«

Clara schwieg, weil sie wusste, dass es keinen Zweck hatte, den Disput weiterzuführen. Sie nickte nur, gab sich geschlagen – fürs Erste zumindest. Mochten die anderen Theodor aufgeben, sie tat es nicht.

Johan betrachtete seine Tochter, die auf dem Boden in der großen Stube saß und an einer Holzklapper nuckelte. Es war früher Morgen, und das Kind war gefüttert und in frische Tücher gewickelt. Die ganze Nacht waren ihm Clara von Gensslers Worte im Geist umhergeirrt, und der Gedanke, seinem Vater die Stirn zu bieten, löste in ihm eine Angst aus, die beinahe Übelkeit verursachte. Aber sie hatte recht, er durfte das Kind nicht sich selbst überlassen. Er kniete sich hin und hielt seiner Tochter eine aus Baumwolle genähte Puppe hin. Helene ließ die Hand mit der Rassel sinken und griff nach dem Püppchen. Ihre kleine, weiche Kinderhand berührte die seine, als sie ihm das Spielzeug aus der Hand nahm. Johan stand auf, dann hob er das Kind auf den Arm, spürte den kleinen atmenden Körper, und sein Herz ging schneller. Kurz schloss er die Augen, ließ die mit einer unbändigen Angst gepaarte Liebe zu, die ihm die Brust eng werden ließ. Und in diesem Moment begriff er, dass er für sie töten und sterben würde.

»Johan?« Aaltjes Stimme klang alarmiert. »Ist etwas passiert?«

Er drehte sich um und ließ die Kleine behutsam wieder zu Boden. »Nein, was soll passiert sein?«

»Ihr …« Aaltje sah verwirrt zu dem Kind, dann wieder zu ihm.

»Ich habe einen Fehler gemacht. Verzeiht mir.«

Sie wirkte irritiert. »Ich verstehe nicht.«

Helene hielt sich an seinem Bein fest und versuchte, sich hochzuziehen. Er beugte sich vor und half ihr. Nun kam Bewegung in Aaltje, und sie trat vor, um die Kleine hochzuheben. Dass er das Kind so offenkundig abgelehnt hatte, hatte ihr sichtlich großen Kummer bereitet, und sie hatte alles getan, damit die Kleine ihm nicht lästig wurde.

»Es tut mir leid«, sagte er. »Ab jetzt wird alles anders.«

In Aaltjes Gesicht zuckte es, sie schien nicht recht zu wissen, wie sie mit dem Sinneswandel umgehen sollte. Johan erklärte sich nicht weiter – dergleichen offene Worte hatten zwischen ihnen keinen Raum –, sondern verließ die Stube und ging in die Kaufmannsdiele. Sein Vater unterhielt sich mit seinem Secretarius und übergab ihm einige Unterlagen. Als er Johan bemerkte, winkte er diesen heran.

»Ich habe bemerkt, wie du gestern mit Clara von Genssler herumgeschäkert hast.«

»Das habe ich nicht.«

»Ihr wart gemeinsam im Garten, nicht wenige haben euch gesehen.«

Johan wünschte, die Leute würden aufhören, sich um Dinge zu kümmern, die sie nichts angingen. »Wir haben uns unterhalten, mehr nicht. Sie war Gast in unserem Haus, und mir war nicht bewusst, dass ein Gespräch mit ihr anstößig sein könnte.«

Sein Vater zog die Brauen zusammen. »Bist du wirklich so ein Narr, dass du nicht verstehst, worauf ich hinauswill?«

»Nun, daran bestand doch für Euch nie ein Zweifel. Also erklärt es mir.«

Im Gesicht seines Vaters zuckte es, mit dieser Antwort hatte er offensichtlich nicht gerechnet. »Machst du dich über mich lustig?«

»Wie könnte ich?«

Als Johan ihn ansah, bemerkte er, wie alt sein Vater geworden war. Diese Übermacht, dachte er, hatte gereicht, um ihn durch das Zimmer zu prügeln, aber auch er konnte dem Alter und der zunehmenden Gebrechlichkeit nichts entgegensetzen. Mochte er noch eine stattliche Erscheinung sein, so war doch unübersehbar, dass auch seine Zeit langsam ablief. Warum war ihm das nie so deutlich aufgefallen? Alles, was Enno Schellbach wollte, war, dass sein Name erhalten blieb, dass sein Erbe weitergetragen würde. Nun, Vater, dachte Johan, zumindest, was Euren Namen angeht, wird daraus nichts, das kann ich Euch versichern. Er würde kein weiteres Kind zeugen, dessen war er sich in diesem Moment mit einem Mal gewiss. Die Namenslinie seines Vaters würde mit Johan sterben. Da war natürlich noch Arjen, und vielleicht erschien dieser eines Tages mit einem Pulk strammer Söhne, aber das hielt Johan für einigermaßen unwahrscheinlich.

»Halte dich fern von dieser Frau!«, sagte sein Vater nur. »Sie bringt nichts Gutes. Und ich möchte nicht, dass Gerüchte laut werden.«

Angesichts dessen, dass sein Vater ihn verheiratet hatte, damit keine Gerüchte laut wurden, Johan könne dem eigenen Geschlecht zugeneigt sein, war das beinahe zum Lachen. Und allein die Vorstellung, er könne der Liebhaber Clara von Gensslers werden, war so absurd, dass er das Zucken um die Mundwinkel nicht verhindern konnte.

»Findest du das amüsant?«, fuhr sein Vater auf.

»Nein«, entgegnete Johan. »Das nun wahrlich nicht.«

»Dann tu, was ich sage. Und nun mach, dass du an die Arbeit kommst.«

In scheinbarer Folgsamkeit neigte Johan den Kopf. »Ganz, wie Ihr wünscht.«

Die nächtlichen Straßen waren nahezu finster, sodass Gereon stellenweise die Hand ausstreckte, um sich an den Hauswänden zu orientieren. Es war Halbmond, und so erhellte ein milchig silbriger Schimmer die Dunkelheit, wenn Wolken ihn freigaben. Immer wieder drohte Gereon auf der schleimigen Firnis, die auf dem Straßenpflaster lag, auszurutschen, und es stank, als hätten mehrere Haushalte gleichzeitig den Inhalt ihrer Nachttöpfe aus dem Fenster entleert. Im Sommer war es besonders schlimm. Gereon hatte längst zurück sein wollen, aber es war schön gewesen in Irmas Armen, und die Trennung war ihm schwergefallen. Jungfer von Genssler war zu Hause, und somit war die Verspätung allenfalls ein kleines Versäumnis.

Nachdem sie das Thema lange nicht mehr angeschnitten hatte, sprach sie seit einiger Zeit wieder von Theodor Drenkhan und davon, wie sehr es sie nach wie vor schmerzte, seinen Tod ungesühnt zu wissen. Gereon glaubte nicht, dass sich daran etwas ändern würde, denn nach dieser langen Zeit war es geradezu unmöglich, jemals zu erfahren, was sich in der verhängnisvollen Nacht zugetragen hatte. Doch davon wollte sie nichts wissen. Es sei zutiefst ungerecht, sagte sie, aber, dachte Gereon, war das nicht der Lauf der Dinge? Wie viel ging im Leben schon gerecht zu? Täglich lagen Menschen verhungert in den Gassen, Kinder wurden nicht alt, Mütter siechten nach Geburten dahin. Erst vor wenigen Monaten hatte Gereon eine Frau gesehen, die gestorben war, als sie offenbar mutterseelenallein versucht hatte niederzukommen. Vermutlich sitzengelassen von irgendeinem Kerl. Sie war elendig verendet, noch während das Kind zur Hälfte in ihrem Körper steckte. Gereon wusste nicht, ob man es hätte retten können, er hatte nicht den Versuch gemacht. Was für ein Leben hätte auch schon auf dieses Kind gewartet? So ging es direkt mit seiner Mutter in den Himmel und ersparte sich den kurzen Umweg über stinkende Gassen und ein Leben in bitterster Armut. Und da sprach Clara von Genssler von Gerechtigkeit. Es war tragisch, dass Theodor Drenkhan gestorben war, aber täglich starben Menschen, und niemand scherte sich darum.

Aber Gereon sagte nichts, und als sie ihn losschickte, um ein weiteres Mal Erkundigungen einzuholen, zu fragen, ob jemand Drenkhans Sohn mittlerweile gesehen habe oder ob bekannt sei, mit wem Drenkhan in seinen letzten Tagen im Streit gelegen habe. Es würde nichts bringen, aber Gereon hing mit Pflichtgefühl und einer Hingabe, die an Liebe grenzte, an Clara von Genssler, und so tat er, was sie wollte. Solange sie sich nicht selbst in Gefahr brachte, sollte es ihm recht sein. Was vergab er sich bei dieser sinnlosen Suche?

Durch das Leben auf der Straße und die Jahre im Dienst der Familie von Genssler, wo er stets wachsam und auf der Hut sein musste, um die ihm anvertraute Clara von Genssler zu beschützen, waren seine Sinne geschärft. Wenn er Schritte hörte, hatte er eine Ahnung, ob Gefahr drohte oder nicht. Die Bewegungen, die er nun hinter sich wahrnahm, hatten etwas Verhuschtes, und Gereon beschleunigte seinen Gang. Kurz darauf hörte er, wie seine Verfolger – er zählte die Schrittfolgen zweier Menschen – dasselbe taten. Eine Hand an seinem Rapier ging er weiter, dann fuhr er unvermittelt herum.

Seine Augen hatten sich an die Finsternis ausreichend gewöhnt, um Silhouetten ausmachen zu können, aber die Verfolger konnte er nicht sehen, hörte jedoch, wie sie ebenfalls stehen blieben. Vermutlich drückten sie sich in die Schatten.

»Wer ist da?«, fragte er und bekam keine Antwort. Neben ihm war ein Scharren zu hören, dann ein Fiepen, als schreckte jemand eine Ratte auf. Gereon zog sein Rapier hörbar aus der Scheide. Im nächsten Moment kam jemand auf ihn zugerannt. Gereon brachte sich in Stellung, hielt sein Rapier so, dass die Person hineinlaufen würde, wenn sie sich auf ihn stürzte.

Unvermittelt spürte er einen sengenden Schmerz in der Lende, und er fuhr herum, schlug mit dem Rapier nach dem Angreifer, der sich unbemerkt – wie auch immer ihm das gelungen war – von der Seite angeschlichen hatte. In dem Moment griff ihn der Zweite an, griff nach dem Arm, in dem er das Rapier hielt, während der Erste ihm das Messer noch tiefer in den Leib stieß. Gereon schrie auf, versuchte, sich zu befreien, aber die Männer hielten ihn fest, und als das Messer aus seiner Lende gezogen wurde und der Mann ausholte, um es ihm in die Brust zu schlagen, ahnte Gereon, dass es zu Ende ging. Doch da erstarrte der Angreifer in der Bewegung, und Gereon, dem der Schmerz den Blick verschwimmen ließ, glaubte, einen weiteren Schemen auszumachen. Das Messer fiel klappernd zu Boden, und kurz darauf wurde der Angreifer von ihm fortgezogen und weggeschleudert. Gereons Arm war nun frei, und er griff an die Kehle des Mannes, der ihm das Rapier zu entwinden versucht hatte. Im nächsten Moment keuchte der Mann auf, der Griff um seinen Arm erlahmte, und er sank zu Boden.

Henning von Westerboer zog sein Rapier aus dem Körper des Angreifers, sah es an und schob es zurück in die Scheide. Dann wandte er sich an Gereon, dem die Kräfte zu erlahmen drohten. »Na, Euch haben sie ja übel zugerichtet.« Er griff nach seinem Arm. »Wollte man Euch überfallen, oder habt Ihr die falsche Person verärgert?«

»Ich war bei meiner Geliebten. Sofern ihr Vater keine verspätete Ehrenrettung versucht hat, wüsste ich nicht, wen ich aufgebracht haben könnte.« Gereon sprach durch die Zähne, brachte die Worte nur mühsam hervor. Er spürte, wie seine Kleidung sich vollsog mit Nässe, und während ihn Henning von Westerboer stützte und nach Hause brachte, fragte er sich, ob sein Tod nicht nur herausgezögert wurde. »Was führt Euch hierher?«, presste er heraus.

»Wichtige Gespräche. Und nun darf ich entzückt feststellen, dass Eure Herrin offenbar jetzt noch tiefer in meiner Schuld steht.«

»Sofern ich überlebe.«

»Nun, das wollen wir hoffen, nicht wahr?«

HAMBURG,
JULI 1600

»He, Bengel!«

Thilo fragte sich, wie alt er werden musste, damit man ihn nicht mehr wie einen Knaben ansprach. »Ja, Meneer.« Er hatte Niederländisch gelernt, indem er den Kaufleuten zuhörte, was sein Herr, Cornelis van Waalenburch, überaus schätzte. Dessen Bruder jedoch schien Thilo nicht ausstehen zu können und argwöhnte sogar, dieser lerne nur Niederländisch, um sie zu belauern.

»Wo, um alles in der Welt, hast du mein Rechnungsbuch hingelegt?«

»Ich hatte Euer Rechnungsbuch nicht.«

»Möchtest du mich als Lügner bezeichnen?«

Thilo war es so leid, mit diesem Mann zu streiten. »Nein, ich möchte nur daran erinnern, dass ich für Meneer Cornelis arbeite und daher keinen Grund sehe, Euer Rechnungsbuch an mich zu nehmen.«

Bernard van Waalenburch holte aus, als wollte er Thilo eine Kopfnuss geben. »Ich werde dich lehren …«

»Was ist hier schon wieder los?«, ließ sich eine Frauenstimme vernehmen. »Um des lieben Himmels willen, Bernard, um ihm eine Kopfnuss zu verpassen, müsstest du dich auf einen Hocker stellen.« Diesen Ton schlug ausschließlich seine Frau an, und der Mann senkte augenblicklich die Hand. »Ich lasse mir diese Unverschämtheiten nicht mehr bieten.« Er ließ offen, ob er Thilo oder seine Frau meinte. »Der Kerl hat mein Rechnungsbuch verlegt. Vielleicht hat er es sogar der Konkurrenz …«

»Es liegt im Schlafzimmer in der Kleidertruhe, wo du es versteckt hast, damit ich nicht merke, dass du im Bett darin gearbeitet hast.«

Bernard van Waalenburch lief rot an. »Ich arbeite, wo es mir passt.«

»Wenn du die verschüttete Tinte eigenhändig aus den Laken wäschst, soll es mir recht sein!«

Die Röte stieg Bernard van Waalenburch ins Gesicht und schien durch den Haarkranz hindurch seinen kahlen Kopf zu fluten. »Du redest, als müsstest du es selbst tun. Dabei haben wir die Wäscherin.«

»Wir *hatten* die Wäscherin. Sie ist seit fünf Tagen fort, wenn du dich richtig erinnern möchtest. Zusammen mit der Hausmagd und dem Silber auf und davon.«

Bernard van Waalenburch rieb sich den Nacken. »Ach ja …«, murmelte er. Dann sah er Thilo an, als steckte dieser hinter all dem Ungemach. »Wie kommt es, dass wir noch niemanden dafür haben?«

»Weil weder Alea noch ich wieder so ein Diebesgesindel im Haus haben wollen.« Alea war die Ehefrau von Cornelis.

»Ich kenne vielleicht jemanden«, sagte Thilo unvermittelt. »Wenn Ihr mir erlaubt, spreche ich mit ihr.«

»Noch mehr von deiner Sorte im Haus?«, schnappte Bernard van Waalenburch.

Seine Frau Emke wies ihn mit einer knappen Handbewegung an zu schweigen. »Schick sie her, dann sehen wir sie uns an.«

Thilo bekam die Erlaubnis, das Haus zu verlassen, und so lief er zu dem Verschlag vor dem Fischerhaus, den er seinerzeit bewohnt hatte.

»Dienstmagd?« Agnes starrte ihn an, als wäre er toll geworden. »Hast du nun dein letztes bisschen Verstand verloren?«

»Du könntest bei mir im Haus wohnen.«

»Mit dem garstigen Bruder?«

»Seine Ehefrau ist nicht so übel. Und es ist besser, als auf der Straße zu leben.«

»Ich leb sehr gut im Verschlag des Fischers.«

»Im Haus des Händlers ist es warm im Winter.«

Agnes schnaubte. »Hast für zwei gejammert über die Kälte in den Kammern letztes Jahr.«

»Immer noch besser als hier draußen. Und mir war kalt, weil meine Kammer zum Hof liegt. Aber die Magd wird direkt neben der Küche untergebracht. Dort hast du die Wärme des Ofens.«

»Und die Köchin, die mir mit dem Kochlöffel eins über die Rübe haut, wenn ich nich spure.«

Thilo musste lachen. »Als würde das jemand wagen.«

Agnes legte den Kopf zurück und sah in den tiefblauen Himmel. »Und Albrecht?«, fragte sie schließlich. »Ich kann doch Albrecht nich allein lassen.«

Thilo ging neben seinem treuen Freund in die Hocke. »Vielleicht kriegen wir es hin, dass er mitdarf.« Er streichelte den grauen Kopf. »Einen ruhigeren Lebensabend, hm?«, fragte er, als könnte der Hund ihn verstehen.

»Was heißt Lebensabend?«, fuhr Agnes auf. »Sprich nich, als stünde sein Tod bevor.«

Wie alt wurden Hunde? Thilo hatte keine Ahnung. Die beiden Jagdhunde seiner Mutter waren zehn oder so geworden, daran erinnerte er sich. Aber ansonsten hatte er keine Erfahrung. Albrecht wirkte schon ein wenig gebrechlicher als sonst, das konnte Agnes nicht entgangen sein. Aber Thilo sagte nichts und erhob sich wieder.

»Denk darüber nach. Es würde dein Leben leichter machen.«

»Mein Leben is leicht.«

Das stimmte nicht, und das wusste Agnes selbst. Es war ein täglicher Kampf, und vor einem halben Jahr war sie von einem Büttel erwischt worden. Er hatte sie bereits gehabt, und es war nur einer Unachtsamkeit seinerseits zu verdanken gewesen, dass sie sich hatte befreien können. Was hätte ihr gedroht? Der Kerker? Der Verlust einer Hand? Thilo hatte ihr angeboten, für sie zu sorgen, aber sie hatte nur abgewinkt und gesagt, wenn der Tag käme, dass ihr Überleben von ihm abhinge, könne sie sich gleich erhängen. Dass sie allein war, erschwerte ihre Situation, denn sie kam ständig anderen Banden in die Quere und hatte mehrmals Prügel bezogen. Zwar nahm sie Thilos Geld hin und wieder an, aber sie betonte, seine Münzen wären nur für den Notfall. Der trat in letzter Zeit jedoch häufig ein.

»Du hättest einen Lohn, mit dem du tun kannst, was du willst. Bitte, Agnes, das kann doch nicht für immer so weitergehen.«

»Warum fragst du nich Britt?«

»Ich sehe sie kaum noch.« Britt hatte sich einer Bande angeschlossen, die um St. Nikolai herum ihr Unwesen trieb. »Außerdem vertraue ich Britt nicht ausreichend, um mich für sie zu verbürgen.«

Agnes lehnte sich an einen verwitterten Holzpfosten. »Ich pass doch da nich hin.«

»Ich habe mich auch eingewöhnt.«

»Du gehörst ja zu denen. Das hier«, ihre Handbewegung

schien die ganze Stadt zu umfassen, »war nie deine Welt. Du hättest nich lange überlebt.«

»Und du möchtest nie mehr als das hier? Du bist doch nicht auf der Straße geboren, du hattest Eltern, die …«

»Was weißt du schon davon?«, fuhr sie auf.

»Du hast mir erzählt …«

»Ach, lass es einfach.« Sie sprang auf, und kurz war es, als wollte sie davonlaufen. »Ich …« Ihre Wut schien zu verrauchen. »Ich kann doch nichts anderes.« Sie klang verzagter, als Thilo es je von ihr gehört hatte.

»Du kannst doch immer wieder gehen, wenn es dir nicht gefällt.«

»Wird man dann nich wütend auf dich werden?«

»Ich wüsste nicht, warum. Sofern du nicht das Silber mitnimmst?«

Sie krauste die Stirn, als sei ihr dieser Gedanke bisher noch nicht gekommen.

»Agnes?«, sagte Thilo beunruhigt.

Ihre Züge entspannten sich, und sie lachte. »Keine Sorge, ich lass nichts mitgehen.«

»Das heißt, du versuchst es?«

»Ich …« Sie seufzte tief. »Und wenn Albrecht nich mitdarf?«

»Im Hof darf er gewiss nächtigen.«

Agnes streichelte den Hund. »Die Leute werden keine Diebin im Haus haben wollen.«

»Das erzählen wir ihnen doch nicht. Cornelis van Waalenburch ist ein anständiger Mann, und er ist überaus zufrieden mit mir. Seine Ehefrau ist still und zurückhaltend, dafür ist seine Schwägerin draufgängerisch für zwei. Ich bin mir sicher, du wirst sie mögen. Sein Bruder ist eine Plage, doch die Mägde unterstehen den Hausherrinnen.«

»Ich hab noch nie jemandem unterstanden.«

»Du hast Peer unterstanden. Und später Bengt. Du hast ihnen immer ihren Anteil abgeben müssen.«

Agnes schwieg. Das war ein Thema, das ihr immer noch nicht so recht behagte. Sie hatten Bengt lange nicht mehr gesehen, vielleicht lebte er gar nicht mehr. »Gut, ich mach's«, sagte sie schließlich. »Aber nur weil der nächste Winter kommen wird und es für Albrecht vielleicht zu kalt wird. Und wenn Albrecht nich bleiben kann, bleib ich auch nich.« Sie zupfte an ihrem fadenscheinigen Gewand. »Kann ich so mit dir kommen?«

»Nein, das geht nicht. Ich bringe dich erst einmal in ein, hm, Gebäude. Dort kannst du dich zurechtmachen.«

»Gebäude?« Sie wirkte argwöhnisch, und er lachte.

»Komm, ich zeige es dir.«

Agnes hatte Badehäuser schon hin und wieder von außen gesehen, aber nie das Verlangen gehabt, hineinzugehen. Als Thilo nun mit ihr eintrat, wusste sie, warum. Es war heiß, dampfig, und ihr brach der Schweiß aus.

»Bist ein richtiger Geldsack geworden«, sagte sie, als er eine Frau bezahlte, damit sie Agnes ein Bad bereitete. »Früher hast du mit dem Geld nich so rumgeschmissen.«

»Ich kann dich so nicht mitnehmen«, erklärte er. »Das hast du doch selbst eingesehen.«

Die Frau führte sie in den großen Baderaum, wo es ein großes Becken in der Mitte gab, in dem reger Betrieb herrschte. Männer und Frauen waren im Wasser, einige in Separees, und Agnes hatte den Eindruck, dass beileibe nicht nur gebadet wurde.

Sie sah misstrauisch in das Becken mit dem dampfenden Wasser. »Da soll ich rein und mich von oben bis unten nass machen?«

»Das wäre wünschenswert«, sagte die Frau, die sie hierhergeführt hatte.

Agnes wich zurück. »Das mach ich nich. Da hol ich mir ja den Tod.«

»Rede keinen Unsinn«, sagte Thilo.

»Ich hab gehört, heißes Wasser macht die Haut so weich, dass Krankheiten hineingelangen.«

»Krank wirst du, wenn du weiterhin riechst wie eine wandelnde Kloake«, sagte die Frau.

Wütend sah Agnes sie an. »Bin bisher immer bei guter Gesundheit gewesen.«

»Bitte, Agnes«, sagte Thilo.

Sein flehender Ton ließ sie nachgiebig werden, und so streifte sie ihre Kleider ab und ging langsam die erste Stufe zum Wasser hinunter. Es war nicht so heiß, wie sie befürchtet hatte, und schmiegte sich samtweich um ihre Füße. Agnes ging weiter, bis sie bis zur Hüfte darin stand.

»Setz dich auf die Bank«, sagte die Frau, und Agnes tat wie geheißen.

Sie wurde ziemlich unsanft mit einem leinenen Tuch abgerieben, bis ihre Haut krebsrot war, und als die Frau ihr das Haar wusch und ihr das seifige Wasser in die Augen rann, brannte es höllisch. »Halt still!« Die Frau zerrte an ihrem Haar, zog daran, und schließlich machte sie kurzen Prozess damit und schnitt es ihr auf Schulterlänge ab.

»Was tust du da?«, fuhr Agnes auf.

»Um den Filz ist es nicht bedauerlich«, entgegnete die Frau ungerührt. »Sei froh, dass er weg ist.« Sie riss mit dem

Kamm an ihrem Haar, und Agnes unterdrückte ein Aufschreien, weil sie damit beschäftigt war, dem Fuß eines Mannes auszuweichen, der immer wieder vorstieß, während eine Frau rittlings auf seinem Schoß saß und sich ruckartig darauf bewegte.

»Pass auf, du Narr«, schimpfte sie und schlug auf sein Bein. Sie wollte nur noch raus. Das Wasser, das ihr zunächst so angenehm erschienen war, brannte auf ihrer geröteten Haut, die sich wundgerieben anfühlte, während ihr diese Frau vermutlich sämtliche Haare vom Kopf riss. Irgendwann hatte sie genug. Sollte Thilos Niederländer sich doch zum Teufel scheren, sie würde sich nicht foltern lassen, um seine Magd zu sein.

»Mir reicht's«, sagte sie und stand auf.

»Bin ohnehin fertig mit dir. Besser als so wird's nicht.«

Agnes schnappte sich das leinene Tuch, wickelte sich hinein und suchte ihre Kleidung. »Wo sind meine Sachen?«

»Im Ofen.«

Entgeistert starrte Agnes sie an. »Bist du toll?«

»Der junge Herr hat's gesagt.«

Thilo? Wo blieb der überhaupt? Hatte er sich hier einen Scherz mit ihr erlaubt, und sie müsste gleich wundgescheuert nackt aus dem Badehaus auf die Straße treten? Fand er das lustig? Er sollte es wagen, ihr unter die Augen zu treten, sie würde ihm alle zehn Finger durchs Gesicht ziehen, dass er die Narben noch als alter Mann bewundern durfte. Während sie gerade Mordgedanken hegte, kam er zurück, wirkte außer Atem und trug ein Bündel im Arm.

»Entschuldige, es hat ein wenig länger gedauert.« Er reichte ihr das Bündel, und sie schnappte es sich. Dabei ließ sie das Leinentuch los, und es fiel zu Boden. Während Agnes ungerührt – und mit wachsendem Befremden – die Kleidung ansah, schwieg Thilo. Als sie aufblickte, bemerkte sie, dass er puterrot geworden war und eilig den Blick abwandte.

»Steh hier nich wie 'ne beschämte Jungfer«, fuhr sie ihn an. »Hilf mir lieber. Was hast du denn da alles geholt?«

Das Ankleiden war umständlicher, als Agnes es je für möglich gehalten hatte. Es war ein einfaches taubengraues Gewand, aber darunter trug sie nun ein Hemdchen, ein weiches Schnürleibchen und Unterröcke. Beim Haar half ihnen die Frau, der Thilo eine weitere Münze zugesteckt hatte, und nachdem es mit Nadeln festgesteckt war, wurde eine Haube darauf befestigt. Es war ein seltsames Gefühl, dass Nacken und Hals so freilagen. Agnes bewegte den Kopf, der nun seltsam leicht wirkte.

»Wenn ich nicht wüsste, dass du es bist, würde ich dich nicht erkennen«, sagte Thilo.

Agnes ließ ihn stehen und ging zu einem Spiegel, der ihr das leicht verzerrte Bild einer Frau zurückgab. Sie hatte sich nie selbst angesehen, hatte nie einen Spiegel besessen, und daher war die Frau ihr fremd. Das war sie? Diese schmale, hohlwangige Gestalt mit dem nussbraunen Haar und den grauen Augen? Agnes berührte ihr Gesicht, und die Fremde tat es ihr gleich. Sie hatte ein Bild von sich im Kopf gehabt, und es war verstörend, dass diese Frau nichts damit gemein hatte. Rasch wandte sie sich ab.

»Willst du da anwachsen?«, schnappte sie, und Thilo setzte sich in Bewegung.

Von den Niederländern in Hamburg bekam Agnes nicht viel mit, außer dass sie hin und wieder Kaufleute auf den Straßen sah. In Olland, dem Alten Land, hatten sich die Niederländer schon vor langer Zeit angesiedelt. Das wusste sie von Thilo, der sich offenbar entschieden hatte, ein echter Niederländer zu werden, und mittlerweile sogar ihre Sprache beherrschte. Sie hatte ihn gefragt, ob das von ihr auch verlangt werden würde, aber er hatte sie beruhigt.

»Das lern ich nämlich nich«, hatte sie gesagt.

»Es ist gar nicht so schwer. Aber du musst es nicht.« Als sie am Haus angelangt war, musterte er sie. »Schau doch ein bisschen freundlicher drein.«

»Kann ich nich.«

Seufzend gab er es auf und betätigte den Türklopfer. »Wir gehen immer durch die Seitentür. Das Hauptportal ist für die Herrschaften.«

»Die Herrschaften«, äffte sie ihn nach und wäre am liebsten auf dem Absatz umgedreht.

Thilo wies Albrecht an, sich neben die Tür zu legen. »Nur, bis wir wissen, was mit ihm wird. Wir können ihn nicht einfach mit reinnehmen.«

Endlich wurde die Tür geöffnet, und eine beleibte Frau sah sie verdrießlich an. »Na, du kannst dich ja auf was gefasst machen«, sagte sie zu Thilo. »Der Herr Cornelis sucht dich schon.«

»Mevrouw Emke wusste doch, wo ich bin.«

Die Frau zuckte die Schultern und trat zurück, um sie einzulassen. Dabei taxierte sie Agnes, die den Blick erwiderte. »Und wer ist dieses aufsässige Vögelchen?«

»Agnes. Sie stellt sich als Magd vor.«

»Das magere Ding kriegt doch keinen Wassereimer gehoben.«

Offenbar ahnte Thilo, dass Agnes eine wütende Antwort auf der Zunge lag, denn er drückte sanft ihren Arm, und sie blieb stumm. Dafür schoss sie einen verächtlichen Blick auf die Frau, die daraufhin die Brauen zusammenzog.

»Das ist unsere Köchin«, erklärte Thilo, als er sie durch das Haus führte. »Sie ist eigentlich nicht übel, nur momentan etwas schlecht gelaunt, weil so viel mehr Arbeit an ihr hängen bleibt. Sie hat schon gedroht, das Haus zu verlassen.«

»Na hoffentlich«, murmelte Agnes.

»Sag das nicht. Gute Köchinnen sind schwer zu kriegen, und man sollte alles tun, sie zu halten.«

»Bist wirklich einer von denen geworden«, murmelte sie. Sie fühlte sich unbehaglich und fremd in der neuen Kleidung, und sie fragte sich, wie sie sich damit bei Diebeszügen unauffällig heranpirschen sollte.

»Was blieb mir denn übrig?«, zischte er zurück. Dann wies er sie mit einer Handbewegung an zu schweigen und trat mit ihr in eine große Stube, die geradezu prachtvoll war mit Wandteppichen, schimmernden Kandelabern und einem reich verzierten Kabinettschrank, in den Szenen des städtischen Lebens geschnitzt waren. Agnes war so vertieft in den Anblick ihrer Umgebung, dass sie die Frauen erst bemerkte, als Thilo sich mehrmals vernehmlich räusperte.

Es waren zwei Frauen in dunklen Kleidern mit breiter weißer Halskrause, die eine blond, die andere dunkelhaarig. Beide sahen sie an, ernst, aber nicht unfreundlich. Sie saßen hinter einem großen, eisenbeschlagenen Tisch, um den mehrere Stühle standen. Agnes' Blick fiel auf das Brett mit Käse, Brot und Schinken. Ob sie wohl im Hinausgehen etwas davon mitgehen lassen konnte?

»Du bist ja ein zartes Geschöpf«, sagte die Dunkelhaarige schließlich. »Ich bin mir nicht sicher, ob du für harte Arbeit gemacht bist.«

»Nachdem ich mein Zuhause verloren habe, hat sie mir das Leben gerettet«, sagte Thilo. »Mehr als einmal.«

Die Dunkelhaarige hob die Brauen. »Tatsächlich? Wie heißt du, mein Kind?«

»Agnes.«

»Ich bin Emke van Waalenburch, und dies«, sie deutete auf die Blonde, »ist Alea van Waalenburch, die Frau meines Schwagers Cornelis.« Den Namen ihres eigenen Mannes hatte sie nicht genannt, fiel Agnes auf. Cornelis war der Dienstherr von Thilo, das wusste sie, dann musste der andere der garstige Bruder sein. Emke van Waalenburch sah Thilo an. »Cornelis ist auf der Suche nach dir. Ich konnte ihn besänftigen, aber beeil dich lieber.«

Etwas verunsichert sah Thilo Agnes an. Die verdrehte die Augen. »Hab vorher auch ohne dich überlebt«, sagte sie schnippisch, was ihn keineswegs zu beruhigen schien. Die Frauen jedoch lächelten, und ohnehin blieb ihm nichts anderes übrig, als der Anweisung Folge zu leisten.

Als er gegangen war, winkte die dunkelhaarige Frau Agnes näher zu sich. »Hast du schon einmal in einem Haushalt gearbeitet?«

»Nein.«

»Setz dich doch. Bist du hungrig?«

Agnes zögerte und sah die Frauen argwöhnisch an. Niemand hatte etwas zu verschenken, erst recht keinen so guten Schinken oder so helles Brot.

»Der Käse ist aus unserer Heimat, genauer gesagt aus Gouda. Möchtest du welchen? Oder lieber Schinken?«

Es war ihr unmöglich zu widerstehen, Agnes hatte seit dem Vortag nichts mehr gegessen, weil ihr ihr Stolz verboten hatte, nach einem misslungenen Diebeszug Thilos Geld auszugeben. Sie trat näher, immer auf der Hut, aufzuspringen und davonzulaufen. Die Tür war nicht verschlossen, darauf hatte sie geachtet, als Thilo den Raum verlassen hatte.

Die Dunkelhaarige schnitt eine großzügige Scheibe Brot ab, belegte sie mit einer dicken Scheibe Schinken und legte ein Stück Käse dazu. Dann reichte sie es Agnes. Die ließ sich nun doch auf dem Stuhl nieder und musste an sich halten, das Brot nicht in einem in den Mund zu stopfen und hinunterzuschlingen.

»Thilo war der Meinung, du würdest hierherpassen, und als einer der wenigen Männer in diesem Haushalt scheint er nicht einfach dummes Zeug daherzureden.«

»Na ja«, brachte Agnes mit vollem Mund heraus, und die beiden Frauen grinsten.

»Wir brauchen dringend eine neue Magd, und weil Thilo sich für dich verbürgt, wollen wir es mit dir versuchen. Bisher hatte in diesem Haus niemand Grund, sich über ihn zu beklagen.« Sie reichte Agnes einen Kelch mit dunklem Wein, und zögernd nahm diese ihn entgegen. »Uns ist wichtig, dass du ehrlich bist, fleißig und nicht stiehlst.«

Agnes' Blick zuckte zu den Silberbechern, aber sie nickte.

»Die Kellerin steht dem weiblichen Gesinde vor und wird dich in deine Aufgaben einweisen. Du musst die Böden schrubben, die Kamine beheizen, in der Küche helfen und auf den Markt gehen. Dein Schlafplatz wird neben der Küche sein, weil du morgens als Erste aufstehst und dort die Öfen anheizen musst. Mit den männlichen Dienstboten hast du nichts zu tun, die unterstehen Meneer Cornelis. Natürlich ist dir jegliches Kokettieren mit den Männern untersagt.«

Die Vorstellung, sie könne vor Männern kokettieren, reizte Agnes zum Lachen. »Hab ich mein Lebtag nich«, antwortete sie.

Die Dunkelhaarige lächelte. »Dann ist es ja gut.«

»Darf Albrecht hier wohnen?«, fragte Agnes. »Wenn ich bleibe, muss er auch bleib'n.«

»Wer ist Albrecht? Ein Freund?«

»Ja, aber kein Mensch, sondern ein Hund.«

Die Blonde krauste die Stirn, während die Dunkelhaarige den Kopf schüttelte. »Wir können nicht erlauben, dass jeder aus dem Gesinde einen Hund mitbringt. Dann hätten wir das Haus voller Tiere.«

»Hat aber nich jeder gefragt, sondern nur ich. Und Albrecht hat uns das Leben gerettet.«

Emke van Waalenburch lächelte spöttisch. »Ich dachte, das wärst du gewesen.«

»Ich hab Thilos gerettet, und Albrecht uns beide. Er ist ein guter Wachhund und braucht nich viel. Er kann im Hof bleib'n.«

»Wir können deinen Hund nicht miternähren.«

»Der ernährt sich selbst. Er fängt Ratten.«

Das interessierte Alea van Waalenburch offenbar. »Wirklich? Er ist ein Rattenjäger?«

»Ja. Hat uns die Viecher oft vom Leib gehalten.«

»Wir denken darüber nach. Zuerst einmal müssen wir sehen, wie du dich bewährst. So lange darf dein Hund vor dem Haus liegen.«

Agnes biss sich auf die Lippen, sah aber ein, dass sie mehr nicht herausholen konnte, weil sie in keiner Position war, aus der heraus sie verhandeln konnte. »Is gut«, antwortete sie schließlich und schob ein »Danke« hinterher.

»Du wirst entsprechende Umgangsformen lernen müssen. Ich bin Mevrouw Emke, und meine Schwägerin ist Mevrouw Alea. Eigentlich Mevrouw van Waalenburch, aber das führt sonst immer zu Verwechslungen. Wenn du mit uns sprichst, dann redest du uns so an. Wenn du dich bedankst, sagst du: Danke, Mevrouw Emke oder Alea.«

In Agnes rebellierte es, aber sie dachte an Thilo und nickte. »Ja.«

»Ja, Mevrouw Emke.«

Am liebsten hätte Agnes ihr den Wein ins Gesicht gekippt. »Ja, Mevrouw Emke.«

Die Frau lächelte. »Siehst du. Es ist gar nicht so schwer.« Sie läutete mit einem Glöckchen, und eine Frau in schlichtem grauem Kleid erschien. »Hilda, das ist Agnes, unsere neue Magd. Agnes, Hilda ist die Kellerin, und du wirst allem, was sie sagt, Folge leisten.«

»Ja, Mevrouw Emke.«

Die Dunkelhaarige nahm die Antwort sichtlich anerkennend zur Kenntnis. »Hast du kein Bündel mit deinen Sachen dabei?«

»Ich besitze nichts, nur dieses Kleid.« Agnes deutete darauf.

In den Gesichtern der beiden Frauen zuckte etwas. War es Mitleid? Agnes wollte nicht, dass jemand sie bemitleidete, und so wandte sie sich ab.

»Komm, Mädchen«, sagte Hilda und wies zur Tür. Folgsam ging Agnes zu ihr und verließ die Stube.

»Du bist ja ein dürres Ding. Ich hoffe, es zerlegt dich nicht, wenn du die Böden schrubbst.«

»Ich bin kräftiger, als ich ausseh.«

»Du kannst dich gleich an die Arbeit machen. Wir haben viel zu tun, unsere Magd, das diebische Stück, hat uns verlassen. Abends bekommst du Brot und eine dicke, heiße Brühe.« Sie ging Agnes voraus durch einen Korridor, der karger war als das, was diese bisher von dem Haus gesehen hatte. Dafür duftete es nach gebratenem Fleisch und frischem Brot. »Hier befindet sich die Küche, deine Kammer ist direkt daneben. Du stehst vor dem ersten Hahnenschrei auf und heizt in der Küche den

Ofen ein. Dann gehst du in den Speisesaal, wo die Herrschaften das Morgenmahl zu sich nehmen. Später die Stube, wohin sich die Damen zurückziehen. Danach kümmerst du dich um ihre Räumlichkeiten, räumst auf, machst sauber und fragst die Köchin, ob sie Besorgungen für dich hat. Die Männer sind dann bereits im Kontor oder unten in der Diele, wo ihre Handelsräume sind. Dort hast du nichts verloren. Wenn die Herren deine Dienste wünschen, werden sie es dich wissen lassen.«

»Dienste?«

»Wenn du dort die Böden schrubben sollst.«

Agnes nickte. Lange blieb sie hier nicht, das wusste sie jetzt bereits. Sollte sie den ganzen Tag auf den Knien sitzen, um einzuheizen, zu putzen, und die restliche Zeit buckeln? *Ja, Mevrouw, nein, Mevrouw.*

»Und hier ist deine Kammer.« Hilda stieß eine Tür neben der Küche auf.

Agnes spähte hinein, sah eine schmale Bettstatt, eine Truhe am Fußende, einen Tisch und einen Stuhl davor. Der Raum war so winzig, dass drei Menschen kaum Platz darin finden würden, aber Agnes konnte nicht glauben, dass das ihre Kammer sein sollte. »Und wer schläft hier noch?«, fragte sie zögernd.

Die Kellerin lachte. »Niemand außer dir, Dummkopf.«

Sie zeigte Agnes das restliche Haus. »Das Gesinde macht seine Kammern selbst sauber, das ist nicht deine Aufgabe. Es gibt den Hausvater, der steht dem männlichen Gesinde vor, nur nicht dem Secretarius, der ist allein Meneer Cornelis unterstellt.«

»Secretarius?«

»Thilo. Ansonsten haben wir noch einen Knecht und den persönlichen Diener der beiden Herren. Die Damen haben eine Zofe, deren Anweisungen du ebenfalls Folge zu leisten hast.«

Agnes unterdrückte ein Seufzen.

Jeder Knochen im Leib schmerzte sie, als Agnes sich abends auf ihr Bett sinken ließ. In ihr rangen widersprüchliche Gefühle. Sie war müde und wie erschlagen vom Schrubben der Böden. Außerdem hegte sie Mordgedanken gegen die Köchin, die sie immerfort angewiesen hatte, den Ofen gründlicher zu reinigen. Aber da war auch das Gefühl angenehmer Sättigung mit der warmen Brühe im Bauch. Agnes streifte ihre klobigen Holzschuhe ab und legte sich aufs Bett. Sie hatte eine Talgkerze, die in der Laterne auf dem Tisch flackerte. Sie war angewiesen worden, sparsam damit umzugehen, denn wenn sie innerhalb eines Monats eine zweite brauchte, wurde ihr die vom Lohn abgezogen.

Ihr Blick fiel auf die geschlossene Tür, die sich nicht verriegeln ließ, und Beklemmung überkam sie. Wenn sie hier in diesem Hemd lag, wäre sie jedem, der seinen Weg zu ihr suchte, ausgeliefert. Zwar wusste Agnes sich zu wehren, aber sie wusste auch, dass sie einem ausgewachsenen Mann nicht viel entgegenzusetzen hatte. Das übrige Gesinde hatte seine Räumlichkeiten im Dachstuhl, nur Agnes' winzige Kammer war hier unten.

Sie blies die Kerze aus und legte sich versuchsweise voll bekleidet aufs Bett. Obwohl sie so erschöpft war, war sie zu aufgewühlt, um zu schlafen. Sie richtete sich auf, zog im Dunkeln das Kleid aus und ließ es achtlos zu Boden fallen. Als sie im Hemdchen in ihrem Bett lag, fühlte sie sich mit einem Mal sehr allein. Sie vermisste Albrecht, seine Wärme und den Schutz, den er spendete. Das letzte Mal, als Agnes in einem verschlossenen Raum in einem Bett gelegen hatte, war beim alten Barne Theves gewesen. Das Herz schlug ihr nun bis in den Hals, und Agnes atmete schneller. Ihr Blick huschte im Dunkeln umher, und sie wollte nichts lieber, als Albrecht an ihrer Seite haben. Unmöglich konnte sie so schlafen. Ob sie sich in einer Ecke in der Küche verkriechen sollte? Wo Fluchtwege offen waren und sie niemand vermutete? In der Nische neben der Feuerstelle?

Agnes richtete sich auf und strich sich eine Strähne aus dem Gesicht. Es war so ungewohnt, dieses weiche Haar, das an ihrem Hinterkopf festgesteckt war. Es fühlte sich fremd an, nicht mehr strähnig verklebt und zum Teil verfilzt. Wenn die Läuse zu arg geworden waren, hatte Agnes sich stets selbst mit einem Messer von einem Teil ihrer Haare befreit und sie nahe am Kopf abgesäbelt. Das hatte vorübergehende Linderung von dem Juckreiz gebracht. Jetzt bissen sie zwar immer noch Flöhe, aber die gab es überall.

Der Boden war kalt unter ihren bloßen Füßen, als Agnes sich zur Tür tastete. Behutsam schob sie sie auf und spähte hinaus. Stockduster. Sie hielt den Atem an, lauschte, ob sie jemanden atmen hörte oder ein verräterisches Rascheln von Kleidung. Nichts. Ohne einen Laut huschte sie durch den Korridor. Sie konnte sich im Dunkeln zurechtfinden, und sie wusste sich geräuschlos zu bewegen, anders hätte sie nicht überlebt. Zudem war ihr Orientierungssinn hervorragend, und sie wusste, wie sie in den Bereich kam, in dem sich Thilos Kammer befand. Er war nicht beim Gesinde untergebracht, sondern in der Kaufmannsdiele nahe dem Kontor.

Immer wieder hielt sie inne, lauschte in die Finsternis, ehe sie weiterging. In der Diele fiel Mondlicht durch das gefächerte Fenster über der Tür, und so konnte Agnes sich gut zurechtfinden. Sie fand die Tür zu Thilos Zimmer und drückte leise die Klinke hinunter. Im Zimmer herrschte tiefe Finsternis, und sie hörte das leise Knarren des Bettes, als Thilo sich bewegte.

»Wer ist da?«

»Ich bin es.« Agnes schloss die Tür hinter sich. Die Anspannung fiel von ihr ab, und sie ging zu Thilo, setzte sich auf den Bettrand und schlüpfte schließlich ohne ein weiteres Wort zu ihm ins Bett. »Ich hatte Angst«, gestand sie.

Thilo legte einen Arm um sie und zog sie an sich, sodass ihr Rücken an seiner Brust lag. »Aber warum denn?«

»Ich weiß es nicht, ich kam mir in dem Zimmer so ausgeliefert vor.«

»Niemand im Haus wird dir etwas tun«, sagte er, und sie spürte seine Stimme als Vibrieren in der Brust, war eingehüllt von seiner Wärme.

»Kann ich bei dir schlafen?«

Jetzt bewegte sich seine Brust, als er leise lachte. »Dann setzen sie uns morgen beide auf die Straße.«

»Kann ich ein bisschen bleiben?«

»Ja, ein bisschen schon.«

Sie kuschelte sich enger an ihn und spürte, wie er hart wurde. Lange blieben sie so liegen, und in Agnes' Bauch stieg Hitze auf, und tief in ihr pochte ein diffuses Verlangen. Irgendwann ließ sie seine Hand los und löste sich von ihm. Sie drehte sich zu ihm um und drückte ihm einen Kuss auf den Mund, dann stand sie auf und verließ ohne ein weiteres Wort sein Zimmer. Als sie kurz darauf an ihrer Kammer anlangte, war sie so müde, dass sie sich kaum noch auf den Beinen halten konnte. Sie legte sich in ihr Bett, wickelte sich in die Decke und fiel kurz darauf in einen tiefen, traumlosen Schlaf.

AMSTERDAM, AUGUST 1600

Marianna hatte das Haar kunstvoll aufgesteckt, und Henni befestigte samtene Bänder darin und stülpte eine Perlenhaube darüber. Sie hatte immer wieder betont, wie bedeutsam dieser Abend sein würde. Marianna ahnte es nur allzu gut, denn ihr Vater hatte bereits angedeutet, was sie erwartete. Im Grunde genommen hätte sie es ohnehin ahnen müssen. Sie war neunzehn Jahre alt, und es war klar, dass ihr nicht mehr viel Zeit gelassen werden würde. Auch die Wahl des Ehemanns hätte sie im Grunde genommen nicht überraschen dürfen. Ihr Vater protegierte Jan van der Hijden schon lange, und der Mann war ihr offenkundig zugetan.

Für Marianna war das eine zweischneidige Sache. Einerseits mochte sie ihn durchaus, und sie fand ihn mit seinen asketisch anmutenden, scharfgeschnittenen Zügen, der Adlernase und dem leichten Silberblick durchaus gutaussehend. Aber heiraten? Das konnte sie sich beim besten Willen nicht vorstellen. Sie war nicht so naiv zu glauben, ihr Vater würde darauf warten, dass sie in Liebe zu einem Mann entbrannte, um ihr diesen dann als Ehemann anzutragen. Aber musste er ihr nicht wenigstens ein bisschen gefallen? Andererseits könnte es durchaus schlimmer kommen.

Jan van der Hijden war freundlich, und er begegnete Mariannas Interesse für Schiffe und Reisen mit Geduld, beantwortete ihre Fragen, und wenngleich er etwas so Gewagtes wie einen Ausflug auf eines der Schiffe kein weiteres Mal mit ihr unternahm, schien es doch, als könnte das Leben an seiner Seite recht annehmbar werden. Vielleicht würde er sie mit auf Reisen nehmen. Dann wäre die Ehe sogar etwas, worauf sie sich freuen konnte.

Als sie sich in dem dunkelgrünen Kleid mit weißem Spitzenbesatz und der breiten Halskrause vor dem Spiegel drehte, wippte der Rock leicht, und die Unterröcke raschelten. Henni war zufrieden. »Wundervoll seht Ihr aus.«

Ihr Vater wollte sie sprechen, ehe die Feier begann, und so wartete er in seinem Schreibzimmer auf sie. Als sie eintrat, erhellte ein liebevolles Lächeln seine Züge. »Du siehst deiner Mutter immer ähnlicher.«

Und doch war sie vollkommen seine Tochter, was ihren Geist und ihr fortwährendes Streben nach Abenteuer anging. Ihr Vater war als junger Mann viel gereist, und Marianna war ganz und gar in diesem Geist erzogen worden. Leider war seine Duldsamkeit nie so weit gegangen, sie verreisen zu lassen. Aber das würde sich hoffentlich bald ändern.

»Setz dich doch, Liebes.« Er deutete auf einen der lederbezogenen Stühle. »Möchtest du ein Glas Wein?«

»Sehr gerne.«

Er schenkte ihr aus einer Karaffe ein und reichte ihr das Glas. Dann nahm er ihr gegenüber Platz. »Du weißt, warum dies ein bedeutsamer Abend sein wird, nicht wahr?«

»Ja, Vater.«

»Jan van der Hijden hat schon vor längerer Zeit um deine Hand angehalten, aber ich habe mir Zeit auserbeten, um sicher zu sein, dass ich die richtige Entscheidung treffe. Ich habe ihn im Umgang mit dir beobachtet, und auch von deinem kleinen Abenteuer auf der Fleute habe ich erfahren.« Er hob die Hand und schmunzelte, als sie den Mund öffnete, um zu antworten. »Ich bin dir nicht böse. Was sonst sollte ich von der Tochter eines Reeders erwarten?«

Sie nahm einen Schluck aus ihrem Glas und bemerkte, dass ihre Hand leicht zitterte. Die ganze Sache war aufregender, als sie es erwartet hatte, angesichts dessen, dass es keine gar zu große Neuigkeit mehr war, die ihr Vater ihr mitteilte. Aber nun wurde es greifbar. Sie wäre verlobt, und das Ende ihrer Mädchenzeit rückte näher. Schon in wenigen Monaten würde sie aus diesem Haus ausziehen in eines, das sie bisher noch nicht gesehen hatte. Sie wäre eine Ehefrau und würde einem Haushalt vorstehen. Wenn sie so recht darüber nachdachte, verspürte sie sogar einen Anflug von Furcht. So große Erwartungen, und sie wusste nicht, ob sie ihnen gerecht werden konnte.

»Ich bin davon überzeugt, dass Jan van der Hijden dir ein guter Mann sein wird. An seinem Umgang mit dir war nichts auszusetzen, und ich denke, du wirst mit ihm glücklich werden.«

»Das hoffe ich sehr.«

»Er wird die Verlobung durch ein Geschenk an dich besiegeln«, sagte ihr Vater.

So war es Brauch, und Marianna hatte sogleich die romantischsten Vorstellungen im Kopf. Jan van der Hijden wusste von ihrer Leidenschaft. War sein Geschenk womöglich eine Reise? Wie herrlich das wäre.

»Für die Hochzeit plane ich das Frühjahr, dann habt ihr Zeit, euch richtig kennenzulernen.«

Sie leerten ihre Weingläser und erhoben sich, um unten in der Eingangshalle die Gäste willkommen zu heißen. Es war ein sehr warmer Tag gewesen, und durch die Türen, die sich immer wieder öffneten, um die Gäste einzulassen, drang ein säuerlicher Abfallgestank ins Haus, dem zwei Hausdiener entgegenzuwirken versuchten, indem sie in einer Schale Kräuter verbrannten. Die Maßnahme führte dazu, dass die Halle nun ein wenig verqualmt war, was Marianna die Tränen in die Augen trieb.

Als Jan van der Hijden eintrat, wurden ihre Wangen vor Verlegenheit ganz heiß. Sie war ihm oft begegnet, aber ihm nun gegenüberzustehen, während sie beide wussten, dass ihnen ein gemeinsames Leben beschieden sein sollte, ließ sie verlegen werden. Marianna wusste nicht viel vom Eheleben, aber sie wusste doch, dass sie sich Zimmer und Bett teilten und dass es zu einer Nähe kam, die über alles, was sie bisher kennengelernt hatte, hinausging. So zumindest beschrieben es ihre verheirateten Freundinnen, die sich jedoch nicht näher dazu ausließen und nur lächelnd die Augen rollten, wenn es um dergleichen Themen ging.

Marianna wurde mit Komplimenten überhäuft, und sogar Betje van den Brock, die Nachbarstochter, sagte ihr, dass sie ganz und gar entzückend aussehe. Dabei hatte sie sonst nie etwas Freundliches über jemanden zu sagen. Doch an diesem Abend, der so bedeutsam war, war offenbar vieles möglich. Nachdem sie alle Gäste willkommen geheißen hatten, gingen sie in das Speisezimmer, dessen Flügeltüren zum angrenzenden Empfangszimmer geöffnet worden waren, sodass ein großer Raum entstand. Ihr Vater trat zu den langen Tischen an der Wand, die sich unter Speisen bogen, nahm ein Glöckchen zur Hand und läutete es.

Das Geplauder der Gäste verstummte, und alle sahen sich zu ihnen um. Daan van Klaaveren winkte Jan van der Hijden an seine Seite, sodass er zwischen ihm und Marianna stand. »Meine lieben Gäste, ich freue mich, dass Ihr meine Einladung so zahlreich angenommen habt. Es ist ein ganz besonderer Abend, und ich freue mich, ihn mit Euch gemeinsam zu begehen. Ich darf die Verlobung meines einzigen Kindes, meiner wundervollen Marianna, mit Jan van der Hijden bekanntgeben, einem jungen Mann, den ich schon lange fördere und den ich nun als meinen Sohn in die Familie aufnehmen werde.«

Glückwünsche folgten, Raunen, Lachen, Stimmen, die durcheinanderklangen, und Marianna wurde ganz schwindlig vor freudiger Erregung. Sie war aufgenommen in den Kreis der Erwachsenen, eine junge Frau, die bald über ihr eigenes Haus herrschte. Die vorherige Furcht vor der Größe der Aufgabe wich nun einer erwartungsvollen Erregung.

Jan van der Hijden verbeugte sich vor ihr und reichte ihr eine kleine hölzerne Schachtel. »Mein Geschenk zur Verlobung.«

Unter den gespannten und wohlwollenden Blicken der Umstehenden öffnete Marianna das Schächtelchen. Darin lag ein Ring mit einem großen Smaragd, der umgeben war von Diamantsplittern. Er war wunderschön, aber Marianna fühlte sich ein klein wenig ernüchtert. Dennoch lächelte sie, hob den Blick und dankte ihm mit leiser Stimme.

»Ach, wie reizend schüchtern die Juffrouw ist!«, rief eine Frauenstimme.

Marianna war nicht schüchtern, nur ein wenig enttäuscht, denn ein Ring erschien ihr gar zu gewöhnlich. Sie machte sich nicht viel aus Schmuck, denn sie hatte den gesamten Schmuck ihrer Mutter geerbt und zwischendurch immer etwas geschenkt bekommen. Noch mehr brauchte sie wahrhaftig nicht. Viel lieber hätte sie ein Geschenk erhalten, das ihren Neigungen und Wünschen entsprach. Aber sie wusste auch, dass es sich nicht gehörte, Forderungen an ein Geschenk zu stellen, was ja eine freiwillige Gabe war, mit dem der Schenkende eine Freude machen wollte. Sie ließ zu, dass Jan van der Hijden ihr den Ring auf den Finger schob. Zu gerne hätte sie wenigstens gehört, dass der Ring eine tiefere Bedeutung für ihn hatte, dass er ein Erbstück wäre und seit Generationen in der Familie. Aber offenbar hatte er ihn für sie erworben, und das machte ihn kalt und seelenlos. Marianna verbat sich diese Gedanken. Auch ein Erbstück war irgendwann neu gewesen und hatte das Herz der Beschenkten erfreut. Dann begann die Geschichte dieses Rings eben mit ihr.

Jan van der Hijden schien nichts von dem Gedankenaufruhr in ihrem Innern zu ahnen. Das zumindest hoffte sie. Ein Diener reichte ihnen Kelche mit Wein, die sie hoben und zum Mund führten. Mariannas Freundinnen gratulierten ihr, und selbst die garstige Betje lächelte. Der Ring an ihrer Hand funkelte, als Marianna den Kelch erneut an die Lippen hob. Er war wirklich schön, sagte sie sich. Es gab wahrhaftig keinen Grund, enttäuscht zu sein. Im Grunde genommen hatte Jan van der Hijden auch keine andere Wahl gehabt, als ihr etwas zu schenken, was auch in der Öffentlichkeit wahrgenommen werden würde. Geschenke zur Verlobung konnten alles Mögliche sein, sogar ein Handschuh als symbolische Geste. Wichtig war, dass damit der Akt besiegelt wurde. Sie konnten trotzdem zusammen reisen. Vielleicht würde dies sein Geschenk zur Hochzeit sein.

Als der Andrang nachließ und Daan van Klaaveren Musik aufspielen ließ, führte Jan van der Hijden Marianna zu dem reich gedeckten Tisch und fragte, was sie zu essen wünsche.

»Wer kann denn essen in einem Moment wie diesem?«, fragte eine Frau lachend. »Maß halten heißt's und die Figur erhalten, damit das Brautkleid passt.«

»Ansonsten lassen wir es ein wenig aus«, entgegnete Jan van der Hijden. »Für mich soll niemand hungern.«

Marianna war eigentlich zu aufgeregt, um etwas zu essen, aber weil es alles zu gut aussah, nahm sie ein in Teig gebackenes Würstchen und biss hinein. Ihr Verlobter – es fühlte sich seltsam an, ihn so zu nennen – stand daneben und nippte nur an seinem Kelch. *Mein Verlobter.* Marianna sagte es sich stumm immer wieder auf, damit es einen vertrauten Klang bekam.

»Ich kann Euch nicht sagen, wie sehr es mich freut, dass Euer Vater meinen Antrag angenommen hat«, sagte er. »Ich war Euch vom ersten Tag an verfallen.«

Marianna spürte Verlegenheit in sich aufsteigen und wusste nicht, was sie darauf antworten sollte. Sie war ihm keineswegs verfallen gewesen, weder am ersten Tag noch jetzt. Aber das konnte sie ja schlecht sagen. Doch sie konnte auch nicht behaupten, dass es ihr ähnlich ergangen wäre, denn eine solche Lüge war gewiss durchschaubar. Oder erwartete er eine höfliche und keine ehrliche Antwort? »Ihr seid ein bemerkenswerter Mann«, entgegnete sie schließlich und war stolz auf ihre Diplomatie. »Ich bin mir sicher, niemand sonst hätte mir eine Fleute gezeigt.«

»Das war in der Tat sehr wagemutig.« Er zwinkerte ihr zu.

»Ich freue mich so unglaublich darauf, wieder ein Schiff zu betreten.«

»Möchte Euer Vater Euch mit auf die Werft nehmen?«

»Mein Vater ist in vielem sehr offen, aber was meine Besuche auf der Werft angeht, bleibt er bedauerlicherweise der Meinung, dergleichen gehöre sich nicht für eine Frau.«

»Eine Meinung, die er mit vielen teilt. Ich denke hingegen, dass es nie verkehrt ist, etwas Neues dazuzulernen.«

Das war er, dachte Marianna, der Moment, in dem sie wusste, dass sie zusammen die Welt ansehen würden. »Ich dachte vielmehr an den Augenblick, wenn wir auf einer Fleute in See stechen und die Handelsreisenden begleiten.«

Jan van der Hijden, der gerade erneut den Kelch hob, krauste die Stirn. »Euer Vater verreist mit Euch? Davon hat er mir nichts erzählt.«

Marianna lachte. »Nein, das ganz gewiss nicht. Aber ich dachte, wenn wir verheiratet sind, werdet Ihr mit mir reisen.«

Irritiert sah Jan van der Hijden sie an, und dann legte er den Kopf zurück und lachte so schallend auf, dass die Umstehenden zu ihnen hinüberblickten, belustigt wirkten, als hätte Marianna ihren Verlobten mit einem besonders guten Scherz unterhalten. Schließlich sah Jan van der Hijden sie wieder an, immer noch amüsiert. »Meine Liebe, wie kommt Ihr auf einen derart absurden Gedanken?«

Hitze stieg Marianna vom Hals her ins Gesicht. »Ihr sagtet doch, ich solle Neues dazulernen, und Ihr wart stets so offen, was meine Interessen angeht.«

»Ich erlaube Euch, ein Schiff in der Werft anzusehen, das ja. Aber glaubt Ihr ernsthaft, ich begebe mich mit meiner Ehefrau auf ein Schiff, das ein Jahr unterwegs ist und auf dem sie ausschließlich von Offizieren, Matrosen und Schiffsjungen umgeben ist? Verbringe meine ehelichen Nächte in engen Kojen? Wo denkt Ihr hin?«

»Ich möchte fremde Länder sehen.«

»Es gibt Bilder, die Reisende gemalt haben, Berichte und Bücher. Dort könnt Ihr Eure Kleinmädchenträume vom Reisen ausleben. Versteht mich nicht falsch, ich gehöre nicht zu den Männern, die möchten, dass ihre Frauen sich nur dem Haus und den Kindern widmen. Je mehr interessante Gespräche ich mit Euch führen kann, umso besser. Das ist mehr, als ich mir von einer Ehefrau je erträumen konnte. Aber Ihr werdet nicht mit dem Schiff verreisen. Jetzt nicht und auch in Zukunft nicht.«

Marianna hatte das Gefühl, der Bissen in ihrem Mund würde anschwellen, größer und größer werden, sodass sie ihn kaum mehr schlucken konnte. Ein Klumpen ballte sich in der Kehle zusammen, und als sie spürte, wie ihr der Blick verschwamm, wandte sie sich rasch ab und schenkte sich Wein nach. Sie blinzelte, sah wieder klar und drehte sich um. Wenn nur niemand merkte, wie es in ihr tobte, wie sehr sie in diesem Moment bereute, ihren Vater nicht mit aller Vehemenz von seinen Plänen abgehalten zu haben. Sie hätte warten müssen, auf den richtigen Mann, auf einen, der ihre Wünsche teilte und danach strebte, sie zu erfüllen. Jetzt war es zu spät.

Sobald die Verlobung offiziell war, war es nicht mehr möglich, sie einseitig zu lösen. Sie saß in der Falle. Ihr Vater würde das Aufgebot bestellen, und dann war es schlechterdings nicht mehr möglich, die Verbindung zu lösen. Tat man es dennoch, galt man als geschieden, und Trennungen waren nur in Ausnahmefällen denkbar. Nicht einmal eine Schwangerschaft von einem anderen Mann war ein Grund, eine Verlobung zu lösen, denn in einem solchen Fall bestand für einen Vater des Kindes die Möglichkeit, sich dazu zu bekennen und es zu sich zu nehmen. Marianna hatte überhaupt keine Möglichkeit, denn selbst wenn sie nun mit jemand anderem durchbrannte, musste sie am Ende den Verlobten heiraten.

Bis zum Frühjahr war es nicht mehr lange hin. Wie sollte sie der Sache entkommen? Sollte sie mit ihrem Vater sprechen? Er würde die Verlobung nicht lösen, nur weil Jan van der Hijden ihr das Reisen verbot. Und selbst wenn sie sie löste, half ihr das nicht, falls er daran festhielt. Sie wusste, dass ihr Vater diese Wahl in bester Absicht getroffen hatte, er war sich gewiss gewesen, dass Jan van der Hijden sowohl für Marianna als auch für die Reederei ein Gewinn war. Davon würde ihn nichts abbringen. Der schwere Ring kam ihr auf einmal wie eine Fessel vor, ein Eisenring, mit dem sie an dieses Leben gebunden war. Marianna war zum Heulen zumute. Es war geradezu aussichtslos.

Hendrik Valckenberg war in den letzten beiden Jahren freundlicher geworden und nachgiebiger. Arjen vermutete, dass dies an dem kleinen Ruben lag, der seit seiner Geburt vor zwei Jahren das Herz seines Großvaters gefangen nahm. So recht vorstellen können hatte Arjen sich nie, wie es wohl sein würde, Vater zu sein. Er hatte damit gerechnet, dass er das Kind lieben würde, nicht jedoch mit den Ängsten, die mit dieser Liebe einhergingen. Danach war Jolanda noch zweimal in Erwartung gewesen, aber sie hatte beide Kinder früh verloren, und der Arzt hatte ihnen nahegelegt, ihrem Körper erst einmal ein Jahr Ruhe zu gönnen, ehe sie es wieder versuchten. Arjen hatte befürchtet, dass sie nun auf ihr eheliches Beisammensein verzichten mussten, was nicht nur er bedauert hätte, sondern auch sie, denn seit sie auf diese Weise zueinander gefunden hatten, waren die gemeinsamen Nächte für beide Seiten ein vortrefflicher Genuss.

»Die Hebamme sagt«, hatte Jolanda ihm jedoch erzählt, »es gibt Methoden, eine Empfängnis zu verhindern.« Seither führte sie vor dem Akt eine Paste aus Granatapfel und

Zedernöl ein und nieste jedes Mal mehrmals absichtlich, so wie es ihr angeraten worden war, um einen möglicherweise gelegten Keim wieder aus dem Körper hinauszubefördern. Überdies passte Arjen auf und ergoss sich nicht in ihren Körper.

Sie hatten ihr gemeinsames Leben gut arrangiert. Sie war nicht das naive Mädchen, als das er sie vor seiner Verlobung gesehen hatte, sondern eine junge Frau, die durchaus wusste, was sie wollte. Das Verhältnis zu ihrem Vater war seit jeher schwierig gewesen, und so schien sie glücklich darüber, mit wie viel Freundlichkeit Hendrik Valckenberg ihr begegnete. Mit Arjens Stiefmutter Annike verstand sie sich nicht gut, aber das wunderte Arjen nicht. Seit Lisa verheiratet war und sie nur noch die Kleine – die mittlerweile auch schon fast siebzehn war – zu Hause hatte, erschien sie Arjen unverträglicher denn je. Als sei nun, da die Töchter nach und nach aus dem Haus waren, ihre Aufgabe erfüllt, und sie befürchtete, dass Arjens Ehefrau sie von ihrem bisherigen Platz verdrängte.

Mit Lisa verstand sich Jolanda sehr gut, und so besuchten sie einander auch nach Lisas Hochzeit oft. Lisas Erstgeborener war ein Jahr jünger als Ruben, und Arjen fand es amüsant, zu beobachten, wie sein Vater, der sich Arjen gegenüber stets mit solcher Strenge zeigte, seinen Enkelkindern mit so viel nachsichtigem Entzücken begegnete. Arjen wünschte, seine Stiefmutter wäre Ruben gegenüber eine ebenso liebevolle Großmutter wie den Kindern ihrer Töchter, aber die meiste Zeit ignorierte sie ihn. Vielleicht erinnerte er sie zu sehr daran, dass nicht sie es war, die für den Stammhalter gesorgt hatte. Als wäre dies etwas, das in ihrer Hand gelegen hätte.

Als Arjen an diesem Nachmittag über die Bücher gebeugt dasaß und die Rechnungen der Lieferanten durchging, gesellte sich sein Vater zu ihm, was selten vorkam, denn Hendrik Valckenberg war während der Arbeitszeit normalerweise nicht zu Plaudereien aufgelegt. Jetzt jedoch wirkte er aufgeräumt und bot Arjen sogar von seinem Pfeifentabak an, sodass sie gemeinsam rauchten.

»Ich bin überaus zufrieden mit dir«, gestand ihm sein Vater, und Arjen wusste nicht recht, wie ihm geschah. »Du arbeitest hervorragend, du bist deiner Ehefrau gegenüber aufmerksam, und ich habe dich seit langem nicht mehr murren gehört über Entscheidungen, die ich treffe. Weißt du, was ich besonders schätze?«

Arjen zögerte. »Dass ich Euch einen Stammhalter geschenkt habe?«

Mit einem Seufzen verdrehte Hendrik Valckenberg die Augen. »Mach es doch nicht mit einem Satz wieder zunichte. Der Sohn war mitnichten dein Verdienst, du hattest einen Moment des Vergnügens. Wenn du dabei entscheiden könntest, ob ein Mädchen oder ein Junge herauskäme, würde ich dich der Wissenschaft spenden. Überdies hatte deine Frau die meiste Arbeit damit, es warst also mitnichten du, der mir den Erben geschenkt hat. Nein, was ich besonders schätze, ist, dass du Geduld gelernt hast. Ich weiß, dass du zur See möchtest, aber du hast in all den Jahren nicht insistiert. Du hast hin und wieder darum gebeten, doch du hast dich meiner Meinung gefügt. Und ich denke, es ist an der Zeit, dir meine Anerkennung dafür zu zeigen.«

Arjen sah ihn fragend an, und mit einem Mal ging ihm das Herz schneller.

»Ich möchte, dass du eines der Handelsschiffe der Reederei van Klaaveren begleitest. Deine Reise führt dich allerdings nicht in die Baltische See, sondern ins Mittelmeer, genauer gesagt nach Genua.«

Das Glück erschien Arjen in diesem Moment wie eine Welle, die über ihm zusammenschlug. Sein sehnlichster Wunsch ging in Erfüllung, und er konnte es kaum fassen. Er wäre über jede Reise glücklich gewesen, aber dass sie ihn so weit fortführte und endlich die Möglichkeit hatte, mehr von der Welt zu sehen als Lübeck und Amsterdam sowie die kurze Strecke dazwischen, erfüllte ihn mit einer unbändigen Freude. »Ich danke Euch«, war alles, was er hervorbringen konnte. Es schnürte ihm regelrecht die Kehle zu, und er brachte kein weiteres Wort heraus.

»Ich denke, künftig werden unsere Handelsschiffe auf weitere Reisen gehen«, fuhr sein Vater fort. »Obwohl die Reise von de Houtman als wahrer Fehlschlag gelten darf – in jeder Hinsicht! –, können wir doch davon ausgehen, dass wir am Beginn einer großartigen Entwicklung stehen.«

Sosehr Arjen den Welthandel befürwortete, ja Reisen in entfernte Länder regelrecht herbeisehnte, so sehr verabscheute er gleichzeitig die Art und Weise, wie de Houtman diesen Beginn gesetzt hatte. Von den Portugiesen hatte man ja einiges gehört, und Arjen hätte gerne geglaubt, dass die Niederländer in dieser Hinsicht stärker im Sinne des Humanismus gehandelt hatten. Als de Houtman aufgebrochen war, hatten die Portugiesen nach wie vor das Monopol über den Handel mit Gewürzen, und seit sich die iberischen Länder den deutschen Landen geöffnet hatten, bot sich mit diesen Waren ein deutlicher Vorteil.

Die Amsterdamer Händler hatten daraufhin entschieden, einen eigenen Gewürzhandel über die Insel Java laufen zu lassen. Dafür war die Compagnie van Verre gegründet worden, die Kompanie für die Ferne. Es ließ sich vielversprechend an, aber von den vier Schiffen mit voller Besatzung kehrten nur wenige Menschen zurück. Zudem hatte de Houtman auf

Madagaskar gewaltsame Auseinandersetzungen gehabt, die Todesopfer gefordert hatten. Als sie schließlich in Bantam ankamen, mussten sie aufgrund ihres unhöflichen Verhaltens dem Sultan gegenüber – der sie seinerseits freundlich empfangen hatte – die Insel schnell wieder verlassen. Auf dem Rückweg richtete de Houtman auf Madura – das sich ebenfalls gastfreundlich gezeigt hatte – ein Massaker unter der Bevölkerung an. Mittlerweile war er wieder auf See, und bisher hatte man nichts von ihm gehört. Falls er nicht zurückkehrte, war es wohl kein großer Verlust.

»Wann soll es losgehen?«, fragte Arjen.

»Erst im Januar. Ich hoffe, deine Geduld reicht dafür noch aus.« Ein feines Lächeln umspielte Hendrik Valckenbergs Lippen.

»Gewiss wird es das.« Jetzt hatte er so lange gewartet, da kam es darauf nicht an.

Am kommenden Abend fanden sich Gäste zum Abendessen ein, darunter der Reeder Daan van Klaaveren, sein künftiger Schwiegersohn Jan van der Hijden sowie zwei weitere Kaufmänner, Willem Weitzman und ein Antwerpener Händler aus Hamburg, Pieter van Creits, der Interesse daran hatte, weitere Geschäftskontakte zu knüpfen.

»Wenn wir den Handel weltweit ausdehnen«, sagte Jan van der Hijden, »täten wir gut daran, die Finanzen besser zu bündeln. Die Kaufleute in den Niederlanden sind zu sehr zersplittert in Unternehmen, die einander Konkurrenz machen.«

»Konkurrenz belebt das Geschäft«, widersprach Willem Weitzman.

»Das mag für den einzelnen Kaufmann gelten«, antwortete Hendrik Valckenberg. »Aber denken wir größer, als Nation, so könnten wir es zu mehr bringen. Es gibt bereits viele Stimmen, die sich für eine Bündelung aussprechen.«

»Gewinne umgehend nach Beendigung der Fahrt mitzunehmen, anstatt sie wieder zu investieren, ist eine Fehlplanung«, stimmte Arjen ihm zu. »Das mag noch funktioniert haben, als die Niederlande nur im Ostseehandel mitgemischt haben, aber nun müssen andere Vorgehensweisen her.«

»Es gibt allerdings auch Stimmen dagegen«, sagte Pieter van Creits, »und nicht gerade wenige.«

»Das sind überwiegend zeeländische Kaufleute, weil sie eine Übermacht Amsterdams fürchten.« Hendrik Valckenberg stopfte seine Pfeife. »Darauf können wir keine Rücksicht nehmen, und letzten Endes kommt auch ihnen zugute, wenn die sieben vereinigten Provinzen mehr Macht haben. Das stärkt unsere Position gegen die Spanier.«

Ob das der Fall war, bezweifelte Arjen. Die Spanier beherrschten ein Weltreich, und sie waren überaus mächtig, auch nachdem sie die österreichischen Besitzungen des Hauses Habsburg und die Kaiserkrone verloren hatten.

»Wir haben die Compagnie van Verre, und jetzt gibt es die Eerste Vereenigde Compagnie op Oost-Indië«, sagte Willem Weitzman. »Und die ist mit einem Handelsmonopol ausgestattet. Das reicht doch.«

»Das Monopol beschränkt sich auf die Stadt, es ist kein weitreichendes Handelsmonopol«, entgegnete Hendrik Valckenberg.

»Es gibt durchaus Überlegungen, die in diese Richtung gehen.« Jan van der Hijden griff nach seinem Glaskelch. »Das portugiesische Monopol für den Gewürzhandel haben wir mittlerweile gebrochen. Es braucht Menschen, die entschlossen handeln.« In der Tat waren seit 1592 sämtliche kaufmännische Entscheidungen Amsterdams aufgrund Beobachtungen und Berichten von Jan Huygen van Linschoten getroffen worden.

»Was sagt Ihr dazu?«, wandte sich Hendrik Valckenberg an Pieter van Creits. »Ihr habt ja sozusagen einen distanzierteren Blick darauf.«

»In Bezug darauf, den Spaniern die Stirn zu bieten, befürworte ich Amsterdams Stärke durchaus. Bedenkt man jedoch, dass vorher Antwerpen führend war, so hoffe ich, dass Amsterdam nicht allzu sehr erstarkt.« Er blinzelte, und es war nicht klar, ob er gescherzt hatte. Die Antwerpener kam es durchaus hart an, dass das mächtige und aufstrebende Amsterdam nun an deren Stelle zu treten drohte.

»Würdet Ihr in ein befreites Antwerpen zurückkehren?«, fragte Arjen.

»Ich denke, das würde ich, wenngleich mir Hamburg gefällt und wir dort mittlerweile eine große niederländische Gemeinschaft haben. Aber mein Zuhause ist Antwerpen. Ich hörte, Ihr seid in Lübeck aufgewachsen. Zieht es Euch nicht auch manchmal dorthin zurück?«

Arjen spürte den Blick seines Vaters auf sich ruhen. »Das eine oder andere vermisse ich durchaus, meine Freunde, die vertrauten Straßen. Aber zurück sehne ich mich nicht.«

»Wart Ihr jemals dort, seit Ihr hierhergekommen seid?«

»Nein.« Der Gedanke war Arjen zwar gekommen, seine Mutter zu besuchen, ihrem Ehemann als Kaufmann entgegenzutreten, der es zu etwas gebracht hatte. Aber noch war es nicht so weit. Er hätte gerne gewusst, wie es seiner kleinen Schwester ging. Ja, selbst Johans Geschicke interessierten ihn. Er dürfte es nicht leicht haben ohne den großen Bruder, der den Vater von ihm ablenkte.

»Sehen die Hamburger in den Niederländern keine Konkurrenz?«, fragte Hendrik Valckenberg. »Allein durch die Verluste im Ostseehandel und den Machtverlust ihrer Hanse sind sie doch gewiss nicht gut auf uns zu sprechen.«

»Wir Antwerpener handeln mit Waren, die keinerlei Konkurrenz für die Hamburger Kaufleute darstellen. Ganz im Gegenteil, wir ergänzen sie vortrefflich und bringen der Stadt eine Menge Gewinn.«

»Und die Kirche?«, fragte Willem Weitzman.

»Die Hamburger sind Lutheraner und uns immerhin ein wenig näher als die Katholiken. Es wird zwar dennoch von den Kanzeln gegen unseren protestantischen Glauben gewettert, aber die Bürger sind in dieser Hinsicht gelassen. Und weil wir das Steuersäckel doch gut füllen, lässt man uns gewähren und hält den Klerus an der kurzen Leine.« Pieter van Creits grinste. »Sie hadern damit, dass wir keine Hamburger Bürger werden wollen, doch es nicht zu sein, verschafft uns mehr Freiheiten. Mein junger Freund«, wandte er sich an Arjen, »wie ist der Name der Familie, bei der Ihr aufgewachsen seid? Möglicherweise sind wir uns schon begegnet.«

»Schellbach. Mein Ziehvater handelt mit Gewürzen.«

Pieter van Creits jedoch krauste die Stirn. »Schellbach sagt Ihr? Doch, ich glaube, ich kenne ihn. Er hatte Handelsbeziehungen, die über Hamburg liefen.«

»Das halte ich für ganz und gar ausgeschlossen. Mit den Tuch- und Seidenhändlern hatte er nichts zu tun.«

»Mein Namensgedächtnis ist hervorragend, mein junger Freund. Ich kannte ihn bereits, da müsst Ihr noch in Lübeck gelebt haben.«

Arjen wollte erneut widersprechen, weil es vollkommen ausgeschlossen war. Jede Geschäftsbeziehung seines Vaters war durch seine, Arjens, Hände gegangen. Enno Schellbach hatte ihn nicht gemocht, aber er hatte seine Fähigkeiten geschätzt, und als Sohn des Hauses und angehender Kaufmann – sowie vermeintlicher Erbe – war Arjen vermutlich in alles eingeweiht gewesen. Doch was, wenn es stimmte? Wenn Enno Schellbach Geschäfte an Lübeck vorbei gemacht hatte? Würden ihm die Lübecker Kaufleute das verzeihen?

HAMBURG, NOVEMBER 1600

Dachte Agnes anfangs noch, sie würde unter der Last der Arbeit zusammenbrechen, so gewöhnte sie sich langsam an die Schinderei. Immer wieder hatte sie darüber nachgedacht, einfach hinzuschmeißen und wieder auf der Straße zu leben, aber es war nicht so einfach, auf die gute Nahrung und die sichere Schlafstatt zu verzichten. Zwar löste die Kammer immer noch ein Gefühl argwöhnischer Beklemmung in ihr aus, aber es wurde besser. Überdies war sie abends immer so müde, dass sie einschlief, kaum dass sie lag. Hin und wieder ging sie nachts zu Thilo, um ein wenig bei ihm zu liegen und mit ihm zu sprechen. Sie genoss es, seinen Körper an ihrem zu spüren, während das Verlangen in ihr pochte, sie mit Wärme durchströmte.

Ein weiterer Grund dafür, auszuharren, war der Umstand, dass Albrecht im Hof leben durfte, was ihm sichtlich guttat. Die Köchin hatte einen Narren an ihm gefressen, und hin und wieder musste Agnes eifersüchtig beobachten, wie die Frau den Hund herzte und ihm einen Knochen gab, an dem noch Brocken Fleisch hingen. Wenn sie Zeit hatte, ging Agnes hinaus zu ihm und umarmte ihn, sodass sein Kopf an ihrer Brust lag. Er hatte einen Platz an der Tür, die vom Hof her zu den Vorratsräumen und der Küche führte.

»Ist ein guter Kerl, dein Albrecht«, sagte die Köchin. »Bedauerlich, dass die Herrinnen nicht erlauben, ihn im Haus schlafen zu lassen.«

»Ich würd ihn in meinem Zimmer schlafen lassen«, sagte Agnes. »Wenn es dafür erlaubt wäre, dass er ins Haus darf.«

Es wurde nicht erlaubt, aber der Hund fühlte sich auch im Hof wohl – war das doch besser als alles, was er bisher in seinem Leben gehabt hatte. Doch in letzter Zeit schien es ihm schlechter zu gehen. Er war langsamer und schwerfälliger, als bereite ihm das Aufstehen Mühe. Seine Schnauze war weiß geworden, was ihn wirken ließ, als trüge er einen Großvater-Bart. Manchmal folgte er Agnes, wenn sie auf den Markt geschickt wurde, und blieb im Gedränge an ihrer Seite, was ihr durchaus Respekt verschaffte. An diesem Morgen wirkte er jedoch müde, und als sie losging, trottete er bis zum Tor mit und legte sich dann wieder hin, die Schnauze auf den Pfoten, während sein Blick ihr folgte.

Dass man sie mit einem Beutel sorgsam abgezählter Münzen auf den Markt schickte, verdankte sie vermutlich dem Umstand, dass Thilo von Cornelis van Waalenburch so geschätzt wurde. Agnes wiederum hatte keinen Drang verspürt, das Geld zu stehlen, denn zu essen bekam sie genug, und für etwas anderes wusste sie keine Verwendung. Sie hatte einen Schlafplatz, der nun, da es kälter wurde, wunderbar behaglich war, weil die Wand durch die Kochstelle so viel Wärme abgab. Es war der beste Schlafplatz im ganzen Haus, davon war sie überzeugt.

Langsam schlenderte sie durch die Straßen und ging zunächst auf den Markt, um Gemüse zu kaufen. Weil Fisch die verderblichste Ware war, hatte man sie angewiesen, diesen erst am Ende zu besorgen. Bisher hatte Agnes die Einkäufe zur Zufriedenheit der Köchin erledigt, weil sie gewieft genug war, sich nicht übers Ohr hauen zu lassen. Sie wusste, wenn man sie belügen oder betrügen wollte.

Am Vortag hatte es ein wenig geschneit, und auf den Wegen war der angetaute Schnee zu schmutzigem Matsch geworden. Agnes trug einen wollenen Umhang, den sie von ihrer Hausherrin bekommen hatte. Er hatte der vorherigen Magd gehört, die um einiges größer gewesen war als Agnes. Also hatte Agnes ein Stück davon abgeschnitten und wickelte den Wollstoff um die Füße, sodass diese in den Holzschuhen nicht gar zu sehr froren.

Agnes genoss es, über den Markt zu gehen. Sie musste nicht stehlen, um etwas in den Magen zu bekommen, sondern konnte hindurchschlendern, an Ständen stehen bleiben, wo man ihr mit jener Höflichkeit begegnete, die man Dienstboten reicher Häuser entgegenbrachte. Anfangs hatte Agnes Sorge gehabt, man könne sie davonjagen, denn anders kannte sie es nicht. Aber inzwischen hatte sie sich daran gewöhnt. Das Geld verwahrte sie so, dass es ihr nicht gestohlen werden konnte, denn sie kannte sämtliche Kniffe der Straßenkinder. Hin und wieder war sie in Versuchung, eine Münze zu verschenken, aber sie wusste, man würde es bemerken, und sie hatte zudem nie gute Erfahrungen damit gemacht, wenn man glaubte, sie habe etwas zu verschenken. Womöglich wurde sie dann jedes Mal bedrängt und am Ende gar überfallen und bestohlen.

»Agnes?« Die Stimme war vertraut und von fassungslosem Unglauben gefärbt.

Sie drehte sich um, blinzelte in das Sonnenlicht, das sich gerade durch die grauen Wolken tastete. »Peer.« Sie beschattete die Augen mit der Hand. »Was machst du denn hier?«

»Dasselbe könnte ich dich fragen.«

Er war noch derselbe wie damals, nicht ganz so groß wie Thilo, mit einem kantigen, harten Gesicht, braunen Augen und dunklem Haar, das ihm ungebändigt in die Stirn fiel. »Du hast dich nicht verändert«, sagte sie, weil sie nicht wusste, was sie sonst hätte sagen sollen.

»Du schon.«

Ihre Nase lief in der Kälte, und Agnes fuhr sich mit dem Arm darüber, als ihr einfiel, dass Hilda ihr gesagt hatte, das sei kein gutes Benehmen. Aber hier sah sie es ja nicht.

»Bist du nun ehrbar verheiratet?«, fragte Peer, und in seiner Stimme glaubte sie, Spott aufblitzen zu hören.

»Nein, ich bin Magd bei einem Antwerpener Kaufmann.«

Er hob die Brauen, dann grinste er. »Magd? Das kann ich mir bei dir schwer vorstellen.« Dann sagte er: »Warte kurz.«

Agnes sah ihm nach, als er zu einem Stand ging, an dem heiße Pasteten verkauft wurden. Kurz darauf kehrte er mit zweien zurück und reichte ihr eine. »Komm, erzähl mir ein bisschen von dir.«

Sie gingen an den Rand des Gedränges, und Agnes hängte sich den Korb um den Arm, um beide Hände frei zu haben. Sie biss in die Pastete. »Es gibt nich viel zu erzählen«, sagte sie mit vollem Mund. Auch das hatte ihr Hilda untersagt, aber sobald Agnes das Haus verlassen hatte, galten ihre eigenen Regeln.

»Wie kommt es, dass ausgerechnet du dich Leuten andienst. Ging dir die Freiheit nicht über alles?«

Agnes starrte ihn an und fragte sich, ob er dieses dumme Zeug, das er da von sich gab, ernst meinte. »Hunger, Kälte – das war Freiheit?«

»Du konntest tun und lassen, was du wolltest. Jetzt musst du tun, was deine Herren wollen.«

»Wo is der Unterschied zu dem Leben mit dir? Nur hast du mir kein warmes Bett geboten.«

»Oh, das könntest du auch jetzt durchaus haben.«

Sie sah ihn aus wütend verengten Augen an, und er hob entschuldigend die Hände. »Aber dennoch warst du frei.«

»War ich nich. Man is nich frei, und auf der Straße am wenigsten. Ich hab was zu essen und einen Platz zum Schlafen. Früher hab ich für dich gearbeitet, dann für Bengt. Und am Ende hab ich mich irgendwie allein durchgeschlagen.«

»Von meinen Gnaden, denn ich hätte auch unterbinden können, dass du in meinem Revier wilderst.«

Sie zuckte die Schultern.

»Was macht Thilo?«

»Is auch bei dem Kaufmann. Ein *Secretarius.*«

Wieder grinste Peer und nickte anerkennend. »Er hat nie zu uns gepasst. Du schon.«

Erneut zuckte Agnes die Schultern. Dann fuhr sie auf. »Versuchst du grad, mich zu bestehlen?«

Sein Grinsen wurde schuldbewusst. »Offenbar hab ich es verlernt.«

Agnes tastete nach ihrem Geldbeutel, dann stopfte sie sich den Rest der Pastete in den Mund. »Hast niemanden mehr, der's für dich macht?«

»Doch, aber ich will in Übung bleiben.«

»Ich muss weiter.«

»Mach's gut, Agnes.«

Sie nickte nur und wandte sich ab. Rasch erledigte sie ihre Einkäufe und ging dann zum Fischmarkt. Sie kaufte den Fisch bei dem Händler, für den Thilo gearbeitet hatte, denn er gab ihr stets den besten Fisch, was auch die Köchin bereits anerkennend bemerkt hatte. Schließlich machte sie sich auf den Rückweg und schlenderte durch die Straße, entlang zwischen Giebelhäusern, durch den allgegenwärtigen Schmutz. Abfälle wurden nach wie vor in die Fleete entleert, die an heißen Tagen derart stanken, dass selbst Agnes, die hart im Nehmen war, es nur schwer ertrug. Denken wollte sie lieber nicht daran, dass aus den Fleeten das Wasser für das Bier entnommen wurde, das weit über Hamburg hinaus bekannt und gerühmt war für seinen würzigen Geschmack.

Morgens tummelten sich normalerweise auch die Schweine auf den Straßen, die gerade von den Hirten zusammengetrieben wurden, um sie auf die Weiden zu bringen – eine Sitte, die die Stadt zu verhindern suchte, bisher jedoch ohne Erfolg. Ein Ferkel lief quiekend zwischen Agnes' Füßen hindurch, verhedderte sich in ihrem Rock und brachte sie fast zu Fall. Sie fing sich gerade noch auf. Ein Junge versuchte sich an der Gunst der Stunde und riss ihr den Korb aus der Hand, fiel aber seinerseits über eine Sau, die gerade des Weges lief. Agnes riss den Korb an sich und gab dem Jungen eine kräftige Backpfeife.

Sie sammelte die Rüben ein, die aus dem Korb gefallen waren, und beeilte sich, nach Hause zu kommen. Ihr Kleid war vom Saum bis zu den Knien nass und verdreckt vom Schneematsch. Als sie schließlich in den Hof trat, um über den Seiteneingang das Haus zu betreten, konnte sie Albrecht nicht entdecken. Vermutlich war er losgezogen und trottete durch die Straßen. Zitternd vor Kälte, betätigte Agnes den Türklopfer, und kurz darauf öffnete die Köchin.

»Da bist du ja. Wie siehst du denn aus? Und du riechst, als hättest du dich im Schweinemist gewälzt.«

Agnes trat ein, und die Köchin nahm ihr den Korb ab. »Ich bin gefallen.«

»Zieh dich um, so kannst du den Herrschaften nicht das Essen servieren.«

Rasch ging Agnes in ihre Kammer, streifte das Kleid ab und zog das zweite Gewand, das sie besaß, über. Danach musste sie in die Küche, um der Köchin zu helfen. Im kleinen Vorraum sah sie Albrecht liegen, der hingebungsvoll einen Knochen bearbeitete. Erstaunt hielt sie inne und kniete neben dem Hund nieder.

»Was machst du denn hier, mein Freund?«

»Ich habe ihn reingeholt, ist ja viel zu kalt für ein so altes Tier.« Die Köchin trocknete sich die Hände an einem Tuch ab. »Er kann hierbleiben, wenn er der Küche fernbleibt, ich hab Frau Alea gefragt. Hier hat er es warm. Er darf nur nicht ins restliche Haus.«

Agnes betrat die Küche und machte sich daran, Rüben zu schälen. Sie dachte an Peer und an das, was er gesagt hatte. Glaubte er wirklich, das Leben auf der Straße sei so viel besser gewesen? Für ihn vielleicht, aber Agnes wollte nicht wieder in der Gosse schlafen und sich um Abfälle prügeln, wann immer sie nicht ausreichend Glück beim Stehlen gehabt hatte.

»Mädchen, was ist los mit dir? Du schälst die Schalen viel zu dick ab.«

»Verzeihung.« Agnes gab sich Mühe, es besser zu machen. Sie fragte sich, ob Albrecht bei ihr schlafen durfte. Es hätte etwas Beruhigendes, nachts die Hand auf seinem Fell ruhen zu lassen. Allerdings war sie nachts hin und wieder bei Thilo – nicht oft, denn sie war stets elend müde. Aber sie hatte ab und zu das Verlangen nach seiner Nähe. Tagsüber hatten sie keine Zeit, miteinander zu sprechen, und so taten sie es nachts, wenn Agnes bei ihm im Bett lag.

Als sie an diesem Abend schlafen gehen wollte, bemerkte

sie, dass Albrecht auf einer alten Pferdedecke lag und leise schnarchte. Sie ließ ihn in Ruhe, denn offenbar fühlte er sich wohl in dieser Nische, und sie ging allein in ihre Kammer. Rasch entkleidete sie sich und schlüpfte in ihr Bett. Erst lag sie nur da, dann erhob sie sich, öffnete die Tür und verließ den Raum. Kälte kroch in ihre nackten Füße und stieg prickelnd ihre Beine hoch, als sie den vertrauten Weg entlang zu Thilos Zimmer lief.

Behutsam öffnete sie die Tür und hörte an Thilos Atemzügen, dass er wach war. In seiner Kammer lag ein gewebter Teppich vor dem Bett, und Agnes spürte die Struktur unter ihren eiskalten Fußsohlen. Im Mondlicht, das durch die Lamellen des Fensterladens hineinfiel, erkannte sie, dass er die Decke zurückschlug, sodass Agnes direkt in die Wärme seines Bettes kriechen konnte.

»Albrecht schläft im Haus«, erzählte sie ihm.

»Ich weiß, ich habe ihn vorhin kurz gesehen.« Er streichelte ihr Haar, und Agnes spürte seinen Atem an ihrer Wange. Sie hatte die Hand auf seine gelegt und strich behutsam mit den Fingerspitzen darüber. Es waren zögerliche, kleine Liebkosungen, die sie stets teilten, wenn sie bei ihm war.

Agnes fühlte die Wärme seiner Hand auf ihrem Bauch und schob sie höher über ihren Rippenbogen, bis sie ihre Brust berührte. Ihr Herz schlug heftig, und sie spürte Thilos Erregung. Er schien zu zögern, dann streichelte er mit dem Daumen über ihre Brustspitze, sodass ein Kribbeln ihren Körper durchlief. Zögernd küsste er ihren Nacken, ihren Hals, ihr Ohrläppchen, während seine Hand seine Zärtlichkeiten fortsetzte. Wohlige Schauer durchliefen sie, und tief in ihr pochte eine verstörend intensive Sehnsucht. Als Agnes sich zu ihm umdrehte, glitt sein Mund über ihre Wange, und ihre Lippen trafen sich, erst ein sanftes Umspielen, lockend und verführerisch, bis Agnes ihm erlaubte, den Kuss zu vertiefen.

Er streifte ihr das Hemdchen über den Kopf, zog sein eigenes aus, und Agnes hörte das Wispern, mit dem das Hemd zu Boden fiel. Thilos Mund glitt über ihren Körper, seine Hände folgten den Liebkosungen, und Agnes schloss die Augen, bog den Kopf zurück, keuchend und atemlos. Als er sich schließlich über sie beugte und sie ihm ihren Körper öffnete, hielt er inne, schwer atmend. Aber Agnes drängte sich an ihn, und so spürte sie ihn kurz darauf, spürte, wie er in sie drang, und zuckte zusammen, weil es im ersten Moment so wehtat. Wieder hielt er inne, aber sie legte ihm die Arme um den Nacken, zog seinen Kopf zu einem Kuss zu sich hinunter und schlang die Beine um die seinen. Der Schmerz verebbte, als Thilo sich in ihr bewegte.

Das Verlangen steigerte sich zu einem Lustgefühl, das beinahe unerträglich war, und Agnes presste das Gesicht in die Beuge zwischen seinem Hals und der Schulter. Hitze stieg in ihr auf und zerstob in ihr, überlief sie wie eine Welle, der die nächste folgte. Thilos Atem ging in kurzen Stößen, und dann zog er sich unvermittelt aus ihr zurück, und Agnes spürte, wie sein Körper erschauerte, als er sich auf das Laken ergoss. Stöhnend ließ er sich neben sie aufs Bett fallen, und Agnes hörte seinen schnellen Atem, spürte das rasche Auf und Ab seiner Brust, den schnellen Schlag seines Herzens. Sie blieb liegen, starrte in der Dunkelheit an die Decke, dann wandte sie sich abrupt ab, stand auf und tastete nach ihrem Hemdchen auf dem Boden.

»Agnes?« Seine Stimme klang beunruhigt. »Ist alles gut?«

Sie antwortete nicht, sondern zog sich das Hemd über den Kopf.

»Agnes. Du wolltest das doch auch, oder?«

»Hätt ich das nicht gewollt, wärst du künftig nicht mehr dazu imstande, das kann ich dir sagen.« Ihre Stimme klang schroffer als beabsichtigt.

»Was ist denn dann mit dir?«

»Nichts, ich will nur schlafen. Ich kann nich wie du den ganzen Tag herumsitzen und auf Papier kritzeln.« Agnes wartete nicht, dass er antwortete, sondern öffnete die Tür und verließ das Zimmer.

»Schläfst du?« Cornelis van Waalenburch klang ungeduldig. »Ich habe dir gesagt, du sollst dich beeilen, und du kommst überhaupt nicht voran.«

»Verzeihung, Meneer.« Thilo konzentrierte sich wieder auf die Dokumente, die vor ihm lagen. Zumindest versuchte er das. Die letzte Nacht spukte fortwährend in seinen Gedanken herum. Es war so unglaublich schön gewesen, und doch hatte er Angst, Agnes könne sich nun von ihm abwenden. Sie war seltsam gewesen danach, distanziert. Dabei hatte sie den Anfang gemacht und ihn ermutigt, das hatte er sich nicht eingebildet. Oder hatte er Anzeichen übersehen, dass sie es doch nicht wollte? Nein. Wenn Agnes etwas nicht wollte, waren feine Nuancen nicht ihre Art, das zum Ausdruck zu bringen.

»Ich möchte, dass du die Dokumente durchgehst, die Rechnungsposten kontrollierst und mir nachher bringst.«

Sie hatten größere Lieferungen in die umliegenden Städte. Die Mode machte die Verarbeitung feiner Antwerpener Stoffe zur Pflicht, was dazu führte, dass viel Geld nach Hamburg floss. Für die Familie van Waalenburch arbeitete auch ein Hersteller von seidenen Borten und Schnüren, was eine weitere lohnende Einkommensquelle war. Thilo bekam mit, dass die Stadt selbst zwar überaus glücklich war über die Steuergelder, die die Antwerpener in die Stadt brachten, jedoch waren die Gewerbetreibenden wie Hutmacher und Posamentierer über die niederländische Konkurrenz, die ihnen weit überlegen war, keineswegs glücklich.

Weil es wichtig war, dass ihm kein Fehler unterlief, schob Thilo den Gedanken an Agnes beiseite und widmete sich den Dokumenten. Sie lieferten auch nach Lübeck, das mit Hamburg befreundet und derzeit immer noch weit einflussreicher war. Aber je intensiver sich Thilo mit den Geschäftswegen befasste, umso deutlicher wurde ihm bewusst, dass die blühende Zeit des Ostseehandels wohl unwiderruflich vorbei war. Hamburg schien im Gegensatz zu Lübeck die Zeichen der Zeit richtig zu deuten und setzte verstärkt auf Dänemark. Dass Hamburg ihnen damit die Gefolgschaft verweigerte, sahen die Lübecker nicht gerne, und Thilo fragte sich, wie sein Vater dazu gestanden hätte. Er hatte nie mit ihm über diese Dinge gesprochen, obwohl sich vieles von dem, was gerade passierte, damals schon abgezeichnet haben musste. Doch es hatte Thilo schlicht nicht interessiert.

»Wir machen«, so Cornelis van Waalenburch stets, »eine selbständige Handelspolitik, die den modernen Erfordernissen entspricht.«

Der Tuchhandel Hamburgs florierte, und Hamburg verstärkte seinen Ruf als sichere Handelsstadt. Leinen aus Schlesien, Wein und Wolle aus dem Rheinland sowie ungarisches Kupfer gingen zunächst an den Hamburger Hafen und wurden von dort nach Antwerpen verschifft, das für Hamburg immer wichtiger wurde. Selbst für Getreide war Hamburg derzeit günstigster Umschlagplatz, sodass dieses über den Hamburger Hafen lief, ehe es von Ostdeutschland und Russland nach Amsterdam verschifft wurde.

Nachdem Thilo alle Posten zweimal durchgerechnet hatte, erhob er sich und brachte Cornelis van Waalenburch die Dokumente ins Kontor. Ihm schmerzte der Kopf, und er wollte am liebsten nach draußen, in der Hoffnung, durch die kalte Luft wieder klarer sehen zu können, doch sein Herr hatte Schreibarbeit für ihn, und es war nicht daran zu denken, das Haus zu verlassen.

»Irgendwann schicke ich dich in die Niederlande«, sagte Cornelis. »Nicht um etwas zu verkaufen, sondern weil ich möchte, dass du den Ursprung unseres Seidenhandels kennenlernst. Es ist gut, ein wenig über die eigene Stadt hinaus zu kennen, wenn man ein guter Kaufmann werden möchte.«

Ein Kaufmann. Thilo hegte den Wunsch nach wie vor, aber er war schon lange nicht mehr so richtig greifbar gewesen. Welche Art von Handel wollte er betreiben? Naheliegend war der Handel mit den Waren der Antwerpener, Tuch und edle Stoffe. Damit kannte er sich mittlerweile aus. Vielleicht sollte er wirklich nach Amsterdam reisen, mit den Seidenhändlern vor Ort sprechen und sich alles ansehen.

Erst abends bekam er die Gelegenheit, mit Agnes zu sprechen. Thilo besuchte Albrecht, der in der Nische vor der Küche lag. Agnes kniete neben ihm am Boden und sah hoch, als sie Thilo bemerkte. Ein zögerliches Lächeln flog über ihr Gesicht, und Thilo war so erleichtert, dass ihm richtiggehend schlecht wurde.

»Siehst käsig aus«, begrüßte sie ihn und fügte sogar ein klein wenig kokett hinzu: »Wenig geschlafen?«

»Ja, kann man sagen.« Er erwiderte das Lächeln und ging neben ihr in die Hocke. Albrecht sah ihn aus treuen, dunklen

Augen an. Thilo streichelte den Hund und sah zu Agnes. Ob sie mit ihm kommen würde, wenn er nach Amsterdam ging? Noch war es zu früh, sie zu fragen, aber wenn er es tat und sie nicht wollte, würde er dann gehen?

»Thilo, Meneer Cornelis sucht dich«, rief Hilda, und Thilo erhob sich.

»Bis später«, sagte Agnes, und ihr Lächeln war wie ein Versprechen.

Agnes hatte ihren wollenen Umhang eng um sich geschlungen und zitterte dennoch in der Kälte. Sie war verweichlicht, hielt nichts mehr aus, verwöhnt von dem guten Leben mit ausreichend Essen und beheizten Räumen. Als sie nun durch die schmalen Gassen ging, zwischen denen eine klamme Kälte hing, während ihre Schritte auf dem lehmigen Boden schmatzende Geräusche machten, dachte sie – wie so viele Male zuvor –, dass sie es gut getroffen hatte und sie nie wieder auf die Straße zurückwollte. Undenkbar, sich auf diesem Boden in dieser Kälte ein Lager aufschlagen zu müssen. Sie war wahrlich verwöhnt.

An diesem Tag jedoch musste sie diesen Weg gehen, denn was sie zu wissen verlangte, konnte sie nur hier beantwortet finden. Wäre sie eine verheiratete Frau gewesen, hätte sie Emke fragen können oder vielleicht sogar die distanzierte Alea. Aber als Magd, die allenfalls mit dem Hausherrn Unzucht treiben durfte, niemals jedoch mit dessen Secretarius, kam dergleichen nicht in Frage.

Sie fand das Haus nach einigem Suchen. Es war eines jener Freudenhäuser, in denen sich auch Kaufleute vergnügten, die es nicht zu viel Geld gebracht hatten, jedoch auch nicht mittellos waren. Auf ihren Streifzügen hatte sie es hin und wieder gesehen, die Frauen, die davorstanden und Männer ansprachen, sie mit zotigen Witzen und anzüglichen Worten ins Innere zu locken versuchten. Sie trugen bunte Kleider, und nur wenn sie ihr schrilles Lachen ausstießen, hatte Agnes Verzweiflung zu hören geglaubt.

Sie hatte bewusst bis zum Mittag gewartet, da die bei Nacht arbeitenden Frauen gewiss in der Frühe noch schliefen. Zudem brauchte sie einen Grund, um das Haus zu verlassen, und da kam es ihr gerade recht, dass sie eine Besorgung übernehmen konnte, die die Zofe ihr dankbar übertrug. Also musste sie sich beeilen und ihr Anliegen schnell hinter sich bringen.

Sie ging zu der Tür und betätigte den Klopfer. Es dauerte, ehe jemand kam und öffnete – eine bullig wirkende Frau, die Agnes mit hochgezogenen Brauen ansah. »Ah, dein Glück, dass du kein Kerl bist.«

»Ich habe nur eine Frage.«

Die Frau nickte verstehend. »Na dann, komm rein.« Sie öffnete die Tür etwas weiter, sodass Agnes eintreten konnte. »Warte hier, ich hole Frau Doris.«

Agnes stand in einer Eingangsdiele, von der aus ein langer Korridor abging und rechter Hand eine Treppe. Es war still, als läge das Haus noch im Tiefschlaf. Die Frau jedoch, die ihr entgegenkam, war bereits angekleidet und so auffallend elegant, als wäre sie die Ehefrau eines Kaufmanns.

»So, du willst also zu mir?« Sie musterte Agnes. »Ein in Ungnade gefallenes Dienstmädchen?« Ihr Blick fiel auf den Korb, den Agnes in der Hand trug. »Oder ist dein Mann gestorben, und du suchst ein Auskommen?«

Verwirrt schüttelte Agnes den Kopf.

»Was führt dich dann zu mir? Wenn du für mich arbeiten möchtest, kannst du heute Abend sofort anfangen. Ich zahle gut, du hast ein Dach über dem Kopf, und meine gute Antje«, sie nickte zu der bulligen Frau, »sorgt dafür, dass kein Mann sich dir gegenüber ungebührlich benimmt.«

Jetzt verstand Agnes. »Aber ich bin doch nicht hier, weil ich arbeiten möchte.«

»Wenn du wissen willst, ob dein Mann hier verkehrt, so wird dir keine von uns eine Antwort geben. Das wirst du selbst aus ihm herausbekommen müssen.«

»Ich will wissen, wie ich vermeide, ein Kind zu empfangen.«

Die Frau taxierte sie, dann schnalzte sie. »Wenn wir das wüssten, wäre uns allen geholfen. Gerade ist mir eine meiner Frauen bei einer Geburt gestorben. Es gibt nichts, was es zuverlässig verhindert. Sag deinem Mann, er soll sich rechtzeitig aus dir zurückziehen. Oder geh zu einer Hebamme und frag, welche Kräuter du kauen kannst. In gewissem Maße hilft es, sonst hätten wir vielleicht noch mehr Schwangerschaften hier zu beklagen.« Als Agnes schwieg, fügte sie ungeduldig hinzu: »War es das? Meine Zeit ist kostbar, und ich denke nicht, dass eine einfache Magd sie bezahlen kann.«

»Ja. Habt Dank.«

Die Frau nickte knapp und wandte sich ab. Kurz darauf stand Agnes wieder vor der Tür. Ein eisiger Wind fegte durch die Gasse und ließ sie frösteln. Kurz legte sie die Hand auf ihren Bauch, hoffte zutiefst, dass Thilo dort keinen Keim gelegt hatte.

AMSTERDAM, JANUAR 1601

Behutsam setzte Marianna einen Fuß vor den anderen. Sie wusste, welche Dielen knarrten, und war sorgsam darauf bedacht, jeden Laut zu vermeiden. Wenn Henni wach wurde, war alles aus und ihr ganzer schöner Plan zum Scheitern verurteilt. Es gäbe keine Möglichkeit, sich herauszureden, und künftig würde man sie vermutlich bei Nacht in ihrem Zimmer einsperren. Denn ihre Kleidung ließ keinen Zweifel daran, dass sie etwas geradezu Unerhörtes plante. Sie trug enge Beinkleider, darüber ein langes, gegürtetes Hemd und über dem Haar eine Kappe aus grobem Filz. Gegen die Kälte hatte sie ein kratziges wollenes Übergewand angezogen, unter dem es sie so juckte, als hätte sie Flöhe. Die Füße steckten in Überziehern aus Wolle. Die Kleidung zu beschaffen, war nicht einfach gewesen, sie hatte sie nach und nach bei Spaziergängen zum Markt gekauft und in ihrem Umhang verborgen ins Haus geschmuggelt. Am schwersten war es ihr gefallen, sich von ihrem langen Haar zu trennen, das sie – als Henni sie längst im Bett wähnte – auf Kinnlänge abgeschnitten hatte. Um keine Spuren zu hinterlassen, hatte sie das Haar zusammengebunden und am Boden ihrer Truhe verstaut.

Sie schaffte es unbemerkt nach draußen, wo ihr beißende Kälte entgegenschlug. Die vertrauten Grachten lagen in völliger Dunkelheit, und Marianna schlüpfte in Holzschuhe, schulterte ihr Bündel und lief los. Ihre Schritte klapperten auf dem Pflaster, und das Laufen war ungewohnt, die Schuhe fühlten sich schwer an den Füßen an, die an weiches Leder gewöhnt waren. Einmal wäre sie beinahe umgeknickt, fing sich aber wieder. Zwei Männer kamen ihr entgegen, im Dunkeln nur silhouettenhaft zu erkennen, und unwillkürlich beschleunigte Marianna ihre Schritte, während ihr Herz angstvoll schlug. Aber niemand schenkte ihr Beachtung. So war es also, als Junge oder Mann durch die Dunkelheit zu laufen?

Schließlich kam der Hafen in Sicht, und Marianna, die alles sorgsam im Voraus ausgelotet hatte, fand auf Anhieb das Beiboot, das die Besatzung zur *Maria-Klara* übersetzen sollte. Hier standen sechs Schiffsjungen, fünf Matrosen und einige Männer, deren Rang Marianna nicht zuordnen konnte. Sie hob das Kinn und trat zu ihnen, bemüht um eine lässige Haltung, wie die Jungen sie zeigten, die sie allesamt überragten. Schweigend standen sie da, während das Licht der Laternen, die die Männer hielten, flackernd über den Kai irrlichterte und verzerrte Schatten in die Finsternis malte. Marianna konnte von Glück sagen, dass sie so früh am Morgen aufbrachen, denn bei Tageslicht wäre die Scharade womöglich aufgeflogen, noch ehe das Abenteuer begonnen hatte.

Einer der Männer trat schließlich vor und hob seine Laterne. »Ich bin Mikel Hambroek, der Bootsmann. Mir unterstehen alle Matrosen und Schiffsjungen.«

Marianna schlug das Herz bis zum Hals, und sie schluckte mehrmals, um den Kloß aus der Kehle zu bekommen. Was, wenn er bemerkte, dass sie nicht dazugehörte? Er sah die Mannschaft an, krauste die Stirn. »Müssten es nicht acht Schiffsjungen sein?«

Die bebenden Hände in ihrem Umhang verborgen, stand Marianna da. Ihr Name stand auf der Liste für die *Maria-Klara*, dafür hatte sie gesorgt. Dank Jan van der Hijden hatte sie Zugang zur Reederei, denn bei allem, was er ihr sonst versagte, war er offenbar bemüht, sie bei Laune zu halten, indem er ihr kleinere Wünsche gewährte.

Sie warteten noch eine Weile, bis schließlich ein Junge angerannt kam und kurzatmig und unterbrochen von Husten um Verzeihung für sein Verspäten bat.

»Wir gehen deinetwegen zu spät an Bord, das kostet dich einen Tageslohn«, sagte Mikel Hambroek. Er zählte die Namen auf, und als er »Marius Daan« rief, antwortete Marianna mit einer Stimme, die kehlig klang vor Angst.

»Bist wohl im Stimmbruch, was?« Der Mann klang nicht unfreundlich, und Marianna war so erleichtert, dass ihr ganz flau im Magen wurde. Der Atem ging ihr immer noch schwer, was auch daran liegen mochte, dass sie die Brüste mit einem Schal geschnürt hatte, damit die Rundungen sie nicht verrieten.

Die Mannschaft wurde angewiesen, das Beiboot zu besteigen, und Marianna wollte instinktiv die Röcke raffen und tat im letzten Moment noch rasch so, als wollte sie sich am Bein kratzen, während sie sich furchtbar frivol fühlte. Sie stieg in das Beiboot und ließ sich auf der Bank nieder. Kurz darauf wurde das Seil gelöst, und mit steten Ruderschlägen glitt das Boot durch das Wasser. Marianna war schlecht vor Angst, während sich zugleich ihre Anspannung löste. Das war das Schwerste gewesen, und sie hatte es überstanden.

Die aus Hanfseil gefertigte Strickleiter hochzusteigen, bewältigte sie rasch. Als letzte Herausforderung galt es noch, das

Bein über die Reling zu schwingen und sicher an Deck zu landen. Das war ohne Kleid geradezu spielend einfach. Sie würde sich an diese neue Beweglichkeit noch gewöhnen müssen. Es war das erste Mal, dass sie ein Schiff betrat, das auf dem Wasser verankert war. Ihre wenigen Besuche auf einem Schiff hatten bisher immer in der Werft stattgefunden. Und so musste sie sich erst einmal an das leichte Schwanken gewöhnen. Sie hielt ihr Bündel fest im Arm, als sie Aufstellung auf dem Hauptdeck des stattlichen Dreimasters nahmen. Es war sicher von Vorteil, dass Marianna diese Art Schiff so gut kannte, denn das würde ihr einiges erleichtern, und zugleich machte es ihre Rolle glaubhafter.

»So, dann kommt mit«, sagte Mikel Hambroek und ging auf den Niedergang zu, hob die Luke und kletterte mit der Lampe in der Hand die Stiege hinab. »Es ist euch nicht erlaubt, Kerzen hier unten zu entzünden. Die Gefahr eines Brandes ist zu groß. Wer es dennoch wagt, wird hart bestraft.«

Marianna hätte gerne gewusst, wie Bestrafungen auf dem Schiff aussahen. Sie wollte sich zwar an alles halten, aber wenn ihr doch einmal ein Missgeschick passierte, hätte sie gerne gewusst, was ihr dafür blühte. Schweigend folgte sie dem Bootsmann auf das Orlopdeck, das so niedrig war, dass die Größeren von ihnen nur geduckt gehen konnten. In die Kajüte, in der die Schiffsjungen untergebracht wurden, gelangte man nur halb kriechend, was dadurch erschwert wurde, dass das Deck in Richtung Backbord leicht anstieg, wie es für diese Art Schiff typisch war.

Acht Kojen waren an den Wänden angebracht, immer zwei in einer Art Hängematte übereinander. Die unten liegenden waren sofort belegt, sodass Marianna, die nicht so forsch war, eine der oberen erklettern musste. Sie legte sich probehalber hinein, aber als sie sich drehte, drehte sich auch die Hängematte, sodass sie hinausfiel und hart auf dem Boden aufschlug. Die Schiffsjungen und der Bootsmann lachten.

»Das ist die Strafe für Faulheit. Keiner hat etwas von Hinlegen gesagt. Schlafen kannst du nachts. Jetzt wird gearbeitet.«

Die Sonne ging zum fünften Mal seit Beginn der Reise auf, als Marianna zitternd an Deck stand. So recht konnte sie immer noch nicht glauben, dass ihr irrsinnig anmutender Plan funktioniert hatte. Es war so kalt, dass ihr der Atem vor dem Mund stand und sich im silbrigen Morgenlicht zu filigranen Gebilden formte. Unter ihrem wollenen Übergewand juckte es so sehr, als hätte sie Flöhe.

Während sie mit der Besatzung auf den Schiffsgeistlichen wartete, schlugen ihr in der Kälte die Zähne aufeinander. Die erste Nacht auf dem Schiff war gleichzeitig die erste Herausforderung gewesen. Denn nicht nur waren die Kojen so schmal, dass sie bei jeder Bewegung herauszufallen drohte, auch war es ihr trotz bleierner Erschöpfung nicht leichtgefallen, zu schlafen, da um sie herum geschnarcht wurde und es schauderhaft kalt war, während gleichzeitig der Geruch menschlicher Ausdünstungen die Luft schwängerte. Vier weitere Nächte waren gefolgt, und trotz ihrer Müdigkeit hatte sie nur wenig geschlafen.

Nun standen sie hier zum morgendlichen Gottesdienst, und Marianna fuhr sich mit dem Ärmel über die Nase, stellte sich dabei vor, was Henni zu diesem Betragen sagen würde. Angesichts dessen, dass Marianna bereits vier Nächte inmitten von jungen Männern geschlafen hatte, wäre der Umstand, dass sie sich die Nase am Ärmel abwischte, wohl deren geringstes Problem. Nach dem Morgenappell hatten sie sich zum Gottesdienst einfinden müssen, und Marianna hatte das Gefühl, im Stehen einschlafen zu können. Sie hatte sich die ganze Reise als großes Abenteuer vorgestellt, und in gewisser Weise war sie das auch – wenngleich auf gänzlich andere Art. Sie hatte gewusst, dass sie als Schiffsjunge arbeiten müsste, aber wie hart die Schufterei war – davon hatte sie sich kein Bild gemacht. In ihrer Vorstellung war es das Schwerste gewesen, an Deck zu gelangen, aber tatsächlich war das der einfachste Part gewesen.

Marius Daan hatte sie sich genannt – so nah an der Wahrheit wie möglich, um sich nicht zu verraten. Und doch hatte sie bereits einige Male nicht reagiert, wenn sie gerufen worden war, was ihr eine Kopfnuss und die Frage eingebracht hatte, ob sie taub sei. Als nun die hellen Stimmen der Schiffsjungen im Gesang über das Deck hallten, stimmte Marianna ein, wobei sie so müde war, dass sie nicht wusste, wie sie den Tag überstehen sollte.

Nach der Andacht mussten sie das Deck schrubben, und Marianna taten die Hände weh, weil das Wasser so eisig war. Sie saß auf den Knien und rieb mit der Bürste über die Planken, als sie einen leichten Hieb mit der Rute bekam und auffuhr. Sie war noch nie in ihrem Leben geschlagen worden.

»Schau mich nicht so aufsässig an!«, sagte der Bootsmann. »Du sollst die Planken schrubben und nicht sanft streicheln.«

Marianna spürte, wie ihr das Blut ins Gesicht stieg, und schrubbte die Planken mit mehr Druck.

»Lausig kalt ist es«, sagte Arno, der neben ihr kniete. »Und es wird nich besser.«

»Bald schon«, sagte Marianna. »Wenn wir erst da sind.«

Arno schniefte. »Weiß nich, ich war noch nich in Genua.«

»Genua?« Marianna zitterte vor Kälte. »Ankern wir an der genuesischen Küste?« Wie passte das zu der Reiseroute?

»He, ihr zwei! Arbeiten.«

Sie wandten sich wieder dem Deck zu. Marianna tat alles weh, und sie fror so sehr, dass sie sich fragte, wie ihr je wieder warm werden sollte. »Aber Genua kann doch gar nicht auf der Route liegen«, sagte sie im Flüsterton, während sie die Bürste ins Wasser tauchte und dann über die Planken schrubbte.

»Bist du toll, oder was?« Arno sah sie an, als hätte sie den Verstand verloren. »Weißt du nich mal, wohin du fährst? Oder hab'n se dich unter Zwang angeheuert?«

Marianna fuhr sich mit dem Arm über das Gesicht. »Das Schiff sollte doch nach Java fahren.«

»Gott bewahre, dass ich auf eine dieser Höllenfahrten gehe.« Arno erhob sich und schleppte seinen Eimer ein Stück weiter, als wollte er Abstand zu Marianna halten. Er ging in die Knie und setzte seine Arbeit schweigend fort, während ihr der Herzschlag in der Kehle schmerzte. Das konnte doch alles nicht sein. Sie nahm so viel auf sich, war jetzt schon am Ende ihrer Kräfte – und dann war sie womöglich auf dem falschen Schiff gelandet? Der Bootsmann näherte sich, und rasch setzte Marianna die Arbeit mit mehr Eifer fort.

Sie hatte das alles so schön geplant. Die Fahrt bis Java wollte sie als Schiffsjunge durchhalten, sich dort zu erkennen geben und als Daan van Klaaverens Tochter zurücksegeln. Bis sie in Amsterdam wäre, waren ihre Haare dann wieder in passabler Länge, um frisiert zu werden. Und dann wollte sie ihre Erfahrungen in einem Buch festhalten, wie van Linschoten. Die eine große Reise ihres Lebens. Und nun segelte sie nur nach Genua? Das musste ein Irrtum sein. Arno musste sich irren, anders war das nicht zu erklären. Sie hatte doch alles so sorgsam arrangiert.

Mittags gab es einen Moment der Ruhe, als sie sich zu Schiffszwieback, gepökeltem Fleisch und Wasser einfanden. Die Schiffsjungen konnten in ihren Kajüten essen, aber weil die Luft dort so schlecht war, zog es Marianna meist aufs Hauptdeck. Etliche ihrer Gefährten waren seekrank und hatten sich die Nacht hindurch übergeben. Die Matrosen feixten darüber und sagten, sie würden schon noch seefest werden. Marianna überstand es gut, ihr war am ersten Tag etwas übel gewesen, aber das war schnell verflogen. Überdies war sie vermutlich selbst zum Übergeben zu erschöpft, denn ein solches Maß an Arbeit und körperlicher Betätigung war ihr vollkommen fremd.

Anfangs hatte sie befürchtet, die mitreisenden Kaufleute könnten sie erkennen, aber für die Schiffsjungen hatten sie keinen Blick übrig. Marianna hatte sich als Kind oft vorgestellt, wie es sein musste, unsichtbar zu werden. Jetzt wusste sie es. Zwei der vier Kaufleute kannte sie, es waren Männer, mit denen ihr Vater viel zu tun hatte. Für einen von ihnen hatte sie immer ein wenig geschwärmt, und sie fragte sich, wie er reagieren würde, wenn sie sich in Java zu erkennen gab. Ob er ihren Mut bewundern würde. Java. Da war er wieder, dieser Stich des Unbehagens. Es konnte nicht sein, dass sie sich so geirrt hatte. Dann wäre alles umsonst gewesen.

»Bursche.« Der Matrose – Marianna hatte den Namen wieder vergessen – griff ihren Arm, als sie sich gerade für einen Moment des Durchatmens auf einem Stapel Taue niedergelassen hatte. Sie war vollkommen erledigt und kam nur schwankend auf die Beine. »Du sollst in der Kombüse helfen.«

Marianna schickte ein stummes Dankesgebet gen Himmel. In der Kombüse war es etwas wärmer und die Arbeit weniger schwer.

»Ah, haben sie mir den Hänfling geschickt«, begrüßte der Schiffskoch sie. »Dann mal los, mein Gehilfe kotzt sich die

Seele aus dem Leib, der ist zu nichts mehr zu gebrauchen. Wisch erst einmal hier auf.«

Der schwere Gestank von Erbrochenem lag in der Luft, und Marianna war kurz davor, sich selbst zu übergeben, als sie die gelbliche Lache sah, die vor kurzem noch der Mageninhalt eines Jungen gewesen war. Sie kniete sich hin und wischte würgend alles auf. Danach behandelte sie die Stelle mit Seife, die an den Händen brannte. Erschöpft ließ sie sich auf die Hacken nieder und wischte sich mit dem Arm den Schweiß von der Stirn. Wenn sie nur erst dort wären. Den Aufenthalt wollte sie genießen und die Rückreise ebenso.

»Bist du fertig, oder warum faulenzt du da herum?«, fuhr der Koch sie an. »Los, sieh zu, dass du die Rüben schälst.«

Marianna ließ sich auf einem Sack nieder und begann mit der Arbeit. Sie schabte die Rüben ab und legte eine nach der anderen in den Eimer zu ihrer Rechten. Das war zwar im Vergleich zum Schrubben des Decks eine einigermaßen erträgliche Tätigkeit, aber der Druck des Messers am Daumen würde vermutlich zu einer Blase führen. Sie wollte einfach nur in einem weichen Bett schlafen, hatte Bauchschmerzen und hielt sich nur mit Mühe wach.

»Na, Junge, nicht einschlafen!«, brummte der Koch, aber es klang einigermaßen freundlich. »Hast ja nicht mehr lange heute. Deine erste Schiffsreise?«

»Ja.«

»Und woher kommst du? Amsterdam?«

»Ja.« Und weil sie nicht wortkarg wirken wollte, fügte sie hinzu: »Dort bin ich geboren und aufgewachsen.«

»Merkt man am Zungenschlag. Ich komme aus Delft. Warst du da schon einmal?«

»Bisher noch nicht.«

»Immerhin ist deine erste Reise ja nicht allzu lang. Da bist du wieder zu Hause, noch ehe du dich richtig dran gewöhnt hast.«

Mariannas Herz ging so schnell, dass ihre Müdigkeit für einen kurzen Moment verflog. Weil sie nicht töricht wirken wollte, indem sie fragte, wohin die Reise ging, fragte sie: »Wann werden wir ankommen?«

»Bei gutem Wind sollten wir im April in Genua sein. He, Junge, was machst du denn? Du musst doch aufpassen!«

Marianna starrte auf ihre Hand, auf die Blutstropfen, die sich auf dem Daumen bildeten. Sie war mit dem Messer abgerutscht, abgelenkt, weil sich ihr Schrecken nun zu Angst verdichtete.

»Wisch das ab, ehe du weitermachst.«

Marianna schluckte aufkommende Tränen, senkte den Blick und presste die Hand an ihr Hemd. Sie wusste nicht, was sie jetzt tun sollte. Hoffentlich bemerkte der Koch in dem Dämmerlicht nicht, wie es um ihr Gemüt bestellt war. Sie atmete tief durch und schabte weiter an der Rübe herum. Wenn ihr nur nicht so elend gewesen wäre. Vielleicht gab es ja von Genua aus die Möglichkeit, irgendwie weiterzukommen – nur wie sollte sie das bewerkstelligen?

Stumm arbeitete sie weiter, wusste nicht, was sie nun tun sollte. Es war zum Verzweifeln. Nicht dass Genua nicht reizvoll wäre, aber es war nun einmal nicht Java. Es war keine echte, große Reise, die sie sich erträumt hatte. Wieder kämpfte sie mit den Tränen. Schließlich war sie fertig und rutschte von dem Sack. Hoffentlich konnte sie noch ein bisschen hierbleiben, wo es deutlich wärmer war. Der Koch starrte an ihr vorbei, und Marianna war irritiert angesichts seiner fassungslosen Miene. Sie drehte sich um, bemerkte den großen dunklen Fleck auf dem Sack, auf dem sie gesessen hatte.

»Hast du Hundsfott mir auf das Mehl geschissen?«, fuhr der Koch sie an.

Marianna spürte, wie ihr die Hitze in die Wangen stieg. Die ziehenden Bauchschmerzen, das Unwohlsein – sie hatte es auf das furchtbare Essen und die harte Arbeit geschoben. Es war doch noch gar nicht so weit, sie hatte ihren Monat exakt berechnet, weil sie nicht überrascht werden wollte. Ihre Hände waren eiskalt, und sie wischte die Handflächen an der Hose ab, wusste nicht, was sie sagen sollte. »Es … es tut mir leid«, keuchte sie. Dass sie sich in die Hosen gemacht hatte, wäre beschämend genug, aber angesichts der Schiffsjungen, die sich derzeit fortwährend erbrachen und Durchfall hatten, das geringere Übel. Wenngleich sie sich so unglaublich schämte, dass sie am liebsten in Ohnmacht gefallen wäre, nur um dieser Situation zu entkommen.

Der Koch hob die Laterne, und als Marianna sich umdrehen und aus der Kombüse fliehen wollte, griff er nach ihrem Arm. »Hiergeblieben.« Der Koch leuchtete zu dem Sack, krauste die Stirn, dann sah er Marianna an. »Erkläre das.«

Während Marianna spürte, wie ihr die Beinkleider nass zwischen den Schenkeln klebten und ihr das Blut daran entlangrann, sah sie die Tropfen auf dem Boden. Sie schluckte. »Es tut mir leid. Ich werde alles saubermachen.« Ihre Stimme klang gepresst vor Angst und Scham.

»Komm mit.« Der Koch drehte sich um und zerrte sie aus der Kombüse. Erst glaubte sie, er wolle sie in die Unterkunft der Schiffsjungen auf dem Orlopdeck bringen, aber er zerrte sie weiter, die Stiege hoch auf das Hauptdeck. Hier stieß er sie vor sich her, bis sie beim Bootsmann angelangt waren, der gerade im Gespräch mit dem Steuermann war. Marianna bekam einen heftigen Stoß zwischen die Schulterblätter und fiel auf die Knie.

»Was ist los?«, fragte der Bootsmann. »Hat der Bursche Essen geklaut?«

»Der *Bursche*«, antwortete der Koch, »scheint eine Frau zu sein.«

Marianna zitterte heftig, woran nicht nur die Kälte schuld war. Keine fünf Tage, dachte sie, sie hatte keine fünf Tage durchgehalten, ohne sich zu verraten. Was sollte sie jetzt tun?

»Eine Frau?« Der Steuermann sah sie ungläubig an. »Du musst dich irren.«

»Sieh dir ihre vollgeblutete Kleidung an«, rief der Koch. »Natürlich irre ich mich nicht.«

Marianna bemerkte, dass einer der Kaufmänner und zwei Matrosen neugierig zu ihnen blickten. Sie wollte vor Scham in den Fluten versinken.

»Das finden wir leicht heraus.« Der Bootsmann ergriff ihren Arm und riss sie unsanft auf die Füße. »Zieh die Beinkleider aus, Junge.«

Marianna erstarrte.

»Bist du taub?« Der Bootsmann schüttelte sie leicht.

Sie befreite ihren Arm, wich zurück. Die Matrosen betrachteten sie interessiert, und die Blicke aller senkten sich zu ihren Füßen, zwischen denen Blut zu Boden tropfte.

»Los, ausziehen!«, befahl Mikel Hambroek.

Als sie noch einen weiteren Schritt zurückwich und die Arme vor der Brust verschränkte, packte er ihre Oberarme. »He, du, hilf mir mal.«

»Nein!« Marianna trat nach ihm. »Ist ja gut, ich bin kein Junge. Aber lasst mich los.«

Mit verächtlicher Miene, als hätte sie ihn besudelt, stieß der Bootsmann sie, sodass sie taumelte und rücklings in die Taue fiel. Angewidert starrten die Matrosen sie an, ihre blutigen

Beinkleider, die Spur winziger roter Tropfen, die sie auf den Planken hinterlassen hatte.

»Sperrt sie weg«, befahl Mikel Hambroek.

Einer der Matrosen riss sie hoch, doch sie wehrte sich. »Ich sage Euch alles. Ich bin Marianna van Klaaveren, mein Vater ist der Reeder, dem dieses Schiff gehört.«

»Rede keinen Unsinn!«

Sie wehrte sich verbissen gegen den Griff des Mannes, dessen Hände sich wie Schraubstöcke um ihren Oberarm schlossen. Sie trat nach ihm, spürte, wie ihr Holzschuh etwas traf, und hörte einen Fluch. Dann bekam sie eine Backpfeife, von der sie Sterne sah. Sie riss sich los, wollte davonlaufen zu den Kaufleuten, von denen sie sicher einer erkennen würde, da erhielt sie einen so kräftigen Schlag, dass ihr Kopf gegen den Mast knallte. Und dann wurde es schwarz um sie.

Als Marianna die Augen öffnete, war es immer noch schwarz, und sie hatte ein leises Pfeifen im Ohr. Voller Angst blinzelte sie wieder und wieder. War sie blind geworden? Sie richtete sich auf und schlug gegen einen Balken, was einen so heftigen Schmerz durch ihren Kopf jagte, dass sie aufwimmerte und zurück auf die Planken fiel. Das Knarren der Wanten war zu hören, das Knacken von lebendem, atmendem Holz, das schlürfende Geräusch, mit dem Wellen an dem Schiffskörper leckten. Marianna hob sich die Hände vors Gesicht, dann tastete sie nach oben, erfühlte eine Decke. Sie drehte sich auf den Bauch, kroch umher und spürte zu allen Seiten Begrenzungen. Rasende Angst überkam sie. Hatte man sie in eine Kiste gesperrt? War das gar nicht der Schiffskörper, an dem das Wasser leckte, sondern ein hölzerner Sarg, in dem sie auf dem Meer trieb? Panisch tastete sie um sich, suchte eine Tür, schluchzte und atmete in so hastigen Zügen, dass sie beinahe erneut die

Besinnung verlor. Sie wollte schreien, aber ihrem Mund entrang sich nur ein Wimmern, das dünn in der Luft zu schweben schien und ungehört verklang.

Arjen leckte sich das Salz von den Lippen, schmeckte das Aroma des Meeres, während ihm der kalte Wind Tränen in die Augen trieb. Das Schiff fuhr mit voller Takelung, und die Segel blähten sich über ihm, er konnte sich nicht sattsehen an den schäumenden Wellen, in die der Schiffsbug eine Schneise schnitt. Jeden Tag stand er an Deck, trotzte der Kälte und sah aufs Meer. Das hier war es, was er immer gewollt hatte, und er hoffte zutiefst, dass seine nächste Reise ihn weiter wegführte. Konnte man anders, als die Seefahrt zu lieben?

Nun gut, dachte er, als er einen seiner Reisegefährten sah, der mit grünstichiger Blässe auf das Deck trat, nur um sich im nächsten Moment über die Reling zu beugen und ins Meer zu übergeben – in diesem Fall war es natürlich eine sehr unerquickliche Reise. Wer nicht seefest war, konnte nicht einmal Wasser bei sich behalten, und leider gehörte der junge Kaufmann zu jenen Menschen. Er litt furchtbar und wusste kaum, wie er die Reise durchstehen sollte. Eigentlich hatte er sich darauf gefreut, wie er ihnen allen versichert hatte, als sie zum Schiff übersetzten. Aber seit das Schiff Kurs aufs offene Meer genommen hatte, erbrach er sich fortwährend. Sein Bruder, der sich die Kajüte mit ihm teilte, klagte bereits, dass es dort stank wie in einer Latrine.

Die Fleute hatte achtern ein Roof, über dessen Niedergang man zu den Kajüten des Kapitäns und seiner Offiziere sowie den drei kleineren Kajüten für Mitreisende gelangte. Das Schiff hatte kein Batteriedeck, und so befanden sich zwei Kanonen auf dem Orlopdeck, um nicht gänzlich ohne Gegenwehr zu sein. Am Bug ragte weit ein Gallionsbalken hervor, und das Deck war nicht waagrecht, sondern stieg backbord leicht an. Das dürfte dem armen, seekranken Kaufmann zusätzlich zu schaffen machen.

»Ich hatte mal jemanden hier an Bord«, sagte Kapitän Nils van der Brook, »der war so seekrank, dass wir ihn zu dritt festhalten mussten, damit er nicht von Bord sprang.«

»Wurde es im Laufe der Fahrt besser?«

»Irgendwann war es nicht mehr ganz so schlimm, aber seefest ist der arme Kerl nicht geworden. War seine erste und einzige Fahrt. Ein Kaufmann, der künftig lieber seinen Sohn geschickt hat.« Nils van der Brook paffte an seiner Pfeife. Er war im Alter von Arjens Vater, mit sonnengegerbtem Gesicht und einem dichten grauen Bart.

Als die Sonne sich langsam dem Horizont näherte und den Himmel in flammendes Rot kleidete, wollte es Arjen die Brust sprengen vor Glück. Wie lange hatte er darauf gewartet, endlich eine Reise antreten zu können? Jeden Moment wollte er bis zur Neige auskosten, jeden Sonnenauf- und -untergang voller Hingabe an das Leben genießen.

»*Kapitein* van der Brook?« Willem van de Laar, ein Weinhändler, gesellte sich zu ihnen. »Was war das heute Mittag für eine seltsame Geschichte mit dem Schiffsjungen?«

Nils van der Brook krauste die Stirn. »Ach, so ein verdammtes Gör, das sich an Bord geschlichen hat als blinder Passagier. Dafür haben wir nun einen Schiffsjungen weniger.«

»Wie konnte sie seinen Platz einnehmen? Als Mädchen oder Frau?«

»Das haben wir sie nicht gefragt, und es spielt auch keine Rolle.«

Arjen sah den Kapitän an. »Es ist eine Frau an Bord?«

»Zu meinem Bedauern, ja.«

»Wo ist sie?«

»Wir haben dafür gesorgt, dass sie keinen Ärger mehr macht.«

»Einer Eurer Offiziere hat gesagt, sie wäre nicht klar bei Verstand«, sagte Willem van de Laar.

»Oh, das ist sie gewiss nicht.« Der Kapitän klopfte seine Pfeife aus. »Auf so einen Einfall kommt keine Frau, die noch einigermaßen gescheit ist. Wer weiß, was sie getrieben hat in all den Nächten allein mit den Schiffsjungen. Wobei die darauf beharren, von nichts gewusst zu haben. Nun ja.« Nils van der Brook zog einen Beutel mit Tabak hervor und stopfte erneut seine Pfeife.

»Aber Ihr habt sie nicht über Bord gehen lassen?«, fragte Arjen vorsichtig.

Der Kapitän sah ihn aus verengten Augen an. »Seid Ihr toll? Sie hätte dafür allenfalls die Peitsche verdient, nicht den Tod. Und noch will ich Gnade vor Recht ergehen lassen.«

»Hat sie gesagt, wer sie ist?«, fragte Willem van de Laar.

Nils van der Brook lachte. »Sie sagte, sie sei Marianna van Klaaveren.«

»Tatsächlich?« Arjen stimmte nicht in das Lachen ein, während Willem van de Laar feixte. »Aber Ihr kennt sie doch, oder nicht?«

»Bin ihr mal vor zwei Jahren begegnet, doch ich merk mir Gesichter nicht gut. Diese Frau kann ja unmöglich die Tochter eines angesehenen Mannes sein.«

Arjen dachte an Marianna van Klaaverens Schwärmen von van Linschotens Reiseberichten und ihren Wunsch, die Meere zu bereisen. Er hatte gehört, dass sie verlobt worden war, und nach allem, was er wusste, war ihr künftiger Ehemann niemand, mit dem dergleichen zu bewerkstelligen war. Jan van der Hijden war gut darin, Schiffe zu entwerfen, jedoch fehlte es ihm an der Fähigkeit, außerhalb seiner eng gesteckten Grenzen zu denken. »Vielleicht sollte jemand zu ihr, der sie kennt? Falls sie doch die Wahrheit sagt?«

»Falls sie die Wahrheit sagt, wird ihr Vater gewiss nichts dagegen haben, wenn sie für den Rest der Reise im Arrest verbleibt.«

»Und wenn sie das nicht überlebt?«, wandte Willem van de Laar ein.

»Ist es um eine solche Tochter schade?«

»Daan van Klaaveren ist ihr sehr zugetan«, sagte Arjen, der sich nur mühsam beherrschen konnte. Aber ausfällig zu werden, würde der Frau kaum helfen. »Er würde ihren Tod nicht verwinden und ihn womöglich Euch anlasten.«

»Hier auf dem Schiff bin ich Recht und Gesetz, vergesst das nicht.« Der Kapitän deutete mit der Pfeife auf ihn.

»Ich bin zwar auch der Meinung, dass die Frau eine Strafe verdient«, wandte Willem van de Laar ein, »aber das erscheint mir übermäßig hart.«

»Überdies«, fuhr Arjen fort, »hat Daan van Klaaveren keinen Sohn. Der Fortbestand der Reederei hängt daran, dass er seine Tochter gut verheiratet. Er hat sich Jan van der Hijden ausgesucht, der sich bisher als fähig erwiesen hat. Sollte seiner Tochter etwas zustoßen, wird daraus nichts. Und was wird dann aus der Reederei?«

Nils van der Brook paffte schweigend vor sich hin, und der Duft von Tabak mischte sich in die kalte Abendluft, die den salzigen Geruch des Meeres trug. Auf See dauerte die Dämmerung nicht lange, und Dunkelheit verdichtete sich langsam auf dem Schiff, nur hier und da von sacht schaukelnden Pfützen milchiger Helligkeit der Laternen gebannt.

»Verlangt Ihr nun, dass ich Euch die Frau zeige? Sie gebärdete sich wie eine Wildkatze, sie mussten sie zu zweit überwältigen«, wandte sich Nils van der Brook an Arjen.

»Ich bin mir sicher, dass sie sich mittlerweile beruhigt hat.« Vermutlich war sie vor Angst außer sich.

»Nun gut. Aber geduldet Euch bis morgen. Ich will nicht noch mehr Unruhe in der Mannschaft.«

»Es ist bitterkalt.«

Nils van der Brook zuckte die Schultern. »Irgendein Lehrgeld muss sie zahlen. Und besser, sie friert, als dass ich ihr vor versammelter Mannschaft die Peitsche zu schmecken gebe. Ich kann dergleichen nicht ungesühnt lassen, sonst riskiere ich eine Meuterei. Sie bleibt bis zum Morgen in Arrest, und darüber lasse ich nicht mit mir verhandeln.«

Nach der Morgenandacht gewährte der Kapitän Arjen schließlich Zugang zu dem Verschlag, in dem die Frau untergebracht war. Einer der beiden Schiffsoffiziere brachte ihn hin. Es war bitterkalt auf dem Orlopdeck, und in den Verschlag kam man nur kriechend, weil das Hauptdeck darüber abgesenkt worden war, um mehr Platz für den Aufbau zu schaffen. Der Offizier kniete sich hin und steckte den Schlüssel in das Schloss. Es knirschte, dann sprang der Riegel mit einem Klicken auf, und der Offizier öffnete die Tür.

Der Gestank von Fäkalien und der metallene Geruch von Blut lagen in der Luft. Der Offizier verzog das Gesicht, Arjen jedoch, der sich Sorgen machte, die Frau könne womöglich nicht mehr leben, nahm ihm die Lampe ab und leuchtete in den Verschlag. Er nahm eine Bewegung wahr, den Glanz von

Augen, die ihn ansahen. Es war frostig kalt, und Zorn stieg in ihm auf. Er streckte die Hand aus, und im nächsten Moment schlossen sich eiskalte Finger darum.

»Komm«, sagte er.

Ein Schluchzen war zu vernehmen, dann kroch die Frau langsam zu ihm. Ihm war es gleich, ob es Marianna van Klaaveren war oder nicht, keinen Moment länger würde sie in diesem Verschlag hausen. Sie trug ein wollenes Übergewand, und ihre Beinkleider sowie das, was er von ihrem Hemd sehen konnte, waren dunkel und teils starr von getrocknetem Blut und vermutlich noch einigem anderen. Arjen nahm seinen eigenen Umhang ab und legte ihn ihr um die Schultern, als sie sich aufrichtete. Als er ihr ins Gesicht blickte, erkannte er sie sofort.

»Grundgütiger«, murmelte er. Dann wandte er sich an den Offizier. »Wohin kann ich sie bringen? Es ist in der Tat Daan van Klaaverens Tochter.«

»Ich muss den Kapitein fragen, ob ein Platz frei ist.«

»Ich bringe sie so lange in meine Kajüte.«

»Aber ist das nicht unschicklich?«

Diese junge Frau hatte mehrere Nächte zwischen Schiffsjungen verbracht und eine Nacht in diesem Verschlag. Arjen war dieser Einwand daher keine Antwort wert. »Ist es möglich, dass sie ein Bad nimmt und sich einigermaßen säubert? Ich übernehme ab jetzt die volle Verantwortung für sie.«

»Die Entscheidung obliegt dem Kapitein.« Der Schiffsoffizier ging auf Abstand, die Nase immer noch gerümpft. »Doch wenn es wirklich Marianna van Klaaveren ist, kann sie hier vermutlich nicht bleiben.«

Gleich, wer sie ist, dachte Arjen. »Sie ist es.«

Sie führten die junge Frau über das Orlopdeck den Niedergang hoch. Sie zitterte so sehr, dass sie kaum die Stiege hochkam, und so griff Arjen unter ihren Arm und stützte sie. Ohne zu zögern, führte er sie in seine Kajüte. »Wartet hier, ich kümmere mich um alles.«

Sie nickte, das bleiche Gesicht rotfleckig und tränennass, während sie seinen Umhang eng umfasste und um sich zog. Arjen verließ sie und ging zu Nils van der Brook, der auf dem Achterdeck stand und sich mit seinem Steuermann unterhielt. »Ich brauche heißes Wasser, damit sie sich waschen kann.«

»Mein Offizier sagte mir, es sei in der Tat Daan van Klaaverens Tochter?«

»Ja, ich habe sie sofort erkannt.«

»Mein Mädchen dürfte das nicht sein, ich weiß nicht, was ich mit ihr gemacht hätte.«

»Bisher wisst Ihr nicht, warum sie das getan hat.«

»Möglicherweise hat sie Unzucht mit den Schiffsjungen getrieben.«

»Glaubt Ihr nicht, darüber hätten sie nicht schon am ersten Tag geredet? Oder war es tatsächlich das Gerede, das sie verraten hat?«

»Nein. Sie hat geblutet, schlicht und ergreifend. Banaler ist vermutlich noch kein Täuschungsmanöver aufgeflogen.«

Das erklärte den Zustand ihrer Kleidung und das viele Blut. Arjen hatte befürchtet, sie wäre verletzt. »Kann ich Wasser für sie bekommen?«

»Soll ich auch noch einen Zuber zum Baden bereitstellen?«, spottete der Kapitän.

Arjen ging nicht auf den Tonfall des Mannes ein. »Ihr habt doch gewiss einen in Eurer Kajüte.«

»Ja, und der gehört mir, da erlaube ich kein blutbesudeltes Weibsbild drin, das mir die ganze Kajüte verdreckt. Nehmt einen Eimer, damit mag sie sich waschen. Und ich hoffe, Ihr erwartet nicht, dass ich auch noch Kleider mit mir führe.«

»Keineswegs. Bis Genua wird sie Männerkleidung tragen.«

»Meinethalben kann sie nackt bleiben, da sie ohnehin die Kajüte nicht verlassen wird. Auf keinen Fall dulde ich sie an Deck, wo sie nur Unruhe bereitet.«

Arjen nickte.

»Geht in die Kombüse, dort wird man Wasser bereitstellen. Meerwasser, versteht sich, nicht die Süßwasservorräte.«

»Natürlich.« Er war ja kein Narr.

Arjen sorgte dafür, dass ein großer Eimer warmes Wasser bereitgestellt wurde. Dazu gab er ihr leinene Tücher und brachte ihr das Bündel, das sie mit sich geführt hatte und das noch in ihrer Koje gelegen hatte. Darin befanden sich ein weiteres Hemd und Beinkleider, sodass sie wenigstens angezogen war.

»Behaltet die Tücher nur, wofür auch immer Ihr sie benötigt«, sagte er.

Marianna van Klaaverens Wangen liefen tiefrot an, während sie dastand, nach wie vor in seinen Umhang gehüllt.

»Es muss Euch nicht in Verlegenheit bringen, mir ist dergleichen nicht unbekannt.« Wobei Jolanda ihm stets schamhaft verschwieg, wenn sie ihren Monat hatte, und meist ausweichend davon sprach, indisponiert zu sein. Er hatte keine Ahnung, was sie benötigte, aber dass sie Tücher brauchen konnte, erschien ihm naheliegend.

»Habt Dank«, murmelte sie, und er ließ sie allein.

Während sie in seiner Kajüte weilte, überlegte er, wie es nun weitergehen sollte. Er ging zu Willem van de Laar, der an der Reling stand und aufs Meer blickte.

»Ich habe gehört, es ist in der Tat Daan van Klaaverens Tochter?«, begrüßte dieser ihn.

»Ja, sie ist es.«

»Und wie geht es nun weiter?«

»Ich möchte Euch darum bitten, dass wir uns eine Kajüte teilen, dann überlasse ich der jungen Dame die meine. Sie kann ja nicht mehr bei den Schiffsjungen nächtigen.«

Willem van de Laar wirkte nicht eben begeistert, aber er nickte. »Ich hoffe, Ihr schnarcht nicht lautstark. Ich habe einen leichten Schlaf.«

»Bisher kamen keine Klagen.«

»Dann soll es so sein.«

Arjen verbrachte die kommende Stunde an Deck, wo er ein angeregtes Gespräch mit jenem Kaufmann führte, dessen Bruder so schwer seekrank war. Der Mann war vermutlich der Einzige auf dem Schiff, den der Vorfall mit der jungen Dame nicht erschütterte, wenngleich er ihn verurteilte und betonte, seine Tochter dürfe dies nicht sein.

»Wenn bei all dem Elend und den Kriegen, die uns umgeben, das einzige Problem eine Frau ist, die als Junge verkleidet an Bord gekommen ist«, sagte Willem van de Laar, »dann sind wir wahrlich gut dran. Es ist schon beachtlich, dass diese verwöhnte Tochter überhaupt vier Tage durchgehalten hat. Es wäre interessant, zu erfahren, was sie dazu getrieben hat.«

»Die Liebe zur See vermutlich.«

Daraufhin hatte sich das Gespräch um Handelsreisen und Schiffe gedreht. Als Arjen später in seine Kajüte zurückkehrte, saß Marianna van Klaaveren da, sauber gekleidet, das kinnlange Haar noch feucht, die Hände im Schoß gefaltet. Die verdreckten Sachen lagen auf einem Haufen in der Ecke, neben dem Eimer. Arjen rief einen Schiffsjungen herbei, der die verdreckte Kleidung fortschaffte, dann wandte er sich an Marianna van Klaaveren.

»Und was machen wir nun mit Euch, hm?«

Sie hob das Kinn, offenbar war ihre Verlegenheit nun einer Art draufgängerischem Trotz gewichen, dem etwas Zerbrechliches anhaftete. »Ich vermute, Ihr wollt mich nicht über Bord werfen?«

»Nein, der Gedanke kam mir in der Tat noch nicht.«

Sie senkte den Blick. »Ihr haltet mich gewiss für sehr töricht.«

»Nein, das nicht. Ich halte Euch im Gegenteil für erstaunlich mutig. Mein ganzes Leben will ich zur See, und ich bin mir nicht sicher, ob ich so etwas gewagt hätte.« Er ließ sich auf einem Hocker nieder, der unter einem kleinen Tisch stand. Der Raum war so klein, dass sich zwei Leute gerade so darin aufhalten konnten. Wie alle Kajüten war auch diese mit zwei Kojen ausgestattet, von der eine hochgeklappt war, um etwas mehr Platz zu bieten.

»Ich dachte, es sei meine einzige Möglichkeit, je eine Reise zu unternehmen. Jan van der Hijden wird mich heiraten, und dann werde ich nie fortkommen. Dabei wünsche ich es mir so sehr.« Ihre Augen waren glasig geworden. »Letzte Nacht, da hatte ich solche Angst. Ich dachte, ich wäre in einer Kiste aufs Meer geworfen worden.«

»Es tut mir leid. Ich durfte nicht zu Euch, der Kapitein hat auf einer Strafe für Euch bestanden.«

Sie nickte nur und schwieg, den Blick wieder auf ihre gefalteten Hände gerichtet. Auf der Koje lag ihr schmutzstarres wollenes Übergewand.

»Ihr könnt meinen Umhang behalten«, sagte Arjen. »Ich habe noch einen weiteren dabei. In Genua kaufe ich Euch Kleider. Ihr dürft in meiner Kajüte bleiben, ich überlasse sie Euch. An Deck zu gehen, verbietet der Kapitein, Ihr werdet also bis Genua hierbleiben müssen. Vielleicht kann ich ihn überreden,

Euch wenigstens in den Abendstunden einen kurzen Moment draußen zu gewähren.«

Wieder nickte sie. Dann löste sich eine Träne und rann die Wange hinab. »Es wird die einzige Reise meines Lebens bleiben. Und jetzt geht sie nicht einmal nach Java.«

HAMBURG, FEBRUAR 1601

Agnes erstickte jedes lustvolle Aufkeuchen, indem sie ihr Gesicht an Thilos Halsbeuge drückte. Er war ein geduldiger Liebhaber, der ihr Verlangen steigerte, bis es kaum mehr erträglich war. Sie schlang ihm ein Bein um die Hüften, wollte, dass er sich beeilte und die Lust ihren Gipfelpunkt erreichte. Als es schließlich so weit war, grub sie die Zähne in seine Schulter, um keinen verräterischen Schrei auszustoßen. Kurz darauf erzitterte er und zog sich rasch aus ihr zurück.

»Himmel«, stieß er atemlos hervor. »Wolltest du ein Stück aus meiner Schulter herausbeißen? Gewiss blute ich jetzt.«

»Keine Sorge, allenfalls ist es morgen blau.« Agnes schmiegte sich an ihn unter die warme Daunendecke. Wie gerne hätte sie auch so eine. Wenn sie hier doch nur schlafen dürfte. Sie streckte sich mit einem genießerischen Seufzen. »Ach, es war so schön. Ich könnte es wieder und wieder tun. Warum hast du mir nicht früher erzählt, wie es ist?«

Er zuckte die Schultern. »Ich hätte dich nie angerührt.«

»Aber Britt schon, hm?«

»Das war etwas anderes. Außerdem war Britt diejenige, die damit angefangen hat.«

»Und du hast nur überaus willig mitgemacht.«

»Zweifellos.«

»Hat es dir gefallen?«

»Schon, sonst hätte ich es ja nicht getan.«

»So gut wie mit mir?«

Sie spürte die Bewegung seiner Brust, als er lachte. »Du bist doch nicht etwa eifersüchtig?«

»Deinetwegen? Sicher nich. Nur neugierig.«

»Ich ziehe keine Vergleiche. Aber du bedeutest mir mehr als jeder andere Mensch auf dieser Welt. Also ist es mit dir besonders und wundervoll.«

Sie lächelte und streichelte ihm die Brust, während seine Hand ihren Rücken liebkoste, sanft am Rückgrat auf und ab strich. »Bleiben wir für immer hier?«

»Nein, das glaube ich nicht.«

»Willst du immer noch zurück nach Lübeck?« Sie konnte es kaum glauben. So gut wie hier war es ihr noch nie gegangen.

»Ich muss wissen, wer meine Eltern ermordet hat.«

»Du hast den Mann doch gesehen?«

»Aber ich weiß nicht, wer er ist.«

Sie richtete sich halb auf. »Wenn du zurückgehst, tötet er dich.«

»Mach dir keine Sorgen. Ich passe schon auf.«

»Ha! Hätt ich mir keine Sorgen gemacht, wärst du jetzt schon lange tot. Du hast noch nie aufgepasst und bist immer in tölpelhafter Neugier in die Katastrophen gesteuert. Ich bin ja froh, dass du hier in Sicherheit bist und keine Dummheiten machen kannst.«

Er lachte. »So ein langer Sermon.«

»Keine Ahnung, was du da redest.«

»Das heißt …«

»Pst«, unterbrach sie ihn. Schritte waren zu hören, und Agnes war sich nicht sicher, ob ihre Stimmen außerhalb des Zimmers zu vernehmen waren. Sie spürte Thilos Anspannung, als die Schritte sich der Tür näherten, davor verharrten, sich dann wieder entfernten. Langsam senkte sich seine Brust, als Thilo den Atem langsam ausstieß.

»Du kannst nicht so dumm sein«, nahm Agnes den Faden im Flüsterton wieder auf, »wirklich alles aufzugeben und nach Lübeck zurückzugehen.«

»Ich gebe ja gar nicht alles auf, aber ich kann auch nicht immerzu mit der Ungewissheit …« Seine Worte gingen in einem leisen Schmerzenslaut unter, als sie ihn kräftig in den Bauch zwickte. »Lass das.«

Die Schritte kehrten zurück, und beide hielten inne. Im nächsten Moment wurde die Tür geöffnet, und Thilo fuhr auf, während sich Agnes hinter ihm unter der Decke verbarg. »Was …«

»He, Snotaap! Sta op.« Es war Bernard van Waalenburch, das erkannte Agnes an der Stimme. Sie mochte ihn nicht, fand ihn überaus unangenehm und seine Art, sie anzusehen, beunruhigend. Agnes erkannte Menschen, die Schwäche durch Gewalt ausglichen, und sie war sich sicher, dass er dazugehörte.

»Meneer?« Thilos Stimme klang fragend.

»Sta op en kom naar kantoor. Maar wees stil, anders maak je de anderen wakker.« Damit ging er und schloss die Tür hinter sich.

»Was sagt er?«, fragte Agnes im Flüsterton.

»Ich soll zu ihm ins Kontor kommen.«

»Willst du das wirklich tun?«

»Habe ich eine Wahl?«

»Du arbeitest für Herrn Cornelis.«

»Du überschätzt meine Möglichkeiten. Alle Herrschaften

stehen über mir, und ich habe keine Wahl, ich muss ihren Befehlen folgen. Gleich, von wem sie kommen.« Er war aufgestanden, und Agnes hörte am Rascheln der Kleidung, wie er sich anzog.

»Ich trau ihm nich.«

»Ich auch nicht, aber was soll ich denn tun? Wenn ich im Kontor bin, schleich dich davon.«

Agnes wollte ihm entgegnen, dass sie das selbst wisse und schließlich nicht so dumm sei wie er, der nach Lübeck zurückwollte, aber jetzt war nicht der Moment zum Streiten. Sie erhob sich, nachdem er gegangen war, und lauschte auf seine sich entfernenden Schritte. Schließlich streifte sie sich das Hemdchen über und verließ ungesehen das Zimmer.

Thilo gähnte, als er sich im Kontor einfand, wo Bernard van Waalenburch hinter dem großen Schreibtisch saß und ihn ansah. Es war die Art, wie er den Kopf neigte, die Augen leicht verengte, die Thilo verunsicherte – wäre nicht der Umstand, dass er mitten in der Nacht aus dem Bett geholt worden war, schon beunruhigend genug.

»Meneer?«

»Setz dich.« Wie immer sprach Bernard van Waalenburch niederländisch mit ihm, im Gegensatz zu seinem Bruder, der stets deutsch sprach.

Zögernd ließ sich Thilo auf dem Stuhl ihm gegenüber nieder.

»Du bist geschickt im Rechnen, nicht wahr? Verstehst was von Buchhaltung, von kaufmännischen Abrechnungen und scheinst überhaupt ein heller Kopf zu sein. Bemerkenswert für ein Straßenkind.«

»Mein Vater war Händler, meine Mutter eine einfache Frau«, erzählte Thilo seine übliche Geschichte. »Er hat sie geschwängert und …«

Mit einer ungeduldigen Handbewegung schnitt Bernard van Waalenburch ihm das Wort ab. »Ja, ja, erspar mir das. Du führst für meinen Bruder die Bücher, und er vertraut dir, nicht wahr?«

Thilos Herz ging schneller. War ihm ein Fehler unterlaufen, auf den dieser Mann sich nun stürzte? Er schwieg.

»Ich habe dich was gefragt.«

»Ja, Meneer. Er vertraut mir.«

Bernard lehnte sich zurück und betrachtete ihn. »Er kontrolliert deine Rechnungen mittlerweile nicht mehr.«

»Dazu besteht auch kein Anlass.«

»Daher wirst du künftig die Buchhaltung so führen, dass du die Einnahmen verringerst.«

Thilo krauste die Stirn und schwieg.

»Die überzähligen Beträge zahlst du mir aus.«

»Ich verstehe nicht, Meneer.«

»Oh, ich denke, du verstehst sehr gut. Mein Bruder ist der erfolgreichere Händler von uns, so wie er in jeder Sache in unserem Leben bevorzugt wurde. Er hat mehr Geld, er hat die sanfte, willige Frau, er hat die beiden kleinen Söhne, während der Schoß meiner Frau trocken ist wie ein verdorrter Acker.«

Thilo verzog leicht das Gesicht. Ihm war dergleichen Gerede zuwider. »Woher wisst Ihr, dass es an ihr liegt?«

»Wirst du unverschämt, du verdammter Bengel? Ich kann dir gerne zeigen, dass ich mit jeder Hure ein Kind zeugen kann. Soll ich mit der kleinen Magd anfangen, die du in unser Haus gebracht hast?«

Mit einem Ruck richtete Thilo sich auf.

»Na, was? Willst du auf mich losgehen? Nur zu, dann sitzt ihr beide noch in dieser Nacht auf der Straße.«

Mit Mühe hielt Thilo sich zurück, hätte den Mann am liebsten geschüttelt.

»Außerdem brauche ich dich. Mein Bruder hält mich an der kurzen Leine, und ich lasse mir seine Arroganz nicht mehr bieten.«

»Ich kann Euch da nicht helfen.«

»Oh doch, das kannst du. Du sorgst dafür, dass ich über mehr Geld verfüge und mein Bruder über weniger.«

»Das mache ich nicht.« War dieser Mann noch Herr seines Verstands?

Bernard van Waalenburch schürzte die Lippen, zeigte seine Zähne, als wäre er ein Hund. »Doch, das wirst du. Weißt du, diese ganze Geschichte, die du uns hier aufgetischt hast, die kann mein törichter Bruder gerne glauben, aber nicht ich.«

Das Herz ging ihm in schnelleren Schlägen, als Thilo den Mann anstarrte. »Was meint Ihr, Meneer?« Er bemühte sich um einen ruhigen Klang.

»Damit meine ich, dass du dummes Zeug erzählt hast. Ich habe mich ein wenig umgehört. Ein Kaufmann, der seinem unehelichen Sohn eine umfassende Erziehung angedeihen lässt – das bleibt nicht unbeobachtet vor den Augen der Gesellschaft. Aus Hamburg bist du nicht, ich hätte von dir gehört, schließlich sind wir Antwerpener schon lange hier. Und ein kleiner Junge, der seinen wohlhabenden Vater verliert und auf der Straße leben muss – davon hätte ich erfahren, dessen sei dir gewiss.«

Thilo schluckte, während ihm das Herz so schwer ging, dass es ihm das Atmen erschwerte.

»Dann wollte ich es in Kiel versuchen, aber mir fiel ein, mit welcher beiläufigen Vertrautheit du in geschäftlichen Dingen über Lübeck gesprochen hast, wenn das Thema mit meinem Bruder darauf kam. Und da dachte ich mir, ich versuche es dort.« Bernard beugte sich leicht vor, taxierte ihn. »Weißt du, was ich erfahren habe?«

Thilo brauchte mehrere Anläufe, um eine Antwort zu artikulieren. »Meneer?«

»Es gab vor einigen Jahren einen Kaufmann, der grausam ermordet wurde, gemeinsam mit seiner Ehefrau. Der missratene Sohn der Familie war erst kurz zuvor nach Hause zurückgekehrt und ward danach nicht mehr gesehen. Sein Name war Thilo Drenkhan, ein hübscher Junge, blond und von schönem Wuchs, hieß es. Die einen sagen, er sei tot, die anderen, er sei entführt und als Sklave verkauft worden. Aber die meisten denken, er habe seinen Vater ermordet und sei über alle Berge.«

Es war aus, dachte Thilo, jetzt war alles aus. Er verbarg die Hände, deren Zittern er nicht verhindern konnte, unter dem Tisch. »Blond ist er? Das sind viele, nicht wahr?« Seine Stimme war erstaunlich fest. »Und wie hätte er allein auf der Straße überleben sollen?«

»So wie jedes Kind auf der Straße überlebt. Ja, vielleicht irre ich mich. Aber in dem Fall hättest du die Lübecker Gerichtsbarkeit ja nicht zu fürchten, nicht wahr?«

Thilo wollte den Stuhl zurückschieben, wollte Agnes holen und fortlaufen.

»Lass dir nicht einfallen zu fliehen. Solltest du das tun, töte ich die beiden Kinder meines Bruders und füge mir selbst eine Verletzung zu. Ich werde es so aussehen lassen, als hättest du die beiden Kleinen ermordet und mich verletzt, als ich dich erwischt habe. Du wolltest die ganze Familie auslöschen, um so viel an dich zu raffen, wie du kannst, werde ich sagen. Und ich werde die Lübecker Sache ins Feld führen. Man wird eins und eins zusammenzählen, und du wirst vermutlich nicht einmal die Stadt verlassen können.«

Es war, als weiche auf einmal jede Kraft aus Thilos Gliedern, und er sackte auf dem Stuhl in sich zusammen. Das Herz ging ihm so heftig, dass es schmerzte. Gerade hatte er noch mit Agnes darüber gestritten, dass er zurück nach Lübeck wollte. Fast hätte man über diese Absurdität lachen können.

»Also fangen wir noch einmal an«, sagte Bernard van Waalenburch und faltete die Hände über dem Bauch. »Und denk nicht, dass ich meine Drohung nicht ernst meine. Meine Neffen bedeuten mir nichts, und ich hasse meinen Bruder so sehr, dass sein Leid mich geradezu entzücken würde. Ich frage also erneut, ob du es hinbekommst, die Geldbeträge zu ändern.«

Thilos Kehle war trocken, und er schluckte, aber es war vergeblich. »Ja«, antwortete er schließlich. »Das würde ich schon können. Aber was, wenn er es merkt?«

»Nun, dann wird er dich vor die Wahl stellen, ihm das Geld zurückzugeben oder als Dieb verurteilt zu werden. Sieh dich also lieber vor.«

Es war aussichtslos. Weigerte er sich, würde er in Lübeck am Galgen enden, denn in Ermangelung eines anderen Täters wäre dies die leichteste Art, den Tod des angesehenen Kaufmanns öffentlich sühnen zu lassen. Nachdem offenbar nach wie vor jeder glaubte, Thilo wäre der Mörder, würde man ihn nicht davonkommen lassen. Lief er davon, starben zwei Kinder, und er hätte nicht nur den Mord an seinen Eltern am Hals, sondern auch den der kleinen Jungen.

»Musst du noch darüber nachdenken?« Bernard lächelte maliziös.

Thilo schüttelte den Kopf.

»Das dachte ich mir. Für so dumm hatte ich dich auch nicht gehalten. Dann ist es abgemacht. Und nun geh wieder ins Bett. Ich bin auch rechtschaffen müde.« Er grinste, als hätte er einen guten Scherz gemacht, und erhob sich.

Auch Thilo stand auf und strich sich mit beiden Händen durch das Haar. Er war verzweifelt. Cornelis van Waalenburch war ein guter Mann, und er hatte es nicht verdient, so hintergangen zu werden. Aber was sollte er denn tun? Ihm seine verzweifelte Lage schildern? Was, wenn Cornelis ihn dann in Lübeck der Gerichtsbarkeit auslieferte, weil er keinen mutmaßlichen Mörder in seinem Haus wollte? Thilo konnte nicht anders, als Bernards Befehl Folge zu leisten.

Während er zu seiner Kammer zurückging, dachte er darüber nach, ob er es Agnes erzählen sollte. Nein, lieber nicht. Sie war mutig und hatte selten Angst, aber sie zeichnete sich nicht gerade durch diplomatisches Geschick aus. Vermutlich würde sie ihn dazu drängen, fortzulaufen, würde darauf vertrauen, unerkannt in den Gassen unterzutauchen. Sie kannten immerhin genug Menschen in den Straßen. Und somit auch genug, die sie, ohne zu zögern, verraten würden, wenn sie dafür nur ausreichend entlohnt wurden – und das konnte bereits eine Mahlzeit sein. Dass Bernard die Kinder töten würde, würde Agnes nicht abhalten. In ihrer Welt starben ständig Kinder, und sie würde nicht ihr Leben riskieren, um die Söhne reicher Herren zu retten. Nein, es war besser, wenn sie es nicht erfuhr. Aber war es jetzt nicht umso wichtiger, dass er endlich den Mord an seinen Eltern aufklärte?

Sich bei Albrecht zu treffen, war unverfänglich, denn sie beide begrüßten den Hund morgens. Agnes sah Thilo erwartungsvoll an. Er wirkte blass und übernächtigt.

»Was war los?«, fragte sie.

»Nur einige Rechnungsfragen.«

»Und das konnte nicht bis heute warten?«

»Du weißt ja, wie ungeduldig er ist.«

Albrecht schüttelte und streckte sich. Offenbar war er der Ansicht, er hätte jetzt lange genug gelegen. Agnes öffnete die Tür und ließ ihn hinaustrotten. »Du arbeitest für den anderen«, sagte sie.

»Ich kann ja wohl schlecht sagen, er solle seinen Kram allein besorgen.« Thilo klang gereizt, was Agnes befremdete.

»Und wegen dieser anderen Sache?«, wollte sie wissen. »Diese Narretei mit Lübeck?«

»Der Tod meiner Eltern war schwerlich eine Narretei.«

»Du weißt doch, was ich meine.«

Er blickte sich um, als befürchtete er, jemand könne ihre im Flüsterton geführte Unterhaltung belauschen. »Ich muss herausfinden, was los war.«

»Diese Dummheit machst du ohne mich!«

»Dann ist es eben so. Ich muss jetzt los. Bis später.«

Sie erwiderte den Abschiedsgruß nicht, vielmehr war sie so wütend, dass sie ihm am liebsten einen Stoß versetzt hätte. Er war so dumm, dass es sie rasend machte. Beinahe hasste sie ihn dafür, so töricht zu sein. Hatte er nichts gelernt in all den Jahren? Ging es ihnen nicht gut hier? Ihm noch mehr als ihr. Aber vermutlich war ihm auch dieses Bett nicht weich genug, die Decke nicht dick genug, die Kammer nicht warm genug.

»Agnes, was stehst du hier herum? An die Arbeit.« Hildas Aufforderung hatte nichts Harsches oder Unfreundliches, dennoch war sie bestimmt. Trödelei und Müßiggang duldete sie nicht.

Es galt, die Öfen auszukehren und neu anzufachen. Danach musste sie den Boden in der Halle schrubben und in der Küche helfen, das Mittagsmahl zuzubereiten. Die Arbeit war ihr an diesem Morgen willkommen, lenkte sie sie doch von ihrem Zorn auf Thilo ab. Am frühen Nachmittag schickte Hilda sie zur Putzmacherin, um eine Haube für Mevrouw Alea abzuholen.

»Bezahlt ist sie schon«, erklärte sie. »Eigentlich sollte ihre Zofe sie holen, aber sie hat zu viel zu tun, daher musst du das übernehmen. Hier ist ein versiegeltes Schreiben, das zeigst du vor, damit man dir die Haube aushändigt. Und gib acht, sie ist sehr wertvoll.«

Agnes nickte und schob das Schreiben in ihren Ausschnitt, dann lief sie los. Es waren Momente der Freiheit, wenn sie für Botengänge und Erledigungen fortgeschickt wurde. Dieses Gefühl, durch die Straßen zu streifen, ohne gezwungen zu sein, etwas zu stehlen, war so köstlich, dass Agnes es in vollen Zügen auskostete. Sie konnte sich treiben lassen, konnte stehen bleiben, laufen – ganz, wie es ihr beliebte.

»So munter unterwegs?«

Peers Stimme ließ sie innehalten, und sie drehte sich zu ihm um. »Lauerst du mir auf?«

»Dürfte mir schwerfallen, so selten, wie du dich blicken lässt.«

»Hab viel zu tun.«

Peer ging zu einem Händler, kaufte in Teig gebackene Wurst und reichte ihr die Hälfte. Sie nahm sie entgegen und sah ihn argwöhnisch an. Als er sich auf einem Mäuerchen niederließ, tat sie es ihm gleich, wobei sie sich nicht lässig dagegenlehnen konnte wie er, sondern darauf klettern musste. Die Wurst schmeckte gut, und auch das war ein neues Gefühl – essen, weil man Lust dazu verspürte, und nicht, weil der Hunger es runtertrieb. Agnes wusste, sie konnte nicht allzu lange fortbleiben, aber Hilda war in dieser Hinsicht recht großherzig, als verstünde sie, dass Agnes diese wenigen Momente in den Straßen liebte. Es war schön, durch die Kälte zu gehen, da einen ein warmes Haus erwartete. Wenn jetzt nur Thilo von seinem närrischen Vorhaben ablassen würde.

»Scharst du immer noch Kinder um dich, damit sie für dich stehlen?«, fragte Agnes und wischte sich die Finger am Kleid ab.

»Ohne mich würden sie verhungern.«

»Sicher.«

»Sie haben eine Unterkunft, und sie werden von mir und den Älteren beschützt. Außerdem verkrüpple ich niemanden, damit er mehr einbringt.«

Agnes nickte knapp.

»Komm, gehen wir ein bisschen, es ist elend kalt.«

Er schlenderte durch die Straßen, und Agnes begleitete ihn. Ganz so spät durfte es nicht werden, denn sie wollte nicht im Dunkeln mit dem wertvollen Kopfputz durch die Straßen laufen.

»Lebt Bengt eigentlich noch?«, fragte sie.

»Ich weiß es nicht. Irgendwer meinte, er hätte sich vor den Stadtmauern niedergelassen, zusammen mit einigen anderen. Aber mich schert nicht, was er tut, solange er mich in Ruhe lässt.«

Agnes wich zwei Frauen aus und bemerkte, wie Peer die Leute beobachtete. Es war immer schwer auszumachen, was in ihm vorging. Sie spazierten an den Fleeten entlang, denen ein beißender Gestank durch die Abfälle und die ins Wasser entleerten Aborte entstieg. Von den Fleeten gingen einzelne, versumpfte Wasserzüge ab, die durch die stetig hinein entleerten Nachttöpfe einem Morast glichen. Ein paar Schweine liefen durch die Straßen, hinter ihnen ein Junge, der auf einem Stock herumkaute. Zwei Hunde balgten sich knurrend um einen Knochen, während einige Raben auf den Dächern sitzend die Szenerie beäugten. Im Schutz eines Hauses blieb Peer stehen.

»Hier wohnt mein alter Herr.«

Agnes sah am Giebelhaus hoch. Es war keines der reichen Häuser, aber auch nicht ärmlich. »Was nützt ein Vater, wenn du doch stehlen musst und in einer Ruine haust?«

»Er war mir sehr nützlich in den letzten Jahren. Und wie du weißt, gehört auch die Ruine ihm. Er vermietet Zimmer an arme Menschen. Man kann mit Armut viel Geld machen, wie du siehst.«

Agnes nickte. »Und was tun wir hier?«

»Er ist momentan nicht da. Und weil er niemandem vertraut und ihn zu viele Menschen hassen, gebe ich auf das Haus acht. Hinein lässt er mich nicht, aber ich kann den Hof betreten.«

»Dir vertraut er?«

»Ich bin abhängig von ihm. Außerdem ist er rachsüchtig. Wenn ich ihn bestehle, richtet er mich schlimmer zu, als ich es mit Bengt getan habe.« Er öffnete ein Tor, das in einen Hof führte.

Agnes sah sich um. »Wo ist der Hund?« Sie deutete auf eine schwere Kette.

»Vor kurzem gestorben.« Peer sah sich um. »Das erben alles seine Kinder. Die ehelichen, wohlgemerkt.«

Agnes verschränkte die Arme vor der Brust, weil sie langsam fror. »Bist du wütend auf ihn?«

»Auf meinen Vater? Ja, ein wenig schon. Meine Mutter ist

elendig verreckt. Aber ich lebe immerhin, und das verdanke ich dem Rest Fürsorge, den er für mich aufbringen konnte.« Er sah sie an. »Wie geht es Thilo?«, fragte er übergangslos.

Sie zuckte die Schultern.

»Seht ihr euch nicht mehr?«

»Doch.« Die Wut auf ihn flammte wieder auf. Dieser Narr.

»Ich hab ihn immer ein bisschen um dich beneidet.«

»Warum? Ich bin nich sein Eigentum.«

Peer hob die Brauen. »Ich hatte den Eindruck, er wache sehr eifersüchtig über dich.«

»Über mich wacht kein Mann, nich einmal Thilo.« Die Vorstellung, ausgerechnet er, den Agnes wieder und wieder hatte retten müssen, wache darüber, dass sich ihr niemand nähere, war doch lachhaft.

»Tatsächlich?« Peer kam auf sie zu und sah sie auf eine Art an, die Agnes' Herzschlag beschleunigte.

Vorsichtig legte er ihr die Hände um die Taille, dann zog er sie an sich, und Agnes krallte sich in sein Wams, presste ihre Lippen auf seine, öffnete den Mund, um den Kuss zuzulassen. Ihre Wut auf Thilo schlug um in eine ungezügelte Erregung. Sie erlaubte, dass Peer Verschnürungen löste und ihr das Kleid über die Schultern streifte. Sein Mund glitt über ihr Kinn, den Hals, hinunter zu ihren Brüsten. Agnes umfasste seinen Kopf, presste ihn an sich, während sie den Körper bog. Als er ihr das Kleid abstreifte, erschauerte sie in der Kälte. Rasch war er über ihr, und sie spürte seine erhitzte Haut an ihrer, öffnete die Beine, umschlang ihn, als er in sie drang. Er bewegte sich in heftigen, schnellen Stößen, und Agnes' Lust erreichte einen schwindelerregenden Höhepunkt. Peer folgte ihr unmittelbar, wobei er nicht so rücksichtsvoll war wie Thilo und sich nicht rechtzeitig zurückzog.

Als Agnes wieder zu Atem gekommen war, löste sie sich von

ihm, und er glitt aus ihrem Körper, hinterließ Nässe, die aus ihr hinauslief und unter ihr versickerte. *Das darf Thilo nie erfahren.* Es würde ihn verletzen, und das wollte sie nicht. Denn so schön es mit Peer gewesen war, es hatte nichts bedeutet.

»Du gehörst nicht zu diesen Leuten«, sagte Peer. »Du hast immer schon besser zu mir gepasst als zu ihm.«

Sie erhob sich, wischte sich mit seinem Hemd ab und kleidete sich an. »Wir werden das nich noch einmal tun. Ich war wütend auf Thilo, mehr nich.«

»Und anstatt ihn zu bestrafen, hast du dich selbst belohnt.« Sein Grinsen war ein klein wenig zu selbstgefällig.

Sie zuckte die Schultern. »War vielleicht auch ein Abschied von diesem Leben. Von dir.«

»Wir sehen uns wieder, das weißt du doch.«

Wieder zuckte sie die Schultern. »Wenn du mich heute geschwängert hast, dann auf jeden Fall. Dann sorg ich nämlich dafür, dass du in deinem Leben keine Frau mehr besteigst.«

Er sah sie verblüfft an, dann lachte er.

»Und du darfst es nie jemandem erzählen.«

»Und wenn doch?«

»Dann komm ich hierher zurück und ersteche dich im Schlaf.«

Wieder lachte er.

»Es ist mir ernst!«

»Daran zweifle ich nicht.«

Agnes verließ den Hof und lief zur Putzmacherin. Es dämmerte bereits, als sie zurückkam, und sie hoffte, dass Hilda nicht verärgert war. Im Haus waren die Vorbereitungen für das Abendessen im Gange.

»Wo warst du denn so lange?«, herrschte die Köchin sie an. »Los, beeil dich, es ist noch genug zu tun.«

Agnes kam in die Küche und wollte nach ihrer Schürze greifen.

»Du lieber Himmel, ist das die Perlenhaube der gnädigen Frau Alea? Bist du von allen guten Geistern verlassen, sie zu dem Fisch zu legen? Bring sie der Zofe, aber ein bisschen plötzlich.«

Nachdem Agnes dem Befehl Folge geleistet hatte, half sie der Köchin und musste hernach Töpfe und Pfannen schrubben. Schließlich war sie zum Umfallen müde und hätte im Stehen einschlafen können. Wie immer führte ihr Weg zum Bett an Albrechts Schlafplatz vorbei. Während sie ihrem treuen Gefährten die Ohren kraulte, fragte sie sich, ob sie ein schlechtes Gewissen wegen Thilo haben müsste. Nein, dachte sie, sie waren weder verheiratet, noch hatte er ihr ein Eheversprechen gemacht. Sie wusste nicht einmal, ob es neben ihr nicht noch andere Frauen gab. Vor ihr hatte er nicht nur Britt gehabt, dessen war sie sich sicher, wenngleich sie das nie zur Sprache brachte, weil es sie schlicht nicht interessierte.

»Agnes?« Als hätten ihre Gedanken ihn herbeigerufen.

Sie blickte auf, schwieg. Langsam ließ Thilo sich ihr gegenüber nieder, streichelte Albrechts Kopf, sodass ihre Hände sich im Fell des Hundes berührten. Sie sahen sich an, während ihre Fingerspitzen sich fast schüchtern umspielten. Thilo, in dessen Augen tiefe Zuneigung lag, und Agnes, in deren Körper noch der schwache Abglanz einer genossenen und doch bedeutungslosen Lust pulsierte.

»Es tut mir leid«, sagte Thilo.

»Ja«, antwortete sie fast lautlos, »mir auch.«

GENUA, APRIL 1601

Marianna hatte nicht geglaubt, Arjen Valckenberg je wieder in die Augen sehen zu können, ohne vor Scham im Erdboden zu versinken. Aber dann war das Gefühl in jener überwältigenden Erleichterung versickert, dem Verschlag entkommen zu sein. Nachdem sie befürchtet hatte, man hätte sie in einer hölzernen Kiste aufs Meer geworfen, hatte sie vor Angst beinahe die Besinnung verloren. Aber irgendwann hatte sie durch das Rauschen in den Ohren hindurch Stimmen gehört, das Getrampel von Holzschuhen auf dem Niedergang. Frierend und zitternd hatte sie dagelegen und gehofft, man werde sie endlich aus ihrer Lage befreien, indes ihr das Blut warm über die Beine in den Stoff gesickert war, um dort abzukühlen. Nie zuvor in ihrem Leben hatte sie so sehr gefroren, und bald war ihr gewesen, als müsse sie schlicht und ergreifend erfrieren. Aber dafür hatte die Kälte nicht gereicht, sondern sie war von jener Art, die einen krank werden ließ, sodass man den Tod vermutlich dadurch fand. Danach hatte Marianna geglaubt, man würde sie verdursten lassen. Ihr war nicht bewusst gewesen, wann der Tag in die Nacht überging und die Nacht wieder in den Tag.

Auf einmal war die Tür zum Verschlag geöffnet worden, und

Arjen Valckenberg hatte sie errettet. Seither wohnte sie in seiner Kajüte, und er erschien täglich, um sich mit ihr zu unterhalten. Hin und wieder durfte er sie spätabends für die Zeit eines halben Stundenglases über das Deck führen. Es war eine überaus langwierige Reise, in der sie die meiste Zeit auf der Koje lag und ihren Gedanken nachhing, weil sich keine Zerstreuung bot. In ihrer Verzweiflung hätte sie sogar in der Kombüse geholfen, wenngleich sie dem Koch lieber nicht mehr begegnet wäre. Aber alles wäre besser gewesen als diese lähmende Langeweile. Was wohl gewesen wäre, wäre sie wirklich auf dem Weg nach Java gewesen und nicht auf einer *Straatvaart*? Vermutlich wäre sie gar nicht lebend angekommen, wenn man sie bis zum Schluss in diesem Verschlag belassen hätte. Gottlob hatte Arjen Valckenberg darauf bestanden, sie sehen zu dürfen. Wobei auch Willem van de Laar ihr gesagt hatte, seiner Meinung nach habe der Kapitän über die Maßen hart reagiert. Vielleicht hätte sich irgendwann auch einer der anderen Männer erbarmt. Doch womöglich wäre sie bis dahin in dem Verschlag schon verdurstet gewesen.

Zu ihrem Bedauern konnte sie nicht dabei zusehen, wie sie sich der Küste Genuas näherten, durfte nicht dabei sein, wenn die Tiefe in Faden ausgelotet wurde. Zu gerne hätte sie gewusst, wie es war, auf See zu sein und zu sehen, wie sich langsam eine Küste aus dem Dunst schälte. So musste sie sich mit dem Blick durch das Bullauge zufriedengeben, der ihr nichts weiter bot als den Anblick wogender Wellen, auf denen das Sonnenlicht glitzerte.

Marianna hatte sich vor ihrer Abreise durchaus Gedanken darüber gemacht, was für ein Empfang ihr in Amsterdam bevorstehen würde. Doch weil es ihr die Reise wert war, hatte es sie nicht sonderlich bekümmert, ob man ihr böse wäre oder einfach nur erleichtert, wenn sie unversehrt zurückkehrte. Vielleicht hätte Jan van der Hijden sogar die Ehepläne aufgegeben. Sie hatte keinen Brief hinterlassen, weil sie befürchtet hatte, dieser könne zu früh gefunden werden, was ihre Pläne möglicherweise vereitelt hätte. Dabei hatte sie gegen ein schlechtes Gewissen ihrem Vater gegenüber ankämpfen müssen. Ihm hatte sie von ihrem ersten Landgang auf der Reise schreiben und den Brief einem der ablegenden Handelsschiffe mitgeben wollen. Daraus war ja nun nichts mehr geworden. Und jetzt, da sie von der Reise nichts hatte, war die Sorge vor dem, was sie bei ihrer Heimkehr erwartete, um vieles größer.

Nach der Ankunft in Genua hatte sie erwartet, dass man sie abholte und mit an Land nahm, aber irgendwann war es still auf dem Schiff geworden, und Marianna hatte befürchtet, man ließe sie allein hier zurück. Die Kajüte zu verlassen, wagte sie aber nicht, denn sie hatte Sorge, dass sie mit irgendeinem Matrosen hier allein war, der die Situation ausnutzen könnte. Lange Zeit wartete sie in der Kajüte, bis endlich Arjen Valckenberg erschien, der ihr Kleider gekauft hatte, damit sie sich wieder anständig gekleidet unter den Leuten bewegen könne.

»Ich hoffe, mein Augenmaß hat mich nicht getrogen«, sagte er, und sie dankte ihm überschwänglich.

Die Männerkleidung mochte ihre Vorteile gehabt haben, aber wohler fühlte sich Marianna in Kleidern. Das Haar steckte sie notdürftig mit Nadeln zurück, aber da sie es ohnehin unter einer Haube verbarg, fiel nicht auf, wie kurz es war. Schließlich führte Arjen Valckenberg sie hinauf an Deck, und sie blinzelte in die Sonne. Und da lag Genua nun vor ihr, so prachtvoll, dass es ihr den Atem raubte.

Der Hafen lag in einer Bucht, hinter der sich steil das Bergmassiv erhob, die Stadt mit ihrer massiven Befestigung wirkte in ihrer Gesamtheit dem Meer zugewandt. Schiffe schaukelten sanft in auf dem Wasser, am Hafen war emsige Geschäftigkeit zu sehen, und vereinzelt sah Marianna Schifferboote zurückkehren. Sie ließ sich von Arjen über die Reling helfen und kletterte trotz ihrer üppigen Röcke behände die Strickleiter hinab. Doch auf dem Beiboot geriet sie durch das Schaukeln ins Straucheln und wäre beinahe über Bord gegangen, hätte der Matrose sie nicht geistesgegenwärtig um die Taille gepackt und zurückgezogen.

»Jetzt seid Ihr so weit gekommen, da wäre es doch tragisch, direkt vor Genua zu ertrinken.«

»Hab Dank.« Marianna ließ sich auf der Bank nieder, und kurz darauf kam Arjen Valckenberg die Strickleiter hinab. Er setzte sich ihr gegenüber, und die Matrosen machten sich daran, das Boot zum Hafen zu rudern.

Nun, da sie sich der Stadt näherten, ergriff Marianna eine geradezu fiebrige Erregung. Dies war nicht Java, aber es war womöglich ihre einzige Möglichkeit, jemals etwas außerhalb der Niederlande zu sehen. Das wollte sie auskosten bis zur Neige, um dann davon zehren zu können, wenn sie wieder daheim war und ihr Vater sie mit Jan van der Hijden verheiratete. Daran wollte sie jetzt gar nicht denken. Sie war hier mit Arjen Valckenberg, der zwar selbst verheiratet war, aber das musste sie nicht daran hindern, sich vorzustellen, was hätte sein können. Dieser Mann, dessen war sie sich gewiss, hätte sie nicht am Reisen gehindert.

Das Boot legte am Hafen an, und Arjen Valckenberg stieg aus, ehe er ihr auf den Steg half. Marianna hatte das Gefühl, der Boden unter ihr würde schwanken, und unwillkürlich hielt sie sich an dem Arm des Mannes fest, was zutiefst ungehörig war, aber sie befürchtete, sonst zu fallen.

»Das ist normal nach Wochen auf See, habe ich mir sagen lassen.« Arjen Valckenberg lachte und bot ihr den Arm, damit sie sich sittsam bei ihm abstützen konnte, ohne eine anrüchige Nähe zu schaffen. Wobei dies angesichts der Tatsache, dass sie sich täglich allein in ihrer Koje aufgehalten hatten, wohl kaum mehr einen Unterschied gemacht hätte.

Sie gingen durch das Tor der Stadtmauer, und Marianna, die nie etwas anderes als Amsterdam gesehen hatte, hielt inne, wollte diesen Moment in sich aufnehmen und ihn verschließen wie eine Perle, die man immer wieder hervorholte, um sich daran zu erfreuen. Allmächtiger, dachte sie, war das prachtvoll! Die cremeweißen palastartigen Häuser, die großen Backsteinbauten, die belebten ockerfarbenen Straßen, durch die Eselskarren und Kutschen rumpelten. In der Luft lag der Duft von Blüten und Orangen, der sich in ein dunkles, erdiges Aroma mischte. Das war sie also, diese mächtige Seefahrernation.

»Oh, es ist wunderschön.«

Arjen lächelte und führte sie weiter. »Ich bin auch zum ersten Mal hier. Es ist eine beeindruckende Stadt. Leider bleiben wir nur wenige Tage, um die Ladung zu löschen, das Schiff neu zu beladen und die Vorräte aufzufüllen.«

Marianna wollte nicht daran denken, dass sie bald wieder auf dem Weg zurück nach Amsterdam sein würde. Nichts sollte diesen Moment trüben. »Ich möchte so viel wie möglich von der Stadt sehen.«

»Das lässt sich gewiss einrichten. Da ich das Schiff nur als Passagier begleitet habe, habe ich keine Verpflichtungen hier. Es wird mir also ein Vergnügen sein, mit Euch diese Stadt zu erkunden, die *das Tor der ganzen Welt* genannt wird. Zuerst aber bringe ich Euch in die Handelsniederlassung.«

Die Niederländer residierten in einem palastartigen Gebäude, das Arjen offenkundig bereits gut vertraut war, denn er ging mit größtem Selbstverständnis durch das Tor ins Innere des Gebäudes. »Ich habe dafür gesorgt, dass Euch ein Raum zur Verfügung gestellt wird. Ginge es nach dem Kapitein, wäret Ihr auf dem Schiff geblieben. Aber hier an Land hat er nicht mehr die absolute Befehlsgewalt.«

»Er hasst mich.«

»Das gewiss nicht, aber er fühlt sich von Euch hinters Licht geführt. Noch dazu, weil es nur der Zufall war, der Euch verraten hat. Das muss ihn hart ankommen, nicht gemerkt zu haben, dass eine Frau sich unter seiner Besatzung befindet.«

»So hart habe ich mein Lebtag nicht gearbeitet.«

Arjen Valckenberg lachte. »Das will ich gern glauben.«

Er grüßte den Wachhabenden und führte sie durch eine kühle Eingangshalle, die Treppe hinauf und über eine Galerie in ein Zimmer, das kleiner war als Mariannas daheim, aber hübsch eingerichtet in dunklem Holz und Weinrot, mit einem prächtigen orientalischen Teppich auf dem marmornen Boden. Beim Anblick des Bettes verspürte Marianna urplötzlich eine bleierne Müdigkeit. Zu lange hatte sie in der unbequemen Koje gelegen, wo sie kaum eine Nacht richtig hatte schlafen können. Aber keinesfalls würde sie hier nun mehr Zeit als nötig mit Schlafen verbringen.

Auf der Truhe im angrenzenden Alkoven lagen zwei weitere Kleider, und ein inniges Gefühl von Dankbarkeit Arjen Valckenberg gegenüber stieg in ihr auf. Es gab einen kleinen Tisch mit einer Kanne Wasser und einer Schale, sodass sie sich waschen konnte, und sie genoss das Gefühl, dies nach Wochen wieder mit Süßwasser tun zu können. Das Salzwasser hatte gebrannt auf der Haut, und nun war es eine wahre Wohltat, die erfrischende Kühle zu spüren. Marianna ging zu einem

Spiegel, der offenkundig venezianischer Machart war und so gut wie keine Verzerrung aufwies. Sie war blass, die Augen dunkel umschattet, aber ansonsten wies nichts darauf hin, wie sie die letzten Wochen verbracht hatte. Ihr kurzes Haar war unter der Haube nicht zu bemerken, und zufrieden wandte sie sich ab und wartete auf Arjen Valckenberg.

Als er am Vortag angekommen war, hatte Arjen sich bereits durch die Stadt führen lassen in dem Wunsch, so viel wie möglich von dieser Reise mitzunehmen. Im Gegensatz zu Marianna van Klaaveren war dies – wie er hoffte – jedoch nicht die erste und einzige Reise, sondern der Auftakt zu weiteren. Die junge Frau nötigte ihm einigen Respekt ab, so viel riskiert zu haben, um ihren Traum zu verwirklichen, und es tat ihm von Herzen leid, dass sie nicht die Möglichkeit dazu hatte. Hätte Jolanda den Wunsch, zu reisen, so würde Arjen sie gewiss nicht davon abhalten. Das hätte er gar nicht gekonnt, wusste er doch, wie schwer es war, auf Herzenswünsche verzichten zu müssen.

Er gab Marianna van Klaaveren Zeit, sich ein wenig auszuruhen, ehe er sie aufsuchte. Er ging zu ihrem Zimmer, klopfte an die Tür, die kurz darauf von ihr geöffnet wurde. »Wenn Ihr noch Zeit braucht, um Euch zu erholen, komme ich später noch einmal.«

»Nein, ich sagte doch, ich möchte keinen Moment hier verschwenden.«

Er lachte. »Möchtet Ihr vorher noch etwas essen?«

Als Antwort erntete er lediglich ein Kopfschütteln. Offenbar war auch die Zeit, die sie fürs Essen aufbrachte, verschwendet. Er führte sie durch das Haus, und sie traten vorbei an den Wachhabenden auf die belebte Straße.

»Was ist eigentlich hierher geliefert worden?«, fragte Marianna van Klaaveren.

»Getreide. In den letzten Jahren gab es mehrere Missernten und Hungersnöte, weshalb die *Straatvaart* den wichtigsten Handelspartnern in erster Linie Getreide liefert.«

»Wer sind die wichtigsten Partner?«

»Neben Genua sind es Venedig und Livorno.«

»Ach, nach Venedig wäre ich ja gerne gereist. Wenn ich schon auf das falsche Schiff steige, warum nicht dorthin?«

Wieder musste er lachen. »Früher waren die Antwerpener die Handelspartner dieser Städte, aber seit die spanischen Habsburger die Stadt besetzen, ist die *Straatvaart* in erster Linie auf Amsterdam übergegangen.«

»Ich habe meist Bücher darüber gelesen, wie das Reisen in ferne Länder ist, über die näher gelegenen weiß ich wenig. Also abgesehen davon, dass Kolumbus Genuese war.«

»Im Dienst der Spanier.«

»Alle großen Schiffsrouten und Entdeckungen scheinen den Spaniern und Portugiesen zu gehören. Van Linschoten konnte seine Reisen ja auch nur deshalb machen, weil er sich in den Dienst der Portugiesen gestellt und diese hintergangen hat. Und nun ist Portugal auch unter spanischer Herrschaft. Den Spaniern gehören Teile der Niederlande. Manchmal befürchte ich, eines Tages wird auch Amsterdam den Spaniern gehören.«

»Schwingt solche Reden besser nicht in Gegenwart Eures Vaters oder der wichtigen Kaufleute.«

»Mein Vater hat mir nie den Mund verboten und mich stets dazu ermutigt, mir Gedanken um die Welt zu machen. Und mit wichtigen Kaufleuten komme ich nur selten zusammen.

Die wiederum interessiert ohnehin nicht, was ich zu sagen habe.«

Arjen schwieg einen Moment, während sie durch die Straßen gingen. »Ich denke nicht, dass Amsterdam je an die Spanier fallen wird«, sagte er schließlich. »Ihr werdet es sehen, den Niederländern gehört die Zukunft des Welthandels, und so wie Lissabon vor vielen Jahren Dreh- und Angelpunkt einer Weltmacht war, wird es in Zukunft Amsterdam sein.«

Sie gelangten an den Palazzo Ducale, der den Mittelpunkt der Stadt bildete, in seiner imposanten Pracht den Platz beherrschte und diesen festungsartig in seinen Mauern einschloss. Es war ein Gebäude von weitläufigen Ausmaßen mit einem angrenzenden Turmpalast, Pilastern, umlaufenden Balustraden und Skulpturen.

»Ist das ein Königspalast?«, fragte Marianna van Klaaveren.

»Es ist der Sitz des Dogen von Genua.«

»Ich habe so etwas noch nie gesehen, diese Art von Stadt, die sich um einen zentralen Platz herum versammelt. Es gibt überhaupt keine Kanäle, die sich durch die Stadt ziehen.«

»Amsterdam ist in vielerlei Hinsicht einzigartig.«

Sie spazierten weiter durch breite Straßen und engere Gassen, und Arjen genoss die Wärme der Sonne, die hier ganz anders war, als er es aus Lübeck und Amsterdam kannte. In den Prachtbauten zeigten sich der Reichtum und die Bedeutung als eine der wohlhabendsten Städte Europas. Die Häuser waren aus cremegelbem Sandstein mit verzierten Torbögen, Säulen und Orangengärten. Selbst die trockene Hitze mit dem salzigen Aroma des Meeres war eine andere als in Amsterdam, das Licht satter und von buttrigem Gold, wenn die Sonne lange Schatten warf.

»Womit handelt Genua, damit sie es zu einem solchen

Reichtum bringen konnten?«, fragte Marianna van Klaaveren, deren Augen sich erstaunt weiteten, während sie durch die Straßen gingen.

»Die Genuesen handeln mit Seide, daher pflegt mein Schwiegervater Handelsbeziehungen dorthin. Die Stadt wickelt die Geldgeschäfte der spanischen Monarchie ab und verwaltet deren Finanzen. Über genuesische Banken finanziert sich die spanische Armada. Nun ja, und Genua handelt mit Sklaven, die sie aus dem Schwarzmeerraum und über Nordafrika beziehen. Die genuesische Insel Chios ist der größte Sklavenmarkt im Mittelmeer, dort machen die Genuesen ein Vermögen.«

»Das ist abscheulich!«

Arjen antwortete nicht, dass für sie auf Java in dieser Hinsicht gewiss das böse Erwachen gekommen wäre, denn es war nicht so, als wären die Niederländer dem Handel mit Sklaven abgeneigt. »Es ist ein Weltmarkt geworden. Anders lassen sich die Kolonien mit ihren weitläufigen Plantagen nicht führen. Man hat es mit Einheimischen versucht, aber die sind zu schnell verstorben. Also hat man einen Handel mit Afrikanern aufgebaut, die als robust gelten und in der Regel fünf Jahre überleben. Man sagt, wenn ein Sklave ein Jahr arbeitet, hat man seinen Wert raus, es gibt also keinen Anlass, ihn pfleglich zu behandeln.«

»Das ist ja fürchterlich! Glücklicherweise ist mein Vater kein Sklavenhändler.«

Arjen verzichtete darauf, sie zu fragen, wer denn die Schiffe baute, mit denen die lebende Fracht transportiert wurde, und wer die Produkte aus Sklavenarbeit – Baumwolle, Zucker und was sonst noch von Plantagen bezogen wurde – über die Meere trug. So war die Welt nun einmal, und es war gewiss ein großes Unrecht, aber solange es ein überaus rentables Unrecht war und die Sklaven keine Stimme hatten, würde sich daran nichts ändern.

»Kein Mensch sollte einem anderen Menschen gehören«, sagte Marianna, der das Thema offenbar nicht aus dem Sinn ging. »Das kann nicht richtig sein.«

»Nein, das ist es gewiss nicht.«

Sie spazierten durch eine schmale Gasse. Kinder hockten auf dem Pflaster und spielten mit Steinchen, während sich drei Frauen aus den Fenstern heraus über die Gasse hinweg unterhielten. Im Weitergehen erzählte Marianna ihm von ihrer Leidenschaft für Schiffe und wie sehr sie den Geruch am Hafen und in den Werften liebte, weil dieser für sie stets die Verheißung ferner Reisen trug.

Die Stadt war von wuchtigen Festungsmauern umgeben, eine Bastion mit Wachtürmen und Geschützen, die über der Stadt thronte. Marianna fragte, ob er die Stadt seit seiner Ankunft auch schon einmal verlassen habe, was er verneinte.

»Ich würde es auch nicht raten«, sagte er, »da man nicht weiß, was einen auf den Straßen in der Fremde erwartet.«

»Das macht es spannend.«

»Und gefährlich.«

Sie kehrten in einem Wirtshaus ein, und Arjen bestellte Brot, Oliven, Käse, Schinken und gebratenen Fisch. Dazu tranken sie Wein, der Marianna etwas Farbe in die blassen Wangen trieb.

»Ich war noch nie in einem Wirtshaus«, sagte sie und lachte. »Henni wäre entsetzt.«

»Gut, dass sie es nie erfahren wird.« Er hob seinen Becher. »Wobei ich die Vermutung wagen würde, an dieser Reise ist nur wenig, was sie nicht entsetzt.« Er zwinkerte ihr zu, und sie lachte wieder.

Die Sonne warf bereits lange Schatten, als sie sich auf den Weg zurück machten. Arjen hatte Marianna van Klaaveren den Arm geboten, und nun ruhte ihre Hand darauf. Sie hielten ausreichend Abstand, damit ihrem Beisammensein nichts Anstößiges anhaftete und doch klar war, dass er ihr Begleiter war und sie unter seinem Schutz stand.

Zunächst dachte Arjen sich nichts dabei, als ihnen vier junge Männer folgten, denn die Straßen waren belebt, und es war nicht ungewöhnlich, dass Leute denselben Weg hatten. Irgendwann jedoch kam es ihm seltsam vor, und als sie in eine Gasse einbogen, schlossen die Männer dichter auf. Arjen spürte an Marianna van Klaaverens Anspannung, dass auch sie das bemerkt hatte.

»Mir ist das mal in Amsterdam passiert«, sagte sie. »Da wollten sie mir Angst einjagen.«

Arjen wollte nicht herausfinden, worauf die Männer aus waren, sondern er ergriff unwillkürlich Mariannas Hand. »Lauft!«, sagte er und rannte los.

Sie war nicht so schnell wie er und wäre mehrmals fast gestürzt. Er hörte die Schritte der Männer und machte sich nur wenig Illusionen, dass sie sie rasch einholen würden. Marianna hatte das Kleid gerafft und lief nun schneller, aber es nützte nichts. Arjen bog unvermittelt in eine andere Gasse ein, dann in eine weitere, in der Hoffnung, die Verfolger abzuhängen. Er vernahm ihre schnellen Schritte, hörte einen lachen, dann bog er rasch wieder ab. Beim Laufen löste er den Geldbeutel, ließ ihn fallen. Lieber verlor er ein paar Münzen, als dass der jungen Frau an seiner Seite etwas zustieß. Als sie um eine Ecke in die nächste Gasse einbogen, entglitt ihm ihre Hand beinahe, da Marianna van Klaaveren den Schritt verlangsamte.

»Wartet.« Sie hatte sich vorgebeugt und hielt sich die Hand

in die Seite. »Ich kann nicht weiter, es sticht wie tausend Nadeln.«

Er hielt inne und sah sich um, zog sie schließlich hinter einen Mauervorsprung, wo er den Arm um sie legte und sie nah an sich zog, damit ihr Kleid nicht sichtbar war. Lange standen sie nur da, lauschten, aber es war nichts zu hören.

»Haben wir sie abgehängt?«, fragte Marianna van Klaaveren dicht an seinem Ohr.

Er drehte sich zu ihr um. »Ja, ich denke schon.«

Dennoch wagten sie sich nicht hervor, blieben so stehen, die Gesichter nur eine Handbreit voneinander entfernt, und Arjen konnte nicht sagen, ob es wirklich noch die Angst vor einem Überfall war, der sie verharren ließ. Dann, ganz langsam, senkte er den Kopf und berührte ihre Lippen mit den seinen. Er wartete, und als sie nicht zurückwich, sondern den Mund leicht öffnete, küsste er sie. Erst war es nur ein leichtes Liebkosen, ein Umspielen, ein Ausloten. Die leise Stimme der Vernunft verschaffte sich Gehör, und Arjen brachte ein wenig Abstand zwischen sie, gerade genug, damit sie sich nicht mehr berührten und er nur noch ihren Atem spürte.

»Das dürfen wir nicht tun«, murmelte er.

»Ich weiß.« Sie legte ihm die Hände um den Nacken und zog ihn wieder an sich.

Arjen spürte ihre Brüste, die sich unter dem Kleid abzeichneten und gegen seine Brust drückten. Er wollte sie nicht begehren, wusste, dass es falsch war, und konnte es doch nicht verhindern. So eng an ihn geschmiegt, konnte ihr nicht entgehen, wie erregt er war, und doch vertiefte sie ihren Kuss, während seine Hände über ihren Rücken glitten.

Schließlich löste er sich von ihr, umfasste ihre Hände, brachte einen halben Schritt Abstand zwischen sie. »Wir sollten zurück, ehe es so finster wird, dass wir uns verlaufen.« Bis sie angekommen waren, dachte er, hätte er sich wieder im Griff, und die Erregung würde abgeklungen sein. Auf das hier durfte er sich nicht einlassen, es wäre töricht und sowohl Jolanda als auch dieser Frau gegenüber unrecht. Das sagte er sich den ganzen Weg über, den sie schweigend zurücklegten, während die Spannung zwischen ihnen mit Händen zu greifen war. Als sie schließlich am Haus angelangt waren, war weder das Verlangen noch die Erregung abgeklungen. Er begleitete Marianna van Klaaveren zu ihrem Zimmer, wollte ihr eine gute Nacht wünschen. Und dann trat er doch mit ihr ein und stieß die Tür hinter sich zu.

Augenblicklich lag sie wieder in seinen Armen, und sie küssten sich heftiger, fordernder als zuvor. Arjen gab jede Zurückhaltung auf, löste Schleifen und Bänder ihres Kleides, bis es zu Boden fiel. Er stolperte mit ihr zu ihrem Bett, schob ihr das Unterkleid über die Schultern, hielt nur kurz inne, um sein Hemd auszuziehen und ihre bloße Haut an seiner spüren zu können, die weiche Wölbung ihrer Brüste, die sich warm und fest an seine Brust drückten. Sein Mund glitt von Mariannas Lippen über ihren Hals, tiefer, liebkoste jeden Zoll ihres Körpers, während er ihr die restliche Kleidung auszog.

Hastig stieg er aus seinen eigenen Kleidern, warf sie achtlos zu Boden und setzte die Zärtlichkeiten fort, hörte, wie ihr Atem in schnellen Stößen ging, das leise Seufzen, das Aufkeuchen, als er sie mit Händen und Mund liebte und ihr Körper sich unter ihm wölbte. Dann endlich erlaubte er es sich, in sie zu dringen, und der Moment, als sie ihn in sich aufnahm, war so köstlich, dass er sich zurückhalten musste, ihn nicht gar zu schnell zu einem Ende zu bringen. Er bewegte sich in ihr, während sie sich an ihn klammerte und ihr Atem in kleinen

Schluchzern ging. Dann stieß sie einen leisen Schrei aus, krallte die Finger in seine Schultern und stieß schließlich den Atem in einem langen Seufzer aus, während ihr Körper sich wieder entspannte. Arjens Lust zersprang im selben Augenblick, und er zog sich rasch aus ihr zurück, einen Moment zu spät. Atemlos sank er neben ihr in die Kissen, mit wild pochendem Herzen und dem Gefühl lustvoller Sättigung. Er zog Marianna an sich, sodass ihr Kopf auf seiner Brust ruhte, und streichelte ihr Haar.

»Bereust du es?«, fragte er.

»Nein. Ich werde Jan van der Hijden heiraten müssen, aber ich bin froh, dass er nicht der Erste ist. Meine erste und einzige Reise, auf der ich zugleich die Liebe kennenlernen darf. Das ist nahezu vollkommen.«

Arjen lachte und küsste ihren Scheitel. »Ja, es ist vollkommen.«

Marianna fragte sich, ob sie jemals wieder Momente in solcher Glückseligkeit erleben würde. Die Tage verbrachten sie damit, die Stadt zu erkunden, die Nächte damit, sich zu lieben. Keinen Moment wollte sie verschwenden, und daran hielt sie sich, kostete alles bis zur Neige aus, sowohl die Fremdartigkeit der Umgebung, die sie in sich aufnahm, als auch die Liebe, das Gefühl von Arjens Körper in ihrem. Ihr ganzes Fühlen richtete sich darauf, jedes Verlangen zu stillen. Sie wollte keine Rücksicht darauf nehmen, was sich gehörte und was nicht. Nun, da sie hier war, wollte sie egoistisch alles genießen. Schon zu bald wäre sie wieder in Amsterdam, in einem Leben, das ihr aus der Ferne so eng erschien, dass sie nicht wusste, wie sie dorthin zurückkehren sollte.

»Ich möchte hierbleiben«, sagte sie, als sie in Arjens Armen langsam wieder zu Atem kam. »Kann ich nicht einfach bleiben?«

»Und was willst du hier tun? Ganz allein?«

Das konnte sie nicht beantworten, und überhaupt war die Frage nicht so richtig ernst gemeint gewesen. Da jedoch der Tag der Abreise näher rückte, wuchs auch Mariannas Verzweiflung. Sie ging an Arjens Seite durch die Straßen, besuchte Märkte, stand am Hafen und sah in die Bucht von Genua. Es war so wunderschön hier, und sie hätte viel darum gegeben, nicht fortzumüssen. Dann fragte sie sich, was aus ihr und Arjen werden würde, wenn sie wieder in Amsterdam wären. Würde er ihr Liebhaber bleiben, wenn sie verheiratet war? Das wäre Ehebruch. Aber konnte man eine Ehe brechen, die man gar nicht eingehen wollte? Wenn man unter Zwang heiratete, war die Ehe dann überhaupt moralisch bindend? Jan van der Hijden würde Kinder erwarten, und sie konnte ihm keine schenken, die das Gesicht eines anderen Mannes trugen. Überdies war Arjen ja selbst verheiratet, und dass er die Ehe hier mit ihr brach, fernab seiner Ehefrau, bedeutete nicht, dass er dies in Amsterdam ebenfalls täte.

Am Morgen der Abreise ging Marianna schweigend mit Arjen hinunter zum Hafen. Die Schiffe waren beladen, die Beiboote dümpelten schaukelnd am Steg. Arjen half Marianna hinein, dann nahm er selbst Platz, ehe die übrigen drei Kaufleute einstiegen. Einer von ihnen wurde bereits beim Ablegen des Bootes blass, und noch während sie zum Schiff gerudert wurden, beugte er sich über die Reling und erbrach sich ins Wasser. Schließlich richtete er sich auf, wischte sich mit dem Handrücken über den Mund.

»Verzeiht«, sagte er, kramte nach einem Taschentuch und

hielt es sich an den Mund, als könne er damit verhindern, dass dergleichen ein weiteres Mal passiere.

»Ich habe dir gesagt, du sollst weniger reichhaltig frühstücken«, sagte der Mann neben ihm, der frappierende Ähnlichkeit mit ihm hatte.

Marianna war den Männern zwar vorgestellt worden in der Handelsniederlassung, aber sie hatte die Namen der Brüder vergessen. An Willem van de Laar erinnerte sie sich, weil er hin und wieder mit ihr und Arjen geplaudert hatte, wenn sie von ihren Streifzügen durch die Stadt zurückgekehrt waren. Weil die Brüder ihre Anwesenheit ganz offenkundig missbilligten, hatten sie vermieden, mit ihr mehr Worte als die der Höflichkeit geschuldeten Grüße zu wechseln.

Als Marianna die Trittleiter hochstieg, folgte Arjen ihr, was vermutlich verhinderte, dass jeder im Boot unter ihre Röcke sehen konnte. Zwei Matrosen halfen ihr auf das Schiff, wo sie ihre Röcke ordnete und sich an die Reling stellte, um zu der Stadt zu sehen.

»Juffrouw van Klaaveren.« Der Kapitän näherte sich. »Ihr geht umgehend in Eure Kajüte.«

»Ach, bitte, Kapitein. Ich möchte so gerne sehen, wie wir ablegen.«

»Hier auf dem Schiff untersteht Ihr meinem Befehl. Und ich sage, geht in die Kajüte. Ich brauche keine Unruhe unter den Männern, weil ein Weibsbild hier allen im Weg steht.«

»Ich gebe auf sie acht«, sagte Arjen. »Verwehrt ihr bitte diesen Wunsch nicht.«

»Ja, wie Ihr auf sie achtgegeben habt, war offenkundig«, sagte einer der Brüder, der nun über die Reling stieg. »Ihre Schamlosigkeit war nicht zu überhören.«

Arjen lief rot an vor Wut, aber Marianna legte ihm beruhigend die Hand auf den Arm. »Nicht. Es ist gut, ich gehe ja schon.«

Sie wandte sich ab und ging zu der Kajüte, die sie auf der Hinreise bewohnt hatte. Dort ließ sie sich auf der Koje nieder und sah zum Bullauge. Nichts war zu sehen außer der Wasserlinie. Sie hatte gewusst, dass die Reise nur allzu bald zu Ende sein würde, aber sie hatte sich so sehr gewünscht, wenigstens mit einem letzten Blick Abschied nehmen zu dürfen von Genua. Denn sie ahnte, sie würde die Stadt niemals wiedersehen.

Während sie dasaß, hörte sie geschäftiges Herumlaufen und dann laute Schreie. Sie konnte nicht unterscheiden, ob es Befehle waren oder ob etwas passiert war. Hoffentlich hatte Arjen keine Schlägerei mit dem Kaufmann angefangen, er hatte ausgesehen, als sei er nur zu versucht. Marianna erhob sich von der Koje und legte das Ohr an die Tür, aber sie konnte nichts verstehen, hinauszugehen traute sie sich nicht. Der Kapitän wäre imstande und würde sie für ihren Ungehorsam wieder in den Verschlag sperren. Sie hielt inne, lauschte. Es dauerte lange, ehe Ruhe einkehrte. Schließlich bewegte sich das Schiff, offenbar legten sie ab. Marianna ging zurück zum Bullauge und spähte hinaus in der Hoffnung, etwas sehen zu können, aber es war vergeblich. Sie sah nur den Dunst des beginnenden Tages, der im Sonnenlicht langsam zerfaserte.

Es klopfte an die Tür, und Arjen trat ein. Er setzte sich zu ihr auf die Koje, während sie sich wieder zum Bullauge wandte.

»Die Koje ist ja schon für eine Person zu schmal«, bemerkte er.

Jetzt sah sie ihn an. »Wir müssen vermutlich ohnehin damit aufhören.« Aber sie wusste, dass sie das nicht konnte, nicht, solange er ihr noch so nahe war. Und an seinem Blick erkannte sie, dass es ihm ähnlich ging.

»Was war das vorhin für ein Geschrei?«, fragte sie.

»Einer der Schiffsjungen ist über die Reling ins Meer gestürzt und dabei mit dem Kopf auf dem Beiboot aufgeschlagen. Er muss sofort tot gewesen sein. Zwei der Matrosen haben sich offenbar einen Spaß daraus gemacht, ihn in den frühen Morgenstunden ordentlich betrunken zu machen. Die beiden sind jetzt im Verschlag und warten auf ihre Strafe. Der arme Junge wird auf See bestattet.«

»Das ist ja furchtbar.«

»Ja. Ich hoffe, das wird nicht der Auftakt dafür, wie die Reise verlaufen wird.«

LÜBECK, MAI 1601

»Wollt Ihr womöglich dauerhaft nach Hamburg übersiedeln?« Clara setzte sich Henning von Westerboer gegenüber an den blankgefegten Kamin.

»Seid Ihr besorgt, ich könne Euch dann nicht mehr zur Seite stehen?«

»Ich möchte gerne wissen, woran ich bin, damit ich Vorkehrungen treffen kann. Immerhin – und das räume ich frei ein – seid Ihr mir eine große Hilfe.«

»Und zudem habe ich Euren getreuen Schatten gerettet. Ohne mich wäre er vermutlich tot.«

Clara mochte sich das nicht vorstellen. Es war Gereon nach dem Überfall sehr schlecht gegangen, und sie hatte große Angst gehabt, die Wunde könnte brandig werden. Henning hatte seinen jüdischen Arzt hinzugezogen, und dieser hatte die Wunde behandelt, ohne dass sie sich entzündete. Dafür, ihr diesen Arzt geschickt zu haben, stand sie ein weiteres Mal in seiner Schuld. Wer Gereon überfallen hatte, hatte sie nicht herausgefunden. Sie vermutete einen einfachen Überfall, aber dem widersprach Henning.

»Die Männer wirkten nicht, als seien sie auf Werte aus, sie

wollten ihn umbringen. Warum, das ist die Frage. Möglicherweise will man Euch schutzlos machen.«

»Das erscheint mir weit hergeholt«, hatte Clara entgegnet. Aber ihr war doch unwohl gewesen, wenn sie ohne Gereon das Haus verlassen und nur ihre Zofe als Begleitung gehabt hatte. Henning von Westerboer hatte ihr angeboten, ihr einen seiner Männer zu schicken, aber sie hatte abgelehnt. Sie wollte nicht immer tiefer in seiner Schuld stehen.

»Das Leben birgt nun einmal gewisse Risiken«, hatte er gesagt. »Immerhin halte ich seit Jahren den Kopf für Euch hin.«

»Ohne dass Ihr ihn riskiert, Euren Kopf.«

»Ja, das wäre auch gar zu bedauerlich, nicht wahr? Er macht sich so gut auf meinen Schultern.«

Jetzt saß er da und sah sie an. »Ich möchte nicht dauerhaft nach Hamburg«, beantwortete er nun ihre Frage. »Jetzt wenigstens nicht. Ich würde nur gerne einen Teil meines Handels dorthin verlegen.«

»Aber entgehen der Stadt Lübeck damit nicht Zoll- und Steuereinnahmen?«

»Und was sollte mich das scheren? Lübeck ist nicht imstande, einzusehen, dass die florierenden Zeiten des Ostseehandels hinter uns liegen. Der Rat trifft eine Fehlentscheidung nach der anderen, während Hamburg, dem wir an Einfluss stets weit überlegen waren, neue Wege geht. Daher weigere ich mich, weiterhin den politischen Fehlentscheidungen meine Unterstützung zukommen zu lassen. Ach, jetzt schaut nicht so düster drein, so bald gehe ich nicht fort. Und ich räume ein, dass ich den Umgang mit Euch erquicklicher finde als mit der gesamten Kaufmannschaft von Lübeck.«

Clara verdrehte die Augen, und er grinste. »In England

herrscht wenig Verständnis für Lübecks Position, man hält uns dort für überkommen und rückwärtsgewandt, während andere nach vorne streben. Die Engländer stehen auf Seiten der Niederländer, und denen gehört die Zukunft des Handels.«

Dem konnte Clara nicht gut widersprechen. Aber es war ein schmaler Grat, auf dem Henning von Westerboer zu balancieren gedachte. Vor vier Jahren hatte Kaiser Rudolf II. sich zu einem Erlass eines Aufnahme- und Handelsverbots des englischen Kaufmannszusammenschlusses *Merchant Adventurers* in deutschen Städten entschlossen, denn die Einfuhr von Tuchen schädigte die Städte Hamburg und Danzig. Englands Königin Elisabeth I. hatte kurz darauf mit einer Schließung des Londoner Hansekontors geantwortet und ein allgemeines Handelsverbot gegen die Hanse erwirkt, der Beschlagnahmungen folgten.

»Aber immerhin sind die Merchant Adventurers letztes Jahr nach Stade zurückgekehrt«, wandte sie ein.

»Habt Ihr die langwierigen Verhandlungen vergessen, die unsere Vertreter mit England geführt haben? Wenigstens an das, was unser Bürgermeister davon erzählt hat, werdet Ihr Euch doch erinnern können, ich habe Euch ausführlich von den Ratssitzungen berichtet. Wie sich die Hansevertreter an diese ganzen alten und überholten Rechtsgrundsätze geklammert haben und alles, was nur möglich war, falsch gedeutet haben.«

»Natürlich erinnere ich mich.« Die Vertreter der Hanse hatten auf die jahrhundertelangen Handelsfreiheiten mit England verwiesen und auf ihr Recht gepocht, diese fortsetzen zu können. England hingegen hatte geschlossene Verträge ins Feld führen können.

»Dann wisst Ihr, warum ich mit diesem kleinen Happen, den uns England in Stade hingeworfen hat, nicht zufrieden sein kann. Hinzu kommt unser schwindender Einfluss in

Dänemark. Seit dieser Rotzlöffel von einem König volljährig ist, wacht er eifersüchtig über seine königliche Würde und sieht diese offenbar bedroht durch den Einfluss Lübecks in seinem Land. Er drängt uns seit nahezu fünf Jahren mehr und mehr zurück. Aber zeigt unser Bürgermeister, dass er die Zeichen der Zeit verstanden hat? Natürlich nicht. Er trifft weiterhin Fehlentscheidungen. Allein der Umstand, die Neutralität zugunsten Sigismunds III. aufzugeben, damit dieser den Thron von Schweden bekommt … Es war einer der größten Fehler der letzten Jahre, nur auf sein Ersinnen hin schwedische und finnische Schiffe im Hafen festzuhalten.«

»Er hat den Lübeckern immerhin Privilegien im Handel mit Schweden versprochen.«

»Und was ist passiert? Karl von Södermanland unterwirft Sigismund, und als Dank für die Unterstützung des falschen Prätendenten wurden die eigenen Schiffe zurückgefordert, jene aus Lübeck konfisziert. Und die Bevölkerung hat Herzog Karl zudem gegen den Rat aufgebracht.«

»Das war doch ein kluger Schachzug, das müsst Ihr einräumen.«

»Ja, ein wahrer Staatsmann, das gebe ich zu.« Zwischen den Bürgern von Lübeck und dem Rat hatte es ohnehin schon Unstimmigkeiten gegeben, und nun waren sie überdies aufgebracht, weil die Schweden ihre Schiffe beschlagnahmten und somit dem Ostseehandel großen Schaden zufügten. Herzog Karl hatte die Gunst der Stunde genutzt und der Bürgerschaft einen Brief geschrieben, in dem er sie fragte, ob sie mit dem Vorgehen des Rates überhaupt einverstanden gewesen waren. Das hatte den Rat in Schwierigkeiten gebracht, denn die Bürgerschaft sah schon länger ihre Interessen zu wenig berücksichtigt. Dass so weitreichende politische Entscheidungen ohne ihr Wissen getroffen worden waren, sorgte für einen Aufruhr, und es wurde ein Ausschuss gebildet, in dem nahezu alle Zünfte und Kaufmannszusammenschlüsse vertreten waren. Dem Rat waren verschiedene Punkte vorgelegt worden, die wichtigsten waren die Beilegung des Konflikts mit Schweden, Wiederaufnahme der wirtschaftlichen Beziehungen mit Dänemark, Russland und England, die Verabschiedung einer neuen Armenordnung sowie die Reform von Bürgerrecht und Bürgereid.

»Die Grundlagen des Lübecker Handels haben sich bis heute nicht verändert«, sagte er. »Wohl jedoch die Umstände in den anderen Ländern. Seit Jahren wird eine Wiederaufnahme des Handels mit Russland diskutiert, aber bisher ist der Rat noch zu keinem Ergebnis gekommen. Und in der Bergenfahrt haben jetzt Bremen und Rostock die Führung übernommen.«

»Aber Lübeck liefert weiterhin Seidenstoffe und Tuche an die südlichen Ostseehäfen.« Vielleicht ging es Henning von Westerboer gar nicht unbedingt um den Gewinn, dachte Clara, sondern darum, die Fühler auszustrecken und auszuloten, wohin sich das Machtgefüge verlagerte und mit wem es Kontakte zu knüpfen galt.

»Ja, aber wie ich bereits sagte«, bestätigte Henning von Westerboer im nächsten Moment ihre Vermutung, »so sehe ich auf Dauer die Zukunft des Handels woanders. Wenn sich künftig der Seehandel von Ostsee, Nordsee und Mittelmeer über die Grenzen verlagert, übergreift auf Nordmeer und Atlantik, dann verweist dies Lübeck in die Rolle einer Stadt, die nur noch mit dem unbedeutenden Rand des handelspolitischen Weltgefüges zu tun haben würde. Während andere Städte wachsen und sich zur Welt öffnen, bleibt Lübeck in seinem Verharren am

Ende vielleicht nur noch ein kleiner Ostseehafen. Dann ist es vorbei mit der überlegenen Staatskunst und der jahrhundertealten Vorherrschaft.«

Clara blickte auf, als die Magd eintrat und zwei Krüge mit schäumendem Bier auf das Tischchen zwischen sie beide stellte. Eigentlich mochte sie Bier nicht besonders, aber es war ein für Mai recht heißer Tag, und sie war durstig, daher nahm sie die Erfrischung dankbar an.

»Aber um auf etwas anderes zu kommen – ich hörte, Ihr nähert Euch dem jungen Schellbach freundschaftlich an?«

»Das ist doch schon Monate her. Haben die Leute wieder etwas zu tratschen gefunden?« Um Claras Mundwinkel zuckte es spöttisch. »Ich habe ihm nur in einer Sache den richtigen Weg gewiesen.«

»Ist er in die Irre gegangen?« Henning von Westerboer wirkte belustigt.

»Ihr habt es doch mitbekommen, wie ich den Umgang mit seiner Tochter getadelt habe.«

»Nachdem ihm sein Vater zweifellos seine Enttäuschung hat spüren lassen, wundert mich seine Ablehnung nicht.«

»Das macht sie nicht weniger verwerflich.«

»Und nun habt Ihr ihm ins Gewissen geredet. Hat es gefruchtet?«

»So scheint es.«

»Habt Ihr das aus reiner Selbstlosigkeit dem Kind gegenüber getan?«

Darüber musste Clara nachdenken. »In gewisser Weise schon. Aber es kann auch nicht schaden, das schwächste Glied in der Männerriege auf die Seite von uns Frauen zu ziehen und ihm zu zeigen, wie viel verborgene Stärke in ihm stecken kann, wenn diese nur richtig eingesetzt wird.«

Henning von Westerboer grinste, dann hob er den Krug, als wollte er ihr zuprosten.

Die Verachtung seines Vaters bekümmerte Johan nicht mehr. Es war erstaunlich, was dieser winzige Schritt, dieser eine Gedanke, für eine Macht entfalten konnte. Dass er sich seiner Tochter zuwandte, war ein größerer Schritt, als sein Vater es sich derzeit noch vorzustellen vermochte. Es war die Abkehr davon, die Linie fortzusetzen, die Abkehr von der Familienpflicht, einen Sohn zu zeugen. Er wusste, dass Aaltje darunter litt, kein weiteres Kind zu empfangen, aber zugleich war ihm klar, dass sie die körperliche Vereinigung, die mit viel Scham einhergegangen war, nicht vermisste. So behutsam er gewesen war, so hatte sie Schmerzen dabei gelitten und doch nicht aufhören wollen, obwohl es wehtat. Und Johan war es vorgekommen wie ein Akt unfassbarer Brutalität, in ihren Körper zu dringen und immer wieder hineinzustoßen, bis die ganze Sache endlich vollzogen war. Dieser kurze Moment hohler, körperlicher Lust war ihm die Wiederholung des Aktes nicht wert. Und nun, da er sich von der Pflicht losgesagt hatte, einen Stammhalter zu zeugen, sah er keinerlei Notwendigkeit mehr dazu.

Als er nachmittags einen Moment der Muße nutzte, um spazieren zu gehen, begegnete er Clara von Genssler, mit der er seit jenem Abend auf der Feier nicht mehr gesprochen hatte. Wohl begegneten sie sich hin und wieder, aber da hatte sie allenfalls einen flüchtigen Gruß für ihn übrig. Auch an diesem Tag wirkte sie tief in Gedanken versunken, und so grüßte sie im Vorbeigehen, während er sich zu ihr umwandte, etwas sagen wollte, das sie innehalten und sich ihm zuwenden ließ. Ihr Wachhund bemerkte es und witterte offenbar eine unziemliche Annäherung, das zumindest legte sein Blick nahe, mit dem er Johan bedachte.

»Ich stehe in Eurer Schuld«, sagte er laut genug, dass sie es hören konnte.

Sie blieb stehen, drehte sich um, wirkte verwirrt. »Wie bitte?«

»Ich stehe in Eurer Schuld.«

»Wie das?«

»Ihr habt mir die Augen geöffnet und mich sehen lassen, dass der wichtigste Mensch in meinem Leben nicht ich selbst bin.«

Ein flüchtiges Lächeln zuckte über ihre Lippen. »Ihr besinnt Euch Eurer Vaterpflichten?«

»Ganz und gar.«

»Nun, das freut mich zu hören.«

»Wenn ich Euch einen Gefallen tun kann, lasst es mich wissen.«

Ihr Lächeln bekam etwas Herausforderndes, kaum merklich und nur in winzigen Nuancen erkennbar. »Das heißt, ich kann um alles bitten?«

»Nun, so weit würde ich es nicht fassen.«

Jetzt lachte sie leise. »Ich lasse es Euch wissen, wenn der Moment ist, diese Schuld zu begleichen.«

»Es wird mir eine Ehre sein.« Er verneigte sich leicht vor ihr.

Sie sah ihn aufmerksam an, wirkte, als müsse sie überlegen. Dann nickte sie. »Vielleicht kann ich schon bald einen Gefallen einfordern für eine Frage, die mich umtreibt.«

»Ich stehe zu Eurer Verfügung.«

»Vielleicht ändert Ihr Eure Meinung, weil Ihr Euch im Konflikt mit Eurer Loyalität befindet?«

»Wem gegenüber schulde ich diese? Außer meinem Kind und meiner Frau, die sich das Leben an meiner Seite nicht ausgesucht hat.«

Clara von Genssler zögerte, dann sah sie sich um, schien zu beschließen, dass dies nicht der rechte Ort war, um weitere Gespräche zu führen. »Wenn ich Eure Hilfe brauche, können wir uns unterhalten.«

»Mit Vergnügen.«

»Auf bald«, verabschiedete sie sich.

Er verneigte sich ein weiteres Mal. »Auf bald.«

Die Begegnung versetzte ihn in ein selten gekanntes Hochgefühl. Ein Schritt hin zu Clara von Genssler war ein weiterer, der ihn fortführte von seinem Vater. Er verweigerte ihm den Stammhalter, und er stellte sich in den Dienst jener Frau, die Enno Schellbach geradezu verhasst war. Es waren kleine, nuancierte Gesten des Widerstands, von dem sein Vater bislang nichts wusste, dessen Konsequenz er aber über kurz oder lang zu spüren bekommen würde.

Als er zu Hause ankam, saß sein Vater im Kontor in der Kaufmannsdiele und blickte auf. »Ah, da bist du ja.«

»Habt Ihr eine Aufgabe für mich?«

»Nein, ich habe mit dir zu reden.«

Das klang beunruhigend, und als Johan sich auf dem Stuhl mit hoher, steifer Lehne niederließ, war ihm flau im Magen, und die Sicherheit, die er zu spüren geglaubt hatte, fiel angesichts des Tonfalls seines Vaters von ihm ab. Er hatte sorgsam darauf geachtet, keine Gedichte oder andere Texte dort liegen zu lassen, wo sein Vater sie finden würde. Aber vielleicht war ihm zu Ohren gekommen, dass Johan spielte? Hatte er gemerkt, dass Geldbeträge fehlten?

»Du wirst eine Reise antreten und für mich Kontakte für den Iberienhandel knüpfen.«

Johans Herz schlug so schnell, dass es ihm pulsierend in den Ohren dröhnte. »Aber Ihr sagtet doch, Ihr würdet Euch dieser Art des Handels verschließen.«

»Sagte ich, aber ich habe meine Meinung geändert. Du wirst morgen Mittag abreisen. Ich habe meinen Einfluss spielen lassen, damit du einen Platz auf der Karavelle bekommst, also mach mir keine Schande.«

Johan lag so vieles auf der Zunge, was er gerne gesagt hätte. Dass er kein Talent hatte, Handelsbeziehungen zu knüpfen. Dass er Angst vor Freibeutern hatte und Angst davor, dass das Schiff in einem Sturm sinken könnte. Er wollte sagen, dass ihn auf einer Reise nur die Menschen um ihn herum interessierten, ihr Denken und Fühlen, nicht der Handel, der die Welt in Zahlen und Werte aufgliederte. All das bedeutete Johan nichts.

»Es gefällt dir nicht?«, fragte sein Vater. »Ich sehe es dir an, du wirkst so verängstigt, dass man dich schütteln möchte. Warum nur musste der Falsche von euch mein Sohn sein? Aber diese Fahrt wird hoffentlich einen Mann aus dir machen.«

»Ich bin bereits einer«, wagte Johan zu entgegnen, in dem Wunsch, den stummen Widerstand in Worte zu kleiden. Wie stark er sich gefühlt hatte, sich zu widersetzen! Und jetzt fügte er sich doch wieder, tat, was sein Vater wollte, weil er es nicht über sich brachte, ihm offen die Stirn zu bieten.

»Du bist kein Mann, sondern ein weibischer Tölpel, der es nicht einmal schafft, seine Frau mehr als einmal zu schwängern.«

Erst mit Verzögerung wurde Johan bewusst, was sein Vater da vorhin gesagt hatte. *Warum nur musste der Falsche von euch mein Sohn sein?* Arjen. Johan schwindelte. Das war es also? Wieder sah er seinen Vater an.

»Nun geh und triff die Vorbereitungen für deine Reise.« Sein Vater winkte mit der Hand zur Tür, als verscheuche er eine Fliege.

ATLANTISCHER OZEAN, JUNI 1601

Es war für Marianna kaum auszuhalten, immerzu in der Kajüte zu bleiben, das wusste Arjen. Aber mittlerweile hatte er es aufgegeben, den Kapitän davon abbringen zu wollen. Nils van der Brook war nach wie vor wütend darüber, dass sich eine Frau unbemerkt auf sein Schiff geschlichen hatte, und er weigerte sich, in dieser Sache nachzugeben. Um Gerede zu vermeiden, blieb Arjen nie lange bei ihr und nie bei Nacht. Wenn sie sich liebten, geschah es in jenen verstohlenen Momenten, da er sie besuchte. Er musste es ja nicht gar zu offensichtlich machen.

Die Reise war bisher weniger glücklich verlaufen als die Hinreise. Einer der Schiffsjungen hatte mit einer Kerze hantiert und dabei fast einen Brand ausgelöst. Dafür war er an Deck öffentlich ausgepeitscht worden, was Arjen nur schwer erträglich fand. Der Junge taugte seither nicht mehr zum Arbeiten, weil er mit offenem Rücken auf seiner Koje lag und hoch fieberte. Zwar wusch der Schiffsarzt die Wunden mit Essigwasser aus, aber so recht nützte es nichts, sie eiterten dennoch. Einer der Matrosen witzelte, man könne das »Weibsbild« doch wieder in Beinkleider stecken, die hätte angepackt wie mancher

Kerl. Arjen hatte ihn für diese Respektlosigkeit getadelt. Als er Marianna jedoch davon erzählte, meinte sie nur, das sei doch allemal besser, als den ganzen Tag in der Kajüte zu hocken.

An diesem Vormittag schien die Stimmung auf dem Schiff besonders gedrückt. Willem van de Laar stand an Deck, hatte sich den Magen verdorben und war ganz blass. Der Kaufmann Michiel Beelt lag nach wie vor in seiner Kajüte und kotzte sich die Seele aus dem Leib, während sein Bruder Daniel darüber schimpfte, dass man in dem winzigen Raum kaum mehr atmen konnte, ohne Brechreiz zu bekommen.

»Was gäbe ich um eine eigene Kajüte. Aber da hockt ja diese Frau drin.«

Arjen ersparte sich den Hinweis darauf, dass ohne Marianna van Klaaverens Anwesenheit diese Kajüte mitnichten verfügbar gewesen wäre. Aber auch die Besatzung schien unruhig, und als Arjen sich zu dem Kapitän gesellte, wirkte dieser besorgt und deutete mit der Pfeife zum Himmel. »Da braut sich was zusammen.«

Arjen konnte nichts sehen außer ein paar Wolken. »Es sieht doch nicht so schlimm aus.«

»Schaut zum Horizont.«

Mit verengten Augen folgte Arjen der Aufforderung. Der Himmel war bedeckt, das ja, aber das war ja nicht ungewöhnlich. Und so zuckte er nur die Schultern.

»Glaubt mir«, sagte der Kapitän. »Das wird schlimm. Und wir fahren mitten hinein.«

»Haben wir denn keine andere Möglichkeit?«

»Welche sollte das sein? Hier ankern und darauf warten, dass es uns überrollt und zum Kentern bringt?«

Während er zum Horizont blickte, hoffte Arjen, der Kapitän könne sich irren. Auch ein erfahrener Seemann konnte doch falschliegen, oder? Nicht dass Arjen sich für übermäßig ängstlich hielt, und auch ein hoher Seegang mit Unwetter machte ihm nicht viel aus, aber einen schlimmen Sturm wollte er – bei aller Reiselust – nicht unbedingt miterleben.

Zunächst glaubte Arjen seine eigene Einschätzung bestätigt, als sich sogar die Sonne sehen ließ und sich funkelnd auf den Wellen brach. Dass die See etwas unruhig war, hatte Arjen durchaus zur Kenntnis genommen, aber das war nicht ungewöhnlich. Er mochte es sogar, wenn das Schiff sich durch höhere Wellen pflügte, es war aufregend und hatte etwas Abenteuerliches. Nachdem sie gegessen hatten, brachte er Marianna ihre Portion an hart gebackenem Brot, gepökeltem Fleisch und getrockneten Orangenspalten aus Genua. Sie schaute sehnsüchtig aus dem Bullauge, und Arjen verspürte wieder die Verärgerung, dass Nils van der Brook sich weigerte, sie wenigstens für kurze Zeit an Deck zu lassen.

»Die See ist unruhig«, sagte sie, als sie kurz darauf eng umschlungen auf ihrer Koje lagen.

Er küsste ihr Haar und spürte ihren Atem an seiner Brust. »Der Kapitän sagte, es könnte einen Sturm geben.«

Sie schwieg und streichelte mit ihren schlanken Fingern seine Brust, malte kleine Muster mit den Fingerspitzen darauf. Schließlich erhob Arjen sich, um nicht über Gebühr lange zu bleiben. Er kleidete sich an und stolperte dabei gegen die Tür, als sich das Schiff in der kabbeligen See zur Seite neigte.

»Es ist schon etwas düster geworden«, sagte Marianna, die sich nun ihrerseits ankleidete. »Sieh nur, wie grau der Himmel ist.«

Arjen verließ die Kajüte, und ihm schlug eine leichte Windböe entgegen. Der Himmel hatte sich zugezogen, und über dem Meer ballten sich hellgraue Wolken, die das Sonnenlicht schluckten und die Wellen dunkler wirken ließen. Arjen bemerkte, dass das Schiff nicht mehr voll aufgetakelt war, die Matrosen kletterten in der Takelage herum und rafften die Segel. Wieder neigte sich das Schiff leicht, und Arjen taumelte.

»Ihr solltet Euch besser zurückziehen«, sagte Nils van der Brook.

Die Schiffsjungen trugen Kisten unter Deck und banden alles fest, was sich festbinden ließ. Offenbar rechnete der Kapitän weiterhin mit einem Unwetter. Arjen blieb zunächst an Deck und blickte über die Reling aufs Meer. Am Horizont hatte sich der Himmel dunkel gefärbt, eine bleigraue Linie zog sich in Schlieren in das hellere Grau. Es wetterleuchtete, und das Meer wurde unruhiger, während böiger Wind über das Deck blies. Die Wolken gingen jetzt höher, und als der erste Brecher auf das Deck schlug, wich Arjen nicht schnell genug zurück, und seine Beine waren bis zu den Oberschenkeln durchnässt. Auch Willem van de Laar, der sich das Spektakel ansah, war nass geworden.

»Geht in die Kajüten!«, rief der Kapitän. »Ich kann Euch hier nicht gebrauchen.«

»Grundgütiger!« Willem van de Laar reagierte nicht, sondern starrte an den Horizont, und auch Arjen sah nun hin.

Der Himmel war grauviolett geworden, und Arjen erkannte eine Windhose, die sich auf sie zubewegte.

»Verschwindet vom Deck!«, brüllte der Kapitän. Dann wandte er sich an seine Matrosen, brüllte etwas, das der Wind ihm von den Lippen riss. Arjen wandte sich ab und rannte mit Willem van de Laar zu den Kajüten. Er wollte jedoch nicht in die, die sie gemeinsam bewohnten, sondern zu Marianna, die er in diesem Sturm nicht allein lassen wollte. Arjen war sich seiner Gefühle für diese junge Frau nicht sicher, aber sie waren intensiver als jene für Jolanda, wenngleich er sich schäbig dabei fühlte. Marianna rührte etwas in ihm an, und er wollte die Momente mit ihr auskosten, solange sie anhielten.

Eine weitere Welle schlug gegen das Schiff, und Arjen geriet ins Taumeln, rutschte auf den nassen Planken aus und wurde nach hinten gegen die Reling geschleudert. Er sah, wie sich Willem van de Laars Lippen bewegten, hörte im Tosen der Wellen und den stürmischen Windböen nicht, was er sagte. Er wollte sich aufrichten, aber erneut schien das Schiff zur Seite zu kippen, und einen Moment lang war ihm, als hinge alles in der Schwebe, ehe die Welt wieder im Gleichgewicht war. Gerade lange genug, damit er von der Reling wegkrabbeln konnte. Er griff in ein Seil und zog sich hoch, spürte, wie es glitschig durch seine Hände glitt. So schnell es ihm möglich war, taumelte er auf den Niedergang zu, wo ihn Willem van de Laar packte und mit sich zog.

»Grundgütiger! Für einen Moment habe ich geglaubt, Ihr ginget über Bord.«

Arjen zitterte am ganzen Körper, so tief saß der Schreck, der ihm erst jetzt vollumfänglich bewusst wurde. Er war durchnässt und ließ sich widerstandslos in die Kajüte ziehen. Willem van de Laar schloss die Tür, und Arjen sah, wie die Wellen gegen das Bullauge schlugen. Bei der Vorstellung, er könne in den Schlund dieser grauen Tiefen gerissen werden, wurde ihm übel vor Angst.

»Ich muss zu Juffrouw van Klaaveren. Sie kann in dieser Situation nicht allein bleiben.«

Willem van de Laar wirkte, als wäre Marianna nicht die Einzige, die nicht allein bleiben sollte. Im nächsten Moment ging eine Erschütterung durch das Schiff, als wäre es von einer riesigen Faust getroffen worden. »Gott, der Allmächtige«, stieß Willem van de Laar aus.

Marianna spürte, wie das Schiff erzitterte, und legte die Hand an die hölzerne Schiffswand direkt neben dem Bullauge, spürte das Vibrieren, als sei es ein lebendes Wesen mit pochendem Herzen, durch dessen Auge sie in wild wogende Fluten blickte. Das Meer machte ihr keine Angst, und keinen Moment befürchtete sie, es könne das Schiff mitsamt allen Menschen darauf verschlingen. Es war wütend und tobte, die Wellen schlugen dagegen, waren wie ein schwarzer Schlund, der sich öffnete, das Schiff einsog und auf der nächsten Welle wieder ausspie. Regen peitschte trommelnd gegen das Schiff, und der Wind wühlte wild tosend die Wellen auf.

Die einzige Angst, die Marianna verspürte, war die vor ihrem weiteren Leben. Niemand wusste, wo sie war, und in ihrer Vorstellung hatte sie in Kauf genommen, nach zwei Jahren oder länger auf Reisen sehr ungnädig in Empfang genommen zu werden. Sie wusste nicht, wie ihr Vater reagieren würde, vermutete bei ihm jedoch eine Mischung aus Zorn und Erleichterung. Jan van der Hijden hätte vielleicht eine andere Frau geheiratet, und möglicherweise würde sich nach dem Erlebnis für Marianna kein Ehemann mehr finden. Mit alldem hätte sie gut leben können, wenngleich sie gerne geheiratet hätte – vorzugsweise Arjen.

Nun jedoch wusste sie nicht, wie sie weitermachen sollte. Marianna war übel, und sie ahnte, dass es nicht an dem heftig schlingernden Schiff lag. Seit ihrem Aufbruch hatte ihr Monat sie nicht mehr heimgesucht, und sie wusste durch verheiratete

Freundinnen, was das bedeuten konnte. Ihr war oft schlecht, wenngleich sie sich nicht erbrach, und ihre Brüste schmerzten. Eine Freundin hatte mal gescherzt, als sie in Erwartung war: »Mit meinen Brustspitzen kann ich Mauern einrennen.« Marianna hatte mit den anderen darüber gelacht, wusste aber nun, wie sich das anfühlen musste. Ihre Brüste waren praller, die Spitzen starr und empfindsamer. Ihr Körper bereitete sich darauf vor, einen Menschen nicht nur in ihrem Innern, sondern auch nach der Geburt zu ernähren. Marianna hatte keine Angst davor, ein Kind von Arjen zu erwarten, aber sie wusste, man würde es ihr wegnehmen.

Ihre Reise hatte nur wenige Monate gedauert, sie würde Jan van der Hijden heiraten müssen, und ihr Kind würde zu Arjen gegeben werden. An den Empfang, den man ihr nun bereitete, mochte sie gar nicht denken. Warum nur konnten Frauen nicht einfach allein Kinder großziehen? Warum durfte sie nicht zu Hause wohnen und ihr Kind bei sich behalten? Wenn keiner sie daraufhin mehr heiraten wollte, dann war es eben so, wenngleich es eine furchtbare Ungerechtigkeit war. Ein Mann konnte unzählige Bastarde haben, dennoch war ihm der Weg in die Ehe nicht verwehrt. Ebenso war er gesellschaftlich nach wie vor angesehen, daran kratzte kein Bastard. Arjen konnte ein uneheliches Kind mit nach Haus bringen. Für ihn ging das Leben weiter wie bisher. Bei so viel Ungerechtigkeit wollte Marianna schreien und mit den Fäusten gegen die Schiffswände trommeln. Dieser Sturm draußen kam ihr vor, als hätte sie ihren Zorn aus dem Inneren entlassen, sodass er entfesselt toben konnte.

Sie musste es Arjen erzählen, konnte das aber nicht über sich bringen. Und sie wusste auch gar nicht, wie sie das anfangen sollte. Er war verheiratet und hatte ein Kind. Wie würde er reagieren? Obwohl sie mitnichten allein verantwortlich war, sondern er offenbar nicht ausreichend – obwohl er ihr dies versichert hatte – umsichtig gewesen war. Er hatte ihr gesagt, er tue alles, um eine Schwangerschaft zu verhindern. Marianna schloss die Augen, während sie spürte, wie die Naturgewalten auf das Schiff einwirkten, ein Abbild ihrer Gefühle, die heiß und verzehrend waren.

Die Tür wurde geöffnet, und Arjen trat ein, sein Gesicht ein totenbleiches Oval im grauen Zwielicht, das durch das Bullauge fiel. »Ich dachte, du möchtest bestimmt nicht allein sein.«

Marianna vermutete, dass nicht sie es war, die gerade nicht allein sein konnte. Sie rückte auf der Koje beiseite, damit er sich neben ihr niederlassen konnte. Er legte die Arme um sie, und sie schmiegte sich an seine Brust, während sich das Schiff im Wellengang aufrichtete und dann wieder nach vorn kippte, sodass es sie beide fast zu Boden warf. Kurz kam es zur Ruhe, ehe es unter dem nächsten Ansturm schlingerte. Marianna spürte Arjens schnellen Herzschlag unter der Hand, merkte, wie er leicht zitterte.

»Es wird alles gut«, sagte sie. »Wir überleben das hier, das spüre ich.«

Er schwieg, hielt sie nur eng an sich gedrückt und streichelte ihr Haar. Eine heftige Erschütterung durchlief das Schiff, und nun konnten sie sich nicht mehr halten und stürzten zu Boden. Schreie waren zu hören, eilige Schritte, gebrüllte Befehle.

»Vielleicht lassen sie die Beiboote ins Wasser«, keuchte Arjen. »Möglicherweise sinkt das Schiff.«

»Sie würden es uns sagen.«

»Sie würden sich zuerst selbst retten.«

»Ein guter Kapitän verlässt nie als Erster sein Schiff, sondern rettet erst die anderen. Und Nils van der Brook ist kein angenehmer Mensch, aber als Kapitän einer der besten, mein Vater hält große Stücke auf ihn.«

Arjen schien aufstehen zu wollen, doch Marianna hielt ihn fest. »Glaub mir. Überdies – glaubst du wirklich, mit so einem kleinen Beiboot sind wir im Sturm besser dran? Wenn das Schiff sinkt, sinken wir mit ihm, da brauchen wir uns nichts vorzumachen.« Sie musste schreien, um sich über das Getöse verständlich zu machen. Das Holz knackte laut, als ginge ein Riss hindurch.

»Dass du dabei so ruhig bleiben kannst.«

»Ich glaube fest daran, dass ich meine Heimkehr erleben werde.« Eben weil es häufig die Dinge waren, die man ersehnte und nicht bekam, während das Unerwünschte einen oft zwangsläufig ereilte. Marianna wusste es einfach. Sie würde Amsterdam erreichen.

Arjen konnte nicht ausmachen, ob die Finsternis durch den Sturm herrschte oder ob die Nacht hereingebrochen war. Der Wellengang war immer noch übelkeitserregend, aber so langsam schien der Sturm nachzulassen, und das Schiff war nicht gesunken. Oder aber es trieb nun leckgeschlagen durch das Meer, während die Besatzung ihr Heil auf den Beibooten gesucht hatte. Aber das wollte Arjen sich nicht vorstellen. Dennoch malte er sich aus, wie er und Marianna ganz allein waren, während alle anderen geflohen waren. Hatten die übrigen drei Kaufmänner gehört, wie die Beiboote hinuntergelassen worden waren, und hatten ihre Kajüten eilig verlassen? Waren nur Arjen und Marianna so töricht gewesen, hier zu verharren?

»Es ist vorbei, oder?«, fragte er in das Schlagen der Wellen gegen den Schiffsrumpf und das stete Knarren des Holzes.

»Ja, ich glaube schon.« Mariannas Kopf lag an seiner Brust, und er spürte, wie sie atmete.

»Ich werde mal nachsehen, wie das Schiff den Sturm überstanden hat.« Und wer noch an Bord war. Arjen ließ sie behutsam aus den Armen gleiten und erhob sich. Seine Knie waren wacklig, und für einen Moment glaubte er, sie würden unter ihm wegbrechen. Er fing sich jedoch rasch und ging zur Tür, öffnete sie zögernd und trat hinaus.

Es war düster, und kein Laut war zu hören außer dem Schlag der Wellen und dem Knacken und Knarzen des Holzes. Arjen ging zum Niedergang und stieg die wenigen Stufen der Stiege hoch zum Hauptdeck. Dabei schlug ihm das Herz bis zum Hals, und er befürchtete, dass seine Vermutung – oder vielmehr Angst – ihn doch nicht getrogen hatte. Was, wenn er und Marianna ganz allein auf diesem geisterhaften Schiff im Meer trieben? Wenn es gar leckgeschlagen und nicht mehr manövrierbar war? Als er auf das Deck trat, reichte das Mondlicht, das zwischen Wolkenfetzen hervorschimmerte, kaum, damit er Konturen erkannte. Er hob den Kopf, versuchte, die Masten auszumachen, die Takelage, aber so recht war nichts zu erkennen. Und dann vernahm er es – Stimmen. Erleichterung trieb seinen Herzschlag an, und er beeilte sich, in die Richtung zu gehen, in der er die Sprechenden vermutete. Es war immer noch böig, und der Wind trieb das Wasser wie Sprühnebel übers Deck.

Eine Laterne warf flackerndes Licht, sodass es wirkte, als tanzten bizarre Schatten durch die Dunkelheit. Arjen näherte sich dem Kapitän, der die Laterne hielt und mit seinem Ersten Offizier sprach. Nun bemerkte Arjen auch, wie schwer das

Schiff unter dem Sturm gelitten hatte. Ein Mast war umgekippt und durch das Deck gebrochen.

»Was treibt Ihr hier?«, fragte der Kapitän. »Bleibt in Eurer Kajüte, wir können jetzt niemanden gebrauchen, der uns im Weg steht.«

»Kann das Schiff überhaupt noch manövriert werden?«, fragte Arjen.

»Es wird schwieriger, aber nicht unmöglich. Schlimmer ist das Leck, das in die Bordwand geschlagen worden ist. Die Bilge ist vollgelaufen, und wir versuchen, wenigstens das Wasser aus dem Frachtraum zu schöpfen. Gut, dass uns das nicht auf der Hinreise passiert ist, sonst wäre das Getreide hinüber gewesen.«

»Wo ist das Leck?«

»Recht weit oben. Der abgebrochene Mast ist hindurchgebrochen wie ein Rammbock, als das Schiff Schlagseite bekommen hat. Das Wasser ist hineingeflossen und über den Niedergang hinunter in die Bilge.« Der Kapitän hob die Laterne, sodass das Licht zuckend über das Deck flackerte. »Und nun zieht Euch zurück. Ich brauche hier Männer, die anpacken können.«

Arjen rührte sich nicht. »Haben alle überlebt?«

Kurz schien der Kapitän zu zögern, dann schüttelte er den Kopf. »Ein Matrose wurde von dem Mast erschlagen, der kranke Schiffsjunge ist auf dem Orlopdeck ertrunken. Ein weiterer Matrose ist im Frachtraum von einstürzenden Kisten eingeklemmt worden und hat sich offenbar mehrere Knochen gebrochen.«

»Ich kann helfen, wenn Ihr zu wenig Leute habt.«

Der Kapitän schnaubte. »Da stecke ich lieber die Frau in Beinkleider und lasse sie an die Arbeit. Die hat bewiesen, dass sie anpacken kann. Aber ich will keine Meuterei, und dies gerade ist keine Situation unter den Männern, der ich eine Frau aussetzen kann. Also geht in die Kajüte und wartet, bis ich Euch sage, Ihr könnt herauskommen.«

Obwohl es ihm widerstrebte, fügte Arjen sich. Er überlegte, kurz bei Willem van de Laar reinzuschauen, um zu sehen, wie dieser den Sturm überstanden hatte, unterließ es jedoch und ging zurück zu Marianna, die wieder durchs Bullauge sah. Er erzählte ihr, was er erfahren hatte.

»Die armen Männer«, sagte Marianna, klang jedoch seltsam abwesend.

»Er möchte, dass wir in unseren Kajüten bleiben«, sagte Arjen. »Dabei könnte er gewiss Hilfe brauchen.«

»Wie wollt Ihr ihm denn helfen?« Ein Anflug von Belustigung schwang in Mariannas Stimme mit.

»Ich denke, angesichts der Situation ist niemand von uns wählerisch. Selbst harte Arbeit ist doch besser, als fortwährend hier zu sitzen. Da wird man ja trübsinnig.« Er hatte es gerade ausgesprochen, als ihm klar wurde, dass dies in ihren Ohren wie Hohn klingen musste. Arjen zog sie an sich, spürte, wie ihr Körper sich kaum merklich verspannte. »Verzeih mir«, murmelte er.

Sie schwieg, aber er spürte ihr leichtes Nicken. Zumindest hoffte er, dass die Bewegung, das Neigen des Kopfes an seiner Schulter, dies war – eine Bestätigung, dass seine Bitte um Entschuldigung angenommen worden war.

»Ich denke aber«, fuhr er fort, »das Schlimmste haben wir überstanden.«

»Für dich mag das gelten.« Die Worte schwebten in der Luft, lösten sich im Rauschen des Meeres auf.

HAMBURG, JULI 1601

»Du bist seltsam«, sagte Agnes – nicht zum ersten Mal in den letzten Monaten. Sie lag neben ihm im Bett, der Körper schweißglänzend nach der genossenen Liebe. Thilo hatte sich auf die Seite gedreht und fuhr mit dem Finger die Konturen ihres Beckens nach, bis sie sein Handgelenk umfasste. »Ich merk doch, dass dich was beschäftigt.«

Er schüttelte den Kopf, wollte die Hand aus ihrem Griff befreien, aber sie ließ ihn nicht los. Als er weiterhin schwieg, war sie sichtlich verärgert. Thilo haderte seit Wochen mit sich, wollte es ihr erzählen und wagte es dann doch nicht. Es fiel ihm so schwer, den Schein zu wahren, so zu tun, als wäre alles bestens und wie immer. Er fälschte Rechnungsbücher und betrog jenen Mann, der ihn von der Straße geholt und stets anständig behandelt hatte. Manchmal glaubte er gar, Alea, die sich stets so still im Hintergrund hielt, ahnte etwas. Zwar hätte er dies eher Emke zugetraut, aber so recht wusste man bei der Ehefrau von Cornelis van Waalenburch nicht, woran man war. Er rieb sich die Augen, atmete tief ein und mit einem langen Seufzer wieder aus. Es war zum Verzweifeln, er wusste einfach nicht, wie er aus dieser Situation herauskommen sollte.

»Weißt du«, Agnes drückte die Nägel in die empfindsame Innenseite seines Handgelenks, und Thilo zuckte zusammen, »ich denke mittlerweile, dass du eine Dummheit machst, von der du mir nicht erzählen willst.«

Bernard hatte Agnes in den letzten Tagen mehr als einmal begehrliche Blicke zugeworfen, und Thilo fragte sich, was passierte, wenn er ihr eines Nachts folgte. Wenn er sah, dass sie hier bei ihm war, und sie dann bedrängte, ihm zu Willen zu sein. Agnes konnte sich verteidigen, daran zweifelte Thilo nicht, aber Bernard war ein beleibter Mann, der deutlich mehr Kraft hatte als die zierliche Agnes. Allein mit seinem Gewicht konnte er sie auf dem Lager festhalten, während er ihr wehtat und sich an ihr verging. Als Agnes noch fester zudrückte, stöhnte er auf und entwand ihr den Arm.

»Es ist besser, wenn du erst einmal nicht mehr zu mir kommst.«

Sie fuhr auf. »Ach, darum geht es.« Ihre Hand klatschte auf seine Brust. »Du willst mich loswerden und druckst daher seit Wochen herum? Wen erwartest du in deinem Bett? Die Köchin oder die Kellerin wird es gewiss nicht sein.«

Bei der Vorstellung musste Thilo – so elend ihm auch zumute war – lachen. »Sicher nicht.«

»Die Wäscherin? Oder gar eine der beiden Damen? Alea van Waalenburch ist so seltsam, genau wie du. Es ist wohl das schlechte Gewissen, das euch verrät.«

»Bist du toll? Natürlich nicht. Ich gehe doch nicht mit der Frau von Cornelis ins Bett.«

»Dann Emke?«

»Rede keinen Unsinn. Natürlich nicht.«

»Also doch die Wäscherin?«

»Verdammt noch mal, ich gehe mit niemandem sonst ins Bett. Du bist die Einzige.«

»Was soll das also? Langweile ich dich? Dann sag es, ich überleb's schon.«

»Nein, natürlich nicht. Ich … Du bedeutest mir so viel, Agnes. Deshalb ist es besser so, ich will dich nicht in Gefahr bringen.«

»Weil du denkst, es könnte jemand merken? Dann setzen sie mich auf die Straße, ich weiß. Aber ich bin vorsichtig.«

Wieder rieb Thilo sich die Augen, massierte mit den Fingerspitzen die Nasenwurzel. »Ich lasse nicht zu, dass sie dich auf die Straße setzen. Dann heirate ich dich eben, wenn sie es merken.«

»Oh, ich danke dir vielmals«, höhnte sie.

Thilo seufzte. »Agnes, ich … Tu einfach, was ich sage.«

»Warum sollte ich das wohl tun? Hätte ich je getan, was du sagst, wären wir vielleicht beide nicht mehr am Leben.«

»Du hast mich gerettet, mehr als einmal. Das weiß ich, und ich stehe tief in deiner Schuld. Aber jetzt musst du mir vertrauen.«

»Wenn du glaubst, ich füge mich stillschweigend und tue, was du mir sagst, kennst du mich immer noch sehr schlecht.« Sie richtete sich auf, sah ihn an, die Augen ein schimmernder Glanz im Dunkel, den nur eine kleine Funzel erhellte. Mehr wagte Thilo nicht, weil er mit Kerzen sparsam umgehen sollte, wenngleich es den Herren van Waalenburch nicht an den Mitteln fehlte, das ganze Haus in täglicher Festbeleuchtung erstrahlen zu lassen.

»Ich will jetzt wissen, was los ist.«

Thilo hielt den Atem an und ließ ihn schließlich in einem Stoß entweichen. Dann erzählte er ihr alles. Agnes hörte schweigend zu, in einer Art, in der nur Agnes zuhören konnte. Das Kind der Straße, dessen Überleben davon abhing, dass es still verharrte und lauschte. Als er geendet hatte, schwieg sie weiterhin, und kurz befürchtete Thilo, sie könne eingeschlafen sein.

»Agnes? Bist du noch wach?«

»Natürlich bin ich das, du Narr! Als könnte ich schlafen, wenn du mir erzählst, dass du dich wie ein Tölpel hast überrumpeln lassen.«

»Was hätte ich denn tun sollen?«, fuhr Thilo auf.

»Das, was jeder tun würde, wenn man ihm droht, wahlweise ihn oder die eigenen Neffen zu töten. Man stößt ihm ein Messer in den Leib.«

»Du hast wohl den Verstand verloren. Soll ich am Galgen enden?«

»Nun, im Schuldturm endest du auf jeden Fall. Du bist ein Betrüger, ein Dieb, der den Mann ausraubt, der ihm ein Zuhause gibt und ihm vertraut.«

»Na, besten Dank auch. Denkst du, ich mache mir nicht genug Vorwürfe?«

»Aber dennoch tust du, was dieser Mann von dir will.«

»Er weiß, wer ich bin. Was soll ich denn tun? Und nein, ich ermorde ihn nicht. Das würde ich nicht einmal tun, wenn ich es könnte. Und auch du wirst es nicht tun.«

»Sprich nur für dich selbst.«

»Agnes!«

Das leinene Laken raschelte, als sie sich bewegte. »Dann lass uns fortlaufen.«

»Er wird die Kinder töten.«

»Es sterben ständig Kinder, und die hier haben wenigstens gut gelebt.«

»Agnes!«

Er hörte ihr vernehmliches Seufzen. »So is das Leben nun

mal, das hast du doch inzwischen gelernt. Und du weißt doch gar nich, ob er das wirklich tut oder nur redet. Er is doch zu nichts imstande. Gewiss is er auch für einen Mord zu dumm.«

Thilo lehnte sich mit dem Rücken an das Kopfende des Bettes. »Ich kann das nicht, Agnes.«

»Und nun soll es ewig so weitergeh'n?«

Mutlos schüttelte er den Kopf. »Zumindest so lange, bis mir etwas einfällt.«

»Na, wenn wir darauf warten, stecken wir besser freiwillig den Kopf durch die Henkersschlinge.« Agnes schwang die Beine aus dem Bett. »Und warum wolltest du, dass ich nich mehr zu dir komme? Damit ich die Wahrheit nich erfahre?«

»Nein, wegen Bernard.« Er erzählte ihr, welche Sorgen ihn umtrieben.

»Was für ein Narr du bist. Wenn ich so leicht zu übertölpeln wäre, wär ich schon lange tot.«

»Nun, wenn ich mich recht erinnere, hat Barne Theves es seinerzeit geschafft, dich in sein Haus zu sperren.«

»Das war nich dasselbe. Mach dir keine Sorgen, ich pass auf mich auf. Und von dir erwarte ich dasselbe. Jetzt schlaf. Es wird sich alles fügen.«

Thilo beruhigte das nicht im Geringsten, aber weil er seit Wochen kaum schlief – auch wenn Agnes nicht bei ihm war –, machte ihm eine bleierne Erschöpfung die Glieder schwer. »Ist gut. Aber mach keine Dummheiten.«

»Eine größere als die, durch die ich dich am Hals hab, kann ich schwerlich tun.« Sie kleidete sich an und verließ den Raum.

»Steh hier nicht rum und halt Maulaffen feil.« Hilda stieß Agnes an, damit diese den Besen schwang, während die Köchin etwas vor sich hin grummelte, das Agnes nicht verstand. »Sieh zu, dass du loskommst.«

Agnes schnappte sich den Korb und ging hinaus, um Besorgungen auf dem Markt zu machen. Im Vorbeigehen hockte sie sich kurz neben Albrecht, der an einem Knochen herumnagte. Er hob den Kopf, kam müde auf die Beine und lief ein paar Schritte neben ihr her. »Willst du mitkommen?« Er schien zu wollen, hielt jedoch an der Tür inne und setzte sich auf die Hinterbeine. Er begleitete sie nur noch sehr selten, meist verließ er das Haus nur, um sich zu erleichtern, und trottete dann zurück.

»Er ist eben ein alter Herr«, hatte Hilda vor einigen Tagen gesagt, und obwohl Agnes das wusste, wollte sie es nicht hören. Wenn er alt und gebrechlich wurde, rückte der Moment des Abschieds unweigerlich näher, und den Gedanken daran ertrug sie nicht.

Als sie das Haus verließ, schien die Sonne, und es war früh am Tag schon sehr warm. Während Agnes normalerweise gerne auf den Markt ging, konnte sie sich an diesem Tag nur schwer dazu durchringen. Die Müdigkeit war nicht so schlimm, sie kannte es von klein auf nicht anders, als mit wenig Schlaf auszukommen. Was sie jetzt umtrieb, war die Angst um Thilo. Wie schaffte es dieser Kerl, fortwährend von einer Misere in die nächste zu stolpern? Agnes kannte niemanden, der sich so oft in Schwierigkeiten brachte. Jeder andere wäre längst tot, aber Thilo gelang es dann doch immer, gerettet zu werden. Nur dieses Mal wollte Agnes keine Lösung einfallen.

Fäkalien sorgten für einen schmierigen Belag auf dem Pflaster, und einmal musste Agnes eine Sau beiseitescheuchen, die sie beinahe umgerannt hätte. Hühner stoben gackernd zur Seite, und als eine besonders schöne Feder direkt vor ihr zu Boden fiel, bückte Agnes sich danach und hob sie auf. Sie hängte sich den Korb über den Arm, ließ die Feder durch die Finger gleiten, während sie nachdachte.

Jemand rannte in sie hinein und brachte sie beinahe zu Fall. Agnes fiel der Korb aus der Hand, und sie fing sich gerade noch. »Pass doch auf!«, schimpfte sie.

Die Frau, die in sie hineingerannt war, hielt inne und starrte sie an. »Agnes?«

Es brauchte einen Moment, ehe Agnes sie erkannte. Hedda. Bengts frühere Freundin war schmaler geworden, das Gesicht von einer kantigen Härte, wie sie Hunger und Entbehrungen hineinmeißeln.

»Siehst ja fein aus«, sagte Hedda und zog die Nase hoch. »Hast 'nen wohlhabenden Kerl gefunden?«

Agnes schüttelte den Kopf und sah, dass ihre Feder auf den Boden gefallen war. Wie unabsichtlich setzte Hedda einen Fuß darauf.

»Lebst du mit Peer?«

»Nein.«

»Bengt hat er damals übel zugerichtet. Der war mehr tot als lebendig.«

»Lebt er noch?«

Hedda musterte sie, dann verzog sich ihr Mund zu einem schiefen Lächeln. »Wünschst du dir, er tät's?«

Achtlos zuckte Agnes die Schultern. »Is mir gleich.«

»Lebt dieser hübsche Kerl noch? Dieser Dreckhahn?«

»Warum willst du das wissen?«

»Nur so. Sag ihm, er darf mal ran, wenn er gut zahlt.« Hedda lupfte ihren Rock bis zur Hüfte, ließ ihn wieder fallen und drehte sich um, lief in einen stierenden Kerl hinein, schlug einen Haken und war fort. Der Mann schrie ihr einige Obszönitäten hinterher und ging seines Weges. Vermutlich würde er schon bald bemerken, dass er um einige Münzen ärmer war. Im nächsten Moment überlief es Agnes siedend heiß, und sie griff nach dem Geld, das Hilda ihr abgezählt mitgegeben hatte. Nichts. Obwohl sie es besser wusste, durchsuchte Agnes noch einmal ihre Kleidung, aber es war sinnlos. Hedda – Verdammnis über sie – hatte sie bestohlen. Und Agnes, verzärtelt und verweichlicht vom guten Leben, hatte es nicht bemerkt. Was sollte sie jetzt tun? Man würde es ihr vom Lohn abziehen, was noch nicht einmal das Schlimmste war. Viel mehr traf es sie, dass ausgerechnet ihr so etwas passiert war – und ausgerechnet durch Hedda.

Agnes überlegte kurz, ihr zu folgen, aber dann entschied sie sich dagegen. Inzwischen war Hedda längst in den Gassen untergetaucht, was brachte es also? Und Agnes wollte zudem in keinen Hinterhalt geraten. Wer wusste schon, mit welchem Gesindel sich Hedda herumtrieb. Vielleicht rechnete sie sogar damit, dass Agnes ihr folgte, und erwartete sie bereits.

Also gut, dann musste es anders gehen. Alles zusammenstehlen konnte sie nicht, sie musste eine andere Lösung finden. Zurückzugehen und zu gestehen, dass sie das Geld nicht mehr hatte, wollte sie noch ein wenig hinauszögern. Es würde sich ohnehin ein Donnerwetter über ihr entladen, da konnte sie auch ein wenig zu spät kommen. Ohnehin hatte sie im Grunde genommen gerade drängendere Sorgen.

Den Weg zur Ruine fand sie nach wie vor wie im Schlaf, und als sie das schiefe Haus sah, fragte sie sich, ob es immer schon so verfallen gewesen war oder ob die letzten Jahre noch intensiver am Mauerwerk genagt hatten. Den Korb über den

Arm gehängt, ging sie weiter. Einige Kinder bemerkten sie und beäugten sie argwöhnisch. Agnes ignorierte sie und wollte eintreten, als sich ihr ein bulliger Kerl in den Weg stellte.

»Wo willste denn hin?«

»Geh zur Seite, Berti.« Agnes machte eine Handbewegung, als wollte sie ihn verscheuchen. Der Junge blickte sie nur misstrauisch und irritiert an.

»Jetzt lass sie schon durch«, hörte sie Peers lachende Stimme. »Erkennst du Agnes nicht mehr?«

»Agnes?« Berti war nie der Klügste gewesen, aber jetzt wirkte er geradezu tumb.

Ohne ihn weiter zu beachten, ging Agnes an ihm vorbei. Es war dasselbe Bild wie vor vielen Jahren, als Peer auf der Kiste gethront und sie sich ihm angedient hatte. Er erhob sich, als sie eintrat, eine Geste des Respekts, die er seinerzeit nicht gezeigt hatte.

»Was führt dich zu mir? Die Sehnsucht?«

»Wenn ich die verspürte, hätte ich dich schon früher aufgesucht.«

Er lachte, dann deutete er auf den Bereich, wo nach wie vor ein verschlissener Vorhang seine Bettstatt vom Rest des Raumes abtrennte, aber Agnes schüttelte den Kopf. »Ich will nur mit dir sprechen.«

»Nichts anderes wollte ich dir anbieten.«

»Lass uns hinausgehen.«

»Traust du mir nicht?«

»Ich traue niemandem.«

»Ich würde mich dir nie aufzwingen. Schließlich möchte ich nicht, dass du mir ein Messer ins Gemächt schlägst und mir den Körper bis zur Kehle öffnest.«

Agnes schwieg und neigte den Kopf zum Ausgang hin. Seufzend gab Peer nach, und sie verließen die Ruine, gingen ein paar Schritte zusammen.

»Ich gestehe, ich hatte ein kleines bisschen gehofft, es könnte dich zu mir zurücktreiben.«

»Wir werden das nicht wiederholen.«

»Warum bist du dann hier?«

Sie sog die Unterlippe ein, zögerte kurz. »Was würdest du tun, wenn jemand dein Leben bedroht, damit du für ihn Dinge tust, die dich in Schwierigkeiten bringen können?«

Peer zuckte die Schultern. »Ihn umbringen.«

»Ich würd es sofort tun, aber leider darf ich nich.«

»Ah, verstehe. Es geht um Thilo, ja? Der Kerl ist so anständig, dass es einen schier wütend machen kann.«

Agnes nickte. Das Gefühl kannte sie nur zu gut.

»Was hat Thilo denn angestellt?«

»Er hat eine Dummheit begangen«, log Agnes, »und nun wird er gezwungen zu stehlen. Tut er es nich, landet er vielleicht am Galgen. Wird er erwischt, kommt er als Dieb in den Kerker.«

Peer sah sie erstaunt an, dann lachte er. »Thilo? Das kann ich kaum glauben.«

»Dass er sich in Schwierigkeiten bringt? Das konnte er immer schon gut.« Sie lehnte mit dem Rücken gegen eine bröckelige Mauer. »Jetzt muss mir nur noch eine Lösung einfallen, wie er aus dieser Sache herauskommt.«

»Da du den Mann nicht töten willst, musst du ihn eben anders schlagen. Wenn er Thilo zwingen kann, weil er etwas gegen ihn in der Hand hat, mach es wie er. Beobachte ihn und warte deinen Moment ab.«

Agnes überlegte. »Und wenn er nichts zu verbergen hat?«

»Jeder hat etwas zu verbergen. Und ein Mann, der einen

anderen zwingt, für ihn zu stehlen, ist nun wahrlich keiner, der keine Geheimnisse zu hüten hat. Beobachte ihn, eine andere Möglichkeit hast du nicht. Oder geh und lass Thilo seine Schwierigkeiten allein lösen.«

Agnes schwieg.

»Aber das wirst du nicht tun, ich weiß. Du bist ihm zugetan, das warst du immer schon. Und ich könnte ihn umbringen, wenn ich dafür die Gewissheit hätte, dass du dafür aus seinem Bett in meines kommst.« Als Agnes weiterhin schwieg, wagte er einen Schritt auf sie zu, dann noch einen. »Himmel, Agnes, ich will dich so sehr.« Er hatte ihr Gesicht zwischen die Hände genommen. »Du bist doch für das Leben dort gar nicht gemacht.«

»Für welches denn dann? In einem Verschlag leben, im Winter frieren, hungern und stets in Gefahr, hinterrücks getötet zu werden?«

»Mir geht es nicht schlecht. Und du musst nicht stehlen, das tun andere für uns.«

»So will ich nich leben, Peer.« Sie befreite sich sanft von ihm. »Und ich gehör nich auf die Straße. Niemand tut das. Wenn man dir ein Bett gäbe und eine warme Kammer, würdest du auch nich zurückwollen.«

Nun war es an ihm, zu schweigen.

»Ich muss heim, man wird sich schon fragen, wo ich bleibe.«

»Auf bald, Agnes.«

Sie nickte nur, wandte sich ab und lief davon. Hoffentlich war sie schnell genug, denn Peer mochte das Verlangen für einen Moment die Sinne verwirren, ein Narr war er nicht. Obwohl es in Agnes' Seiten stach, rannte sie weiter, ohne innezuhalten. Erst als sie auf dem Markt angelangt war, blieb sie stehen, leicht vornübergebeugt und um Atem ringend. Dann sah sie sich um, aber Peer hatte den Verlust offenbar nicht rechtzeitig bemerkt und war ihr nicht gefolgt. Schließlich richtete sie sich auf und kramte in ihrem Rock. Als sie die Hand öffnete, glänzten Münzen im Licht der Sonne. Rasch machte sie sich daran, die aufgetragenen Besorgungen zu erledigen, und beeilte sich, ins Kaufmannshaus zurückzukehren, wo sie bereits ungeduldig erwartet wurde.

Nachdem sie für ihre Nachlässigkeit gescholten worden war – nicht nur zu spät, sondern auch noch mit weniger Waren als verlangt, weil die Münzen nicht gereicht hatten –, begann Agnes, die Eingangshalle zu schrubben. Hilda hatte sie gefragt, ob sie nicht gemerkt habe, dass man sie übers Ohr gehauen habe. Das Rechnen habe sie doch gelernt, Thilo hatte es ihr beigebracht – wie konnte ihr dann passieren, dass man ihr zu wenig Waren herausgab, obwohl sie so gewieft war. Wenn ihr das noch einmal passiere, werde man es ihr vom Lohn abziehen, schimpfte die Kellerin. Sie könne ja froh sein, dass Mevrouw Emke dergleichen nicht beim ersten Vergehen tat. Aber auch derart anständige Herrschaften wollten keine nachlässigen Mägde. Sie solle sich nur vorsehen, sonst lande sie bald wieder auf der Straße. Agnes hatte es stoisch über sich ergehen lassen. Sie hätte erzählen können, dass sie bestohlen worden war, aber das hätte sie in noch ärgere Erklärungsnot gebracht, wenn sie sagte, warum nur ein Teil der Münzen fort war. Am Ende beschuldigte man sie noch, das Geld selbst genommen zu haben.

Während Agnes den Boden schrubbte, überlegte sie, wie sie nun weiter vorgehen sollte. Sie konnte Bernard unmöglich immerzu beobachten. Männer wie er hatten ihre Geheimnisse vielleicht gar nicht so offensichtlich, sondern es waren Dinge, die verborgen waren in Briefen – und da hatte Agnes keine

Möglichkeiten, denn lesen konnte sie nicht. Thilo hatte angeboten, es ihr beizubringen, aber sie sah darin keinen Sinn.

»Es öffnet dir neue Welten«, hatte er zu erklären versucht.

»Die Welt, in der ich lebe, mit all ihrem Elend, reicht mir«, war ihre Antwort gewesen.

»Du lernst große Denker kennen.«

»Da keiner von ihnen dir das Denken hat beibringen können, weiß ich nicht, was ich von ihnen lernen soll.«

Thilo hatte ihr ihren Namen aufgeschrieben. Das sah – zugegeben – hübsch aus. Und dass Albrecht dasselbe Zeichen zu Beginn hatte wie Agnes, gefiel ihr. Aber damit erschöpfte sich ihr Interesse auch schon. Nun jedoch bereute sie beinahe, dass sie es nicht konnte. Es hätte ihr die Aufgabe womöglich erleichtert. Aber jetzt ließ es sich nicht ändern, Agnes würde ihren Moment abwarten müssen.

HET ENGELSE KANAAL/ ANTWERPEN, JULI 1601

Arjen beobachtete Nils van der Brook, der langsam die Reling entlangging, die Hand beinahe zärtlich darübergleiten ließ, als wollte er dem schwer angeschlagenen Schiff gut zureden, sie heil über die letzten Seemeilen zu bringen. Nach Tagen auf windstiller, spiegelglatter See wölbten sich die Segel nun, und in Kürze würden sie endlich in Amsterdam sein.

»Ihr seht beunruhigt aus«, sagte Nils van der Brook, als er bei Arjen angelangt war. »Keinerlei Vorfreude? Oder wenigstens Erleichterung?« Er hielt eine Pfeife in der Hand, die jedoch kalt war, er schien sie aus Gewohnheit mit sich zu führen.

»Es hieß, die Spanier hätten eine Flotte aus Segelschiffen und Galeeren zusammengezogen«, entgegnete Arjen. Sie waren auf ein dänisches Handelsschiff gestoßen und hatten die Neuigkeit vom Kapitän erfahren.

Nils van der Brook tat das mit einer knappen Geste ab. »Es heißt auch, sie ziehen damit gegen die Engländer.«

»Ist es dann nicht umso riskanter, den Meeresarm zu durchqueren?«

»Riskanter wäre es in dieser Situation, mit diesem Schiff England zu umfahren. Die Mannschaft hält überdies nicht mehr lange durch, und das Leck vergrößert sich, irgendwann können wir das Wasser nicht mehr abpumpen. Und wer sagt, dass die Spanier hier zuschlagen?«

»Das wäre strategisch durchaus eine Erwägung wert.«

Nils von der Brook winkte ab. »Keinen Tag länger als unbedingt notwendig ringe ich dieser Mannschaft und diesem Schiff ab. Von einem Flottenangriff auf die Engländer hätten wir erfahren.«

Obwohl er nicht überzeugt war, nickte Arjen. »Kann ich Juffrouw van Klaaveren kurz an Deck holen? Seit Wochen ist sie in ihrer Kajüte und …«

»Und dort wird sie bleiben, bis wir in Amsterdam sind und ich sie ihrem Vater übergebe.« Der Kapitän deutete mit seiner Pfeife auf Arjen. »Ihr solltet Euch vorsehen, die Matrosen und Schiffsjungen sind abergläubisch, denken, eine Frau an Bord bringe Unglück. In der Rückfahrt sehen sie sich bestätigt.«

»Die Hinfahrt verlief bei bestem Wind und ohne jeden Zwischenfall.«

»Das ist seit dem ersten Sturm, in den wir geraten sind, vergessen.«

Da er wusste, dass Widerspruch zwecklos war, fügte Arjen sich und beschloss, später nach Marianna zu sehen, der die Entbehrungen der Reise sowie der Mangel an frischer Luft und Sonne mittlerweile anzusehen waren. Der Sturm hatte die Trinkwasservorräte zum großen Teil mit Salzwasser verunreinigt, und dass Nils van der Brook einen Teil des kostbaren Guts für die junge Frau zurückhielt, schürte den Unmut unter der Besatzung. Arjen konnte es ihnen nicht verdenken.

Das Brot war unbrauchbar geworden, der Zwieback schimmlig, sodass ihnen nur noch das salzige Pökelfleisch blieb. Und nun wurde das wenige Wasser so rationiert, dass die hart arbeitende Mannschaft sich um jeden Tropfen prügeln musste, während die Reederei-Tochter, die sich als blinder Passagier aufs Schiff geschlichen hatte, damit versorgt wurde, ohne auch nur einen Finger zu rühren.

»Glaubt mir«, versicherte ihm der Kapitän. »Das Schlimmste haben wir hinter uns. In Kürze sind wir da.« Leutselig klopfte er Arjen auf die Schulter. »Keine Sorge, das ist nicht meine erste Fahrt. Wir sind bald zu Hause, Ihr werdet eine Menge zu erzählen haben und die Widrigkeiten der Fahrt zu einer spannenden Geschichte ausschmücken.« Nils van der Brook deutete mit der Pfeife in Richtung Horizont. »Seht Ihr? Die Sorge war unbegründet. Was kann uns jetzt noch passieren?«

Der Meeresarm wurde breiter, und die offene See tat sich vor ihnen auf. Arjen hatte die Arme auf der Reling abgestützt, sah zum Wasser hinunter in die Schneise, die der Bug der Fleute riss, sodass die Gischt aufsprühte, sein Gesicht benetzte und salzig auf den Lippen schmeckte. Wie das Salz, das er letzte Nacht auf Mariannas Wangen geschmeckt hatte, als sie in seinen Armen gelegen hatte und von einer Verzweiflung ergriffen worden war, die er sich nicht erklären konnte. Er werde ihr beistehen, das hatte er ihr wieder und wieder versichert.

Der Kapitän diskutierte mit zwei seiner Schiffsoffiziere, hielt sich das Fernrohr ans Auge, senkte es und sah hoch zu dem Schiffsjungen, der oben im Ausguck saß und sich bemerkenswert still verhielt. Vermutlich hatte ihn die Erschöpfung übermannt, was unweigerlich eine Bestrafung nach sich ziehen würde. Einer der Offiziere schnappte sich einen weiteren Jungen und wies ihn offenkundig an, das Versäumnis nachzuholen. Rasch kletterte der Schiffsjunge hoch, und nur kurz darauf ertönte zweistimmig: »Schiffsflotte voraus!«

Arjen trat zu Nils van der Brook. »Wozu schicken die Niederländer eine Flotte aus?«

»Das kann ich Euch nicht beantworten.« Nils van der Brook wirkte angespannt und sah immer wieder durch das Fernrohr. Als er es absetzte, war er kreidebleich. »Die Schiffe segeln unter spanischer Flagge. Es waren offenbar nicht die Engländer, gegen die die spanische Armada die Flotte zusammengezogen hat.« Nils van der Brook wandte sich ab, und im nächsten Moment hallte seine Stimme über das Deck. »Abdrehen!«

Matrosen rannten umher, kletterten in die Takelage, während die Schiffsoffiziere Befehle bellten. Hektisch wurde die kaum mehr navigierbare Fleute gewendet, viel zu langsam, viel zu schwerfällig. Sie neigte sich, ächzte, während sie langsam den Kurs änderte.

Ein Schiff löste sich aus der Kriegsflotte, kam rasch näher. Es war eine wendige, kleine Galeere, wie Arjen erkannte, und er wusste, dass jeder Versuch der Flucht nur zum Scheitern verurteilt sein konnte. Obwohl ihm vor Angst das Blut in den Ohren dröhnte, stand er ruhig da und blickte auf die See. Während sich die Besatzung mit dem Wendemanöver abmühte, hielt das Kriegsschiff mit geblähten Segeln direkt auf sie zu.

Die Flucht war sinnlos, und das musste auch Nils van der Brook klar sein. Es war gesichtswahrend, mehr nicht. Die Spanier holten rasch auf, und schon flogen die Enterhaken auf die Fleute, krallten sich in der Reling fest. Mit einem ergebenen Ächzen verlangsamte das angeschlagene Schiff die Fahrt. Die spanischen Soldaten befestigten die Seile, kletterten mit gezückten Rapieren über die Reling. Das Schiff fuhr in voller

Bewaffnung, und ein Kanonenschlag hätte die Fleute auf den Grund des Meeres geschickt. Dass die Spanier dies nicht taten, bot immerhin Anlass zur Hoffnung.

Ein Mann in der dunklen, samtverbrämten, von weißer Halskrause gekrönten Uniform der spanisch-habsburgischen Armee sprang an Deck und ging umher, die Hände hinter dem Rücken verschränkt. Arjen schätzte ihn auf das Alter seines Vaters, wobei der kurze graue Spitzbart täuschen mochte und womöglich mehr Jahre auf den Mann lud, als dieser tatsächlich erreicht hatte. Der Offizier sah die Männer der Reihe nach an, die abgekämpften Matrosen und Schiffsjungen, die beiden Offiziere in ihrer ramponierten Kleidung, durchnässt vom Wasserschöpfen, den Kapitän, der aufgerichtet dastand mit einer Miene blasierter Verachtung. Dann fiel sein Blick auf Arjen und Willem van de Laar, die er zweifellos als Kaufleute erkennen musste. Seine Miene gab keine Reaktion preis. Er schwieg, und Arjen lag es auf der Zunge, etwas zu sagen, aber er erkannte die Taktik und blieb ebenfalls stumm.

Die spanischen Soldaten strömten über das Deck, und Arjen folgte ihnen mit dem Blick, wollte hinterher, weil er nicht wusste, was geschah, wenn sie auf Marianna trafen. Würden sie ihr etwas antun? Er war unschlüssig, was klug war. Sich unbewaffnet auf die Soldaten zu stürzen, war es auf jeden Fall nicht.

Der Offizier sah sich um. *»¿Alguien aquí habla español?«*

Niemand antwortete, und Arjen wusste nicht, ob dies geschah, weil keiner den Mann verstand oder weil man ihm nicht entgegenkommen wollte. Es erschien ihm unsinnig, den Mann anzuschweigen, wollten sie hier einigermaßen glimpflich herauskommen. Und so trat er vor. *»Sí, le puedo ayudar.«*

»Su nombre?«

»Arjen Valckenberg aus Amsterdam.«

In dem Gesicht des Mannes zuckte es, dann verengten sich seine Augen. »Hendrik Valckenberg?«

»Es mi padre.«

Es war schwierig, die Reaktion des Mannes auszuloten. War es gut oder schlecht, dass er Arjens Vater kannte? Aber von Nachteil konnte es doch nicht sein, oder? Immerhin war Hendrik Valckenberg in niederländischen Kreisen gut angesehen, und die Spanischen Niederlande mochten spanisch sein, aber es blieben nach wie vor die Niederlande, wo der Reichtum und das Ansehen eines Mannes etwas galten. Schließlich lächelte der Offizier, was Arjen zögernd erwiderte, wenngleich er ahnte, dass es kein gutes Lächeln war.

Der Offizier wandte sich an einen seiner Soldaten. *»Arréstelo.«*

Noch ehe Arjen so recht verstand, was geschah, kam der Soldat zu ihm, winkte einen weiteren heran, und im nächsten Moment lag er auf dem Boden, und ihm wurden die Arme auf den Rücken gedreht, um sie dort fest zu verschnüren. Sein erster Impuls war Protest, aber ihm war klar, dass das sinnlos wäre. Der Offizier hatte sich längst abgewandt, als sei Arjen keine weitere Aufmerksamkeit mehr wert. Die anderen Männer standen nun wie erstarrt. Arjen bemerkte, wie die Brüder über das Deck getrieben wurden, der eine stützte den anderen, dessen Kleidung besudelt war von Erbrochenem, was die Soldaten, die sie mit gezückten Rapieren vor sich hertrieben, sichtlich auf Abstand hielt. Marianna! Wo war Marianna? Er sah sie im nächsten Augenblick. Ein Soldat führte sie mit sich, hielt ihren Oberarm gepackt, während sie bereitwillig mit ihm ging. Sie wirkte nicht verschreckt, vielmehr zeichnete sich auf ihrem Gesicht eine vorsichtige Erwartung ab, während ihr Blick über das Deck flog, an Arjen hängen blieb, woraufhin sich ihre Augen in jähem Erschrecken weiteten.

Der Offizier wandte sich an Arjen. *»¿Quién es ella?«*

»La hija del armador propietario del barco.«

»¿Cómo se llama?«

»Marianna van Klaaveren.«

Mit einem Nicken drehte sich der Offizier um und ging nun selbst zum Niedergang. Er besprach sich mit einigen Soldaten, ehe er zurückkam und ihm mitteilte, dass die Waren beschlagnahmt seien. Arjen übersetzte für den Kapitän.

»Sagt dem Wegelagerer, dass er das nicht einfach so tun kann«, schimpfte dieser.

»Es steht Euch frei, dies selbst zu tun. Wie Ihr gewiss seht, bin ich in keiner guten Verhandlungssituation.«

»Habt Ihr den Mann beleidigt?«

»Wohl kaum.«

»¿Que tienes que discutir?«

»Nada de importancia«, murmelte Arjen.

Der Offizier schien zu überlegen. Schließlich nickte er und wandte sich an seine Soldaten. »Bringt an Bord, was noch nicht verdorben ist«, sagte er in fast fehlerlosem Niederländisch. »Stellt die Kaufmänner und die Frau unter Arrest, die Übrigen lasst laufen. Das Schiff schafft es ohnehin nicht mehr bis Amsterdam.«

Marianna wurde auf dem Schiff mit ausgesuchter Höflichkeit behandelt. Der Kommandant selbst hatte es sich offenbar zur Aufgabe gemacht, dass es ihr an nichts fehlte. Wann immer sie wollte, durfte sie an Deck, wurde von ihm dabei begleitet, während das Schiff Richtung Antwerpen fuhr. Inzwischen wusste sie, dass der Rest der spanischen Flotte auf dem Weg nach Ostende war. Was das für die Stadt bedeutete, konnte sie nur erahnen, aber es kümmerte sie nicht, weil es so furchtbar weit weg war von ihrem eigenen Leben und dem Ungemach, das zunehmend mehr Raum forderte.

Der Kommandant hatte sich als *Comendador* Juan José Escobar vorgestellt, und weil er so ausgesucht höflich war, hatte Marianna die Frage gewagt, was nun mit ihnen geschehen werde.

»Sorgt Euch nicht um Euer Wohl«, beruhigte er sie. »Wir werden Euch zu Eurem Vater zurückschicken, sobald er das Lösegeld bezahlt hat.«

Das waren wahrlich erbauliche Aussichten. Auf all das Elend lud dieser Mann noch ein weiteres. Aber vielleicht war das auch gar nicht so schlimm. Ihr Vater würde auf diese Weise erfahren, dass sie noch lebte und darüber hinaus unversehrt war. Andererseits war da viel Zeit, in der seine anfängliche Erleichterung in Wut umschlagen konnte, und sie war sich nicht sicher, welchen Empfang er ihr bereiten würde.

»Was passiert mit den Männern?«, fragte sie, wenngleich sie nur der Verbleib von Arjen interessierte.

»Ihre Familien werden sie auslösen, dessen könnt Ihr gewiss sein.«

Daran, dass Hendrik Valckenberg für seinen einzigen Sohn bezahlen würde, zweifelte Marianna nicht, und sie stieß erleichtert die Luft aus. Dass man Arjen als Einzigen in Fesseln gelegt hatte, hatte sie beunruhigt, womöglich war er mit dem Offizier irgendwie aneinandergeraten.

»Für drei von ihnen«, machte Juan José Escobar ihre Hoffnung im nächsten Satz zunichte. »Der Sohn von Hendrik Valckenberg wird zunächst der Gerichtsbarkeit überstellt.«

»Warum?«

»Darum zerbrecht Euch nicht den hübschen Kopf.«

Männer, dachte sie. Einer wie der andere. Auch dieser – mochte er so höflich sein, wie er wollte – nahm sie nicht ernst. Sie schwieg und sah aufs Meer.

»Wozu die Flotte?«, fragte sie, obwohl sie es bereits wusste. »Oder soll ich mir auch darüber nicht meinen hübschen Kopf zerbrechen?«

Der Offizier lächelte. »Ostende widersetzt sich nach wie vor, wie Ihr als Niederländerin vermutlich wisst.«

»Die Niederländer verteidigen ihre Stadt.«

»So einfach ist es nicht. Offiziell gehört Ostende zur Union von Arras, und die ist den Spaniern treu ergeben.«

»Ostende liegt im nördlichen Flandern, zur Union von Arras gehört jedoch Südflandern. Nordflandern gehört zur Union von Utrecht.«

»Die Union der Aufständischen.«

»Die Republik der sieben vereinigten Niederlande«, korrigierte Marianna.

»Nun, wie auch immer Ihr sie nennen mögt – Ostende gehört zu spanischem Gebiet, mag es selbst sich auch als niederländische Enklave verstehen. Ihr versteht gewiss, dass wir nach der Schlacht von Nieuwpoort zum Handeln gezwungen waren.«

Marianna erinnerte sich an den Freudentaumel der Amsterdamer, als sich herumgesprochen hatte, dass die niederländischen Truppen unter Moritz von Nassau einen Sieg über die Spanier unter Erzherzog Albrecht errungen hatten. »Und was bringt Euch der Angriff auf Ostende?«

»Die Stadt anzugliedern, wohin sie gehört. Wir können keine Enklave von Aufständischen im Reich dulden.«

Schon bald erreichten sie Antwerpen, dessen Hafen sich in all seiner Pracht präsentierte und so groß war, dass selbst die Handelsschiffe dort einlaufen konnten, um von einem Platz am Kai aus bequem mit Kränen entladen zu werden. Marianna stand an der Reling und konnte sich nicht sattsehen an den Schiffen, die abgetakelt vor Anker lagen. Von dem an der Trichtermündung zur Schelde liegenden Hafen führten Kanäle in die Stadt.

»Seid Ihr beeindruckt?«, fragte der Comendador, der neben ihr stand.

Marianna zuckte nur die Schultern. »Recht ansehnlich. Aber kein Vergleich zu Amsterdam.«

Der Offizier antwortete nicht darauf, wobei ein feines Lächeln seine Lippen umspielte.

Arjen erfuhr, dass man Marianna und die Kaufmänner im Hansekontor unterbrachte. Mit ihm plante der Kommandant offenbar anderes, denn er wurde in die Garnison gebracht, wo man ihn unter Arrest setzte. Auf dem Schiff hatte man ihn gefesselt auf dem Batteriedeck in einen Verschlag gesperrt, der vermutlich zum Disziplinieren der Besatzung diente. Angesichts dessen plagten Arjen die schlimmsten Befürchtungen, was ihn erwarten mochte, und so war er erleichtert, dass er in eine einfache Kammer gesperrt wurde. Das Fenster war vergittert und die Einrichtung mit einem Bett, einem Tisch und einem Schemel spartanisch, aber immerhin erwartete ihn keine Kerkerhaft. Nach wie vor hatte Arjen keine Ahnung, was den Kommandanten so in Wut versetzt hatte, aber er zweifelte nicht daran, dass er es bald erfahren würde.

Offenbar hatte man es jedoch nicht eilig damit, ihn aus seiner Ungewissheit zu erlösen, und Arjen wartete eine ganze Woche, in der er nur jemanden sah, wenn man ihm Essen brachte oder er den Eimer hinausreichte, der ihm als Abort diente. Als er bereits daran dachte, an die Tür zu trommeln und Antworten zu fordern, wurde er von einem Soldaten in einen Raum geführt, der eher an ein Arbeitszimmer in einem Kontor erinnerte als an einen Raum, in dem peinliche Verhöre durchgeführt wurden. Juan José Escobar, der Comendador, saß hinter dem Tisch und sah Arjen aufmerksam an. Nachdem er ihn eine Zeit lang angeschwiegen hatte, deutete er auf einen Stuhl, und Arjen kam der Aufforderung nach und ließ sich behutsam darauf nieder. So recht traute er dem Frieden nicht. Die Frage nach Marianna lag ihm auf der Zunge, aber besser, dieser Mann wusste nicht, wie wichtig sie ihm war.

»Denkt Ihr, Euer Vater wäre dazu bereit, ein Lösegeld zu bezahlen, damit Ihr zu ihm nach Hause kommt?« Der Kommandant sprach spanisch mit ihm.

Arjen fragte sich, ob das eine Fangfrage war. Hatte der Mann womöglich mit seinem Vater gesprochen, und dieser hatte ihm gesagt, er solle sich zum Teufel scheren?

»Ihr zögert?« Der Comendador hob spöttisch die Brauen.

»Ich denke, er wird es tun«, entgegnete Arjen schließlich.

»Dann hängt Eure Heimfahrt ja nur noch davon ab, ob die spanische Gerichtsbarkeit Euch gehen lässt.«

Arjen schluckte. »Ich wüsste nicht, warum die spanische Gerichtsbarkeit mir dies verwehren sollte. Bisher habe ich mir nichts zuschulden kommen lassen, und in Spanien war ich noch nie.«

»Das ist richtig. Ihr nicht.«

Stumm wartete Arjen darauf, dass der Mann weitersprach.

»Ihr habt wirklich keine Ahnung?«

Arjen schüttelte den Kopf.

»Ich will Euch nicht langweilen mit der Abfolge spanischer Eroberungen, die zu schnell gingen, als dass die Niederländer mehr tun konnten, als nur zu zucken, während sie zusehen mussten, wie ihr Reich schrumpfte. Philipp hat alle Mittel des spanischen Weltreichs zusammengezogen und in die Flandernarmee fließen lassen. Und so ist eine Stadt nach der anderen gefallen, wie Ihr wisst. Nur Antwerpen galt als uneinnehmbar. Man konnte die Stadt nicht belagernd aushungern, denn die Stadt konnte über die Schelde versorgt werden. Daran änderte auch nicht, dass Spanien mittlerweile das Fort Liefkenshoek an der Westerschelde besetzt hielt, das von größter strategischer Bedeutung für Antwerpen war.«

»Das war doch irgendwann um 1585?«, sagte Arjen. »Ich kann nicht erkennen, welchen Wert diese Geschichte für mich haben soll. Zu jener Zeit war ich ein Knabe und wusste nicht einmal, dass mein Lübecker Ziehvater nicht mein wahrer Vater ist.«

»Immerhin ist Euch das Jahr ein Begriff.«

»Beide Väter haben für eine umfassende Bildung gesorgt.«

Der Comendador lächelte. »Nun, dann hört mir weiter zu. Der Herzog von Parma, den ich nicht nur für den geschicktesten Diplomaten unserer Zeit halte, sondern auch für einen genialen militärischen Taktiker, schlug vor, die Lebensader Antwerpens zu verschließen und die Schelde abzuriegeln. Es muss ein überaus unerquicklicher Winter für die armen Antwerpener gewesen sein.« Das breite Lächeln strafte das vermeintliche Mitgefühl Lügen.

»Das war es in der Tat. Mein Schwiegervater ist Antwerpener, und er sagte mir, dass fortwährend beunruhigende Nachrichten von Bautätigkeiten zu beiden Seiten des Meeresarms zu vernehmen gewesen seien.«

Juan José Escobar hob die Brauen. »Ihr habt Familie hier?«

»Nein, sie sind alle nach Amsterdam geflohen.«

»Das Werk war im Frühjahr fertiggestellt. Passenderweise zu dem Zeitpunkt, als Brüssel vor dem Herzog kapitulierte.« Der Offizier grinste. »Die Antwerpener dürften recht erstaunt gewesen sein, als sie eine Brücke von mehr als zweitausendsechshundert Fuß Länge erblickten, die die Schelde abriegelte. Im Kern bestand sie aus zusammengeketteten Schiffen, war also unzerstörbar, sollte man meinen.«

Arjen schwieg. Der Mann sollte endlich sagen, was er von ihm wollte, und diese Hinhaltetaktik beenden.

»Eines Abends fuhren brennende Schiffe von Antwerpen aus auf die Brücke zu und explodierten. Einige Soldaten kamen dabei zu Tode. Dann jedoch explodierte das letzte mit einem Knall, als würde die Welt untergehen.«

Der Mann hätte es am Theater weit gebracht, dachte Arjen.

»Habt Ihr schon einmal von Giambellis Höllenmaschine gehört?«

Arjen nickte.

»Mehrere hundert Menschen fanden den Tod, gute Männer, ermordet aus dem Hinterhalt. Genützt hat es den Niederländern nichts. Die Bresche war groß genug, dass Vorratsschiffe hätten hindurchfahren können. Allerdings trauten sich die Späher aus Antwerpen nicht weit genug vor, um sich zu vergewissern, dass ihr Anschlag erfolgreich gewesen ist. Schon am folgenden Morgen war die Brücke instand gesetzt und die Schelde erneut blockiert. Damit war Antwerpen an Spanien gefallen. Nun fragt Ihr Euch gewiss, was das mit Euch zu tun haben könnte?«

»Ich gestehe, die Frage ging mir durch den Kopf.«

Der Comendador grinste. »Zu jener Zeit war ein junger Amsterdamer Kaufmann in Antwerpen. Er diente sich als Späher für die Spanier an und tat so, als fügte er sich der spanischen Macht. Gleichzeitig half er, die Pläne für die Höllenmaschine nach Antwerpen zu bringen, und stellte Geld zur Verfügung, damit diese gebaut werden konnte. Er bestahl spanische Offiziere, weil es ihm offenbar Spaß bereitete, die Männer den Tod ihrer eigenen Leute bezahlen zu lassen. Ahnt Ihr, von welchem Kaufmann die Rede ist?«

Arjen schwieg, nickte dann zögernd. Er konnte sich seinen Vater nur schwerlich bei etwas so Wagemutigem vorstellen, aber was wusste er schon über dessen Vergangenheit? »Und was hat das mit mir zu tun?«

»Nun, das sollte Euch doch klar sein. Mit einem Lösegeld kommt er nicht davon, wenn er seinen Sohn zurückhaben möchte. Wie viele hat er außer Euch?«

Wieder schwieg Arjen.

»Es gibt Wege, die Antwort aus Euch herauszubekommen, aber die sind weniger erquicklich, als mir auf einem Stuhl sitzend Rede und Antwort zu stehen.«

»Er hat nur mich.«

Ein Lächeln nistete in den Mundwinkeln des Offiziers. »Das ist besser, als ich dachte.«

»Und was wollt Ihr nun tun? Mich einkerkern?«

»Was nützt Ihr mir im Kerker? Für einen Kaufmann wie Euch finden wir eine bessere Verwendung. Aber das wird an anderer Stelle entschieden. Vielleicht erbarmt man sich und begnügt sich mit einem hohen Lösegeld.« Wieder dieses spöttische Lächeln. Juan José Escobar erhob sich und läutete eine Glocke. Im nächsten Moment traten zwei Soldaten ein. Er nickte zu Arjen. »Abführen!«

Die Soldaten brachten ihn zurück in seine Kammer. Während Arjen sich die Zeit damit vertrieb, hin und her zu gehen und dabei Schritte zu zählen, fragte er sich, was Marianna wohl gerade tat. Hoffentlich ließ man sie unbehelligt. Ob man die Kaufmänner wohl zurück nach Amsterdam segeln ließ und nur Arjen unter Arrest hielt? Das war so ungerecht, dass er hätte schreien können.

Als nach Tagen – endlich! – die Tür geöffnet wurde, erhob sich Arjen rasch von dem schmalen Bett, in der Hoffnung, das Blatt könne sich vielleicht doch zu seinen Gunsten gewendet haben. Man konnte ihn doch nicht für die Taten seines Vaters bestrafen. Er wurde in jenes Arbeitszimmer gebracht, das er bereits bei der ersten Befragung betreten hatte, und das machte ihm Hoffnung, dass er der Gerichtsbarkeit möglicherweise entging. Am Tisch saß der Comendador, Juan José Escobar. Der Mann blickte nicht auf, als Arjen hineingeführt wurde und der Offizier an der Tür Stellung bezog, als sei zu befürchten, Arjen könne auf seinen Vorgesetzten losgehen.

Da ihm kein Platz angeboten worden war, blieb Arjen stehen und kam sich zunehmend wie ein Bittsteller vor, während Comendador Escobar keine Anstalten machte, ihn zur Kenntnis zu nehmen. Er las einige Dokumente, und Arjen unterdrückte den Impuls, sich zu räuspern oder auf andere Weise Aufmerksamkeit auf sich zu ziehen. Wenn er nur nach Hause durfte, war es ihm gleich, wie lange er hier stehen und warten musste. Schließlich blickte der Comendador auf, sah Arjen mit stechendem Blick an, ehe er lächelte. Dann sprach er das Urteil.

»Ihr bleibt.«

AMSTERDAM, AUGUST 1601

Marianna war von Antwerpen aus mit einem Hamburger Handelsschiff zurück nach Amsterdam geschickt worden. Mit ihr an Bord waren die drei Kaufleute, und zurück blieb nur Arjen. Wenngleich sie in großer Sorge um ihn war, so war doch die Angst, die sie um ihr eigenes Schicksal umtrieb, derart allumfassend, dass dahinter alles in Bedeutungslosigkeit zu versickern schien. Arjen war ein Mann, er würde sich retten, das hoffte sie zutiefst. Und gleich, wie viel Kummer Marianna die Trennung von ihm bereitete, sie konnte ihm nun einmal nicht helfen. Sie konnte ja nicht einmal sich selbst helfen.

Der Hafen von Amsterdam lag in der sommerlichen Nachmittagssonne, als das Handelsschiff sich durch die IJ navigierte und schließlich vor Anker ging. Der Kapitän selbst holte Marianna aus der Kajüte und bat sie freundlich an Deck. Er half ihr über die Reling, und ein Schiffsoffizier nahm sie im Beiboot in Empfang, als sie die Strickleiter hinunterkletterte. Ihr war übel vor Angst, als sie sich auf der Bank niederließ und darauf wartete, dass sie an Land gerudert wurde. Sie wagte es kaum, den Kai nach ihrem Vater abzusuchen, zweifelte aber keinen Moment daran, dass er dort wäre, um sie persönlich in Empfang zu nehmen.

Sowohl die Spanier als auch die Deutschen hatten sie mit ausgesuchter Höflichkeit behandelt, und beinahe hatte Marianna sich gewünscht, in Antwerpen bleiben zu können mit Arjen – oder mit dem Schiff weiter nach Hamburg zu segeln –, freilich ohne zu wissen, wie es dann weitergegangen wäre. Während sie sich dem Kai näherten, ging ihr der Atem immer schwerer, und kurz wurde ihr sogar schwarz vor Augen. Ihre Finger krallten sich in die Bank, und als das Boot von der Bugwelle eines Schiffes gehoben wurde, rutschte sie ab und verletzte sich an einem Splitter. Selbst diesen Schmerz hieß sie willkommen, lenkte er sie doch von ihrer Furcht ab. Wenn all das, was ihr nun drohte, sich wenigstens gelohnt hätte. Aber sie war in Schwierigkeiten – für nichts und wieder nichts.

»Juffrouw?« Der Offizier erhob sich, als die Matrosen das Boot am Pier vertäuten. Er reichte ihr die Hand, um ihr beim Aufstehen behilflich zu sein, während zwei Matrosen ihr an Land halfen.

Und da stand er, bleich und mit leicht zitternden Lippen, die lautlos ein Wort formten. »Marianna.« Er streckte die Arme aus, und sie ging zu ihm, zauderte, aber dann ließ sie sich in die tröstende Umarmung fallen, und die Anspannung fiel von ihr ab, löste sich in einem heftigen Tränenausbruch. »Mein Kind«, murmelte ihr Vater dicht an ihrem Ohr, indes seine Hand ihren Rücken streichelte, »mein liebes, liebes Kind. Oh Gott, ich dachte, du wärest tot.« Seine Stimme zitterte, und Marianna hörte, dass er weinte.

»Es tut mir leid, dass ich Euch so einen Kummer bereitet habe«, brachte sie zwischen zwei Schluchzern hervor. »Aber ich wollte doch so gerne die Welt sehen.«

Behutsam löste er sich von ihr und wischte sich die Tränen ab. »Komm, mein Kind.« Unter den Blicken der Umstehenden führte er sie vom Kai, und sie gingen nach Hause. In der Luft lag der vertraute Gestank aus den Grachten, den die Hitze zu verstärken schien. Marianna dachte an den Geruch in Genua, diesen erdigen Duft, in den sich das Aroma von Orangenbäumen mischte. Bei dem Gedanken daran wollte sie erneut in Tränen ausbrechen.

Als sie das Haus betraten, atmete sie tief durch. Es war vorbei, dieses kurze Abenteuer. Zwar hatte ihr Vater sie nicht mit jenem Zorn empfangen, den sie gefürchtet hatte, aber es war klar, dass sie kein Schiff mehr besteigen würde. Und das Schlimmste wusste er noch nicht.

Henni kam ihr in der Halle entgegen. »Da seid Ihr ja.« In ihrer Stimme lag nicht die Spur jener Erleichterung und Versöhnlichkeit, die ihr Vater gezeigt hatte. Und als ihr Blick an Mariannas Körper entlangglitt, bemerkte sie, was ihr Vater selbst in der Umarmung nicht bemerkt hatte oder hatte bemerken wollen. Ihre Augen weiteten sich, dann holte sie aus und versetzte ihr eine Ohrfeige, von der Marianna kurz schwarz wurde vor Augen.

»Henni!«, kam es scharf von ihrem Vater. »Wenn ich meine Tochter nicht auf diese Art bestrafe, so steht es auch dir nicht zu!«

»Welche Art von Bestrafung steht ihr denn zu, wenn sie monatelang allein unter Männern weilt und mit einem Bastard im Bauch zurückkehrt?«

Mariannas Herz begann, wie wild zu schlagen, als sie vorsichtig den Blick zu ihrem Vater hob, auf dessen Wangen rote Flecken erschienen waren. Er mied ihren Blick, und Marianna ahnte, dass ihm ihr Zustand in dem Moment klar geworden war, als er sie umarmt hatte. Diese feste Rundung ihres Bauches, die Henni selbst in dem großzügig ausgelassenen Kleid sofort aufgefallen war.

»War es ein Matrose?«, fauchte diese. »Einer der Offiziere? Der Kapitän? Oder könnt Ihr es nicht mehr sagen?«

»Untersteh dich, meine Tochter eine Dirne zu nennen«, sagte Daan van Klaaveren drohend ruhig. »Und wir werden diesen Disput nicht in der Eingangshalle stehend führen. Geh jetzt und lass mich mit meiner Tochter allein.«

»Aber wir müssen doch …«

»Vergisst du gerade, wo dein Platz ist?«

Henni lief rot an. »Nein, Meneer.«

»Dann geh jetzt.« Daan van Klaaveren ging mit Marianna in die große Stube, wo der Tisch bereits reich gedeckt war. Offenbar ging er davon aus, dass sie in der Zeit ihrer Reise hatte darben müssen. Wieder kamen Marianna die Tränen, und die Verzweiflung wurde fast übermächtig. Warum nur musste alles so furchtbar verfahren sein? Warum konnte sie nicht leben, wie sie wollte, reisen, ihr Kind ohne Mann aufziehen und immer wieder heimkehren in die Geborgenheit ihres Zuhauses?

Sie ließen sich am Tisch nieder, aber Marianna rührte das Essen nicht an. »Ich habe mich nicht der gesamten Besatzung hingegeben, wie Henni gesagt hat«, sagte sie schließlich.

»Das habe ich auch nicht angenommen. Dennoch möchte ich gerne wissen, von wem es ist, damit wir überlegen können, wie es nun weitergeht.«

Marianna blinzelte die Tränen weg und spürte die Nässe in ihren Wimpern. »Es ist von Arjen Valckenberg.«

Im Gesicht ihres Vaters ließ sich keine Reaktion darauf ablesen. »Er war nicht in dem Beiboot, das dich an Land gebracht hat, da waren nur drei andere Herren.«

»Er musste in Antwerpen bleiben. Warum, weiß ich nicht.«

Ihr Vater nickte. »Nun gut, wir werden eine Lösung finden

müssen. Jan van der Hijden steht in der Ehepflicht, aber es ist dennoch besser, wenn er hiervon nichts erfährt.«

»Wie sollte ihm das wohl entgehen?«

»Ich denke, ich werde dich zu deiner Tante mütterlicherseits in Zeeland schicken, dort bringst du das Kind zur Welt, und dann kommst du zurück.«

»Und das Kind?«

»Ich spreche mit Hendrik Valckenberg. Er ist ein anständiger Mann und wird sich seiner Pflicht nicht entziehen.«

»Aber Arjen ist verheiratet. Möglicherweise wird seine Frau das Kind hassen.«

»Eine andere Lösung gibt es nicht. Du kannst es unmöglich behalten. Es gehört zu seinem Vater.«

Mariannas Blick trübte sich, und eine Träne löste sich, tropfte ihr auf den Handrücken.

»Ich weiß, dass es schwer ist«, sagte ihr Vater. »Aber du hast dich nun einmal in diese Situation gebracht, da müssen wir zusehen, dass wir dich unbeschadet hinausholen.«

Sie nickte.

»Wie hast du es überhaupt fertiggebracht, dich unerkannt an Bord zu schleichen? Seit ich Nachricht von den Spaniern bekommen habe, dass man dich auf einem Kaufmannsschiff aufgegriffen hat, stelle ich mir diese Frage.«

»Ich habe mich als Schiffsjunge verkleidet.«

»Und niemand hat etwas gemerkt?«

»Nein. Verraten habe ich mich nur durch einen dummen Fehler.« Darüber konnte sie vor ihrem Vater unmöglich ins Detail gehen. Jetzt noch trieb es ihr die Schamesröte ins Gesicht.

»Und was ist dann geschehen?«

»Der Kapitän hat mich unter Arrest gestellt, weil er mir nicht glauben wollte, dass ich deine Tochter bin. Arjen hat dafür gesorgt, dass ich in einer Kajüte untergebracht werde, aber vorher musste ich einen Tag in diesem eiskalten Verschlag verbringen.«

»Grundgütiger.«

Sie zuckte die Schultern. »Ich denke, aus seiner Sicht hat der Kapitän das Richtige getan. Ist die Fleute eigentlich hier angekommen? Sie war schwer angeschlagen.«

»Ja, ist sie. Mit einer Mannschaft, die mehr tot als lebendig war. Und als sie hier ankamen, hatte ich bereits Nachricht von den Spaniern.« Ihr Vater atmete in einem tiefen Zug aus. »Nun iss, mein Kind. Über alles andere können wir später reden. Ich hatte solche Angst, als ich gemerkt habe, dass du nicht mehr da bist. Die ganze Stadt haben wir absuchen lassen. Auch Jan van der Hijden war außer sich vor Sorge.«

Gewiss war er das, dachte Marianna. Drohte ihm doch ein großzügiges Erbe am Ende zu entgehen.

»Er war ebenfalls überglücklich, zu erfahren, dass es dir gut geht. Später wird er uns besuchen, aber erst einmal möchte er, dass du dich ausruhst. Er lässt ausrichten, dass er dir diesen Ausbruch nicht übelnimmt und dir die Wochen und Monate auf einem Schiff unter Männern verzeiht.«

»Wie großzügig von ihm.« Die Schärfe in den Worten entging ihrem Vater offenkundig, oder aber er wollte sie nicht hören. Was hatte Jan van der Hijden ihr denn zu verzeihen? Bat er sie auch um Verzeihung für all die Frauen, die er vermutlich schon genossen hatte?

»Er ist bereit, dich so bald wie möglich zu heiraten.«

Marianna nickte und legte die Hand unter dem Tisch auf ihren Bauch. Armes Kind, dachte sie. Armes, ungewolltes Kind, das seine Mutter verlor, noch ehe es eine hatte.

HAMBURG, OKTOBER 1601

Agnes war schon seit längerem übel. Sie konnte kaum essen, ohne sich danach sterbenselend zu fühlen und mit Brechreiz zu kämpfen. Die Köchin beäugte sie argwöhnisch, als sie nach einem Stück Brot mit hartem Käse aufstand und sich den Bauch hielt, während sie versuchte, die Übelkeit hinunterzukämpfen.

»Hast aber kein Bankert im Bauch, ja?«, sagte Griet, die Zofe der beiden Damen, als sie in die Küche kam und einen Kräuteraufguss für Frau Alea holte, der es auch oft so elend war, dass man inzwischen befürchtete, sie sei ernsthaft erkrankt.

Agnes wurde heiß vor Schreck, sodass sie unwirsch blaffte: »Natürlich nich!« Aber konnte das sein? Thilo passte doch auf, oder nicht? Peer konnte es nicht gewesen sein, denn mochte Agnes auch nicht viel über all das wissen, so wusste sie doch, dass es zu lange her war. Wahrscheinlich hatte sie nur etwas Falsches gegessen, ihr Bauch war flach und zeigte keinerlei Anzeichen für wachsendes Leben.

»Meine Schwester ist letztes Jahr niedergekommen«, erzählte die Wäscherin, die gerade eintrat und Griet offenbar gehört hatte. »Sie hat nur gespien und wollte den ganzen Tag schlafen, war immerfort müde. Einmal ist sie vor dem Herd auf dem Boden eingeschlafen. Da hat es von ihrem Mann aber was gesetzt.«

Müde war Agnes auch, doch das hatte sie auf die Arbeit geschoben und darauf, dass das Leben im Wohlstand sie träge machte. Als Straßenkind hatte sie nur bleierne Erschöpfung und kurzen Schlaf gekannt. Das Gefühl, das sie nun hatte, ähnelte dem durchaus. Sie konnte morgens kaum aufstehen, wollte sich ständig hinlegen und schleppte sich durch den Tag.

Agnes nahm den Eimer und trug ihn zur Wasserpumpe.

»Mit 'nem Bankert im Bauch kannst dich bald nich mehr so gut bücken«, sagte die Wäscherin.

»Mit 'nem Bankert kann sie auf der Straße buckeln geh'n«, entgegnete die Köchin. »Die Herrschaften dulden keine Unzucht im Haus.«

Stoisch schweigend pumpte Agnes Wasser in den Eimer, während ihre Gedanken rasten. Wenn es stimmte, was sollte sie dann tun? Auf der Straße ein Kind gebären und sie beide durchbringen? Und Thilo? Was wäre mit ihm? Sollte Agnes ihn vorher noch entmannen, oder überließ sie ihm einfach das Kind, damit er sich darum kümmerte, während Agnes sich Peer anschloss? Der würde ihr dann über kurz oder lang das nächste machen.

Das Wasser schwappte über, als sie den Eimer aus der Küche schleppte, und Hilda, die ihr in diesem Moment entgegenkam, rutschte prompt darauf aus und schlug der Länge nach hin.

»Pass doch auf, du dummes Ding!«, schrie sie und rappelte sich auf, während die Köchin gluckste und der kichernden Wäscherin eine Kopfnuss gab für die Respektlosigkeit. Griet verdrehte die Augen und verließ mit einem Becher in der Hand die Küche, ging an Agnes vorbei und warf ihr einen vielsagenden Blick zu.

»Achte darauf, wie lange du nicht geblutet hast«, rief sie ihr über die Schulter hinweg zu und eilte zur Treppe.

Wie sollte Agnes darauf achten? Sie blutete hin und wieder, das war ein Übel, das sie irgendwann heimgesucht hatte und sich stetig wiederholte. Früher hatte sie das Blut einfach an den Beinen entlanglaufen lassen, wo es in der Straße versickerte. Hier war es umständlicher, da musste sie sich Tücher zwischen die Beine wickeln, damit sie den Boden nicht verdreckte. Im Sommer hatte sie einmal geblutet, daran erinnerte sie sich, weil es ihr in der Hitze so lästig gewesen war. Und was brachte es ihr, dies nun zu wissen?

Agnes kniete sich hin und schrubbte die Böden, womit sie den Morgen über beschäftigt war, danach musste sie Wasser erhitzen für die Wäsche und später der Köchin helfen, das Essen vorzubereiten. Albrecht lag vor der Küche und döste. Seine Flanken wirkten eingefallen, und er stand seit Tagen nur noch selten auf. Wenn er wach war und Agnes sah, wedelte er müde mit dem Schwanz, und sie kniete sich dann neben ihn und umarmte seinen Kopf.

»Die Töle macht's nicht mehr lang«, sagte die Köchin liebevoll, und Agnes hätte ihr am liebsten das heiße Wasser über die Füße gekippt für diese Worte. Sie hatte das Gefühl, der Abschied rückte näher, wenn man ihn aussprach, weshalb sie es tunlichst vermied. Ebenso wie eine Schwangerschaft erst dann real war, sobald sie in Worte gekleidet war. Denn wenn sie ehrlich war, spürte Agnes, dass es stimmte, und in ihr tobte ein unbändiger Zorn auf Griet, wenngleich sie wusste, dass es mitnichten die Zofe war, die für diese Misere die Verantwortung trug. Der Schuldige kam in ebendiesem Moment in die Küche und bat um einen Krug Wein für seinen Herrn. Thilo sah blass aus, die Augen dunkel umschattet, weil er nach wie vor keine Lösung für seine Sorgen hatte. Und wenn man selbst in Schwierigkeiten war, da konnte man ja mit Fug und Recht ihr, Agnes, auch noch welche bereiten. Konnte dieser Kerl eigentlich nichts richtig machen? Wein wollte er? Den konnte er haben. Agnes schnappte sich die Karaffe, ging zu ihm, und noch ehe er reagieren konnte, hatte sie ihm den Inhalt ins Gesicht gekippt.

»Agnes!« Die Köchin klang entsetzt.

Der Wein tropfte aus Thilos Haar, rann ihm übers Gesicht, und er sah so verwirrt aus, dass Agnes ihm am liebsten den Krug auf den Kopf geschlagen hätte. Als hätte die Köchin dies geahnt, stürzte sie hervor und riss ihn ihr aus den Händen.

»Du dummes Ding! Was fällt dir ein? Den guten Wein zahlst du von deinem Lohn.«

Jetzt schien Thilo aus der Erstarrung zu erwachen. Er wischte sich mit einem Taschentuch den Wein aus dem Gesicht. »Schon gut, ich zahle ihn.«

Peer hatte recht, er war so anständig, dass man aus der Haut fahren konnte. Agnes holte aus, aber noch ehe ihre Hand auf seiner Wange landete, fing er sie ab, und nun schien auch ihn die Wut zu packen. »Was ist los mit dir? Hast du den Verstand verloren?«

Sie hob das Knie, rammte es ihm in den Schritt, und als er sich stöhnend unter Schmerzen krümmte, stieß sie ihn zur Seite, riss die Hintertür zum Hof auf und rannte aus dem Haus. Sie hörte noch, wie die Köchin ihr hinterherschrie, aber sie beachtete sie nicht, sondern rannte weiter. Ohnehin würde sie auf der Straße enden, was kam es nun darauf an, ob sie vorher noch jemanden verärgerte? Während sie lief, trübte sich ihr Blick, und Agnes, die so schnell nichts zum Weinen brachte, wischte sich zornig mit dem Ärmel über die Augen. Dabei kam ihr das Bild von Thilo in den Sinn, wie ihm der Wein vom Gesicht tropfte, und sie musste so unbändig lachen, während sie gleichzeitig aufschluchzte. Die Leute starrten sie an, wichen zurück.

Warum hatte er nicht aufgepasst? Immer wieder hatte er ihr versichert, er sei vorsichtig, und nun sah sie, dass sie darauf nichts hätte geben dürfen. Erst lief sie ziellos durch die Stadt, dann führte ihr Weg sie zu jenem Ort, an dem sie so viele Nächte verbracht hatte. Es war eine beinahe schlafwandlerische Sicherheit, mit der ihre Füße sich bewegten, noch ehe ihr Verstand so recht zu folgen vermochte. Was wollte sie denn hier? Niemand konnte ihr helfen, und Peer am allerwenigsten. Sie war schon einmal auf ihn getroffen, als sie wütend auf Thilo gewesen war, und das hatte in einer Art geendet, die Agnes nicht hatte wiederholen wollen. Und doch war sie hier, trat auf die Ruine zu, die still dalag, während die Herbstsonne sich durch die Wolken tastete und ein kühler Wind ging.

Als Agnes eintrat, war niemand hier, und sie atmete fast erleichtert aus. Zeit, den Rückweg anzutreten und sich irgendwie zu erklären. Noch war es nicht so weit, dass sie auf der Straße landete, und Agnes wollte den Moment so weit von sich schieben wie irgend möglich. Der Winter war nah, und sie schauderte bei dem Gedanken daran, wieder in den kalten Straßen zu leben. *Thilo wird das nicht zulassen.* Thilo hätte sie gar nicht erst in diese Situation bringen dürfen. Für ihn würde sich nichts ändern, Männer konnten Bastarde zeugen, wie sie wollten, niemanden scherte es.

»Agnes?«

Sie war gerade im Begriff gewesen, die Ruine zu verlassen, als Peers Stimme sie innehalten ließ. Langsam drehte sie sich um und sah ihn in seinem Verschlag stehen.

»Wolltest du zu mir?«

Sie schüttelte den Kopf, blieb aber stehen. Es war wie beim letzten Mal, als der Zorn umschlug in ein unbändiges Verlangen. Anstatt die Ruine zu verlassen, ging sie zu ihm, und als ahnte er, welche Gefühle in ihr tobten, zog er sie an sich, und sie küssten sich so grob, dass es schmerzte. Peer zog sie mit sich auf die Bettstatt, und sie zerrten an ihren Kleidern, Agnes hörte das Kreischen einer reißenden Naht. Er drückte sie auf den Boden, in das Stroh, das ihr in den Rücken stach, küsste ihren Mund, ihren Körper, bis sie sich von ihm befreite, ihn von sich drehte und rittlings auf ihn setzte. Ihre Körper bewegten sich in wildem Gleichklang, trieben die Erregung dem lustvollen Gipfelpunkt zu, der Agnes einen Schrei entrang. Er hielt sie fest, zitterte unter ihr, keuchte auf, und als es schließlich vorbei war und er sie losließ, sank sie auf seine Brust, atmete heftig und spürte seinen schnellen Herzschlag.

»Du bist zu mir zurückgekommen«, sagte er, immer noch atemlos.

»Nein.« Sie richtete sich auf und glitt neben ihn. »Ich bin wütend.«

»Und ehe du Thilo etwas antust, reagierst du deine Wut auf diese Art ab.«

Sie antwortete nicht, sondern vergrub das Gesicht in den Armen. Das war bedeutungslos, wie beim letzten Mal. Und doch fühlte sie sich auf einmal so elend. Thilo. Was tat sie hier überhaupt? Sie wollte aufstehen, aber Peer hielt sie fest.

»Bitte.« Seine Stimme war leise, flehend. »Bleib. Nur noch ein wenig.«

Sie wollte sich aus seinem Griff befreien, zögerte jedoch. Nun gut, sie hatte es getan, was kam es jetzt noch darauf an, ob sie sofort ging oder ein wenig später? Und noch während sie sich wieder hinlegte, wusste sie, dass es nicht bei dem einen Mal bleiben würde.

Es war dunkel, als Agnes sich auf den Heimweg machte. Obwohl sie längst hatte gehen wollen und wusste, dass es falsch war, hatten sie es wieder und wieder getan. Während sie ging, pochte der Abklang der gerade noch genossenen Lust in ihr. Peer hatte nicht aufgepasst, aber da sie nicht noch schwangerer werden konnte, war ihr das gleich.

Als sie ankam, rechnete sie damit, dass man sie schelten würde, aber die Köchin saß am Tisch, die starken Arme vor sich verschränkt. Es war ungewöhnlich, sie untätig zu sehen, ohne dass sie Teig bearbeitete oder in Töpfen rührte. Sie sah auf, als Agnes eintrat.

»Sieh nicht so aufsässig drein«, sagte sie. »Hab es nicht mal der Hilda erzählt. Die denkt, ich hab dich auf Besorgungen geschickt.«

Agnes nickte nur, obwohl sie nicht verstand, warum die Köchin sie schützte.

»Hab darüber nachgedacht, warum du so auf ihn losgegangen bist. Ihr seid doch sonst so eng. Und dann dachte ich an das, was Griet gesagt hat. An das Bankert in deinem Bauch.« Die Köchin – Enna war ihr Name, wenngleich Agnes sie nie damit bedachte – musterte sie aus leicht verengten Augen. »Und wenn eine Frau so auf einen Mann losgeht, dann hat er ihr vielleicht vorher Gewalt angetan.«

Die Vorstellung, Thilo könne sich ihr aufzwingen, war so absurd, dass Agnes beinahe gelacht hätte. »Nein, das hat er nicht«, entgegnete sie.

»Willst du ihn schützen?«

Sie tat nichts anderes, seit sie ihn kannte. »Er hat mir nichts angetan. Es war … wir hatten einen Streit, und er hat mich wütend gemacht.«

Die Köchin wirkte nicht, als würde sie ihr glauben, aber sie nickte. »Kannst schlafen gehen, wenn du willst. Wenn man es sieht, wirst du das Haus verlassen müssen. Aber solange du es verstecken kannst …« Sie zuckte die Schultern.

»Ich …« Agnes schluckte. »Ich kann doch kein Kind krieg'n.«

Schweigen senkte sich über die Küche. »Es wegmachen zu lassen, ist eine Sünde.«

»Eines in der Gosse zum Sterben zu gebären auch.«

»Gibt Engelmacherinnen. Frag die Huren, die haben immerfort damit zu tun, Kinder wegmachen zu lassen. Sie sollen dir sagen, wohin du gehen sollst.«

Agnes nickte.

»Sag deinem Thilo, er soll's bezahlen.«

Wieder nickte Agnes.

»Und nun geh.« Die Köchin wedelte mit der Hand, als wollte sie sie davonscheuchen. »Sonst überleg ich es mir anders.«

Agnes lag im Bett und starrte in die Finsternis. Obwohl sie vor Erschöpfung in einen tiefen und traumlosen Schlaf gesunken war, hatte dieser nicht lange angedauert, und nun lag sie wach da, versuchte, die nebligen Reste des Schlafs zusammenzuklauben und wieder darin zu versinken, aber er entglitt ihr immer wieder. Das Herz ging ihr in harten, schweren Schlägen, und sie verspürte Gewissensbisse. Das war ungewohnt, denn Agnes hatte für gewöhnlich kein schlechtes Gewissen. Es brachte ja nichts, die Vergangenheit zu bedauern, wenn man nur die Möglichkeit hatte, die Zukunft zu verändern. Jetzt jedoch fühlte sie sich schlecht. Gewiss lag das an diesem unseligen Zustand, in dem sich ihr Körper befand. Was dort in ihr wuchs, war ein Teil von Thilo, und vermutlich machte es bereits seine Rechte an ihr geltend. Sie hob die Hände, rieb sich über das Gesicht. Wie sollte sie das nur ertragen?

Thilo würde ihr vermutlich anbieten, sie zu heiraten, aber dies war keine Welt, in die man ein Kind setzte. Was, wenn sie und Thilo starben? Womöglich landete das Kind auf der Straße. Davor war man nicht einmal gefeit, wenn man aus einer reichen Familie kam, das sah man ja an Thilos Schicksal. Nein, da war es doch besser, gar nicht erst geboren zu werden.

Sie musste mit ihm sprechen, ihm erklären, was in ihr vorging und warum sie so auf ihn losgegangen war. Danach mussten sie überlegen, wie es weiterging. Daran, dass sie es wegmachen lassen würde, bestand kein Zweifel, und sie hoffte, er würde nicht versuchen, sie zu überreden, es zu bekommen. Dass es nicht ungefährlich war, wusste sie selbst, dafür hatte sie lange genug auf der Straße gelebt. Sie kannte junge Frauen, die danach im Fieber elend verendet oder schlicht verblutet waren.

Weil an Schlaf nicht mehr zu denken war, schob Agnes die Decke zur Seite und stellte die Füße auf den kalten Boden. Sie schauderte, und eine Gänsehaut kroch ihr die Beine hoch. Zitternd suchte sie ihren wollenen Überwurf und schlüpfte darunter, dann verließ sie die Kammer. Im Korridor war es noch kälter, und kurz überlegte sie, zurückzugehen und sich an die Wand zu schmiegen, die die Restwärme des Ofens abgab. Dann gab sie sich einen Ruck und löste sich von der Tür, schloss sie mit einem leisen Klicken.

In der Luft lag der Geruch nach kaltem Fett und gesottenem Fleisch, und die nächtliche Stille wurde nur von Albrechts leisem Schnarchen durchbrochen. Lautlos tappte Agnes durch den Korridor und war im Begriff, sich dem Bereich der Kaufmannsdiele zuzuwenden, als sie bemerkte, dass die Finsternis durch eine kleine Funzel erhellt wurde. Sie blieb stehen und wartete, sah, wie sich ein flackerndes Kerzenlicht näherte, dann bemerkte sie Bernard van Waalenburch, der langsam zur Treppe ging. An und für sich war das nicht ungewöhnlich, wenngleich er nicht zu den Menschen gehörte, die bis in die Nachtstunden arbeiteten.

Agnes hielt inne, beobachtete ihn, und ihr auf der Straße geschulter Instinkt ahnte, dass etwas nicht stimmte. Vielleicht war es die Art, wie Bernard sich umsah, obwohl dazu kein Anlass bestand, schließlich durfte er die Treppe benutzen, wann immer er wollte. Möglicherweise war es auch die ungewöhnliche Stunde, zu der er durchs Haus schlich, oder seine geduckte Gestalt, die wirkte, als wollte sie sich in den Schatten jenseits der flackernden Kerzenflamme verstecken. Agnes zögerte, während die Funzel einen feinen Lichtschleier auf die Treppe warf, im Dunkel tanzte und schließlich verschwand. Offenbar war Bernard im Korridor angelangt, und Agnes traf eine Entscheidung.

Lautlos bewegten sich ihre nackten Füße auf den Stufen, und als sie an der Biegung der Treppe anlangte, sah sie, wie das Licht in den rechtsseitigen Korridor einbog. Das war insofern ungewöhnlich, als dass sich die Räumlichkeiten von Bernard und Emke ein Stockwerk höher befanden. Agnes' Gefühl hatte sie also nicht getrogen. War er im Begriff, die beiden Söhne zu töten und es Thilo anzuhängen? Hatte er nun, was er wollte, und befürchtete, Thilo könne ihm gefährlich werden? Nein, das war Unsinn, nichts deutete auf Bernard hin. Wenn die Sache herauskam, war es allein Thilos Kopf, der in der Schlinge steckte. Oder wollte er mögliche Erben aus dem Weg räumen, weil er sich auf Dauer nicht mit dem zufriedengab, was Thilo für ihn stahl?

Agnes sah, wie die Funzel sich an den Türen entlangbewegte, dann flackernd verharrte und schließlich in einem Zimmer verschwand. Das war alles? Der Kerl schlief heimlich mit der Frau seines Bruders? Agnes ging leise weiter, um an der Tür zu lauschen. Was Alea an diesem Kerl fand, wo sie doch einen Cornelis hatte? Aber gut, Agnes war es gleich. Sie musste es nicht verstehen, um Bernard mit ihrem Wissen erpressen zu können. Endlich, dachte sie, endlich hatten sie etwas gegen ihn in der Hand. Und dann war sie auch so beiläufig darauf gestoßen, nachdem sie die ganze Zeit vergeblich darauf gewartet hatte, seine Geheimnisse auszuspähen.

Als Agnes das Ohr an die Tür legte, überlegte sie, wie sie vorgehen sollte. Erst war nichts zu hören, dann ein kehliges Stöhnen, das in ein Grunzen überging. Sie wollte sich bereits abwenden, als sie etwas anderes hörte, einen Laut, der nicht so recht zu passen schien. Jemand weinte, ein lautes, hemmungsloses Schluchzen. Sie hörte Bernard etwas sagen, Worte, die in seinem eigenen Keuchen versickerten, während die Frauenstimme antwortete, erstickte Laute, immer wieder übertönt von Bernards Stöhnen. Agnes biss sich auf die Unterlippe. Sie dachte an Alea, daran, wie krank sie in letzter Zeit wirkte, wie niedergedrückt.

»Es geht mich nichts an«, formten ihre Lippen lautlos, und sie wollte sich abwenden, aber sie konnte nicht. Wie sie ihn hasste, diesen Kerl, der Thilos Leben bedrohte, ihn dazu zwang, sich in Gefahr zu begeben, während er sich gleichzeitig der Frau seines Bruders aufzwang. Alea musste ihn hassen, und das konnte in diesem Moment ein Vorteil für Agnes sein. Wenn sie nun hineinkam und ihr half, stünde sie in ihrer, Agnes', Schuld. Und das würde vielleicht alles ändern.

Sie stieß die Tür auf und trat ein. Die Funzel erhellte die Szenerie, und zunächst schien Bernard die Störung nicht wahrzunehmen. Er stieß gerade ein lautes Ächzen aus, presste Alea die Hand auf den Mund. Diese wand sich unter ihm, schien sich befreien zu wollen, und dann trafen sich ihre Blicke, und Alea sah Agnes an, die Augen vor Entsetzen aufgerissen. Agnes griff nach einem Messingkelch auf der Fensterbank und stürzte vor. Nun endlich wurde Bernard auf sie aufmerksam, aber noch ehe er sich aufrichten konnte, schlug Agnes ihm den Kelch über den Kopf. Er sackte zusammen, und Agnes glaubte, sie habe ihn bewusstlos geschlagen. Im nächsten Augenblick jedoch erhob er sich wankend, stierte sie an.

»Du kleine Hure.« Er stolperte auf sie zu, die Beinkleider um einen Fuß, während das Hemd seine Blöße nur unzureichend bedeckte.

Agnes wich zurück, hob wieder den Kelch, aber Bernard war schneller, umfasste ihren Arm und schüttelte sie, bis ihr die Zähne aufeinanderschlugen, dann schleuderte er sie von sich, dass sie gegen die Kleidertruhe fiel und hart mit dem Kopf anschlug. Ihr wurde schwarz vor Augen, und sie hörte, wie er sich bewegte. Dann war ein Poltern zu vernehmen, ein Röcheln, in das sich das Keuchen einer Frau mischte. Agnes blinzelte, bis ihr Blick wieder klarer wurde.

Alea richtete sich auf, schluchzte geradezu hysterisch, während sie etwas in der Hand hielt, das Agnes zunächst nicht erkennen konnte. Bernard lag regungslos am Boden, und im nächsten Moment stürzte Alea zu ihr, kniete sich neben sie, nahm ihre Hand und drückte einen Gegenstand hinein. Ein schwerer, mit Kohlen gefüllter kupferner Bettwärmer, wie Agnes bemerkte. Dann sprang die Frau auf und rannte fluchtartig aus dem Zimmer.

Was war passiert? War der Mann tot? Er regte sich nicht,

und Agnes wollte ihn nicht berühren, um zu sehen, ob er noch atmete. Mit schmerzendem Kopf rappelte Agnes sich auf, schwankte und ließ sich auf der Truhe nieder. Der Bettwärmer entglitt ihr und kam mit einem dumpfen Laut auf den Holzdielen auf.

Als Agnes gerade entschied, das Zimmer zu verlassen und in ihre Kammer zurückzukehren, trat Emke van Waalenburch mit Alea ins Zimmer.

»Jetzt sag endlich, was …« Sie hielt abrupt inne, starrte Agnes an, dann Alea, ehe ihr Blick zu Bernard zuckte. Rasch kniete sie neben ihm nieder und berührte seinen Hals, und jetzt erst bemerkte Agnes die dunkle Lache, die sich unter seinem Kopf langsam ausbreitete.

»Es …« Aleas Stimme überschlug sich fast. »Es …« Ihr Finger zeigte auf Agnes. »Sie war es. Sie ist hier eingebrochen, wollte mich bestehlen. Bernard muss es bemerkt haben, und dann hat sie ihn ermordet.«

Agnes starrte sie entgeistert an. »Aber das stimmt doch nich.«

»Bezeichnest du mich als Lügnerin, du infames Geschöpf?«

Emke sah Alea an. »Und dann hat sie dich einfach laufen lassen?«

»Sie wollte mich töten, aber ich war schneller.«

»Du bist geflohen, und anstatt dir zu folgen oder zu flüchten, wartet sie darauf, dass du zurückkehrst und dafür sorgst, dass sie an den Galgen kommt?«

Vor Entsetzen wurde Agnes ganz heiß. »Das alles ist nich wahr! Dieser Mann hat ihr Gewalt angetan. Ich habe ihn niedergeschlagen, und er hat mich gegen die Truhe geworfen. Dann hat …«

»Das ist eine Lüge!«, rief Alea erstickt. »Niemals hätte ich zugelassen, dass er mich anrührt. Cornelis … Er …«

Cornelis van Waalenburch war offenbar von Taubheit geschlagen, dass er von alldem nichts mitbekam, dachte Agnes. Vielleicht hätte sie ihn wecken und in dieses Zimmer schicken sollen. Warum war ihr dieser Gedanke nicht gekommen?

»Dein Nachthemd ist blutbesudelt«, sagte Emke zu Alea, ehe sie sich an Agnes wandte. »Und was hattest du hier zu treiben?«

Nun war es ohnehin gleich – entweder man setzte sie auf die Straße, weil sie mit Thilo Unzucht trieb, oder aber sie landete als Mörderin am Galgen. Auf der Straße konnte sie wenigstens überleben. »Ich wollte zu Thilo, da habe ich Meneer Bernard gesehen, wie er so verstohlen über die Treppe huschte.«

»Nun, ich würde sagen, er hatte jedes Recht dazu, hier über die Treppen zu laufen«, entgegnete Emke. »Das allein kann nicht der Grund gewesen sein, ihm zu folgen.«

»Ich hab lange auf der Straße gelebt, und ich seh, wenn einer was zu verbergen sucht.«

»Selbst wenn, was könnte dich das kümmern?«

Agnes rieb sich die Oberarme, wusste nicht, wie sie weitersprechen sollte, ohne Thilo in Schwierigkeiten zu bringen. Aber sollte sie an den Galgen gehen? Und ohnehin würde er nicht bleiben, wenn sie fliehen musste. Er war anständig, der anständigste Mensch, den sie kannte, und dieses Mal löste dieser Gedanke keinen Ärger aus, sondern eine Zuneigung, die ihr die Brust eng machte. »Er hat Thilo dazu gezwungen, die Bücher von Meneer Cornelis zu fälschen, damit er sich daran bereichern konnte.«

Emke sah sie aus verengten Augen an. »Und warum hat Thilo sich darauf eingelassen?«

Von Lübeck konnte sie natürlich nichts erzählen, und so zauderte Agnes einen Augenblick. »Er hat gedroht, seine Neffen zu töten und es Thilo anzuhängen.«

Alea stieß einen leisen Schrei aus und presste sich die Hand vor den Mund, als wollte sie sich übergeben. »Sie lügt«, stieß sie hervor. »Kein anderer Mann als Cornelis hat mich je angerührt. Er würde mich aus dem Haus jagen, würde jemals etwas anderes über mich laut. Und ich habe niemanden getötet.« Sie drehte sich um und packte Emkes Arm. »Ich kann doch nicht an den Galgen. Meine Kinder wären mutterlos, und ich hätte Schande über dieses Haus gebracht. Die Magd vermisst doch niemand. Wir stellen eine neue ein, es gibt so viele von denen auf den Straßen.«

Agnes hatte selten Angst, aber das Gefühl, das sie jetzt packte, war lähmend, schnürte ihr die Brust zu, und sie konnte kaum atmen. Es war wie in jener Nacht viele Jahre zuvor, als Thilo in die Speisekammer gestürzt gekommen war, gefolgt von einem Mann mit einem Messer in der Hand. Sie wollte umdrehen, fliehen, aber im Hemdchen und nur mit Überwurf würde sie draußen erfrieren. Zudem würde man sie suchen. Peer, sie würde zu Peer laufen, er würde ihr helfen. Und dann musste sie fort, am besten in eine andere Stadt. Agnes näherte sich langsam der Tür.

»Was für ein Unsinn!«, stieß Emke in diesem Moment hervor. »Wer soll das glauben? Was hat Bernard hier überhaupt zu suchen gehabt, dass er die Magd dabei erwischt, wie sie dich beraubt? Und warum bei Nacht, wo sie doch jeden Tag hierherkommt, um das Zimmer zu reinigen? Sie könnte jederzeit etwas stehlen. Und dann schlägt sie ihn ausgerechnet mit dem Bettwärmer nieder?« Sie sah Agnes an. »Bleib. Eine kopflose Flucht hilft niemandem, womöglich würdest du nur alle anderen wecken, und dann sind wir wirklich in Schwierigkeiten.«

Agnes hielt inne, zitterte, wobei sie nicht zu sagen vermocht hätte, ob vor Kälte oder vor Angst.

»Wir müssen klar denken«, sagte Emke. »Was Agnes gesagt hat, ist glaubhaft. Bernard hat mehr Geld, und er hat es nicht, weil er auf einmal so fähig ist. Ich dachte mir schon geraume Zeit, dass da etwas nicht stimmt. Seine Rechnungsbücher geben solche Summen nicht her, und er war nicht schlau genug, dergleichen gut zu vertuschen.«

Alea brach in Tränen aus. »Ich kann doch nicht an den Galgen gehen.«

»Das wirst du nicht.«

»Und vorher wird Cornelis mich verstoßen. Ich werde die ehebrecherische Hure sein, die ihren Liebhaber erschlagen hat.« Sie schluchzte auf, und Emke fuhr sie wütend an, leiser zu sein. »Willst du, dass Cornelis hier in der Tür steht? Dann hast du wahrhaftig einiges zu erklären.« Sie sah ihren toten Ehemann an. »Er muss raus, auf die Straße. Vielleicht denken die Leute dann, es wäre ein Überfall gewesen. Und das muss schnell geschehen, ehe in den Morgenstunden die ersten Menschen ihr Tagewerk aufnehmen.«

Alea stand da, bebend, ohne sich zu rühren, während Emke Agnes anwies, die Füße des Mannes zu heben, wobei sie ihn unter den Schultern packte. Keuchend hoben sie ihn an und ließen ihn wieder fallen. Es klang, als fiele ein gefüllter Mehlsack zu Boden.

»Er ist zu schwer. Alea, reiß dich zusammen und fass mit an.«

Aber diese stand nur da, schluchzte und sank schließlich auf die Knie.

»So geht es nicht«, sagte Agnes schließlich. »Ich hole Thilo.«

»Nein!«, schrie Alea und schlug sich die Hand vor den Mund, als sei ihr bewusst, dass sie vermutlich damit ihren Mann geweckt haben könnte.

»Wenn du noch einmal so schreist«, zischte Emke, »nehme

ich die Magd mit, und wir gehen. Dann magst du deinem Mann morgen früh alles erklären. Hast du das verstanden?«

Alea nickte zitternd, die Hand immer noch vor dem Mund.

»Und du verstehst, dass dein Plan undurchführbar war? Sie hätte alles erzählt, und selbst wenn man ihr nicht geglaubt hätte, wenn du es irgendwie geschafft hättest, dass man sie verurteilt, wäre doch das Gerücht in der Welt. Alle würden sich fragen, was dieser Mann bei Nacht in deinem Zimmer getrieben hat. Du wärest ruiniert, gleich, wie es für die Magd ausgeht.«

Wieder nickte Alea, umschlang den Leib mit den Armen und wiegte sich leicht hin und her, wie man dies mit einem Kind tat, das man zu beruhigen suchte.

Seufzend wandte Emke sich von ihr ab. »Agnes, geh und hol Thilo. Eine andere Lösung habe ich selbst nicht. Wir kriegen ihn zu zweit nicht hier raus, und von ihr ist keine Hilfe zu erwarten.«

Es hatte lange gedauert, ehe Thilo eingeschlafen war. Der Vorfall mit Agnes ging ihm nicht aus dem Kopf, und obwohl er ihre Gefühlsausbrüche kannte, hatte ihn dieser vollkommen unerwartet getroffen. Was war denn in sie gefahren? Thilo geriet selten in Wut, aber jetzt war sie wirklich zu weit gegangen. Er hatte vor der Köchin dagestanden wie ein Narr, denn diese hatte nach ihrer ersten Entrüstung über Agnes' Benehmen offenbar den Schluss gezogen, dass Thilo dies wohl irgendwie verdient haben mochte. Als stünde er nicht ohnehin gerade kniehoch in einem Morast, aus dem es keinen Ausweg zu geben schien.

Er hörte, wie die Tür ging, und richtete sich auf. Es war Agnes, das erkannte er an ihren Schritten, sogar an der Art, wie sie atmete. Bernard war nach seinem Besuch seinerzeit glücklicherweise nicht wieder bei ihm gewesen, um weitere Unsäglichkeiten zu fordern.

»Thilo?« Ganz klein klang ihre Stimme, erstarb in der letzten Silbe.

»Was gibt es?«, entgegnete er kühl. Dass sie nicht hier war, weil sie um Verzeihung bitten wollte, war ihm klar, das war nicht ihre Art. Und um mit ihr zu schlafen, war er nicht in Stimmung.

»Du musst mitkommen.«

Albrecht. Mit einem Ruck richtete sich Thilo auf. »Was ist los?«

»Bernard … Er ist …« Ihr versagte die Stimme.

»Großer Gott! Agnes, was hast du getan?«

»Gar nichts, ich war es nicht, es war Alea. Aber sie hat behauptet, ich wäre es gewesen, und jetzt muss er weg, ehe … ehe …«

Ohne weitere Fragen zu stellen, erhob Thilo sich, zog das Nachthemd aus und schlüpfte rasch in seine Kleidung.

»Beeil dich!«, drängte sie.

»Was glaubst du, tue ich gerade?«, fuhr er sie an. »Ich habe dir gesagt, du sollst es lassen, du sollst ihm nichts antun. Und jetzt …«

»Ich hab dir doch gesagt, ich war es nicht.«

»Erst dein Auftritt heute Morgen, und jetzt ist er – ja, was eigentlich? Tot?«

»Es war Alea. Er hat ihr Gewalt angetan.«

Er hatte geahnt, dass etwas mit ihr nicht stimmte, aber niemals wäre er auf so etwas gekommen. Thilo schnürte sein

Hemd und war im Begriff, in seine Schuhe zu schlüpfen, unterließ es jedoch, weil er jeden Laut auf den Dielen vermeiden musste.

»Jetzt komm endlich«, drängte sie und öffnete die Tür, um ihm den Vortritt zu lassen.

Rasch eilten sie im Dunkeln die Treppe hinauf in den Korridor von Cornelis' Familie. Thilo sah den Lichtschimmer, der aus einem der Zimmer fiel, offenbar jenes von Alea. Diesen Trakt des Hauses betrat er höchst selten und nur dann, wenn Cornelis ihn schickte, um etwas aus seinem Zimmer zu holen, das er dort vergessen hatte. Er hörte leises Schluchzen und eine gedämpfte Frauenstimme, während ihm der Herzschlag in der Kehle pochte. Langsam trat er ein und sah den gedrungenen Leib Bernards auf dem Boden liegen, eine dunkle Lache unter sich, das Hemd hochgerutscht, sodass sein bloßes Hinterteil zu sehen war, und die Beinkleider hatten sich um einen Knöchel gewickelt. Hastig bekreuzigte Thilo sich. Als er den Blick hob, bemerkte er Alea, die mit rotfleckigem Gesicht dasaß, eine Decke um den Leib geschlungen, und Emke, die unter ihrem Überwurf offenbar nur ein Nachthemd trug.

»Wohin soll er?«, fragte Thilo und nickte zu Bernard. Unzählige Fragen lagen ihm auf der Zunge, allen voran die, was Agnes hier überhaupt verloren gehabt hatte. Aber jetzt galt es, schnell zu handeln.

»Auf die Straße.« Emke trat zu ihm. »Wir müssen ihn irgendwie hinausbefördern, ohne dass uns jemand sieht. Und am besten, ehe die Köchin aufwacht.«

Thilo nickte. »Ich nehme ihn unter den Schultern, Ihr die Mitte, Agnes die Füße.«

»Alea«, sagte Emke, »geh zur Pumpe und hol einen Eimer Wasser. Wir müssen hier saubermachen.«

»Ich?« Aleas Stimme war kaum mehr als ein Lufthauch. »Ich kann doch nicht …«

»Himmel!« Emke war anzuhören, wie schwer sie an sich hielt.

»Kümmern wir uns später darum«, sagte Thilo. »Ohnehin wird außer Agnes in der Frühe niemand diesen Raum betreten. Dass Meneer Cornelis das Blut sieht, ist nicht zu befürchten.« Er ging zu Bernard, schob die Hände unter dessen Achseln und hob ihn an.

»Allmächtiger, ist er schwer«, keuchte Emke.

Agnes schwieg, während sie die Füße offenbar nur mit Mühe halten konnte. Sie schleppten den Leichnam durch den finsteren Flur, und als sie ihn die Treppe hinunterhievten, hätte Thilo fast das Gleichgewicht verloren. Mit Mühe fing er sich, indem er nach dem Geländer griff. Dabei entglitt ihm der Körper, den er nun nur noch mit einer Hand gehalten hatte, und fiel mit einem dumpfen Laut auf die hölzernen Stufen, die ein vernehmliches Knarren von sich gaben. Atemlose Stille trat ein, während sie reglos verharrten und in die Finsternis lauschten. Leises Schluchzen drang aus Aleas Zimmer, als hätte sie alles gehört und befürchtete nun das Schlimmste.

»Weiter«, flüsterte Thilo, der den Leichnam wieder im Griff hatte. Durch die Halle schafften sie es recht gut. Die nächste Herausforderung war die Tür. Um diese zu entriegeln, mussten sie den starren Körper ablegen. Die schweren Riegel waren gut geölt und ließen sich mit einem metallenen Schaben zurückschieben.

»Ich habe meine Schlüssel nicht«, sagte Emke. »Agnes, bleib hier und öffne uns nachher wieder. Wir müssen es jetzt irgendwie ohne dich schaffen.«

Eisige Nachtluft schlug ihnen entgegen, und Thilo erschauerte. Leise schloss Agnes die Tür hinter ihnen, und sie schleppten den Mann im Stockfinstern die Treppe hinunter zur Straße, wo sie ihn einfach fallen ließen.

»Man wird sich wundern, dass hier kein Blut ist«, sagte Thilo. »Ihr habt doch gesehen, wie heftig die Wunde geblutet hat.«

»Wen interessiert das? Bei all dem Unrat und den matschigen Schneeresten ist es versickert. Womöglich nagen ihn ohnehin gleich die Ratten an. Komm rein, wir dürfen hier nicht länger stehen.« Sie eilten die Treppe hinauf, und Agnes öffnete ihnen die Tür.

»Warum habt Ihr ihn nicht weiter weggebracht?«, fragte sie.

»Es ist gleich, wo man ihn findet«, entgegnete Emke. »Er wurde auf der Straße niedergeschlagen, kurz bevor er zu Hause war. Je länger wir ihn durch die Gegend schleppen, umso größer die Gefahr, dass wir erwischt werden.«

»Ihr wirkt nicht sehr erschüttert«, sagte Thilo.

Emke stieß den Atem aus, und erst dachte Agnes, sie würde nicht antworten. »Gottlob bin ich ihn los«, sagte sie schließlich. »Und nun komm, ich muss mich um Alea kümmern. Agnes, du reinigst den Boden, Thilo, du gehst zu Bett. Was ich mit Alea zu reden habe, ist nicht für die Ohren eines Mannes bestimmt.«

»Und was machen wir morgen früh?« Thilo konnte sich nicht einfach ins Bett legen, als wäre nichts geschehen, als hätte er nicht gerade die Leiche des Mannes hinausgeschleppt, der ihn seit Monaten peinigte und dessen Tod er sich – daraus machte er sich selbst gegenüber keinen Hehl – herbeigesehnt hatte.

»Nichts. Wir stehen auf wie immer. Ich bemerke, dass dieser Dummkopf fehlt. Aber vielleicht klopfen die Büttel schon vorher an unsere Tür. Wir werden sehen. Nur eines noch – ich möchte morgen die Bücher von Cornelis sehen.«

Thilo wurde ganz heiß vor Schreck.

»Ich suche dich im Kontor auf. Und dann kippe ich unabsichtlich Tinte über die Bücher und mache sie unbrauchbar. Tilgen wir alle Untaten dieses Menschen aus unserem Haus.«

»Ihr wisst davon?«

»Agnes hat es mir erzählt.«

»Es ging nicht anders«, fügte diese hastig hinzu, noch ehe Thilo seinem Ärger über diesen Treuebruch Ausdruck verleihen konnte.

»Ist gut«, sagte er schließlich. »Auf morgen.«

»Auf morgen«, antwortete Emke, während Agnes schwieg.

Für Agnes hatte es sich kaum gelohnt, zu Bett zu gehen, denn sie musste beinahe unmittelbar darauf wieder aufstehen. Sie hatte sich gerade erhoben, als der Türklopfer heftig betätigt wurde. Durchs ganze Haus war es zu hören, und Agnes, die sich gerade erst angekleidet hatte, eilte zur Tür. Zwei Büttel standen davor und wiesen sie barsch an, den Herrn des Hauses zu holen. Agnes fuhr herum mit angstvoll klopfendem Herzen und schlug mit der Faust gegen die Tür von Meneer Cornelis. Der brauchte offenbar eine Weile, sich aus den Tiefen seines Schlafes zu kämpfen. Lebte er überhaupt noch? Dass er letzte Nacht nichts gehört hatte, erschien Agnes geradezu unglaublich.

Schließlich hörte sie Schritte, dann öffnete er die Tür, die Augen gerötet, die Haare zerzaust. »Agnes.« Seine Stimme klang schlaftrunken. »Was ist denn?«

»Ihr müsst sofort kommen, Meneer. Die Stadtbüttel stehen vor der Tür.«

»Die Büttel? Aber was ist denn passiert?«

»Das haben sie mir nicht gesagt, Meneer. Sie verlangten nach Euch.«

»Ist gut, sag ihnen, ich komme sofort.«

Agnes fragte sich, ob der Mann betrunken gewesen war und deshalb so tief schlief. Oder hatte Bernard ihm gar etwas in den Wein gemischt, um keine Störung zu riskieren? Erfahren würde sie es wohl nicht. Sie eilte die Treppe hinunter und gab Bescheid, dass der Herr des Hauses sofort bei ihnen sei.

»Und so lange sollen wir vor der Tür stehen wie Bittsteller, du unverschämte Dirne?«, sagte der ältere der beiden.

Agnes zitterte in der eiskalten Luft, die von der Tür in die Halle wehte. Sie sah die Menschen, die sich auf der Straße vor dem Haus versammelt hatten, vermied jedoch den Blick darauf, was deren Aufmerksamkeit so fesselte. Sie trat zurück und ließ die Herren in die Halle treten. Dort traten sie den Schneematsch ab, der zu schmutzig braunen Lachen schmolz.

Kurz darauf kam Cornelis die Treppe herab, und danach brach der Tag zusammen, noch ehe er begonnen hatte, als der Tumult von der Straße ins Haus zu schwappen drohte. Immer mehr Menschen erschienen, getrieben von sensationsheischendem Entsetzen, sprachen lauthals auf der Straße, klopften an die Tür, um der schicksalsgepeinigten Familie ihre Hilfe anzubieten. Emke brachte ihren Schreck, die unsägliche Trauer um den Verlust überaus glaubhaft zum Ausdruck. Alea hingegen musste gewiss nicht schauspielern, um Entsetzen zu zeigen. Die dunklen Schatten unter ihren Augen wirkten wie losgelöst von der rotfleckigen Haut. Ihre Augen waren groß und glasig, was in Cornelis offenbar den männlichen Beschützer hervorrief, der ihm half, die eigene Erschütterung nicht gar zu deutlich zu zeigen. Thilo stand bleich abseits, und Agnes wäre gern zu ihm gegangen, aber das wagte sie nicht.

In einem unbeobachteten Moment nahm Emke sie beiseite. »Vergiss alles, was Mevrouw Alea letzte Nacht gesagt hat. Sie ist nicht böse, nur verzweifelt. Und in dem Versuch, sich selbst zu retten, war es ihr gleich, wen sie dafür opfern musste.«

»Warum hat sie nicht laut geschrien, wenn er bei ihr war? Gleich beim ersten Mal?«

»Er hat ihr gedroht, er würde ihre Söhne töten, wenn sie das täte. Und er würde es so darstellen, dass sie sich ihm freiwillig hingegeben hätte.«

»Hätte Meneer Cornelis ihm geglaubt?«

Emke zuckte die Schultern. »Wer weiß schon, wie die Männer handeln?«

Hilda wehklagte, während Enna sich in die Arbeit stürzte.

»Wie kannst du jetzt ans Essen denken?«, fragte Griet. »Niemand von uns wird jetzt etwas zu sich nehmen können.«

»Sprich nur von dir«, entgegnete Jannis, der persönliche Diener der beiden Herren. »Ich will Meneer Bernard nicht allzu bald Gesellschaft leisten, weil ich verhungert bin.«

»So schnell verhungert man nicht, du ungehobelter Klotz«, antwortete Griet.

»Direkt vor unserem Haus!« Hilda rang die Hände. »Da kann man sich ja nicht mehr hinauswagen, ohne Angst zu haben, gemeuchelt zu werden.«

Agnes hatte sich schweigend neben Albrecht niedergelassen, der an diesem Morgen sehr unwohl wirkte. Spürte er, was hier los war? Sie streichelte ihm den Kopf und war froh, dass in all dem Durcheinander niemand etwas von ihr forderte. Die letzte Nacht saß ihr in den Gliedern, und sie war so erschöpft, dass sie nicht wusste, wie sie die langen Stunden bis zum Abend überstehen sollte. In ihrem Bauch zog es, und die kurze Hoffnung, dass all die Aufregung zu einem Abgang geführt hatte, war vergebens gewesen. Es fühlte sich zwar an, als würde sie bluten, aber sie tat es nicht. Die Verzweiflung war schier übermächtig, und am liebsten hätte sie mit den Fäusten auf ihren Bauch eingeprügelt. Warum stirbst du nicht einfach?, fragte sie den Keim in ihrem Innern. Stirb doch endlich. Ihr Körper verriet sie, umhüllte und schützte jenes Wesen, das sie ins Elend zurückzustoßen drohte. Sie musste mit Thilo sprechen und dafür sorgen, dass jemand es wegmachte. Bald, dachte sie und schloss die Augen. Bald …

Agnes fuhr auf und wusste im ersten Moment nicht, wo sie war. Sie saß an die Wand gelehnt da, der Nacken schmerzte. War sie eingeschlafen? Hoffentlich bekam sie jetzt nicht furchtbaren Ärger. Im nächsten Moment wusste sie, was sie geweckt hatte – Albrecht jaulte leise und versuchte, sich aufzurichten, aber die Beine knickten immer wieder unter ihm weg. Nässe breitete sich unter seinem Hinterleib aus, und Agnes streichelte beruhigend seinen Kopf.

»Sch, mein Freund«, sagte sie und erhob sich. Sie holte einen Lappen und wischte um Albrecht herum den Boden auf. Dann kniete sie sich wieder hin und streichelte den Kopf des Hundes. Er atmete schwer, die Augen geschlossen, und Agnes ahnte, dass es zu Ende ging. Sie dachte an ihren stummen Wunsch kurz zuvor. *Stirb doch endlich.* Aber doch nicht du, dachte Agnes, nicht du! Sie hatte so viele Menschen auf der Straße sterben sehen und nie mehr als ein leises Bedauern gespürt, weil das eben der Lauf der Dinge war. Und nun war ihr, als schnüre es ihr die Brust zu und machte ihr das Luftholen schwer. »Mein Freund«, sagte sie leise. »Mein lieber, lieber Freund.«

Als Albrecht leise wimmerte, kraulte sie ihn hinter den Ohren, und er beruhigte sich. Stetig streichelte sie seinen Kopf, murmelte leise Koseworte, während sie sich daran erinnerte, wie er in ihr Leben getreten war – in jenem Moment, als sie Barne Theves den Mann zeigte, der ihr nach dem Leben trachtete. »Du bist damals genau zur richtigen Zeit gekommen.« Ihre Stimme war leise und ganz sanft. »Aber das hast du gewiss gespürt, ja? Du hast uns so oft gerettet. Und jetzt, mein Lieber, jetzt darfst du gehen.« Traurigkeit ballte sich in ihrer Kehle, schmerzte bei jedem Schlucken, wurde immer größer, bis es ihr den Atem zu nehmen schien.

Albrechts Beine zuckten, als träumte er, zu laufen. Seine Brust hob und senkte sich, und Agnes legte die Hand darauf, wollte spüren, wie er atmete und sein Herz schlug, wollte seine Wärme spüren, ehe sie von ihm wich. Albrecht öffnete die Lider, sah sie für einen Moment an, mit seinen treuen dunklen Hundeaugen. Dann erzitterte sein Körper in einem langen Seufzer, und es war, als trübten sich seine Augen. Agnes presste sich die Hand auf die Brust, beugte sich vor, weil es so wehtat.

»Bist du endlich wach?« Ennas Stimme drang nur gedämpft zu ihr, und Agnes richtete sich auf. Der Blick der Köchin fiel auf den Hund. »Oh, der Herr sei uns gnädig. So ein furchtbares Elend.« Enna bekreuzigte sich und begann zu weinen.

»Wenn dein Hausherr getötet wird, knetest du ungerührt Teig«, sagte Griet, »aber bei einer toten Töle heulst du los?«

Jemand musste Thilo gerufen haben, denn er erschien kurz darauf, ließ sich Agnes gegenüber auf dem Boden nieder und streichelte Albrechts Kopf. Seit letzter Nacht hatte er nicht mit ihr gesprochen, und auch jetzt blieb er stumm.

»Wir müssen ihn begraben«, sagte Agnes.

Thilo nickte nur.

Sie stand auf und ging in die Küche. Ein Blick aus dem Fenster sagte ihr, dass es erst Mittag war. In dem Kessel über der Feuerstelle bullerte leise eine würzig duftende Brühe. Bei dem Gedanken an Essen hob sich Agnes der Magen, und sie atmete durch den Mund. »Ich möchte Albrecht mit Thilo fortbringen. Wenn wir ihn auf die Straße legen, fressen die Ratten ihn.«

»Das hat das treue Tier nicht verdient«, antwortete Enna. »Geh nur. Heute ist ohnehin alles durcheinander.«

Thilo konnte Cornelis nicht um Erlaubnis bitten, denn dieser hatte sich in sein Zimmer eingeschlossen und trauerte um seinen Bruder.

»Du kannst ihn jetzt nicht mit einem toten Köter behelligen, du bist wohl toll«, sagte Jannis, der gerade in die Küche kam. »Schaff ihn einfach fort.«

Emke gestattete ihm, das Haus zu verlassen, und so nahm er die Karre aus dem Garten, lud den Hund darauf, nahm einen Spaten mit, und gemeinsam zogen sie ihn durch die Stadt. Warum sprach Thilo nicht mit ihr? Wegen ihres Ausbruchs in der Küche? Oder weil er ihr den Treuebruch gegenüber Emke übelnahm? Agnes war es nicht gewohnt, dass er ihr böse war, er war immer versöhnlich gewesen. Sie wollte es ihm erklären, sobald sie diesen entsetzlichen Tag hinter sich gebracht hatten.

»Wir bringen ihn aus der Stadt hinaus«, brach Thilo endlich das Schweigen. »Hier können wir ihn schlecht begraben.«

»Ist gut«, antwortete Agnes.

Danach senkte sich wieder Stille über sie, die nur durch die Geräusche der Straße durchbrochen wurden, das Hämmern eines Schmieds auf den Amboss, das Rattern von Rädern über das Pflaster, Stimmengewirr, das Kläffen eines Hundes, das Gackern einiger frei umherlaufender Hühner. Schließlich gelangten sie ans Millerntor, verließen die schützenden Mauern und gingen über die Brücke. Der Wagen ratterte über den matschigen Weg, als sie zwischen kleinen Häusern und bewirtschafteten Feldern entlanggingen bis zu einer Wiese. Sie wählten einen Platz unter einer ausladenden Ulme, und Thilo begann zu graben. Als die Grube groß genug war, hoben sie Albrecht aus dem Karren, und Agnes bemerkte, wie Thilo blinzelte, sah die Träne, die sich aus seinem Augenwinkel löste und ihm über die Wange rann. Sie schluckte und richtete den Blick auf Albrechts leblosen Leib. Nachdem sie ihn in die Grube gesenkt hatten, schaufelte Thilo das Loch wieder zu.

Sie knieten nebeneinander auf dem kalten Boden, während der das feuchte Gras ihre Kleidung tränkte. Agnes zitterte, aber sie blieb sitzen, legte eine Hand auf das Grab ihres Gefährten, die andere auf ihren Bauch. *Mein treuer, lieber Freund. Eine Seele geht, eine kommt.* Sie holte tief Luft, wusste, dass das, was sie nun tat, unumkehrbar sein würde. Dann drehte sie sich zu Thilo, der die Schultern in der Kälte hochgezogen hatte und ein wenig an den verlorenen Jungen erinnerte, dem sie vor vielen Jahren das Leben gerettet hatte.

»Ich muss dir etwas sagen.«

AMSTERDAM,
MÄRZ 1602

Die kleine Lisanne war im Januar geboren worden, und man hatte sie Marianna sofort weggenommen, um sie einer Amme zu übergeben. Hendrik Valckenberg persönlich war angereist, um das Kind in Empfang zu nehmen und seine sichere Heimkehr zu garantieren. Er hatte sogar nach Marianna gesehen, als diese nach der Geburt in ihrem Bett lag und nicht wusste, wie sie diesen Schmerz ertragen sollte.

»Ihr wird es an nichts fehlen«, hatte er ihr versichert. »Jolanda wird sich ihrer liebevoll annehmen. Du sollst wissen, dass sie Arjen für seine Untreue grollt, nicht aber dir, und erst recht nicht dem Kind. Meine Enkelin wird es gut haben, darauf gebe ich dir mein Wort als Ehrenmann.«

Dem Kind den Namen zu geben, hatte man ihr nicht erlaubt. Die Bindung zu Arjens Ehefrau wäre enger, wenn sie dem Kind den Namen gab. Und in der Tat schien sie sich mit der Situation zu arrangieren. Sie war in Erwartung gewesen, als Arjen abgereist war, und ihr zweiter Sohn war im September auf die Welt gekommen. Nun nährte die Amme beide Kinder, sodass diese aufwuchsen wie Zwillinge. Für Männer war es so einfach, sie konnten ihre unehelichen Kinder im eigenen Haus aufwachsen lassen und offen zu ihnen stehen. Marianna machte es wütend, wenn sie daran dachte, dass Jolanda zu ihren beiden Söhnen nun auch noch ihre Tochter bekam.

Vielleicht ahnte Jan van der Hijden etwas – ganz sicher tat er das, denn er war beileibe kein Narr. Aber er sagte nichts, und so war es, als wäre sie nie fort gewesen. Als sie nach dem Wochenbett heimkehrte, stand wenige Wochen später die Hochzeit an, die in einem rauschenden Fest gefeiert wurde. Marianna ließ es über sich ergehen, spürte die Blicke der Umstehenden, denn dank den Kaufmännern und Matrosen auf dem Schiff wusste wohl jeder, dass Marianna van Klaaveren in Männerkleidung herumgelaufen und wochenlang als einzige Frau auf einem Schiff gereist war. Vermutlich malte man sich in allen schlüpfrigen Details aus, was sie dort wohl getrieben habe. Und ihre Abwesenheit nach ihrer Rückkehr – da konnte es ja keinen Zweifel mehr geben. Das Haus Valckenberg hatte unvermittelt Zuwachs bekommen, nachdem Arjen Valckenberg auf demselben Schiff gereist war. Dass dieser Umstand an sich dagegensprach, dass Marianna es wild mit allen Männern getrieben hatte, schien niemandem bewusst.

Obwohl Marianna die Hochzeitsnacht fürchtete, war sie geradezu erleichtert, als Jan heimlich das Zeichen zum Aufbruch gab. Er war freundlich wie stets, aber Marianna hatte Sorge, dass dies nur eine Fassade war, die er der Gesellschaft zeigte, um das Gesicht zu wahren. Schon bald wäre sie mit ihm allein, müsste das Bett mit ihm teilen und wäre seinen Wünschen und Launen schutzlos ausgeliefert.

Obwohl sie versucht hatten, ungesehen das Haus van Klaaveren zu verlassen, gelang es ihnen nicht, und so zog eine ganze Schar Hochzeitsgäste hinter ihnen her, riss zotige Witze und gab dem Bräutigam frivole Ratschläge für die Nacht. Männer und Frauen, die auf den Straßen unterwegs waren, schlossen sich an, und während Marianna vor Scham im Boden versinken wollte, konterte Jan schlagfertig. Vor seinem Haus schließlich drehte er sich zu der Menge um. »Ich danke euch für die Anweisungen, was nun zu tun ist. Ab hier bekommen wir es ohne euch hin.«

Die Menschen lachten, und Jan deutete eine Verbeugung an, dann öffnete er die Tür und ließ Marianna den Vortritt. Sie war schon einige Mal hier gewesen, wenn sie zum Essen eingeladen gewesen waren, daher war ihr das Haus nicht fremd. Nun jedoch war es ganz anders. Es war nicht mehr Jans Zuhause, sondern auch ihres. Gleich, ob ihre Ehe harmonisch war oder nicht, sie wäre künftig die Hausherrin, und kein Gefühl hätte ihr fremder sein können. Sie sah sich um und fragte sich, ob die Dienstboten für den Abend frei bekommen hatten. Es kam ihr vor, als seien sie allein hier.

»Möchtest du Wein?«, fragte Jan.

Sie nickte.

»Du musst nicht so schüchtern sein, das nimmt sich ungewohnt an dir aus.« Er führte sie in die Stube, ging zum Tisch, auf dem eine Karaffe stand, und füllte einen gläsernen Kelch mit rubinroter Flüssigkeit. »Wir haben nie über das gesprochen, was geschehen ist. Denkst du, es steht zwischen uns?«

Unvermittelt dachte Marianna an ihr Kind, und ihr wurde heiß vor Schreck.

»Dass du als Schiffsjunge verkleidet auf ein Schiff gegangen bist«, sagte Jan und nippte an seinem Wein, »das flößt mir durchaus Respekt ein.«

Langsam atmete Marianna aus. Sie dachte an das, was ihr Vater gesagt hatte, daran, dass Jan ihr *verzeihen* würde, als stünde ihm dies zu. »Ich dachte, du wärest mir böse deswegen.«

»Nein, böse nicht. Ich war konsterniert, das gebe ich zu. Anfangs war ich in Sorge, weil du plötzlich verschwunden warst.«

Marianna trank den Wein aus und stellte den Kelch ab.

»Ich glaube keinen Moment die anzüglichen Unterstellungen, in denen sich die Menschen ergehen.«

»Das hoffe ich doch.«

Er schien etwas sagen zu wollen, öffnete den Mund, schloss ihn wieder. Dann stellte er ebenfalls seinen Kelch ab und nahm ihre Hand. »Genug davon.«

Wieder flackerte die Angst in Marianna auf. Sie wollte stehen bleiben, wollte mehr Wein, aber sie blieb stumm und folgte ihm die Treppe hinauf in sein Zimmer. Offenbar waren doch Dienstboten hier, denn Marianna sah den Griff eines Bettwärmers aus den Decken ragen, und es roch schwach nach Kohlen, was darauf schließen ließ, dass der Ofen in der Ecke des Zimmers angefacht worden war. Dennoch war es kalt im Raum, als verlöre sich die Wärme, noch ehe sie den Ofen verlassen hatte.

Jan schloss die Tür und schob den Riegel davor. Dann drehte er sich zu Marianna um. Sie schluckte und ließ zu, dass er ihr die Hände auf die Schultern legte und sie an sich zog, um sie zu küssen. Sein Mund fühlte sich fremd auf dem ihren an, die Wärme war nahezu irritierend. Irgendwie hatte sie erwartet, dass seine Lippen sich kühl anfühlten. Er küsste erstaunlich gut, sehr zärtlich und zurückhaltend, aber in stetem Locken, sodass sie schließlich den Mund öffnete und ihm erlaubte, den Kuss zu vertiefen. Jan hob den Kopf, sah sie an, dann lächelte er, ehe er leicht in die Knie ging, sie hochhob und zum Bett trug.

Mehrere Tage verbrachten sie zu Hause, wo Marianna sich in den Alltag im Haus van der Hijden einfand. Sie hatten eine

Köchin, eine Magd und einen Hausdiener. Außerdem bekam Marianna eine Zofe, eine junge Frau aus Delft. Die Nächte mit Jan, vor denen sich Marianna gefürchtet hatte, waren anders verlaufen als erwartet. Er war ein so behutsamer und geduldiger Liebhaber, dass Marianna sich fragte, ob er nicht doch dachte, sie wäre jungfräulich in die Ehe gegangen. Dann wiederum schien er darauf zu achten, sie nicht zu schwängern – was nur mit mäßigem Erfolg betrieben werden konnte, wie Marianna mittlerweile wusste. Das wiederum brachte sie zu der Frage, ob er derzeit einfach keine Kinder wollte oder ob er ahnte, dass Mariannas Leib sich von der letzten Niederkunft noch nicht erholt hatte und ihr eine rasch folgende zweite ersparen wollte. Aber gleich, was seine Beweggründe waren – Marianna war froh darum, und es erleichterte ihr das Leben mit ihm.

Eines Morgens fragte er sie, ob sie mit ihm in die Reederei kommen wolle, er müsse sich da mal wieder blicken lassen.

Marianna konnte ihr Erstaunen nicht gut verbergen, wagte jedoch kaum, Freude zu zeigen, aus Sorge davor, er könne es nur zum Scherz gesagt haben und werde sie auslachen, weil sie ihn ernst nahm. »Ist das denn möglich?«

»Ich wüsste nicht, wer es verbieten sollte, wenn ich es erlaube.«

Sie gestattete sich ein vorsichtiges Lächeln. »Nun, dann würde ich dich sehr gerne begleiten.« Immer noch befürchtete sie, er könne sie jeden Moment auslachen für ihre Leichtgläubigkeit.

»Gut, dann lass uns gleich losgehen.«

Das Haus van der Hijden befand sich am Kloveniersburgwal, der zwischen Nieuwmarkt und der Amstel gelegen war und die Lastage begrenzte, die ein Standort für Schmiedewerkstätten und Schiffswerften war. Marianna gefiel es hier, sie mochte das rege Leben, den Geruch nach Teer, mit dem Schiffe kalfatert wurden, den Duft von frisch gesägtem Holz. Derzeit wurde auf der Lastage rege gebaut, denn hier entstanden seit einigen Jahren Wohnhäuser, womit man der stetig wachsenden Bevölkerung Amsterdams Rechnung trug.

Marianna genoss den Spaziergang zum Hafen, und es versetzte ihr nur einmal einen kleinen Stich, als sie eine Frau sah, die ein kleines Mädchen an der Hand hielt, das auflachte, als unmittelbar vor ihm ein Vogel aufflog. Sie fragte sich, ob sie über diesen Verlust je hinwegkommen würde. Die Kleine würde aufwachsen und eine andere Frau als Mutter bezeichnen. Marianna würde immer eine Fremde für ihre Tochter bleiben. Arjen, der das Kind nicht neun Monate lang im Leib getragen hatte, hatte das Recht, die Vaterrolle einzunehmen.

»Du bist so still«, sagte Jan. »Bekümmert dich etwas?«

Sie schob die Erinnerung an Lisanne entschieden von sich. »Nein, ich war nur in Gedanken.«

In der Werft ihres Vaters herrschte reger Betrieb, sie war erfüllt von lautem Hämmern und Sägen. Eine prachtvolle Fleute war hier aufgedockt, ein Schiff, dessen Stapellauf bald bevorstand.

»Ah, van der Hijden.« Ein Mann, an seiner Kleidung aus schwarzem Samt mit Halskrause und Ärmelaufschlägen aus weißer Spitze als Kaufmann zu erkennen, näherte sich ihnen, als sie gerade das neue Schiff in Augenschein nehmen wollten. »Zeigst du deiner jungen Angetrauten die Werft?«

»Die kennt sie schon längst, als Tochter Daan van Klaaverens.« Die beiden Männer grüßten einander herzlich, dann wandte Jan sich zu ihr um. »Theodorus van Steeland, Kaufmann aus Delft und guter Freund.«

»Es ist mir ein Vergnügen, Mevrouw van der Hijden. Leider war ich verhindert, sonst wäre ich gerne zu Eurer Hochzeit gekommen.«

»Was führt dich heute hierher?«, fragte Jan.

»Der Zufall. Ich bin verabredet und habe dich dann mit deiner Ehefrau die Werft betreten sehen.« Sie mussten fast schreien, um sich über den Lärm zu verständigen, sodass Jan schließlich mit der Hand hinauswies.

Gerade wurde die Ladung eines großen Handelsschiffs aus Java gelöscht, was viele Schaulustige anzog. Möwen kreischten, und in das Stimmengewirr mischten sich das Plätschern der Wellen, das Hämmern aus den Werften und das Rumpeln der Räder von Lastkarren.

»Was führt dich nach Amsterdam?«, fragte Jan. »Geschäfte?«

»Hast du es in den beseligenden ersten Tagen des Ehelebens nicht mitbekommen? Den Zusammenschluss der Kaufmannskompanien?«

»Es ist vollbracht?«

»Ja, gestern. Der zwanzigste März – ein denkwürdiger Tag. Und ich hatte die Ehre, zugegen zu sein.«

»Was hat es mit dem Zusammenschluss auf sich?«, wagte Marianna nachzufragen. Ihr Vater hatte ihr nie den Mund verboten, und sie hoffte, Jan würde es ebenso halten. Er drehte sich zu ihr um, sah sie an, als wäre ihm für einen Moment entfallen, dass sie da war, dann hob sich ein Mundwinkel zu einem Lächeln. »Gestern wurde die Vereenigde Oost-Indische Compagnie gegründet, die VOC. Damit soll die Konkurrenz untereinander ausgeschaltet werden.«

»Die Niederländische Ostindien-Kompanie bekommt das Handelsmonopol und Hoheitsrechte verliehen«, ergänzte Theodorus van Steeland.

»Die Hoheitsrechte wozu?«, wollte Marianna wissen.

»Festungsbau, Kriegsführung und Landerwerb.«

»Wie wurde die Frage der Zuständigkeit gelöst?«, fragte Jan. »Dass in der Sache wir Amsterdamer das Sagen haben, war unstrittig, denke ich. Aber es hieß, nicht jeder sei davon überzeugt.«

Theodor erklärte es ihnen. Sechs Kompanien gab es, jede davon bildete eine Kammer, das war die regionale Verwaltung. Die Direktoren der Gesellschaften wurden wiederum als Vorstand der Ostindien-Kompanie eingesetzt. »Schwierigkeiten haben nur die Zeeländer gemacht, weil sie die Vorherrschaft Amsterdams befürchteten.«

»Da die Mehrheit aller Sitze mit uns Amsterdamern besetzt war, war dieser Einwand vermutlich nicht ganz unbegründet«, sagte Jan.

Theodorus van Steeland zuckte die Schultern. »Am Ende haben sie sich geeinigt. Es gibt nun siebzehn Sitze, davon acht mit Amsterdamern, sie sind also nicht mehr in der Mehrheit. Damit ist man den Zeeländern entgegengekommen. Hauptsitz wird in Amsterdam und in Middelburg sein unter der Leitung eines Zeeländers.«

»Die Präsidentschaft hat ein Amsterdamer inne?«, fragte Jan.

»Selbstredend.«

Jan nickte und sah zum Wasser, wirkte gedankenverloren, während er sich über das Kinn strich.

»Der Hauptsitz wird im Indisch-Huis eingerichtet«, sagte Theodorus van Steeland.

»Ich weiß«, entgegnete Jan.

»Ist das nicht im Kloveniersburgwal?«, fragte Marianna. »In der Nähe deines Hauses?«

»Unseres Hauses«, korrigierte Jan sie.

»Ja, gewiss.« Marianna spürte, wie ihre Wangen heiß wurden.

Jan nickte nur und sah seinen Freund an. »Wie lange bleibst du?«

»Ich reise morgen wieder ab.«

»Komm doch heute Abend zu Besuch.«

»Ich möchte dein junges Eheglück nicht stören.«

»Das tust du nicht.« Jan berührte Mariannas Arm, und sie sah den Mann an, lächelte ebenfalls.

»Es wäre uns ein Vergnügen«, sagte sie, weil sie den Eindruck hatte, dass es von ihr erwartet wurde.

»Dann freue ich mich und danke Euch für die Einladung.« Er deutete Marianna gegenüber eine leichte Verbeugung an.

Das Gespräch der Männer wandte sich allgemeinen Themen zu, die Marianna nicht interessierten. Sie ging zum Kai und sah zu den Schiffen, die mit gerafften Segeln sacht auf dem Wasser schaukelten. Eine Fleute wurde beladen, bereit, am kommenden Tag in See zu stechen. Ob sie nach Java segelte? Es fehlte nicht viel, und Marianna würde ein weiteres Mal versuchen, auf einem Schiff mitzureisen. Jan wäre außer sich. Durfte er sie in einem solchen Fall sogar verstoßen? Und wenn schon. Sie hätte ohnehin nicht vor, je wieder zurückzukehren.

TEIL 4

1604–1606

ANTWERPEN, JULI 1604

»Warum seid Ihr so spät?« Antonio Calderón, der Offizier, in dessen Diensten Arjen stand, erwartete ihn bereits am Schreibtisch sitzend.

»Ich wurde aufgehalten.« Arjen reichte ihm die gewünschte Epistel, für die er auf den Weg geschickt worden war. Antonio Calderón nahm sie mit einer Miene entgegen, als handelte es sich um ein geschäftliches Schreiben und als wüssten sie nicht beide, dass es ein Brief einer verheirateten Frau war, die ihm mitteilte, wann ihr Ehemann seine Reise antrat.

Antonio Calderón erbrach das Siegel, hielt dann inne und sah Arjen an. »Fehlt es Euch an Arbeit?«

»Verzeihung.« Arjen wandte sich ab und ging zu dem kleinen Tisch mit dem Hocker davor, den man ihm zugestand, um seinen Aufgaben nachzugehen. Er war Secretarius des Offiziers, der für die Beschaffung von Kriegsmaterial zuständig war. Die Belagerung von Ostende kostete Geld, ebenso die Auseinandersetzungen, die Spanien an mehreren Fronten führte, allen voran England. Dass Arjen sowohl gegen die Niederlande arbeitete als auch gegen deren Verbündete, erschien den Spaniern offenbar eine angemessene Vergeltung für die

Taten seines Vaters, dessen sie ohnehin nicht habhaft werden konnten.

Anfangs hatte Arjen sich strikt geweigert, hatte gesagt, dass er dergleichen nicht tun könne, denn sein Gewissen erlaube es ihm nicht, für Waffen zu sorgen, die seine Leute töteten. Juan José Escobar hatte daraufhin nur sein spöttisches Lächeln gelächelt und ihn einkerkern lassen. Nach zwei Wochen auf fauligem Stroh, kaum Essen und ständiger Wachsamkeit, um nicht im Schlaf von Ratten gebissen zu werden, hatte man Arjen wieder in seine geradezu herrschaftlich anmutende Kammer ziehen lassen, wo er sich hatte waschen können und ausreichend zu essen bekam. Daraufhin hatte Arjen eingewilligt, den Spaniern zu dienen – augenscheinlich, denn er war nicht bereit, gegen seine eigene Familie zu arbeiten, Menschen zu schaden, die nicht mehr wollten, als ihre Heimat zu erhalten. Anfangs waren die Rechnungsbücher noch kontrolliert worden, danach ließ man ihn arbeiten, setzte offenkundig Vertrauen in seine Fähigkeiten. Von dem Moment an kürzte Arjen geschickt sämtliche Ausgaben für Waffen und war geradezu stolz auf seinen stummen Widerstand. Dann jedoch beschlagnahmte Juan José Escobar sämtliche Bücher – mit der Folge, dass Arjen dieses Mal ganze zwei Monate in den Kerker wanderte.

»Seid Ihr nun gewillt, Euch zu fügen?«, hatte er gefragt, als man Arjen entlassen hatte. »Oder sollen wir zeigen, dass wir auch anders können? Dann sehnt Ihr Euch vermutlich in den Kerker zurück.«

Was blieb ihm übrig? Sein Vater, das wusste er, bot immer wieder Lösegeld an, das die Spanier ablehnten. Immerhin gewährte man Arjen die Möglichkeit, seiner Frau zu schreiben und ihre Briefe zu empfangen. Daher wusste er, dass er nun

Vater dreier Kinder war, von denen Jolanda zwei geboren hatte. Marianna, so hatte sie ihm auch mitgeteilt, sei nun verheiratet mit Jan van der Hijden. Gewiss wolle er das doch wissen?

Es war schwierig gewesen, danach in den Briefen den richtigen Ton zu treffen, denn Arjen wollte sie weder demütigen, indem er so tat, als wäre das alles nur ein Fehltritt gewesen – denn das war es nicht –, noch wollte er ihr das Gefühl geben, es wäre für ihn keine große Sache, sie betrogen und mit einer anderen Frau ein Kind gezeugt zu haben. Überdies würde es Mariannas Rolle in der ganzen Sache irgendwie schäbig dastehen lassen, wenn er so tat, als hätte er nur mit ihr geschlafen, weil sie gerade verfügbar gewesen war. Marianna hatte etwas in ihm angerührt, etwas, das eine fortwährende Sehnsucht nach ihr in ihm ausgelöst hatte. Manchmal fragte er sich, wie er mit ihr in derselben Stadt leben, ihr begegnen sollte, in dem Wissen, sie nie wieder in den Armen zu halten und anzuschauen, während er sie liebte. Nun gut, vermutlich bestand diese Gefahr ohnehin nicht, denn derzeit hatte er den Eindruck, hier nie wieder wegzukommen.

Mittlerweile hatte Arjen sich in das hiesige Leben eingefunden, und es bot inzwischen sogar gewisse Annehmlichkeiten. Dass er mehrere Sprachen beherrschte, machte ihn nützlich für die Spanier, und da Arjen sozusagen für seinen Vater büßte, hatte er mittlerweile auch kein schlechtes Gewissen mehr, den Spaniern zu dienen. Was sollte er tun? Sich für die Taten, die sein Vater begangen hatte, noch ehe Arjen geboren worden war, foltern lassen? Warum kam Hendrik Valckenberg nicht selbst? Gewiss würde man Arjen dann laufen lassen. Wenngleich Arjen die Beweggründe seines Vaters verstand und auch keineswegs verurteilte – immerhin war Krieg, und er hatte sich gegen eine drohende Belagerung zur Wehr setzen wollen –, aber er selbst würde niemals von Ruben verlangen, für seine, Arjens, Taten geradezustehen.

»Ihr solltet Euch eine Frau suchen«, sagte Antonio Calderón.

»Ich habe bereits eine Frau.«

»Ihr seid nicht katholisch getraut worden, lebt also ohnehin in Sünde. Sucht Euch eine Frau hier oder eine Geliebte – beides hat seine Vorteile.«

»Und was hätte ich einer Frau hier zu bieten? Als Euer Gefangener?«

»Ihr formuliert es zu hart. Ihr seid unser, hm, Gast. Auf Dauer und ohne die Möglichkeit, zu gehen, wohin es Euch beliebt, das räume ich ein. Aber ein Gefangener seid Ihr mitnichten. Da würde Euch so manch ein Delinquent in den Kerkern gewiss eines Besseren belehren.«

»Es gibt verschiedene Arten der Gefangenschaft.«

»Nun, wie auch immer. Auch in Antwerpen gibt es Familien, die nicht wählerisch sein können in der Wahl eines Ehemanns für die Tochter.«

Die Möglichkeit, Arjen könne wählerisch sein, kam ihm offenbar nicht. Es war nicht so, dass es Arjen nicht nach einer Frau verlangte, jedoch wollte er keine Liebschaften hier eingehen. Und heiraten wollte er erst recht nicht, denn gleich, was die Spanier sagten, er sah seine Ehe durchaus als bindend an. Selbst wenn er gezwungen wurde, sich hier zum katholischen Glauben zu bekennen und jeden Sonntag eine katholische Messe zu besuchen.

Arjen war in der Garnison untergebracht worden, wo er ein kleines Zimmer bewohnte. Da er sich in der Stadt mittlerweile frei bewegen durfte, nutzte er die wenigen Mußestunden, die man ihm gewährte, für ausgiebige Spaziergänge. Hin und wieder traf er auf deutsche Kaufleute, die in der Handelsniederlassung der Hanse untergebracht worden waren. Dort hätte es Arjen auch gefallen, es war ein prachtvolles Gebäude, das dreihundert Wohnbereiche für ausländische Kaufmänner bot. Manchmal stand er am Hafen und sah zu, wie Schiffe ein- und ausliefen, während er Fluchtpläne schmiedete, die freilich allesamt zum Scheitern verurteilt waren. Der Hafen war gut bewacht, und die spanischen Soldaten kannten Arjen. Man würde Alarm schlagen, sobald man sein Verschwinden bemerkte, und dann würden die Schiffe durchsucht werden.

Auch an diesem Nachmittag führte ihn sein Weg dorthin, gerade als die Ladung eines Handelsschiffes gelöscht wurde. Der Hafen war die Quelle des Reichtums der Stadt, und die acht Kanäle, über die die Schiffe direkt vor die Häuser der Kaufleute fahren konnten, waren die Lebensadern. Der größte und neueste davon war der Kanal in die Neustadt, der in ein großes Becken mündete, direkt vor dem Hansehaus. Vierundsiebzig Brücken führten über die Kanäle, und anfangs hatte Arjen sich die Zeit damit vertrieben, jede davon einmal zu überschreiten. Als er alle durchhatte, hatte er von vorne angefangen. Man sah auf den Straßen der Stadt Kaufleute aus Dänemark, Portugal, Italien – allesamt Länder, die hier Faktoreien unterhielten. Möglicherweise würden auch die Engländer hier demnächst Niederlassungen unterhalten, denn derzeit fanden Friedensverhandlungen zwischen Spanien und England statt. Es hatte zwar nie eine offizielle Kriegserklärung gegeben, aber seit englische Truppen sich 1585 auf die Seite der aufständischen Niederländer gestellt hatten, befanden sich beide Nationen in einem zermürbenden Krieg. Arjen fragte sich, was es für die Niederländer bedeutete, wenn England sich auf einen Friedensschluss mit Spanien einließ.

Ein Handelsschiff lief ein, eine Karavelle, die unter spanischer

Flagge fuhr. Arjen sah zwar aus kaufmännischer Sicht durchaus die Vorteile, die eine Fleute bot, aber die Karavellen waren ein wahrhaft prachtvoller Anblick. Ob sich die Möglichkeit bot, auf einem spanischen Handelsschiff zu fahren? Vielleicht, wenn er mehr Vertrauen genoss und man davon ausging, er hätte sich in sein Dasein gefügt und würde keinen Versuch zur Flucht unternehmen. Auf einer Handelsreise gestaltete sich dergleichen ohnehin schwierig, wenngleich es nicht unmöglich schien. Die Karavelle bog in den breiten Kanal ein, der zum hansischen Haus führte. Es waren also deutsche Kaufleute an Bord.

»Zieht es Euch nicht nach Lübeck zurück?« Bernhard Ahlers, ein Kieler Kaufmann, stand an Johans Seite, als das Schiff in den prachtvollen Hafen von Antwerpen einlief.

Johan ließ sich einen Moment Zeit für die Antwort. »In gewisser Weise schon, aber wohl nicht ausreichend, um mich wieder auf den Weg nach Hause zu machen.« So ungern er die Reise angetreten hatte, so ungern wollte er sie nun beenden. Er war lange in Lissabon geblieben, hatte die Stadt erkundet und sich mit Kaufleuten angefreundet. Seinem Vater hatte er geschrieben, er nutze die Zeit, Studien zu betreiben und mehr über den Handel zu lernen. Das reichte Enno Schellbach, um ihn gewähren zu lassen. Vermutlich war er froh, seinen ungeliebten Sohn vorerst weit fort zu wissen, und womöglich hegte er die Hoffnung, dass die Ferne ihn zu jenem Mann schmiedete, den Enno Schellbach sich erhoffte. Möglicherweise dachte er sogar, dass seine harten Worte endlich auf fruchtbaren Boden gefallen wären und dass Johan sich nun auf seine Pflichten besänne.

Von Lissabon war es nach Lagos gegangen, wo er lange Zeit geblieben war, danach war er nach Spanien gereist, hatte mehrere Städte besucht, war lange in Madrid geblieben und von dort aus nun nach Antwerpen aufgebrochen. Ausreichend Mittel besaß er, in dieser Hinsicht war sein Vater nicht geizig. Immerhin wollte er sich nicht nachsagen lassen, sein einziger Sohn wäre auf die Wohltaten anderer angewiesen. Es war Johans erste Reise in die Niederlande, und Antwerpen, das ahnte er bereits, würde ihm gefallen.

Das Schiff fuhr den Kanal entlang, bis es zu einem weitläufigen Becken gelangte, hinter dem sich das Hansehaus erhob. Es war ein Bau von klaren Formen, die Fassade durchbrochen von unzähligen Fenstern. Das Schiff ging vor Anker, und die Beiboote wurden ins Wasser gelassen. Hatte Johan anfangs unter leichter Seekrankheit gelitten, so war er mit der Zeit seefester geworden, und auch über die Trittleiter am Schiff entlangzuhangeln, machte ihm nicht mehr viel aus. Nach wie vor trieb ihn jedoch die Angst um, das Schiff könne in einem Sturm sinken, sodass er die Schiffsreise als notwendiges Übel erachtete, um von einem Ort an den nächsten zu gelangen. In Antwerpen würde er für einige Wochen bleiben, ehe er entschied, ob er danach zurück nach Lübeck fuhr oder seine Reise fortsetzte.

»Ich war schon einige Male hier«, erklärte Bernhard Ahlers. »Zuletzt vor drei Jahren. Ich komme gerne hierher, die Stadt bietet viele Vorteile, und selbst die Fugger schätzen sie.«

Johan ging an Land und war im ersten Moment etwas wacklig auf den Beinen. So ging es ihm immer nach einer Schiffsfahrt, und es brauchte stets ein wenig, ehe er sich daran gewöhnt hatte, wieder festen Boden unter den Füßen zu haben. Sie betraten das Hansehaus, das, wie Johan jetzt erkannte, in einem Rechteck um einen Innenhof herum angelegt war.

Ihnen wurden von den Wachhabenden die Räumlichkeiten zugewiesen, und als Johan seine Wohnstube betrat, stellte er mit Entzücken fest, dass er einen guten Blick über die Stadt hatte, die im Licht der nachmittäglichen Sonne lag. Der Raum war annehmbar ausgestattet mit Teppichen, einer breiten Bettstatt, einer eisenbeschlagenen Kleidertruhe, einem Tisch, vor dem ein Stuhl stand, sowie einer tiefen Fensterbank, auf der Kissen lagen.

Eine Weile stand Johan da und sah hinaus, betrachtete die Stadt, die sich vor ihm erstreckte. Kutschen fuhren vorbei, was er aus Lübeck nicht in diesem Ausmaß gewohnt war, denn dort machte man fast alle Wege zu Fuß durch die Stadt, und nur wer in besonders hohem Range stand, fuhr mit der Kutsche. Johan hatte viel geschrieben in den letzten Wochen, hatte seine Beobachtungen festgehalten, hatte über die Menschen geschrieben, über die Städte, über Nächte, die sich anders anfühlten, wenn man in der Fremde war. An Handel hatte er vordergründiges Interesse vorgegeben, damit seinem Vater nicht zu Ohren kam, er hätte sich nicht darum geschert. Wenn er daran dachte, wieder in Lübeck zu sein, unter der Knute seines Vaters, sank ihm der Mut. Dann allerdings sah er seine Tochter vor sich, die sich gewiss nicht mehr an ihn erinnerte, und er wusste, dass er die Heimkehr nicht mehr allzu lange aufschieben durfte.

Johan verließ das Zimmer und traf auf einige Kaufleute, die in ein Gespräch versunken in einem der breiten Korridore standen. Er nickte ihnen im Vorbeigehen zu und ging hinunter, um den Innenhof anzusehen, der sich in opulenter Pracht präsentierte mit Blumenkübeln, einem Brunnen, Bänken und Bogengängen, die ins Innere des Hauses führten. Langsam spazierte er durch den Hof, überlegte, wie er den Tag verbringen sollte. Er musste mit Bernhard Ahlers sprechen und diesen nach den Plänen für die kommenden Tage fragen, denn immerhin begleitete Johan ihn offiziell, um Einblicke in den Handel mit Antwerpen zu bekommen. Nun gut, wenn er sich ohnehin erst am kommenden Tag damit befassen wollte, konnte er den heutigen nutzen, um die Straßen allein zu erkunden. Das war stets der schönste Moment einer Reise – die ersten Schritte durch eine fremde Stadt, die er am liebsten allein tat, um alle Eindrücke in sich aufnehmen zu können, ohne dass er gezwungen war, Konversation zu betreiben.

Johan verließ das Hansehaus und blieb stehen, um einen Vierspänner vorbeizulassen, in dem ein junges Paar saß. Menschen in edler Kleidung flanierten vorbei, eine Gruppe junger Männer war stehen geblieben und sah zu, wie die Schiffe entladen wurden. Hafenarbeiter rollten Fässer über das Pflaster, und ein Mann war gerade dabei, Kisten auf einen Wagen zu laden, vor den ein dunkelbraunes Pferd gespannt war. Es war so warm, dass Johan sich mit einem Taschentuch über die Stirn fuhr. Er sah eine Frau, die schüchtern die Hand ausstreckte und die Nüstern eines Lastpferds berührte. Ihr Blick traf Johans, und sie lächelte verstohlen, als hätte er sie bei etwas Verbotenem ertappt, dann ging sie weiter, begleitet von einer älteren Frau, die – der Kleidung zufolge – eine Dienerin war. Zwei Männer schleppten Säcke auf dem Rücken in das Hansehaus, wobei einer von ihnen fast über einen Hund gestolpert wäre, der ihm zwischen den Beinen hindurchlief und offenkundig einem Jungen gehörte. Der fing sich dafür eine Backpfeife von dem Vorarbeiter ein und wurde fortgeschickt.

Langsam spazierte Johan los, nahm alles in sich auf, jedes Haus, die Menschen, die ihm begegneten, während der salzige Geruch des Meeres sich in den Straßen mit den Aromen der Stadt mischte. Er hatte sich in den letzten Wochen oft mit Bernhard Ahlers unterhalten, und dieser hatte angemerkt, ihn habe es immer erstaunt, dass Enno Schellbach mit einem vergleichsweise geringen Handelsvolumen ein nicht gerade unerhebliches Vermögen angehäuft hatte.

»Offenbar macht Euer Vater etwas richtig«, hatte er angemerkt, und Johan fragte sich, ob er sich die untergründige Frage nur eingebildet hatte. Im Grunde genommen hatte der Mann nicht unrecht, Johan kannte die Handelszahlen, und ja, sein Vater machte durchaus gute Gewinne, aber wenn Johan überlegte, wie sorglos mit Geld umgegangen wurde, fragte er sich schon, ob ihm nicht all die Jahre etwas entgangen war. Im Grunde genommen war es Johan gleich, wie sein Vater zu seinem Geld kam. Er würde die Geschäfte irgendwann übernehmen müssen, daran führte kein Weg vorbei, denn das Erbe war eine Treuhand, die es für seine Tochter zu bewahren galt. Spätestens dann würde sich zeigen, wie ehrlich sein Vater all die Jahre gehandelt hatte.

Ein Hund lief ihm nach, was Johan nicht behagte, denn er verspürte keine große Nähe zu Hunden. Seit er als Kind von einem gebissen worden war, erfüllten sie ihn immer mit ein wenig Angst. Da bildete dieser keine Ausnahme, wenngleich er ihm kaum bis zum Knie ging. Aber um ihm eine brandig werdende Wunde ins Bein zu beißen, reichte das bereits. Johan versuchte, das Tier zu ignorieren und seinen Schritt nicht zu beschleunigen, denn er wusste, dass dies bei Hunden einen Jagdtrieb auslösen konnte, und das galt es, tunlichst zu vermeiden. Er spürte, wie ihm der Schweiß ausbrach, während er langsam weiterging und hoffte, das Tier werde sich inmitten der Menschenmenge an jemand anderen hängen. Als er irgendwann einen Blick über die Schulter wagte, stellte er mit Erleichterung fest, dass der Hund nicht mehr zu sehen war. Sein Vater hätte sich vermutlich wieder mokiert über die Ängstlichkeit seines Sohnes, und Johan dachte, dass er endlich damit aufhören musste, bei jedem Schritt, den er tat, darüber nachzudenken, was sein Vater dazu sagen würde.

Arjen ahnte bereits, dass es Ärger geben würde, als sich die beiden Männer vor ihm aufbauten. Er setzte seinen Weg fort und wollte ihnen ausweichen, aber einer der Männer trat zur Seite und machte ihm damit ein Weiterkommen unmöglich. Wenn er noch einen Zweifel daran gehabt hatte, dass die beiden ihm nicht wohlgesinnt waren, so waren diese nun ausgeräumt. Arjen sah sich um, aber die Gasse, die er als Abkürzung auserkoren hatte, war nahezu menschenleer. Ein junger Mann eilte rasch vorbei, als wolle er mit dem, was nun geschah, nichts zu tun haben. Arjen hob die Hände, wollte zeigen, dass er nicht vorhatte, sich zur Wehr zu setzen. Wenn die Männer Geld wollten, so sollten sie es nehmen. Viel besaß er ohnehin nicht, und das war es ihm nun wahrlich nicht wert, dafür sein Leben aufs Spiel zu setzen.

Als hinter die beiden Männer ein in dunklen Samt gekleideter Edelmann trat, atmete Arjen erleichtert aus, denn die beiden drehten sich zu ihm um und machten respektvoll Platz. Gemächlich kam er auf Arjen zu.

»Ihr seid der Mann, der den Spaniern hilft, Krieg gegen seine eigenen Leute zu führen?«, fragte er im Antwerpener Zungenschlag.

Auch das noch. »Ich bin ein Gefangener der Spanier, wie Ihr vermutlich sehr wohl wisst.«

»Ein Gefangener, der kommt und geht, wie er mag.«

»Ein Gefangener, dessen Freiheit an den Stadtmauern endet.«

Der Mann verschränkte die Hände hinter dem Rücken und taxierte Arjen. »Nun denn, mir ist es gleich, das müsst Ihr mit Eurem Gewissen ausmachen. Gleich ist mir jedoch nicht, dass Ihr meiner Frau nachstellt, wenn Ihr glaubt, ich sei nicht daheim.«

Arjen krauste irritiert die Stirn. »Verzeiht, aber Ihr müsst Euch irren. Seit ich hier bin, habe ich mit keiner Frau über das hinaus verkehrt, was die Gesetze der Höflichkeit vorschreiben.«

»Oha«, höhnte der Mann. »Dann schreiben die Gesetze der Höflichkeit Euch offenbar vor, mein Haus zu betreten und Episteln von meiner Ehefrau entgegenzunehmen?«

Trotz der sommerlichen Wärme wurde Arjen kalt. »Ich … Ganz so ist es nicht gewesen.«

Der Mann lächelte freundlich. »Nun, wie war es dann? Wisst Ihr, Ihr wurdet gesehen, als die Zofe Euch das Schreiben gab.«

»Und was veranlasst Euch, zu glauben, es sei von Eurer Frau und nicht von der Zofe?«

Das Lächeln schwand. »Ihr haltet mich für einen Narren, ja? Die Zofe meiner Frau kann weder lesen noch schreiben, und überdies hat sie alles gestanden, nachdem die Magd sie beobachtet hat.«

»Es ist nicht ganz so, wie Ihr glaubt.« Wie sollte er sich aus dieser verfahrenen Situation herauswinden? »Ich war nur der Überbringer.«

»Ach was? Und für wen?«

Jetzt galt es abzuwägen, wer ihm mehr Schaden zufügen konnte. Im Grunde genommen war das keine Frage, denn es gab derzeit nur einen Mann, von dem sein Wohlergehen abhing, und das war nicht dieser Kaufmann. »Ich bedaure, dass ich das nicht sagen darf.«

»Weil Ihr lügt, ganz einfach.« Der Mann lief rot an. »Ihr seid nachts durch das Fenster ins Haus gestiegen und habt Euch im Zimmer meiner Ehefrau mit ihr vergnügt. Unüberhörbar!«

»Das war ich nicht.«

Der Mann machte eine unwirsche Handbewegung, als sei er des Gesprächs überdrüssig. Dann wandte er sich an die beiden Männer. »Erteilt ihm eine Lektion.«

Arjen drehte sich um, wollte davonlaufen, aber da hatte ihn einer der Kerle bereits gepackt und hielt ihn fest, während der andere auf ihn eindrosch. Fausthiebe trafen ihn im Gesicht, im Bauch, in den Seiten, und die Welt versank in einem Nebel aus dumpfem Schmerz. Arjen versuchte zunehmend kraftloser, sich zu befreien, aber schließlich gab er es auf und spürte, wie ihm die Sinne schwanden.

»Schluss jetzt! Wenn ihr ihn umbringt, haben wir die spanische Gerichtsbarkeit am Hals.«

Arjen wurde losgelassen und fiel auf das Straßenpflaster. Jemand griff ihm ins Haar und hob seinen Kopf. »Das nächste Mal sorge ich dafür, dass du in deinem Leben keiner Frau mehr beiwohnen kannst. Hast du das verstanden?«

Nachdem Arjen keine Antwort herausbringen konnte, schüttelte er ihn kurz und ließ ihn dann los.

»Ich hoffe, ihr habt ihn nicht umgebracht«, hörte er den Mann noch sagen. Dann entfernten sich die Schritte, und Arjen blieb mit geschlossenen Augen liegen, versuchte, den Schmerz aus seinem Körper zu atmen. Als er erneut Schritte hörte, hatte er Sorge, einer der Männer könne zurückgekommen sein, um ihm nun doch den Rest zu geben.

»Seid Ihr überfallen worden?«, hörte er eine Stimme in gebrochenem Niederländisch.

Arjen stöhnte anstelle einer Antwort und versuchte, sich aufzurichten. Er blinzelte, aber seine Sicht blieb verschwommen, und schließlich spürte er einen festen Griff um den Arm, als der Mann ihm half, sich halb zu erheben, sodass er wenigstens schwer atmend auf den Knien sitzen konnte.

»Arjen?« Unglaube färbte die Stimme. »Arjen? Du bist es doch, oder?«

Nach einigem Blinzeln klärte sich sein Blick, und Arjen sah den Mann an, blinzelte erneut, konnte es nicht fassen. »Johan?«

»Grundgütiger!« Johan lachte, was Arjen angesichts seiner Situation gänzlich unpassend fand. »Ja, du bist es wirklich.«

»Freut mich, dass du amüsiert bist«, presste Arjen hervor.

»Es tut mir leid, ich kann es nur einfach nicht glauben. Du warst … nein, später mehr. Du musst jetzt erst einmal versorgt werden. Ich bringe dich zu einem Arzt.« Er half Arjen auf die Beine.

Vorsichtig bewegte Arjen die Glieder und stellte fest, dass nichts gebrochen war. Er hatte vermutlich überall Prellungen, aber seine Gliedmaßen waren heil. Er tastete nach seinen Zähnen. Gottlob, alle waren noch da. Die Wangenknochen schmerzten, als er die Hand ans Gesicht hob, aber auch da schien nichts gebrochen. Man hatte ihn übel zugerichtet, aber offenkundig nicht schwer genug, um in ernsthafte Schwierigkeiten mit der spanischen Justiz zu geraten. »Ich brauche keinen Arzt. Mir tut alles weh, aber daran kann auch ein Arzt nichts ändern.«

»Dann komm, gehen wir in ein Wirtshaus. Vielleicht betäubt Wein deinen Schmerz ausreichend.«

Arjen widersprach nicht und ließ zu, dass Johan ihn bei den ersten Schritten stützte, bis er sich wieder einigermaßen sicher auf den Beinen fühlte. Schweigend gingen sie nebeneinanderher, bis sie schließlich in das erste Wirtshaus auf ihrem Weg einkehrten. Die Menschen sahen Arjen irritiert an, jedoch war es nicht so furchtbar ungewöhnlich, dass man auf den Straßen überfallen wurde, und man ging vermutlich einfach davon aus, dass er unvorsichtig gewesen war. Mit einem leisen Aufstöhnen ließ Arjen sich auf der harten Bank nieder.

Johan bestellte Wein, dann sah er Arjen an, schien zu überlegen, was er sagen sollte. »Du warst plötzlich fort, als ich damals zurückgekommen bin.«

Dieser Anfang war vermutlich so gut wie jeder andere. Arjen bewegte versuchsweise den schmerzenden Kiefer. »Hat Vater dir nichts erzählt?« Diese Bezeichnung für den Mann, der ihn erzogen hatte, ging ihm immer noch wie selbstverständlich über die Lippen.

»Nur dass du ihn bestohlen hast.«

Das war Arjen nur ein kurzes, heiseres Lachen wert, das in ein Husten überging. Es tat weh in der Brust, und Arjen presste die Hand dagegen, als müsse er verhindern auseinanderzufallen. »Sonst hat er nichts erzählt?«

Der Wein wurde gebracht, und Arjen nahm einen großen Schluck. Den Schmerz betäubte es mitnichten, aber dafür müsste er vermutlich so viel trinken, dass er nicht mehr aufrecht stehen konnte.

»Nein, zunächst nicht. Irgendwann sagte er mal, dass der Falsche von uns sein leiblicher Sohn sei.«

Arjens Blick zuckte zu Johan, in dessen Gesicht nicht abzulesen war, ob ihn das Gesagte getroffen hatte. »Das tut mir leid.«

Johan zuckte die Schultern. »Das muss es nicht. Ich bin fertig mit ihm.«

Im Wirtshaus herrschte dämmriges Licht, und der Geruch nach Fett und Wein lag in der Luft, mischte sich in die Ausdünstungen schwitzender Leiber. Arjen sah zum Fenster hinaus auf die Straße, dann wieder zu Johan. »Dann weißt du ja inzwischen, dass ich nicht sein leiblicher Sohn bin.«

Johan nickte, dann setzte er den Becher an die Lippen. »Er hat dich aufgezogen als seinen Sohn. So richtig verstehe ich es nicht, gerade bei einem Mann wie unserem Vater.«

»Die Ehe mit unserer Mutter wird ihm einige Vorteile geboten haben, die er dafür in Kauf genommen hat.«

»Aber denk doch mal darüber nach, Arjen. Unsere Mutter kommt aus einer anständigen Familie, das ja. Aber seien wir ehrlich – da hätten sich für einen Kaufmann auch bessere Möglichkeiten geboten, ohne dass er dafür ein uneheliches Kind als seines ausgeben muss. Sie hat Geld mit in die Ehe gebracht, jedoch nicht so viel, dass es für einen Mann wie unseren Vater einen solchen Makel aufwiegen würde.«

»Er hat sie geheiratet, nicht wahr?« Wieder hustete Arjen und verzog vor Schmerz das Gesicht. »Warum er es getan hat, spielt doch keine Rolle mehr.«

Johan schwieg, dann nickte er leichthin. »Vermutlich hast du recht.« Er zögerte. »Und du lebst nun in Antwerpen?«

»Nein, ich bin ein Gefangener.«

In Johans Gesicht zuckte es. »Wie das?«

»Es ist eine lange Geschichte.«

Schweigend sah sein Bruder ihn an. Das hatte er immer schon gut gekonnt, und als Arjen ihn nun ansah, spürte er eine Welle längst vergessen geglaubter brüderlicher Zuneigung. Johan hatte sich nicht sehr verändert, war erwachsener geworden, hatte aber immer noch diese verletzliche Jungenhaftigkeit. Dass er es nicht leicht hatte bei seinem Vater, glaubte Arjen sofort. »Mein leiblicher Vater«, brach er schließlich das Schweigen, »ist ein Amsterdamer Kaufmann. Davon habe ich im Streit erfahren.« Er erzählte die Geschichte jener Nacht, erzählte von seiner Flucht und davon, wie er in den Niederlanden angelangt war. Irgendwann musste er innehalten, weil das Atmen gar zu sehr schmerzte.

»Sollen wir gehen?«, fragte Johan.

In die Garnison zog es Arjen noch weniger, und er schüttelte leicht den Kopf, was er umgehend bereute, denn auch das schmerzte ihn. »Bestell lieber noch mehr Wein.«

Das tat Johan, und schließlich berichtete Arjen weiter, erzählte von Amsterdam, seiner ersten Schiffsreise, erzählte von Mariannas wagemutigem Unterfangen – ohne jedoch ihren Namen zu nennen – und gelangte schließlich zu dem Moment, als er in spanische Gefangenschaft geraten war.

Johan sah ihn aus großen Augen an. »Was für ein abenteuerliches Leben! Das wäre ganz nach dem Geschmack unseres Vaters. Vor allem der Teil mit den drei Kindern, von denen zwei Jungen sind.«

»Bist du verheiratet?«

»Ja, wir haben eine Tochter. Du kannst dir sicher vorstellen, wie unzufrieden Vater mit mir ist. Er hat mich nicht ohne Grund auf die Iberienfahrt geschickt.«

»Aber ihr könnt doch noch weitere Kinder bekommen, wenn euch das so wichtig ist. Oder ist deine Frau krank?«

»Nein, sie erfreut sich bester Gesundheit. Ich will keine weiteren Kinder, mir reicht das eine.«

Arjen wollte die Schultern zucken, aber auch das bereute er umgehend. »Verhindern lässt sich dergleichen nicht, selbst wenn man aufpasst.«

Johan schien das Thema Unbehagen zu bereiten, denn er senkte den Blick auf seinen Wein und nahm einen großen Schluck. »Du siehst furchtbar elend aus«, wechselte er abrupt das Thema. »Ich bringe dich besser nach Hause.« Ihm schienen Arjens Worte wieder einzufallen. »Wo ist das überhaupt? Im Kerker?«

Jetzt musste Arjen lachen, wenngleich es so wehtat, dass ihm die Augen tränten. »Denkst du, ich entkomme dem Kerker, spaziere durch die Stadt und gehe zum Schlafen wieder hin?«

Johan wurde rot, das war sogar in dem dämmrigen Licht zu erkennen. »Natürlich nicht.«

»Ich wohne in der Garnison, dort bin ich einem der Offiziere unterstellt.«

»Wie lange musst du hierbleiben?«

»Manchmal befürchte ich, für immer.«

Johan winkte den Wirt heran, bezahlte die Zeche und erhob sich. »Möchtest du dich auf mich stützen?«

»Ich bin doch kein Invalide.« Sofort bereute Arjen seine barsche Antwort. »Es geht schon.«

Johan begleitete ihn, und während sie gingen, sagte keiner von ihnen ein Wort. Arjens Fühlen schien nur aus Schmerz zu bestehen, und er wollte nichts mehr als sich hinlegen. Inzwischen fühlte sich sein Gesicht geschwollen an, und das Atmen schmerzte mit jedem Zug, der seine Brust weitete.

»Soll ich dich hineinbringen?«, sagte Johan, als sie angekommen waren.

»Nein.« Einem Impuls folgend, beschloss Arjen, dass es besser war, wenn niemand von der Anwesenheit seines Bruders wusste.

»Sehen wir uns wieder? Ich bin noch eine Weile hier.« Hoffnung lag in Johans braunen Augen, und Arjen nickte.

»Ja, gewiss tun wir das.«

»Ich wohne im Hansekontor.«

Wieder nickte Arjen, dann wandte er sich ab und ging in die

Garnison. Sein Weg führte ihn umgehend zu Antonio Calderón, der ihn entsetzt anstarrte. »Habt Ihr Euch in eine Wirtshausschlägerei begeben?«

»Nein, der Ehemann jener Frau, die Ihr zu Eurer Geliebten erkoren habt, hat erfahren, dass ich einen Brief bei ihr abgeholt habe, und nun denkt er, ich würde seiner Ehefrau nachstellen.«

»Habt Ihr den Umstand aufgeklärt?«

»Sähe ich dann so aus?«

»Das ist gut.« Der Offizier schien erleichtert.

»Es kommt auf den Standpunkt an, würde ich meinen.«

»Nun, ich kann schlecht hingehen und sagen, dass ich derjenige bin, nicht wahr? Und nun erregt Euch nicht, denn damit ändert Ihr gar nichts. Tragt es wie ein Mann und wahrt die Ehre dieser Frau.«

Das ging nun wirklich zu weit. »Er hätte mich umbringen können.«

»Nun, er hat es nicht getan, nicht wahr? Es mag geschmerzt haben, aber hätte er Euch umbringen wollen, wäret Ihr mitnichten hier. Ihr könnt laufen und sprechen. Schont Euch ein paar Tage, dann seid Ihr wiederhergestellt. Und macht Euch keine Sorgen, ich werde keine weiteren Botengänge veranlassen. So leid es mir tut, aber diese pikante kleine Affäre muss wohl enden.«

Damit hätte Antonio Calderón es vermutlich bewenden lassen, hätte nicht in diesem Moment Juan José Escobar den Raum betreten, offenkundig in Kenntnis gesetzt von dem Vorfall und Antworten fordernd. »Wenn Ihr Euch schon um Euren Ruf keine Sorgen macht, so solltet Ihr wissen, dass ich dergleichen nicht dulden kann! Wie stehe ich da, wenn ich meinem Gefangenen erlaube, in der Stadt herumzulaufen, und er Frauen angesehener Männer beschläft?«

Arjen sah Antonio Calderón an, der zwar blass geworden war, aber schwieg. War das denn zu fassen? »Sagt wenigstens ihm die Wahrheit?«

»Die Wahrheit?« Antonio Calderón hob die Brauen. »Wollt Ihr wirklich, dass ich Euch bloßstelle, weil Ihr trotz meiner Verbote weiterhin dieser Frau nachgestellt habt?«

»Aber so ist es nicht gewesen! Ich habe für Euch …«

»Schluss jetzt!« Antonio Calderón machte eine Handbewegung, als schneide er etwas ab. »Behelligt den Comendador nicht mit dergleichen Unterstellungen.«

»Ich habe Prügel für Euch bezogen und nichts verraten«, fuhr Arjen auf. »Aber ich bin nicht bereit, mich darüber hinaus bestrafen zu lassen.«

»Oh, bestraft werdet Ihr, gleich, wer der Frau beigewohnt hat«, sagte der Comendador. »Ich lasse Euch nicht frei herumlaufen, damit Ihr Euch als Liebesbote betätigt.«

»Ihr sagtet, ich unterliege den Weisungen von Señor Calderón.«

»Euer Verstand ist gewiss ausreichend, um zu wissen, dass ich damit mitnichten meinte, dass Ihr unehrenhafte Dinge für ihn erfüllen sollt. Wenn er dergleichen verlangt, dann kommt Ihr zu mir und geht nicht hin und bringt ehrbare Frauen in Schwierigkeiten.«

»Wer hat Euch überhaupt davon in Kenntnis gesetzt?«, fragte Antonio Calderón, als spielte das eine Rolle.

»Der Mann selbst war bei mir, offenkundig in Sorge, der Amsterdamer könne seine Sicht der Geschichte erzählen. Als Mann von Ehre konnte ich verstehen, dass er handelte, wie er handelte. Calderón, ich warne Euch. Tut das nie wieder, oder ich muss mir überlegen, ob Ihr hier am rechten Ort seid.« Der kalte Blick des Comendador richtete sich auf Arjen. »Und

Euch, mein junger Freund, hat der Komfort und die vermeintliche Freiheit womöglich tolldreist werden lassen. Ein paar Tage in Haft sollten Euch lehren, wem Ihr Rede und Antwort zu stehen habt.«

In seinem Zustand konnte er unmöglich wieder in den Kerker. »Bin ich nicht ausreichend gestraft?«

»Was der Mann mit Euch gemacht hat, mag hart gewesen sein, aber das ist nicht meine Angelegenheit. Und nun seht mich nicht so entsetzt an, mir ist daran gelegen, dass Ihr Euren Aufenthalt hier überlebt.« Er ging zur Tür und rief zwei Soldaten hinein, dann deutete er auf Arjen. »Abführen.«

HAMBURG, JULI 1604

Hätte man Thilo, als er in Lübeck noch auf der Straße zu Hause war, gesagt, er würde eines Tages im Haus eines reichen Antwerpener Kaufmanns in Hamburg leben, in einem feinen Bett schlafen, das Straßenmädchen heiraten und mit ihr zwei Söhne haben – er hätte denjenigen für verrückt erklärt. Wenn er abends im Bett lag, hatte er manchmal Angst, er könnte wieder in den finsteren Gassen aufwachen, und alles wäre nur ein schöner Traum gewesen.

An jenem Tag, als er mit Agnes an Albrechts Grab gesessen und sie ihm gesagt hatte, sie erwarte ein Kind, war alles anders geworden. Sie hatte von ihren Ängsten erzählt, davon, dass sie zu einer Engelmacherin hatte gehen wollen, aber nun das Gefühl habe, es bekommen zu wollen. Thilo hatte in diesem Moment eine so tiefe Freude erfüllt, wie er es nicht für möglich gehalten hatte. In all seinen Plänen für die Zukunft war die Möglichkeit einer Vaterschaft nicht gerade einer seiner drängendsten Wünsche gewesen. Aber nun war ihm gewesen, als rücke in seinem Leben alles an seinen richtigen Platz. Es war wie ein Mosaik, das von nahem eine wirre Anzahl kleiner Steinchen war, aber von weitem betrachtet ein Bild ergab.

Er hatte ihr angeboten, sie zu heiraten, und erwartet, dass sie sich auf ihn stürzen würde, um ihm das Gesicht zu zerkratzen. Sie jedoch hatte lange geschwiegen und ihm dann – zwei Tage später – gesagt, dass sie sich dazu durchringen könne. Hätte der Hausherr sie geschwängert, wäre es nicht nötig gewesen, zu heiraten, damit sie und das Kind abgesichert waren. In Hamburg ging man mit unehelichen Kindern des Hausherrn – »Spelkindern« – äußerst freundlich um, und diese wuchsen zusammen mit den ehelich geborenen auf. Sie führten den Familiennamen und waren in der Gesellschaft nicht benachteiligt. Zwar hatten sie kein Erbrecht – das stand nach wie vor nur ehelich geborenen Kindern zu –, aber sie hatten Anspruch darauf, auch nach dem Tod des Vaters versorgt zu werden, und wurden in der Regel im Testament großzügig bedacht. Agnes jedoch war nicht vom Hausherrn, sondern vom Secretarius geschwängert worden, weshalb man weniger duldsam mit ihr umgegangen wäre.

Sie hatten in der Kirche St. Nicolai geheiratet, und Thilo hatte den Namen der Kirche angenommen, sodass er nun Thilo Nicolai hieß. Den Vorschlag hatte Emke gemacht, denn wenn er heiratete, brauchte er einen Familiennamen. Ihm war es recht, denn da er seinen eigenen mitnichten nutzen konnte, war Nicolai so gut wie jeder andere. Immerhin stellte niemand Fragen, denn dass Menschen, die auf der Straße gelebt hatten, ohne Familiennamen waren, war nicht ungewöhnlich.

Er war aus seiner Kammer ausgezogen und lebte nun im Stockwerk von Emke, die diesen Schritt veranlasst hatte. Da sie Bernards Anteil am Geschäft geerbt hatte und sichergehen wollte, nicht übervorteilt zu werden – sie vertraute Cornelis, aber er war eben ein Mann und damit auf seinen Vorteil bedacht –, hatte sie darum gebeten, dass Thilo ihre Geschäfte verwaltete. Ihm vertraute sie offenbar, da er von ihrer Gunst abhängig war. Sie war in ein anderes Zimmer gezogen und hatte das ehemalige große Schlafgemach Agnes und Thilo überlassen. Ihre Söhne hatten das Zimmer nebenan bekommen, sodass Agnes schnell bei ihnen sein konnte. Thilo wollte eine Amme und ein Kindermädchen, aber das hatte sie abgelehnt. Sie vertraute niemandem.

Er war mit seinem Leben zufrieden, hatte es zum Kaufmann gebracht – wenngleich im Dienst einer anderen –, und er hatte ein Zuhause, das ihm zwar nicht gehörte, aber wer wollte da wählerisch sein? Es war mehr, als ihm noch vor wenigen Jahren möglich erschienen war. Alles war besser, seit Bernard nicht mehr da war. Selbst Cornelis, der seinen Bruder geliebt hatte, wirkte aufgeräumter. Er hatte von Bernards Betrug nie erfahren, und Thilo hoffte, dass es so blieb. Die Rechnungsbücher hatte Emke zerstört, wie sie es ihm versprochen hatte.

Dafür hatte sie zwar den Zorn ihres Schwagers auf sich gezogen, aber das störte sie nicht. Er hatte sie ungeschickt geheißen, ein Weibsbild, das am Spinnrad besser aufgehoben wäre als hinter einem Rechnungsbuch. Emke hatte es regungslos hingenommen. Dass ihm sein Ausbruch später leidtat, hatte sie für sich zu nutzen gewusst und ihm Thilo abgeknöpft. Nun hatte Cornelis einen neuen Secretarius, und Thilo unterstand Emke. Das war auf jeden Fall ein Schritt in die richtige Richtung, denn Thilo hatte den Gedanken daran, eines Tages nach Lübeck zurückzukehren, noch nicht aufgegeben. Und je weiter er es brachte, umso leichter wäre es, in entsprechende Kreise vorzudringen und herauszufinden, wer dieser Mann war, der seinen Vater getötet hatte.

»Die Narretei kannst du ohne mich machen«, hatte Agnes gesagt, als er mit ihr darüber sprach. »Und wenn dein eigenes

Leben dir schon nichts bedeutet und meines auch nicht, dann solltest du wenigstens daran denken, dass du zwei Kinder hast.«

»Ich denke an nichts anderes. Für sie will ich das alles machen.«

»Es geht ihnen gut. Wofür sollten sie wissen wollen, wer ihren Großvater, den sie nicht kannten, getötet hat?«

Sie verstand es einfach nicht, und Thilo war es leid, darüber zu streiten. Es war nicht so, dass es ihm in Hamburg nicht gefiel, die Stadt war ihm eine zweite Heimat geworden. Der Handel florierte, und die Antwerpener vergrößerten ihren Einfluss. Vor nahezu fünfzig Jahren hatte Hamburg eine Börse nach Antwerpener Vorbild gebaut, und inzwischen war Hamburg die größte Hafenstadt des Heiligen Römischen Reichs Deutscher Nation.

Thilos Angst, jemand könne beobachtet haben, wie sie Bernard aus dem Haus geschafft hatten, hatte sich nicht bewahrheitet. Niemand zweifelte daran, dass der Kaufmann van Waalenburch auf der Straße ermordet worden war. Draußen war es gefährlich im Dunkeln, und es verging keine Nacht, ohne dass Menschen beraubt und ermordet wurden. Wer wusste das besser als Agnes und Thilo? Sie hatten in ihren Jahren auf der Straße nachts oft den Wächtern aus dem Weg gehen müssen, was umso leichter wurde, je betrunkener diese waren. Für die ganze Stadt gab es nur elf besoldete Nachtwächter – sogenannte Schlupwächter, die aufgrund ihres dauerbetrunkenen Zustands spöttisch Schluckwächter genannt wurden. Diese waren oftmals nicht imstande, überhaupt einzugreifen, denn die Missetäter hatten mit den Volltrunkenen leichtes Spiel. Zudem setzten sie sich aus den untersten Schichten der Stadt zusammen und machten vielfach mit dem Gesindel gemeinsame Sache.

»Ich schicke dich im kommenden Jahr nach Antwerpen«,

sagte Cornelis, als sie zusammen im Kontor saßen. »Es wird Zeit, dass du auch mal aus Hamburg hinauskommst und die Niederlande siehst.«

»Wäre Amsterdam dafür nicht auch angetan? Nun, da die Amsterdamer sich dem Welthandel in so großem Umfang öffnen?«

»Warten wir ab, was daraus wird. Eine Unternehmung, die aus so vielen Einzelinteressen ein gemeinsames macht, muss sich erst einmal bewähren.«

»Und wenn sie es tut?«

»Dann werden die Niederlande schon bald die Welt beherrschen. Eine größere Handelsmacht als die Vereinigte Ost-Indien-Kompanie hat man bisher noch nicht gesehen.«

»Falls die Spanier aus Antwerpen vertrieben werden können, würdet Ihr dann zurückkehren?«

Cornelis stopfte seine Pfeife, wie er das immer tat, wenn er über eine Frage nachdachte und die Antwort hinauszögerte. »Möglicherweise. Ich kann es nicht sagen. Meine Kinder werden hier groß und sehen Hamburg als ihre Heimatstadt an, wenngleich klar ist, dass sie Antwerpener sind.«

Für Hamburg wäre es vermutlich ein arger Verlust, wenn die Niederländer die Stadt verlassen würden. In Olland, dem Alten Land, hatten die Niederländer ein großes Anbaugebiet für Obst geschaffen. Am wichtigsten jedoch waren sie für die Tuchindustrie, und weil sie ihre alten Handelsbeziehungen beibehalten hatten, floss eine Menge Geld in das Steuersäckel der Stadt. Die Antwerpener waren fortschrittlich organisiert und hatten ihre eigenen Vorstellungen von der Lehrzeit und der Meisterprüfung sowie der Anzahl der Webstühle in ihren Unternehmen. Allerdings konnte sich Thilo nicht vorstellen, dass es sie alle zurück in die Heimat zog. So viele Jahre waren seit dem Fall Antwerpens vergangen, und viele Kaufmänner hatten hier geheiratet, waren selbst lutherischen Glaubens und zu Hamburger Bürgern mit all den dazugehörigen Rechten und Pflichten geworden. Wäre da nicht der Wunsch, seine Eltern zu rächen und sein Geburtsrecht zu erlangen, zöge ihn vermutlich ebenfalls nichts mehr zurück nach Lübeck.

Alea erschien und erinnerte Cornelis daran, dass sie abends Besuch bekamen. Thilo war ihr kaum einen Blick wert, ebenso wie Agnes, als würde sie beiden die Umstände jener Nacht, in der Bernard gestorben war, anlasten. Dabei hatte Agnes sie vor ihm gerettet, und Alea hatte ihn umgebracht. Vermutlich verzieh sie ihnen nicht, dass sie wussten, was er mit ihr getan hatte. Möglicherweise hatte sie auch Angst, sie könnten es eines Tages Cornelis erzählen – als bestünde auch nur die Möglichkeit, dass dieser eine solch ungeheure Unterstellung glaubte. Thilo war es gleich, ob Alea ihn mochte oder nicht, solange sie Agnes das Leben nicht schwermachte. Alea hatte etwa ein halbes Jahr nach Agnes ebenfalls einen Sohn geboren, und es war gut möglich, dass sie Angst hatte, Bernard könne der Vater sein.

»Wenn der dazu imstande wäre«, hatte Emke einmal gesagt, »hätte er neben ehelichen Kindern einen ganzen Stall voller Bastarde.«

Der dritte Sohn Aleas war Cornelis wie aus dem Gesicht geschnitten, aber da dieser und Bernard Brüder gewesen waren, besagte das nicht viel. Thilo hatte Mitleid mit ihr, weil er ahnte, wie viel Angst sie hatte und wie demütigend sie die Situation für sich empfand. Er hatte Emke versichert, dass Alea keine Befürchtung hegen müsse, er oder Agnes würden auch nur ein Wort über jene Nacht verlieren. Es war jedoch sinnlos, an Aleas Abneigung hatte das nichts geändert.

»Wen erwartet Ihr heute Abend?«, fragte Thilo.

»Einen englischen Kaufmann mit seiner Frau.«

Das erstaunte Thilo, denn solange Cornelis sich nicht dazu entschied, den lutherischen Glauben anzunehmen und Hamburger Bürger zu werden, war ihm der Handel von Gast zu Gast – in diesem Fall mit den Engländern – nicht erlaubt.

»Er kommt nur als Freund«, erklärte Cornelis, als hätte er Thilos Gedanken gelesen. »Wenn ich einen Handel mit ihm als sinnvoll erachte, kommst du ins Spiel.«

»Wird die Hamburger Niederlassung der Merchant Adventurers wieder geöffnet?«

»Nein, das nicht, zu meinem Bedauern.« Der Hamburger Rat hatte vor mehreren Jahren lange Verträge mit den Merchant Adventurers geschlossen, aber diese waren irgendwann nicht mehr verlängert worden, weil die lutherische Bevölkerung der Stadt dagegen protestiert hatte.

Als Thilo mittags zu Agnes ging, fand er diese am Spinnrad in ihrem gemeinsamen Zimmer vor, während ihr ältester Sohn, Jonas, auf dem Boden mit Holzklötzen spielte und der jüngste, Thure, in ihrem Bett schlief. Agnes bei einer so häuslichen Tätigkeit zu sehen, versetzte Thilo immer wieder in Erstaunen, und er fragte sich, ob sie wirklich glücklich war. Sie wirkte oft unruhig, suchte nach etwas, mit dem sie sich beschäftigen konnte. Einmal hatte er geträumt, sie wäre mit den Kindern auf und davon und hätte sich Peer angeschlossen. Beim Wachwerden war die Verzweiflung aus dem Traum noch greifbar gewesen und hatte ihn auch dann nicht losgelassen, als er Agnes' ruhige Atemzüge neben sich gehört hatte.

»Ich soll im kommenden Jahr nach Antwerpen«, sagte er, nachdem er sich neben ihr in der Fensternische niedergelassen hatte.

Sie blickte von ihrer Tätigkeit auf, wenngleich ihr Fuß das Pedal weiter betätigte und der Faden durch ihre Finger lief. »Dann kommst du wenigstens nicht auf närrische Gedanken.«

»Du weißt, dass ich das nur für uns tue, für die Kinder.«

»Die Kinder brauchen einen Vater, der bei ihnen ist. Am Galgen nützt du ihnen nichts.« Sie hatte die Stimme gesenkt, damit Jonas sie nicht hörte. »Aber du willst das ja nicht einsehen.«

Auch das war etwas, das sich an ihr geändert hatte. Diese leicht schnoddrige Art zu sprechen, die sie von der Straße mitgebracht hatte, verlor sich, und sie passte sich der Art an, in der Emke sprach. Vielleicht um ihren Kindern ein gutes Vorbild zu sein, vielleicht geschah es auch unbewusst. »Ich habe nichts zu vererben.«

»Du stehst in Lohn und Brot, und du gibst nicht dein ganzes Geld aus. Du vererbst ihnen also eine stattliche Summe, denke ich.«

»Aber ich habe keinen Besitz. Das Haus gehört mir nicht, ebenso wenig die Waren, mit denen ich handle. Alles gehört Cornelis und Emke.«

»Und?«

»Mir gehört ein Haus in Lübeck und …«

»Himmel!«, fuhr Agnes mit leiser Stimme auf. »Ich kann es nicht mehr hören. Das Haus bewohnt längst jemand anders. Und das möchte ich sehen, wie du den vor die Tür setzt.«

»Ich bekomme es zurück, wenn der Mörder meines Vaters bestraft wird. Ich habe ihn gesehen, und gewiss erkenne ich ihn wieder.«

»Es ist viele Jahre her.«

»Sein Gesicht vergesse ich nicht. Ebenso wenig die Dinge, die geredet wurden. Er ist ein Mann, der viel zu verlieren hat, und …«

»Und genau deshalb hat er uns damals verfolgt und den alten Barne Theves getötet. Hast du das vergessen? Ein so mächtiger Mann, der dennoch Sorge hat, dass ihn Straßenkinder verraten, deren Wort nichts gilt.«

»Ich war kein Straßenkind zu jener Zeit. Vielleicht hätte ich mich damals doch an die Gerichtsbarkeit wenden sollen. Ein Fehler, den ich jetzt wiedergutzumachen versuche.«

Agnes' Fuß hörte auf, sich zu bewegen. »Wenn du das tust«, sagte sie schließlich, »wenn du mich hier allein lässt, der Gnade deines Herrn ausgeliefert, nehme ich die Jungen und gehe zu Peer, sobald du dich in Richtung Lübeck begeben hast.«

Thilos Herz ging so schnell, dass es ihm beinahe den Atem nahm. Er konnte nicht viel mehr tun, als sie anzustarren, was sie ungerührt erwiderte. Dann wandte sie sich wieder dem Spinnrad zu, und kurz darauf war das rhythmische Klackern zu hören, und der Faden lief durch ihre Finger.

Als Ehefrau eines Kaufmanns – wenngleich im Dienste einer Brotherrin – konnte Agnes schlecht weiterhin als Magd arbeiten, und anfangs hatte sie es als durchaus angenehm empfunden, ihre Tage mit Spaziergängen zu verbringen und dem Müßiggang zu frönen. Aber schon bald hatte sie begonnen, sich zu langweilen, und so hatte Emke ihr das Spinnen beigebracht. Das war, wie Agnes einräumen musste, eine sehr sinnvolle Tätigkeit, denn es konnte nicht schaden, Dinge, die man benötigte, selbst fertigen zu können. Aber sie langweilte sich tödlich. Es mochte ein bequemes Leben sein, aber es war auch eines, bei dem sie beim Aufstehen schon ahnte, wie der Tag verlaufen sein würde, wenn sie zu Bett ging. Sie wollte nicht wieder auf der Straße leben, nein, das wahrlich nicht. Und natürlich vermisste sie es nicht, auf dem Boden zu knien und die Fliesen und Dielen zu schrubben. Jedoch war dieser vollkommene Müßiggang ebenfalls nicht das Leben, das sie zu führen wünschte.

Als Jonas noch sehr klein gewesen war, waren ihre Tage angefüllt gewesen mit der Sorge um ihn, und sie war froh gewesen, abends endlich ins Bett zu kommen, dann war Thure geboren worden, und dieser war noch fordernder als sein großer Bruder. Mittlerweile jedoch beschäftigte sich Jonas viel allein, und Thure war ein ruhigeres Kind geworden, das seine Mutter nicht mehr fortwährend brauchte. Und nun stand Agnes vor der Frage, wie sie diese langen Tage füllen sollte. Sie war nicht die Hausherrin, die Rolle nahmen Alea und Emke ein. Emke wiederum brauchte im Grunde genommen nur Thilo, dem sie die Arbeit ihres verstorbenen Ehemanns aufbürdete. Für Agnes hatte sie keine Verwendung, die war nun einmal da. An manchen Tagen war ihr so langweilig, dass sie hätte schreien mögen.

Als sie an diesem Nachmittag aus dem Haus ging, warf die Sonne bereits große Schatten, und lange würde es nicht mehr hell sein. Aber sie musste raus, zu sehr hatte sie sich über Thilo geärgert. Kurz hatte sie überlegt, die Jungen mitzunehmen, aber dann hatte sie sie in der Obhut von Aleas Kindermädchen gelassen. Es fiel Agnes immer noch schwer, der Frau zu vertrauen. Daran änderte auch der Umstand nichts, dass sie die Kinder von Cornelis und Alea gesund durch die ersten Lebensjahre gebracht hatte und eine der freundlichsten Frauen war, die Agnes kannte. Doch seit sie Mutter geworden war, empfand sie Ängste, die sie zuvor nicht für möglich gehalten hatte. Daher hatte sie Thilo auch gesagt, er brauche kein Kindermädchen einzustellen, sie werde sich selbst um ihre Kinder kümmern. Überdies hatte sie dann wenigstens eine Aufgabe und fühlte sich in diesem Haushalt nicht gänzlich überflüssig.

Um etwas zu tun zu haben, hatte sie Thilo vor einigen Monaten gebeten, ihr nun doch Lesen und Schreiben beizubringen, aber sie hatte es nach kurzer Zeit aufgegeben. So lange sitzen und lernen – das war nichts für sie. Wenn sie wenigstens einen gewissen Nutzen darin gesehen hätte, aber nicht einmal das. Nie hätte sie gedacht, dass das Leben sich so träge anfühlen konnte und Langeweile so lähmend war. Sie musste etwas ändern, sonst ertrug sie das nicht, fortwährend in den Tag hineinzuleben.

Als Agnes durch die Straßen schlenderte, spielte sie mit dem Gedanken, zu stehlen, um zu sehen, ob sie es noch konnte. Aber dann wieder erschien ihr das sinnlos. Sie hatte nie gestohlen, weil es ihr Freude bereitete, sondern um zu überleben. Wenn sie es nun aus ihrer Übersättigung heraus täte, wäre sie vermutlich unvorsichtiger und riskierte, erwischt zu werden. Als es ums Überleben gegangen war, hatte sie das Risiko eingehen müssen, aber nun war es ganz und gar sinnlos.

Am Rande der Menge bemerkte sie ein kleines Mädchen, hohlwangig und mit wildem Blick, und kurz war ihr, als sähe sie sich selbst. Sie ging zu dem Kind, das augenblicklich die Augen misstrauisch verengte, dann zog sie eine glänzende Münze hervor und reichte sie ihm. Das Mädchen zog die Nase hoch, zögerte, die Augen ganz hart vor Argwohn.

»Zu wem gehörst du?«

»Britt in St. Michaelis.«

»Sag Britt einen schönen Gruß von Agnes.« Das Mädchen schnappte sich die Münze, drehte sich abrupt um und verschwand in der Menge.

Agnes hatte nie etwas zu verschenken gehabt, und nun fühlte es sich überraschend gut an. Britt führte nun also ihre eigene Bande, das hätte sie nicht gedacht. Sie hatte sie lange nicht gesehen, eigentlich nicht mehr, seit sie in der Fischerhütte gelebt hatte. Kurz spielte Agnes mit dem Gedanken, sie aufzusuchen, aber dann verwarf sie diese Idee. Die Leute, mit denen Britt sich damals eingelassen hatte, waren übel gewesen, schlimmer als die, die Peer um sich scharte. Auch ihn hatte sie lange nicht mehr gesehen, nicht mehr seit jenem Tag, als sie mit ihm geschlafen hatte.

Noch einmal spürte Agnes jenem Moment nach, als sie dem Mädchen die Münze gegeben hatte. Sie erinnerte sich noch an diesen Moment vor vielen Jahren, als sie so viel Geld aus dem Verkauf von Thilos Nachthemd bekommen hatte, an dieses Gefühl, endlich einmal satt zu sein, für kurze Zeit dem allgegenwärtigen Hunger zu entkommen. Ob das Mädchen es ähnlich empfinden würde? Oder würde Britt ihr das Geld abnehmen? Agnes wusste, dass in Hamburg die Kirche für die Versorgung der Armen zuständig war, wenngleich sie stets zu misstrauisch gegenüber der Kirchenobrigkeit gewesen war, als dass sie versucht hätte, Almosen in Anspruch zu nehmen.

Weil sie jedoch nichts Besseres anzufangen wusste, ging sie in die Kirche St. Nicolai, in der sie getraut worden waren, suchte den dortigen Spendenkasten auf und ließ eine Münze hineinfallen. Die sogenannte Gotteskastenordnung besagte, dass jede der vier Hauptkirchen einen Kasten aufstellen musste, in den gläubige Menschen Almosen gaben. In der fünften Kirche war ein Kasten aufgestellt, in dem Geld aus Vermächtnissen und Stiftungen einging. Das hatte Emke ihr erzählt, weil ein Teil von Bernards Vermächtnis hineingeflossen war – offenbar der Versuch, einen Ablasshandel nach seinem Tod einzugehen.

Dort wurden die Vermögen der Bruderschaften, Gilden und Spitäler verwaltet, und aus dem Geld bezahlte man Einrichtungen, die armen Menschen zugutekamen, und gewährte Handwerkern Darlehen, die sie ohne Zinsen zurückzahlen konnten.

Den Armen zu helfen, war vielen Menschen ein Anliegen, und doch konnte Agnes wahrlich nicht behaupten, es wäre ihr jemals gut gegangen, als sie auf der Straße gelebt hatte. Dabei war es in der Fischerhütte noch einigermaßen erträglich gewesen. Die meisten Menschen hausten elender, lebten in den Niederungsgebieten im Keller, die ständig unter Wasser standen und wieder bezogen wurden, kaum dass das Wasser abgeflossen war. Ein reicher Hamburger Bürger hatte für ein Waisenhaus gespendet, zwei Niederländer hatten es vor neun Jahren erbaut, aber die Not der vielen Straßenkinder linderte es mitnichten.

Als Agnes wieder auf die Straße trat, überlegte sie, ob es nicht hier eine Möglichkeit gab, etwas zu tun, um die Not zu lindern. Sie bahnte sich einen Weg durch das Vieh, das sich auf dem Weg tummelte, denn zu fressen gab es in all dem Unrat genug. Cornelis hatte einmal stolz gesagt, dass Hamburg den anderen Städten weit voraus war, weil fast alle Straßen gepflastert waren, aber was nützte das, wenn das Pflaster glitschig war, wenn es gärte und stank und wenn von den Fleeten ein geradezu pestilenzartiger Geruch aufstieg? Waren da ungepflasterte Wege, wo die Flüssigkeiten wenigstens versickern konnten, nicht von Vorteil?

Und wenn sie Kinder von der Straße holte? Kinder, die noch klein waren und nicht abgestumpft von all der Gewalt um sie herum? Als Agnes klein gewesen war, kurz nach dem Tod ihrer Eltern, wäre sie glücklich gewesen, hätte jemand ihr ein Zuhause geboten. Sollte sie ihre Hilfe dem Waisenhaus andienen? Kurz überlegte sie, was Thilo dazu sagen würde, kam dann aber zu dem Schluss, dass es keine Rolle spielte, denn sie entschied selbst, was sie tat. Überdies würde Thilo wohl kaum Einwände haben, denn die Zeit auf der Straße hatte er noch als weitaus schlimmer empfunden als sie. Und Thilo gehörte nicht zu den Männern, die wollten, dass ihre Ehefrauen daheim saßen und sich ihre Aufgaben im häuslichen Umfeld erschöpften.

Bei der Vorstellung, endlich etwas zu tun zu haben, hob sich ihre Stimmung, und als sie zu Hause ankam, war sie sogar sehr versöhnlichen Mutes und suchte Thilo auf, der im Kontor über Rechnungsbüchern saß. Wie er das nur ertrug, tagaus, tagein in einem Raum zu sitzen, umgeben von Büchern und Schriften, während die Sonnenstrahlen sich durch das Fenster tasteten und das Leben außerhalb dieser Mauern lockte?

»Ah, da bist du ja wieder.« Er lächelte, und Agnes spürte eine so tiefe Zuneigung zu ihm, dass ihr das Herz schneller ging und Wärme in ihrem Bauch aufstieg. Sie wollte mit ihm schlafen, am liebsten jetzt, noch während er am Schreibtisch saß. Aber da Cornelis im Raum nebenan war und die Sache mitnichten unbemerkt vonstattengehen würde, musste Agnes sich bis zu den Abendstunden gedulden.

»Ich war in der Stadt spazieren und habe ein Kind gesehen, das sagte, es gehöre zu Britt.«

»Britt.« Thilo lächelte, und Agnes fragte sich, ob die Erinnerung an sie von ähnlichen Gefühlen begleitet wurde wie die ihren an Peer. »Hat sie es also zur Anführerin gebracht?«

»So scheint es.« Agnes ging zu ihm, strich ihm durch das Haar, dann umfasste sie seinen Kopf und küsste ihn. »Und danach war ich in der Kirche.«

Seine Augen weiteten sich erstaunt, und sie musste lachen. »Es war nur ein kurzer Moment der Besinnung. Ich musste nachdenken und brauchte mehr Ruhe, als auf den Straßen zu finden war.«

»Worüber musstest du nachdenken?«

»Darüber, wie es weitergeht.«

»Das klingt sehr ernst.«

Sie lehnte sich mit dem Rücken an seinen Schreibtisch und sah ihn an. »Ich muss etwas zu tun haben, Thilo. Dieser Müßiggang langweilt mich zutiefst.«

»Und zu welchem Schluss bist du gekommen?«

»Ich werde meine Hilfe im Waisenhaus anbieten.«

Thilo zog sie an sich, küsste sie, und Agnes spürte, wie die so vertraute Erregung in ihr aufstieg. »Das ist«, sagte er, als er sich von ihr gelöst hatte, »ein wunderbarer Einfall.« Wieder küssten sie sich. »Bist du mir noch böse?«, fragte er.

»Nein. Ich bin es nur, wenn du mich verlässt und nach Lübeck gehst.«

»Das werde ich nicht.«

»Versprichst du es?«

»Ja, ich verspreche es.«

AMSTERDAM, SEPTEMBER 1604

»Ostende hat kapituliert!« Daan van Klaaveren betrat mit einiger Verspätung den Salon im Hause Valckenberg. »Gerade kam die Nachricht. Drei Jahre hungern und sterben, und am Ende bleibt nur die Kapitulation.«

Sie waren an diesem Abend in einer kleinen Gesellschaft eingeladen, und für Marianna war es das erste Mal, seit sie ihre Tochter in die Obhut von Arjens Familie gegeben hatte, dass sie sich im selben Haus wie ihre Tochter aufhielt. Mit Jolanda Valckenberg verkehrte sie wenig, hin und wieder liefen sie sich über den Weg, trafen einander in der Kirche oder auf Feiern.

»Werden die Spanier nun versuchen, weitere Städte durch Belagerungen zu zermürben und zur Aufgabe zu zwingen?«, fragte Jolanda in diesem Moment. Sie war politisch interessiert, das hatte Marianna schon öfter wahrgenommen. »Das letzte Mal konnte eine vollständige Übernahme doch nur noch dadurch verhindert werden, weil die Königin von England auf Seiten der Niederländer eingegriffen hat. Sonst wären die aufständischen Provinzen womöglich komplett an die Spanier zurückgefallen.«

»Das ist nicht gesagt«, entgegnete ein älterer Mann, den Marianna nicht kannte.

»Die Gebiete der Aufständischen waren damals kaum größer als Holland und Zeeland zusammen«, sagte Hendrik Valckenberg. »Gänzlich abwegig ist es nicht. Und die Moral war nicht gerade die beste, nachdem Antwerpen gefallen war und die Spanier so rasch auf dem Vormarsch waren. Und jetzt stehen wir da mit Ostende, das wir um jeden Preis zu halten versucht haben.«

»Aber die Situation ist eine andere«, sagte Jan. »Die Niederlande sind dabei, den Welthandel zu erschließen, und im Grunde genommen ist für uns Amsterdamer der Fall von Antwerpen von Vorteil gewesen.« Er neigte entschuldigend den Kopf zu Jolandas Vater, Gijsbert van Aalkers, dessen Lippen schmal geworden waren.

»So viele Verluste«, sagte Daan van Klaaveren. »Die Bewohner Ostendes haben viele Jahre darauf verwendet, den doppelten Festungsring zu erbauen, haben Wälle und Palisaden errichtet, um ihre Stadt zu schützen. Es ist zum Verzweifeln.«

»Ist die Stadt nicht aus dem Umland fortwährend versorgt worden?«, fragte Marianna.

»Holland und Zeeland haben über den Seeweg Waffen, Nahrung und Munition geliefert, und sogar weitere Männer sind in die Garnison gezogen, um die Stadt zu verteidigen«, entgegnete Jan. »Aber genützt hat es offenkundig nicht.«

»Immerhin wurde die Stadt nahezu drei Jahre gehalten«, wandte Gijsbert van Aalkers ein.

»Und für was am Ende?« Daan van Klaaveren schüttelte den Kopf. »Die Verluste waren vergeblich, wenn die Stadt nun doch an die Spanier fällt.«

»Immerhin nicht kampflos.«

»Wem nützt das?«, murmelte Daan van Klaaveren und wirkte zutiefst niedergeschlagen. »Selbst mit siebentausend Mann hat man die Bastion nicht halten können.«

»Vielleicht wäre es gelungen, hätten die Stürme der letzten Monate es nicht erschwert, die Stadt über den Seeweg zu versorgen«, entgegnete Hendrik Valckenberg. »Es mussten schon vorher Befestigungsringe aufgegeben werden, und als die Flutwellen dann noch die Reste abgetragen haben – nun, was blieb dann anderes übrig, als zu kapitulieren.«

»Wie ergeht es Eurem Sohn eigentlich bei den Spaniern?«, fragte der ältere Mann nun übergangslos an Hendrik Valckenberg gewandt, und Marianna fragte sich, ob nur sie den feindseligen Unterton wahrnahm.

»Nach allem, was ich höre, ist er wohlauf.«

»Dient sich den Spaniern an, heißt es.«

»Er ist ihr Gefangener, von Andienen kann schwerlich die Rede sein.«

»Ich wäre eher im Kerker verrottet, als dass ich dabei geholfen hätte, meine eigenen Leute zu besiegen.«

Einige der Umstehenden waren aufmerksam geworden und folgten dem Disput sichtlich interessiert.

»Wart Ihr bereits in einem Kerker, damit Ihr das sagen könnt?«, fragte Arjens Schwester Lisa, die nun ebenfalls hinzutrat. Sie und Jolanda waren eng befreundet.

»Dafür muss ich nicht eingekerkert gewesen sein, um zu wissen, wem meine Loyalität gilt.« Einige Männer nickten zustimmend. »Noch dazu, wenn die eigene Ehefrau aus Antwerpen kommt.«

»Haltet mich da raus«, sagte Jolanda. »Ich für meinen Teil hoffe, ihn lebend und in einem Stück zurückzubekommen.«

»Ihr habt zwei Söhne von ihm, die Linie wird nicht aussterben. Aber von einer Frau kann man mitnichten erwarten, in diesen Dingen sachlich zu denken.«

Marianna sah, dass Jolanda rot anlief vor Zorn.

»Es redet sich leicht von Widerstand und Kerkerhaft, während man mit einem Glas Wein in der Hand in einem gesellschaftlichen Salon steht«, sprang sie Arjens Frau nun bei. »Aber ein Tag Gefangenschaft in elenden Zuständen reicht bereits aus, um einige Entscheidungen zu überdenken.«

»Meint Ihr, weil Ihr in einem Verschlag gefangen gehalten wurdet, nachdem Ihr mehrere Nächte zwischen jungen Männern verbracht habt?«, wandte sich ein junger Kaufmann an sie und grinste ein wenig anzüglich. Die Sache hatte selbstredend die Runde gemacht, wenngleich normalerweise niemand sie direkt darauf ansprach.

»Was erdreistet Ihr Euch meiner Ehefrau gegenüber?«, mischte sich Jan nun ein. »Wenn Ihr verärgert seid, weil Arjen Valckenberg in seiner Situation offenkundig keinen anderen Ausweg sieht, als zu tun, was ihm befohlen wird, so sei Euch das unbenommen. Meine Frau zu beleidigen, steht Euch hingegen nicht zu.«

»Ich habe sie nicht beleidigt, sondern nur die Abfolge von Ereignissen ausgesprochen.«

»Ihr habt es anklingen lassen, als wäre meine Tochter eine Dirne«, sagte Daan van Klaaveren. »Was untersteht Ihr Euch?«

»Ich möchte Euch darum ersuchen, in meinem Salon darauf zu verzichten, die Ehefrau und Tochter meiner Freunde zu schmähen«, mischte sich Hendrik Valckenberg nun ein.

Der Mann neigte ergeben den Kopf. »Ihr seid ein wahrer Ehrenmann, Meneer. Ich weiß nicht, ob ich die Größe hätte, ein Kind aufzunehmen, dessen Vater auf dem Schiff jeder sein könnte. Glücklicherweise ist es kein Sohn, sodass nicht zu befürchten steht, Euer Name könne von einem Matrosen-Bankert weitergeführt werden.«

Nun herrschte schlagartig Stille, und dem jungen Kaufmann

ging offenbar auf, dass er zu weit gegangen war. Gewisse Dinge dachte man, aber man sprach sie nicht aus. Sein Hals nahm eine rotfleckige Färbung an, und er räusperte sich mehrmals, als könne er das Gesagte damit ungeschehen machen.

»Simon Rietstap«, sagte Hendrik Valckenberg, »ich bitte darum, dass Ihr meinen Salon augenblicklich verlasst.«

»Verzeiht, Meneer. Ich weiß nicht, was in mich gefahren ist.«

»Nun, das weiß ich zu meinem Bedauern auch nicht. Euer Vater wird Euch gewiss das Rechte dazu sagen können, wenn er sich wieder vom Krankenbett erhebt. Und was Eure Bitte um Verzeihung angeht, so bin nicht ich derjenige, an den Ihr sie richten solltet.«

Der junge Kaufmann blickte kurz zu Marianna, dann zu Boden und schließlich wieder zu ihr, öffnete den Mund, schloss ihn und presste schließlich hervor: »Verzeiht.« Ruckartig wandte er sich ab und verließ den Salon.

Hendrik Valckenberg schlug die Hände mit einem leisen Klatschen zusammen. »Meine lieben Gäste, wer meinen Sohn schmähen möchte oder die Tochter meines Freundes Daan, dem möchte ich empfehlen, dem Vorbild des jungen Rietstap zu folgen und mein Haus zu verlassen. Und nun beenden wir diesen unerfreulichen Disput. Den Menschen in Ostende gebührt unser aller Mitgefühl. Heben wir unsere Gläser auf das Wohl der Überlebenden, betrauern die Toten und halten zusammen, um den Spaniern die Stirn zu bieten.« Er griff nach einem Glaskelch, hob ihn hoch und setzte ihn an die Lippen.

Keiner der Gäste ging, denn ihnen allen musste klar sein, dass man einen Hendrik Valckenberg nicht derart vor den Kopf stoßen durfte. Der ältere Mann, der Arjen ins Spiel gebracht hatte, schwieg und wirkte verstimmt. Doch auch er blieb. Marianna hätte die Gesellschaft gerne verlassen, denn sie fühlte sich bloßgestellt und gedemütigt. Das jedoch hätte nur noch mehr Aufmerksamkeit auf sie gelenkt, und so zwang sie sich zu einem Lächeln. Ihr Vater sprach mit zwei Gästen darüber, was für Folgen der Handelsanschluss Englands an Antwerpen haben würde und ob nun zu erwarten stünde, dass diese sich zwischen den Niederländern und Spanien neutral verhielten.

Marianna ging zu dem Tisch, auf dem die Speisen angerichtet waren, und nahm sich einen Becher mit Hamburger Bier, das sie nicht besonders mochte, weshalb sie lange damit beschäftigt war, langsam daran zu nippen. Zwei schlanke Jagdhunde lagen vor dem blanken Kamin, und als Marianna sich etwas abseits der Menge hinstellte, hob einer von ihnen den Kopf, legte diesen erwartungsvoll schief und erkannte dann, dass bei Marianna nichts zu holen war. Jan hatte dieses Jahr ebenfalls einen Hund angeschafft, weil er der Meinung war, dass es für ein Kind von Vorteil war, mit einem Hund aufzuwachsen.

»Kinder haben eine Affinität zu Hunden«, sagte er. Marianna wusste nicht, ob das stimmte, aber ihr Sohn Frederik, der gerade laufen lernte, lachte und klatschte stets in die Hände, wenn er das Tier sah. Gerne hätte sie ihren Sohn selbst genährt und umsorgt, aber Jan hatte eine Amme eingestellt, denn er sagte, keinesfalls dulde er es, dass seine Frau wie eine zeeländische Fischersfrau mit einem Säugling an der Brust herumlief. Anfangs hatte sie das traurig gemacht, aber inzwischen hatte sie sich damit abgefunden. Überdies hatte sie festgestellt, dass es auch Vorteile bot, jederzeit gehen zu können, wohin es sie beliebte. In dieser Hinsicht legte Jan ihr keine Fesseln an, und sie konnte in die Werft gehen, wann sie wollte, konnte Schiffe anschauen, durfte Baupläne mit Jan zusammen begutachten und konnte, wenn sie schon nicht reisen durfte, zumindest davon träumen, auf einem dieser Schiffe mitzufahren, die sie bis in den letzten Winkel kannte.

»Ihr solltet es Euch nicht zu Herzen nehmen«, hörte sie eine Frauenstimme sagen und drehte sich um. Jolanda war zu ihr getreten, in der Hand einen geschliffenen Glaskelch, in dem es burgunderrot schimmerte. »Immerhin hättet Ihr einiges zu erzählen, habt die spanische Flotte mit eigenen Augen gesehen und somit mehr erlebt als so mancher dieser Kerle, die hier große Reden schwingen.« Jolanda sah zu den Männern, die sich gerade mit ihrem Vater unterhielten. »Ihr müsst Euch das nicht bieten lassen.«

»Was hätte ich tun sollen? Mich mit ihnen duellieren?«

»Oh, ich bin mir gewiss, bei Gefechten und Duellen, die mit Worten geführt werden, wäre so mancher von ihnen hoffnungslos ins Hintertreffen geraten. Wäre es anders, hätten sie sich nicht darauf verlegen müssen, Euch zu demütigen.«

Schweigend beobachtete Marianna Jan, der einen sichtlich erregten Disput mit einem ihr unbekannten Mann führte. Kurz lag ihr die Frage auf der Zunge, wie sich ihre kleine Tochter machte, aber sie stellte sie nicht. Es war gewiss nicht sehr geschickt, gerade jetzt daran zu erinnern, dass Arjen Jolanda mit ihr betrogen hatte. Und sie wollte überdies nicht, dass das Mädchen als ihre, Mariannas, Tochter gesehen wurde. Für das Kind war es das Beste, wenn sie vor aller Welt als Jolandas Tochter galt, selbst wenn jeder wusste, dass es sich anders verhielt.

Marianna war ein wenig besorgt darüber, wie Jan später reagieren würde, wenn sie mit ihm allein war. Bisher war das Thema nie zur Sprache gekommen, und sie hatte ihm gegenüber stets den Schein aufrechterhalten, es hätte vor ihm keinen anderen Mann gegeben. Und er wiederum die Illusion, ihr dies zu glauben. Als spürte er, dass sie ihn beobachtete, sah er auf, und ihre Blicke trafen sich. Ein kurzes Lächeln, dann wandte er sich wieder ab, und Marianna atmete aus. Er hatte sie verteidigt, sich dergleichen Unterstellungen gegenüber seiner Frau verbeten. Die Wahrheit war ins Reich der Lügen gebannt, und die Täuschung wurde wieder zur Wahrheit.

ANTWERPEN, SEPTEMBER 1604

»Warum gehst du nicht einfach?« Johan saß Arjen gegenüber im Wirtshaus, das erste Aufeinandertreffen, seit man ihm wieder erlaubte, die Garnison zu verlassen. Arjen hatte bereits Sorge gehabt, sein Bruder könne die Stadt verlassen haben, aber diesem war zu Ohren gekommen, dass der Amsterdamer in Ungnade gefallen war.

»Wie sollte ich das tun? Über den Landweg und dabei riskieren, von den Spaniern aufgegriffen zu werden?«

»Sie werden doch nicht jedes einzelne Schiff kontrollieren, das ausläuft.«

»Wenn sie ihren Gefangenen vermissen, tun sie das gewiss. Überdies habe ich kein Geld, und eine Überfahrt muss bezahlt werden. Spätestens, wenn ich mit nichts ankomme als dem, was ich am Leibe trage, würde man misstrauisch werden.«

»Glaubst du wirklich, ein deutsches Handelsschiff würde dich nicht mitnehmen, wenn du sagst, du seist Enno Schellbachs Ziehsohn aus Lübeck und in Gefangenschaft der Spanier?«

»Nun, da könnte jeder kommen und dergleichen behaupten, noch dazu, da mich hier alle als den Amsterdamer kennen. Überdies wird kein Kapitän riskieren wollen, den Zorn der Spanier auf sich zu ziehen, indem er einem Gefangenen zur Flucht verhilft.«

»Aber es muss doch eine Möglichkeit geben!«

»Wenn es sie gäbe, hätte ich sie genutzt, das kannst du mir glauben.«

Johan krauste nachdenklich die Stirn. »Nun, am Geld soll es nicht scheitern. Ich zahle die Überfahrt für dich.«

»Man wird merken, wenn ich nicht mehr da bin, und alles absuchen.«

»Dann müssen wir eben dafür sorgen, dass sie dich nicht finden. Weiß irgendjemand hier, dass wir verwandt sind?«

»Ich habe es niemandem erzählt.«

»Ich ebenfalls nicht.«

Das Essen wurde gebracht, ein deftig gekochter Eintopf mit Rindfleisch, und Arjen merkte erst jetzt, wie viel Hunger er gehabt hatte. Das Essen der letzten zwei Monate war überaus karg gewesen, gerade ausreichend, um ihn nicht verhungern zu lassen. Zwar hatte man ihn nicht eingekerkert, aber die Haft in der kleinen Kammer war zermürbend gewesen. Damit, dass man ihn so lange dort gefangen halten würde, hatte er nicht gerechnet – vor allem angesichts dessen, dass er sich nichts hatte zuschulden kommen lassen. Aber der Comendador war über den Vorfall sehr verärgert gewesen, und auch Antonio Calderón hatte offenbar Konsequenzen zu spüren bekommen, denn als Arjen ihm erneut zugeteilt worden war, hatte er sich sehr ungnädig gezeigt. Immerhin würde man ihn wohl nicht mehr als Liebesboten nutzen.

»Wie lange bleibst du?«, fragte Arjen.

»Darüber habe ich noch nicht so genau nachgedacht. Allzu lange jedoch nicht mehr, ich kann die Heimreise nicht ewig aufschieben.«

»Wirst du noch einmal wiederkommen?«

»Das weiß ich noch nicht. Wenn Vater mich fahren lässt, dann ja. Aber vielleicht muss das hier nicht der Abschied sein. Ich überlege mir etwas.«

Der verträumte Johan war nie der Stratege unter ihnen gewesen, daher wusste Arjen nicht, ob sich bei diesen Überlegungen eine Lösung finden ließ, aber es tat gut zu wissen, dass er wenigstens im Moment nicht allein war. Obwohl Arjen ihn gerade zum zweiten Mal seit vielen Jahren sah, wusste er, dass er ihn vermissen würde, wenn er abreiste. Diese brüderliche Vertrautheit hatte er nie als so stark empfunden wie in diesem Moment, was möglicherweise auch an der derzeitigen Situation lag. Andererseits war ihm klar, dass Johan keine Schuld daran traf, wie sein Vater mit ihm umgesprungen war. Und offenkundig hatte er es selbst ja nicht gerade leicht unter der väterlichen Übermacht.

»Du hast mir gefehlt«, sagte Johan in diesem Moment. »Als du fort warst, war ich so furchtbar allein.«

Arjen sah ihn an, wollte ihm gerne sagen, dass auch er ihn vermisst hatte, aber das stimmte nicht. In Wahrheit hatte er zwar oft an ihn gedacht – und das durchaus mit Zuneigung –, aber vermisst hatte er seine Lübecker Familie nicht. Seiner Mutter hatte er lange gegrollt, seine Schwester war ihm schon als Kind entfremdet worden, und Johan war stets der Konkurrent um die väterliche Gunst gewesen, derjenige, für den Arjen unbarmherzig Prügel hatte einstecken müssen.

»Ich verstehe durchaus, dass du mich nicht besonders gemocht haben musst«, fügte Johan nun hinzu.

»So ist es nicht.« Arjen schöpfte einen weiteren Löffel Eintopf. »Ich hatte dich sehr gern, habe ich immer noch.«

»Ich habe dich immer bewundert, weil du der Sohn warst,

den unser Vater sich gewünscht hat und der ich nie werden konnte.«

»Und ich habe dich darum beneidet, dass er dich liebte, ohne dass du etwas dafür tun musstest.«

»Als Liebe habe ich das, was er mir entgegengebracht hat, nie empfunden. Als du noch da warst, habe ich immer darunter gelitten, dass er mich dir so offen vorzieht, aber mir kam es nie so vor, als täte er es, weil er mich liebt, sondern um dich zu bestrafen. Und als du fort warst …« Johan schüttelte den Kopf, als wollte er eine unliebsame Erinnerung vertreiben. »Nein, Liebe kann das nie gewesen sein.«

»Wie geht es eigentlich Rieke?«

»Sie ist aus dem Stift heraus direkt verheiratet worden, das arme Mädchen. Ihr Ehemann herrscht mit derselben Härte wie unser Vater, aber er behandelt sie immerhin einigermaßen anständig. Sie hat einen Sohn und vier Töchter. Seit sie verheiratet ist, ist sie eigentlich fortwährend in Erwartung, er scheint sie keinen Moment in Ruhe zu lassen. Einige Kinder hat sie noch vor der Niederkunft verloren. Was für ein Leben.«

Arjen dachte an Rieke, wie er sie zuletzt gesehen hatte, das runde Kindergesicht, das blonde Haar, verborgen unter einer Haube. Er hatte schon lange nicht mehr an sie gedacht.

Kurz darauf machte er sich auf den Weg zurück zur Garnison, wo ihn ein ungehaltener Antonio Calderón erwartete. »Was ist das für Euch? Eine Reise, auf der Ihr Euch dem täglichen Amüsement widmen könnt? Es wartet Arbeit auf Euch.«

»Ich habe um Erlaubnis gebeten.«

Das tat der Offizier mit einem Kopfschütteln ab, als sei dieser Einwand nicht einmal einer Antwort wert. »Seht nur zu, dass Ihr nicht wieder den Comendador verärgert.«

Es war sinnlos zu widersprechen, und so machte sich

Arjen an die Arbeit und kopierte Dokumente, die er sorgsam abschrieb, damit diese an die verantwortlichen Stellen in Spanien geschickt werden konnten. Am frühen Abend musste er einen der Offiziere begleiten und Übersetzerdienste leisten, sodass es sehr spät wurde, ehe er sich zur Ruhe begeben konnte. Am kommenden Tag, das machte Antonio Calderón klar, solle er sich nicht einfallen lassen, die Garnison zu verlassen, denn es warte viel Arbeit auf ihn.

»Seid Ihr sicher, dass Ihr mich nicht begleiten wollt?« Hannes Rak, ein Kaufmann gesetzten Alters aus Emden, war im Gehen begriffen.

Johan schüttelte den Kopf. »Ihr wisst, dass ich verheiratet bin.«

»Ich auch. Aber die Frauen sind weit weg, und ich habe sagen hören, dass es böse Gifte im Körper hält, wenn man die Lust im Körper staut.«

»Bisher erfreue ich mich bester Gesundheit.«

»Wenn Ihr Euch eines Besseren besinnt, dann sagt Bescheid. Die Frauen in dem Haus sind geradezu vortrefflich.«

Johan versicherte ihm, das zu tun, um den Mann endlich loszuwerden, dann ging er auf sein Zimmer und setzte sich ans Fenster, um auf die Straße zu blicken, die Leute zu beobachten und nachzudenken. Er wollte Arjen helfen, wusste jedoch nicht so recht, wie. Dabei war ihm durchaus ein Gedanke gekommen, aber dieser erschien ihm geradezu tollkühn, und gewiss würde Arjen ihn fragen, ob er den Verstand verloren habe. Nun jedoch, da Johan diesen Gedanken gefasst hatte, wollte er ihn nicht mehr loslassen. Er überlegte, wie er sich umsetzen ließ, und beschloss, in den nächsten Tagen einige Vorbereitungen zu treffen.

Später setzte er sich hin, um einen Brief an seine Frau zu schreiben, dem er stets auch ein paar Zeilen für Helene zufügte, denn er wollte, dass er in Worten für sie gegenwärtig blieb. Sie sollte wissen, dass sie einen Vater hatte, der alles für sie tun würde, und er hoffte, dass Aaltje ihr alles vorlas und ihr von ihm erzählte. Da sie allerdings glücklich darüber zu sein schien, dass er sich seiner Tochter widmete und seine kalte Distanz ihr gegenüber aufgegeben hatte, rechnete er nicht damit, dass sie ihn einfach totschwieg.

Es klopfte an seine Tür, und als er öffnete, stand Bernhard Ahlers davor und wirkte leicht angetrunken. »Habt Ihr schon etwas gegessen?«

»Nein, bisher noch nicht.«

»Möchtet Ihr Euch mir anschließen?«

In diesem Moment spürte Johan, wie sein Magen sich mit einem vernehmlichen Knurren meldete, was sein Gegenüber mit einem Grinsen kommentierte. »Ich muss nur rasch meinen Brief beenden.«

»Nun, ich warte gern.« Der Mann blieb in der Tür stehen, und Johan hatte keine andere Wahl, als einen Schritt zurückzutreten und ihn einzulassen. Alles andere wäre grob unhöflich gewesen. Er setzte sich wieder an den Schreibtisch, tunkte die Feder in das Tintenfässchen und beendete den Brief. Hernach streute er Sand darüber, damit die Tinte trocknete, und erhob sich. Als er sich umdrehte, stand Bernhard Ahlers so nahe, dass Johan unwillkürlich zusammenzuckte. »Himmel«, stieß er aus.

»Ihr müsst Euch nicht erschrecken.« Der Mann sah ihn an, machte jedoch keine Anstalten, Abstand zwischen sie zu bringen, während Johan seinerseits nicht zurückkonnte, weil er den Schreibtisch im Rücken hatte. Er räusperte sich.

»Hm, können wir los?«

»Gewiss doch.« Der Mann hob seine Hand an Johans Wange und beugte sich vor, dass ihre Gesichter nur ein winziges Stück voneinander entfernt waren und Johan seinen Atem spürte.

Kurz war er wie erstarrt, dann trat er einen Schritt zur Seite und umfasste das Handgelenk des anderen Mannes. »Seid Ihr von Sinnen?«

Bernhard Ahlers wirkte irritiert, dann lief er rot an, riss seine Hand aus Johans Griff, als hätte er sich verbrannt. »Ich hatte angenommen, Ihr …« Er rang nach Worten, dann schien er sich wieder zu fangen. »Rak sagte, Ihr lehntet es fortwährend ab, ihn zu Frauen zu begleiten.«

»Ich bin verheiratet.«

»Ach, ich bitte Euch! Selbst dann müsstet Ihr doch in Versuchung sein.«

Johan schüttelte nur den Kopf.

»Ihr schenkt kaum einer Frau einen Blick, gleichzeitig sprecht Ihr nicht von Eurer eigenen, was nicht wirkt, als wäret Ihr ihr besonders zugetan. Was also soll ich da denken?«

»Ihr beobachtet mich sehr genau.«

»In der Tat. Wenn Ihr Euch sträubt, weil Ihr denkt, jemand könne erfahren, dass wir beide …«

»Nein, das denke ich nicht«, fiel Johan ihm ins Wort. »Ich empfinde lediglich kein Verlangen. Nicht nach Euch, nicht nach einer käuflichen Frau.«

Bernhard Ahlers sah ihn unverwandt an. »Als wir uns über Literatur unterhielten, über fremde Kulturen, da wart Ihr so erregt, so voller Hingabe.«

»Nicht nach Euch, das kann ich Euch versichern. Es ist der

Austausch, der Leidenschaft in mir auslöst, die geistige Herausforderung, mit jemandem zu sprechen, der die Dinge sieht wie ich und gleichzeitig neue Nuancen hineinbringt. Nicht die Verschmelzung der Körper befriedigt mich, sondern die der Gedanken.«

»Ach je, Ihr klingt furchtbar dröge.«

»Und doch habt Ihr Euch während unseres Aufenthaltes in Madrid in Worten mit mir gemessen, ebenso während unserer Schiffsreise. Nur um mich hier fortwährend zu ignorieren, möchte ich hinzufügen.«

»Nun, die Wortgefechte ließen mich annehmen, Ihr wäret an mir auf dieselbe Art interessiert wie ich an Euch. Und gemieden habe ich Euch hier, weil ich nicht wusste, wie ich mich Euch nähern sollte. Ich wäre längst abgereist, hättet Ihr Euch nicht entschieden zu bleiben.«

»Ich bedaure, falsche Erwartungen in Euch geweckt zu haben.«

Seufzend hob Bernhard Ahlers in einer knappen Geste die Schultern. »Wie auch immer. Wenn Ihr jemandem gegenüber auch nur ein Sterbenswort erwähnt, werde ich Euch einen Lügner schimpfen.«

»Ich habe kein Interesse daran, Euch öffentlich zu verunglimpfen.«

Kurz senkte Bernhard Ahlers den Blick, dann sah er wieder auf, wirkte nun auf eine verletzliche Art distanziert. »Es tut mir leid, dass ich Euch belästigt habe.«

»Das habt Ihr nicht. Ich war nie Gegenstand des Verlangens eines anderen Menschen, und empfände ich wie Ihr, wäre ich gewiss geschmeichelt. Als Freund bleibe ich Euch jedoch zugetan.«

Wieder seufzte Bernhard Ahlers. »Was hält Euch denn in der Stadt? Geschäfte sind es doch offenkundig nicht.«

»Antwerpen gefällt mir, und ich überlege, ob ich mehrere Ballen edler Stoffe und Seide erwerbe für meine Mutter und meine Ehefrau.«

»Ihr nennt Eure Mutter zuerst«, stellte Bernhard Ahlers fest, der die Geschichte des treuen Ehemanns offenbar immer noch nicht zu glauben bereit war.

Johan ging nicht darauf ein, sondern wandte sich ab, um den Brief zu falten und zu versiegeln. Kurz hatte er überlegt, seinem Vater zu erzählen, er habe Arjen wiedergesehen, aber das tat er lieber persönlich, denn er wollte sehen, wie dieser reagierte. Falls sein Plan gelang, würde er Arjen sogar mitbringen, und dann wollte er seinen Vater gerne erleben. Es würde den alten Mann zutiefst schmerzen, dass dieser Sohn, den er nicht hatte anerkennen wollen, all das hatte, was Enno Schellbach zufolge einen echten Mann auszeichnete – zwei Söhne und die Fähigkeit des erfolgreichen Händlers.

»Gehen wir?«, fragte er an Bernhard Ahlers gewandt, der nickte und mit ihm zusammen den Raum verließ.

Angesichts dessen, wie ihr gemeinsamer Nachmittag begonnen hatte, war Johan in Erwartung verkrampfter Konversation mit dem Mann ausgegangen. Bernhard Ahlers jedoch schien gut darin, dergleichen aus seinen Gedanken zu verbannen, und unterhielt sich mit ihm über die Zukunft des Iberienhandels. Sie kamen sogar überein, die höfliche Distanz aufzugeben und einander freundschaftlich zu begegnen.

»Habt Ihr denn nie romantisch empfunden?«, fragte Bernhard, ehe sie sich trennten, da Johan noch vorhatte, Arjen eine Nachricht zukommen zu lassen und ihn zu treffen.

»Ihr könnt keine Ruhe geben, ja?«

»Ich möchte Euch nur verstehen.«

Johan dachte an Clara von Genssler, die er bewunderte

und deren Nähe sein Herz schneller gehen ließ. War das eine romantische Zuneigung? Körperlich verlangte es ihn nicht nach ihr. Aber um den leidigen Disput endlich zu beenden, antwortete er nur: »Doch, gewiss habe ich das.«

Sie verabschiedeten sich voneinander, und Johan machte sich auf den Weg zum Hansehaus, um über einen Boten eine Nachricht an Arjen zustellen zu lassen. Hier musste er stets geschickt vorgehen, damit es wirkte, als wäre er lediglich eine Antwerpener Bekanntschaft und hätte keine tiefere Beziehung zu ihm.

Danach galt es zu warten, und Johan vertrieb sich die Zeit damit, Seidenhändler aufzusuchen, und spazierte durch die Stadt, ehe er in das Hansehaus zurückkehrte, wo er eine Nachricht von Arjen vorfand. Nun, da das Gespräch über seine Idee unmittelbar bevorstand, war er ein wenig nervös. Wenn Arjen ihn für toll hielt und ihm sagte, auf so einen Irrsinn werde er sich nicht einlassen, dann sollte er eben zusehen, wie er aus dieser Situation herauskam. Er, Johan, durfte abreisen, wie es ihm beliebte, und mehr, als seine Hilfe anzubieten, konnte er nicht.

»Ich kann nicht lange bleiben«, sagte Arjen, als er sich im Wirtshaus Johan gegenüber niederließ.

»Dann muss es eben schnell gehen. Ich werde bald abreisen.« Johan bemerkte, wie das Gesicht seines Bruders sich verdüsterte, nur flüchtig, als gleite ein Schatten darüber. »Ich möchte dich mitnehmen.«

»Nichts leichter als das«, spottete Arjen. »Wann soll ich da sein?«

»Mach dich nicht über mich lustig. Würde ich dergleichen sagen, wenn ich keine Vorstellung davon hätte, wie es vonstattengehen könnte?« Johan sah das kurze Aufflackern von Hoffnung auf Arjens Gesicht, ehe sich seine Miene wieder verschloss, als wolle er sich wappnen. »Ich werde Seidenstoffe kaufen und in einer großen Kiste transportieren.«

»Seide wird in Ballen transportiert.«

»Ich kaufe seidenen Putz für die Frauen meiner Familie, Kleider, Schals, was auch immer.«

»Na schön. Und dann?«

»Du wirst in dieser Kiste mitreisen.«

Das Lachen platzte aus Arjen heraus, sodass sich die Menschen an den umliegenden Tischen zu ihnen umdrehten. »Das ist das Närrischste, was du je von dir gegeben hast.«

Johan wollte nicht zeigen, wie verletzt er war. »Du hast mir doch noch nicht bis zum Ende zugehört. Es ist eine ganz simple Lösung, die du nur nie durchführen konntest, weil dir niemand geholfen hätte.«

»Die Spanier kontrollieren die Waren, es gibt Ausfuhrzölle.«

»Die Waren, die ich kaufe, verzolle ich ordnungsgemäß, niemand wird danach in die Kisten schauen, wenn sie auf das Schiff verladen werden. Deine Geschichte mit der Frau, die als Schiffsjunge gereist ist, hat mich darauf gebracht. Wenn sie merken, dass du verschwunden bist, werden sie die Schiffe kontrollieren, vermutlich noch am selben Abend. Als Matrose würden sie dich sofort erkennen, falls der Kapitän nicht schon früher merkt, dass du nicht dazugehörst. Aber wenn du dich in einer Kiste versteckst, die zugenagelt ist, kann es funktionieren.«

»Das ist vollkommen verrückt, das mache ich nicht.«

Johan zuckte die Schultern. »Dann eben nicht.«

»Wenn sie mich erwischen, sperren sie mich vermutlich ein, bis ich alt und grau bin.«

»Sie sperren dich auch ein, wenn du auf Weisung Briefe zustellst.«

Arjen rieb sich die Augen und wirkte auf einmal mutlos. »Ich danke dir, dass du es immerhin versucht hast. Aber es ist undurchführbar.«

»Das denke ich nicht. Du traust dich nicht, das ist alles.«

Kurz schien es, als wollte Arjen ihm antworten. Er tat einen tiefen Atemzug, hielt die Luft an, stieß sie in einem langen Zug wieder aus. »Ich … Also gut. Ich denke darüber nach.«

Was tue ich hier?, dachte Arjen, als er in der Finsternis lag und sich fühlte, als befände er sich in einem Sarg. Er hatte mit Juan José Escobar gesprochen, in der Hoffnung, dies böte einen einfacheren Ausweg.

»Wie lange muss ich noch bleiben?«, hatte er gefragt.

»Bis Euer Vater sich freiwillig zum Austausch anbietet.«

Also vermutlich bis an sein Lebensende – oder das seines Vaters. Damit war Arjens Entscheidung gefallen. Sein Leben in Gefangenschaft zu verbringen, nie aus dieser Stadt zu kommen, nie wieder zu reisen, nie wieder sein eigener Herr zu sein – das konnte er nicht. Bei dem Gedanken an das, was er nun zu tun gedachte, wurde ihm jedoch himmelangst. Was die Spanier mit ihm tun würden, würden sie ihn erwischen, konnte er sich nur zu gut vorstellen. Aber der Gedanke, Johan könne abreisen und er wäre wieder allein, hatte ihm zwei schlaflose Nächte beschert. So distanziert ihr Verhältnis zueinander war, so war die brüderliche Vertrautheit doch da, und Arjen wollte nicht, dass er ging und ihn zurückließ.

Im Grunde genommen war der Plan so simpel, dass er ihm fast durchschaubar vorkam. Andererseits lag vermutlich genau darin der Kniff, und niemand würde auf etwas so Offensichtliches kommen, wie sich in einer Kiste zu verstecken. Außer Johan wäre dazu auch niemand bereit gewesen, denn keiner der Kaufleute hatte Anlass, Arjen zu helfen und es sich mit den Spaniern zu verderben. Überdies war Arjen Niederländer und somit ohnehin nicht gerade ein Freund hansischer Kaufleute.

Noch vor Sonnenaufgang hatte Arjen sich davongestohlen, und nun lag er in jener Kiste, die Johan zugenagelt hatte, zwischen Baumwolle und Seide. Bewegen konnte er sich nicht, und Luft drang nur durch einen Spalt im Holz. Eine solche Angst kannte er nicht, hatte er nicht einmal beim Sturm auf der Rückreise aus Genua verspürt. Was, wenn die Kiste ins Meer fiel? Was, wenn er auf das falsche Schiff verfrachtet wurde? Was, wenn die Ware auf dem Schiff war, aber dieses Feuer fing? Und was, fragte eine kleine, leise Stimme, wenn Johan nicht der anständige Kerl war, für den er ihn hielt? Wenn er sich rächen wollte für all die unterschwelligen Demütigungen, die ihm womöglich durch seinen Vater zugefügt worden waren, nachdem Arjen fortgegangen war und sich nicht mehr schützend vor ihn stellte? Daran durfte Arjen nicht denken. Nicht jetzt, als die Kiste hochgehoben wurde und jemand ächzte, dass hier offenbar Steine transportiert würden. Nicht jetzt, da die Dunkelheit ihn umfing und er glaubte, ersticken zu müssen, als die Stoffe verrutschten, ihm auf das Gesicht drückten und Arjen sich nicht bewegen durfte, um wieder freier atmen zu können.

Die Kiste wurde offenbar ins Schiff verladen, und Arjen musste die Zähne zusammenbeißen, um nicht mehrmals aufzustöhnen, wenn die Kiste gegen ein Hindernis stieß. Fluchend trugen die Männer sie in den Schiffsbauch, und Arjen hoffte, man würde nicht haufenweise Kisten über ihn stapeln. Dass er daran nicht gedacht hatte! Was sollte er denn dann tun? Johan würde ihn nicht befreien können auf diese Art. Die Luft wurde ihm knapp, und in seiner zusammengekauerten Haltung war es nicht leicht, tiefe Atemzüge zu machen. Er würde ersticken, dessen war er sich mit einem Mal gewiss. Arjen wollte gegen die Wände der Kiste trommeln, schreien, man müsse ihn hinauslassen. Lieber diente er den Spaniern, als hier elendig zu ersticken. Aber dann erfuhren sie vermutlich von seinem Fluchtversuch, und ob das, was ihm blühte, besser war, wusste er nicht. Was war er nur für ein Narr gewesen? Wie hatte er sich auf so etwas einlassen können? Es war doch klar gewesen, dass es unmöglich funktionieren konnte.

Immer wieder hörte Arjen Männer durch den Frachtraum laufen, hörte, wie Waren ins Schiff geladen wurden, hörte Stimmen, die fluchten, lachten und zotige Witze rissen. Und dann war da nur noch Stille – eine alles überwältigende Ruhe, in die nicht einmal das Rauschen der Wellen und das Knarren des Schiffskörpers drangen. War Arjen dabei, zu ersticken? Starb er langsam? War durch das Stapeln die Luft knapp geworden? Er schloss die Augen, öffnete sie wieder, doch da war weiterhin nur eine tintenschwarze, undurchdringliche Dunkelheit, die Arjen in der Art nicht kannte. Nicht einmal nachts, bei geschlossenen Läden war so viel Finsternis. Seine Lider sanken hinab, und er hörte die eigenen Atemzüge, hielt sich daran fest, bis sie ihm schließlich entglitten.

Jemand schüttelte ihn. »Arjen! So wach doch auf.«

Arjen schnappte nach Luft, die köstlich kühl in ihn strömte. Er konnte wieder atmen.

»Arjen!«

Ruckartig öffnete er die Lider und schloss sie schmerzgepeinigt wieder, hielt die Hand vor die Augen.

»Schon gut, ich habe die Laterne gelöscht.«

Zögernd blinzelte Arjen, dann schlug er die Lider auf und sah in eine Dunkelheit, aus der sich Konturen schälten. »Grundgütiger«, stieß er hervor. Er bewegte sich und stöhnte auf, als ihm der Schmerz in den Nacken fuhr und das Blut wieder durch die steifen Glieder zu fließen schien. In den tauben Händen und Füßen kribbelte es, als steche jemand mit Nadeln hinein.

»Wir sind weit genug auf See, damit ich nicht riskieren muss, dass man dich zurückbringt, sobald man erfährt, dass du hier bist.«

»Wie lange sind wir unterwegs?«

»Einen halben Tag.«

Mittlerweile dürfte Antonio Calderón in Aufruhr sein. Bedauerlich, dass Arjen nicht sehen konnte, wie man auf sein Verschwinden reagierte. »Und was jetzt?«

»Du versteckst dich erst einmal hier. Warten wir bis zum Abend, ehe ich dem Kapitän von dir erzähle. Ich werde sagen, dass ich meinen Bruder retten musste, ich bin mir gewiss, er wird es verstehen.«

Er verstand es nicht. Als Johan mit Arjen bei ihm auftauchte und ihm alles erzählte, brachte er nur ein »Habt Ihr den Verstand verloren?« hervor. »Ihr könnt doch keinen spanischen Gefangenen auf das Schiff schmuggeln.«

»Er ist mein Bruder.«

»Und wenn er der Sohn des Kaisers wäre! Das ist mein Schiff, hier bin ich die Gerichtsbarkeit und das Gesetz. Und Ihr habt es gebrochen, habt einen Gefangenen befreit und hier versteckt. Wie hätte ich dagestanden, wenn man ihn entdeckt hätte?«

»In diesem Fall hätte ich die Folgen getragen«, antwortete Johan. »Aber versteht doch bitte …«

»Gar nichts verstehe ich. Ihr könnt froh sein, wenn ich Euch nicht beide von Bord werfen lasse.«

Arjen bemerkte, dass Johan schluckte, und er beschloss, das Schweigen aufzugeben. »Ich wurde zu Unrecht gefangen genommen.«

»Das dürfte wohl jeder Delinquent von sich behaupten.«

»Mein Vater hat einen Freiheitskampf gegen die Spanier geführt, und weil man seiner nicht habhaft geworden ist, hat man mich dafür inhaftiert.«

Der Kapitän taxierte Johan. »Warum hat Euer Vater einen Kampf gegen die Spanier geführt?«

»Wir haben dieselbe Mutter, aber verschiedene Väter«, erklärte Arjen.

»Und Ihr seid aus Lübeck?«, wollte der Kapitän wissen.

»Gebürtig, ja.«

Der Kapitän schüttelte den Kopf. »Ihr habt mich in eine unmögliche Situation gebracht. Wie stehe ich da, wenn sich das herumspricht? Was, wenn ich bei meiner nächsten Spanienfahrt festgesetzt werde, weil ich einen Gefangenen auf meinem Schiff mitgenommen habe?«

»Wie sollten die Spanier davon Kenntnis erlangen?«, fragte Arjen. »Niemand weiß, auf welchem Schiff ich reise.«

»Die Reisenden hier werden es erfahren, überdies die Schiffsjungen, Matrosen und meine Offiziere.«

»Nur wenn wir es ihnen erzählen«, entgegnete Johan. »Er ist mein Bruder. Hättet Ihr dergleichen nicht auch getan, wäre es Euer Bruder? Was für ein Mann wäre ich, hätte ich ihn einfach zurückgelassen.«

Mit leicht verengten Augen sah der Kapitän Johan an, als suchte er in dessen Gesicht nach Zeichen der Unaufrichtigkeit. »Er ist ja nun einmal hier.« Er rieb sich die Augen. »Ihr habt mich in eine wahrhaft schwierige Situation gebracht. Da es nun einmal keine Möglichkeit gibt, die Sache anders zu lösen, stelle ich ihn in einer Kajüte unter Arrest. Und dort wird er bleiben, bis wir in Lübeck angelangt sind. Keine Unterhaltungen, keine Gespräche mit den anderen Kaufleuten.«

»Ich bin Euch zu Dank verpflichtet«, sagte Arjen.

»Das seid Ihr in der Tat. Ich hoffe, Ihr vergesst es nicht, wenn wir angekommen sind.«

LÜBECK,
NOVEMBER 1604

»Es gibt in Lübeck nahezu so viele Handelskompanien, wie es geographische Handelslinien gibt«, sagte Alva auf einen Kommentar Curd Hinnerks zur VOC in den Niederlanden, deren Nutzen man – seiner Meinung nach – jetzt noch nicht absehen könne. »Wir haben die Schonenfahrer, die nach Bergen, Riga, Schweden, Spanien, England, Malmö, Ystad, Island, Flandern, Preußen und wohin sie sonst noch alle reisen. Und jede Gruppe hat ihr eigenes Collegium. Was würden wir an Kosten einsparen, würde man all diese Gruppen in einer bündeln.«

Sie hatten sich am frühen Nachmittag im Haus von Curd Hinnerk eingefunden, und schon bald war das Gespräch auf die Niederlande gekommen. »Der Aufwand wäre kaum zu bewältigen. Und innerhalb der Vereinigungen ist die Kaufmannschaft in Verbänden organisiert. Bisher sind wir damit gut zurechtgekommen.«

»Es sind ja nicht nur die nach außen handelnden Kaufleute in Zusammenschlüssen, auch die Gewandschneider, die Krämer – sämtliche Kaufmannsklassen haben ihre eigenen Gruppierungen.«

»Warum soll man Dinge ändern, die sich seit Jahrzehnten, ja

seit Jahrhunderten bewährt haben?«, entgegnete Wilhelm Tiedemann. »Wir müssen uns nicht von den Niederländern und erst recht nicht von den Frauen die Welt des Handels erklären lassen.«

»Ich möchte doch bitten, meiner Schwiegertochter mit dem ihr gebührenden Respekt entgegenzutreten«, sagte Curd Hinnerk. Der Mann versetzte Clara stets in Erstaunen. Sosehr er stets gegen sie gearbeitet hatte, unter der Betonung, sie habe als unverheiratete Frau nichts in der Welt des Handels zu suchen, so sehr unterstützte er Alva. Möglicherweise lag das an deren Status als verwitwete Frau, der ihr ein anderes Ansehen in der Gesellschaft verlieh, als es eine unverheiratete Frau genoss.

»Ich bitte um Verzeihung.« Wilhelm Tiedemann neigte den Kopf in Alvas Richtung.

»Wir Lübecker müssen uns neu organisieren, wenn wir nicht noch mehr an Einfluss verlieren möchten«, sagte Georg Jung, der mit Kupfer und Zinn handelte.

»Unsere Stadt ist immer noch auf dem Gipfelpunkt ihrer Macht.« Curd Hinnerk wirkte entschlossen, als sei der Stand Lübecks allein durch seinen Willen unangefochten.

»Das mag damals, kurz nach dem Freiheitskrieg der Schweden, der Fall gewesen sein, aber seht doch nur, was seither geschehen ist!«, mischte sich Clara nun ins Gespräch. »Die Stadt hat im Krieg damals große Verluste erlitten, und die Verträge mit Schweden mögen den Menschen damals verheißungsvoll erschienen sein, aus heutiger Sicht wissen wir es besser. Die eigenen Häfen werden selbstredend privilegiert, die niederländische Schifffahrt gefördert, während gleichzeitig die deutschen Handelsrechte immer weiter eingeschränkt wurden.«

»Wir haben in der Sache mit Schweden falsch gehandelt«, gestand Curd Hinnerk, »aber das war früher nicht absehbar. Und nun hat man nahezu fünf Jahre lang verhandelt auf Wunsch der Bürgerschaft, die sich auf die Seite von Herzog Carl gestellt hat. Und das allein in der irrigen Annahme, Schweden würde uns freundlich gesonnen sein, wenn wir in Carls Sinne handeln. Was war die Folge? Gerade wurden erneut lübeckische Handelsschiffe in schwedische Häfen geschleppt.«

»Damit hat man ganz Lübeck dafür bestraft, sich anfangs auf die falsche Seite gestellt zu haben«, antwortete Alva. »Und nun müssen wir zusehen, wie wir den Anschluss verlieren.«

Georg Jung nickte zustimmend. »Unser Markt in Brügge, auf den sich ein großer Teil des Ostseehandels gestützt hat, hat ausgedient. Dafür haben wir nun zwar die Niederlassung in Antwerpen, aber was nützt uns das, wenn die Niederlande zur Handelsmacht zur See aufsteigen? Die Gewürzroute, bis dahin fest in der Hand unseres Verbündeten in Lissabon, ist nun für die Niederländer offen. Darüber hinaus sind sie bestens organisiert, was ihnen uns gegenüber einen immensen Vorteil verschafft. Selbst Danzig, die livländischen und skandinavischen Städte bekunden großes Interesse an der niederländischen Fleute als Frachtschiff.«

Curd Hinnerk schüttelte entschieden den Kopf. »So oft schon hieß es, Lübeck büße seine Macht ein, und immer wieder hat es sich erholt.«

»Aber es hat nie zur alten Größe zurückgefunden«, entgegnete Georg Jung. »Neben der holländischen Vormachtstellung steigt Schweden zur Seemacht auf. Hamburg hat sich letztes Jahr für die vertriebenen portugiesischen und niederländischen Juden geöffnet und damit einen weiteren Schwung gebildeter und reicher Kaufleute ins Land geholt – neben den Antwerpenern, die viel Geld in die Stadt spülen. Und es fördert den Freihandel der Engländer.«

»Der Handel mit den Niederlanden und den Engländern wurde ersetzt durch den intensiveren Handel mit Spanien und Portugal. Lübeck profitiert von dem niederländisch-spanischen Konflikt«, wandte Wilhelm Tiedemann ein.

»Der Seehandel hat sich befreit von den Binnenmeeren und breitet sich aus über den Atlantik«, entgegnete Alva. »Derzeit mag Lübeck seine Stellung im Machtgefüge der Hansestädte noch behaupten und seiner Stimme Gewicht verschaffen. Aber die Konflikte zehren an den Kräften der Stadt, das ist unverkennbar.«

Clara zog sich aus dem Disput zurück und ging zum prasselnden Kaminfeuer, um sich aufzuwärmen, da es in der weitläufigen Stube, deren Türen zur Eingangshalle hin offen standen, sehr kalt war. Sie zog frierend die Schultern hoch und überlegte, wie lange sie bleiben müsse, um nicht als unhöflich zu gelten.

»Ich hörte, Henning von Westerboer geht Verträge mit Antwerpener Manufakturen ein?« Georg Jung war zu ihr getreten und reichte ihr ein Glas Wein.

»Ja, er erwähnte es.«

»Und Ihr? Ermöglichen Euch die neuen Handelswege nicht auch Möglichkeiten für den Gewürzhandel?«

»Ich für meinen Teil wäre durchaus offen dafür.« Bisher nutzte sie die herkömmlichen Routen, um Gewürze wie Nelken, Zimt, Muskat, Pfeffer und Salz zu beziehen, wobei sie dazu übergegangen war, die Waren auf direktem Weg aus Lissabon zu beziehen und nicht über die Umschlagplätze der Hanseniederlassungen.

»Was sagt Ihr zu den Entscheidungen des Rates?«

Dass ihn das interessierte, wunderte sie. »Ich denke, man hat gut daran getan, das Bürgerrecht zu reformieren, insofern könnte man den Schweden sogar dankbar sein, dass sie mit ihrem Brief eine solche Neuerung angestoßen haben. Dass die alleinige Regierungsgewalt nicht mehr vom Rat ausgeht, ist eine gute Sache.« Wenngleich das Bürgerrecht weiterhin Männern vorbehalten war. »Was jedoch den Umstand angeht, dass das Bürgerrecht künftig nur noch gegen eine Zahlung von fünf Talern verliehen werden kann, so weiß ich nicht recht, was ich davon halten soll. Sollte man dergleichen wirklich nur noch Menschen zugestehen, die es sich leisten können?«

»Aber warum denn nicht? Bisher konnte jeder Bettler das Bürgerrecht für einen Taler erwerben, dabei sollte es eine Auszeichnung sein und nicht jedem Dahergelaufenen offenstehen. Es soll Menschen zustehen, die arbeiten.«

»Und es wird in ihrer Vergangenheit geforscht, sodass sie nur mit guten Zeugnissen und sittlicher Tadellosigkeit das Bürgerrecht bekommen.«

Georg Jung hob die Brauen. »Und dagegen hättet Ihr Einwände?«

»Ach, Ihr wisst doch zu gut, wie leicht es ist, Menschen zu verunglimpfen. Sollte davon wirklich das Bürgerrecht abhängig gemacht werden? Und was denkt Ihr über den Umstand, dass die Rottmeister in ihren Vierteln jährlich Häuser durchsuchen und den Menschen die Bürgerzettel abnehmen dürfen? Oder dass Bürger keine Männer, denen das Bürgerrecht nicht verliehen wurde, bei sich aufnehmen dürfen oder andernfalls Gefahr laufen, ihre Stadtwohnung zu verlieren?«

»Gewiss gibt es Dinge, die verbesserungswürdig sind. Und auch die Ergebnisse in Bezug auf Dänemark und Schweden sind nicht der Weisheit letzter Schluss. Aber Änderungen kommen langsam.«

»Solange sie überhaupt kommen und sich nicht einreihen in die politischen Fehlentscheidungen der letzten Jahre.«

Georg Jung hob sein Glas, als wollte er darauf anstoßen.

Wenig später machte sich Clara auf den Weg nach Hause, der glücklicherweise nicht allzu weit war. Sie wollte vor Einbruch der Dunkelheit zu Hause sein und mied die nächtlichen Straßen, vor allem seit Gereon niedergestochen worden war. Es trieb sich zu viel Gesindel herum, und mittlerweile hatte Gereon stets die Hand am Rapier, sobald er das Haus nach Sonnenuntergang verließ. Clara wäre wohler, wenn sie wüsste, worauf es der Angreifer damals abgesehen hatte, aber das würde sie wohl nie erfahren.

Sie hatte ihr Haus kaum betreten, da meldete ihre Magd das Eintreffen Hennings von Westerboer.

»Ihr seid wieder zurück?«, begrüßte sie ihn.

»Ihr erkennt das Offensichtliche, meine Liebe. Gerade erst bin ich in Lübeck eingetroffen und schnurstracks zu Euch gekommen. Oh, seht mich nicht so konsterniert an, mich trieb nicht die Sehnsucht.« Ohne um Erlaubnis zu bitten, schenkte er sich Wein ein. »Ihr werdet es nicht glauben, aber mir ist ein Geist erschienen.«

Lübeck. Arjen merkte erst jetzt, wie sehr er seine Heimatstadt vermisst hatte. So heimisch er sich in Amsterdam fühlte, so sehr spürte er nun, dass ihn das Sehnen nach seiner Geburtsstadt nie ganz verlassen hatte. Der Moment, als er das Beiboot verließ, mit dem sie an Land gerudert wurden, und am Hafen stand, von dem aus er so oft voller Verlangen nach Abenteuer zu den Schiffen geschaut hatte, war geradezu überwältigend. Arjen blieb für einen Moment stehen, sah auf das Wasser, das kleine Wellen kräuselten. Es war lausig kalt, und als ihm der Wind unter den Umhang fuhr, hob er frierend die Schultern.

»Komm«, sagte Johan. »Ich bin gespannt, was Mutter sagt.«

»Ich bin mir nicht sicher, ob dein Vater mir nicht die Tür weist.«

»In dem Fall wird sich eine andere Gelegenheit ergeben. Du kennst doch Menschen genug hier, alte Freunde, die dir über Nacht eine Bettstatt überlassen würden.«

Die Straßen, die Häuser, all das zu sehen, spülte eine Flut an Erinnerungen hoch, und obwohl er in Amsterdam glücklich war, wünschte er für einen kurzen Moment die Zeit zurück, als er noch Lübecker gewesen war, und dachte an all seine Freunde, die er hier zurückgelassen hatte. In diese Erinnerungen wob sich die Zeit mit seinem Vater, diesem kalten, hartherzigen Mann, der ihn von Kindheit an abgelehnt hatte, und er war froh, seinerzeit entschieden zu haben, sich Amsterdam zuzuwenden. Und kaum hatte er die Wehmut losgelassen, erwachte in ihm die Sehnsucht nach Amsterdam, dieser weltoffenen Stadt, die ihm das Leben ermöglichte, das er sich immer gewünscht hatte.

Als sie am Haus ankamen, in dem er aufgewachsen war, hielt Arjen inne, zögerte. »Ich bin mir nicht sicher, ob ich ihn wirklich sehen möchte.«

»Das ist deine Entscheidung.«

Kurz zauderte er, dann stieß er den Atem aus. »Also gut. Bringen wir es hinter uns.«

Johan betätigte den Türklopfer, und bald darauf öffnete der Hausdiener. Er starrte Johan an, dann Arjen, und sein Mund öffnete sich in einem stummen O. »Oh, Gott dem Allmächtigen sei es gedankt. Herr Johan, Ihr seid wohlauf. Und Euren Bruder habt Ihr uns zurückgebracht.« Der Mann trat zurück, und Arjen konnte nicht anders, als das herzliche Lächeln zu erwidern.

»Ich freue mich auch, dich zu sehen, Alfons.«

»Arjen!«, hörte er die Stimme seiner Mutter und drehte sich um. Da stand sie, eine Hand vor dem Mund, die Augen geweitet. Langsam hob sie die andere Hand, schien ihn berühren zu wollen, aber Arjen rührte sich nicht, machte keinen Schritt auf sie zu, um die Distanz zu überwinden. All die Jahre hätte sie ihm ein Zeichen mütterlicher Zärtlichkeit zukommen lassen können, hätte ihm zeigen können, dass er nicht allein war und dass sie ihn liebte. Sie jedoch hatte es vorgezogen, all ihre Liebe Johan zu widmen, während für ihn, Arjen, nur die väterliche Härte blieb. Offenbar bemerkte sie seine Distanz, denn sie wandte sich nun Johan zu, der sich bereitwillig von ihr berühren und an sich ziehen ließ.

»So lange warst du fort«, sagte sie, sah Johan an, wenngleich es war, als meinte sie Arjen, zu dem ihr Blick immer wieder zuckte. »Ich habe in manchen Momenten geglaubt, du wolltest dein Elternhaus nie wieder betreten. Ich habe deinem Vater gegrollt dafür, dass er die Schuld an deinem Fortgehen trug.«

»Nun bin ich ja wieder da, Mutter. Und ich habe Euch Arjen mitgebracht, wenngleich er nicht lange bleiben wird.«

In den Augen seiner Mutter schimmerte es, als sie Arjen nun offen anblickte. »Aber ein paar Tage bleibst du?«

Er nickte vage. »Wenn Euer Gemahl es erlaubt.«

»Das wird er, dafür sorge ich.« Nun tat sie einen Schritt auf ihn zu und ergriff seine Hand, drückte sie. »Du hast mir so gefehlt, Arjen, das kann ich nicht in Worte fassen. Und ich hoffe zutiefst, du grollst mir nicht.«

»Nein, Mutter, das tue ich nicht.« Und das war nicht gelogen, denn beim Blick in ihre flehenden Augen, in denen Tränen glänzten, konnte er ihr gegenüber keine Kälte mehr empfinden. Da war sie wieder, diese kindliche Hingabe und der Wunsch, dass sie ihn ebenso aufrichtig liebte wie Johan. Als hätte sich das Gefühl all die Jahre in ihm eingekapselt und bräche nun wieder auf.

Sie zog ihn an der Hand hinter sich her, die vertrauten Korridore entlang zum Kontor seines Vaters. Arjen schlug das Herz bis zum Hals, dröhnte ihm in den Ohren. Enno Schellbach konnte ihm nichts mehr anhaben, aber die Furcht vor ihm vermochte er offenbar nicht abzulegen. Seine Mutter öffnete die Tür und trat ein, und in diesem Moment, als er jenen unverwechselbaren Geruch nach Holz, Wachs, Papier und Pfeffer, der dem Raum anhaftete, wahrnahm, schwindelte es ihn kurz.

»Was gibt es?«, hörte er seinen Vater fragen, der sich über einen Folianten beugte. Dann blickte er auf, stutzte und schien für einen Augenblick nicht zu wissen, was er sagen sollte. »Du!«, brachte er schließlich hervor.

»Johan hat ihn mitgebracht.«

»Mitgebracht? Woher?«

»Aus Antwerpen.«

»Was hattest du in Antwerpen zu schaffen?«

»Müssen wir das hier im Stehen besprechen?« Fenja Schellbach hielt Arjens Hand nach wie vor fest. »Gleich wird das Essen aufgetragen, und du wirst ihm wohl nicht die Tür weisen?«

Enno Schellbach öffnete die Lippen, und seine Zähne blitzten kurz auf, dann schüttelte er den Kopf. »Nein, gewiss nicht. Ich nehme an, du bist zu Besuch? Oder willst du mich darum ersuchen, dich wieder aufzunehmen?«

»Macht Euch darum keine Sorgen. Mein Vater erwartet mich in Amsterdam, ebenso meine Ehefrau und meine Kinder.«

»Nun gut, dann sollst du mein Gast sein. Ich bin begierig, mehr zu erfahren. Wo ist Johan?«

»Er war gerade in der Halle«, antwortete Fenja Schellbach. »Ich denke, er ist bei Aaltje und Helene.«

Enno Schellbach erhob sich und schob mit leisem Scharren den Stuhl über die Holzdielen. »Dann sag in der Küche, man soll das Essen auftragen lassen.« Er wirkte gebrechlicher, ein alter Mann, der den Zenit seines Lebens überschritten hatte. Arjen hatte ihn stets als übermächtigen Vater in Erinnerung gehabt und stellte fest, dass er ihn sogar überragte – was er zweifellos früher schon getan haben musste. Es war nicht mehr der große, mächtige Mann, sondern einer, dessen Schultern sich leicht krümmten und der leise ächzte, wenn er sich aus dem Sitzen erhob.

Sie gingen in das Speisezimmer, das ungeheizt und sehr kalt war. Gleich wetterte Enno Schellbach los, was denn hier los sei, ob er in seinem eigenen Haus erfrieren müsse? Unwillkürlich verglich Arjen ihn mit Hendrik Valckenberg, mit dessen Ruhe, die diesen nie verließ, selbst dann nicht, wenn er sich über etwas ärgerte. Seinen Vater hatte er nie gefürchtet, aber stets respektiert. Ein Hendrik Valckenberg musste nicht den Rohrstock oder Lederriemen schwingen, um seinem Wort Geltung zu verleihen. Und niemals schrie er einen seiner Dienstboten an.

Die Magd erschien und fachte den Ofen an, und kurz darauf kam Johan in den Raum, in seiner Begleitung eine Frau, deren Haar unter einer Haube verborgen war, sodass man nur den blonden Ansatz erkennen konnte. Im Arm hielt sie ein kleines Mädchen, dessen blonde Haare einen interessanten Kontrast bildeten zu den dunklen Augen, die sie zweifellos von ihrem Vater hatte.

»Arjen, darf ich dir meine Frau Aaltje und meine hinreißende Tochter Helene vorstellen?«

»Wie ich sehe, hat die Reise deinen Manieren nicht gutgetan«, sagte Enno Schellbach. »Wenn die Frau noch vor dem eigenen Vater begrüßt wird.«

Johan neigte den Kopf. »Seid gegrüßt.«

Ein wenig erstaunte Arjen diese Widerspenstigkeit, die er von seinem Bruder nicht kannte. Er ging zu der Frau, grüßte respektvoll und lächelte das Mädchen an, das sich schüchtern abwandte.

»Seit wann nehmen die Kinder am Tisch Platz?«, fragte Enno Schellbach.

»Ich bringe sie gleich zurück«, entgegnete Aaltje. »Johan wollte sie nur seinem Bruder vorstellen.«

Enno Schellbach ging zu ihr, strich dem kleinen Mädchen mit einem Finger über die Wange, als wolle er Abbitte tun für seine harschen Worte. Das hatte Arjen schon im Umgang mit Rieke erstaunt, dass sein Vater zu so nachgiebiger Zärtlichkeit imstande war. »Nun bring das Kind zu seiner Amme.« Er deutete zum Tisch. »Arjen, setz dich doch.« Als Besucher war Arjen offenbar willkommener denn als Sohn.

Das Essen wurde aufgetragen, gespickter Braten, Kohlgemüse, Rüben und kross gebackenes Brot. Arjen ließ sich auf jenem Platz nieder, den er immer eingenommen hatte, als er sich noch für den ältesten Sohn und Erben des Hauses gehalten hatte. Ihm gegenüber saßen Johan und seine Ehefrau, die Eltern je am Kopf- und Fußende des Tisches. Der Vater sprach das Tischgebet, dann wurde das Essen aufgetragen.

»Unser Gast zuerst«, sagte Enno Schellbach. »Greif zu, Arjen.«

Das Fleisch war durchwachsen und glänzte vor Fett, als Arjen sich eine Scheibe abschnitt. Jetzt erst merkte er, wie groß sein Hunger gewesen war, und sein Magen machte sich mit einem leisen Grollen bemerkbar. Auf der Reise hatte er nur wenig zu sich genommen, weil der Kapitän ihn zwar nicht hatte hungern lassen, aber in seiner Wut darüber, hintergangen worden zu sein, auch nicht gerade großzügig hatte auftischen lassen.

»Du lebst nun in Antwerpen?«, fragte sein Vater schließlich.

»Nein, in Amsterdam. In Antwerpen war ich als Gefangener der Spanier. Wir sind in eine feindliche Flotte geraten, als wir auf der Rückreise aus Genua waren.«

»Wirklich?« Seine Mutter sah ihn an. »Ihr seid in eine Kriegshandlung geraten?«

»Nicht direkt. Die Spanier haben ihre Kräfte zusammengezogen für die Belagerung von Ostende.«

»Siegreich, wie wir mit Freuden feststellen konnten«, entgegnete Enno Schellbach.

»Das kommt auf den Standpunkt an. Für uns Niederländer war es ein herber Schlag.« Er bemerkte, dass sein Vater kurz zusammenzuckte.

»Und nun hat man dich freigelassen?«, fragte seine Mutter.

»Nein, ich glaube, das hätten sie auch künftig nicht. Es ist eine lange Geschichte, da mein Vater im Widerstand der Niederländer gegen die Spanier war und man seiner nicht habhaft werden konnte. Eines Tages ist mir Johan in Antwerpen begegnet, und ihm verdanke ich meine erfolgreiche Flucht aus der Gefangenschaft.«

»Was du nicht sagst.« Enno Schellbach sah Johan an, als müsse er an dem Wahrheitsgehalt der Aussage berechtigte Zweifel hegen. »Wie ist das vonstattengegangen? Hat er die Spanier im Kampf besiegt und dich befreit?«

Arjen hatte den Mund voll und konnte daher nicht gleich antworten. »Er hat eine List angewandt und mich unbemerkt auf ein Schiff gebracht.«

Wieder musterte Enno Schellbach seinen Sohn, dann nickte er knapp. »Und du wirst nun zurück in deine Heimat kehren?«

»Nach Amsterdam, ja. So bald wie möglich.«

»Was tust du dort?«

»Mein Vater handelt mit Seide und edlem Tuch.«

»Hat er weitere Söhne?«

»Nein.«

Enno Schellbach schob sich ein großes Stück Fleisch in den Mund, sodass ihm ein kleiner Faden Fett in den Bart rann. »Dann warst du ja geradezu ein Glücksfall«, sagte er, nachdem er sich das Fleisch in eine Wange geschoben hatte, um sprechen zu können.

»Ja, so kann man es sicher nennen.«

»Und du hast eine Familie?«

»Eine Frau, zwei Söhne und eine Tochter.«

Erneut sah Enno Schellbach zu Johan, und seine Brauen zogen sich zusammen. »Dann hast du es ja zu etwas gebracht.«

»Alles hat sich sehr glücklich gefügt.«

»Du bist gewiss sehr stolz auf deine beiden Söhne.«

»Mein Anteil daran ist geringer als der meiner Frau, möchte ich annehmen. Aber natürlich freue ich mich über meine Kinder, über alle drei. Die beiden jüngsten sind in meiner Abwesenheit geboren, ich kenne sie bisher nur aus Briefen.«

»Wie lange wirst du denn bleiben?«, fragte seine Mutter.

»Ich reise mit dem nächsten Schiff ab, auf dem ich eine Passage buchen kann.«

Fenja Schellbachs Züge erschlafften kurz in einer unübersehbaren Enttäuschung. »Wirst du wieder so viele Jahre warten, ehe ich dich wiedersehen kann?«

»Das weiß ich noch nicht«, antwortete Arjen ehrlich, denn er glaubte nicht, dass es ihn wieder hierher zurückzog.

AMSTERDAM, DEZEMBER 1604

Offenbar hatte sein Vater ein neues Hausmädchen eingestellt, denn die Frau, die ihm nun öffnete, war Arjen gänzlich unbekannt, und sie sah ihn wiederum fragend an.

»Ja bitte, Meneer?«

»Ich bin Arjen Valckenberg, der Sohn von Hendrik Valckenberg.«

In ungläubigem Erstaunen sah sie ihn an, dann trat sie einen Schritt zurück. »Wartet bitte hier, ich muss erst nachfragen.«

»Du musst fragen, ob ich hier willkommen bin?«

Sie wurde rot. »Nein, ob Ihr wirklich der Sohn des Hausherrn seid. Es könnte ja jeder daherkommen und dergleichen behaupten.«

Arjen musste lächeln. »Dann nur zu.«

In diesem Moment kam Markus van Huisen in den Eingangsbereich, ein großes Rechnungsbuch in den Händen. Er hielt inne, sah Arjen an, und seine Augen weiteten sich. »Meneer Valckenberg. Allmächtiger! Ihr seid zurück.« Er kam zu ihm, als müsse er sich aus der Nähe davon überzeugen, dass dort wirklich Arjen stand und ihm nicht jemand etwas anderes vorzugaukeln versuchte. »Was für eine Freude, Euch wohlbehalten wiederzusehen! Wollt Ihr nicht gleich selbst hochgehen und Euren Vater und Mevrouw van Aalkers überraschen?«

Arjen ging die Treppe hoch, spürte das glatte Holz ihres Laufs unter der Hand, hörte das Knarren der Stufen. Langsam ging er Schritt für Schritt, indes ihm das Blut in den Ohren dröhnte. Nahezu vier Jahre war es nun her, seit er von hier aufgebrochen war. Ruben würde ihn nicht mehr erkennen, seine beiden anderen Kinder hatte er nie gesehen, und Jolanda war ihm gewiss auch fremd geworden. Sie hatten länger getrennt gelebt denn als Ehepaar, und er wusste nicht, wie er seiner Familie gegenübertreten sollte. Der Fall Ostendes war ein schwerer Schlag gewesen – würde man ihm vorwerfen, auf Seiten der Spanier gehandelt zu haben?

Er betrat den Korridor Richtung Salon, aus dem die Klänge eines Spinetts zu hören waren. Behutsam öffnete er die Tür, sah seinen Vater in einem Sessel sitzen, eine Pfeife in der Hand, während seine Frau mit einer Stickarbeit dasaß und Jolanda am Spinett musizierte. Ein kleiner Junge – Ruben? – spielte auf dem Boden mit einem hölzernen Schiff. Arjen blieb stehen und betrachtete die heimelige Szene, als das Kind plötzlich aufblickte und einen Schrei ausstieß.

»Da steht ein fremder Mann!«

Mit einem Missklang verstummte das Cembalo, und Jolanda hob den Kopf, riss die Augen auf. Auch sein Vater und seine Ehefrau drehten sich um. Es war Hendrik Valckenberg, der sich zuerst aus der Erstarrung löste und aufstand.

»Arjen! Gott sei es gedankt!« Er kam zu ihm, und zum ersten Mal, seit Arjen ihn kannte, legte er ihm die Hände auf die Schultern, sah ihn aufmerksam an, ehe er ihn an sich zog und fest in die Arme schloss. »Wir haben kaum mehr daran geglaubt, als du keine Briefe mehr beantwortet hast und uns die Spanier darüber in Kenntnis gesetzt haben, dass niemand von deinem Verbleib weiß.«

»Mein Bruder aus Lübeck war in Antwerpen«, sagte Arjen, nachdem sein Vater ihn so abrupt losgelassen, wie er ihn zuvor umarmt hatte. »Er hat mir zur Flucht verholfen.«

»Das kannst du uns später in aller Ruhe erzählen. Ich denke, du möchtest jetzt erst einmal deine Frau und deine Kinder begrüßen.«

Arjen nickte und drehte sich zu Jolanda um, die immer noch am Spinett saß. Jetzt erhob sie sich langsam und sah ihn an, während er auf sie zukam. Zögerlich blieben sie voreinander stehen, dann zog Arjen sie an sich und nahm sie in die Arme. Er atmete den zarten Blütenduft ihres Haars und das Duftöl, das sie so gerne benutzte. Sie hielt still in seiner Umarmung, ohne sie über eine zögerliche Berührung hinaus zu erwidern. Schließlich ließ er sie los, und sie machte einen Schritt zurück, wandte sich dem Kind zu, als wollte sie die Zurückweisung nicht gar zu harsch wirken lassen.

»Ruben, du hast doch so oft nach deinem Vater gefragt.«

Der Junge war blond mit Jolandas grüngrauen Augen und noch kindlich gerundeten Wangen. Wie alt war er nun? Sechs? Er versteckte sich hinter den Röcken seiner Mutter und sah Arjen schüchtern an. Als dieser ihm die Hand entgegenstreckte, legte er seine nach kurzem Zaudern hinein, blieb aber hinter Jolandas Röcken verborgen, und Arjen drängte ihn nicht. Er würde nicht sein wie Enno Schellbach, der jede Zögerlichkeit als unmännlich bezeichnet und sie seinen Söhnen mit dem Stock und dem Riemen auszutreiben versucht hatte. Kurz drückte er die Hand des Kindes, dann erhob er sich.

»Die beiden anderen sind bei ihrer Amme. Komm, ich

bringe dich zu ihnen.« Jolanda ging ihm voran aus dem Salon, ohne sich umzusehen und zu vergewissern, ob er ihr folgte. »Der Junge heißt Jeroen, das Mädchen Lisanne.«

Das alles wusste er doch schon aus ihren Briefen. Es war, als wollte sie die Stille zwischen ihnen füllen, und so nickte er nur. Sie stiegen die schmale Treppe hinauf in das zweite Stockwerk, wo sich die Schlafräume der Kinder befanden. In ihren Briefen war die Distanz, die Jolanda ganz offenkundig zu ihm hielt, nicht so deutlich spürbar gewesen. Sie hatte von ihrem Alltag erzählt, von den Kindern und dem, was tagtäglich passierte. Nun jedoch war sie unübersehbar. Arjen hatte es bereits bemerkt, als er sie in den Armen gehalten hatte, und er spürte es auch jetzt, sah es an der Starre in ihren Schultern, an dem Blick, der den seinen mied. War es wegen Marianna – oder weil er auf Seiten ihrer Feinde gedient hatte? Fühlte sie sich als Antwerpenerin von ihm verraten?

»Jolanda, ich …«

»Kein Wort, bitte.« Sie drehte sich nicht um. »Nicht jetzt.«

»Also gut.« Er folgte ihr schweigend den Korridor entlang, bis sie die Tür zu einem Spielzimmer öffnete. Eine Kindsmagd in dunklem Gewand mit weißer Haube saß auf einem Stuhl, während zu ihren Füßen zwei Kinder spielten, die aufblickten und nahezu zeitgleich »Mutter!« riefen. Der Junge sah seinem großen Bruder ähnlich, während das Mädchen ganz und gar aussah wie seine Mutter. Jolanda ging in die Hocke und fing beide Kinder auf, herzte sie, während die Amme aufstand.

»Mevrouw van Aalkers.«

Jolanda löste sich behutsam von den Kindern, wobei das Mädchen sichtlich anhänglicher war als der Junge, der nach einem kurzen Blick auf Arjen offenbar beschloss, dass ihn nicht weiter interessierte, wen er vor sich hatte. Er kehrte zu seinen Bauklötzen zurück, während Jolandas Hand auf dem dunklen Haar des Kindes ruhte. »Anne, dies ist mein Mann, Arjen Valckenberg.«

Die Frau schlug die Hände zusammen. »Oh, gedankt sei dem Herrn. Ihr seid zurück.«

Arjen sah das Mädchen an, das ihn aus der Sicherheit von Jolandas Nähe heraus neugierig musterte. Wie zuvor bei Ruben ging Arjen auch jetzt in die Hocke. »Guten Tag, kleine Lisanne.«

»Bist du mein Vater?«

»Ja, der bin ich.«

Das Mädchen sah ihn aus ihren blauen Augen ernst an, und als Arjen ihr über das Haar strich, ließ sie es zu. Jeroen sah nur kurz auf und spielte dann weiter. Sein Vater interessierte ihn sichtlich wenig. Jolanda beugte sich zu Lisanne. »Möchtest du wieder spielen gehen, mein Liebes?«

Lisanne nickte und lief zu ihrem Bruder.

»Du bist eine bewundernswerte Frau«, sagte Arjen, während sie das Spielzimmer verließen.

Aus kühlen Augen musterte Jolanda ihn. »Warum? Weil ich fähig bin, ein mutterloses Kind zu lieben? Würdest du es andersherum ebenfalls tun? Wenn ich ein Kind bekommen würde, von dem du weißt, du bist nicht der Vater?«

Arjen wollte bejahen, aber er wusste, dass sie ihm das nicht glauben würde. Und wenn er ehrlich war, wusste er nicht einmal, ob er sich selbst glaubte. Sie gingen in ihr gemeinsames Zimmer, und Jolanda schloss die Tür.

»Ich nehme an, du möchtest erst einmal ein Bad nehmen und dich erfrischen?«

»Ja, sehr gerne.«

Sie nickte.

»Jolanda, es tut mir leid.«

»Das glaube ich dir sogar. Aber es ändert nichts daran, dass du mich bei der ersten sich bietenden Gelegenheit hintergangen hast. Und das mit einer Frau, die so viel zu verlieren hatte. Ich meine, wenn du mich schon betrügst, warum hast du dir dann nicht jemanden gesucht, der erfahren ist und die Konsequenzen überschaut? Eine Witwe oder eine käufliche Geliebte? Warum diese junge Frau, die vermutlich einsam war und in einer Situation, die sie verführbar gemacht hat?«

»So stellst du dir das vor? Dass ich sie verführt und ausgenutzt habe?«

»Mir ist gleich, wie du es vor dir selbst darstellst. Sie ist schwanger heimgekommen, musste ihr Kind abgeben und sich verächtlich machen lassen.«

»Ich hatte befürchtet, du wärest ihr böse.«

Jolanda sah ihn an, schüttelte den Kopf. »Warum sollte ich ihr böse sein? Sie hat mich nicht betrogen, sondern du. Ihr einziges Vergehen war, sich in dich verliebt zu haben. Und du? Warst du auch in sie verliebt?«

Arjen dachte an Marianna, daran, wie sie sich in seinen Armen angefühlt hatte, an die Gespräche, die sie miteinander geführt hatten, die langen Spaziergänge. Ja, vielleicht war er in der Tat verliebt in sie.

»Weißt du, ich will es gar nicht wissen. Wir wurden beide nicht gefragt, ob wir heiraten wollten, und ich erwarte nicht, dass du mich liebst. Aber Loyalität, die erwarte ich.«

»Ich war dir die ganze Zeit über in Antwerpen treu. Und auch vor meiner Reise.«

Sie zuckte die Schultern, als spielte das für sie keine Rolle. »Wie auch immer. Sehen wir, wie du dich künftig als Vater und Ehemann bewährst. Wir sind nun einmal beide an diese Ehe gefesselt, also müssen wir uns arrangieren.«

Nachdem er ein Bad genommen hatte, ging Arjen hinunter in den Salon, wo sein Vater nun allein saß und Pfeife rauchte. Er lächelte, als Arjen eintrat. Immerhin eine Person schien sich aufrichtig zu freuen, dass er wieder zurück war.

»Ich nehme an, das Gespräch mit Jolanda war unerquicklich?«, begrüßte sein Vater ihn.

»Ja, so kann man es ausdrücken.«

»Sieh es ihr nach, für sie war es nicht einfach. Für Marianna van Klaaveren – inzwischen Jan van der Hijdens Ehefrau – ebenfalls nicht.«

»Ich nehme es Jolanda keinesfalls übel, sie hat ja recht.« Arjen setzte sich auf einen der samtbezogenen Stühle.

»Möchtest du etwas trinken?« Sein Vater stand auf und ging zum Tisch, auf dem die Karaffe mit dem Wein stand. Ohne eine Antwort abzuwarten, schenkte er ein Glas voll ein und reichte es Arjen. »Wie haben die Spanier dich behandelt?«

»In Anbetracht der Umstände durchaus anständig.«

»Das freut mich zu hören.«

»Vor allem, wenn man bedenkt, dass sie mich festgehalten haben, ohne dass ich mir etwas habe zuschulden kommen lassen.«

Sein Vater schenkte ihm ein schiefes Lächeln. »Ich bedaure es wirklich, das kann ich dir versichern. Aber mit mir wäre man nicht so nachsichtig umgegangen wie mit dir. Vermutlich hätte ich die Sache nicht überlebt.«

»Das ist gut möglich.« Arjen nippte an seinem Glas.

»Wie ist dir die Flucht gelungen?«

Ein Lächeln zuckte um Arjens Lippen, als er an seinen Bruder dachte, den er offenbar immer unterschätzt hatte. Er hatte ihn eingeladen, ihn zu besuchen, und er hoffte, Johan würde die Einladung annehmen. »Mein Bruder hat sich eine

List überlegt.« Er erzählte seinem Vater, wie er aus Antwerpen geflohen war, und Hendrik Valckenberg lachte herzhaft.

»So ein überaus simpler Einfall. Aber daher ist wohl keiner darauf gekommen, die Kisten noch einmal einzeln zu öffnen und zu prüfen. Denkst du, sie finden heraus, dass dein Bruder in Antwerpen gewesen ist?«

»Wenn sie keiner darauf stößt, vermutlich nicht. Wobei sie gewiss überall herumfragen, und wenn dann einer sagt, es sei ein junger Lübecker Kaufmann mit dort gewesen, mit dem ich hin und wieder essen war, könnten sie darauf kommen.«

»Dann sollte dein Bruder sich besser vorsehen, noch einmal in spanische Gefilde zu reisen.«

»Sie können es ihm nicht nachweisen, und einen deutschen Kaufmann auf Verdacht hin festzunehmen, werden sie vermutlich nicht wagen. Es hängt ja auch politisch einiges daran.«

Hendrik Valckenberg paffte einige Rauchkringel. »Auch hier hat sich einiges getan, wie du vermutlich gehört hast.«

»Ostende ist gefallen.«

»Ja, das auch. Und wir haben die Ostindien-Kompanie gegründet.«

»Davon habe ich gehört, als ich in Lübeck war.«

»Das Parlament hat der VOC das Handelsmonopol für alle Gebiete westlich der Magellanstraße sowie östlich des Kaps der Guten Hoffnung gesichert.«

»Schließt das auch das Recht auf Kriegsführung ein?«

»Durchaus, ja. Unter Steven van der Hagen ist vor zwei Jahren die erste Flotte der Ostindien-Kompanie in See gestochen. Der Admiral hat die Anweisung bekommen, militärisch gegen die Portugiesen vorzugehen.«

Arjen hob erstaunt die Brauen. »Tatsächlich? In welchen Gebieten?«

»An den Küsten Ostafrikas und in Indien. Die Inder waren recht froh, die Portugiesen loszuwerden.«

Ob es unter den Niederländern besser sein würde? Arjen sprach die Frage jedoch nicht aus.

»Ihr Fort auf den Molukken haben die Portugiesen vor kurzem angesichts der Übermacht unserer Schiffe kampflos aufgegeben. Du wirst sehen, wir sind auf dem Siegeszug rund um die Welt. Wir werden mächtiger als die Portugiesen zu ihrer großen Zeit.«

Ein Gähnen unterdrückend, massierte Arjen sich die Nasenwurzel und fragte sich, ob er wohl weiterhin neben Jolanda schlafen durfte oder ob diese ihn ausquartierte.

»Du siehst müde aus. Warum legst du dich nicht schon zur Ruhe?«

»Der Abend ist doch kaum hereingebrochen.«

»In diesem Fall können wir eine Ausnahme machen, denke ich.«

Dankbar stellte Arjen das Glas ab und erhob sich. Er ging hoch in das Zimmer, das er mit Jolanda teilte. Solange sie nicht ausdrücklich sagte, alleine schlafen zu wollen, würde er dieses Bett beziehen, das in diesem Moment so wunderbar einladend wirkte. Zwar hatte er in Lübeck auch ein bequemes Bett in einem Gästezimmer gehabt, aber so richtig gut geschlafen hatte er dort nicht. Er entkleidete sich, holte sein Nachthemd aus der Kleidertruhe, in der noch alles sortiert und gefaltet lag, als hätte er den Raum nie verlassen. Dann legte er sich hin und war eingeschlafen, kaum dass sein Kopf das Kissen berührte.

»Du musst nicht mitkommen, wenn dir nicht danach ist«, sagte Jan, als Marianna sich mit pochendem Herzen zu ihm gesellte. »Du wirkst etwas erschöpft.«

»Es ist alles gut.« Marianna bemühte sich um ein beruhigendes Lächeln. »Während der letzten Schwangerschaft war ich doch auch fortwährend müde.«

»Wenn es dir zu anstrengend wird, möchte ich aber, dass du nach Hause gehst.«

»Sicher.« Dabei war es nicht die Schwangerschaft, die Marianna zu schaffen machte, sondern die Aussicht darauf, Arjen zu sehen. Sie hatte geglaubt, über ihn hinweg zu sein, aber seit sie wusste, dass er wieder in Amsterdam war, konnte sie nicht anders, als an die Zeit mit ihm zu denken, daran, wie sie sich geliebt hatten, und an die intensiven Gefühle, die er immer noch in ihr auslöste. Hoffentlich bemerkte Jan nichts davon.

An diesem Abend waren sie im Haus Valckenberg eingeladen, wo zu Ehren von Arjens Heimkehr eine Feier veranstaltet wurde. Vielleicht sollte Marianna doch absagen. In einem Haus nicht nur mit Lisanne, sondern auch mit Arjen – das war so fordernd, dass sie nicht wusste, wie sie es überstehen sollte. Wenn es nicht mehr ging, würde sie Unwohlsein vortäuschen und die Gesellschaft verlassen. Ihre Schwangerschaft würde ihr dafür einen guten Vorwand bieten. Sie verabschiedeten sich von Frederik, für den es bald Zeit war, zu Bett zu gehen. Ihr Sohn war ein hübsches Kind, dessen graue Augen unter einem dunklen Haarschopf aufgeweckt in die Welt schauten. Normalerweise besuchte Marianna ihn immer direkt vor dem Schlafengehen und erzählte ihm Geschichten, wie ihr Vater dies seinerzeit bei ihr getan hatte, aber wenn sie ausgingen, musste sie das schweren Herzens seiner Kindsmagd überlassen.

Das Haus Valckenberg war gut besucht, und Marianna betrat es mit wild klopfendem Herzen.

»Ist dir wirklich wohl?«, fragte Jan, nachdem er ihren Umhang einem Diener übergeben hatte und sie den schmalen Eingangsbereich verließen, um über die Treppe nach oben zu gelangen. Die Tür zwischen Salon und angrenzendem Speisezimmer war geöffnet worden, sodass mehr Platz war für die Gäste. Die Luft war warm und geschwängert vom Geruch duftender Öle, Puder sowie menschlicher Ausdünstungen. Marianna vertrug intensive Gerüche nicht gut, und ihr hob sich ein wenig der Magen.

»Ah, van der Hijden«, begrüßte Benedict Obzoomer sie, ein Werftbesitzer aus Delft. »Und die reizende Gemahlin.« Er neigte höflich den Kopf vor Marianna. »Das ist ja eine interessante Geschichte, die der junge Valckenberg da erzählt. Unvermittelt tauchte der Bruder aus Lübeck auf und verhilft ihm zur Flucht. Fast zu unglaublich, um wahr zu sein.«

»Manchmal fügt es sich einfach günstig«, entgegnete Jan.

»Na, das kann man wohl sagen.« Benedict Obzoomer lachte. »Für Hendrik Valckenberg muss es eine große Erleichterung gewesen sein, seinen Sohn endlich zurückzubekommen.«

»Wäre es mein Sohn«, sagte ein Mann, den Marianna nicht kannte, mit gesenkter Stimme, »so weiß ich nicht, ob ich ihn hätte zurückhaben wollen, nachdem er für die Spanier tätig gewesen ist.«

»Es entbehrt jeden Anstands«, entgegnete Jan, »im Haus des Gastgebers dessen Familie zu schmähen. Niemand von uns weiß, was er in Antwerpen hat tun müssen und wie die Spanier ihn dazu gezwungen haben. Dass er geflohen ist, heißt doch wohl, dass er nicht freiwillig dort war und die erste sich bietende Gelegenheit genutzt hat, fortzukommen. Und wäre er Euer Sohn, so bin ich mir gewiss, dass Ihr weniger strenge Maßstäbe anlegen würdet als an den eines anderen Mannes. Selbst wenn Ihr es leugnet.«

Der Mann schwieg und wirkte konsterniert.

Marianna überließ die Männer ihrem Disput und schlenderte durch den Salon. Schließlich blieb sie am Tisch stehen, auf dem das Essen aufgebaut war, und sah, dass die Familie Valckenberg eintrat – Hendrik, seine Ehefrau, Jolanda und Arjen. Mariannas Herzschlag beschleunigte sich so sehr, dass es sich anfühlte, als machte es kleine Stolperer. Er sah gut aus, ein wenig schmaler vielleicht, ein paar Linien im Gesicht, die vorher nicht da gewesen waren, aber immer noch der Mann, in den sie sich verliebt hatte. Dass es schwer werden würde, ihn zu sehen, hatte sie erwartet. Nicht jedoch, dass es so wehtun würde. Sie kam sich schäbig vor Jan gegenüber, der immer anständig zu ihr war. Dass er ihr das Reisen verbot, war alles, was sie gegen ihn zu Felde führen konnte. Jedoch hatte er nie auch nur ein Wort über ihre Beziehung zu Arjen und das uneheliche Kind, das daraus entstanden war, verloren.

»Meine lieben Gäste«, sagte Hendrik Valckenberg, und alle verstummten. »Für unsere heutige Feier gibt es einen ganz besonderen Anlass. Ich freue mich, dass ihr so zahlreich erschienen seid, um mit uns die Rückkehr meines Sohnes Arjen aus der Gefangenschaft der Spanier zu begehen. Die Flucht verdankte er einem überaus glücklichen Umstand, und wir wollen Gott danken, dass er dies ermöglicht hat.«

Raunen war zu hören, zustimmende Rufe, der eine oder andere klatschte.

»Feiern wir also diesen Abend ausgelassen, und Sonntag werde ich in der Kirche großzügig spenden, um meinen Dank für die glückliche Fügung auszusprechen.«

Er hob das Glas, und wer von den Gästen eines in der Hand hielt, tat es ihm gleich. Arjen wirkte ein wenig verlegen, lächelte zurückhaltend und hob ebenfalls sein Glas. Zu gerne hätte Marianna gewusst, wie es ihm in Antwerpen ergangen war, aber ihn danach zu fragen, war ganz und gar unmöglich. Kein Wort würde sie mit ihm wechseln dürfen, wollte sie nicht riskieren, dass es zu Gerede kam. Die Leute würden sie genau beobachten, dessen war sie sich gewiss.

Obwohl sie keinen Hunger hatte und der Gedanke an Essen ihr eher Übelkeit verursachte, nahm sie doch etwas, um sich zu beschäftigen. Es gab kleine, gut gewürzte Würstchen, die in Brot eingebacken waren, und die vertrug sie bisher noch recht gut. Langsam ging sie durch den Salon, stellte sich schließlich ans Fenster und sah in die Menge, sodass ihr Blick unbemerkt immer wieder zu Arjen gleiten konnte. Wenn sie nur wüsste, ob er ebenso empfand wie sie. Er jedoch war seinem Vater zugewandt und den Gästen. Jolanda hatte ihre Hand aus seiner Armbeuge gelöst und stand mit einigen Frauen zusammen, plauderte, lachte hin und wieder, und Marianna fühlte sich mit einem Mal so allein wie nie zuvor in ihrem Leben. Jeder schien sie zu beobachten, auf einen Fehltritt zu warten. Sie bemerkte Frauen, die sie hinter Fächern hinweg beobachteten, bemerkte hier und da das Getuschel, sah Männer, die verstohlen zu ihr blickten. Und wenn sie ganz offen zu ihm ging und ihn begrüßte? Es war so schwierig, das Richtige zu tun, wenn alle darauf warteten, dass man das Falsche tat.

»Warum stehst du hier abseits?«, fragte Jan.

»Ich wollte nur kurz etwas essen, damit mir nicht schlecht wird.« Sie zwang sich zu einem Lächeln.

An seinem Blick ließ sich nicht ablesen, ob er ihr glaubte. Eigentlich wusste sie nie so recht, woran sie bei ihm war.

»Komm«, sagte er schließlich. »Beglückwünschen wir die Familie zu der glücklichen Rückkehr und fragen Arjen Valckenberg, wie es ihm ergangen ist.« Er ergriff ihre Hand, und als sich seine Finger in warmem, festem Druck um die ihren schlossen, wusste sie, dass ihm die Blicke der Umstehenden nicht entgangen waren. Und nun, das sagte jeder Zoll seiner Haltung, sollte jemand es wagen, das Falsche zu sagen.

HAMBURG, FEBRUAR 1605

Der Wind trieb Thilo den schweren Schneeregen ins Gesicht, als er durch die Gasse ging und nur daran denken konnte, bald wieder im Warmen zu sein. Vielleicht wäre Agnes zu Hause, und ein klein wenig ergötzte er sich an der Vorstellung, wie sie mit den Kindern vor dem warmen Ofen in der Stube saß, im Hintergrund das leise Klackern des Spinnrads, und seine Söhne, die auf dem Boden spielten. Er konnte es kaum glauben, dass es noch vor wenigen Jahren Zeiten gegeben hatte, als er bei dieser Kälte nur darauf hatte hoffen können, irgendwo regengeschützt unterzukommen. In der Ruine hatte das Wasser in Pfützen auf dem Boden gestanden, und man hatte froh sein können, wenn man die Nacht einigermaßen trocken und nicht gar zu durchgefroren überstand.

Thilo griff an den Kragen seines Umhangs und hielt ihn zusammen, als ihm die Nässe kalt den Hals hinabkroch. Es war dämmrig, und wenngleich Thilo nach all den Jahren auf den Straßen nur wenig Angst hatte, beschleunigte er doch seinen Schritt. Die Dunkelheit brach bei diesem Wetter schon vor ihrer Zeit an, und außer ein paar Schweinen und einigen gackernden Hühnern, die flatternd einen Unterstand suchten, war die Gasse vor ihm leer. Er wich im letzten Moment einem jener Misthaufen aus, die in den Straßen überhandnahmen. Die Büttel waren dazu übergegangen, das Vieh auf den Straßen zu fangen und dem Heiligen-Geist-Hospital als Schlachtvieh zu übergeben, in der Hoffnung, dieser Plage damit endlich Herr zu werden. Der Wind trug den fäkaliengesättigten Gestank der Fleete zu ihm, und Thilo krauste die Nase.

Schritte näherten sich von hinten, und er wich zur Seite aus, instinktiv Schutz suchend an den Mauern. In der Erwartung, die Leute könnten an ihm vorübereilen, ging er weiter, aber die Schritte verlangsamten sich, und als er sich bereits wachsam umdrehen wollte, wurde er am Nacken gepackt und herumgedreht.

»Das ist Peers Revier«, sagte Thilo. »Ich habe zu ihm gehört.«

»Leuchte ihm ins Gesicht.« Der Mann, der ihn gepackt hatte, wandte sich zu seinem Begleiter um, der nun eine Laterne hob.

Geblendet schloss Thilo die Augen.

»Ist er das?«

»Ja, ohne Zweifel. Das Ebenbild seines Vaters.«

»Bist du Thilo Drenkhan?« Der Mann, der seinen Kragen gepackt hatte, drückte ihn so gegen die Wand, dass er sich nicht bewegen konnte.

»Nein«, presste Thilo hervor, dem das Herz nun so schnell ging, dass es ihm den Atem zu nehmen schien. Und gerade hatte er noch gedacht, dass ihm die Jahre auf der Straße die Angst genommen hatten. Sie war nie fort gewesen, kehrte nun mit aller Macht zurück, und er war wieder jener Junge, der dem Mörder seines Vaters ins Gesicht blickte.

»Bist du Theodor Drenkhans Sohn?«

»Nein. Und jetzt lasst mich los!«

»Er ist es. Unverkennbar.«

»Und wenn nicht?«

Das kalte Eisen einer Klinge berührte seinen Hals, und nun verspürte Thilo nichts als bleierne, lähmende Todesangst.

»Bist du Thilo Drenkhan?«

Er zitterte heftig, spürte, wie die Klinge sich gegen seine Haut drückte. Es war vorbei mit ihm. Und gleich, was er antwortete, sie würden ihn töten. Agnes, dachte er, Jonas, Thure. Er schloss die Augen. »Ja«, brachte er schließlich mit starren Lippen hervor. »Ja, ich bin es.«

Der Griff lockerte sich so kurz, dass er tief Luft holen konnte, dann wurde er umgedreht, gegen die Wand gedrückt, seine Arme auf den Rücken gedreht und die Handgelenke zusammengebunden. All die Jahre hatte er sich versteckt. Wie hatten sie ihn nur gefunden?

»Ist das wirklich notwendig?«

»Er hat vielleicht seinen Vater ermordet, und da war er deutlich jünger. Keinesfalls liefere ich ihn meiner Herrin aus, ohne dafür zu sorgen, dass er wehrlos ist.«

Thilo brauchte einen Augenblick, um zu verstehen, was gesagt wurde. »Ihr kommt nicht von den Mördern meines Vaters?«

»Und wenn er es nicht gewesen ist?«

»Das werden wir dann ja erfahren.«

»Aber er hat gefragt …«

»Das mag eine Finte sein. Wollt Ihr ihm vertrauen? Diesem Jungen, der verschwunden ist und hier in der Kleidung eines angesehenen Mannes durch Hamburgs Straßen flaniert?«

Sie nahmen ihn in ihre Mitte, und Thilo hoffte, jemand würde auf sie aufmerksam, aber auch als sie zurück auf die breiteren Straßen traten, eilten die Menschen mit gesenktem Kopf vorbei. Ein Mann, der von einem reichen Herrn und einem Büttel gefangen genommen worden war – das war es, was sie sahen.

»Wohin bringt Ihr mich?«

Er bekam keine Antwort, und so blieb ihm nichts anderes übrig, als schweigend mitzugehen. Irgendwann kamen sie an einer Kutsche an, ein Mann stieg vom Bock, öffnete den Schlag, und Thilo wurde ins Innere geschoben. Der Kerl, der ihn unbarmherzig in hartem Griff gehalten hatte, setzte sich neben ihn, sein eleganter Begleiter ihnen gegenüber.

»Schickt Euch die Lübecker Gerichtsbarkeit?«

»Nein.«

»Ihr führt mich ab wie einen Gefangenen.«

»Ihr seid nicht unser Gefangener, wir legen nur Wert darauf, diese Fahrt lebend zu überstehen.«

»Wer schickt Euch?«

Darauf bekam er keine Antwort, und so gab er es auf und sah schweigend aus dem Fenster, als die Kutsche anrollte. Sein schwerer Umhang war durchnässt, und schon bald bebte Thilo vor Kälte, und ihm schlugen die Zähne aufeinander.

»Er holt sich den Tod«, sagte sein Gegenüber in die Finsternis. Wie lange sie schon gefahren waren, wusste Thilo nicht, aber die Dämmerung war längst in nächtliches Dunkel übergegangen. »Krank und außerstande zu sprechen, nützt er uns nichts.«

»Sobald wir an ein Gasthaus kommen, halten wir an. Es ist eine halbe Tagesreise, aber Ihr habt recht, wir sollten die Nacht über irgendwo unterkommen, sonst erfriert er uns.«

Thilo lehnte den Kopf an die Kutschwand, und irgendwann musste er eingeschlafen sein, denn er wurde davon wach, wie er mit der Stirn gegen den Kutschschlag stieß. Schmerz durchzuckte ihn, und einer der Männer fluchte. Dann kam die Kutsche zum Stehen, und Thilo richtete sich auf. Trotz der Kälte fühlte sich sein Gesicht heiß an, und er zitterte so heftig, dass seine Zähne klapperten. Der Kutschschlag wurde geöffnet, und der Mann neben ihm stieg aus, griff nach seinem Arm und zog ihn hinaus. Der Boden war matschig, aber immerhin hatte der Regen aufgehört, und es blies nur ein böiger Wind. Das Haus am Wegesrand war eines jener Gasthäuser für Fuhrleute und Maultiertreiber mit Stall und Remise.

»Gibt es auf dem Weg nichts Besseres?«, fragte der Mann in der Kleidung eines reichen Kaufmanns.

»Wie Ihr schon sagtet, er holt sich den Tod. Und ich denke, es ist annehmbar.«

Thilo sah nur die hell erleuchteten Fenster, die das Versprechen nach Wärme trugen, und nach mehr verlangte es ihn in diesem Moment nicht.

»Gut.« Der elegante Mann gab nach. »Bleiben wir also hier.«

Agnes mochte die Arbeit im Waisenhaus, wo es durchaus von Vorteil war, dass viele Kinder, die von der Straße geholt wurden, sie als ihresgleichen erkannten. Dort fiel sie zurück in jene Art zu sprechen, die ihr auf der Straße zu eigen gewesen war. Sie war sich für keine Arbeit zu gut, half in der Küche mit, gab Essen auf Teller, spann Wolle, mit der Kleidung für die Kinder gefertigt wurde, und lernte sogar, Näharbeiten zu verrichten und den Mädchen zu helfen, ihre Kleidung auszubessern.

Das Elend war auch hier allgegenwärtig, es war kalt, und im Winter grassierten Krankheiten, sie hatten Fälle von Halsbräune, bei der die Kinder qualvoll erstickten, und viele husteten ohne Unterlass. Gerade hatten sie ihnen die Haare geschoren, weil die Läuse überhandnahmen, und die Kleidung musste stets mit scharfer Seife gewaschen werden, um Flöhe zu vertreiben. Agnes hatte ihr Haar immer unter einer Haube verborgen und gab acht, dass sie nur selten Flöhe mit ins Haus brachte. Abends, wenn sie ihre eigenen Kinder sah, die gut genährt und gesund in ihren Betten lagen, überkam sie stets eine Dankbarkeit, in der allerdings immer ein Anflug von Furcht mitschwang, dass dieses Glück nicht von Dauer sein würde.

Eine der Frauen, die dort arbeiteten, hatte Agnes besonders ins Herz geschlossen. Geertje – eigentlich Gertrud – war selbst ein Waisenkind gewesen, aus durchaus wohlhabenden Verhältnissen. Aufgewachsen war sie in einem Frauenstift – »ich bin Katholikin, aber verrat es niemandem« –, wo sie lesen und schreiben gelernt hatte. Dann hatte sie einen Gewandschneider geheiratet, und ihr Leben schien endlich eine Wendung zum Besseren zu nehmen. Doch dann hatten die Pocken erst ihren Mann und schließlich die Kinder dahingerafft.

»Ich könnte zu Hause sitzen und mein Schicksal beweinen«, sagte sie, als sie an diesem Nachmittag zusammensaßen und kurz von all der Arbeit verschnauften. »Aber das war nie meine Art. Und ich bin viel zu wütend. So viele Krankheiten könnte man verhindern.«

»Durch weniger heiße Bäder?«, fragte Agnes, woraufhin Geertje sie angesehen und gelacht hatte.

»Eigentlich ist es eher zum Heulen, aber du kannst nichts dafür, dass man euch diesen Unsinn erzählt. Was uns krank macht, ist die Pestilenz, die all dem Dreck entsteigt. Kennst du Johann Bökel?«

»Nein.«

»Nun, woher auch. Er ist unser Stadtphysicus, mein Mann kannte ihn. Leider war mein Mann – Gott erbarme sich seiner Seele – keiner derjenigen, die sich einem neuen Denken öffneten. Er setzte auf das Althergebrachte. Johann Bökel hingegen sagt seit Jahren, dass die Stadt Hamburg selten ohne böses Fieber ist. Die Stadt gleicht einem Pesthaus. Für den spanischen Pyp bist du noch zu jung, der kam vor über zwanzig Jahren mit hohem Fieber, Schüttelfrost, Halsschmerzen – alle Symptome der Verkühlung, aber um so vieles stärker. Sie hat viele Menschen dahingerafft. Und vor sieben Jahren hat Bökel dem Rat eine Pestordnung vorgelegt, aber er wurde nicht gehört. Danach kamen die Pocken.« Geertje stopfte sich eine Pfeife, etwas, das Agnes bisher nur bei Männern gesehen hatte.

»Aber Menschen wurden immer schon krank und sind gestorben. Wie sollte man das aufhalten?«

»Warum wohl haben Könige und reiche Leute jüdische Ärzte? Du gehst jeden Sonntag in die Kirche, ja?« Die Frage wirkte übergangslos, und Agnes nickte verwundert. »Was riechst du?«

»Es stinkt bestialisch.«

»Die Fenster müssen stets offen stehen, weil der Gestank der Toten aus den Grüften aufsteigt. Wir haben vieles noch nicht verstanden, aber es mahnen Ärzte bereits, dass dieser widerliche Gestank, der aufsteigt, Krankheiten bringt. Er ist giftig, wir können es nicht sehen, doch es liegt in der Luft, die wir atmen. Wir wissen um diese Dinge, auch wenn unser Verstand es noch nicht begreift. Daher wenden wir uns von dem Gestank ab.«

»Wir können doch nicht aufhören zu atmen.«

»Schon vor Jahren empfahl Bökel, die versumpften Wasserläufe zuschütten zu lassen, aber man schenkt ihm kein Gehör. Bei Strafe sollte verboten werden, Unrat in die Fleete zu kippen, und die Grüfte unter den Kirchen müssen so dicht sein, dass der Gestank nicht mehr emporsteigen kann.«

»Aber wo sollen die Leute ihre Nachttöpfe denn sonst entleeren?«, fragte Agnes. »Auf den Straßen spült es der Regen fort.« Sie verstand zwar durchaus, was Geertje meinte, aber es gab nun einmal keine andere Lösung, die gleichsam bequem war. In Lübeck war es ebenso gewesen, und Agnes vermutete, dass es auf der ganzen Welt so war, denn schließlich verrichteten Menschen überall ihre Notdurft und konnten sie schwerlich im Haus behalten. Nun gut, wenigstens die Fleete, aus denen das Trink- und Brauwasser bezogen wurde, könnte man davon ausnehmen, das wollte sie einräumen.

Die Dämmerung hatte bereits eingesetzt, als sie sich auf den Weg nach Hause machte, und der Schneeregen ging in schweren Tropfen auf sie nieder. Schauderhaft kalt war es, und Agnes ging so schnell, dass sie mehrmals beinahe auf dem schmierigen Belag des Straßenpflasters ausgeglitten wäre. Der Saum ihrer Unterröcke schlug ihr klatschnass um die Knöchel, und sie war froh, als sie endlich im Trockenen war.

»Ein Wetter ist das«, sagte Hilda, als sie Agnes den nassen Umhang abnahm. »Jonas hat sich den ganzen Nachmittag zu Enna an den Ofen verzogen. Er sagt, in der Küche ist es am gemütlichsten.«

»Ach, ich kann ihn verstehen. Nirgendwo ist es wärmer als am Ofenfeuer.«

»Jetzt ist er oben und spielt. Gleich gibt es Essen, wir warten nur noch auf Thilo.«

Der Umgang zwischen ihnen und den Dienstboten war nach wie vor wie unter ihresgleichen. Agnes wäre es seltsam vorgekommen, wenn sie von ihnen als Herrin angesprochen worden wäre, und Thilo hielt es ebenso. Denn im Grunde genommen waren sie weiterhin die Untergebenen der Herrschaften, sie wohnten nur besser als früher und durften mittlerweile mit ihnen am Tisch essen. Und alles, weil Bernard nicht mehr unter ihnen weilte. Wenn der wüsste, was für ein Glück sein Ableben mit sich gebracht hatte, dachte Agnes hin und wieder.

»Wo ist Thilo denn?«

»Er hatte etwas für Meneer Cornelis zu erledigen. Es dauert wohl länger.«

»Aha.« Agnes ging hinauf zu den Kindern, die mit dem Kindermädchen von Aleas Söhnen in deren Zimmer spielten. »Sei gegrüßt, Deetje.« Sie ließ sich auf die Knie nieder, und Jonas eilte auf sie zu, warf sich ihr in die Arme, und sie lachte. Thure folgte ihm auf noch recht wackligen Beinchen, und Agnes drückte sie beide an sich, atmete ihren Kindergeruch ein, spürte Jonas' vom Spielen verschwitztes Gesicht an dem ihren. »Vater war heute noch nicht hier«, beklagte er sich.

»Er kommt gewiss zu euch, wenn er zurück ist.« Agnes erhob sich und ging in ihr Zimmer, um das nasse Kleid auszuziehen. Der Raum war bitterkalt, und ihr kroch eine Gänsehaut über den Körper, als sie nahezu nackt dastand. Rasch zog sie sich an und schnürte ihr Kleid zu, dann ging sie nach unten, um zu sehen, ob das Essen schon aufgetragen worden war. Sie hatte seit dem Morgen nichts mehr gegessen. Alea und Emke hatten sich bereits im Speisezimmer eingefunden, und Cornelis trat kurz nach Agnes ein.

»Ah, du bist schon da? Hast du Thilo gesehen?«

»Nein, seit dem Morgen nicht.«

»Er sollte für mich einige Botengänge erledigen, aber ich habe ihn längst zurückerwartet.«

»Möglicherweise hat er jemanden getroffen und ist ins Gespräch gekommen«, sagte Emke.

»Das ist nicht seine Art, mich warten zu lassen.«

»Es regnet, vielleicht ist er in einem Wirtshaus.« Emke zuckte die Schultern. »Wäre ja nicht so furchtbar ungewöhnlich für euch Männer.«

Für Thilo jedoch schon, das wusste Agnes. Ihn trieb immer

noch die Vorstellung um, das schöne Leben könne ein Ende finden, wenn er nicht sorgsam mit seinen Pflichten umging. Sie ging zum Fenster und sah hinaus in die undurchdringliche Finsternis. Und wenn ihm etwas zugestoßen war? Nein, beruhigte sie sich. Er hatte so viele Nächte allein auf der Straße genächtigt, und da war sie nicht bei ihm gewesen als Aufpasserin. Allerdings hatte er Albrecht an seiner Seite gehabt. Agnes spürte die Unruhe in ihr aufsteigen und versuchte, sie zurückzudrängen. Thilo war kein Kind mehr, er wusste sich zu wehren und kannte die Gesetze der Straße. Nun, so einigermaßen zumindest. Aber womöglich hatte das Leben hier ihn weichgemacht, zu träge, um Gefahren früh genug zu bemerken. Möglicherweise war er unvorsichtig und leicht zu überwältigen, wenn man glaubte, bei ihm war was zu holen. Und er war ja auch gekleidet wie ein wohlhabender Geck. Agnes trug zwar nicht mehr die Kleider, die sie als Magd getragen hatte, aber sie war doch erkennbar als Frau aus dem Volk. Thilo jedoch musste auf Wunsch von Emke einen Kaufmann repräsentieren.

»Dann lass das Essen nun auftragen«, hörte sie Cornelis sagen. »Wenn Thilo kommt, kann er später essen.«

Sie setzten sich an den Tisch, und obwohl Agnes der Appetit vergangen war, nahm sie Platz. Es war doch närrisch, dass sie sich solche Sorgen machte. All die Jahre war es gut gegangen, und sie hatten wahrlich größere Gefahren überstanden, als im Dunkeln durch den Schneeregen zu laufen. Es war wahrscheinlich, wie Emke sagte. Auch sie, Agnes, hatte dieses Leben offenbar verweichlicht. Früher hätte sie höchstens gesagt, er sei ja selbst schuld, wenn er so herumtrödele, dass er nichts mehr zu essen bekam.

Nach dem Essen kümmerte sie sich um ihre Söhne und brachte sie zu Bett, danach ging sie an ihr Spinnrad. Der Wind trieb Regenböen ans Fenster, und während Agnes den Faden durch die Finger laufen ließ, kroch die Angst langsam in ihr hoch, wie Nebel, der durch die Straßen waberte. Sie sammelte sich in ihrem Bauch, ballte sich dort als kalter Klumpen zusammen. Hastig atmete Agnes aus, als könnte sie ihn damit auflösen – und die Angst gleichermaßen. Endlich waren Schritte zu hören, und sie sprang auf, wollte Thilo schelten, während sie gleichzeitig so unsagbar erleichtert war, als die Schritte vor ihrer Tür innehielten. Dann jedoch wurde geklopft, und die Erleichterung fiel in sich zusammen. Es war Cornelis, der auf ihre schwache Antwort hin öffnete.

»War Thilo zwischenzeitlich hier?«

Sie schüttelte den Kopf, und nun zeichnete sich auch auf dem Gesicht des Niederländers ernsthafte Sorge ab. »Es sieht ihm nicht ähnlich.«

»Nein. Ich …« Sie schluckte. »Ich möchte losgehen und ihn suchen.«

Er starrte sie an, als wäre sie toll geworden. »Es ist finstere Nacht. Wo willst du ihn denn da suchen?«

»Auf dem Weg, den er nehmen sollte. Irgendwo dort muss ihm doch etwas passiert sein.«

»Vielleicht … nun, vielleicht ist er in ein Freudenhaus eingekehrt.«

Diese Vorstellung war so absurd, dass Agnes lachen musste. »Nein, Meneer, das kann ich mir nun wahrlich nicht vorstellen.«

»Mir ist klar, dass das keine Frau hören möchte. Aber das wäre eine Erklärung, bei der wir nicht gleich vom Schlimmsten ausgehen müssten.«

»Ich sage das nicht deshalb, sondern weil Thilo niemals in Eurem Auftrag unterwegs ist und dann einfach in ein Freudenhaus einkehrt. Und Ihr selbst glaubt das auch nicht, Ihr wollt ihm nur nicht sagen müssen, dass Ihr mich nachts habt losgehen lassen.«

»Nun, wenn Thilo etwas zugestoßen ist und dir nun auch etwas passiert, verlieren deine Söhne euch beide.«

Das war die einzige Antwort, die Agnes von ihrem Vorhaben abzubringen vermochte. Er hatte recht, wenngleich Agnes keine Angst davor hatte, ihr könne etwas zustoßen. Sie kannte sich aus, wusste sich zu verstecken. Die Finsternis war auf der Straße ihr Freund, nicht ihr Feind. Und wenn Thilo da irgendwo lag und es morgen bereits zu spät war?

»Ich kann hier nicht untätig bleiben«, sagte sie schließlich.

»Willst du jetzt durch ganz Hamburg laufen und ihn suchen? Weißt du, welchen Wege er genommen hat? Ob er keine Abkürzungen gegangen ist? Warte wenigstens ein paar Stunden, bis es hell ist. Vielleicht ist er bis dahin ja doch wieder zurück, und es gibt eine harmlose Erklärung.«

Agnes rang mit sich, gab dann aber nach. Bis zum Morgengrauen wollte sie warten, aber keinen Moment länger.

LÜBECK, FEBRUAR 1605

Clara war zeitig wach und wartete auf die Rückkehr Gereons und Hennings von Westerboer. Sie hatte nicht erwartet, dass sie bereits am Vortag zurückkämen, gehofft hatte sie es dennoch. Die Nacht über hatte sie kaum geschlafen, zu aufgeregt war sie in Erwartung lang ersehnter Antworten. Sie aß ein wenig Brot mit Schinken und setzte sich an ihre Rechnungsbücher, freilich ohne sich so richtig auf die Arbeit konzentrieren zu können. Dann – endlich! – brachte ihre Magd ihr die Nachricht, dass Gereon zurück sei, zusammen mit Henning von Westerboer und einem fremden Mann.

In undamenhafter Hast lief Clara in die Halle, wo die drei Männer gerade eintraten. Die Magd hatte die Tür noch nicht ganz hinter ihnen geschlossen, da hob der Fremde, der zwischen Gereon und Henning von Westerboer ging, den Kopf, und Clara unterdrückte einen Schrei hinter vorgehaltener Hand. Theodor. Tränen schossen ihr in die Augen, und sie trat vor, nahm den Mann genau in Augenschein, ließ die Hand vom Mund sinken und hob sie dann, um das Gesicht zu berühren, eine Strähne des blonden Haars zurückzustreichen, um ihn richtig ansehen zu können.

Er jedoch fuhr zurück, soweit Gereons Griff das zuließ. »Nehmt Eure Hände von mir!« Im nächsten Moment stöhnte er auf, da Gereon ihm offenbar die nach hinten gebundenen Hände nach oben drehte.

»Untersteht Euch, so mit ihr zu reden.«

»Ihr entführt mich, schleppt mich hierher, lasst mich …« Ein Hustenanfall unterbrach seine Worte, und er rang nach Luft, die er leise pfeifend einsog. »… lasst mich«, fuhr er fort, »in Eurer Kutsche fast erfrieren. Danach musste ich gefesselt im Bett liegen, habe kaum Schlaf bekommen, um morgens dann wieder in die Kutsche befördert zu werden.« Wieder dieser bellende Husten. War er krank?

»Mein Name ist Clara von Genssler, und ich kannte Euren Vater sehr gut, er hat mich unter seine Fittiche genommen, als mein Vater gestorben ist. Ich möchte nur mit Euch sprechen.«

»Ach was? Und dafür war *das hier* nötig?«

»Ich muss wissen, wer Euren Vater getötet hat.«

»Das hättet Ihr mich wahrhaftig auch in Hamburg fragen können, ohne mich auf offener Straße entführen zu lassen. Mein Herr wird in Sorge sein, meine …« Er verstummte, dann hustete er wieder, wobei es dieses Mal klang, als wollte er verhindern, zu viel preiszugeben. Erst war der Husten etwas bemüht, ging dann jedoch in einen längeren Anfall über, den er japsend beendete.

»Ihr seid krank«, konstatierte sie.

»Nachdem ich stundenlang in nasser Kleidung in einer eiskalten Kutsche sitzen musste, dürfte Euch das nicht wundern.«

Claras Herz ging schneller, und obwohl sie wusste, dass es nicht Theodor war, kam es ihr doch vor, als stünde er hier vor ihr. Es gab so vieles, was sie ihm gerne erzählt hätte, und es tat unsagbar weh, ihn loszulassen. »Ich habe Euch gesucht, damals,

als Ihr noch ein Kind wart. Beinahe hätten wir Euch gefunden, aber Ihr habt Euch zur Wehr gesetzt, Ihr und dieses Mädchen.«

Thilo krauste die Stirn, als müsste er sich erinnern.

»Einer der Männer«, sagte Gereon, »hat dabei sein Bein verloren. Es wurde brandig, nachdem der Hund sich festgebissen hat. Und die Rattenkralle hätte den anderen fast ein Auge gekostet.«

»Die Männer, die uns im Keller überfallen haben, habt Ihr geschickt?«

»Ja«, entgegnete Clara. »Ich wollte wissen, was in jener Nacht passiert ist.«

»Das konnten wir nicht wissen. Die Männer wirkten nicht, als wären sie uns wohlgesinnt.«

»Wir mussten zu der Zeit annehmen, dass Ihr womöglich Euren Vater ermordet habt«, antwortete Clara. »Doch wenn nicht, hätte ich Euch ein Zuhause geboten und meinen Schutz.«

Thilo lachte auf, was erneut in Husten überging. »Als hättet Ihr uns schützen können. Habt Ihr nicht gehört, was er dem alten Mann angetan hat, diesem Händler?«

Clara lag eine weitere Frage auf der Zunge, aber sie bemerkte, wie sehr der Mann zu zittern begonnen hatte. Auch Henning von Westerboer, dessen Blick nun den ihren traf, schüttelte kaum merklich den Kopf und deutete mit dem Kinn auf das Innere des Hauses. »Kommt, ich habe in der Stube geheizt. Seid Ihr hungrig?«

»Nein, ich will nach Hause«, antwortete Thilo unversöhnlich. Gereon packte ihn und schob ihn unsanft vor sich her. »Seid nicht so grob, ich gehe ja schon.«

»Es bringt nichts, ihm den Arm auszurenken«, sagte Henning von Westerboer.

»Nun, dann könnte ich ihm wenigstens gefahrlos die Fesseln abnehmen.«

Sie betraten die Stube, und Clara wies Gereon an, Thilo in einen Stuhl am Tisch zu setzen. »Nimm ihm die Fesseln ab, sodass er wenigstens eine Hand benutzen kann.«

Finster starrte Thilo sie an, als Gereon ihm eine Hand am Stuhl hinter seinem Rücken festband. Sie reichte ihm ein Glas Wein, und er schien zu überlegen, ob er trinken oder ihn ihr ins Gesicht kippen sollte. Ohne zurückzuweichen, sah sie ihn an, hob kaum merklich die Brauen. Schließlich trank er den Wein aus und hielt ihr schweigend das Glas hin, damit sie ihm erneut einschenkte.

»Sie ist nicht Eure Dienstmagd!«

»Schon gut.« Clara goss erneut Wein in das Glas. »Möchtet Ihr essen?«

Thilo schüttelte den Kopf.

»Sie hat etwas gefragt, antwortet Ihr vernünftig, oder soll ich Euch Benehmen einprügeln?«

In Thilos Gesicht zuckte es. »Nein, ich wünsche nichts zu essen. Und Benehmen muss mir ein Kerl, der mich auf der Straße fesselt und in eine Kutsche wirft, gewiss nicht einprügeln. Wobei – zu etwas anderem als Prügel reicht es vermutlich nicht.«

Clara seufzte. »Ich verstehe, dass Ihr wütend seid, aber ich habe meine Gründe. Und auch Ihr müsst doch wünschen, dass der Mörder Eures Vaters bestraft wird. All die Jahre habt Ihr Euch versteckt. Nun, ich bin auf Eurer Seite, ebenso wie Henning von Westerboer – sofern Ihr es nicht selbst wart.«

Dieses Mal trank er sein Glas langsamer leer. »Ich war es nicht.« Er schloss kurz die glasigen Augen, und Clara befürchtete, dass er Fieber haben könnte. »Wie habt Ihr mich gefunden?«

»Das war«, entgegnete Henning von Westerboer, »in der Tat ein beachtlicher Zufall. Ich war geschäftlich in Hamburg, und da habe ich Euch auf der Straße gesehen. Das Ebenbild Eures Vaters. Kurz dachte ich gar, er selbst wäre es. Aber das war schlechterdings nicht möglich.«

Thilo schloss kurz die Augen und schüttelte den Kopf.

»Möchtet Ihr Euch ausruhen?«, fragte Clara. »Und dann reden wir später?«

Er schien widersprechen zu wollen, aber schließlich neigte er den Kopf. »Ja, ich würde gerne schlafen. Und wenn es geht, ohne dabei am Bettpfosten festgebunden zu werden.« Ein böser Blick traf Gereon, der diesen ungerührt erwiderte.

»Ihr werdet nicht festgebunden«, versprach sie.

»Aber eingeschlossen«, ergänzte Gereon.

Wieder sah Thilo ihn böse an, doch er nickte, kippte den restlichen Wein hinunter, und Gereon ging zu ihm, um seine Hand loszubinden.

Im Grunde genommen hatte Thilo nur fortgewollt aus dem Blick dieser Leute, hatte allein sein und nachdenken wollen. Kaum jedoch berührte sein Kopf das Kissen in dem behaglichen Bett, versank er in einen tiefen Schlaf. Als er erwachte, fiel das schräge Licht einer grauen Wintersonne in den Raum, und er fragte sich, wie viel Zeit wohl vergangen war. Ausgeruhter fühlte er sich mitnichten, ganz im Gegenteil, ihm war, als zerberste sein Kopf, während seine Zunge sich pelzig anfühlte und seine Glieder schmerzten. Als er sich aufrichtete, schüttelte ihn wieder ein Hustenreiz.

Er richtete sich auf und strich seine zerknitterte Kleidung

glatt, die er seit zwei Tagen trug. Langsam glitt er vom Bett, kniete auf dem Boden und suchte den Nachttopf. Da stand er, auf der rechten Seite am Fußende. Nachdem er ihn benutzt hatte, schob er ihn beiseite, damit die Magd ihn entleeren konnte, und erhob sich mit leicht wackligen Knien. Wieder musste er husten, und die Brust tat ihm weh. Nach kurzem Suchen fand er eine Glocke und läutete, denn dieser Kerl hatte sein Wort gehalten und die Tür verschlossen.

Thilo fragte sich, was er tun sollte. Die Frau war aufrichtig darum bemüht, den Täter zu finden. Und war es nicht das, was Thilo ebenfalls wollte? Hatte er nicht nur um Agnes' willen darauf verzichtet, hierherzureisen? War es womöglich eine glückliche Fügung des Schicksals, die ihn hierhergeführt hatte? Er wollte das gern glauben.

Hatte ihn niemand gehört, oder ließ man ihn absichtlich warten? Erneut läutete Thilo die Glocke, und schließlich waren Schritte zu hören. Endlich. Er wartete, und kurz darauf wurde aufgesperrt, und der Mann, den die Frau mit Gereon angesprochen hatte, öffnete die Tür. Er wirkte nun freundlicher, verzichtete sogar darauf, ihn erneut zu fesseln, und wies ihm mit der Hand den Weg in den Korridor. Thilo ging die Treppe hinab und durch die Halle in die große Stube. Er fror immer noch, und obwohl im Ofen ein Feuer bollerte, hörte er nicht auf zu zittern. Auf dem Tisch stand eine Schale, der köstlicher Duft entstieg. Als Thilo sich näherte, erkannte er einen Eintopf mit Gemüse, viel Fett und großen Stücken Fleisch.

»Möchtet Ihr etwas essen? Ihr seht aus, als könntet Ihr etwas Kräftigendes brauchen«, sagte Clara von Genssler, die ihn neben dem Tisch stehend erwartete. »Ich habe es gerade auftragen lassen, es ist schön heiß.«

Thilo nahm Platz und tauchte den Löffel in die dicke Brühe,

dann nahm er den ersten Bissen. Es war köstlich, hervorragend gewürzt, und die Hitze tat ihm gut. Kurz durchzuckte ihn der Gedanke, diese Frau könne etwas hineingemischt haben, tat diesen dann jedoch ab. Hätte sie ihn töten wollen, hätten sich nun wahrlich Gelegenheiten genug geboten. Zudem wollte sie etwas von ihm. Er aß langsam weiter, genoss jeden Löffelvoll und fühlte sich, obschon immer noch elend, etwas besser, nachdem er die Schale geleert hatte.

»Wie ist Euer Befinden?«, fragte sie, nachdem sie ihm gegenüber am Tisch Platz genommen hatte.

»Ich habe wohl Fieber, und mir ist nicht gut. Aber ich kann mit Euch sprechen.«

»Es tut mir sehr leid, dass Ihr krank geworden seid. Das war nicht meine Absicht.«

Er nickte nur und versagte sich den Hinweis darauf, dass man ihn dann nicht in der Kälte klitschnass hätte transportieren dürfen. »Was wollt Ihr wissen?«

Sie reichte ihm einen Kelch Wein, und er fragte sich, ob sie ihn betrunken machen wollte. Da er Durst hatte, nahm er ihn jedoch entgegen. »Ich möchte alles über jene Nacht wissen.«

Für einen kurzen Moment schloss er die Augen, rief sich die Nacht wieder ins Gedächtnis, all die Bilder, in denen er so lange nach Antworten gesucht hatte. »Es war wenige Tage nach meiner Rückkehr aus Kiel. Mein Vater und ich hatten uns gestritten, und er war nicht gut auf mich zu sprechen. Nun ja, verdient hatte ich es wohl. An dem Tag, als es geschah, hat er mich wie einen kleinen Jungen zu Bett geschickt, schalt mich einen Taugenichts, aus dem nie etwas Gescheites werden würde.« Thilo hielt inne, tat einen tiefen Atemzug, der in der Brust schmerzte, wobei er nicht zu sagen vermocht hätte, ob es die Krankheit war oder die Erinnerung, die ihn peinigte. »Für den Abend erwartete er Besuch, und er wies mich an, mich nicht blicken zu lassen. Ich jedoch war wütend auf ihn und nicht gewillt, mich zu fügen. Das war ich eigentlich nie, und er hat es wohl geahnt, denn er hat seinem Wunsch mit dem Rohrstock Nachdruck verliehen.«

»Ist das wirklich alles notwendig zu erzählen?«, fragte Henning von Westerboer. »Kommt auf den Punkt.«

»Nein«, entgegnete Clara von Genssler. »Wenn wir wissen wollen, was passiert ist, müssen wir das ganze Bild sehen, das macht die Erinnerung glaubwürdiger.« Sie wandte sich wieder an Thilo. »Sprecht weiter.«

»Im Grunde genommen war mir gleich, was er zu besprechen hatte. Aber meine Mutter durfte ebenfalls nicht zugegen sein, und ich habe mitbekommen, wie sie in der Diele stand und gelauscht hat. Da wurde ich neugierig und tat dasselbe, was nicht leicht war, da ich ja nun aufpassen musste, von ihr nicht gesehen zu werden. Anfangs war wenig zu hören, und was ich verstand, war, dass es um ein Salzgeschäft ging.«

»Das habe ich seinerzeit mitbekommen. Theodor hat seine Position im Salzhandel in Lübeck behauptet, indem er neue Verträge gemacht hat, die andere Händler ausgestochen haben«, erklärte Henning von Westerboer. »Mit nicht ganz redlichen Mitteln, wie gemunkelt wurde.«

»Wie könnt Ihr es wagen?« Clara von Genssler fuhr zu ihm herum. »Niemand war redlicher als Theodor Drenkhan.«

Henning von Westerboer hob die Hände. »Echauffiert Euch nicht.«

Kurz funkelte sie ihn wütend an, dann nickte sie Thilo knapp zu. »Weiter.«

»Es wurde laut, der Kaufmann war verärgert, sagte, er habe es schwer genug, im Salzhandel Fuß zu fassen. Die Verträge seien ihm so gut wie sicher gewesen, und mein Vater möge sich vorsehen. Mein Vater hat gelacht und gefragt, was er denn zu tun gedenke, er wisse doch, wozu er imstande sei.« Thilo schloss die Augen, und die Nacht stand ihm wieder vor Augen. *Raub, Plünderungen, ich weiß sehr wohl, wozu Ihr imstande seid.* Die Worte seines Vaters, das Lachen des anderen Mannes. *Sicher wisst Ihr das, denn Ihr wart einmal ein Teil davon.*

»Was hat er damit gemeint?«, wollte Clara von Genssler wissen.

Thilo hatte nicht gemerkt, dass er laut gesprochen hatte. »Hm, das weiß ich nicht. Er sagte etwas von den Niederländern, die ihn suchten, und fragte, was die Lübecker Kaufmannschaft denn wohl sagen würde, wüsste sie, woher der angesehene Kaufmann stammte. Dass er ein Niemand sei, ein Emporkömmling. Dass er keine Familie habe – ja, das könne man noch irgendwie begründen, denn viele raffte es dahin. Aber sollte man nicht mal nach Kiel gehen und nach ihm fragen? Oder nach Bremen? Oder gar nach Delft? Sie schrien einander an, beschuldigten sich gegenseitig der Untaten, die der eine begangen hätte und von denen der andere zehrte. Meine Mutter hielt es wohl nicht mehr aus, stürzte in den Raum, wollte wissen, was dieser Mann da erzählte.« Thilo tat einen langen, zitternden Atemzug. »Dann … ja, und dann habe ich die Schreie gehört. Ich bin hingerannt, und da hatte er wohl gerade meinen Vater niedergestochen und ging auf meine Mutter los. Die erspähte mich an der Tür, schrie meinen Namen. Da wurde er auf mich aufmerksam, ermordete meine Mutter und verfolgte mich. Ich bin in die Speisekammer gerannt, und da stand Agnes.«

»Agnes?«

»Vermutlich das Straßenmädchen«, erklärte Gereon.

»Sie hat mir das Leben gerettet. Mehr als einmal.« Thilo schluckte, und der Hals tat ihm weh. »Wir haben geheiratet und zwei Söhne bekommen.«

Henning von Westerboer griff nach einer Pfeife, die auf dem Tisch lag. »Und nun kommt Ihr daher wie ein Kaufmann. Wie konntet Ihr es so weit bringen?«

»Das spielt für unsere Sache keine Rolle«, fiel ihm Clara von Genssler ins Wort. »Wer war dieser Mann?«

Thilo zögerte, und er spürte, wie ihn Henning von Westerboer intensiv musterte. Wieder brach ihm der Schweiß aus, rann ihm in einem kitzligen Rinnsal die Wirbelsäule entlang.

»War es«, sagte Henning von Westerboer nun, »Enno Schellbach?«

Clara von Genssler wandte sich ruckartig zu ihm um, aber sein Blick blieb unverwandt auf Thilo gerichtet, der langsam nickte. »Ich weiß es nicht, möglicherweise war dies sein Name. Ich …« Er krauste die Stirn. »Mein Vater nannte ihn beim Vornamen. Enno …«

»Woher habt Ihr Kenntnis davon, dass er es hätte gewesen sein können?«, fragte Clara von Genssler an Henning von Westerboer gewandt.

Der jedoch sah weiterhin Thilo an. »Warum hatte dieser Mann Angst vor einem Jungen und einem Straßenkind? Weil sein Geheimnis zu groß war, als dass er riskieren konnte, dass ein Flüstern darüber laut wurde?«

»Möglicherweise«, entgegnete Thilo. »Ich wollte zur Gerichtsbarkeit, aber Agnes sagte, niemand würde uns glauben. Die Lübecker Kaufleute seien zu mächtig, und wir waren nur Kinder. Dann ging auch noch das Gerücht um, ich wäre es gewesen. Also haben wir geschwiegen. Und als Eure Männer uns ausfindig gemacht haben, sind wir aus Lübeck geflohen.«

Clara von Genssler schenkte ihm keine Beachtung, sah vielmehr weiterhin Henning von Westerboer an. »Ich möchte, dass Ihr mir die Wahrheit sagt.«

Gereon lehnte an der Wand und beobachtete die Szene. »Der junge Drenkhan sollte sich zur Ruhe legen«, sagte er unvermittelt. »In diesem Zustand nützt er Euch nichts für Euer weiteres Vorgehen – worin auch immer es bestehen mag.«

Die Frau drehte sich nun wieder zu Thilo. »Ja, du hast recht. Bring ihn auf sein Zimmer, wir reden morgen weiter.«

Thilo erhob sich, und Henning von Westerboer tat es ihm gleich. Als er den Raum verließ, hörte er, wie Clara von Genssler sagte: »Ihr nicht! Mit Euch bin ich noch nicht fertig.«

»Meine Liebe, Ihr klingt geradezu unheilverkündend.« Henning von Westerboer rauchte höchst selten, und wenn er es tat, war es stets ein Zeichen von Anspannung, wenngleich er den Anschein von Gelassenheit zu wecken versuchte.

»Wie kamt Ihr auf Enno Schellbach?«

Er zündete sich mit einer Ruhe die Pfeife an, dass Clara am liebsten auf ihn losgegangen wäre. »Würdet Ihr mir glauben, wenn ich sagte, ich vermutete es, weil seinerzeit bekannt war, dass Theodor Drenkhan ihm bei einem Geschäft zuvorgekommen war?«

»Er hat nicht nur Enno Schellbach ausgestochen, sondern auch andere.«

»Für Enno Schellbach hing am meisten davon ab. Er hat gerne so getan, als wäre er überaus wohlhabend, aber die Geschäfte liefen nicht so glänzend wie bei Euch – was Ihr dem Einfluss Theodor Drenkhans zu verdanken hattet. Das Salzgeschäft war bitter nötig, um ihn zu retten. Er hat es nach Theodors Tod ja auch erhalten.«

»Aber wenn es so einfach wäre …«

»Es war immer so einfach.«

Sie schüttelte den Kopf. »Ich glaube Euch nicht, dass es nur eine Vermutung war. Ihr habt so zielgenau ins Schwarze getroffen, und gleichzeitig habt Ihr früher nie etwas in dieser Richtung geäußert, nicht einmal, wenn wir unter uns waren. Was steckt also dahinter?«

Er zögerte lange, sah den Qualmwolken zu, die er ausstieß, schien mit sich zu ringen. »Theodor war kein guter Mensch. Ihr hieltet ihn dafür, und er konnte integer sein, aber im Grunde genommen war er nur und ausschließlich auf seinen eigenen Vorteil bedacht.«

»Das ist nicht wahr!«

Er schenkte ihr nur einen kurzen Blick. »Wir hatten einen Streit, es ging um eine Schiffspassage, nichts Großes, aber ärgerlich war es doch. Ich wollte ihn zur Rede stellen und bin zu ihm gegangen, sah dann aber Enno Schellbach sein Haus betreten. Da beschloss ich, es später noch einmal zu versuchen. Ich hätte bis zum kommenden Tag warten können, doch ich war viel zu wütend. Später ging ich noch einmal hin, da war das Haus wie ausgestorben – nun, im wahrsten Sinne des Wortes, wie mir später bekannt wurde. Was mich stutzig machte, war das tote Kind auf der Straße vor dem Haus. Niemand hat mir die Tür geöffnet, als ich klopfte. Das alles erschien mir unheilverkündend, und ich habe gemacht, dass ich fortkomme. Am nächsten Morgen habe ich es dann erfahren.«

»Und das habt Ihr all die Jahre für Euch behalten? Wie konntet Ihr nur? Ihr hättet es längst aufklären können!«

»Wie denn? Was hätte ich sagen sollen? Enno Schellbach hat

ihn besucht. Und? Was beweist das schon? Er hätte ohne weiteres sagen können, er sei bei ihm gewesen und hätte ihn noch lebend verlassen. Möglicherweise hätte er sogar mich ins Spiel gebracht. Ich war ja auch dort, sogar offenkundig nach ihm, und wir hatten überdies vorab gestritten, was gewiss der eine oder andere mitbekommen hat. Wem hätte man im Zweifelsfall wohl eher geglaubt?«

»Das entscheidet die Gerichtsbarkeit.«

»Oh, meine Liebe, meinen Kopf vertraue ich ihr nicht an, dieser Gerichtsbarkeit. Theodor war tot, was hätte es genützt, mich selbst in Gefahr zu bringen? Außerdem könnt Ihr nicht wissen, ob es nicht doch sein Sohn gewesen ist und er sich nur rausredet. Möglicherweise hat er seine Eltern ermordet, nachdem Enno Schellbach gegangen ist. Oder Enno Schellbach kam, nachdem die Leute bereits tot waren, und das Mädchen wurde nach seinem Weggehen von einem Bettler getötet. Wer weiß das schon?«

Clara schüttelte ungläubig den Kopf. »Und warum hat er dann nichts gesagt?«

»Aus demselben Grund, aus dem auch ich geschwiegen habe, möchte ich meinen.«

Clara legte den Kopf schief. »Möglicherweise wart sogar Ihr selbst es.«

»Möglicherweise. Und dieser junge Kerl hat mich nicht erkannt?«

»Oder er hat es, hat aber aus Angst die Rettungsleine ergriffen, die Ihr ihm zugeworfen habt, indem Ihr einen anderen der Tat beschuldigtet.«

»Wie wollt Ihr das Rätsel auflösen?«

Sie rieb sich die Augen. »Das weiß ich noch nicht.« Dann kam ihr ein anderer Gedanke. »Eure Hilfe seinerzeit, als ich allein war …«

»Mir war klar, dass Ihr Eures Schutzes beraubt wart, und wenn ich schon schwieg, so wollte ich es wiedergutmachen.«

»Ihr sagtet, ich stehe in Eurer Schuld.«

»Ich gestehe ganz offen, dass ich vorhatte, auch Theodor Drenkhans Platz in Eurem Bett einzunehmen. Mögt Ihr es auch geleugnet haben, so glaubte ich doch keinen Augenblick, dass es nur die Trauer um Euren Berater war, die Euch nicht ruhen ließ. Aber im letzten Moment habe ich es doch nicht getan, es erschien mir unredlich. Ihr durftet jedoch auch nicht annehmen, dass ich aus reiner Freundlichkeit handele, denn wir hatten nie viel miteinander zu tun. Also sagte ich Euch, Ihr steht in einer Schuld, die ich irgendwann einzulösen gedenke.«

»Diese Schuld bestand also nie?«

»Nein. Vielmehr galt es, mein Gewissen zu beruhigen.«

Das war alles zu viel für sie. »All die Jahre habt Ihr mich belogen.«

Er schwieg und hatte immerhin den Anstand, es nicht abzustreiten. »Aber ich habe Euch selbstlos geholfen, das könnt Ihr nicht leugnen.«

Da hatte er recht. So viele widerstreitende Gefühle tobten in ihr, Wut flackerte auf, verebbte wieder, Gedanken wirbelten durcheinander, wollten sich in keine Ordnung bringen lassen. Clara wusste nicht, wie es weitergehen sollte, wusste nicht, wie Thilo ihr nun nützlich sein konnte, den Mörder zu überführen. Sie musste Gewissheit haben, und ihr war gleich, wie alle über Theodor sprachen. Sie musterte Henning. Dann stand sie auf, beugte sich über ihn, wie sie es an jenem Tag gemacht hatte, als er sie so unvermittelt aufgesucht hatte und sie seine Hilfe gewollt hatte.

»Wenn ich nicht in Eurer Schuld stehe«, sagte sie, »so gibt es auch nichts abzugelten.« Sie küsste ihn, legte ihre ganze Wut in den Kuss, wollte sich an ihm abreagieren, während eine pulsierende Erregung in ihr aufstieg. Henning umfasste ihre Taille, schob sie weit genug von sich, um aufstehen zu können. Er sah sie an, und im nächsten Moment küssten sie sich wieder, küssten sich so heftig, dass es wehtat.

Er hob sie hoch, trug sie aus dem Raum, die Treppe hoch in ihr Zimmer und stieß die Tür mit dem Fuß hinter sich zu. Kaum hatte er sie hingestellt, schlang sie die Arme wieder um seinen Nacken, küsste ihn mit einem verzehrenden Hunger. Jede Vernunft, jede Vorsicht versickerte in den Fugen eines überwältigenden Verlangens, und Clara wollte nicht mehr, als es zu stillen. Sie zerrte an seinem Kragen, löste Knöpfe, glitt hinunter zu den samtenen Pluderhosen, wo sie die Verschnürung ertastete und spürte, wie hart er geworden war. Henning schob ihr das Kleid über die Schultern, ließ das Unterkleid folgen, ehe er aus seinem Hemd schlüpfte und zuließ, dass sie seine Hosen und danach die langen Strümpfe abstreifte. Ihre Hände glitten über seine Beine, seine Hüften, seinen Bauch hoch.

Sie taumelten zum Bett, ohne sich aus ihrem Kuss zu lösen, und Henning drückte sie in die Kissen, küsste ihren Mund, ihren Hals, glitt mit den Lippen über ihre Brust bis zu ihrem Bauch. Stöhnend wand sie sich unter seinen Zärtlichkeiten, reizte es aus, bis es kaum mehr erträglich war, dann drehte sie sich um, beugte sich über Henning und setzte sich schließlich rittlings auf ihn, bewegte ihre Hüften, fand einen Gleichklang mit ihm, bis sie den Gipfelpunkt erreichte und die Lust sie in Wellen überspülte, ihr einen Aufschrei entriss, ehe sie langsam abebbte. Henning hob sie von seinem Körper, und sie spürte, wie er erzitterte, hörte sein Stöhnen, das er zwischen den Zähnen hervorpresste. Dann entspannte er sich und atmete in schnellen Zügen, als wäre er gerannt.

»Hätte ich gewusst, was für ein vortreffliches Vergnügen ich mir versage, wäre ich früher mit Euch ins Bett gegangen«, sagte er.

Sie antwortete nicht, lächelte jedoch. »Vielleicht hat gerade die lange Wartezeit es so vergnüglich gemacht.«

»Vielleicht.« Er beugte sich über sie und küsste sie, dieses Mal sanfter, zärtlicher. Sein Atem ging immer noch stoßweise, und seine Hand glitt über ihren Bauch, als ahnte er, dass dieser kurze Moment der Vereinigung für eine Sättigung nicht ausgereicht, den Hunger nur für den kurzen Moment gestillt hatte. Langsam liebte er sie ein zweites Mal mit Küssen und Liebkosungen, und als Clara schließlich keuchend an seiner Brust lag und seinem Herzschlag lauschte, fragte sie sich, ob sie nicht insgeheim doch immer ein wenig verliebt in ihn gewesen war.

»Ich hoffe zutiefst, Ihr habt Theodor wirklich nicht ermordet«, murmelte sie. »Es wäre überaus betrüblich, Euch am Galgen zu wissen.«

Das Lachen grollte in seiner Brust. »Immerhin habt Ihr im Bett Erbauliches zu erzählen.«

Jetzt musste sie auch lachen. »Ich vertraue Euch ausreichend, um Euch nicht fortzuschicken, wenn ich zu müde werde, um Euch im Auge zu behalten. Ihr könntet mich mühelos meucheln.«

»Um dann von Eurem Bluthund die Kehle aufgeschlitzt zu bekommen? Ich denke, wenn Ihr mich hier nächtigen lasst, dann, weil Ihr ihm vertraut und nicht mir.«

Sie lächelte verstohlen, schmiegte sich enger an ihn und ließ sich langsam in den Schlaf gleiten.

HAMBURG, MÄRZ 1605

Etwas Schlimmes war passiert, da machte sich Agnes nichts mehr vor. Thilo war und blieb verschwunden, und niemand hatte eine Ahnung von seinem Verbleib. In ihrer Verzweiflung war sie gleich am folgenden Tag im Morgengrauen zu Peer gelaufen, der ihr versprochen hatte, seinen Leuten einzuschärfen, die Augen offen zu halten. Sie war sogar bei Britt gewesen und hatte gefragt, ob jemand von ihnen Thilo gesehen habe. Er war in ihrem Revier gewesen, und wenn ihm jemand etwas angetan hatte, dann war es nicht unwahrscheinlich, dass es einer von ihnen gewesen war. Britt hatte ihr versichert, nichts dergleichen gehört zu haben, und versprach, die Augen offen zu halten.

Agnes wusste allerdings nicht, ob sie log. Wenn jemand aus ihrer Bande Thilo etwas angetan hatte, würde sie das wohl kaum zugeben. Andererseits hatte sie eine Schwäche für ihn gehabt, und das sorgte vielleicht dafür, dass sie wenigstens ihm gegenüber Skrupel hatte. Agnes hatte extra einige Münzen mitgenommen, denn manchen Menschen trat man besser nicht mit leeren Händen gegenüber. Früher einmal war Britt eine Art Freundin gewesen, aber da hatten sie auch ein Schicksal geteilt.

Nun war Agnes auf der vom Schicksal begünstigten Seite. Da erschien man nicht, ohne etwas anbieten zu können.

Abends war sie in zunehmender Verzweiflung zurückgekehrt.

»Wenn jemand ihm etwas angetan hätte, hätten wir irgendwie davon erfahren«, sagte Emke. »Ein Mann, gekleidet wie er, das wäre doch aufgefallen. Der liegt doch nicht unerkannt wie ein toter Bettler in den Straßen.«

Weil Agnes nicht untätig herumsitzen konnte, aber auch ihre beständige Suche zu nichts führte, ging sie wieder ins Kinderheim. Vielleicht hatte Geertje einen klugen Einfall. Auf dem Weg dorthin hielt eine auf dem Boden liegende Gestalt sie am Rock fest, und Agnes erschrak, glaubte im ersten Moment, es sei Thilo. Aber dieser Mann, der ihr mit siechem Blick die Hand entgegenstreckte, war ein Fremder, ein Bettler von außerhalb, dem das Abzeichen jener Einwohner fehlte, die sich durch redliche Arbeit nicht zu ernähren wussten und auf Gaben guter Christen angewiesen waren. Agnes machte sich los und lief eilig weiter. Es gab am Schaartor das Seefahrer-Armenhaus und die Gotteswohnungen an der Spitalerstraße, aber das reichte nicht, um all die hungernden Menschen von den Straßen zu holen. Agnes gab hin und wieder eine Münze, doch jetzt stand ihr der Sinn nicht danach, zu gefangen waren ihre Gedanken um Thilo.

»Und er könnte nicht fortgegangen sein?«, fragte Geertje, nachdem sie ihr alles erzählt hatte.

»Nein. Wohin denn?«

Geertje zuckte die Schultern. »Manche Männer zieht es beizeiten eben weiter. Dann wird ihnen das Leben zu langweilig, und sie suchen das Abenteuer.«

»So ist er nicht.« Und doch ließ der Gedanke Agnes mittlerweile keine Ruhe. Er war nirgendwo, niemand hatte ihn gesehen. Hätte man ihn ermordet, würde er doch irgendwo in den Straßen liegen. Nicht, wenn man ihn in eines der Fleete geworfen hätte. Und wenn er nach Lübeck gegangen war? Aber nein, das würde er nicht tun, er hatte es ihr versprochen. Oder tat er es heimlich, in der Annahme, sie würde es nicht herausfinden? Aber dann hätte er doch einen Vorwand für die Reise gesucht, schon allein, weil er wusste, wie viel von Cornelis' und Emkes Wohlwollen abhing. Er würde Agnes nicht einfach dort zurücklassen, der Gnade der verärgerten Herrschaften ausgeliefert. Andererseits hatte sie gedroht, sie würde zu Peer gehen, wenn er das tat. Nahm er an, sie machte ihre Drohung wahr? Und irgendwann kehrte er dann zurück – falls sie ihn nicht in Lübeck gehängt hatten – und verlangte, dass sie zu ihm zurückkehrte? Oder nahm seine Söhne mit? Nichts davon passte zu Thilo.

Das sagte auch Peer, als sie ihn abends erneut aufsuchte. »Der ist für so etwas doch viel zu anständig. Der ist tot, Agnes, sosehr ich das für dich bedaure. Wäre nicht der erste Tote, der in den Fleeten landet.«

Vermutlich stimmte das, denn Agnes fand keine andere Erklärung. Auch Cornelis und Emke glaubten mittlerweile nicht mehr, dass er noch lebte. Jetzt war die Frage, was mit Agnes geschehen würde. Noch sprach es niemand aus, aber man würde sie nicht für immer als Nutznießerin im Haus dulden.

Weil auch Jonas unglücklich wieder und wieder nach seinem Vater fragte, versuchte Agnes, ihn abzulenken. Sie spielte mit ihm und nahm ihn mit auf den Markt und durch die Straßen der Stadt. Jonas war ein hinreißendes Kind, das Ebenbild seines Vater, mit dem blonden Haar und den blauen Augen, den Gesichtszügen, die erkennen ließen, wie Thilo in dem

Alter ausgesehen haben musste. Wenn er durch die Straßen lief, drehten die Menschen sich nach ihm um, lächelten erst ihn, dann Agnes an. Hin und wieder reichten ihm Verkäufer an den Marktständen Essen. Mal einen Apfel, mal eine Scheibe Schinken, und Agnes fragte sich, warum man dergleichen nie ihr gereicht hatte, als sie sich mager und hungrig zwischen den Ständen herumgedrückt hatte. Warum waren die Menschen diesem sauberen, gut genährten Kind gegenüber freigiebiger?

Mit Jonas spazieren zu gehen, lenkte sie ein bisschen ab von ihrer Sorge, und in manchen Momenten schaffte sie es sogar, ein wenig Zuversicht zu empfinden. Thilo hatte so viel überlebt, gewiss war er auch dieses Mal davongekommen. Hatte er vielleicht etwas beobachtet und war auf der Flucht? Dieser Gedanke war ihr noch gar nicht gekommen, aber nun, da Agnes ihn gefasst hatte, ließ er sie nicht mehr los. Doch hätte Thilo nicht nach Hause kommen können? Oder war er verfolgt worden?

Sie hatten den Markt verlassen und gingen durch die ruhigeren Straßen, die Agnes auch im Schlaf und mit geschlossenen Augen hätte durchstreifen können. Thilo kannte sich auch aus, kannte die verborgenen Winkel der Stadt. Verbarg er sich, bis es sicher genug war, aus der Deckung zu kommen? Aber wo? Sollte sie noch einmal herumfragen? Noch mal zu Britt gehen, inständiger bitten und mehr bezahlen, damit alle die Augen offen hielten? Sollte sie … Jonas' Schrei – angstvoll und schrill – riss sie aus ihren Gedanken, und sie drehte sich um. Erst wollte sie nicht glauben, was sie sah, und es war, als gaukle ihr Verstand ihr eines jener Schreckensbilder vor, die man nur aus schlimmen Träumen kannte.

Bengt war massiger geworden, der eine Arm, der ihm geblieben war, muskulös, sodass er ohne Schwierigkeiten den kleinen

Jonas festhalten konnte. Dort, wo der andere Arm gewesen war, hing eine hölzerne, grob geschnitzte Hand. Das gesunde Auge stierte sie an, und sein Mund war zu einem Grinsen verzerrt.

»Wenn das hübsche Ding nicht unsere Agnes ist. Und diesen Bastard hat ihr ihr Bruder gemacht?«

»Mama!«, schrie Jonas erneut und wand sich verzweifelt.

»Sag ihm, er soll still sein.« Bengt packte das Kind wie einen Welpen und hielt ihn über das Fleet. »Oder ich lasse ihn los.«

Agnes war wie erstarrt. »Jonas«, sagte sie so ruhig, wie es ihr möglich war. »Jonas, wir spielen ein Spiel.«

Jonas zappelte.

»Bleib ganz ruhig«, sagte Agnes. »Wenn du ganz ruhig bleibst, gibt es bei Enna in der Küche süßen Kuchen mit viel Butter.«

Jonas schluchzte.

»Ach, die herrschaftliche Agnes hat eine Küche mit einer Köchin?« Bengt lachte. »Hattest früher nichts zu verlieren, ja? Und jetzt?« Er senkte den Arm, machte Anstalten, das Kind loszulassen, und Agnes wollte vorstürzen, aber er holte aus und schlug ihr mit dem hölzernen Arm so kräftig gegen den Kopf, dass ihr kurz schwarz vor Augen wurde und sie taumelte. »Bleib, wo du bist, oder ich lasse ihn fallen.« Das Grinsen war verschwunden, und Bengts Mund verzog sich zu einer bösen Grimasse. »Ich war lange nicht in der Stadt, hab vor den Toren vegetiert, hab mich irgendwie durchgeschlagen. Heute zog es mich hierher zurück, und da sah ich dich, wollte meinen Augen nicht trauen.« Er lachte. »Hast es gut getroffen, Agnes. Ich wünschte, ich könnte dasselbe sagen.«

»Willst du Geld? Ich kann dir eine ganze Geldkatze voller Münzen bringen.« Sie würde alles an sich raffen, was sie kriegen konnte, gleich, ob man sie dafür auf die Straße setzen würde. »Ich gehe und hole etwas.«

»Eine ganze Geldkatze voller Münzen?« Wieder verzog sich sein Gesicht. »Ah, das klingt doch schon viel besser. Dann lauf, kleine Agnes. Lauf und hol die Münzen. Und bete, dass mir der Arm nicht ermüdet, bis du wieder da bist.«

Agnes fuhr herum, rannte los. Sie hörte Jonas' Rufe, hörte, wie er immer wieder nach ihr schrie, aber sie drehte sich nicht um, rannte mit gerafften Röcken, rannte trotz Stichen in der Seite, strauchelte, und der Atem ging ihr in kurzen Schluchzern. Als sie daheim ankam, begegnete ihr glücklicherweise niemand. Sie lief zur Truhe, wo Thilo alle Ersparnisse sammelte, zog die Geldkatze hervor, die prall und schwer war. Sie schnürte sie unter ihren Rock und verließ das Haus.

Hier war es doch gewesen, oder nicht? Agnes sah sich um, konnte aber Bengt nicht entdecken. Zwei Männer gingen vorbei, schulterten mehrere Säcke, und eine Frau trieb ein Schwein vor sich her. Agnes drehte sich um, sah in das Fleet, an dessen Rand eine tote Ratte trieb, auf die es ein Hund abgesehen hatte. War Jonas dort drin? Hatte Bengt ihn fallen lassen? Aber würde er das tun, ohne sich Agnes' Gesicht ansehen zu wollen, wenn sie danebenstand und nichts tun konnte?

»Er ist fort.«

Mit einem Ruck drehte Agnes sich zu der Stimme um. Hedda näherte sich, ein kaum sichtbares Lächeln auf den Lippen. »Bist du wirklich so dumm, Agnes?« Jetzt lachte sie. »Was soll er denn mit so viel Geld? Wo soll er's horten? Er lebt auf den Straßen, ein Krüppel, der sein Essen in sich reinstopft, kaum dass er es hat, damit's ihm niemand raubt. Das Kind ist doch viel mehr wert.«

Kälte stieg aus ihrem Bauch hoch in die Brust und von dort in ihre Kehle, ballte sich wie ein Kloß zusammen. *Mein Sohn, mein Kind.* Agnes wollte etwas sagen, brachte kein Wort hervor.

»Er hat dich gerufen, dein kleiner Sohn«, sagte Hedda. »Er hat nach seiner Mutter geschrien. Er hat geschrien und geschrien, aber du bist nicht gekommen. Das Letzte, was er von dir gesehen hat, ist, wie du davongelaufen bist und ihn alleingelassen hast.«

Mit einem Wutschrei stürzte Agnes sich auf sie, aber Hedda war größer als sie und von einer drahtigen Kraft. Sie bekam Agnes' Handgelenke zu fassen, trat ihr mit aller Wucht mit den schweren Holzschuhen gegen das Bein und stieß sie zurück. Die Röcke hatten den Tritt ein wenig gedämpft, aber weh tat es doch. Agnes taumelte, versuchte, sich zu fangen, und fiel dann doch hin. Der Schmerz in ihrem Bein ließ nur langsam nach, und schließlich rappelte sie sich auf. »Warum ich? Warum mein Kind?«

»Du hast dafür gesorgt, dass er überlebt, du hast ihn zu uns gebracht. Du hast da mit ihm gestanden, während er mit seinen Männern sein Werk an uns verrichtet hat. Und jetzt hast du eben dafür bezahlt.«

»Peer hat das getan, nicht ich!«

Hedda zuckte die Schultern.

»Gib mir mein Kind zurück, und ich sorge dafür, dass es dir gut geht. Ich zahle dein Leben lang für dich.«

Ein Grinsen echter Erheiterung erhellte Heddas Gesicht, dann drehte sie sich um und rannte los, ohne ein weiteres Wort zu sagen. Das ging nicht, sie konnte nicht einfach weglaufen, ohne dass Agnes erfuhr, wo ihr Sohn war. Sie folgte ihr, lief ihr hinterher, aber sie war erschöpft, ihr Bein schmerzte, und Hedda, die das harte Leben der Straße noch nicht träge gemacht hatte, war um so vieles schneller als sie. Irgendwann musste Agnes es aufgeben, und sie blieb stehen, keuchte, hielt sich die Seite. Nein, dachte sie, nein, nein, nein, nein.

Sie richtete sich auf, sah die leere Gasse entlang. Eine Ratte lief hindurch, blieb stehen, sah sie mit ihren dunklen Augen an und huschte davon. Was sollte sie tun? Was sollte sie jetzt nur tun? Sie ging weiter und schlug den Weg zu Peer ein. Er musste ihr helfen, mit seinem Rachezug hatte das alles begonnen. Wie immer hielt er Hof in seiner Ruine, die stetig mehr verfiel, in der Ratten durch Pfützen huschten und die Kälte klamm und modrig zwischen den Wänden hing.

»Immer noch auf der Suche nach Thilo?« Peer hatte sich erhoben und trat zu ihr. Im Halbdunkel sah sie einige Mädchen, junge Männer und Halbwüchsige auf dem Boden kauern.

Ihr Blick huschte zu jenem abgetrennten Bereich, wo Peers Lager war und sie sich so lustvoll mit ihm vereint hatte, während Jonas' Leben ein Keim in ihrem Bauch gewesen war. Agnes schüttelte den Kopf, wollte daran nicht denken.

»Nicht?« Peer wirkte erstaunt.

»Bengt hat mein Kind«, brach es aus ihr hervor. »Und ich weiß nicht, wo er ist.«

»Nun, das weiß ich auch nicht.«

»Dann such ihn.«

Er schwieg, sah sie lange an. »Agnes, ich bin nicht dein Diener, der springt, wenn du's verlangst.«

»Du bist schuld an allem!«, schrie sie ihn an. »Du hättest Bengt umbringen oder nicht verstümmeln sollen!« Agnes wollte sich auf ihn stürzen, ihm das Gesicht zerkratzen, wollte sich in seinen Haaren festkrallen, ihm auf jede nur mögliche Art wehtun. »Dir verdanke ich es, dass er noch ausreichend zu verlieren hatte, um mir alles zu nehmen.«

»Er hat dir nicht alles genommen, Agnes. Du hast noch einen Sohn.«

Er hat mir gerade genug genommen, damit ich noch etwas zu verlieren habe. Tränen traten ihr in die Augen. »Ich hasse dich.«

Ihm war nicht anzusehen, ob ihn das traf. »Weißt du, das mit dem Kind ist nicht meine Schuld, Agnes. Du warst unaufmerksam, du hast nicht aufgepasst. Der Agnes von früher wäre das nicht passiert.«

Abrupt wandte sie sich ab und lief, bis sie nicht mehr konnte. Tränen nahmen ihr die Sicht, und als sie endlich zu Hause war, lief sie nach oben, wo Thure mit den anderen Kindern spielte.

»Grundgütiger, was ist denn passiert?«, fragte die Amme, aber Agnes antwortete ihr nicht. Thure lief zu ihr, und sie hob ihn hoch. Vertrauensvoll legte er ihr die Ärmchen um den Hals, und sie dachte an Jonas' Schreie, die Verzweiflung, mit der er sie gerufen hatte. Sie trug Thure in ihr Zimmer und setzte sich mit ihm auf die breite Fensterbank. Den Blick nach draußen gerichtet saß sie da, die Wange an Thures weichem Haar, während sie seinen atmenden, kleinen Körper spürte. Thilo war fort, Jonas, und auf einmal war ihr, als könnte ihr auch Thure wie Sand aus den Armen rinnen. All die Zeit hatte sie geahnt, dass das Glück zerbrechlich war und irgendwann enden würde, denn so war es im Leben nun einmal. Aber hätte es nicht noch ein bisschen länger andauern können?

LÜBECK, MÄRZ 1605

»Wozu soll das gut sein?«, fragte Henning. »Ihr wisst doch, was Ihr wissen wolltet.« Vor Gereon behielt er seine höfliche Distanz, wenngleich jenem kaum entgangen sein dürfte, dass Henning nahezu jede Nacht in Claras Bett verbrachte.

»Mit endgültiger Sicherheit weiß ich es nicht. Es könnte immer noch der Sohn gewesen sein.«

»Auf eine solche Finte wird Enno Schellbach nicht hereinfallen.«

»Falls Ihr einen besseren Einfall habt, dann nur heraus damit!«

»Wenn der junge Drenkhan sich bereiterklärt, diese Narretei mitzumachen, dann habt Ihr den Beweis, dass er es nicht war. Und Ihr müsst die Sache nicht weiterverfolgen.«

»Narretei?«

»Ihr erwartet, dass er sich auf etwas einlässt, was ihn in Gefahr bringen kann. Ihr habt doch gehört, wie Barne Theves zugerichtet war.«

Clara sah zu Gereon, der an der Wand lehnte und dem Disput schweigend folgte. »Er soll mit dem Mann ja nicht allein sein.«

»Thilo Drenkhan hat erzählt, der Gehilfe von Barne Theves hätte mitbekommen, wer der Mann war, den sein Herr zu erpressen versucht hat«, wandte Henning ein.

»Der Mann ist nicht zu finden«, entgegnete Gereon. »Ich war bei den Schmieden, und er ist schon seit vielen Jahren fort. Das hätte alles früher geschehen müssen.«

»Hätten Eure Leute die Kinder nicht verloren«, sagte Henning.

In Gereons Gesicht zuckte es, aber er schwieg.

»Schuldzuweisungen bringen jetzt nichts.« Clara ging zum Tisch und griff nach der Schreibfeder. »Ich werde Johan Schellbach herbitten. Es wird Zeit, dass er alles erfährt.«

»Und das haltet Ihr für klug?«, fragte Henning.

»Sonst würde ich es nicht tun.«

»Und wenn er es seinem Vater erzählt?«

»Niemals!« Dessen war sich Clara sicher. »Er hasst seinen Vater. Wenn ich mir nicht sicher wäre, dass er auf unserer Seite ist, würde ich es nicht tun, glaubt mir.«

»Dieser Mann – wenn es denn Enno Schellbach war – hat drei Menschen ermordet«, wandte Henning ein. »Einen davon hat er übel zugerichtet. Und das sind nur die drei, von denen wir wissen. Möglicherweise hat er noch mehr Morde begangen. Vielleicht wurde der Helfer des alten Barne deshalb so lange nicht gesehen, weil er ihn vor uns ausfindig gemacht hat.«

»Da ist was dran«, sagte Gereon. »Eine frühere Freundin von mir, Martha, hat in einem Freudenhaus gearbeitet und zu viele Fragen gestellt. Erst hat man ihr gedroht, und sie versprach mir, die Sache ruhen zu lassen. Monate später hat man sie gefunden, furchtbar zugerichtet, die Finger gebrochen und zu Tode gewürgt.«

»Wurde das jemals verfolgt?«, fragte Henning.

»Der Tod einer Hure?« Gereon lachte bitter. »Das wisst Ihr

doch besser. Man ging davon aus, dass es ein Freier war, denn der Mann, der bei ihr gewesen ist, war danach spurlos verschwunden. Nur Geld hatte er auf dem Tisch liegen gelassen, mehr, als ausgemacht war.« Sein Gesicht war blass vor Zorn. »Ich habe sie gekannt, da war sie noch ein junges Mädchen. Sie hat es nie leicht gehabt. So einen Tod hat sie nicht verdient.«

»Den verdient niemand«, entgegnete Clara.

»Die anderen Frauen haben sie schreien gehört, aber das ist nicht ungewöhnlich, weil es Männer mit seltsamen Wünschen gibt.«

»Der Überfall auf Gereon«, kam es von Henning, »den solltet Ihr nicht vergessen.«

»Wenn der denn etwas mit der Sache zu tun hatte«, gab Gereon zu bedenken.

»Angenommen, es war so«, sagte Henning, »dann ist es ein Grund mehr, es jetzt dabei zu belassen. Fordern wir den Mann nicht heraus, mehr Menschen zu töten.«

»Himmel«, rief Clara aus, »wenn jeder diese Ansicht hätte, wären bis heute alle Missetäter ohne Strafe.«

»Wie geht es dem jungen Drenkhan inzwischen?«, fragte Gereon.

»Mir geht es gut«, kam es von der Tür her. Thilo sah in der Tat wohler aus, hatte kein Fieber mehr und hustete nur noch selten. Die zehn Tage im Bett hatten ihm offenbar gutgetan. »Ich möchte nur endlich meiner Frau schreiben. Sie wird in großer Sorge sein.«

»Sobald Ihr getan habt, wozu Ihr hier seid, könnt Ihr nach Hause zurück.«

Henning ließ sich am Kamin nieder. »Ganz so einfach ist es dann doch nicht. Wenn wir wissen, dass es Enno Schellbach war, dann wissen wir auch, dass unser junger Freund hier um sein Erbe gebracht worden ist – ein Erbe, das längst durchgebracht wurde. Wie gehen wir also weiter vor? Ich sage daher, lasst ihn – in Gottes Namen! – endlich einen Brief an seine Frau schreiben.«

»Es kann alles eine Finte sein, und am Ende war er es womöglich doch selbst.« Daran glaubte Clara zwar nicht mehr, aber sie wollte nichts riskieren. »Was tun wir, wenn sie hier auftaucht und Schwierigkeiten macht? Alles wäre umsonst gewesen. Da hätten wir sie gleich einweihen und mit hierherbringen können.«

»Das hätte ich für das Beste gehalten«, sagte Henning. »Warum wird die Frau in einer solchen Sorge gelassen?«

»Ich tue doch ohnehin, was Ihr wollt«, sagte Thilo. »Und sie würde die Reise mit den Kindern nicht auf sich nehmen, sondern auf mich warten.«

Clara überlegte, dann schüttelte sie den Kopf. Es konnte nicht schaden, ein Druckmittel gegen ihn in der Hand zu behalten. Sie wollte Theodors Mörder überführt wissen, alles andere stand für sie hintan.

Es war Thilo anzusehen, dass ihm die Antwort nicht gefiel, aber er insistierte nicht länger. Offenbar war ihm bewusst, dass sie nicht nachgeben würde, und er fügte sich. »Was erwartet Ihr nun von mir?«

Sie erklärte ihm ihren Plan, und zwischen seinen Brauen zeigte sich eine kleine Falte, während er konzentriert und mit wachsender Anspannung zuhörte. »Seid Ihr sicher, dass es funktioniert?«

Henning schien sich bestätigt zu fühlen, denn er warf Clara einen Blick zu und hob eine Braue.

»Wenn ich nicht sicher wäre, hätte ich Euch mitnichten

davon erzählt. Ihr könnt Euch weigern, aber dann dauert es eben noch länger, ehe Ihr Eure Ehefrau wiederseht.«

In Thilos Gesicht wetterleuchtete es. »Ich bin doch nicht Euer Gefangener.«

»Könnt Ihr hier einfach herausspazieren?«, fragte sie, und als er ihr die Antwort schuldig blieb, fügte sie hinzu: »Na, seht Ihr?«

Thilo wirkte, als läge ihm eine unflätige Antwort auf der Zunge, aber offenbar wirkte der Blick, den Gereon ihm zuwarf. Clara war sich jedoch bewusst, dass sie zu weit gegangen war, und sie gab sich versöhnlicher. »Verzeiht mir. Nein, Ihr seid nicht mein Gefangener, und ich möchte, dass Ihr Euch als mein Gast betrachtet. Ihr seid Theodors Sohn, und ich war ihm überaus zugetan. Daher bitte ich Euch inständig, mir zu helfen.«

Thilos Gesicht war so leicht zu lesen, dass Clara sich fragte, wie er jahrelang auf der Straße hatte überleben können. Ihm fehlte jede Härte, jede Falschheit. »War mein Vater meiner Mutter treu?«, fragte er unvermittelt.

Es war klar, worauf er hinauswollte, und Clara rechnete es ihm an, dass er nicht direkter fragte. »Ich denke, auf eine gewisse Art war er es«, entgegnete sie.

Daraufhin sah er sie lange an. Schließlich nickte er. »Ich sagte Euch ja, ich tue es, was auch immer es sein wird, um den Tod meines Vaters zu rächen und hoffentlich endlich nicht mehr von der Angst umgetrieben zu werden, eines Tages von dem Mörder oder der Lübecker Gerichtsbarkeit gefasst zu werden.«

Clara atmete erleichtert aus. Ihr war bewusst, dass sie zu hart war, aber nach so vielen Jahren war die Wahrheit zum Greifen nah, und das würde sie sich von niemandem nehmen lassen. Nachdem Thilo wieder in seinem Zimmer war, schrieb sie einen Brief an Johan, in dem sie ihn bat, sie aufzusuchen.

»Übergib das Schreiben nur Johan persönlich«, wies sie Gereon an.

Thilo versuchte, sich nicht anmerken zu lassen, dass er Angst hatte. Mochte ihm der Einfall Clara von Gensslers in seiner geradezu simplen Absurdität einleuchten, so war er sich doch keinesfalls gewiss, ob er tatsächlich zum Ziel führen würde.

»Henning hat im ersten Moment geglaubt, er stünde Eurem Vater gegenüber, und obwohl ich wusste, dass dies ganz und gar unmöglich ist, so bin auch ich im ersten Moment, als ich Euch gesehen habe, erschrocken. Kurz dachte ich in der Tat, Ihr wäret Euer Vater. Warum sollte es Enno Schellbach nicht ähnlich ergehen?«

Thilo hatte von seinem Vater nur noch ein vages Bild vor Augen, und wenn er sich selbst im Spiegel ansah, so war ihm nie, als würde er in die Augen jenes Mannes sehen, der ihn gezeugt hatte. Doch weil er selbst keinen besseren Einfall hatte, würde er sich darauf einlassen. Was konnte schlimmstenfalls passieren? Im besten Fall hätte er endlich die Gewissheit, und die Angst wäre nicht immer sein Schatten.

Er hatte Schellbachs Sohn Johan kennengelernt, dessen Augen sich bei seinem Anblick kurz weiteten. »Die Ähnlichkeit ist verblüffend«, sagte er. »Thilo, ich weiß nicht, ob du dich noch erinnerst, wir sind uns früher mal begegnet, als du ein aufmüpfiger Rotzlöffel warst.« Er lächelte entwaffnend, und Thilo konnte nicht anders, als das Lächeln zu erwidern. Johan schenkte Wein in einen Glaskelch und reichte ihn Thilo. »Und nun bist du ein erwachsener Mann und hast sogar eine Familie, habe ich gehört.«

»Nun, da ich dich sehe, erinnere ich mich vage.« Thilo nahm einen Schluck. »An dich und an deinen Bruder, der mir damals schon so erhaben und erwachsen vorgekommen ist.«

»Er lebt jetzt in Amsterdam. Ich habe gehört, dich hat es zu den Antwerpenern in Hamburg gezogen? Du handelst nun mit Stoffen?«

»Ja, Seide, feines Tuch und edler Stoff. Wobei der Handel nicht mir gehört, ich arbeite nur für den Kaufmann oder besser gesagt für die Witwe seines Bruders. Sie hat sich uns gegenüber sehr großzügig gezeigt.«

Clara von Genssler sowie Henning von Westerboer hatten schweigend danebengestanden, und Thilo spürte, dass er sich zum ersten Mal, seit er hier war, entspannte. Aber es war auch das erste Mal, dass ihm jemand wahrhaft freundlich begegnete und er mit Johan ein bekanntes Gesicht aus der Vergangenheit sah. Erwachsener zwar, aber doch immer noch der Johan, der ihm früher schon begegnet war.

Es war Johan, der dafür sorgte, dass der Plan durchführbar war. Dass sein Vater ein Mörder sein sollte, schien ihn nicht zu erstaunen, er hatte nicht einmal einen Disput begonnen und versucht, dessen Unschuld zu beteuern. Vielmehr hatte er sofort seine Unterstützung zugesagt. Er traf die Vorbereitungen im Haus seines Vaters, und er war es, der Thilo einließ, als dieser sich in der abendlichen Finsternis in Gereons Begleitung im Haus Schellbach einfand. Nun, da die ganze Sache unmittelbar bevorstand, zog sich Thilos Magen schmerzhaft zusammen, und er hatte große Angst. Was Agnes wohl dazu sagen würde? Sie hätte ihn vermutlich einen Narren geschimpft, der sich auf dergleichen niemals hätte einlassen dürfen. Vermutlich wäre sie wie eine Wildkatze auf Clara von Genssler losgegangen. Das Gefühl unendlicher Zärtlichkeit stieg in ihm auf. Bald wäre er wieder bei ihr und den Kindern, unbelastet von einer Vergangenheit, die ihm verbot, seine Heimatstadt zu betreten. Er würde Johan und Thure Lübeck zeigen können, das Haus ihres Großvaters, würde ihnen seine und Agnes' Geschichte erzählen …

»Hast du mir zugehört?«, wisperte Johan.

Aus seinen Gedanken gerissen, blinzelte Thilo, dann schüttelte er den Kopf. »Nein, entschuldige bitte.«

»Ich bringe dich jetzt zu ihm, aber du wirst allein eintreten. Wenn er mich bemerkt, ist alles vorbei, dann weiß er, dass wir ihm eine Falle stellen.«

Johans Laterne war nur von einer kleinen Funzel erhellt, gerade ausreichend, um zu erkennen, wo sie langmussten. Das Personal hatte sich offenbar schon zur Ruhe begeben, ebenso Johans Mutter und seine Ehefrau.

»Er ist in letzter Zeit oft bis nachts in seinem Kontor, und er wünscht, nicht gestört zu werden. Offenbar möchte er Geschäfte tätigen, von denen auch ich nichts erfahren soll.«

Vor einer Tür blieb Johan stehen und blies die Laterne aus. »Ich bin nebenan und werde jedes Wort hören. Eine Schrankwand trennt beide Räume, ich bin dir also weiterhin nahe.«

Das beruhigte Thilo ein wenig. Dieser Mann flößte ihm nach wie vor Angst ein, und er schluckte mehrmals, ehe er leise die Tür zum Kontor öffnete. Der Raum war durch zwei Laternen mit Talglichtern erhellt, und an einem Schreibtisch saß ein älterer Mann mit kurzem grauem Bart. Als er den Kopf hob, stieß er ein erschrockenes Keuchen aus und fuhr geradezu von seinem Stuhl auf. »Theodor!«

Diese Stimme. Alles kam zurück, die Nacht, die Angst, die

Bilder, die Thilo seit jenem Moment verfolgten. Er blieb stehen, unfähig, sich zu rühren oder etwas zu sagen.

»Theodor? Du bist tot. Was ist …« Enno Schellbach ließ sich langsam wieder auf seinem Stuhl nieder, presste sich die Hand an die Brust, atmete schneller, senkte kurz den Blick und hob ihn wieder. »Nein.« Er hatte sich gefangen. »Du bist nicht Theodor, kannst es nicht sein. Du bist sein Sohn, nicht wahr? Der lang Verschollene, der sich nun wie ein Dieb in mein Haus schleicht, um Rache zu nehmen?«

Thilo kam näher, stellte sich vor den Schreibtisch des Mannes und sah auf ihn hinab. »Ihr habt meinen Vater getötet.«

Enno Schellbach lehnte sich zurück, faltete die Hände vor dem Bauch, sodass er nicht mehr der Unterlegene war, sondern der Herr des Hauses, vor dem Thilo wie ein Bittsteller stand. »Du hast mich gesehen, welchen Zweck hätte es, dir gegenüber zu leugnen? Nur wird dir heute wie damals niemand glauben. Du hättest seinerzeit zur Gerichtsbarkeit gehen können, dann wärst du möglicherweise glaubhaft gewesen, aber so viele Jahre später? Als offenbar gemachter Mann?«

»Man wird mir glauben, wenn ich sage, dass Ihr eine unrühmliche Vergangenheit habt.«

Enno Schellbach lächelte. »Denkst du, ja? Dass man einem Mann glaubt, der nach dem Tod seines Vaters geflohen ist, anstatt der Gerichtsbarkeit zu helfen? Oder wird man dem angesehenen Lübecker Kaufmann glauben? Damals wäre es eine andere Sache gewesen, daher habe ich dich suchen lassen. Aber jetzt?« Er zuckte die Schultern. »Im Übrigen war dein Vater nun wahrlich kein guter Mensch. Ich habe Schlimmes getan in meinem Leben, ich habe geraubt, betrogen, geplündert, aber dein Vater kannte mich in jungen Jahren und hat nur zu gerne davon profitiert. Im Gegenzug hat er mir geholfen, in Lübeck als Kaufmann aufzutreten. Enno Schellbach, der junge Händler für Gewürze, den kannte niemand. Aber Theodor Drenkhan kannte ihn, hat in der Vergangenheit in Emden mit ihm gehandelt, verbürgte sich für ihn. Und langsam wurde ich jemand. Dein Vater wollte mit der Vergangenheit nichts mehr zu tun haben, die ihm immerhin zu einigem Wohlstand verholfen hat, nachdem dein Großvater nur schlecht zu wirtschaften wusste.«

»All das war es wert zu töten? Was hätte Euch denn passieren können?«

»Ich war ein Mann ohne Vergangenheit, einer, der gesucht wurde in entfernteren Teilen des Reichs. Euer Vater hat mir sogar zu einer guten Ehe verholfen, hat eine Familie gekannt, deren Tochter in Schwierigkeiten war und nicht wählerisch sein konnte. Die Familie hatte einen guten Namen und verschaffte mir dadurch einen gewissen Leumund. Ich war der Kaufmann Enno Schellbach, gut verheiratet und verschwägert mit einer recht annehmbaren Familie. Das alles wollte ich nicht verlieren.«

»Als hätte ich als Kind vermocht, Euch in solche Schwierigkeiten zu bringen.«

»Was wusste ich denn, was du alles gehört hast? Dieses Risiko konnte ich nicht eingehen.«

»Und doch sprecht Ihr nun freimütig darüber.«

Enno Schellbach lachte leise. »Wie gesagt, du hast mich gesehen, du hast uns belauscht, die Dinge sind dir bekannt. Aber was willst du damit anfangen? Denkst du, weil du hier stehst und mein Sohn, der weibische Schwachkopf, zweifellos irgendwo auf seinem Lauschposten steht, könntest du mir schaden?«

Thilo war für einen Moment aus dem Takt gebracht, fing sich jedoch wieder. »Und wenn es nicht nur Euer Sohn wäre?«

Jetzt wurden die Augen seines Gegenübers schmal. »Wer sollte es denn noch sein? Wen interessiert es seit Jahren? Clara von Genssler, die Hure deines Vaters? Was für ein famoses Dreiergespann ihr abgeben würdet.« Wieder lachte er. Dann erhob er sich, stand Thilo nun gegenüber. »Aber weißt du, selbst dieses Risiko gehe ich nicht ein. Du standest auf einmal vor mir, der Mörder deines Vaters, der mir viele Jahre später nach dem Leben trachtet.«

»Warum sollte ich das tun?«

»Das wird man sich fragen, und ich werde es mich voller ahnungsloser Sorge fragen. Johan und die von Genssler haben das möglicherweise ausgeheckt, er in dem Willen, sein Erbe anzutreten, unter dem unseligen Einfluss dieser Frau. Man hat ja des Öfteren beobachtet, dass zwischen ihnen ein Einvernehmen herrscht. Vielleicht war sie es sogar, die Theodor hat töten lassen durch dich. Sie hat dich versteckt und dafür gesorgt, dass du heute, geschniegelt und gestriegelt wie ein feiner Herr, vor mir auftreten kannst.«

»Nun, ich werde alles tun, damit man Euch keinen Glauben schenkt.«

Ein feines Lächeln umspielte die Lippen von Enno Schellbach. Im nächsten Moment stürzte er vor und schlug Thilo die Faust in den Bauch. Der keuchte überrascht auf und wich zurück. Dann spürte er Nässe, sah an sich hinab und bemerkte das Blut, das warm in sein Hemd sickerte, und im nächsten Moment setzte ein heftiger Schmerz ein, und Thilo stieß einen Schrei aus. Enno Schellbach stand da, ein schmales Messer in der Hand. Er holte ein weiteres Mal aus, und Thilo schaffte es noch, einen Schritt zur Seite zu machen, sodass das Messer ihm nicht ein zweites Mal in den Bauch fuhr, sondern in die Seite. Er schrie, hielt sich an einem Stuhl fest, ging zu Boden. Übermächtig ragte der Mann vor ihm auf, hob das Messer ein drittes Mal. Thilo schloss die Augen.

Gereon reagierte noch vor Clara und stürzte in den Raum, wo Enno Schellbach auf Knien vor dem am Boden liegenden Thilo hockte und das Messer hob. Mit einem Tritt beförderte Gereon den älteren Mann rücklings zu Boden. Das Messer fiel ihm aus der Hand, und Clara stürzte mit wild klopfendem Herzen vor und hob es vom Boden auf. Dann fiel ihr Blick auf Thilo, dessen Hemd blutgetränkt war, während seine Brust sich in kurzen Atemstößen hob und senkte. Er hatte die Lider zusammengepresst, das Gesicht schmerzverzerrt. Nun kam auch Johan, der sich offenkundig aus seiner Schreckstarre gelöst hatte, in den Raum.

»Grundgütiger. Vater, was habt Ihr getan?«

»Ich? Was hast du da mit dieser Dirne«, er spie das Wort aus und deutete auf Clara, »ausgeheckt? Wenn du gelauscht hast, weißt du, dass ich mich nicht von euch habe überlisten lassen!«

Clara hockte neben Thilo. »Er stirbt. Allmächtiger, er stirbt.« Sie presste die Hände auf die Wunde, als könnte sie damit verhindern, dass das Blut stetig aus seinem Körper lief. Wie hatte das alles so schiefgehen können? Ihr Blick verschleierte sich, als sie Thilo fortwährend anflehte, bei Bewusstsein zu bleiben.

Dann trat jene Person in den Raum, deren Anwesenheit sie Alvas Insistieren verdankte. Curd Hinnerk. Ein Mann, der Enno Schellbach zugetan war und für Clara nur wenig übrighatte. Er stand da, starrte auf sie, fassungslos, den Mund geöffnet, als ringe er um Worte.

»Curd!« Enno Schellbach rappelte sich auf. »Dich schickt der Himmel! Theodor Drenkhans Sohn wollte mich umbringen, er hat sich mit meinem Sohn und dieser Hure zusammengetan. Wahrscheinlich hat sie ihn schon dazu gebracht, seinen Vater umzubringen, und …«

»Schweig!«, rief Curd Hinnerk. »Hältst du mich für einen Narren? Warum hätte sie das tun sollen?«

»Er stirbt!«, schrie Clara erneut, und Curd Hinnerk wandte sich ihr zu, kniete neben ihr.

»Warum hat er so lange gezögert, ihn zu stellen?«, murmelte er. »Herrgott!«

Clara rang nach Luft, presste weiterhin die Hände auf die Wunde, während ihr die Furcht die Luft abzuschnüren schien. Wenn er ihr nun unter den Händen wegstarb?

»Sie hat es getan! Sie hat seinen Sohn dazu gebracht.« Wieder und wieder rief Enno Schellbach die Worte.

Und dann stand plötzlich Henning von Westerboer in der Tür, außer Atem, als wäre er den ganzen Weg gerannt. Gereon musste ihn geholt haben. Clara hatte nicht einmal gemerkt, dass er fortgegangen war. »Großer Gott. Clara, was hast du getan?«

Gereon ging in die Knie, schob die Arme unter Thilos Oberkörper und Beine und hob ihn ächzend hoch, gestützt von Henning. »Wenn er stirbt, dann nicht so elend auf dem Fußboden«, sagte er. »Wohin kann ich ihn bringen?«

»Kommt.« Johan ging ihm voraus, und Clara folgte ihnen, als sie Thilo durch das Haus trugen, eine Treppe hoch und in ein Zimmer, das offenkundig von Johan selbst bewohnt wurde. »Es ist Arjens ehemaliges Zimmer«, sagte er, als sei er eine Erklärung schuldig, nicht im selben Raum wie seine Frau zu wohnen. Gereon legte Thilo auf dem Bett ab, und Johan verließ den Raum, denn im nächsten Moment wurde heftig an die Tür geklopft, sodass es durchs ganze Haus hallte.

»Johan?« Eine verschlafene Frauenstimme. »Was ist das für ein Lärm?«

Sie bekam keine Antwort, und kurz darauf erschien Johan mit dem Arzt, der schon Gereon gerettet hatte. »Ich habe mir die Freiheit genommen, ihn rufen zu lassen, als mir Gereon erzählt hat, was passiert ist.« Henning machte Platz, sodass der Arzt zu Thilo treten konnte.

Es sah nicht gut aus, daraus machte der Arzt kein Geheimnis. »Gibt es Anverwandte?«

»Er hat Frau und Kinder«, antwortete Clara.

»Dann solltet Ihr sie kommen lassen.«

»Gibt es keine Hoffnung mehr?«

»Hoffnung gibt es immer, aber ich bin Arzt, und ich kann nur sagen, dass solche Bauchwunden meist tödlich enden.« Gereon öffnete Thilos Hemd, und der Arzt machte sich an die Untersuchung.

»Komm.« Henning führte Clara aus dem Raum. Im Korridor stand eine Frau im Nachthemd, die erschrocken zurückfuhr, als sie Henning erblickte, und in ihr Zimmer floh. »Bist du nun zufrieden?«, fragte Henning. »War es das wert?«

»Es ist doch nicht meine Schuld«, stieß Clara gepresst hervor. »Woher sollte ich wissen, dass er mit einem Messer auf ihn losgeht?«

»Dieser Mann hat mindestens drei Mal gemordet, und er war in der Wahl seiner Mittel nicht zimperlich. Offenbar hat er eine fragwürdige Vergangenheit. All das wusstest du. Und trotzdem hast du darauf bestanden, den jungen Mann mit dieser durchschaubaren Finte zu ihm zu schicken.«

»Ich war es Theodor schuldig!«

»Hättest du Theodor Drenkhan vor die Wahl gestellt, seinen Mörder überführt zu wissen oder dass sein Sohn ein glückliches Leben führt mit einer Frau und Kindern – was denkst du, hätte er gewählt?«

Tränen traten Clara in die Augen. »Er wollte doch selbst den Tod seines Vaters gerächt sehen.«

»Er wollte vor allem wieder nach Hause. Wir hätten ihn in Hamburg befragen sollen. Dann könnte er jetzt sein Leben weiterführen.«

Clara blinzelte, und eine Träne löste sich aus ihrem Augenwinkel, hing in ihren Wimpern. »Es tut mir leid.«

Der Arzt trat aus dem Zimmer. »Benachrichtigt seine Frau. Schnellstmöglich, damit sie Abschied nehmen kann.«

Der Aufruhr hatte sich gelegt. Thilo war mit einem Eselskarren, in dem er liegend transportiert werden konnte, aus dem Haus Schellbach ins Haus von Genssler gebracht worden. Er hatte das Bewusstsein verloren, was angesichts seiner Schmerzen vermutlich das Beste gewesen war. Johan hatte seine Frau und seine Mutter beruhigen müssen, hatte ihnen erklärt, sie würden alles am kommenden Tag erfahren. Curd Hinnerk war gegangen, nicht ohne zu sagen, er werde sich an die Gerichtsbarkeit wenden. Dass er all die Jahre von diesem Mann betrogen worden war, schien ihn geradezu persönlich verletzt zu haben. Er war so wütend gewesen, wie Johan es noch nie erlebt hatte.

Es ging schon auf den frühen Morgen zu, als Johan ins Kontor trat, wo sein Vater am Schreibtisch saß, als wäre nichts vorgefallen. Johan zögerte an der Tür. Hatte er womöglich den

Verstand verloren? Auf den hölzernen Dielen war immer noch die Blutlache, und Schlieren von Blut zogen sich bis zur Tür, wo sie durch das Blut gelaufen waren und es verteilt hatten. Enno Schellbach sah nicht auf, sondern schrieb weiter, und die Feder kratzte über das Papier.

Langsam ging Johan näher, wusste nicht, was er sagen sollte. Als er schließlich einen Schritt entfernt von dem Schreibtisch stehen blieb, blickte sein Vater auf und sah ihn lange schweigend an.

»Kommst du, um deinen Triumph auszukosten?«

Johan zuckte die Schultern.

»Du warst ein schwächliches Kind«, sagte Enno Schellbach. »Wo Arjen ein properer Junge mit kräftiger Lunge war, der stets forderte und seinen Platz in der Welt behauptete, warst du ein Kind, das sich schon als Säugling wegduckte und nicht bemerkt werden wollte. Ein Kind, das ruhig war, von geradezu abstoßender Debilität. Eines, von dem ich dachte, das könnten nicht meine Lenden gezeugt haben. Wie konnte das sein? Ich war immer stark, habe immer ohne Skrupel getan, was getan werden musste. Und mich strafte das Leben mit so einem Sohn? Dann hat deine Mutter jahrelang ein Kind nach dem anderen verloren, und irgendwann dachte ich mir, was für eine Frau ich habe, die mir nur einen Schwächling und einen Haufen toter Bälger gebiert. Endlich kam Rieke. Zwar kein Junge, aber so vollkommen, dass ich dachte, jetzt schafft deine Mutter es vielleicht endlich, auch einen Sohn in dieser Art hinzubekommen. Hätte sie einen weiteren Sohn geboren, hätte ich dich getötet.« Wieder senkte er den Blick auf das Geschriebene. Schließlich streute er Sand darüber und stand auf. Er sah Johan an und lachte. »Du weichst zurück? Denkst du, ich gehe mit einem Messer auf dich los?« Er machte einen raschen

Schritt nach vorne, riss die Augen in einer grotesk furchterregenden Grimasse auf, und als Johan zurückfuhr, stieß er ein hässliches Lachen aus.

»Dann hat der Umstand, dass meine Mutter kein weiteres Kind empfangen hat, mir das Leben gerettet«, stellte er fest.

»Ja, in der Tat hat es das.« Sein Vater stand mit dem Rücken zu ihm, hantierte mit einer Karaffe, drehte sich um, zwei Weinkelche in der Hand, von denen er einen Johan reichte. Dem war nicht nach Wein, aber er nahm ihn dennoch. »Es ist vorbei, mein Name ist nichts mehr wert. Beinahe könnte ich froh sein, dass er nicht weitergetragen wird und meine Enkelin zwar mein Blut, aber den Namen eines anderen weitergibt.« Er hob den Kelch. »Na, was ist. Trinkst du nicht darauf?«

Johan hob das Glas an die Lippen und nippte.

»Curd Hinnerk wird mich verraten, nachdem mich mein eigener Sohn zuvor verraten hat.«

»Du hast zwei Menschen ermordet. Drei, wenn man den alten Händler mitzählt.«

»Barne Theves? Der Kerl hat versucht, mich zu erpressen. Er wusste nicht, wo ich groß geworden bin, dass ich Dinge kann, von denen er nicht einmal ahnte. Er hat mich unterschätzt, das ist ihm zum Verhängnis geworden. Erst hat er mich angefleht, ihm nichts anzutun, dann, ihn zu töten. Aber vorher musste er mir von dem Mädchen erzählen, das mich erkannt hat.« Enno Schellbach trank einen Schluck Wein, hob erneut den Kelch, als wollte er Johan ermutigen, es ihm gleichzutun. Johan nahm einen weiteren Schluck und verzog das Gesicht. Der Wein schmeckte ihm nicht, und es wunderte ihn, dass sein Vater, der stets so viel auf seinen Geschmack gab, einen derart schlechten Wein kredenzte. Enno Schellbach beobachtete ihn, während er trank.

»Du bist ein solcher Narr, Johan.«

In seinem Hals kratzte es, und Johan hustete. »Das höre ich nicht zum ersten Mal von Euch.«

Auch sein Vater begann zu husten, röchelte ein wenig, während Johan das Gefühl hatte, die Kehle würde ihm eng. Wieder hustete er, trank einen Schluck Wein, in der Hoffnung, dass der Hustenreiz aufhörte. Dieser jedoch steigerte sich zu einem regelrechten Anfall, und als Johan kleine rote Tröpfchen auf dem Taschentuch bemerkte, das er sich vor den Mund hielt, dachte er erst, es wäre der Wein. Auch sein Vater hustete nun fortwährend.

»Du bist so ein Narr«, stieß Enno Schellbach abgehackt hervor. »Bist stehen geblieben, weil du Angst vor einem Messer hattest. Und trinkst dann Wein aus meiner Hand.« Wieder hustete er, und Blut netzte seine Lippen.

»Was … habt Ihr … getan?« Johan hustete, und das Glas glitt ihm aus der Hand. Er wollte sich festhalten, griff jedoch ins Leere.

»Du bist erbärmlich.« Die Stimme seines Vaters wurde von einem Husten unterbrochen. »Nicht einmal sterben kannst du wie ein Mann.«

Dann hörte er einen Schrei, hörte jemanden schrill seinen Namen rufen. Seine Mutter? Johan schlug auf dem Boden auf, hustete, während seine Glieder zuckten. Die Stimme seiner Mutter wurde dumpfer, als wäre Johans Kopf unter einer dicken Decke. So wie früher, wenn er sich versteckt hatte und er Arjens Schreie erstickte, als dieser wieder Prügel bezog, die er, Johan, verdient hatte. Immer ferner wurde die Stimme und verklang schließlich ganz. *Johan.*

HAMBURG/LÜBECK, MÄRZ 1605

Die Büttel waren angehalten worden, die Augen nach Bengt offen zu halten, aber Agnes glaubte kaum mehr daran, dass diese ihn finden würden. Ein Krüppel in Hamburgs Straßen – derer gab es viele, ebenso wie kleine blonde Jungen.

»Was soll der Mann mit dem Kind machen?«, sagte Geertje. »Hätte er es töten wollen, ist ihm die Genugtuung versagt, dass du es siehst. Und welche Verwendung hätte er für ein Kleinkind, das noch nicht stehlen kann? Ein gut genährter kleiner Junge auf der Straße fällt auf, gleich, was die Büttel sagen. Vielleicht möchte er dir nur Angst einjagen und lässt ihn irgendwo einfach laufen. Dann landet er im Waisenhaus.«

Das war eine Hoffnung, an die Agnes sich mit ganzem Herzen klammerte. Sie hatte nie eine Freundin gehabt, und es fiel ihr immer noch schwer, Geertjes selbstlose Zuneigung als solche anzunehmen und keine eigennützigen Absichten hinter ihren Worten zu wittern. Nicht zu denken, sie wolle Agnes in falscher Hoffnung wiegen, um sich ihrer Hilfe weiterhin zu versichern. Diese Art von Liebe kannte Agnes nur von Albrecht. Mit Albrecht an ihrer Seite hätte ihr niemand das Kind rauben können. Mit Albrecht an seiner Seite hätte

Thilo vielleicht überlebt, was auch immer man ihm angetan hatte.

»Und wenn er gar nicht in Hamburg ist?«, fragte Agnes. »Wenn er außerhalb der Stadt lebt und mein Kind dort ganz allein aussetzt?«

»Jemand wird ihn finden und als das erkennen, was er ist – ein kleiner Junge aus gutem Haus.«

Ein Junge aus gutem Haus. Agnes hätte nie geglaubt, dass das jemand über ein Kind, das sie in die Welt setzte, sagen würde. Und ob sie weiterhin in einem guten Haus leben würde, war fraglich. Noch ließ man sie bei sich wohnen, aus Barmherzigkeit. Aber irgendwann wäre sie nur ein zusätzlicher Esser, der nichts beitrug und im Grunde genommen auch nicht gebraucht wurde. Ob sie wieder als Magd arbeiten könnte? Die Kammer würde reichen für sie und Thure, und sie hätten es dort warm. Tagsüber könnte er vielleicht weiterhin mit den Kindern von Cornelis und Alea spielen. Zwar gab es im Haushalt eine Magd, aber die würde sich dann eben etwas Neues suchen müssen. Das tat Agnes zwar leid, doch in dieser Sache war ihr Thures Sicherheit wichtiger, und die Magd hatte immerhin kein Kind, mit dem sie sich durchschlagen musste.

»Wie konnte dich ein solches Unglück ereilen?«, fragte Alea, als sie nach Hause kam. »Erst dein Mann, dann das Kind. Die Leute fragen schon, ob ihr euch etwas habt zuschulden kommen lassen.«

»Natürlich nicht«, entgegnete Agnes. Aber das war in der Tat ein Umstand, über den sie noch nicht nachgedacht hatte. Hing beides zusammen? Hatte Bengt Thilo ermordet? Nein, damit hätte er sich gebrüstet. Wenigstens Hedda hätte es ihr gesagt.

»Hör auf, so etwas zu sagen«, wies Emke ihre Schwägerin zurecht. »Als wäre nicht alles schon schlimm genug.«

Nach einer weiteren Nacht, in der Agnes sich nahezu schlaflos herumgewälzt hatte, brachte sie Thure zu der Kindsmagd und aß rasch etwas, um wieder hinauszugehen und nach Bengt zu fragen. Danach wollte sie ins Waisenhaus, und damit wäre wieder ein Tag herumgebracht, in dem sie abends die Hoffnung auf ein Lebenszeichen von Thilo zu Grabe trug.

»Mevrouw?« Sie saßen gerade gemeinsam am Tisch, als die Magd eintrat. »Da ist ein Herr, der Frau Agnes sprechen möchte.« Sie war die Einzige im Haushalt, die Agnes so ansprach, mit Hilda und Enna hatte Agnes ihr vertrautes Verhältnis beibehalten.

Jemand hatte Thilo oder Jonas gefunden. Sie alle schienen dasselbe zu denken, denn Agnes bemerkte die Anspannung, als Cornelis sagte: »Er soll eintreten.«

Sie erhoben sich vom Tisch, und Emke trat neben Agnes, drückte ihr sanft den Arm. Der Mann, der den Raum betrat, trug die Kleidung eines reichen Kaufmanns und war Agnes gänzlich unbekannt. Er grüßte ehrerbietig.

»Mein Name ist Henning von Westerboer aus Lübeck. Wer von den Damen ist die Ehefrau von Thilo Drenkhan?«

Agnes erstarrte. Lübeck. Drenkhan. Das hatte Thilo nicht getan, so etwas konnte er ihr einfach nicht angetan haben.

»Wieso Drenkhan?« Cornelis klang irritiert. »Er hat immer gesagt, er habe keinen Nachnamen.«

»Er ist der Sohn des Kaufmanns Theodor Drenkhan, der vor mehr als zehn Jahren ermordet worden ist. Thilo war auf der Flucht vor seinem Mörder.«

»Ich bin seine Ehefrau«, sagte Agnes. Sie schluckte, und der Atem ging wie gehetzt. »Was wisst Ihr über ihn?«

»Clara von Genssler schickt mich. Euer Ehemann wurde vom Mörder seines Vaters tödlich verwundet und liegt im Sterben.«

Agnes hörte einen Schreckensschrei, während sie selbst sprachlos dastand und außerstande schien, das Gesagte zu erfassen. »Aber was hat er denn in Lübeck getan?« Ihre Stimme war kaum zu hören. »Er hat mir doch versprochen, niemals hinzufahren.« Jetzt wurde ihre Stimme lauter. »Er hat es versprochen.«

»Er ist gegen seinen Willen dort. Leider bin ich nicht unschuldig daran, ich habe ihn wiedererkannt und wusste, dass es Menschen in Lübeck gibt, die ihn suchen. Clara von Genssler wollte den Mord an seinem Vater aufklären, und so hat sie ihn in Hamburg entführen lassen. Ich erkläre Euch alles, wenn wir auf dem Weg sind, doch die Zeit könnte knapp werden, und wir sollten aufbrechen. Ich bin mit meiner Reisekutsche hier.«

»Agnes, du kannst doch nicht ernsthaft vorhaben, mit diesem Fremden mitzugehen?«, sagte Cornelis.

»Ich muss.« Agnes dachte an ihren Sohn. Ihn konnte sie dieser Gefahr nicht aussetzen. »Passt auf Thure auf, ich bin bald wieder zurück.«

»Agnes, überlege es dir«, insistierte Emke. »Dieser Mann hat gerade gestanden, Thilo entführt zu haben.«

Tränen traten Agnes in die Augen, und sie schüttelte den Kopf. »Ich muss zu ihm.« Sie lief rasch hoch und zog sich ein warmes Übergewand über und einen Umhang.

»Dann los«, sagte Henning von Westerboer. »Ich erzähle Euch unterwegs alles.«

Einmal hielten sie an, um die Pferde verschnaufen zu lassen, sie zu füttern und zu tränken, dann ging die Reise weiter, und sie kamen in den frühen Morgenstunden in Lübeck an. Mittlerweile war Agnes umfassend über alles in Kenntnis gesetzt worden, und sie war so wütend, dass sie diesen Mann am liebsten eigenhändig umgebracht hätte. Es war sein Glück, dass sie ihn brauchte, um zu Thilo zu gelangen.

»Wisst Ihr eigentlich, was Ihr da angerichtet habt?«, hatte sie ihn angeschrien.

Es war ihm bewusst, und er könne immerhin von sich sagen, dass er versucht hatte, der Sache am Ende eine andere Wendung zu geben. Das wollte Agnes jedoch nicht gelten lassen. Als die Kutsche endlich vor dem Haus von Genssler hielt, sprang sie aus der Kutsche, noch ehe der Mann ausgestiegen war, und hämmerte mit dem Türklopfer gegen das massive Holz. Ein hochgewachsener Mann öffnete ihr, sah erst sie an, dann über ihre Schulter hinweg zu ihrem Begleiter. »Ah, Ihr seid es.«

»Sind wir zu spät?«, fragte Henning von Westerboer.

»Nein, er lebt noch.«

Agnes zwängte sich an ihm vorbei, rannte durch die Eingangshalle auf einen erleuchteten Raum zu, in dessen Tür eine Frau stand. »Wo ist Thilo?«, schrie sie und ergriff die Schultern der Frau, die überrumpelt zurückwich, aber nicht schnell genug. »Was habt Ihr ihm angetan?«

»Lasst sie los!«, rief eine Männerstimme, und als Agnes gerade ausholte und der Frau ihre flache Hand ins Gesicht schlug, ergriff der Mann sie und zerrte sie von der Frau weg. Agnes trat nach ihm, versuchte, sich aus der eisernen Umklammerung zu lösen.

»Sie ist doch zu Recht wütend«, sagte Henning von Westerboer. »Jetzt lasst sie in Ruhe.«

»Nur wenn sie aufhört, um sich zu schlagen.«

Agnes' Widerstand erlahmte, und nach kurzem Zögern setzte der Mann sie ab. Kaum stand Agnes sicher auf beiden Füßen, riss sie das Knie hoch und rammte es dem Kerl in den

Schritt. Der schrie auf, und Agnes versetzte ihm einen so heftigen Stoß, dass er fast hintenüberfiel.

»Verdammt«, schrie der Mann.

»Ich will jetzt zu Thilo!«

»Ich bringe Euch hin.« Die Frau kam zu ihr. »Folgt mir.«

Ihr Beschützer hielt sich immer noch den Bauch, mit verzerrtem Gesicht gekrümmt, während Henning von Westerboer sagte: »Wenn es mir jemals wieder schlecht geht im Leben, denke ich an den Moment, in dem das zierliche Vögelchen Euren Wachhund außer Gefecht gesetzt hat.«

Agnes ignorierte ihn und folgte der Frau, die schweigend vor ihr herging. Als sie die Tür zu einem Zimmer öffnete, empfing Agnes der schwere Geruch von Blut, und sie trat ein, lief zu dem Bett, in dem Thilo lag und so bleich war, dass sich sein Gesicht kaum von dem Weiß des Leinens abhob. »Thilo«, sagte sie sanft und setzte sich zu ihm, legte ihr Gesicht an seins, um seinen Atem zu spüren. Es roch nach Blut, aber nicht nach Tod, und Agnes kannte den Geruch, der sterbende Menschen begleitete. Sie streifte sich die Schuhe ab und legte sich neben Thilo, der in diesem Moment die Augen öffnete.

»Agnes.« Seine Stimme war kaum mehr als ein Windhauch.

»Schsch«, machte sie. »Nicht reden. Ich bin bei dir, und ich gehe hier nicht ohne dich weg.« Sie tastete nach seiner Hand, die eiskalt auf dem Laken lag. Auch sein Gesicht fühlte sich kalt an unter dem Schweiß, und sie fragte sich, ob das gut oder schlecht war.

»Es tut mir leid«, brachte er stockend hervor. »Ich wollte …«

»Ist gut, ich weiß das alles. Streng dich nicht an.« Sie drückte ihm die Hand. »Ich bin ja jetzt hier, ich bin bei dir.«

»Wie früher.« Er hustete und verzog schmerzerfüllt das Gesicht. »Du warst immer da.«

»Ja, wie früher.« Sie schmiegte sich an ihn. »Und du versprichst mir auch, bei mir zu bleiben, ja?«

Er antwortete nicht, und als Agnes den Kopf hob, sah sie, dass seine Augen geschlossen waren und sein Gesicht ganz entspannt wirkte.

»Der arme Kerl.« Henning wirkte aufrichtig betroffen. »Ich habe ihn nie so richtig verstanden, er wirkte immer so in sich gekehrt. Ein solches Ende hat er nicht verdient.«

»Ein solches Ende hat niemand verdient.« Clara fühlte sich schuldig an Johans Tod, und sie wusste nicht, wie sie damit zurechtkommen sollte.

»Was hast du da nur losgetreten?«, murmelte Henning in diesem Moment.

»Als hätte ich ein solches Ende vorhersehen können.« Clara ging zum Fenster und sah hinaus in den diesigen Tag. »Seine Mutter hat ihn gefunden und ihn beim Sterben in den Armen gehalten. Ich weiß nicht, ob er das noch mitbekommen hat. Sein Vater hat etwas länger gelebt. Ich hoffe zutiefst, dass er noch bemerkt hat, wie allein er in diesem Moment war.«

Fenja Schellbach hatte bis in die Morgenstunden bei ihrem toten Sohn gesessen und darüber fast den Verstand verloren, hieß es. Der Hausdiener hatte sie so gefunden und zunächst geglaubt, sie hätte die beiden vergiftet. Sie war nicht ansprechbar gewesen, nicht imstande zu antworten. Er hatte einen Bader kommen lassen, der nur noch den Tod hatte feststellen können. Die beiden waren schon eiskalt, wurde gesagt. Die Büttel glaubten ebenfalls, es wäre Fenja Schellbach gewesen, die nur vor sich hin gestiert hatte. Eine Irre, die in ihrem Wahn den Mann und den Sohn getötet hat.

Schließlich wurde jedoch der Brief Enno Schellbachs gefunden, den dieser vor der Tat geschrieben hatte. Darin schrieb er, dass er sich nicht öffentlich richten lassen werde von Menschen, die nie verstehen würden, warum er all das getan hatte. Er richte sich selber, denn er stelle sich vor kein Gericht, außer dem seines Herrgotts, vor das er nun treten würde. Sein Vermächtnis ging an die Tochter seines einzigen Sohnes, und ein Teil wurde Rieke vererbt. Arjen bedachte er nicht darin, was niemand erwartet hatte. Denn obwohl die genauen Umstände unbekannt waren, wusste doch jeder, dass Arjen nicht mehr sein Sohn war und sein Glück in der Ferne gemacht hatte. Eine recht ansehnliche Summe vermachte er Thilos Familie als Wiedergutmachung, damit seine Enkelin von alldem unbelastet aufwachsen konnte.

»So wird es nicht funktionieren«, sagte Henning. »Er hat Thilo Drenkhan um sein Vermögen gebracht, und vielleicht überlebt der die Sache nicht einmal. In dem Fall hat er einen weiteren Mord auf sein Gewissen geladen.«

»Wenn Thilo stirbt«, hörten sie eine Frauenstimme von der Tür her sagen und fuhren herum, »dann töte ich Euch.« Die zierliche Frau sah Clara an.

»Hütet Eure Zunge«, kam es von Gereon. »Wenn Ihr ihr etwas antut, befördere ich Euch ebenfalls ins Grab.«

Die Frau sah ihn kalt an. »Dafür müsst Ihr meiner habhaft werden, und das werdet Ihr nicht, denn ich bin ein Kind der Straße.«

»Das bin ich ebenfalls.«

Die beiden maßen einander stumm mit Blicken, und schließlich ging Henning dazwischen. »Niemand bringt hier irgendjemanden um. Mein Medicus kümmert sich um Euren Mann, er ist ein richtiger Arzt, kein Bader oder Knochenbrecher.«

Die Frau schien etwas sagen zu wollen, blieb jedoch stumm und schüttelte nur den Kopf.

»Agnes Drenkhan, richtig?«, fragte Clara.

»Nicolai. Agnes Nicolai. Wir haben den Namen der Kirche angenommen, in der wir getraut wurden. Erst wollten wir uns in St. Jacobi trauen lassen, wo die Armut am größten ist, um nicht zu vergessen, woher wir kommen. Aber dann sagte Thilo, wir sollten nach vorne schauen und nicht zurück, daher haben wir in St. Nicolai geheiratet, der Kirche der aufstrebenden Kaufleute und Handwerker. Wir hatten ein Leben, und Ihr habt es zerstört.«

»Es besteht immer noch die Möglichkeit, dass er es überlebt«, sagte Clara. »Ihr werdet Geld bekommen, die Gerichtsbarkeit entscheidet über sein Erbe und …«

»Nein!«, schrie Agnes Nicolai sie an. »Nichts wird jemals wieder gut. Ihr versteht es nicht. Ich war unaufmerksam, weil ich so in Sorge um Thilo war. Daher konnte man mir mein Kind auf der Straße rauben. Ich habe alles getan, aber ich kann es nicht finden, und vielleicht werde ich das auch nie. Wenn Thilo also überlebt, muss ich ihm gestehen, dass ich unseren Sohn verloren habe. Und alles Euretwegen! Wenn Thilo stirbt, dann bin ich mit meinem kleinen Sohn allein.« In den Augen der Frau schimmerte es. »Ihr wisst doch überhaupt nichts vom Leben, seid hier aufgewachsen in Wohlstand und behütet. Euer Leben geht weiter wie bisher, während Ihr uns alles genommen habt.«

Claras Blick traf den Hennings, und er schüttelte kaum merklich den Kopf. »Meine Leute hätten Euch damals fast gefunden, aber Ihr seid ihnen entkommen. Hätten sie Euch zu mir gebracht, hätten wir alles schon viel früher aufgeklärt, und Ihr hättet unter meinem Schutz aufwachsen können.«

»Ihr meint die Leute, die uns damals in unserem Unterschlupf überfallen haben? Die Art und Weise war nicht gerade angetan, um Vertrauen zu schöpfen. Und es ist auch gleich, uns ging es jetzt gut.« Agnes Nicolai schien in sich zusammenzusinken, mit einem Mal verlor sie alles Kämpferische, wirkte verzagt und sehr allein. Dann hob sie den Blick, taxierte Clara kalt. »Wenn er stirbt«, wiederholte sie, »töte ich Euch.«

»Denkt daran, dass Ihr einen Sohn habt, der Euch braucht«, entgegnete Clara.

Agnes Nicolai stieß ein ätzendes Lachen aus. »Jetzt, da es Euer Leben bedroht, denkt Ihr an mein Kind?« Abrupt wandte sie sich ab und verließ den Raum, und kurz darauf waren ihre Schritte auf der Treppe zu hören.

Als würde alle Kraft sie verlassen, sank Clara auf einen Stuhl und vergrub das Gesicht in den Händen. Als sie aufsah, bemerkte sie, dass Henning sie stumm betrachtete, während er mit dem Rücken am Tisch lehnte. Gereon war gegangen, möglicherweise war er in der Nähe von Thilos Zimmer, um Agnes Nicolai zu bewachen und sicherzugehen, dass Clara keine Gefahr von ihr drohte. Schließlich streckte Henning eine Hand nach ihr aus, und Clara ergriff sie, ließ zu, dass er sie zu sich zog und in die Arme nahm. Sie barg das Gesicht an seiner Schulter, atmete seine so vertraut gewordene Nähe und spürte, wie seine Arme sich um sie schlossen.

»Bereust du es?«, fragte er, nachdem sie lange stumm dagestanden hatten.

»Ich musste es erfahren, und ohne das Wissen von heute würde ich es wieder tun.«

»Und mit dem Wissen?«

Sie zauderte. »Ich weiß es nicht, ich glaube nicht. All das, was ich über Theodor erfahren habe … Ich hätte es lieber nicht gewusst und ihn als den Menschen in Erinnerung behalten, als den ich ihn kannte und liebte.« Wie sollte sie damit leben? Johan war tot, Thilo starb vielleicht, sein Sohn – Theodors Enkel – war verschwunden, möglicherweise auch tot. Und all das für eine Wahrheit, die niemandem mehr nützte.

AMSTERDAM, APRIL 1605

»Ich möchte, dass du unseren Handelsstützpunkt auf Java begründest«, hatte Hendrik Valckenberg an einem Abend im März gesagt. »Ich habe bereits eine Passage auf einem Schiff gebucht, das im April auslaufen wird.«

Arjen hatte diese Ankündigung in Erstaunen versetzt. Er war doch gerade erst angekommen. Zwar hatte er nicht widersprochen, aber so recht verstand er nicht, warum sein Vater wollte, dass er so bald wieder abreiste.

»Ich halte die Entscheidung auch für richtig«, hatte Jolanda gesagt, als Arjen ihr später im Bett davon erzählte.

»Möchtest du mich loswerden?«

»Himmel, Arjen, bitte versink nun nicht in Selbstmitleid.«

Das traf ihn. »Ich bin doch gerade erst wieder zu Hause. Und den Kindern werde ich mich noch mehr entfremden.«

»Väter, die lange auf Reisen sind, sind nicht so furchtbar ungewöhnlich, erst recht nicht in diesen neuen Zeiten, die anbrechen. Den Kindern halte ich dich in Erinnerung. Aber sieh dich doch an, wie du herumschleichst, ein Schatten deiner selbst, niedergedrückt von Gewissensbissen und fortwährend mit dir selbst hadernd. Die Kinder brauchen einen Vater, der stark ist und zu dem sie aufschauen können. Du hast dir so lange gewünscht zu reisen, und als du es endlich konntest, war der Ausgang katastrophal. Geh jetzt auf diese Reise, tu das, was du seit Jahren tun wolltest, und komm als der zurück, der du immer sein wolltest. Dein Vater hat das offenbar erkannt, und ich auch.«

Obwohl es ihm widerstrebte, so bald wieder abzureisen, widmete Arjen sich den Vorbereitungen. Eine Handelsniederlassung aufzubauen, benötigte einiges an Arbeit, sodass er täglich vom frühen Morgen an bis in die Abendstunden beschäftigt war. Mit Jolanda hatte er sich so weit ausgesöhnt, dass sie ein Eheleben führten, denn Jolanda wünschte sich ein weiteres Kind. Und so widmeten sie diesem Vorhaben die Nächte bis zu Arjens Abreise.

Wann immer es ihm möglich war, beschäftigte Arjen sich mit den Kindern, damit diese ihn gut in Erinnerung behielten. Gewiss würde er zwei Jahre fortbleiben – eine furchtbar lange Zeit, wenn man noch so klein war. Die Kinder würden wissen, dass es ihn gab, aber vermutlich würden sie ihn wieder nicht erkennen. Und auch sie wären ihm dann fremd geworden. Aber Jolanda hatte recht, so war es nun einmal in Kaufmannsfamilien. Und als er sich endlich damit abgefunden hatte, war er sogar imstande, sich auf die Reise zu freuen.

Über Java wusste er, dass die Portugiesen dort 1579 erste Handelsverbindungen geknüpft hatten und fünfzehn Jahre später von den Niederländern vertrieben worden waren. Arjen las Berichte über die Insel, die von Vulkanen erzählten und einer beeindruckenden Landschaft. Schon lange hatte er dorthin gewollt, und dass sich nun die Gelegenheit ergab, war ein Grund zur Freude. Er würde viel Neues sehen, von dem er seinen Kindern erzählen konnte, und er nahm sich vor, ein Tagebuch zu führen, alles festzuhalten, um seinen Bericht lebendiger zu machen.

»Meneer.« Markus van Huisen betrat das Kontor, wo Arjen gerade über einigen Dokumenten saß. »Ein Schreiben aus Lübeck.«

»Danke, Markus.« Arjen nahm den Brief entgegen und erkannte die zierliche Handschrift seiner Mutter. Er hätte eher mit einem Brief von Johan gerechnet. Ehe er abreiste, musste er seinem Bruder schreiben, damit Johan nicht irritiert war, wenn auf seine Briefe nach Amsterdam – und er hatte fest versprochen zu schreiben – keine Antwort käme. Arjen erbrach das Siegel und überflog den Text. Las den letzten Absatz, las ihn ein weiteres Mal. Dann legte er das Gesicht in die Hände und weinte.

»Ist es nicht prachtvoll?« Jan war voller Stolz auf die Fleute, die ihren Weg nach Java nehmen sollte. Marianna hatte an seiner Seite das Schiff begleitet, von den ersten Zeichnungen bis zur Fertigstellung. Und nun war es so weit, es würde an diesem Morgen in See stechen.

Marianna hatte Jan gesagt, sie wolle den Aufbruch unbedingt ansehen, und er hatte es ihr erlaubt, wenngleich ihn Geschäfte davon abhielten, sie zu begleiten.

»Nimm die Kutsche«, sagte er. »Falls dir unwohl wird.«

Marianna wurde vom Spazierengehen in der Kälte nicht unwohl, ganz im Gegenteil, ihr ging es selten besser, als wenn sie sich an der frischen Luft bewegte. Aber sie tat, worum er sie bat, und ließ in aller Frühe anspannen.

Der Hafen hatte in dem Frühlicht der aufgehenden Sonne

etwas Zauberhaftes. Nebel hing in Fetzen zwischen den Schiffen und waberte über dem Wasser, während das Bleigrau des beginnenden Tages langsam die Nacht ausblich und rote Schlieren über den bewölkten Himmel krochen. Arbeiter zogen Karren mit Fässern darauf, Kräne beluden Schiffe, und von Pferden gezogene Wagen mit Waren rollten rumpelnd über das unebene Pflaster. Wasser schwappte mit leisem Plätschern an den Kai, umspülte bemooste Holzpfeiler.

Marianna stellte sich jenen Morgen vor, als sie hier gestanden hatte, voller Angst, jemand könne erkennen, dass sie kein Junge war. Nach Java hatte sie gewollt, und noch immer bedauerte sie, dass sie auf das falsche Schiff gestiegen war. Und dann wiederum doch nicht, denn ohne diesen Irrtum hätte sie nie erfahren, wie es sich anfühlte, zu lieben. Sie hätte Lisanne nicht geboren, die zwar nicht ihre Tochter sein durfte, aber – und das hoffte Marianna zutiefst – ein wunderbares und erfülltes Leben haben würde. Wie sehr wünschte Marianna ihr, dass sie all das würde tun können, was ihr, Marianna, verwehrt blieb.

Die Fleute schaukelte auf dem Wasser, und Marianna sah, wie das Beiboot hinabgelassen wurde. Die Besatzung befand sich bereits an Bord, und Marianna verspürte eine solche Sehnsucht, dass es beinahe körperlich wehtat. Sie legte sich die Hand auf den Bauch, als könne das Ungeborene diesen Schmerz fühlen. Im nächsten Moment sah sie Arjen, der am Hafen eingetroffen war. Niemand von seiner Familie begleitete ihn, vermutlich hatte er sich schon zu Hause von allen verabschiedet. Marianna hätte es ebenso gemacht, denn sie mochte keine langen Abschiedsrituale. Bisher waren sie sich nicht wieder begegnet, und die Begrüßung in Jans Gegenwart war überaus höflich und distanziert verlaufen. Aber wie hätte er auch anders reagieren können?

Jetzt bestieg er das Beiboot, und Marianna trat an den Kai, beobachtete die Männer, und als sie schon glaubte, er würde sie nicht bemerken, hob Arjen den Blick. Unwillkürlich legte Marianna die Fingerspitzen an den Mund, dann wandte sie ihm die Innenseite ihrer Hand zu, als wollte sie ihm einen Kuss schicken. Er erwiderte ihren Blick, und unbemerkt von allen anderen wiederholte er die Geste. Dann wandte er sich ab und sah kein weiteres Mal mehr zu ihr. Marianna sah, wie er das Schiff bestieg, sah, wie das Beiboot hochgezogen wurde. Der Anker wurde gelichtet, die Segel wurden gehisst, blähten sich im Wind, und beinahe glaubte Marianna, das Knacken zu hören und das Rauschen, mit dem das Schiff an Fahrt aufnahm. Es fuhr aus dem Hafen, langsam erst, als fiele ihm der Abschied schwer. Dann jedoch, als hätte es die Trennung verschmerzt, nahm es Geschwindigkeit auf. Die Männer auf dem Schiff wurden zu Schemen, dann war es nur noch ein Schiff, danach eine Silhouette und schließlich ein Schatten, der sich im Nebel auflöste.

EPILOG
HAMBURG, MÄRZ 1606

Es war der erste Tag des Jahres, an dem man den Frühling erahnen konnte – ein Hauch von Wärme im frostigen Atem des Winters. Agnes hielt Thure im Arm und sah zu ihrem Haus, das sie gerade bezogen hatten. Sie waren großzügig von Enno Schellbachs Familie entschädigt worden für Thilos entgangenes Erbe. Die Gerichtsbarkeit von Lübeck hatte fast das gesamte Vermögen beschlagnahmt und an Thilos Familie übertragen. Auch Curd Hinnerk, der die Geschäfte Theodor Drenkhans übernommen hatte, spendete ihnen einen guten Teil der Gewinne. Zwar hatte er stets nach bestem Wissen und Gewissen gehandelt und sich nichts zuschulden kommen lassen, aber die gesamte Geschichte hatte ihn mitgenommen, wie er Agnes gegenüber gestanden hatte.

Thilo trat in den Hof, wo Agnes Thure gerade absetzte, weil er zappelte und nicht mehr länger getragen werden wollte. Er war gewachsen, schien nach Thilo zu kommen, was die Größe anging, während er ansonsten ganz und gar Agnes' Sohn war. Den Verlust von Jonas hatte Agnes nie verschmerzt, aber inzwischen war es erträglicher geworden, und sie konnte an ihn denken, ohne vor Verzweiflung schreien zu wollen. Sie hatte es Thilo erst gestanden, als er über den Berg gewesen war und sie nicht befürchten musste, der Schreck und die Trauer um den Verlust würden seinen Tod beschleunigen. Eines Tages, als sie bei ihm im Bett lag, hatte sie ihm alles erzählt.

»Bengt hat gesagt, er gibt ihn mir zurück, wenn ich ihn bezahle.«

»Oh, Agnes. Das hast du geglaubt?« Im nächsten Moment war Thilo offenbar bewusst geworden, wie sehr sie das traf, und er hatte sie in die Arme genommen. »Verzeih mir bitte. Vermutlich hätte auch ich ihm geglaubt. Du hast alles getan, was in deiner Macht lag, um unseren Sohn zurückzubekommen.«

»Aber es ist mir nicht gelungen«, hatte sie schluchzend geantwortet.

»Weil dies die Gesetze der Straße sind.«

Als sie nun dastand und Thure ansah und Thilo, der gerade zu ihm trat und neben ihm in die Hocke ging, dachte sie, dass sie trotz allem vom Glück gesegnet war. Und vielleicht – daran wollte sie immer noch glauben – kehrte Jonas eines Tages zu ihnen zurück.

Eine Hündin mit braun-weiß geflecktem Fell und samtweichen Schlappohren trottete über den Hof und ließ sich in der Sonne nieder. Agnes hatte die Hündin bei einem Spaziergang zu Albrechts Grab gesehen, wie sie das Elbufer absuchte nach Abfällen, und in dem Moment, als sie aufgeblickt und Agnes mit ihren dunklen Hundeaugen angesehen hatte, war es um sie geschehen gewesen. So viele Hunde waren ihr auf den Straßen begegnet, und sie hatte nicht geglaubt, nach Albrecht je wieder einen ins Herz schließen zu können, aber diese kleine, abgemagerte Hündin rührte etwas in Agnes an. Sie hatte ihr ein Stück Wurst hingeworfen, hatte abgewartet, was geschah, und die

Hündin war ihr nach Hause gefolgt. In den letzten Monaten war sie noch ein bisschen gewachsen und ging Agnes jetzt bis zum Knie. Ihr Name war Milla. »Wie Ludmilla von Böhmen«, hatte Thilo gesagt. »Die erste christliche Herrscherin des Landes«, hatte er erklärt, als müsse Agnes, die ihn verständnislos angestarrt hatte, nun ein Licht aufgehen.

Milla war sanftmütig, und vermutlich hätte sie jeden Missetäter mit einem Schwanzwedeln und übermütiger Freude empfangen, aber allein, dass sie bellte, sobald ein Fremder sich der Haustür näherte, schreckte vermutlich jeden möglichen Einbrecher ab. Thure hatte sie fest ins Herz geschlossen, und Milla ließ sich mit Langmut seine manchmal etwas groben Liebesbeweise gefallen.

Thilo würde nun als Kaufmann seinen eigenen Tuchhandel eröffnen, und obwohl er den Namen Drenkhan wieder führen durfte, hatte er sich entschieden, den Namen Nicolai beizubehalten. »Das ist der Name, mit dem unser neues Leben begonnen hat«, hatte er gesagt. »Und das will ich, unbelastet von der Vergangenheit, mit euch führen.«

Mit Cornelis und Emke blieben sie freundschaftlich verbunden, nur Alea schien erleichtert über ihren Auszug zu sein – als würden mit Thilo und Agnes alle Spuren jener für sie so furchtbaren Zeit getilgt werden. Agnes hatte geglaubt, Cornelis könne Thilo grollen, weil dieser nun sein Haus verließ, um ihm Konkurrenz zu machen, aber nach Cornelis' Einschätzung belebte diese das Geschäft, und er ermutigte Thilo, die Möglichkeiten zu nutzen, die sich ihm nun boten.

»Es ist ein erhebendes Gefühl«, hatte Thilo zu ihr gesagt, »dass wir das Kaufmannshaus Nicolai begründen.«

Agnes sah zu dem hübschen Dielenhaus, das sie bewohnten, und konnte nicht so recht glauben, dass dies nun ihr Heim, dass sie die Hausherrin war. Im Waisenhaus würde sie weiterhin arbeiten, das hatte sie Thilo direkt gesagt. Nur zu Hause zu sitzen, um Köchin und Magd zu befehligen, war kein Leben für sie. Und als Kaufmannsgattin Rechnungsbücher zu führen, wie Emke dies tat – dafür war sie gänzlich ungeeignet. Sie wollte nicht den ganzen Tag in einem Zimmer sitzen, dröge Zahlenkolonnen zusammenrechnen, deren Sinn und Zweck sie ohnehin nicht lesen konnte. Thure jedoch würde jede Form der Bildung bekommen, die sie ermöglichen konnten, und darauf war sie stolz.

Während Thilo mit Thure im Hof spielte, trat Agnes auf die Straße. Milla folgte ihr. Der sonnige Tag trieb die Menschen auf die Straßen, und so waren nicht nur jene unterwegs, die ihr Tagewerk verrichteten, sondern auch Kinder, die Reifen mit Stöcken vor sich hertrieben oder mit kleinen Steinchen spielten, bis Arbeiter mit beladenen Karren sie schimpfend auseinandertrieben, nur damit sie sich lachend wieder einfanden, sobald die Männer an ihnen vorbei waren.

Agnes spazierte langsam die Straße entlang, als sie glaubte, ein bekanntes Gesicht auszumachen. Hedda? Das war sie doch, oder? Jene Frau mit dem blonden Kind an der Hand? Ehe Agnes reagieren konnte, verschwand sie in der Menschenmenge, und Agnes lief ihr hinterher, blickte sich um, konnte sie nicht entdecken. Und wenn sie es nicht gewesen war? War das Kind nicht gar zu vertraut und folgsam an der Hand gegangen? Wieder wollte Agnes loslaufen, die Frau suchen, dann hielt sie inne. Jagte sie Geister? Sie blickte zu Milla, die sich auf die Hinterbeine gesetzt hatte und sie mit schief gelegtem Kopf ansah. Agnes zögerte, dann wandte sie sich ab.

»Komm«, sagte sie zu der Hündin, »gehen wir nach Hause.«

ENDE